BEN KANE, nacido en Kenia y criado en Irlanda, es uno de los más aclamados autores de novela histórica del panorama internacional. Tras estudiar Veterinaria en el University College de Dublín y viajar por todo el mundo, decidió dar rienda suelta a su pasión por la historia antigua.

Sus novelas son fruto de su fascinación por la historia militar en general y la historia de Roma en particular y es una de las grandes estrellas internacionales de la ficción histórica. Aclamado por los lectores y por otros maestros del género, cada una de sus nuevas novelas es acogida con entusiasmo por miles de seguidores en todo el mundo.

Trilogía La Legión Olvidada
La legión olvidada
El águila de plata
Camino a Roma

Serie Aníbal
Enemigo de Roma
La patrulla
Campos de sangre
Nubes de guerra

Serie Espartaco
El gladiador
Rebelión

Serie Águilas de Roma
Águilas en guerra
La caza de las águilas
Águilas en la tormenta

Serie Guerra de Imperios
Guerra de imperios
Fulgor de espadas

Papel certificado por el Forest Stewardship Council®

MIXTO
Papel | Apoyando la silvicultura responsable
FSC® C117695

Penguin Random House Grupo Editorial

Título original: *Hannibal: Enemy of Rome*

Primera edición en este formato: diciembre de 2024
Primera reimpresión: enero de 2026

Printed in Spain – Impreso en España

ISBN: 978-84-10381-73-5
Depósito legal: B-22.313-2024

Impreso en Liberdúplex
Sant Llorenç d'Hortons (Barcelona)

BB 8 1 7 3 5

Enemigo de Roma

Aníbal

BEN KANE

Traducción de Mercè Diago y Abel Debritto

Para Ferdia y Pippa, mis preciosas hijas

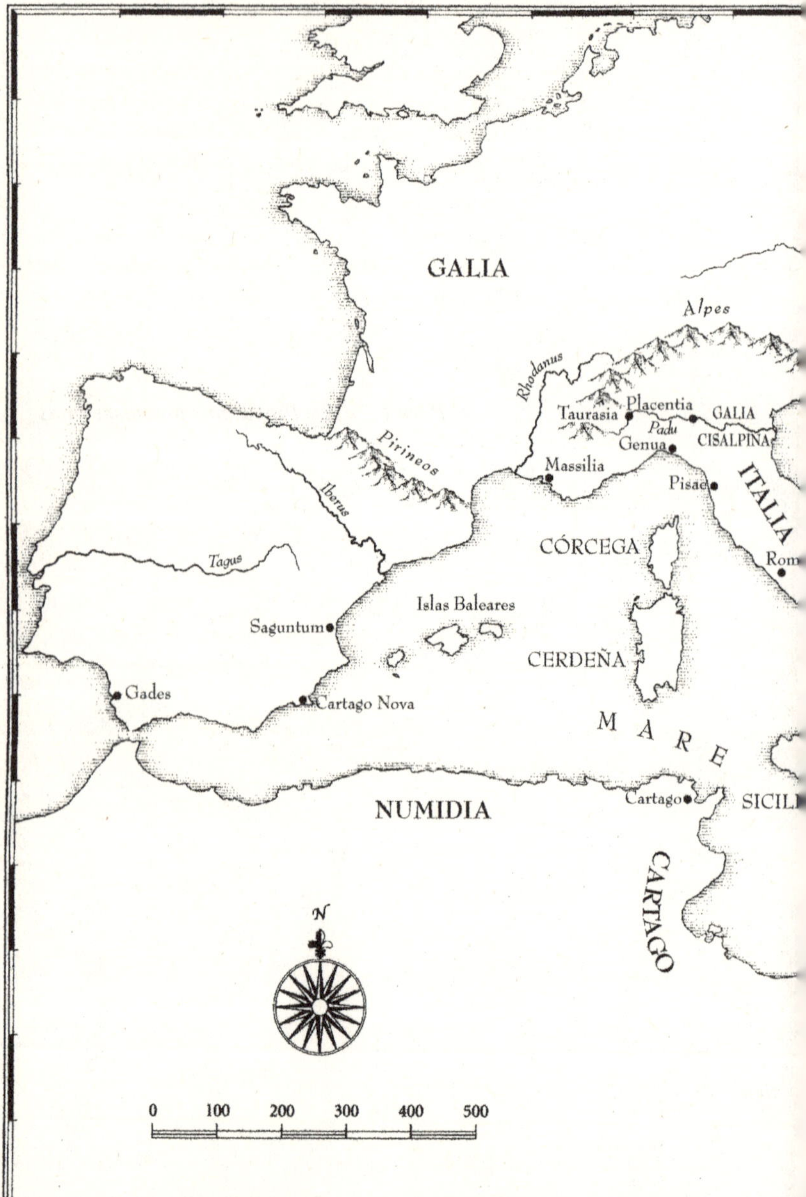
GALIA
Alpes
Rhodanus
Taurasia
Placentia
GALIA
CISALPINA
Padu
Genua
Pirineos
Massilia
Pisae
ITALIA
Iberus
CÓRCEGA
Rom
Tagus
Islas Baleares
Saguntum
CERDEÑA
Gades
Cartago Nova
M A R E
NUMIDIA
Cartago
SICIL
CARTAGO
N
0
100
200
300
400
500

El Mediterráneo en 219 a.C.
Danuvius
PONTUS EUXINU
ILLYRICUM
Mare Adriaticum
TRACIA
GRECIA
IMPERIO SELEÚCIDA
Siracusa
CHIPRE
CRETA
Tiro
INTERNUM
Alejandría
EGIPTO
LIBIA
Nilus
Rubrum Mare

1

Hanno

Cartago, primavera

—¡Hanno! —La voz de su padre resonó entre las paredes de estuco pintadas—. Es hora de marcharse.

Hanno miró hacia atrás sorteando con cuidado la zanja que transportaba los residuos líquidos hacia el pozo ciego de la calle. Se debatía entre su obligación y los gestos apremiantes de su amigo, Suniaton. Las reuniones políticas a las que su padre había insistido recientemente para que asistiera le aburrían como una ostra. Todas parecían cortadas por el mismo patrón. Un grupo de ancianos barbudos y engreídos, claramente encantados con el sonido de su voz, pronunciaban discursos interminables criticando que las acciones de Aníbal Barca en Iberia excedían el cometido que se le había encomendado. Malchus, su padre, y sus aliados más cercanos, partidarios de Aníbal, decían poco o nada hasta que los barbudos se callaban, y entonces les tocaba el turno uno detrás de otro. Lo habitual era que Malchus hablase el último. Casi siempre decía lo mismo. Aníbal, que había sido comandante en Iberia durante solo tres años, estaba realizando una labor extraordinaria consolidando el dominio de Cartago sobre las tribus indígenas, había formado un ejército disciplinado y, lo más importante, llenaba las arcas de la ciudad con la plata extraída de sus minas. ¿Qué otro hombre llevaba a cabo tales hazañas virtuosas enriqueciendo a la vez a Cartago? Al defender a las tribus que habían sido atacadas por Saguntum, ciudad aliada de Roma, no hacía más que reforzar la soberanía de su pueblo en Iberia. A juzgar por estos motivos, había que dejar que el joven Barca se las arreglara solo.

Hanno sabía que lo que motivaba a los políticos era el temor, apaciguado en parte por el hecho de pensar en las fuerzas de Aníbal, así como la avaricia, satisfecha también en parte por los cargamentos de metal precioso que llegaban de Iberia en barco. Las palabras bien escogidas de Malchus solían decantar al Senado a favor de Aníbal, pero los debates se alargaban varias horas. El politiqueo interminable hacía que a Hanno le entraran ganas de gritar y de decir a esos vejestorios lo que realmente opinaba de ellos. Por supuesto, nunca avergonzaría a su padre de tal modo, pero se veía incapaz de pasar otro día encerrado. La idea de salir de pesca le resultaba demasiado tentadora.

Uno de los emisarios de Aníbal traía a su padre noticias de Iberia con regularidad y hacía menos de una semana que les había visitado. Se suponía que las citas nocturnas eran un secreto, pero Hanno no había tardado mucho en reconocer al oficial con capa y de tez amarillenta. En alguna ocasión, a Safo y Bostar, sus hermanos mayores, se les había permitido asistir a las reuniones. Bostar había informado a Hanno después pero haciéndole jurar que lo mantendría en secreto. Ahora, cuando podía, escuchaba a hurtadillas. En pocas palabras, Aníbal había encomendado a Malchus y sus aliados que se aseguraran de que los políticos siguieran apoyando sus acciones. El enfrentamiento con la ciudad de Saguntum era inminente, pero el conflicto con Roma, el viejo enemigo de Cartago, todavía no se vislumbraba.

La voz profunda y grave volvió a llamarle y resonó por el pasillo que conducía al patio central. Ahora ya tenía un deje irritante.

—¿Hanno? Llegaremos tarde.

Hanno se quedó parado. No temía el rapapolvo que su padre iba a darle sino su mirada de decepción. Malchus, que descendía de una de las familias más antiguas de Cartago, predicaba con el ejemplo y esperaba lo mismo de sus hijos. Hanno, que tenía diecisiete años, era el más joven. También era el que con más frecuencia no estaba a la altura de tales exigencias. Por algún motivo, Malchus esperaba más de él que de Safo y Bostar, al menos es la impresión que él tenía. Sin embargo, la agricultura, la fuente de riqueza tradicional de la familia, le interesaba poco. La guerra, la vocación preferida de su padre y la gran fascinación de Hanno, le estaba vetada por culpa de su edad. Sus hermanos embarcarían rumbo a Iberia en un futuro inminente. Ahí, sin duda, se cubrirían de gloria con la toma de Saguntum. Hanno se sentía lleno de frustración y resentimiento. Lo único que podía hacer era practicar sus habilidades montando a caballo y manejando armas. La vida que su padre le había planificado era un aburrimiento, pensó, haciendo caso omiso de la frase que Malchus tantas veces le repetía: «Ten paciencia. Todo lo bueno se hace esperar.»

—¡Venga! —le instó Suniaton, dándole un golpe en el brazo. Los pendientes de oro tintineaban mientras apuntaba con la cabeza en dirección al puerto—. Al amanecer, los pescadores han encontrado bancos de atún enormes en la bahía. Con la bendición de Melcart, los peces no habrán ido lejos. Los pescaremos a docenas. ¡Piensa en el dinero que ganaremos! —Bajó la voz hasta convertirla en un susurro—. He cogido un ánfora de vino de la bodega de mi padre. Podemos compartirla en la barca.

Incapaz de resistirse a la oferta de su amigo, Hanno se tapó las orejas para no oír a Malchus, que se acercaba. El atún era uno de los peces más preciados del Mediterráneo. Si los bancos estaban próximos a la costa, era una lástima desaprovechar esa oportunidad. Salió a la calle con surcos y volvió a echar un vistazo al símbolo tallado en la losa de piedra ante la entrada de la casa de tejado plano. Representaba a la deidad más importante de su pueblo: un triángulo invertido coronado con una línea recta y un círculo encima. Había pocas casas en las que no estuviera. Hanno pidió el perdón de Tanit por no satisfacer los deseos de su padre, pero estaba tan emocionado que se olvidó de pedir la protección de la diosa madre.

—¡Hanno! —La voz de su padre sonó muy próxima.

Sin más preámbulos, los dos jóvenes salieron disparados por entre la multitud. Las familias de ambos residían cerca de la cima de la colina de Birsa. En la cúspide, a la que se llegaba por una escalinata monumental de sesenta peldaños, se encontraba un templo inmenso dedicado a Eshmún, el dios de la fertilidad, la salud y el bienestar. Suniaton vivía con su familia en el complejo que se extendía detrás del santuario, donde su padre ejercía de sacerdote. Eshmuniaton, así llamado en honor de la deidad y que se abreviaba como Suniaton o sencillamente Suni, era el mejor y más antiguo amigo de Hanno. Apenas habían pasado un día sin disfrutar de su mutua compañía desde que aprendieran a caminar. El resto del vecindario era sobre todo residencial. Birsa era uno de los barrios más ricos, tal como ponían de manifiesto las calles amplias y rectas y las intersecciones en ángulo recto. La mayoría de las calles serpenteantes de la ciudad no tenían más de diez pies de ancho pero aquí de media tenían el doble. Además de comerciantes ricos y militares de alto rango, los sufetes —jueces— y muchos ancianos lo consideraban su hogar. Por este motivo, Hanno corría con la cabeza gacha contemplando la tierra compacta y los agujeros del pozo ciego que aparecían bajo sus pies a intervalos regulares. Mucha gente le conocía. Lo que menos le apetecía era que uno de los numerosos oponentes políticos de Malchus le parara e hiciera preguntas. Volver a rastras a casa de la oreja resultaría bochornoso y traería la deshonra a su familia.

Mientras no llamaran la atención de nadie, él y su amigo pasarían desapercibidos. Como iban con la cabeza descubierta, camiseta de tirantes de lana roja ajustada, con una raya blanca en el centro y una tirilla blanca característica, además de pantalones bombachos que les llegaban a la rodilla, la pareja presentaba un aspecto similar a otros jóvenes adinerados. Su atuendo resultaba mucho más práctico que las túnicas de lana largas y rectas y sombreros de fieltro cónicos que vestían la mayoría de los hombres adultos, y más cómodo que la chaqueta ornamentada y delantal plisado que llevaban los de origen chipriota. Los puñales envainados colgaban de unas tiras de cuero sencillas que llevaban al hombro. Suniaton portaba un paquete abultado a la espalda.

Aunque la gente decía que podían pasar por hermanos, Hanno no estaba muy de acuerdo. Si bien él era alto y atlético, Suniaton era bajito y achaparrado. Ambos tenían el pelo negro y rizado y la tez oscura, pero el parecido acababa ahí. Hanno tenía el rostro delgado, con una nariz aguileña y pómulos marcados, mientras que el rostro rubicundo de su amigo y la nariz chata se complementaban con una mandíbula que sobresalía. Había que reconocer que los dos tenían los ojos verdes. Ese rasgo, inusual entre los cartagineses pues solían tener los ojos marrones, era probablemente el que hacía que los tomaran por hermanos.

Suniaton, que iba un paso por delante, a punto estuvo de chocar contra un carpintero que llevaba varias planchas largas de ciprés. En vez de disculparse, le hizo burla y echó a correr hacia los muros de la ciudadela, que estaban a solo cien pasos de distancia. Reprimiendo el deseo de acabar la travesura, echándose encima del artesano enfadado, Hanno lo dejó atrás también rápidamente con una amplia sonrisa en el rostro. Otra similitud que compartían Suniaton y él era el carácter insolente, que chocaba bastante con el talante serio de la mayoría de sus paisanos. A menudo hacía que se metieran en líos y era motivo constante de irritación para sus padres.

Al cabo de un momento, pasaron bajo las inmensas murallas, que tenían treinta pasos de ancho y casi la misma altura. Al igual que las defensas exteriores, la muralla estaba construida a partir de grandes bloques cuadriláteros de arenisca. Las capas y más capas de cal garantizaban que la luz del sol rebotara en la piedra, lo cual exageraba su tamaño. Las fortificaciones, coronadas por un pasadizo ancho y con torres a intervalos regulares, resultaban realmente sobrecogedoras. Sin embargo, la ciudadela no era más que una pequeña parte del todo. Hanno no se cansaba nunca de bajar la mirada hacia el extenso malecón que aparecía en cuanto dejaba atrás la sombra de la entrada. Discurría a lo largo del perímetro de la ciudad desde el norte y se extendía por el sureste hasta el puerto doble, abrazándolos antes de continuar hacia el oeste. En los laterales empinados del norte y el este y hacia el sur, donde el mar otorgaba una protección añadida, una muralla se consideraba suficiente, pero en el lado occidental, el más cercano a la tierra de la península, se habían construido tres defensas: una zanja ancha reforzada por un terraplén de tierra y luego una muralla enorme. Los muros, que en total medían ciento ochenta estadios de largo, también contenían secciones con viviendas a dos niveles. Tenían capacidad para muchos miles de soldados, caballería y sus monturas, y cientos de elefantes de guerra.

La ciudad, con una población de casi un cuarto de millón de personas, también merecía atención. Justo debajo se encontraba el ágora, el gran espacio abierto flanqueado por edificios gubernamentales e infinidad de comercios. Era la zona en la que los residentes se reunían para hacer negocios, manifestarse, tomar el aire nocturno y votar. Más allá se encontraban unos puertos sin parangón: el enorme puerto comercial externo rectangular y los muelles navales interiores circulares con una pequeña isla central. El primero contaba con cientos de amarraderos para buques mercantes, mientras que el segundo tenía capacidad para más de doscientos trirremes y quinquerremes en cobertizos construidos especialmente para ellos. Al oeste de los puertos se encontraba el viejo santuario de Baal Hammón, cuya importancia había decaído, pero venerado todavía por muchos. Al este se encontraba la Choma, el enorme desembarcadero artificial donde amarraban los barcos de pesca y las embarcaciones pequeñas. Ahí se dirigían.

Hanno se enorgullecía profundamente de su hogar. No tenía ni idea de cómo era Roma, el viejo enemigo de Cartago, pero dudaba que pudiera compararse con la grandiosidad de su ciudad. De todos modos, no tenía ningunas ganas de comparar Cartago con la capital de la República. La única visión que quería tener de Roma era la de su caída, a manos de un ejército cartaginés triunfante, antes de que quedara reducida a cenizas. Amílcar Barca, el padre de Aníbal, había inculcado el odio hacia todo aquello que guardara relación con los romanos, y lo mismo había hecho Malchus con Hanno y sus hermanos. Al igual que Amílcar, Malchus había servido en la primera guerra contra la República y había luchado en Sicilia durante diez largos e ingratos años.

No era de extrañar que Hanno y sus hermanos conocieran los detalles de cada escaramuza en tierra y batalla naval durante el conflicto, que en realidad se había prolongado más de una generación. El precio que Cartago había pagado en número de vidas, territorio y riqueza había sido muy elevado, pero las heridas de la ciudad eran mucho más profundas. Su orgullo había sido pisoteado por la derrota y aquella ignominia se había repetido justo tres años después del término de la guerra. Roma había obligado de forma unilateral a Cartago a entregar Sicilia, además de a pagar más indemnizaciones. Aquel acto ruin demostraba sin atisbo de duda, como despotricaba Malchus a menudo, que todos los romanos eran perros traicioneros, sin honra. Hanno estaba de acuerdo y ansiaba que llegara el día en que las hostilidades volvieran a reanudarse. Teniendo en cuenta la ira acumulada que sentía Cartago hacia Roma, el conflicto era inevitable y se originaría en Iberia. Pronto.

Suniaton se giró.

—¿Has comido?

Hanno se encogió de hombros.

—Un poco de pan con miel cuando me he levantado.

—Yo también. Pero eso fue hace horas. —Suniaton sonrió y se dio una palmadita en el vientre—. Mejor que vayamos a buscar suministros.

—Buena idea —repuso Hanno. En la barca guardaban cántaros para el agua en forma de calabaza junto con los aperos de pesca, pero comida no. Faltaba mucho para el atardecer, que es cuando regresarían.

Las calles de bajada de la colina de Birsa no seguían el trazado regular de la cima, sino que irradiaban como los muchos afluentes de un río con meandros. Ahora se veían muchas más tiendas y negocios: panaderos, carniceros y puestos en los que se vendía pescado fresco, fruta y verduras compartían el lugar con los plateros y artesanos del cobre, comerciantes de perfumes y sopladores de vidrio. Las mujeres se sentaban en el exterior de sus casas a trabajar en los telares o a cotillear sobre sus compras. Los esclavos transportaban a hombres ricos en literas o barrían el suelo delante de las tiendas. Había fabricantes de tintes por todas partes, cuya abundancia se debía a la habilidad de los cartagineses para recoger el *murex*, el crustáceo local, y machacar su carne para obtener un tinte púrpura por el que se pagaban precios muy elevados por todo el Mediterráneo. Los niños corrían de aquí para allá, jugaban a pillar y se perseguían los unos a los otros arriba y abajo de las escaleras que se iban intercalando para vencer la inclinación de la calle. Un trío de hombres bien vestidos y enfrascados en una conversación pasaron junto a ellos caminando tranquilamente. Como Hanno se dio cuenta de que eran ancianos que probablemente se dirigían a la reunión a la que se suponía que debía asistir, mostró un interés repentino por la hilera de piezas de barro cocido que había en el exterior de una alfarería.

Había docenas de figuras, grandes y pequeñas, dispuestas en mesas bajas. Hanno reconoció a todas las deidades del panteón cartaginés. Ahí estaba Baal Hammón, el protector de Cartago, en su trono, Tanit a su lado representada según el modo egipcio: un cuerpo de mujer esbelta con un vestido bien hecho, pero con la cabeza de leona. Una Astarté sonriente con una pandereta. Su consorte, Melcart, llamado el «rey de la ciudad» era, entre otras cosas, el dios de los mares. Varias figuras de colores vivos lo representaban emergiendo de entre las olas a lomos de un monstruo de aspecto feroz y con un tridente en un puño. Baal Safón, el dios de la tormenta y de la guerra, estaba sentado a horcajadas en un bello corcel, tocado con un casco provisto de un penacho largo y suelto. También había una selección de horrendas máscaras pintadas que sonreían —demonios tatuados, enjoyados y espíritus del submundo— que se utilizaban como ofrendas en las tumbas para ahuyentar el mal.

Hanno se estremeció al recordar el funeral de su madre tres años atrás. Desde que muriera por culpa de una fiebre, su padre, que nunca había sido afectuoso, se había convertido en una presencia sombría y severa que solo vivía para vengarse de Roma. A pesar de su juventud, Hanno era consciente de que Malchus presentaba una máscara de control al mundo. Seguía afectado por la pérdida de su esposa, sentimiento que compartían él y sus hermanos. Arishat, la madre de Hanno, había sido la luz en la oscuridad de Malchus, la risa en sus momentos de gravedad, la suavidad de su dureza. El sostén de la familia, que les había sido arrebatada en dos días con sus respectivas noches de lo más horroroso. Arengados por el inconsolable Malchus, los mejores cirujanos de Cartago habían intentado hacer todo lo posible por salvarla. Hanno tenía grabados en la memoria hasta el último detalle de sus horas finales. Las vasijas de sangre que le extrajeron en un intento inútil por bajarle la altísima fiebre. Su rostro demacrado y febril. Las sábanas empapadas de sudor. Sus hermanos que intentaban no llorar sin conseguirlo. Y, por último, su silueta inerte en la cama, más delgada de lo que había estado en la vida. Malchus arrodillado a su lado, hecho un mar de lágrimas, su cuerpo musculoso destrozado. Era la única vez que Hanno había visto llorar a su padre. Desde entonces, el suceso no había vuelto a mencionarse, ni tampoco su madre. Tragó saliva y como vio que los ancianos habían pasado de largo, siguió adelante. Resultaba muy doloroso pensar en esas cosas.

Suniaton, que no había advertido la angustia de su amigo, hizo una parada para comprar pan, almendras e higos. Deseoso de animarse, Hanno se fijó en la forja del herrero que estaba a un lado. La chimenea tosca despedía volutas de humo y en el aire dominaba el olor del carbón, la madera en llamas y el aceite. Oyó unos fuertes sonidos metálicos. En los huecos del establecimiento de frente abierto, atisbó una figura con un delantal de cuero y unas tenazas para levantar con cuidado un trozo de metal candente del yunque. Se oyó un fuerte silbido cuando la hoja de la espada quedó sumergida en una tina de agua fría. Hanno notó que se le empezaban a mover los pies.

Suniaton le impidió el paso.

—Tenemos cosas mejores que hacer, como ganar dinero —exclamó, tendiéndole una bolsa repleta de almendras—. Lleva esto.

—¡No! Si de todas formas, te las comerás tú todas. —Hanno apartó a su amigo con una sonrisa. Una broma habitual entre ellos era que su pasatiempo preferido era quedar cubierto de ceniza y mugre mientras que Suniaton prefería planificar su próxima comida. Estaba tan enfrascado en sus risas, que no vio al grupo de soldados que se acercaba, una docena de lanceros libios, hasta que fue demasiado tarde. Hanno chocó en seco contra el gran escudo circular del primer hombre.

No era ningún golfillo de la calle, y el lancero reprimió un juramento instintivo.

—¡Mira por dónde vas! —exclamó.

Al ver a los dos oficiales cartagineses en medio de los soldados, Hanno maldijo. Eran Safo y Bostar. Ambos vestían el uniforme de gala. Iban tocados con cascos acampanados con el borde grueso y penachos de plumas amarillas. Bajo las corazas de bronce bruñido colgaban las *pteryges* de lino a capas para cubrir la entrepierna y llevaban la parte inferior de las piernas cubiertas con unas grebas moldeadas. Sin duda ambos iban camino de la reunión. Hanno, que se disculpó ante el lancero con un murmullo, retrocedió y bajó la vista al suelo para intentar que no lo reconocieran.

Suniaton, ajeno a la presencia de Safo y Bostar, se carcajeaba del choque de Hanno.

—Vamos —le instó—. Mejor que no lleguemos muy tarde.

—¡Hanno! —Bostar le llamó con tono amable.

Fingió no haberle oído.

—¡Hanno! ¡Vuelve! —gritó una voz más grave y autoritaria, la de Safo.

Hanno se giró de mala gana.

Suniaton intentó apartarse discretamente pero también le habían visto.

—¡Eshmuniaton! Acércate —ordenó Safo.

Suniaton se acercó a su amigo arrastrando los pies con expresión compungida.

Los hermanos de Hanno se abrieron paso entre la gente para situarse ante ellos.

—Safo, Bostar —dijo Hanno con una sonrisa fingida—. Qué sorpresa.

—¿Ah, sí? —preguntó Safo, frunciendo las cejas pobladas. Tenía veintidós años y era un hombre bajito y fornido de talante serio, como Malchus. Era joven para ser oficial de rango medio pero, al igual que Bostar, había destacado durante la instrucción—. Se supone que todos nos dirigimos a escuchar a los ancianos, ¿no? ¿Por qué no estás con nuestro padre?

Hanno bajó la vista sonrojado. «Maldita sea», pensó. A ojos de Safo, lo más importante del mundo era servir a Cartago. En un instante se habían desvanecido sus posibilidades de pasar un día en el mar.

Safo dedicó una mirada severa a Suniaton cuando se fijó en el paquete y las provisiones que llevaba en las manos.

—Porque pensabais escabulliros, ¿verdad? ¿A pescar, no?

Suniaton arrastró el dedo gordo del pie por la tierra.

—¿Se os ha comido la lengua el gato? —preguntó Safo con acritud.

Hanno se colocó delante de su amigo.

—Íbamos a pescar atunes, sí —reconoció.

Safo adoptó una expresión más huraña.

—¿Y eso es más importante que ir a escuchar el Consejo de Sabios?

Como de costumbre, la actitud despótica de su hermano dolía a Hanno. Era típico que le sermoneara. Daba la impresión de que Safo pretendía ser su padre. No era de extrañar, pues, que a Hanno le molestara.

—Seguro que los ancianos no dicen nada que no hayan dicho ya mil veces —replicó—. Son todos unos fanfarrones.

Suniaton soltó una risilla burlona.

—Como uno que yo me sé. —Vio la mirada de advertencia de Hanno y se calló.

Safo apretó los dientes.

—Menudo par de insolentes... —empezó a decir.

Bostar frunció los labios y le colocó una mano encima del hombro a Safo.

—Tranquilo —dijo—. Hanno no va muy desencaminado. A los ancianos les encanta el sonido de su voz.

Hanno y Suniaton intentaron disimular una sonrisa.

Safo no entendía qué divertía tanto a Bostar pero guardó silencio con expresión colérica. Aparte de la envidia que sentía, era dolorosamente consciente de que no era el oficial de mayor rango ahí presente. Aunque Safo era un año mayor, a Bostar le habían ascendido antes que a él.

—No es que esta reunión sea cuestión de vida o muerte —continuó Bostar lleno de razón. El guiño, que Safo no vio, indicó a Hanno que no estaba todo perdido. Le devolvió el gesto con astucia. Al igual que Hanno, Bostar se parecía a su madre, Arishat, en lo delgado del rostro y en los ojos verdes penetrantes. A diferencia de la nariz de Safo, que la tenía ancha, él la tenía larga y estrecha. Larguirucho y atlético, llevaba el pelo largo y oscuro recogido en una cola de caballo que le salía de debajo del casco. Hanno tenía mucho más en común con el discreto Bostar que con Safo. De hecho, últimamente sentía cierto desagrado por su hermano.

—¿Nuestro padre sabe dónde estás?

—No —reconoció Hanno.

Bostar se dirigió a Suniaton.

—Entonces supongo que Bodesmun tampoco sabe nada.

—Por supuesto que no —espetó Safo, deseoso de recuperar el control—. Como es habitual cuando se trata de estos dos.

Bostar pasó por alto el exabrupto del hermano.

—¿Y bien?

—Mi padre cree que estamos en casa, estudiando —reveló Suniaton.

Safo adoptó un semblante un poco más santurrón.

—Ya veremos qué opinan Bodesmun y papá cuando descubran lo que estabais tramando realmente. Tenemos tiempo de sobra antes de que se reúna el Consejo. —Hizo un gesto con el pulgar a los lanceros—. Colocaos entre ellos.

Hanno frunció el ceño pero de poco servía resistirse. Safo estaba en un plan especialmente severo.

—Vamos —musitó a Suniaton—. Ya iremos otro día a por los bancos de peces.

Antes de que tuvieran tiempo de dar un paso, Bostar habló.

—No veo por qué no pueden ir a pescar.

Hanno y Suniaton intercambiaron una mirada de asombro.

Safo arqueó las cejas.

—¿Qué quieres decir?

—Dentro de poco nos resultará imposible realizar tales actividades y las echaremos en falta. —Bostar hizo una mueca—. A Hanno también le llegará el momento. Deja que se divierta mientras pueda.

A Hanno le dio un vuelco el corazón aunque no captó la trascendencia de las palabras de Bostar.

Safo adoptó una expresión pensativa. Sin embargo, al cabo de un momento, recuperó el gesto de mojigato.

—El deber nos llama —declaró.

—Alegra esa cara, Safo. ¡Tienes veintidós años, no cincuenta y dos! —Bostar lanzó una mirada a los lanceros, todos sonrientes.

—¿Quién advertirá la ausencia de Hanno aparte de nosotros y nuestro padre? Y eres tan responsable de Suni como yo.

Safo apretó los labios al oír la burla, pero cedió. La idea de que Bostar fuera un oficial de rango mayor le resultaba demasiado dolorosa.

—A papá no le hará gracia —dijo secamente— pero supongo que tienes razón.

Hanno apenas daba crédito a lo que oía.

—¡Gracias!

Suniaton se hizo eco de la misma exclamación.

—Marchaos antes de que cambie de opinión —advirtió Safo.

A los amigos no les hizo falta más insistencia. Con una mirada de agradecimiento a Bostar, que les dedicó otro guiño, la pareja desapareció entre la muchedumbre con una sonrisa de oreja a oreja. Hanno pensó que, de todos modos, les pedirían explicaciones pero no hasta la noche. De nuevo dejó volar su imaginación con la imagen de un barco lleno de atunes.

—Safo es serio, ¿verdad? —comentó Suniaton.

—Ya sabes cómo es —repuso Hanno—. A sus ojos, actividades como la pesca son una pérdida de tiempo.

Suniaton le dio un codazo.

—Pues entonces menos mal que no le he dicho lo que estaba pensando. —Sonrió al ver la expresión interrogante de Hanno—. Que le convendría relajarse más... ¡yendo a pescar, por ejemplo!

Hanno se quedó boquiabierto antes de echarse a reír.

—¡Gracias a los dioses que no se lo has dicho! Entonces no nos habría dejado marchar ni por casualidad.

Sonriendo aliviados, los amigos prosiguieron su camino. Pronto llegaron al ágora. Los cuatro lados, cada uno de ellos de un estadio de largo, estaban formados por pórticos majestuosos y pasadizos cubiertos. Era el centro neurálgico de la ciudad, sede del edificio donde se reunía el Consejo de Sabios, así como de las oficinas del gobierno, numerosos templos y comercios. Las noches de verano también se reunían allí, a una distancia prudencial, grupos de jóvenes de ambos sexos de familias acomodadas para desnudarse con la mirada. Socializar con el sexo opuesto no estaba bien visto y las carabinas de las jóvenes siempre rondaban cerca. A pesar de ello, era habitual inventarse maneras de aproximarse al objeto deseado. En los últimos meses, aquel se había convertido en uno de los pasatiempos preferidos de los dos amigos. Seguían prefiriendo la pesca, pero no por mucho tiempo, pensó Hanno con nostalgia, escudriñando a la muchedumbre en busca de carne femenina atractiva.

Sin embargo, en vez de las bandadas de bellezas jóvenes y tímidas, el ágora estaba llena de políticos con expresión adusta, comerciantes y soldados de alto rango. Se dirigían a un lugar en concreto: el edificio central, en cuyo recinto sagrado se reunían más de trescientos ancianos con regularidad, tal como hicieran durante casi medio milenio sus predecesores. Supervisados por los dos sufetes, los gobernantes que se elegían cada año, los hombres más importantes de Cartago tomaban todo tipo de decisiones, desde las políticas comerciales a las negociaciones con estados extranjeros. El alcance de su poder no terminaba ahí. El Consejo de Sabios también tenía el poder de declarar la guerra y la paz, aunque ya no nombraba a los generales del ejército. Desde la guerra contra Roma, tal elección quedaba en manos del pueblo. Los únicos prerrequisitos para la candidatura al consejo era ser ciudadano de pleno derecho, disponer de riquezas, ser mayor de treinta años y demostrar aptitud en el ámbito agrícola, mercantil o militar.

Los ciudadanos de a pie podían participar en la política a través de la Asamblea del Pueblo, que se reunía en el ágora una vez al año, por orden de los sufetes. Durante los momentos de crisis profunda, estaba permitido reunirse de forma espontánea y debatir los asuntos del día. Aunque tenían poderes limitados, elegían a los sufetes y a los generales. Hanno esperaba ansioso la llegada de la siguiente reunión, que sería la primera a la que asistiría como adulto, con derecho a voto. Aunque la enorme popularidad de Aníbal garantizaba su reelección como comandante en jefe de las fuerzas cartaginesas en Iberia, Hanno quería demostrar su apoyo al clan de los Barca. En esos momentos solo podía hacerlo así. A pesar de su insistencia, Malchus no le permitía alistarse al ejército de Aníbal, tal como hicieran Safo y Bostar tras la muerte de su madre. Él, por el contrario, tenía que acabar sus estudios. No valía la pena enfrentarse a su padre por ello. Cuando Malchus dejaba clara su opinión, era inamovible.

Siguiendo la tradición cartaginesa, Hanno se había valido por sí mismo desde los catorce años, aunque seguía durmiendo en casa. Había trabajado en una fragua, entre otros sitios, y por tanto ganaba lo suficiente para vivir sin delinquir ni cometer actos vergonzosos. Era parecido al estilo espartano, aunque no tan duro. También había estudiado griego, íbero y latino. A Hanno no le gustaban los idiomas especialmente, pero había llegado a aceptar que tales conocimientos le resultarían útiles entre la amalgama de nacionalidades que formaban el ejército cartaginés. Su pueblo no era bélico de por sí, por lo que contrataban a mercenarios o alistaban a sus súbditos para que lucharan por él. El ejército cartaginés se beneficiaba de las distintas cualidades que aportaban los pueblos libios, íberos, galos y baleáricos.

La materia preferida de Hanno eran los asuntos militares. Malchus le había enseñado personalmente la historia de la guerra, desde las batallas de Jenofonte y las Termópilas hasta las victorias conseguidas por Alejandro de Macedonia. Su padre solía centrarse en los detalles más intrincados de las tácticas y la planificación. Prestaba una atención especial a las derrotas de los cartagineses en la guerra contra Roma y los motivos de ellas.

—Perdimos por la falta de determinación de nuestros líderes. Solo pensaban en cómo contener el conflicto, no en ganarlo. Cómo minimizar costes, no en desestimarlos en pos de una victoria absoluta —había vociferado Malchus durante una clase memorable—. Los romanos son unos perros bastardos pero, por todos los dioses, hay que reconocer que saben lo que quieren. Siempre que han perdido una batalla, han reclutado a más hombres y reconstruido los barcos. No se dan por vencidos. Cuando las arcas públicas estaban vacías, los líderes no tuvieron reparos en gastarse su fortuna. Su dichosa república lo es todo para ellos. Sin embargo, ¿quién se ofreció en Cartago a enviarnos suministros y soldados cuando tanto los necesitábamos en Sicilia? Mi padre, los Barca, y otros pocos. Nadie más. —Había soltado una risotada breve y airada—. ¿De qué me sorprendo? Nuestros antepasados eran comerciantes, no soldados. Para vengarnos como es debido tenemos que seguir a Aníbal. Es soldado por naturaleza y un líder nato, igual que su padre. Cartago nunca dio a Amílcar la posibilidad de vencer a Roma, pero podemos ofrecérsela a su hijo, cuando llegue el momento.

Un corpulento senador sulfurado se abrió paso a empujones soltando improperios. Asombrado, Hanno reconoció a Hostus, uno de los enemigos más implacables de su padre. El político engreído tenía tanta prisa que ni siquiera se había fijado en la persona con que había chocado. Hanno carraspeó y escupió, aunque se guardó de hacerlo en dirección a Hostus. Él y los charlatanes de sus amigos se quejaban continuamente de Aníbal, pero no dudaban en aceptar los barcos cargados de plata que enviaba desde las minas de Iberia. Como se llenaban los bolsillos con parte de esta riqueza, no tenían ganas de volverse a enfrentar a Roma. Hanno, por el contrario, estaba más que dispuesto a dar su vida luchando contra su viejo enemigo, pero el fruto de la venganza no estaba maduro. Aníbal se estaba preparando en Iberia y con eso bastaba. Por el momento, tendrían que esperar.

La pareja rodeó los límites del ágora para evitar a la muchedumbre. Por la parte posterior del Senado los edificios no eran tan majestuosos sino que presentaban un aspecto tan desastrado como cabe esperar en las proximidades de un puerto. De todos modos, los tugurios suponían un contraste acusado con respecto al esplendor tan cercano. Había pocos negocios y las casas de una o dos habitaciones eran construcciones míseras hechas con ladrillos de barro que parecían todas ellas estar a punto de derrumbarse. Las rodadas endurecidas de la calle tenían una profundidad de más del ancho de una mano y amenazaban con romperles el tobillo si tropezaban. No había ninguna brigada de trabajadores que rellenara los agujeros con tierra, pensó Hanno, recordando la colina de Birsa. Sintió un agradecimiento incluso mayor por su posición acomodada en la vida.

Unos niños raquíticos, con la nariz llena de mocos y vestidos con poco más que harapos, se arremolinaron a su alrededor clamando por una moneda o un chusco de pan, mientras sus madres embarazadas y con el pelo apagado los observaban con una expresión insensible fruto de una vida de miseria. En algunos portales había chicas medio desnudas que posaban de forma provocativa; a pesar de llevar las mejillas y los labios pintados quedaba claro que apenas acababan de salir de la niñez. Varios hombres desaliñados rondaban por ahí, laminando rabos de oveja en el suelo por unas pocas monedas gastadas. Los miraron con recelo pero ninguno de ellos osó entorpecer el avance de los amigos. Por la noche habría sido distinto, pero se encontraban bajo el amparo de la gran muralla, con los centinelas elegantemente vestidos que desfilaban de un lado a otro de las almenas. Aunque habitual, la anarquía estaba penalizada por las autoridades siempre que fuera posible y un grito de socorro les haría bajar rápida y ruidosamente por una de las muchas escaleras.

El olor penetrante de la sal se notaba cada vez más en el ambiente. Las gaviotas sobrevolaban la zona y se oían los gritos de los marineros desde los puertos. Hanno, cada vez más emocionado, bajó corriendo por un estrecho callejón y subió las escaleras que había al final del mismo. Suniaton le seguía muy de cerca. Era una subida pronunciada pero estaban en forma y llegaron a lo alto sin esfuerzo. Un pasadizo de cemento rojo se extendía a lo ancho de la muralla —treinta pasos— al igual que a lo largo del perímetro defensivo. Había unas torres bien sólidas cada cincuenta pasos más o menos. Los soldados que resultaban visibles se alojaban en los cuarteles, construidos a intervalos por debajo de las murallas.

Los centinelas que estaban más cerca, un cuarteto de lanceros libios, observaron despreocupadamente a la pareja pero, como no les parecieron problemáticos, apartaron la mirada. En épocas de paz, a los ciudadanos se les permitía estar en la muralla durante las horas del día. Contemplando rutinariamente el mar turquesa que se extendía bajo su sección, el oficial de bajo rango volvió a ponerse a cotillear con sus hombres. Hanno pasó trotando por su lado, admirando los enormes escudos circulares de los soldados, incluso mayores de los que utilizaban los griegos. Aunque eran de madera, estaban recubiertos de piel de cabra y ribeteados con bronce. Todos tenían pintado el mismo rostro demoniaco que denotaba la unidad a la que pertenecían.

Desde el puerto naval se oían las trompetas tronando una detrás de otra y Suniaton se abrió paso a empujones.

—¡Rápido! —gritó—. ¡Tal vez estén botando un quinquerreme!

Hanno siguió a su amigo con ganas. La vista del puerto circular que se dominaba desde el pasadizo no tenía parangón. Gracias a una obra maestra de la ingeniería, los buques de guerra cartagineses no resultaban visibles desde ninguna otra posición. Protegidos de las miradas hostiles por el lado de mar gracias a las murallas de la ciudad, quedaban ocultos de los buques mercantes anclados gracias a la entrada delgada del puerto, que apenas tenía el ancho de un quinquerreme, el buque de guerra de mayor tamaño.

Hanno frunció el ceño cuando llegaron a una buena atalaya. En vez de la imagen imponente de un buque de guerra deslizándose hacia el agua, vio a un almirante vestido de púrpura que se pavoneaba a lo largo del malecón que iba de la periferia de los muelles circulares a la isla central, sede de los cuarteles generales de la armada. Sonó otra fanfarria de trompetas para garantizar que todos los hombres del lugar sabían quién había llegado.

—¿De qué alardea? —masculló Hanno.

Malchus reservaba buena parte de su ira a la incompetente flota cartaginesa, por lo que había aprendido a sentir lo mismo. Los días de Cartago como superpotencia naval habían concluido y la flota había quedado reducida a madera flotante a manos de Roma durante la amarga lucha de ambas naciones por Sicilia. Sorprendentemente, los romanos habían sido una raza poco marinera antes del conflicto. Sin arredrarse ante tal desventaja, habían aprendido las técnicas de la guerra naval, además de añadir unos cuantos trucos de cosecha propia. Desde su derrota, Cartago poco había hecho por recuperar su puesto entre las olas.

Hanno exhaló un suspiro. Realmente todas sus esperanzas recaían en tierra, en Aníbal.

Al cabo de un rato, Hanno había olvidado todas sus preocupaciones. A media milla de la costa, su pequeña barca se encontraba encima de un montón de atunes. No les había costado localizar el banco, gracias a la agitación que creaban en el agua los grandes peces plateados mientras cazaban sardinas. Varios barcos pequeños punteaban el lugar y nubes de aves marinas volaban en picado y se sumergían desde arriba, atraídas por la perspectiva de obtener comida. A Suniaton le habían informado bien y ninguno de los dos jóvenes había sido capaz de reprimir la sonrisa desde su llegada. Su misión era sencilla: uno remaba y el otro sumergía la red en el agua. Aunque habían visto épocas mejores, los hilos trenzados seguían siendo capaces de contener una buena captura. Las piezas de madera situadas a lo largo de la parte superior de la red la ayudaban a flotar, mientras las diminutas piezas plomadas tiraban del extremo inferior hacia el agua. Con el primer lanzamiento habían apresado casi una docena de atunes, más largos todos ellos que el antebrazo de un hombre. Los intentos subsiguientes resultaron igual de exitosos y ya tenían el fondo de la barca lleno de peces hasta media pantorrilla. Si la llenaban más corrían peligro de sobrecargar la embarcación.

—Una mañana productiva —declaró Suniaton.

—¿Mañana? —corrigió Hanno entrecerrando los ojos en dirección al sol—. Llevamos aquí menos de una hora. No podía haber sido más fácil, ¿no?

Suniaton le observó con expresión solemne.

—No te infravalores. Creo que nuestros esfuerzos se merecen un brindis. —Con una reverencia, extrajo una pequeña ánfora del fardo.

Hanno se echó a reír; Suniaton era incorregible.

Animado, Suniaton siguió hablando como si estuviera sirviendo a los invitados en un banquete importante.

—No es el vino más caro de la colección de mi padre, que yo recuerde, pero no obstante está pasable. —Valiéndose de su navaja, arrancó el precinto de cera y sacó el tapón. Se llevó el ánfora a los labios y dio un buen sorbo—. Aceptable —declaró, tendiéndole la vasija de barro.

—Inculto. Bebe poco a poco. —Hanno dio un sorbito y lo hizo circular por la boca tal como Malchus le había enseñado. El vino tinto tenía un sabor ligero y afrutado, pero pocas notas de fondo—. Yo diría que necesita unos cuantos años más.

—¿Y ahora quién es el pedante? —Suniaton le tiró un atún con el pie—. ¡Bebe y calla!

Hanno obedeció sonriente y bebió más esta vez.

—No te lo acabes —gritó Suniaton.

A pesar de sus protestas, el ánfora se vació rápidamente. Enseguida la pareja de hambrientos se abalanzaron sobre el pan, los frutos secos y la fruta que Suniaton había traído. Con la panza llena y el trabajo hecho, lo más natural del mundo era tumbarse y cerrar los ojos. Como no estaban acostumbrados a beber vino, enseguida se pusieron a roncar.

Hanno se despertó por culpa del viento frío que le azotaba el rostro. ¿Por qué se movía tanto la barca?, se preguntó vagamente. Tiritaba de frío. Abrió los ojos pegajosos y vio a Suniaton boca abajo delante de él, agarrado todavía al ánfora vacía. A sus pies, los montones de peces con ojos inertes y el cuerpo rígido. Al alzar la vista, Hanno sintió una punzada de temor. En vez del típico cielo azul, lo único que veía eran nubes imponentes de un color negro azulado. Venían del noroeste. Parpadeó porque no quería creerse lo que estaba viendo. ¿Cómo era posible que el tiempo hubiera cambiado tan rápido? Como si de una broma de mal gusto se tratara, al cabo de un instante a Hanno le cayeron las primeras gotas de lluvia en la cara vuelta hacia arriba. Escudriñó las aguas picadas y no vio ni rastro de los barcos pesqueros que les rodeaban antes. Tampoco avistaba tierra. Estaba realmente asustado.

Se inclinó y zarandeó a Suniaton.

—¡Despierta!

Recibió un gruñido de irritación a modo de respuesta.

—¡Suni! —Esta vez, Hanno le dio un bofetón.

—¡Eh! —se quejó Suniaton, incorporándose—. ¿A qué viene eso?

Hanno no respondió.

—Por todos los dioses, ¿dónde estamos? —gritó.

Cuando Suniaton miró a un lado y a otro todo rastro de ebriedad desapareció por completo.

—Por la sagrada Tanit que en los cielos está —susurró—. ¿Cuánto rato hemos dormido?

—No lo sé —masculló Hanno—. Mucho tiempo—. Señaló hacia el oeste, donde la luz del sol resultaba apenas visible detrás de las nubes de tormenta. Su posición les indicaba que la tarde tocaba a su fin. Se puso de pie con cuidado para no hacer volcar la barca. Se centró en el horizonte, donde el cielo se unía al amenazador mar y se pasó un buen rato intentando distinguir las murallas de Cartago que tan familiares le resultaban, o el promontorio escarpado situado al norte de la ciudad.

—¿Y bien? —Suniaton no fue capaz de disimular el miedo en la voz.

Hanno se sentó con pesadez.

—No veo nada. Estamos a quince o veinte estadios de la costa. Quizá más.

El poco color que había en el rostro de Suniaton se apagó. De forma instintiva, sujetó el tubo de oro que llevaba colgado del cuello con una correa. Estaba decorado con una cabeza de león en un extremo y contenía conjuros diminutos llenos de hechizos y oraciones protectoras destinadas a los dioses. Hanno llevaba uno parecido. Hizo un gran esfuerzo para no imitar a su amigo.

—Volveremos remando —anunció.

—¿Con este mar? —chilló Suniaton—. ¿Estás loco?

Hanno lo miró con furia.

—¿Qué otra opción nos queda? ¿Tirarnos al agua?

Su amigo bajó la mirada. Eran los dos unos nadadores consumados pero nunca habían recorrido distancias tan largas a nado, sobre todo en condiciones tan malas como aquellas.

Hanno tomó los remos del suelo y los colocó en los escálamos de hierro. Giró la proa redondeada del barco hacia el oeste y empezó a remar. Enseguida se dio cuenta de que sus esfuerzos iban a resultar en vano. La fuerza del oleaje era lo más potente que había notado en la vida. Era como una bestia embravecida y descontrolada al tiempo que el viento salvaje le otorgaba una voz terrorífica. Decidió no hacer caso del instinto y seguir dando paladas con una intensidad feroz. Echarse hacia atrás. Arrastrar los remos por el agua. Levantarlos. Inclinarse hacia delante, empujando la empuñadura entre las piernas. Repitió el proceso una y otra vez, haciendo caso omiso del palpitar que sentía en la cabeza y la boca seca, y maldiciendo su insensatez por haberse bebido todo el vino. «Si hubiera hecho caso a mi padre —pensó con amargura—, seguiría estando en casa. Seguro, en tierra firme.»

Hanno no paró hasta que los músculos de los brazos le temblaban del agotamiento. Sin necesidad de alzar la vista era consciente de que su posición había cambiado muy poco. Por cada tres paladas que avanzaban, la corriente los arrastraba por lo menos dos más mar adentro.

—¿Y bien? —gritó—. ¿Ves algo?

—No —repuso Suniaton con expresión sombría—. Échate a un lado. Me toca a mí y es nuestra mejor oportunidad.

«Nuestra última oportunidad», pensó Hanno observando el cielo que iba ennegreciéndose.

Cambiaron de sitio con mucho tiento en las pequeñas bancadas que la embarcación tenía como único accesorio. Por culpa de la masa de peces resbaladizos que tenían debajo, era incluso más difícil de lo normal. Mientras su amigo remaba, Hanno se afanaba por atisbar tierra por encima de las olas. Ninguno de los dos hablaba. No tenía sentido. La lluvia les tamborileaba en la espalda y, combinada con el ruido del viento, formaba una cacofonía estridente que impedía mantener una conversación con normalidad. La solidez de la embarcación era lo único que había impedido que volcaran.

Suniaton acabó cediendo los remos cuando ya no pudo más. Miró a Hanno. Tenía un destello de esperanza en la mirada.

Hanno negó con la cabeza una vez.

—¡Se supone que estamos en verano! —exclamó Suniaton—. Estos temporales no se producen sin previo aviso.

—Habrá habido señales —espetó Hanno—. ¿Por qué te crees que no hay más barcos? Deben de haberse dirigido a la costa cuando ha empezado a levantarse viento.

Suniaton se sonrojó y bajó la cabeza.

—Lo siento —musitó—. Es culpa mía. No tenía que haberle cogido el vino a mi padre.

Hanno lo agarró por la rodilla.

—No te culpes. No me has obligado a beber. Ha sido decisión mía.

Suniaton esbozó una media sonrisa a duras penas. Es decir, hasta que bajó la mirada.

—¡No!

Hanno siguió su mirada y vio que los atunes flotaban alrededor de sus pies. Estaban haciendo agua y la suficiente como para merecer acción inmediata. Intentó no ponerse histérico y empezó a lanzar a los preciados peces por la borda. Sobrevivir era mucho más importante que tener dinero. En cuanto el suelo estuvo despejado, no le costó nada encontrar un clavo suelto en uno de los tablones. Se quitó una sandalia y utilizó la suela de remaches metálicos para clavar el clavo, con lo que redujo la entrada de agua de mar. Por suerte llevaban un pequeño cubo a bordo que contenía piezas de plomo de recambio para la red. Hanno lo cogió y empezó a achicar agua con fuerza. Sintió un gran alivio al ver que enseguida la reducía a un nivel aceptable.

Un trueno ensordecedor retumbó por encima de su cabeza.

Suniaton gimió de miedo y Hanno se incorporó de repente.

El cielo había adoptado un amenazador color negro y el color amarillo blanquecino que se intuía en la profundidad de las nubes presagiaba la presencia de rayos. El viento, que aumentaba por momentos, provocaba una fuerte marejada. La tormenta estaba llegando a su apogeo. Entró más agua en la embarcación y Hanno redobló sus esfuerzos con el cubo. Ya habían dejado de plantearse la posibilidad de regresar a Cartago remando. Iban en una dirección concreta: el este. Hacia el centro del Mediterráneo. Intentó disimular el pánico que sentía.

—¿Qué será de nosotros? —preguntó Suniaton con voz lastimosa.

Como se dio cuenta de que su amigo esperaba una respuesta tranquilizadora, Hanno intentó pensar cómo infundirle cierto optimismo, pero fue incapaz. La única consecuencia posible era reunirse de forma prematura con Melcart, el dios de los mares.

En su palacio del fondo del mar.

2

Quintus

Cerca de Capua, Campania

Quintus se despertó poco después del amanecer, cuando los primeros rayos de sol se filtraron por la ventana. Poco propenso a holgazanear en la cama, el joven de dieciséis años apartó la manta. Con un *licium*, o taparrabos de lino, como única vestimenta se dirigió con paso tranquilo al pequeño santuario situado en la esquina más alejada de su habitación. Estaba profundamente emocionado. Hoy lideraría una cacería de osos por primera vez. Faltaba poco para su cumpleaños y su padre, Fabricius, quería celebrar su paso a la madurez como mandaban los cánones. «Adoptar la toga está muy bien —le había dicho la noche anterior—, pero por tus venas también corre sangre osca. ¿Qué mejor manera de demostrar el valor de un hombre sino matando al mayor depredador de Italia?»

Quintus se arrodilló ante el altar. Cerró los ojos y pronunció las oraciones habituales en las que pedía que él y su familia conservaran la salud y la riqueza. Luego añadió unas cuantas más. Que fuera capaz de encontrar el rastro de un oso y no perderlo. Que no le fallara el valor cuando llegara el momento de enfrentarse a la bestia. Que arrojara la lanza con rapidez y puntería.

—No te preocupes, hermano —dijo una voz desde atrás—. Hoy irá bien.

Sorprendido, Quintus se giró y se encontró a su hermana,

que asomaba la cabeza por la puerta entreabierta. Aurelia tenía casi tres años menos que él y le encantaba dormir.

—Te has levantado temprano —dijo él con una sonrisa indulgente.

Ella bostezó y se pasó la mano por el pelo negro y abundante, como el de él pero más largo. Quedaba claro que eran hermanos pues tenían la misma nariz aquilina, la mandíbula ligeramente puntiaguda y los ojos grises.

—No podía dormir pensando en la cacería.

—¿Y estás preocupada por mí? —bromeó él, agradeciendo poder dejar a un lado sus preocupaciones.

Aurelia se internó en la habitación.

—Por supuesto que no. Bueno, un poco. De todos modos, le he rezado a Diana. Ella te guiará —declaró con solemnidad.

—Lo sé —contestó Quintus, demostrando una seguridad que no acababa de sentir. Inclinó la cabeza hacia las figuras del altar y se levantó. Introdujo la cabeza en el aguamanil de bronce que tenía junto a la cama y se secó el agua de la cara y los hombros con un paño—. Esta noche te lo contaré todo. —Se enfundó una túnica de manga corta y luego se sentó para atarse las sandalias.

Ella frunció el ceño.

—Lo quiero ver con mis propios ojos.

—Las mujeres no van de caza.

—Es tan injusto... —protestó.

—Hay muchas cosas injustas —repuso Quintus—. Tienes que aceptarlo.

—Pero tú me enseñaste a usar una honda.

—Quizá no fuera muy buena idea —mascculló Quintus. Para su sorpresa, Aurelia había resultado ser una lanzadora excelente, lo cual, como cabe esperar, había redoblado su deseo de participar en actividades prohibidas—. Hasta ahora hemos conseguido salvaguardar nuestros secretos, pero imagínate la reacción de nuestra madre si se enterara.

—«Ya eres toda una mujercita —dijo Aurelia imitando a Atia, su madre—. Tal comportamiento no es propio de una señorita. Se acabó.»

—Eso mismo —repuso Quintus sin hacer caso del ceño fruncido de su hermana—. A saber lo que diría si se enterara de que montas a caballo. —No quería quedarse sin su compañera preferida, pero aquel asunto no dependía de él—. Así es la vida para las mujeres.

—Cocinar. Tejer. Cuidar del jardín. Supervisar a los esclavos. Qué aburrimiento —replicó Aurelia enérgicamente—. Nada parecido a cazar o a aprender a utilizar una espada.

—No puede decirse que tengas fuerza suficiente para manejar una lanza.

—¿Ah, no? —Aurelia se arremangó una manga del camisón y flexionó los bíceps. Sonrió al ver la sorpresa de él—. He estado levantando piedras como tú.

—¿Qué? —Quintus se quedó todavía más boquiabierto. Como estaba ansioso por ponerse el máximo en forma posible, había estado preparándose en el bosque situado por encima de la villa. Quedaba claro que no había ocultado bien sus huellas—. ¿Me has estado espiando? ¿E imitando?

Ella sonrió encantada.

—Por supuesto. En cuanto termino mis clases y obligaciones, me resulta fácil escabullirme.

Quintus meneó la cabeza.

—Eres una mujer decidida, ¿eh? —Convencerla de que lo dejara correr iba a resultar más difícil de lo que se imaginaba. Se alegraba de que no fuera su responsabilidad. Con cierto sentimiento de culpa, Quintus recordó oír a sus padres hablando de que pronto habría que buscarle un marido. Sabía que Aurelia iba a tomarse mal tal noticia.

—Ya sé que no podré hacerlo siempre —declaró entristecida—. Seguro que intentarán casarme dentro de poco.

Quintus disimuló su sorpresa. Aunque Aurelia no hubiera escuchado esa conversación en concreto, no era de extrañar que fuera consciente de lo que le esperaba. En ese caso, tal vez pudiera ayudarla, en vez de fingir que nunca ocurriría.

—Los matrimonios concertados tienen muchas ventajas —se aventuró a decir. Era cierto. Muchos nobles concertaban uniones para sus hijos que resultaban beneficiosas para ambas partes. Así funcionaba el país—. Pueden ser muy felices.

Aurelia le dedicó una mirada desdeñosa.

—¿Esperas que me lo crea? De todos modos, nuestros padres se casaron por amor. ¿Por qué no iba yo a hacer lo mismo?

—Su situación era inusual. No es probable que se repita contigo —replicó—. Además, nuestro padre velará por tus intereses, no solo los de la familia.

—Pero ¿seré feliz?

—Con la ayuda de los dioses, sí. Que es más de lo que yo puedo esperar —añadió, intentando quitarle hierro al asunto—. ¡Puedo acabar con una vieja bruja que me haga la vida imposible! —De todos modos, Quintus se alegraba de ser hombre. Sin duda acabaría casándose, pero sin prisas. Mientras tanto, Elira, una deslumbrante joven esclava de Illyricum satisfacía su libido adolescente. Formaba parte del servicio y dormía en el suelo del *atrium*, lo cual le permitía hacerla entrar a hurtadillas en su dormitorio con facilidad. Quintus llevaba dos meses acostándose con ella, desde que se percatara de que su mirada sensual iba dirigida a él. Que él supiera, nadie más estaba al corriente de su relación.

Al final, Aurelia sonrió.

—Eres demasiado guapo para que te pase eso.

Él se tomó el cumplido a risa.

—Es hora de desayunar —anunció, alejándose todavía más del espinoso tema del matrimonio.

Aurelia asintió y él se sintió aliviado.

—Tendrás que comer bien para tener energía durante la cacería.

A Quintus se le hizo un nudo en el estómago y el apetito que había tenido hacía tan poco rato, se desvaneció. Sin embargo, tendría que comer algo solo por guardar las apariencias.

Quintus dejó a Aurelia charlando con Julius, el esclavo paternalista que se encargaba de la cocina, y salió por la puerta. Apenas había comido y esperaba que Aurelia no se hubiera dado cuenta. Nada más internarse en el peristilo, o patio, se encontró con Elira. Llevaba un cesto de verduras y hierbas del huerto de la villa. Como de costumbre, le dedicó una mirada llena de deseo. Aquella mañana Quintus no estaba receptivo así que le dedicó una sonrisa mecánica y pasó de largo.

—¡Quintus!

Se sobresaltó. La voz era una de las más conocidas de la finca: Atia, su madre. Quintus no veía a nadie, lo cual significaba que probablemente estaba en el atrio, la zona principal donde residía la familia. Pasó corriendo junto a la fuente que repiqueteaba en el centro del patio con columnatas y entró en el fresco *tablinum*, la zona de recepción que conducía al atrio, y de allí al vestíbulo.

—Es una chica bien parecida.

Quintus se dio la vuelta y se encontró a su madre en la sombra que formaban las puertas, un buen punto desde el que observar lo que sucedía en el peristilo.

—¿Qué-qué? —tartamudeó.

—No tiene nada de malo acostarse con una esclava, por supuesto —declaró, acercándose. Como siempre, a Quintus le maravilló su aplomo y su enorme belleza. Como clara representante de la nobleza osca, Atia era menuda y daba gran importancia a su aspecto. Se había empolvado los pómulos con ocre. Llevaba las cejas y el borde de las pestañas delineadas con ceniza. Una *stola*, o túnica larga, de color rojo oscuro ceñida a la cintura, complementada por un chal color crema. Llevaba la melena negro azabache recogida con horquillas de marfil y coronada con una diadema—. Pero no lo hagas con tanta frecuencia. Se les suben los humos a la cabeza.

Quintus se ruborizó. Nunca había hablado de sexo con su madre, y mucho menos de sus actividades al respecto. De todos modos, no le extrañaba que fuera ella quien había sacado el tema en vez de su padre. Fabricius era soldado, pero tal como le gustaba repetir a menudo, a su esposa solo le impedía serlo el sexo al que pertenecía. En la mayoría de los casos, Atia era más severa que él.

—¿Cómo lo sabes?

Los ojos grises de ella lo dejaron clavado en el sitio.

—Os he oído por la noche. Hay que estar sordo para no enterarse.

—Oh —susurró Quintus. No sabía dónde mirar. Mortificado, observó el intricado mosaico que tenía bajo los pies, deseando que se abriera y lo engullera. Y él que pensaba que habían sido tan discretos...

—No te preocupes. No eres el primer hijo de nobles que se acuesta con una esclava guapa.

—No, madre.

Ella hizo un gesto con la mano para restarle importancia al asunto.

—Tu padre hacía lo mismo cuando era más joven. Todos lo hacen.

A Quintus le sorprendió la repentina franqueza de su madre. Debía de formar parte del hecho de hacerse hombre, pensó.

—Ah.

—Con Elira supongo que no tendrás problemas. Es limpia —anunció Atia con brusquedad—. Pero elige bien a tus parejas de lecho. Cuando vayas a un burdel, que sea de los caros. Es muy fácil contraer enfermedades.

Quintus abrió la boca y la cerró. No preguntó a su madre cómo sabía que Elira era limpia. Como *ornatrix* de Atia, la ilírica tenía que ayudarla a vestirse cada mañana. Sin duda en cuanto Atia se enteró de su relación con él, la acribilló a preguntas.

—Sí, madre.

—¿Preparado para la cacería?

Le ponía nervioso su mirada escrutadora y se preguntó si notaba el miedo que sentía.

—Creo que sí.

Se sintió aliviado al ver que su madre no hacía ningún comentario.

—¿Has rezado a los dioses? —preguntó.

—Sí.

—Recemos otra vez.

Se dirigieron al atrio, iluminado por un orificio rectangular en el techo. El tejado descendente permitía que el agua de lluvia cayera en el centro de la estancia y fuera a parar a un estanque especialmente construido para ello. Las paredes estaban pintadas con colores vivos y en ellas se representaban hileras de columnas que conducían a otras estancias imaginarias. El efecto daba incluso mayor profundidad al espacio. Era la zona habitada central de la gran villa y a partir de ahí salían los dormitorios, el despacho de Fabricius y un cuarteto de almacenes. En una de las esquinas más próximas al jardín había un santuario.

Había un pequeño altar de piedra decorado con estatuas de Júpiter, Marte o Mamers, tal como lo llamaban los oscos, y Diana. De las lámparas de aceite planas y circulares situadas al lado de ellas brotaban llamas parpadeantes. Por encima, en la pared, colgaban efigies de los antepasados de la familia. La mayoría eran parientes de Fabricius: romanos, el pueblo belicoso que había conquistado Campania hacía más de un siglo pero, como muestra del respeto que su padre sentía por su esposa, había algunos antepasados de Atia: nobles oscos que habían vivido en la zona durante muchas generaciones. Como es natural, Quintus se sentía orgullosísimo de ambos orígenes.

Se arrodillaron el uno junto al otro bajo la tenue luz y formularon en silencio sus peticiones a las deidades.

Quintus repitió las oraciones que había pronunciado en su habitación. En cierto modo, aliviaron su temor pero sin hacerlo desaparecer por completo. Para cuando hubo terminado, el bochorno por lo de Elira había remitido. Sin embargo, le desconcertó que su madre le mirara fijamente cuando se levantó.

—Tus antepasados te protegerán —murmuró—. Para ayudarte en la cacería. Para guiar tu lanza. No lo olvides.

Su madre sí había visto su temor. Avergonzado, Quintus asintió de forma entrecortada.

—¡Aquí estáis! Os estaba buscando. —Fabricius entró en la estancia desde el vestíbulo. Era bajo y robusto, y el pelo cortado al rape era ahora más gris que castaño. Iba bien afeitado y era más rubicundo que Quintus, pero poseía la misma nariz aquilina y mandíbula potente. Ya llevaba la ropa de caza: una túnica vieja, un cinturón con una daga con la empuñadura de marfil y unas sandalias de cuero resistentes. Aunque fuera vestido de paisano, siempre tenía un aspecto militar—. ¿Has pronunciado tus oraciones?

Quintus asintió.

—Mejor que nos preparemos.

—Sí, padre. —Quintus lanzó una mirada a su madre.

—Ve —instó Atia—. Hasta luego.

Quintus se animó. «Debe de pensar que lo conseguiré», pensó.

—Es el momento de que elijas lanza. —Fabricius lo condujo a uno de los almacenes, donde guardaba las armas y las armaduras. Quintus solo había entrado en esa sala unas pocas veces, pero era su lugar preferido de la casa. Le embargó una oleada de emoción cuando su padre sacó una llave pequeña y la introdujo en la cerradura. Se abrió con un leve clic. Fabricius corrió el pestillo y abrió la puerta de par en par a fin de que entrara la luz del día.

Una tenue penumbra seguía dominando la pequeña sala, pero Quintus enseguida se sintió atraído por un soporte de madera sobre el que se encontraba un casco beocio con el ala ancha y una forma característica. Lo que lo hacía especial era el penacho de crin rojiza suelta. Pese a que el tiempo había apagado su color, el efecto seguía resultando espectacular. Quintus sonrió al recordar el día que su padre había dejado la puerta entornada y él se había probado el casco a hurtadillas, imaginándose como un hombre adulto, como soldado de caballería en una de las legiones romanas. Anhelaba el día en que tendría uno propio.

En el suelo, bajo el casco, había un par de sencillas grebas realizadas con el mismo material. Cerca se encontraba un escudo de caballería circular, hecho con piel de buey. Apoyada contra el mismo había una espada larga y con la empuñadura de hueso en una vaina de cuero y unos cierres de bronce: un *gladius hispaniensis*. Según su padre, Roma había adoptado el arma después de encontrarla en manos de los mercenarios íberos que luchaban por Cartago. Aunque era poco común que la llevara un soldado de caballería, ahora prácticamente todos los legionarios iban armados con una espada similar. El *gladius*, provisto de una hoja recta de doble filo casi tan larga como el brazo de un hombre, resultaba letal en las manos adecuadas.

Quintus observó sobrecogido como Fabricius recorría con el dedo el borde del casco y tocaba la empuñadura de la espada. Aquella prueba fehaciente del pasado de su padre le fascinaba, además de anhelar aprender las mismas habilidades marciales. Si bien Quintus dominaba la caza, había recibido poca formación en el manejo de las armas. Los romanos la recibían al alistarse al ejército y para ello había que tener diecisiete años cumplidos. Tendría que conformarse con sus clases, que incluían historia y táctica militares, y cazar osos. Por el momento.

Al final, Fabricius se acercó a un soporte para armas.

—Elige.

Quintus admiró los distintos tipos de jabalina y lanzas hoplitas que tenía delante, pero las necesidades que tenía para ese día eran muy concretas. Abatir a un oso a punto de atacar era muy distinto a enfrentarse a un soldado enemigo. Necesitaba un poder de frenado mucho mayor. De forma instintiva, cerró el puño alrededor del ancha asta de la lanza de fresno que había utilizado con anterioridad. Tenía una hoja grande, de doble filo sujeta al resto del arma con una caña larga y hueca, de cuya base sobresalía a cada lado un grueso pincho de hierro. Su función era evitar que la presa alcanzara a la persona que manejaba la lanza. Es decir, a él.

—Esta —dijo, intentando quitarse esas ideas de la cabeza.

—Una elección acertada —dijo su padre, aliviado. Dio una palmada a Quintus en el hombro—. ¿Y ahora qué?

Quintus se dio cuenta con emoción de que tenía en sus manos el control total de la cacería. Los días y semanas que había pasado aprendiendo a rastrear a lo largo de los dos años anteriores habían llegado a su fin. Se quedó pensativo unos instantes.

—Seis perros deberían bastar. Un esclavo para controlar a cada pareja. Agesandros también puede venir: es buen cazador y sabe vigilar a los esclavos.

—¿Algo más?

Quintus se echó a reír.

—No estaría mal llevar un poco de comida y agua, supongo.

—Muy bien —convino su padre—. Iré a la cocina y organizaré los pertrechos. ¿Por qué no eliges a los esclavos y los perros que quieres?

Asombrado todavía por aquel cambio de roles, Quintus se dirigió al exterior. Por primera vez notó todo el peso de la responsabilidad sobre sus hombros. Era esencial que tomara las decisiones correctas. Cazar osos resultaba sumamente peligroso y la vida de varios hombres dependería de él.

El pequeño grupo partió poco después. Quintus iba en cabeza y su padre caminaba a su lado. No llevaban carga alguna más allá de sus respectivas lanzas y un odre de agua. Les seguía Agesandros, un griego siciliano que hacía muchos años que pertenecía a Fabricius. Como su amo confiaba en él, también llevaba una lanza de caza. Portaba un hatillo a la espalda con pan, queso, cebollas y un pedazo de carne seca.

A fuerza de trabajárselo con ahínco, Agesandros había llegado a ocupar el puesto de *vilicus*, el esclavo más importante de la finca. Sin embargo, no había nacido en cautividad. Al igual que muchos otros de sus paisanos, Agesandros había luchado junto a los romanos en la guerra contra Cartago. Fue capturado durante una escaramuza y vendido como esclavo por los cartagineses. Hanno pensó que resultaba irónico que el siciliano se hubiera convertido en esclavo de un romano. De todos modos, Fabricius y Agesandros se llevaban bien. De hecho, el capataz mantenía una buena relación con toda la familia. Su talante cordial y disponibilidad para responder preguntas lo había convertido en una de las compañías preferidas de Quintus y Aurelia desde su más tierna infancia. Aunque ahora tenía por lo menos cuarenta años, el *vilicus* estevado gozaba de una excelente forma física y controlaba a los esclavos con mano de hierro.

Por último iban tres galos fornidos, elegidos por Quintus debido a su vínculo con los perros de caza. Uno en concreto, un hombre achaparrado y tatuado con la nariz rota, se pasaba todos sus ratos libres con la jauría, enseñándoles órdenes nuevas. Al igual que el resto de los esclavos, el trío había estado trabajando en los campos bajo la supervisión de Agesandros aquella mañana. Era la época de la siembra y tenían que trabajar del alba al atardecer bajo el cálido sol. Así pues, la perspectiva de ir a cazar osos era mucho más atractiva y charlaban animadamente entre ellos en su idioma mientras caminaban. Delante de cada hombre iba un par de grandes perros pardos manchados que tiraban con fuerza de las correas de cuero que llevaban atadas al cuello. Con sus cabezas anchas y cuerpo musculoso, eran todo lo contrario a los perros más pequeños de Fabricius, que tenían las orejas copetudas y los costados emplumados. Los primeros eran perros de caza olfativos mientras que los últimos confiaban en la vista.

El sol lucía implacable en el cielo despejado cuando dejaron atrás los campos de trigo que rodeaban la villa. Según había visto Quintus, el reloj de sol del patio indicaba que apenas era la *hora secunda*. El sonido característico de las cigarras empezaba a oírse pero la calima que flotaba en el aire a diario aún no se había formado. Iba en cabeza a lo largo de un sendero estrecho que serpenteaba por entre los olivos que punteaban las laderas situadas por encima de la finca.

Tras atravesar un claro, se internaron en los bosques de haya y roble que cubrían buena parte del campo circundante. Aunque las colinas eran mucho más bajas que los Apeninos, que discurrían a lo largo de Italia, albergaban algún que otro oso. Sin embargo, no era probable que encontrara rastros tan cerca de la finca. Solitarios por naturaleza, esas grandes criaturas evitaban a los humanos en la medida de lo posible. Quintus escudriñaba el terreno de todos modos pero, como no veía nada, aceleró el paso.

Como cualquier otra ciudad grande, Capua celebraba sus propios *ludi*, o juegos, lo cual había permitido que Quintus viera luchar a un oso con anterioridad. No había sido nada agradable. El animal, aterrorizado por estar en un entorno extraño y rodeado de una muchedumbre que no cesaba de aullar, había tenido pocas posibilidades al enfrentarse a dos cazadores expertos armados con lanzas. No obstante, guardaba un recuerdo claro del enorme poder de su mandíbula y garras cortantes. Enfrentarse a un oso en su propio terreno, a solas, sería una experiencia totalmente distinta al espectáculo desequilibrado que había presenciado en Capua. A Quintus se le formó un nudo en el estómago, pero no aflojó el paso. Fabricius, al igual que todos los padres romanos, ostentaba el poder sobre la vida y la muerta de su hijo, y había elegido aquel camino. Quintus tampoco podía defraudar a su madre. Tenía la obligación de salir airoso de aquel brete. «Para cuando caiga el sol —pensó orgulloso—, seré un hombre.» Sin embargo, Quintus no podía evitar imaginarse que quizás acabara sus días desangrado en el bosque.

Subieron a buen ritmo y dejaron atrás los bosques de hoja caduca. Ahora estaban rodeados de pinos, enebros y cipreses. El ambiente era más fresco y Quintus empezó a preocuparse. En otras ocasiones había visto por esa zona pilas de excrementos y troncos de árbol con marcas de garras en la corteza. Ese día no veía nada que no fuera de hacía semanas o meses. Siguió adelante, rezándole a Diana, la diosa de la caza, que le enviara una señal, pero su petición fue en vano. No se oyó el canto de ningún pájaro ni apareció ningún ciervo. Al final, cuando ya no sabía qué hacer, se paró y obligó a los demás a hacer lo mismo. Plenamente consciente de la presencia de su padre detrás de él, de la mirada penetrante de Agesandros y de los galos que se intercambiaban miradas, Quintus se estrujó el cerebro. Conocía aquel terreno como la palma de su mano. ¿Cuál era el mejor sitio donde encontrar un oso en un día tan cálido?

Quintus lanzó una mirada a su padre, que se limitó a fijar la vista en él. No pensaba ayudarle.

En un intento por disimular la risa, uno de los galos se puso a toser con fuerza. Quintus se ruborizó de la ira pero Fabricius no hizo nada. Ni tampoco Agesandros. Volvió a mirar a su padre pero Fabricius no traslucía sentimiento alguno. No iba a compadecerse de él y el galo no recibiría reprimenda alguna. Aquel día le tocaba ganarse el respeto del *vilicus* y de los esclavos. Quintus volvió a pararse a pensar y al final se le ocurrió una idea.

—Moras —espetó—. Les encantan las moras. —Más arriba, en los claros de las laderas de la cara sur había muchas zarzamoras, cuyos frutos brotaban mucho antes que los de las laderas orientadas hacia otros puntos. Los osos pasaban buena parte del tiempo buscando comida. Era un lugar tan bueno como cualquier otro para empezar la búsqueda.

Justo entonces el sonido entrecortado de un pájaro carpintero rompió el silencio. Al cabo de un instante, el sonido se repitió desde otro punto. Con el corazón acelerado, Quintus escudriñó los árboles y al final no vio uno sino dos pájaros carpinteros negros. Aquellas aves esquivas eran sagradas para Marte, el dios de la guerra. Buenos augurios. Quintus giró sobre sus talones y se encaminó en la dirección contraria.

Su padre, sonriente, le seguía de cerca, por delante de Agesandros y los galos.

Ahora nadie se reía.

Poco después, las plegarias de Quintus fueron respondidas con creces. Había mirado en varios claros sin resultado alguno. Al final, sin embargo, había encontrado una boñiga reciente a la sombra de un pino alto. La forma, tamaño y olor característicos resultaban inconfundibles y a Quintus le entraron ganas de lanzar gritos de entusiasmo al verlas. Introdujo el dedo en la masa marrón oscuro. El centro no se había enfriado todavía, lo cual significaba que hacía poco que había pasado un oso. También había un montón de zarzas cerca. Quintus señaló el suelo e hizo un gesto con la cabeza al hombre tatuado. El galo se le acercó rápidamente y los dos perros se reunieron al instante junto a la prueba delatora. Los dos empezaron a aullar como locos mientras iban husmeando la boñiga y el ambiente. A Quintus se le aceleró el pulso y el galo le dedicó una mirada inquisidora.

—Suéltalos —ordenó Quintus. Lanzó una mirada a los demás esclavos—. Esos también.

El mal humor de Aurelia fue en aumento después de la marcha de Quintus y de su padre. El motivo era bien sencillo: mientras su hermano se iba a cazar un oso, ella tenía que ayudar a su madre, que supervisaba a los esclavos en el huerto del exterior de la villa. Era una de las épocas de mayor trabajo del año, cuando las plantas brotaban y crecían rápidamente. El levístico crecía junto a las plantas de mostaza, cilantro, acedera, ruda y perejil. Las verduras eran incluso más abundantes y proporcionaban alimento a la familia durante buena parte del año. Había pepinos, puerros, coles, tubérculos, así como hinojo y repollo. La cebolla, ingrediente básico de todo plato que se preciara, se cultivaba en grandes cantidades. El ajo, apreciado tanto por su sabor fuerte como por sus propiedades medicinales, también se cultivaba con profusión.

Aurelia sabía que estaba teniendo un comportamiento infantil. Hacía unas cuantas semanas había disfrutado preparando las hileras en las que crecerían las hierbas y hortalizas, enseñando a los esclavos dónde cavar los agujeros y asegurándose de que regaban cada especie con la cantidad adecuada de agua. Como de costumbre, se había reservado la tarea de dejar caer las semillas diminutas en su sitio. Lo hacía desde muy pequeña. Aquel día, dado que las plantas iban creciendo bien, las tareas principales consistían en regarlas y arrancar las malas hierbas que habían brotado de forma espontánea. A Aurelia le importaba un comino. Si por ella fuera, el huerto entero podía irse al garete. Estaba a un lado enfurruñada observando a su madre dirigiendo las operaciones. Ni siquiera Elira, con quien se llevaba bien, consiguió convencerla de que participara.

Atia la ignoró durante un rato pero al final se hartó.

—¡Aurelia! —llamó—. Ven aquí.

Se acercó a su madre arrastrando los pies.

—Pensaba que te gustaba la jardinería —dijo Atia alegremente.

—Me gusta —mascculló Aurelia.

—¿Por qué no ayudas?

—No me apetece. —Era plenamente consciente de que todos los esclavos presentes estaban aguzando el oído para enterarse de la conversación y le parecía odioso.

A Atia le daba igual quién las oía.

—¿Estás enferma? —preguntó.

—No.

—Entonces ¿qué te pasa?

—No lo entenderías —farfulló Aurelia.

Atia arqueó las cejas.

—¿Ah, no? Prueba a ver.

—Es que... —Aurelia pilló al esclavo más cercano mirándola de hito en hito. Le lanzó una mirada tan furibunda que el hombre apartó la vista, pero eso la dejó poco satisfecha. Su madre seguía esperando—. Es por Quintus —reconoció.

—¿Os habéis peleado?

—No. —Aurelia negó con la cabeza—. Nada de eso.

Atia, que estaba dando golpecitos con el pie, esperaba que se lo aclarara. Al cabo de un momento, quedó claro que su hija no estaba muy comunicativa. Se le hincharon las aletas de la nariz.

—¿Y bien?

Aurelia veía que a su madre se le estaba acabando la paciencia. Sin embargo, en aquel momento vio a un halcón aprovechando las corrientes ascendentes. Estaba cazando. Igual que Quintus. La ira de Aurelia resurgió y olvidó a su público cautivo.

—No es justo —se quejó—. Yo estoy aquí plantada, en el huerto, mientras él va a rastrear un oso.

Atia no pareció sorprenderse.

—Me he imaginado que podía ser eso. ¿O sea que quieres cazar?

Aurelia asintió con expresión enfurecida.

—Como Diana, la cazadora.

Su madre frunció el ceño.

—No eres una diosa.

—Lo sé, pero... —Aurelia se giró parcialmente para que los esclavos no vieran que tenía lágrimas en los ojos.

Atia suavizó el semblante.

—Venga ya. Eres ya una señorita, o lo serás pronto. Y además guapa. Por consiguiente, seguirás un camino muy distinto al de tu hermano. —Levantó un dedo para acallar la protesta de

Aurelia—. Lo cual no implica que tu destino no tenga valor. ¿A ti te parece que yo soy una inútil?

Aurelia se quedó horrorizada.

—Por supuesto que no, madre.

Atia desplegó una amplia sonrisa tranquilizadora.

—Exacto. Yo no lucho ni voy a la guerra pero disfruto de mi parcela de poder. Tu padre cuenta conmigo para infinidad de cosas, igual que hará tu esposo algún día. Encargarse de la casa no es más que una pequeña parte del todo.

—Pero tú y papá decidisteis casaros por iniciativa propia —protestó Aurelia—. ¡Por amor!

—Fuimos afortunados en ese sentido —reconoció su madre—. No obstante, lo hicimos sin la aprobación de nuestras respectivas familias. Como nos negamos a cumplir sus deseos, cortaron todo vínculo con nosotros. —Atia se entristeció—. Tuvimos una vida muy difícil durante muchos años. Nunca volví a ver a mis padres, por ejemplo. Nunca llegaron a conocerte ni a ti ni a Quintus.

Aurelia se sintió halagada. No tenía ni idea de todo aquello.

—Seguro que valió la pena, ¿no? —alegó.

Su madre asintió lentamente.

—Es posible, pero no quiero que tengas una vida tan dura.

Aurelia se indignó.

—Mejor eso, seguro, que casarse con un viejo gordo.

—Eso no te va a pasar. Tu padre y yo no somos monstruos. —Atia bajó la voz—. Pero ten esto en cuenta, jovencita, concertaremos tu compromiso con alguien que tú elijas. ¿Está claro?

Al ver la dureza de la expresión de su madre, Aurelia cedió.

—Sí.

Atia suspiró, satisfecha por no haber dejado traslucir sus reservas.

—Pues entonces ya nos hemos entendido. —Al ver el temor de Aurelia, añadió—: No temas. Habrá amor en tu matrimonio. Se construye con el tiempo. Pregúntale a Martialis, el viejo amigo de tu padre. Él y su esposa se casaron por deseo de sus familias y acabaron sumamente unidos el uno al otro. —Levantó la mano—. Ahora ha llegado el momento de trabajar. La vida continúa independientemente de cómo nos sintamos y nuestra familia depende de este huerto.

Con una débil sonrisa, Aurelia alargó la mano para tomar los dedos de su madre. A lo mejor la situación no era tan mala como imaginaba.

De todos modos, no podía evitar alzar la vista hacia el halcón y pensar en Quintus.

Quintus había seguido a la jauría durante un cuarto de hora aproximadamente antes de tener algún indicio de haber encontrado a la presa. Entonces se oyó un fuerte ladrido desde los árboles situados más adelante. Enseguida se convirtió en un aullido estridente y repetitivo. Quintus se paró con el corazón acelerado. La función de los perros no era más que acorralar al oso, pero siempre había alguno más ansioso que sus compañeros. Correría una suerte desafortunada pero inevitable. Lo importante era que habían encontrado al oso. Para confirmarlo, una sucesión renovada de gruñidos fue recibida con un rugido profundo y amenazador.

El aterrorizante sonido hizo que a Quintus le subiera la bilis a la garganta. Otro aullido penetrante le indicó que un segundo perro había resultado herido, o muerto. Avergonzado por su temor, Quintus contuvo las náuseas. No era el momento de echarse atrás. Los perros hacían su trabajo y él tenía que hacer el suyo. Le rezó entre murmullos a Diana y caminó hacia la guarida.

Cuando irrumpió en el gran claro, Quintus frunció el ceño porque reconocía el lugar. A menudo había ido ahí a buscar moras con Aurelia. Una extensión de zarzamoras espinosas, más altas que un hombre, recorrían el terreno del claro, moteado por la luz del sol. Un arroyo discurría por la ladera hacia el valle de más abajo. Había ramas caídas por todas partes entre una profusión de flores silvestres, pero lo que llamó la atención de Quintus fue la lucha que se libraba bajo la sombra de un ciprés altísimo. Cuatro perros tenían a un oso acorralado contra el tronco del árbol. Gruñendo enfurecida, la bestia embestía con frecuencia a sus torturadores, pero los canes la esquivaban con recelo avanzando y retrocediendo, justo para quedar fuera de su alcance. Cada vez que el oso se apartaba del árbol, los perros corrían a morderle las patas delanteras o traseras. Se encontraban en un punto muerto, si el oso se alejaba de la protección que le ofrecía el árbol, los perros acudían en tropel, pero si la bestia se quedaba donde estaba, no eran capaces de superarla.

Había dos siluetas inmóviles fuera del semicírculo, las bajas que Quintus había oído. Un vistazo superficial le indicó que quizás uno de los perros sobreviviese. Sangraba con profusión por una herida de garra profunda en la caja torácica, pero no veía otras lesiones. El segundo, por el contrario, moriría seguro. Los movimientos poco profundos de su pecho le indicaban que seguía con vida, pero tenía la mitad de la cara desgarrada y los extremos brillantes y dentados del hueso recién roto sobresalían de una herida terrible que tenía en la pata delantera izquierda, consecuencia del bocado que le había dado el oso con las fauces.

Quintus se acercó con cuidado. Si iba muy rápido correría el riesgo de ser derribado, y los galos llegarían enseguida. En cuanto llamaran a los perros, empezaría su misión. Observó al oso, ansioso por advertir cualquier pista que pudiera ayudarle a matarlo. Ocupado como estaba con los perros que le mordían, no se había fijado en él. Por el tamaño quedaba claro que era un macho. La criatura tenía el denso pelaje de color pardo amarillento, y la típica cabeza redonda y grande y las orejas pequeñas. El hecho de que tuvieran unos hombros gigantescos y un cuerpo achaparrado por lo menos tres veces mayor que el suyo intensificaba la sensación de peligrosidad. Se notaba el palpitar del pulso en la base hueca de la garganta y esa velocidad le recordaba que no controlaba la situación. «Tranquilízate —se dijo—. Respira hondo. Concéntrate.»

—Pensar en las moras fue buena idea —dijo Fabricius desde atrás—. Además has encontrado a un oso grande. Un enemigo digno.

Asombrado, Quintus giró la cabeza. Los demás habían llegado. Todos tenían la vista puesta en él.

—Sí —repuso, confiando en que los gruñidos y rugidos a una docena de pasos ocultaran el temor de su voz.

Fabricius se le acercó.

—¿Estás preparado?

Quintus se amilanó. Su padre había percibido su angustia y estaba preparado para intervenir. Le bastó la mirada fugaz a Agesandros y los esclavos para percatarse de que ellos también captaban el doble sentido de la pregunta. Un atisbo de decepción cruzó el rostro del siciliano, y los galos se miraron entre sí con malicia. «Malditos sean todos —pensó Quintus con un nudo en el estómago—. ¿Acaso nunca han tenido miedo?»

—Por supuesto —respondió en voz bien alta.

Fabricius le dedicó una mirada comedida.

—Muy bien —dijo. Se paró.

Quintus no estaba seguro de si su preocupado padre le obedecería. Pensó que había mucho más en juego que su vida. Matar al oso no serviría de nada si el siciliano y los esclavos pensaban que era un cobarde, que dependía del respaldo de Fabricius.

—No te metas —gritó—. Es mi lucha. Tengo que hacerlo solo, sea cual sea el resultado. —Miró a su padre, que no respondió de inmediato—. ¡Júralo!

—Lo juro —dijo Fabricius con reticencia y retrocediendo.

Quintus se quedó satisfecho al ver las primeras muestras de respeto en el rostro de los demás.

Un perro aulló cuando el oso lo apresó con un brazo. Lo lanzó por los aires y acabó en el suelo a los pies de Quintus con un ruido sordo. Enderezó los hombros y se preparó. Tres perros no bastaban para contener a la presa. Si no actuaba de inmediato, era posible que escapara.

—Llamadles —gritó.

Los galos obedecieron con unos fuertes silbidos. Al ver que los perros enfurecidos no respondían, el hombre tatuado corrió hacia ellos. Sin prestar atención al oso y empleando una correa como látigo, les obligó a quitarse de en medio. Ese gesto funcionó para dos perros pero el mayor, cuyos labios y dientes estaban rojos de la sangre del oso, no quería retirarse. El galo se giró a medias soltando un juramento e intentó apartarlo de una patada. No acertó y pasó de largo rápidamente empeñado en seguir peleando.

Horrorizado, Quintus vio cómo el perro saltaba y le clavaba los colmillos al oso en la mejilla. Encabritándose de dolor, el oso lo alzó en el aire, lo cual le permitió utilizar las patas delanteras y clavarle las garras en el cuerpo repetidas veces. En vez de intentar liberarse, el perro apretó la mandíbula más fuerte que antes. Lo habían criado para soportar el dolor, para aguantar lo indecible. Quintus había oído hablar de perros así, a los que había que dejar inconscientes de un golpe para poderles abrir la boca. Sin embargo, la obstinación de su valentía no bastaba: necesitaba la ayuda de sus compañeros, que ahora estaba atados. O de él. De todos modos, el galo estaba en medio, gritando de ira y angustia. Atizó al oso en la cabeza con la inútil correa, una, dos, tres veces sin causarle el más mínimo daño, aunque esperaba que, por culpa de la distracción, no matara a su perro preferido. Al menos, esa era la teoría.

El plan del galo no salió bien. Teniendo en cuenta que el perro tenía la piel y el pelaje a ambos lados del abdomen desgarrados, el oso lo destripó en un santiamén con las garras. Cayeron unos bucles de intestinos resbaladizos, que se rompieron como tantas salchichas gruesas. El oso redobló sus esfuerzos al notar que el perro le aflojaba la cara. Quintus notó que se le revolvía el estómago cuando unos pedazos de tejido hepático púrpura cayeron en cascada al suelo. Al final, una garra se topó con una arteria y la destrozó. Unos goterones de sangre rojo oscuro salieron disparados del amasijo en que se había convertido el vientre del perro y soltó las fauces.

Al cabo de un instante, cayó inerte al lado del oso.

—¡Vuelve! —gritó Quintus, pero el galo no le hizo caso.

El esclavo, que tenía los ojos desorbitados, lanzó otro ataque. La pérdida de su amigo canino lo había enfurecido de tal manera que quería pelear, reacción de la que había oído hablar a menudo pero que nunca había presenciado. Los romanos y los galos eran enemigos desde antaño y se habían enfrentado numerosas veces. Hacía más de ciento setenta años, los miembros de esa tribu habían saqueado la misma Roma. Hacía tan solo seis años, más de setenta mil galos habían vuelto a invadir otra vez el norte de Italia. Habían sido derrotados, pero todavía abundaban las historias sobre guerreros enloquecidos que, luchando desnudos, se abalanzaban sobre los legionarios que se les acercaban con un desprecio absoluto por su propia integridad.

Sin embargo, aquel hombre no era un enemigo como aquel. Era esclavo, sí, pero seguía valiendo la pena salvarle la vida. Quintus dio un salto hacia delante e intentó clavarle la lanza al oso. Por desgracia, el animal se movió en el último momento y la hoja le penetró el costado en vez del pecho, tal como fuera su intención. Su golpe, pues, no había sido mortal, ni suficiente para evitar que la bestia se alzara para agarrar al galo por el cuello. Un breve grito ahogado brotó de los labios del hombre y el oso lo zarandeó como un perro a una rata.

No sabía qué hacer y Quintus clavó la lanza más adentro. La única reacción fue un gruñido de enfado. Con las prisas, había alcanzado el abdomen del animal. Se trataba de una herida potencialmente mortal pero no sería rápida. Satisfecho al ver que el galo estaba muerto, el oso lo lanzó a un lado. Como es natural, entonces se fijó en Quintus, a quien le entró el pánico. Aunque tenía la lanza clavada en el cuerpo, los ojos hundidos del animal no traslucían temor alguno, solo una ira punzante. Normalmente, los osos solían evitar entrar en conflicto con los humanos, pero cuando se les provocaba se mostraban sumamente agresivos. Aquel espécimen estaba furioso. Golpeó el asta de la lanza y la astilló.

No tenía remedio. Quintus respiró hondo y desclavó la lanza. Rugiendo de dolor, el oso mostró una dentadura realmente espantosa, con algunos dientes incluso tan largos como el dedo corazón de Quintus. En la boca, abierta y roja, le cabía toda la cabeza y era perfectamente capaz de aplastarle el cráneo. Quintus quería apartarse, pero tenía los músculos paralizados por el terror.

El oso dio un paso hacia él. Sujetando la lanza con ambas

manos, Quintus le apuntó con el extremo al pecho. «Avanza —se dijo—. Ataca.» Antes de que tuviera tiempo de moverse, el animal se abalanzó sobre él. Atrapó el extremo de la lanza y apartó el asta como si fuera una ramita. Sin nada en medio, se observaron durante unos segundos expectantes. Poco a poco, Quintus vio como el oso tensaba los músculos preparándose para saltar. Estuvo a punto de orinarse encima. El Hades le esperaba a la vuelta de la esquina y no podía hacer nada para evitarlo.

Sin embargo, por algún motivo, el oso no saltó entonces y Quintus logró bajar la lanza otra vez.

Su alivio fue momentáneo.

Cuando Quintus se disponía a atacar, resbaló con un trozo de intestino. Se cayó de espaldas. Enseguida se quedó sin respiración. Quintus era vagamente consciente de que poco a poco iba soltando la base de la lanza que estaba en el suelo. Levantó la cabeza con desesperación. Totalmente horrorizado, vio que el oso estaba apenas a cinco pasos de distancia, un poco más allá de sus sandalias. Volvió a rugir y esta vez Quintus recibió toda la fuerza de su fétido aliento. Parpadeó a sabiendas de que su muerte estaba próxima.

Había fracasado.

3

Captura

Mar Mediterráneo

Pasaron varias horas bajo el efecto de la lluvia torrencial y un fuerte oleaje. Se hizo de noche, lo cual aumentó considerablemente el miedo que sentían los dos amigos. La pequeña embarcación iba de un lado a otro, adelante y atrás, indefensa ante el inmenso poder del mar. Hanno necesitaba toda su energía para mantenerse a bordo. Los dos vomitaron una mezcla de comida y vino encima y en el suelo de la barca varias veces. Al final ya no les quedaba más que la bilis por sacar. Los relámpagos iluminaban la patética escena de forma regular. Hanno no estaba seguro de qué era peor: no ser capaz de verse la mano delante de la cara o mirar el semblante macilento y aterrorizado de Suniaton, junto con la ropa manchada de vomitona.

Desplomado en el banco de delante, su amigo iba alternando los ataques de lloros histéricos con los rezos a todos los dioses que se le ocurrían. En cierto modo, el desespero de Suniaton ayudaba a Hanno a controlar su propio terror. Incluso era capaz de obtener cierto consuelo de la situación. Si Melcart hubiera querido que se ahogaran, ya estarían muertos. La tormenta no había sido tan virulenta como en invierno, ni había volcado la embarcación. A pesar de estos milagros menores, no habían tenido más vías de agua. La resistente barca estaba hecha de planchas de ciprés y las junturas estaban selladas con fibra de lino compacta así como capas de cera de abeja. No habían perdido los remos, lo cual significaba que podían volver remando a la orilla, llegada la ocasión. Además, todos los tramos de costa contaban con un enclave comercial cartaginés. Ahí podrían darse a conocer y prometer una generosa recompensa a cambio de un pasaje a casa.

Hanno se pellizcó para dejarse de fantasías. «No albergues tantas esperanzas», se dijo con amargura. El mal tiempo no daba muestras de amainar. Cualquiera de las olas que rompía en su dirección tenía capacidad para volcar la barca. Melcart no les había ahogado todavía pero las deidades eran caprichosas por naturaleza, y el dios del mar no era ninguna excepción. Bastaba con una ola ligeramente mayor que las demás para que volcaran. Hanno se esforzó para contener las lágrimas. ¿Qué posibilidades reales tenían? Aunque sobrevivieran hasta el amanecer y sus familias descubrieran adónde habían ido, la posibilidad de que les encontraran en alta mar era sumamente remota. A la deriva sin comida ni agua, morirían miserablemente en unos días. Cuando comprendió lo trágico de su situación, Hanno cerró los ojos y pidió una muerte rápida.

A pesar de la fuerte lluvia que lo había dejado empapado hasta los huesos, Malchus regresó de la reunión con el Consejo de Sabios de excelente humor. En esos momentos se encontraba, copa de vino en mano, bajo el pórtico inclinado que recorría el patio principal de la casa, observando cómo las gotas de lluvia salpicaban el mosaico de mármol blanco a media docena de pasos. Su apasionado discurso había tenido el resultado esperado, lo cual le producía un gran alivio. Desde que el mensajero de Aníbal le encomendara la pesada tarea una semana antes de anunciar a los ancianos y sufetes que el general planeaba atacar Saguntum, le había consumido la preocupación. ¿Y si el consejo no respaldaba a Barca? Había más en juego de lo que se imaginaba.

Las represalias saguntinas contra las tribus aliadas de Cartago eran supuestamente el motivo del ataque de Aníbal, pero, como todo el mundo sabía, su intención era provocar una respuesta por parte de Roma. No obstante, gracias al oportunismo del general, la respuesta no sería militarista. Los graves disturbios que se estaban produciendo en Illyricum implicaban que la República ya había comprometido a ambos cónsules y sus ejércitos para el conflicto de Oriente. Durante la siguiente temporada de campaña, Roma solo podría lanzar amenazas vacías. Sin embargo, después de eso seguro que llegarían las represalias. Aníbal no estaba preocupado. Estaba convencido de que había llegado el momento de declarar la guerra a su antiguo enemigo y Malchus estaba de acuerdo con él. No obstante, convencer a los líderes de Cartago le había parecido una tarea ingente.

Era una pena, pensó Malchus, que Hanno no hubiera presenciado su mejor actuación en el ámbito de la oratoria de su vida. Al final, el consejo al completo se había puesto en pie, celebrando entusiasmados la idea de un nuevo conflicto con Roma. Mientras tanto, lo más probable era que Hanno hubiera estado pescando. Aquel día se había corrido la voz por toda la ciudad de que había enormes bancos de atunes en la costa. En esos momentos era probable que Hanno se estuviera gastando los beneficios de la captura en vino y mujeres. Malchus exhaló un suspiro. Al cabo de un momento, al oír las voces de Safo y Bostar en el pasillo que conducía a la calle, se animó. Por lo menos dos de sus hijos habían estado presentes. Enseguida los vio, escurriendo las capas empapadas.

—Un discurso excepcional, padre —dijo Safo con efusividad.

—Ha sido excelente —convino Bostar—. Te los has metido en el bolsillo. Han respondido del único modo posible.

Malchus hizo un gesto de modestia, pero en el fondo estaba encantado.

—Por fin Cartago está lista para la guerra que llevamos preparando varios años. —Se acercó a la mesa que tenía detrás, sobre la que había una jarra roja vidriada y varias copas—. Hagamos un brindis por Aníbal Barca.

—Es una lástima que Hanno no haya escuchado tu discurso —dijo Safo al tiempo que lanzaba una mirada significativa a Bostar. Su padre, ocupado sirviendo el vino, no se percató.

—Y que lo digas —repuso Malchus, tendiéndoles una copa a cada uno—. Tales ocasiones no se repiten con frecuencia. El chico se arrepentirá el resto de su vida de haberse escabullido mientras se escribía una página de la historia. —Tragó un sorbo de vino—. ¿Le habéis visto?

Se produjo un silencio corto e incómodo. Los miró, primero a uno y luego al otro.

—¿Y bien?

—Nos lo hemos encontrado esta mañana —reconoció Safo—. Camino del ágora. Estaba con Suniaton.

Malchus pronunció un juramento.

—Debe de haber sido justo después de que se largara de casa. ¡El pequeño rufián no ha hecho caso de mis gritos! ¿Esos dos os han dado esquinazo?

—No exactamente —repuso Safo de mala gana al tiempo que dedicaba otra mirada significativa a Bostar.

Malchus captó la tensión que había entre sus hijos.

—¿Qué sucede?

Bostar carraspeó.

—Hablamos y luego les dejamos marchar. —Rectificó—: Yo les dejé marchar.

—¿Por qué? —exclamó Malchus enfadado—. Sabías lo importante que era mi discurso.

Bostar se sonrojó.

—Lo siento, padre. Tal vez me equivoqué, pero no pude evitar pensar que, al igual que nosotros, Hanno pronto irá a la guerra. Pero ahora todavía es joven. Que disfrute mientras puede.

Malchus se dio un golpecito en los dientes y se giró hacia Safo.

—¿Y tú qué le has dicho?

—Al comienzo he pensado que debíamos obligar a Hanno a acompañarnos, padre, pero Bostar tenía razón. Como era el oficial de mayor rango presente, he cedido a su criterio. —Bostar intentó interrumpirle, pero Safo continuó hablando—. Visto ahora, creo que ha sido una decisión equivocada. Tenía que haber rebatido su decisión.

—¡Cómo te atreves! —exclamó Bostar—. ¡Yo no he mencionado mi rango para nada! ¡Hemos tomado la decisión juntos!

Safo hizo una mueca.

—¿Ah, sí?

Malchus levantó las manos.

—¡Basta!

Los hermanos se quedaron callados lanzándose miradas airadas.

Malchus caviló durante unos instantes.

—Estoy muy decepcionado contigo, Safo, por no haber protestado más contra el deseo de tu hermano de dejar hacer a Hanno lo que quería. —Acto seguido, miró a Bostar—: Me avergüenzo de ti, como oficial de alto rango, por olvidar que nuestro principal objetivo es vengarnos de Roma. En comparación, ¡frivolidades como ir a pescar resultan irrelevantes! —Haciendo caso omiso de las disculpas que mascullaban, Malchus alzó la copa—. Olvidemos a Hanno y al holgazán de su amigo y ¡brindemos por Aníbal Barca y por nuestra victoria en la próxima guerra contra Roma!

Siguieron su iniciativa pero los hermanos no entrechocaron las copas entre sí.

El deseo de Hanno de tener una muerte rápida no se cumplió. La tormenta acabó pasando y el furibundo oleaje amainó. Llegó el amanecer, que trajo consigo un mar en calma y un cielo despejado. El viento cambió de dirección; ahora soplaba desde el noreste. Hanno se animó brevemente pero le duró poco. La brisa no era lo bastante fuerte para llevarlos de vuelta a casa y la corriente seguía arrastrando la pequeña embarcación hacia el este. Reinaba el silencio; las inclemencias del tiempo habían ahuyentado a todas las aves marinas. A Suniaton le había vencido el agotamiento y roncaba desplomado en el suelo del barco.

Hanno hizo una mueca ante lo irónico de la situación. La apacible escena no podía ser más opuesta a lo que habían soportado durante la noche. La ropa empapada se secaba rápido gracias al calor del sol. La barca se balanceaba plácidamente de lado a lado y formaba pequeñas olas con el casco al surcar el mar. Un grupo de delfines irrumpió en la superficie cercana pero esa imagen no hizo brotar una sonrisa en los labios de Hanno como sucedía en circunstancias normales. En ese momento, sus siluetas gráciles y movimientos fluidos suponían un doloroso recordatorio de que su lugar estaba en la tierra, que no se veía por ningún sitio. Aparte de los delfines, estaban totalmente solos.

A Hanno le abrumaron los remordimientos y un sentimiento poco habitual en él, la humildad. «Tenía que haber cumplido con mi obligación —pensó—. Tenía que haber ido a la reunión con mi padre.» La idea de escuchar a cerdos como Hostus y sus amiguetes le resultaba entonces de lo más apetecible. Hanno contemplaba el horizonte por el oeste con expresión sombría, consciente de que nunca volvería a ver su casa ni su familia. De repente, el dolor le resultó insoportable, se le llenaron los ojos de lágrimas y agradeció que Suniaton estuviera dormido. Eran muy amigos pero no tenía ganas de que le viera llorando como un niño. De todos modos, no despreciaba a Suni por su reacción extrema durante la tormenta. El hecho de pensar que si se mostraba tranquilo ayudaría a su amigo era lo único que había evitado que se comportara del mismo modo.

Suniaton se despertó al cabo de un rato. Hanno, que todavía se sentía frágil, se sorprendió y molestó a partes iguales al ver que estaba un tanto más animado.

—Tengo hambre —declaró Suniaton, mirando a su alrededor con avidez.

—Pues no hay nada de comer, ni de beber —repuso Hanno con acritud—. Vete acostumbrando.

Resultaba obvio que Hanno estaba de mal humor y Suniaton tuvo la sabiduría de no contestar. Se puso a trajinar achicando la poca agua que quedaba en el fondo de la barca. Cuando hubo terminado, levantó los remos y los colocó en los toletes. Entrecerrando los ojos para mirar hacia el horizonte y luego al sol, empezó a remar en dirección sur. Al cabo de un momento, empezó a silbar una tonadilla que entonces era muy popular en Cartago.

Hanno frunció el ceño. La melodía le recordaba los buenos tiempos que habían pasado yendo de parranda por las tabernas cercanas a los puertos gemelos de la ciudad. Las agradables horas pasadas con rollizas prostitutas egipcias en la sala de encima del bar. «Isis», como se hacía llamar, había sido su preferida. Recordó sus ojos delineados con kohl, los labios carmín que enmarcaban palabras de aliento y sintió que le palpitaba la entrepierna. Era demasiado.

—Cállate —espetó.

Dolido, Suniaton obedeció.

Hanno tenía ganas de pelea.

—¿Qué estás haciendo? —preguntó, señalando los remos.

—Remar —replicó Suniaton abruptamente—. ¿Es que no es lo que parece?

—¿Qué sentido tiene? —exclamó Hanno—. A lo mejor estamos cincuenta millas mar adentro.

—O cinco.

Hanno parpadeó y entonces decidió pasar por alto la respuesta sensata de su amigo.

Estaba tan enfadado que apenas podía pensar.

—¿Por qué ir hacia el sur? ¿Por qué no el norte, o el este?

Suniaton lo fulminó con la mirada.

—Numidia es la costa más cercana, por si no te habías dado cuenta.

Hanno se sonrojó y guardó silencio. Por supuesto que sabía que la costa meridional del Mediterráneo estaba más cercana que Sicilia o Italia. Dadas las circunstancias, el plan de Suniaton era bueno. Sin embargo, a Hanno no le apetecía reconocer que su amigo tenía razón, así que se sentó enrabietado y se quedó contemplando el horizonte lejano.

Suniaton continuó remando hacia el sur con obstinación.

Pasó el tiempo y el sol alcanzó el cénit.

Al cabo de un rato, Hanno decidió hablar.

—Hagamos turnos —masculló.

—¿Eh? —espetó Suniaton.

—Llevas remando un montón de rato —dijo Hanno—. Te mereces un descanso.

—¿Qué sentido tiene? —Suniaton repitió enfadado las palabras de su amigo.

Hanno se tragó su orgullo.

—Mira —dijo—. Lo siento, ¿vale? Ir hacia el sur es un plan tan bueno como cualquier otro.

Suniaton asintió a regañadientes.

—Pues vale.

Cambiaron de sitio y Hanno se puso a los remos. El ambiente mejoró considerablemente y Suniaton recuperó el buen humor.

—Por lo menos seguimos vivos, y juntos —dijo—. Habría sido mucho peor que uno de los dos hubiera caído por la borda. ¡No habría nadie a quien insultar!

Hanno hizo una mueca para mostrar su acuerdo. Alzó la vista hacia el círculo ardiente que formaba el sol. Debía de ser casi el mediodía. Hacía un calor abrasador y tenía la lengua pegada al paladar de la boca seca. «Lo que daría yo por un vaso de agua», pensó con anhelo. Volvió a desanimarse y, al cabo de un momento, alzó los remos, incapaz de hacer acopio del entusiasmo necesario para seguir remando.

—Me toca —dijo Suniaton sin rechistar.

Hanno vio la resignación reflejada en los ojos de su amigo.

—Descansemos un rato —propuso—. Parece que el mar va a seguir calmado. ¿Qué más da dónde avistemos tierra?

—Tienes razón. —A pesar de la mentira, Suniaton esbozó una sonrisa. No verbalizó lo que los dos estaban pensando: si, por arte de magia, alcanzaban la costa númida, ¿encontrarían agua antes de sucumbir a la sed?

Al cabo de un rato volvieron a turnarse en los remos, aplicándose en la tarea con un vigor fruto de la desesperación. Sus esfuerzos resultaron en vano: el horizonte aparecía vacío a su alrededor. Estaban completamente solos. Perdidos. Abandonados por los dioses. Al final, agotados por la sed y el calor extremo, los amigos se dieron por vencidos y se tumbaron en el fondo de la barca a descansar. Enseguida se quedaron dormidos.

Hanno soñó que estaba en un lado de una puerta mientras su padre estaba en el otro, golpeando la madera con el puño y exigiendo que abriera de inmediato. Hanno estaba ansioso por obedecer pero no encontraba la manecilla ni el ojo de la cerradura en la superficie uniforme de la puerta. Malchus golpeaba cada vez con más y más fuerza, hasta que al final Hanno se dio cuenta de que estaba soñando. Se despertó con un dolor de cabeza martilleante y una sensación de desorientación absoluta y abrió los ojos. En lo alto una extensión ilimitada de cielo azul. A su lado, la silueta dormida de Suniaton. Para sorpresa de Hanno, el martilleo que sentía en la cabeza fue sustituido por una cadencia regular y conocida: la de unos hombres que cantaban. También se oía otra voz que gritaba órdenes indeterminadas. Era un marinero que llevaba la batuta de los remeros, pensó Hanno con incredulidad. ¡Un barco!

Todo su cansancio desapareció y se incorporó de un salto. Giró la cabeza y buscó el origen del ruido. Entonces lo vio: una forma baja a apenas trescientos pasos de distancia; con las cubiertas llenas de hombres. Tenía un único mástil con una vela cuadrada sujeta con un complejo sistema de jarcias, y dos bancadas. La popa de color rojo estaba curvada como la cola de un escorpión y había un pequeño castillo de proa. Entre la exultación inicial Hanno notó el primer atisbo de inquietud. No parecía un barco mercante; quedaba claro que tampoco era un barco de pesca. Sin embargo, no era lo bastante grande para ser un barco de guerra cartaginés o ni siquiera romano. En aquella época, Cartago tenía muy pocos birremes o trirremes porque confiaba en quinquerremes, más potentes, y en menor medida, en cuatrirremes. Roma poseía algunos barcos más pequeños, pero no identificaba ninguna de sus características. No obstante, el navío poseía un estilo claramente militar.

Dio un codazo a Suniaton.

—¡Despierta!
Su amigo gimió.
—¿Qué pasa?
—Un barco.
Suniaton se sentó de golpe.
—¿Dónde? —preguntó.
Hanno señaló. El birreme iba en dirección norte, lo cual lo situaría a menos de cien pasos de su pequeña barca. Tenía prisa por utilizar tanto la vela como la fuerza de los remos, y daba la impresión de que nadie les había visto. A Hanno se le revolvió el estómago. Si no actuaba, quizá pasara de largo.
Se levantó.
—¡Aquí! ¡Estamos aquí! —empezó a gritar en cartaginés. Suniaton se situó junto a él, moviendo los brazos como un poseso. Hanno repitió el grito en griego. Durante unos momentos de angustia máxima, no pasó nada. Al final, un hombre giró la cabeza. Teniendo en cuenta que el mar estaba como una balsa, era imposible no verlos. Se oyeron unos gritos guturales y los cánticos se detuvieron de inmediato. Los remeros del lado de babor, que estaban de cara a ellos, aflojaron el ritmo y se pararon, con lo que la velocidad del birreme se redujo de inmediato. Otra serie de órdenes dadas a gritos y la vela se rizó, lo cual permitió que el barco se apartara del viento. Las bancadas más cercanas a ellos empezaron a ir hacia atrás para girar el birreme hacia ellos. Enseguida vieron la base del espolón de bronce que llevaban en la proa. Estaba tallada con la forma de la cabeza de un animal y la parte superior del cráneo y los ojos apenas se distinguía. Ahora que se dirigía a ellos, el navío presentaba un aspecto de lo más amenazador.
Los dos amigos intercambiaron una mirada, no muy convencidos.
—¿Quiénes son? —susurró Suniaton.
Hanno negó con la cabeza.
—No lo sé.
—A lo mejor teníamos que habernos callado —dijo Suniaton. Empezó a musitar una oración.

La certidumbre de Hanno flaqueó, pero era demasiado tarde. El marinero que encabezaba los gritos de los remeros inició un ritmo más lento que el anterior. Al unísono, los remos de ambos lados se levantaron y barrieron el aire grácilmente antes de bajar trazando un arco y hendir la superficie del agua con un fuerte chapoteo. Alentados por los gritos de su supervisor, los remeros cantaban y empujaban juntos, arrastrando los remos, extensiones talladas de picea pulida, por el agua.

Al cabo de poco tiempo el birreme se situó a su lado. La superestructura estaba decorada en rojo igual que la popa, pero alrededor de cada tolete había un diseño en forma de remolino pintado de azul. Estaba todavía brillante y húmeda, lo cual ponía de manifiesto que era reciente. A Hanno se le cayó el alma a los pies al observar a los hombres sonrientes: una mezcla de nacionalidades, desde griegos hasta libios, pasando por íberos, que llenaban las barandillas y el castillo de proa. La mayoría llevaba poco más que un taparrabos pero todos iban armados hasta los dientes. En la cubierta también vio catapultas. Él y Suniaton no tenían más que los puñales.

—Son unos putos piratas —masculló Suniaton—. Somos hombres muertos. Esclavos, con un poco de suerte.

—¿Prefieres morir de sed? ¿O de una insolación? —replicó Hanno, enfurecido consigo mismo por no haberse dado cuenta de lo que era el birreme. Por no haberse quedado callado.

—Tal vez —espetó Suniaton—. De todos modos, ahora nunca lo sabremos.

Una figura delgada cercana a la proa les saludó. A juzgar por el pelo negro y la complexión un tanto más clara que la mayoría de sus compañeros de tez oscura, era probable que fuera egipcio. De todos modos, habló en griego, el idioma dominante del mar.

—Vaya, vaya. ¿Adónde os dirigís?

Sus compañeros se troncharon de la risa.

Hanno decidió ser osado.

—Cartago —declaró en voz bien alta—. Pero, como veis, no tenemos vela. ¿Podemos viajar con vosotros?

—¿Qué hacéis en alta mar con un bote a remos? —preguntó el egipcio.

La tripulación lanzó más gritos de diversión.

—Nos ha arrastrado una tormenta —respondió Hanno—. De todos modos, los dioses nos han sonreído y hemos sobrevivido.

—Desde luego que habéis tenido suerte —convino el otro—. Aunque yo no confiaría mucho en vuestras posibilidades si os quedáis aquí. Según mis cálculos, estamos por lo menos a sesenta millas de la costa más cercana.

Suniaton señaló hacia el sur.

—¿Numidia?

El egipcio echó la cabeza hacia atrás y se rio. Era un sonido desagradable y burlón.

—¿Es que no tienes sentido de la orientación, tonto? ¡Me refiero a Sicilia!

Hanno y Suniaton se miraron boquiabiertos. La tormenta los había llevado mucho más lejos de lo que habían imaginado. Habían estado remando por el Mediterráneo sin rumbo fijo.

—Entonces tenemos incluso más razones para daros las gracias —dijo Hanno con descaro—. Tal como harán nuestros padres cuando nos devolváis sanos y salvos a Cartago.

El egipcio frunció los labios y mostró los dientes afilados.

—Subid a bordo. Estaremos más cómodos hablando a la sombra —dijo, indicando una marquesina que había en el castillo de proa.

Los amigos intercambiaron una mirada significativa. Aquella hospitalidad no acababa de encajar con lo que tenían delante de los ojos. Daba la impresión de que cualquiera de los hombres del barco era capaz de cortarles el pescuezo sin ni siquiera parpadear.

—Gracias —dijo Hanno con una amplia sonrisa. Rodeó el birreme remando y se situó en la parte posterior de este. Ahí encontraron un bote de un tamaño parecido al de su embarcación sujeto a una argolla de hierro. Ya habían bajado un cabo hasta la altura en la que se encontraban desde arriba. Un par de marineros sonrientes les esperaban para remontarlos.

—Confía en Melcart —dijo Hanno con voz queda al tiempo que amarraba la barca rápidamente.

—No nos hemos ahogado, lo cual significa que nos tiene reservada alguna misión —repuso Suniaton, desesperado por creer en algo. De todos modos su temor resultaba evidente.

Hanno, que se esforzaba para no perder el control, observó los tablones que tenía delante. Desde tan cerca, veía la brea negra que cubría el casco por debajo de la línea de flotación. Pensando que Suniaton tenía razón, Hanno se agarró a la cuerda. ¿Cómo era posible que hubieran sobrevivido a la tormenta? Seguro que había sido obra de Melcart. Ascendió ayudado por los marineros y se sirvió de los pies para agarrarse a la cálida madera.

—Bienvenido —dijo el egipcio cuando Hanno llegó a la cubierta. Alzó una mano, con la palma hacia fuera, al modo cartaginés.

Hanno, complacido por el gesto, hizo lo mismo.

Suniaton llegó al cabo de un momento y el egipcio le saludó de un modo similar. Les ofrecieron odres de agua y los dos bebieron con avidez para aplacar su sed. Hanno empezó a plantearse si la corazonada que había tenido estaba equivocada.

—¿Sois de Cartago? —La pregunta sonaba lo bastante inocente.

—Sí —repuso Hanno.

—¿Navegáis hasta allí? —preguntó Suniaton.

—No muy a menudo —respondió el egipcio.

Sus hombres se rieron burlonamente y Hanno se fijó en que miraban con lujuria los amuletos de oro que llevaban colgados del cuello.

—¿Nos podéis llevar allí? —se atrevió a preguntar—. Nuestras familias son adineradas y os recompensarán bien si regresamos sanos y salvos.

El egipcio se frotó el mentón.

—¿Ah, sí?

—Por supuesto —aseguró Suniaton.

Se produjo un largo silencio y Hanno se quedó más intranquilo.

Al final el egipcio habló.

—¿Qué os parece, chicos? —preguntó, escudriñando a los hombres ahí reunidos—. ¿Navegamos hasta Cartago para recoger una buena recompensa por nuestros esfuerzos?

—Ni soñarlo —gruñó una voz—. Matémoslos y zanjemos el asunto.

—¿Recompensa? Lo más probable es que nos crucificaran a todos —gritó otro.

Suniaton lanzó un grito ahogado y a Hanno se le revolvieron las tripas. La crucifixión era uno de los castigos reservados a los delincuentes de la peor calaña, es decir, a los piratas.

Arqueando las cejas con expresión burlona, el egipcio levantó una mano y sus compañeros se relajaron.

—Por desgracia, la gente como nosotros no es bien recibida en Cartago —explicó.

—No tiene por qué ser en la misma Cartago —dijo Hanno con despreocupación. Suniaton, a su lado, asentía nervioso—. Cualquier ciudad de la costa númida nos iría bien.

Los hombres se rieron con estridencia del comentario y Hanno se esforzó para no dejarse vencer por la desesperación. Lanzó una mirada a Suniaton, pero tampoco estaba muy inspirado.

—Suponiendo que aceptáramos tal cosa —dijo el sonriente egipcio—, ¿cómo nos pagaríais?

—Me reuniría con vosotros después con el dinero, en el lugar que eligierais —repuso Hanno, sonrojándose. El capitán pirata estaba jugando con él.

—Y supongo que lo juraríais por la vida de vuestra madre, ¿no? —preguntó el egipcio con desprecio—. Si es que la tenéis.

Hanno se tragó la ira.

—Lo juraría, y sí que tengo madre.

El egipcio lo pilló desprevenido y le asestó un fuerte puñetazo en el plexo solar. Hanno se quedó sin aire en los pulmones y se dobló de dolor.

—Basta ya de gilipolleces —anunció el egipcio de repente—. Quitadles las armas. Atadlos.

—¡No! —musitó Hanno. Intentó incorporarse pero unas manos fuertes le agarraron los brazos desde atrás y se los inmovilizaron a los lados. Notó cómo le quitaban el puñal y al cabo de un momento le arrancaron el amuleto de oro del cuello. Desarmado y sin el talismán que había llevado desde la infancia, Hanno se sentía totalmente desnudo. A Suniaton, que estaba a su lado, le hicieron lo mismo y gritó cuando le arrancaron los pendientes. Las manos avariciosas de los piratas les arrebataban los objetos de valor para hacerse con una parte del botín. Hanno miró enfurecido al egipcio.

—¿Qué nos vais a hacer?

—Los dos sois jóvenes y fuertes. Seguro que pagarán bien por vosotros en el mercado de esclavos.

—Por favor —suplicó Suniaton, pero el capitán pirata ya se había dado la vuelta.

Hanno carraspeó y escupió en su dirección, por lo que recibió un fuerte golpe en la cabeza. Acto seguido, les ataron los brazos detrás de la espalda y los llevaron sin contemplaciones bajo cubierta, al reducido espacio donde los esclavos se sentaban en las dos hileras de bancos. Desplomados sobre los remos y con apenas el espacio suficiente para sentarse erguidos, había veinticinco en cada hilera, cincuenta en cada lado del birreme. Al pie de la escalera, en un pasadizo central, había un único esclavo, el hombre cuya cantinela había despertado a Hanno. Cerca de la popa, una estrecha jaula de hierro contenía a una docena aproximadamente de prisioneros. Hanno y Suniaton intercambiaron una mirada. No estaban solos.

En el exterior hacía calor pero ahí la presencia de más de cien hombres sudorosos aumentaba la temperatura y hacía que se asemejara a un horno. Innumerables pares de ojos mortecinos observaron a los recién llegados pero ni un solo esclavo habló. El motivo enseguida resultó obvio. Los pies descalzos de un hombre bajito y robusto que se acercaba pisoteaban las cuadernas del barco. Los amigos le sacaban unos buenos palmos pero el recién llegado de pelo rapado tenía unos músculos enormes que a Hanno le recordaban a los luchadores griegos que había visto. Su único atuendo era una falda de cuero pero exudaba autoridad, aparte de llevar un látigo anudado en el puño derecho. Tenía la cara llena de cicatrices y las facciones toscas, como de granito, y los labios se asemejaban a una raja en la piedra.

Jadeando todavía, Hanno fue incapaz de no mirar fijamente los ojos fríos y calculadores del capataz.

—Carne fresca, ¿eh? —Tenía la voz nasal y exasperante.

—Dos más para el mercado de esclavos, Varsaco —respondió uno de los hombres que sujetaba a Hanno.

—Consideraos afortunados. La mayoría de los prisioneros acaban en las bancadas, pero ahora mismo estamos al completo. —Varsaco señaló a los desgraciados melenudos que los rodeaban—. O sea que os alojáis en nuestros aposentos más selectos. —Señaló la jaula con el pulgar y se echó a reír.

Hanno sintió un escalofrío de miedo. Correrían una suerte similar a la de los remeros. Estarían a merced de quienquiera que los comprara.

Los ojos de Suniaton eran dos pozos de terror.

—Podemos acabar en cualquier sitio —susurró.

Su amigo tenía razón, pensó Hanno. La armada debilitada de los cartagineses ya no contaba con el poder suficiente para impedir la presencia de piratas en el Mediterráneo, y hasta el momento los romanos no se habían molestado en vigilar el alta mar. El birreme podía navegar a donde quisiera. De hecho, había pocos puertos en los que la inspección de seguridad fuera poco más que superficial. Sicilia, Numidia o Iberia eran algunas de las posibilidades. Igual que Italia. Todas las ciudades de tamaño mediano contaban con un mercado de esclavos. Hanno tuvo la impresión de ahogarse en un océano de desesperación.

La voz del egipcio les llegó procedente de la cubierta.

—¡Varsaco!

El capataz respondió de inmediato.

—¿Capitán?

—Retoma el rumbo y velocidad anteriores.

—Sí, señor.

A Hanno y Suniaton no les hicieron ni caso mientras Varsaco gritaba las órdenes a los remeros del lado de estribor. Afanándose en su cometido, los esclavos emplearon los remos para recular hasta que el capataz les ordenó con un gesto que pararan. Entonces la figura de la pasarela empezó a entonar un cántico que instauró un ritmo fijo en los remeros.

Una vez cumplida su misión, Varsaco regresó. Tenía una expresión lujuriosa en la mirada que no habían advertido antes.

—Eres un chico guapo —dijo a Hanno, pasándole los dedos regordetes por el brazo. Le deslizó una mano bajo la túnica y le pellizcó un pezón. Hanno dio un respingo e intentó apartarse pero, teniendo en cuenta que tenía a un hombre a cada lado, no podía ir muy lejos—. De todos modos prefiero a los que tienen un poco más de chicha —confesó Varsaco. Se colocó al lado de Suniaton y le pellizcó las nalgas con brusquedad. Suniaton se retorció para alejarse pero los piratas que lo sujetaban lo agarraron con más fuerza—. Vaya, pero si te has hecho daño. —Varsaco le tocó el lóbulo de la oreja a Suniaton, que todavía le sangraba, y luego, para horror de Hanno, se lamió la sangre de la yema del dedo.

Suniaton gimoteaba de miedo.

—Déjalo en paz, hijo de puta —bramó Hanno, intentando zafarse con todas sus fuerzas.

—¿O qué? —le retó Varsaco. De repente endureció la voz—. Bajo las cubiertas mando yo. Hago lo que me da la gana. ¡Llevadlo ahí!

Unas lágrimas de rabia surcaron las mejillas de Hanno al ver cómo arrastraban a su amigo a un bloque grande de madera clavado cerca de la proa. La superficie, de aproximadamente el largo del torso de un hombre, estaba cubierta de zonas oscuras e irregulares y en cada esquina al nivel del suelo había unos gruesos grilletes. Los piratas soltaron las ataduras de Suniaton y lo tiraron boca abajo encima de la madera. Él pataleaba y forcejeaba pero los captores eran demasiado numerosos. Al cabo de un instante, los grilletes se le cerraron alrededor de las muñecas y los tobillos.

Varsaco se movió para situarse detrás de él y Suniaton, que se dio cuenta de lo que estaba a punto de pasarle, empezó a gritar. Sus protestas se intensificaron cuando al capataz le dieron un cuchillo, que utilizó para rajarle los pantalones bombachos desde la cintura hasta la entrepierna. Varsaco hizo lo mismo con la ropa interior de Suniaton, riéndose mientras el extremo de la hoja le arañaba la carne y le hacía gemir de dolor. Al final, el capataz separó la tela rajada y la cara se le retorció de lujuria.

—Muy bonito —masculló.

—¡No! —gritó Suniaton.

Aquello era demasiado para Hanno. Haciendo acopio de todas sus fuerzas, se retorció y corcoveó como un caballo desbocado. Pilló desprevenidos a los dos hombres que lo sujetaban, absortos en el espectáculo, y se soltó. Corrió hacia delante y alcanzó a Varsaco en unos doce pasos. El capataz le daba el ancha espalda y estaba muy ocupado desabrochándose el cinturón que sujetaba la falda de cuero. La dejó caer al suelo y suspiró de satisfacción, avanzando para perpetrar el ultraje.

Jadeando enfurecido, Hanno reunió fuerzas suficientes e hizo lo único que se le ocurrió. Echó hacia atrás la pierna derecha y la balanceó en el aire para atizar a Varsaco entre los muslos. Con un ruido seco y carnoso, la parte delantera de la sandalia alcanzó de lleno la masa blanda del escroto colgante del capataz. Varsaco profirió un grito agudo y se desplomó en la cubierta hecho un ovillo. Hanno gruñó encantado.

—¿Qué te parece? —gritó, propinándole una patada en la sien con la suela con tachuelas de hierro. Consiguió asestarle unas cuantas patadas más antes de que los hombres que lo habían sujetado se abalanzaran sobre él. Hanno vio a uno que levantaba la base de la espada. Se giró a medias, con torpeza debido a las cuerdas que le sujetaban las manos, pero fue incapaz de esquivar el golpe. Hanno vio las estrellas cuando el mango le golpeó la nuca. Le fallaron las rodillas y cayó hacia delante hasta acabar encima de Varsaco, que estaba medio consciente. Recibió una salva de golpes y se sumió en la oscuridad.

—¡Despierta!

Hanno notó que alguien le daba un empujón en la espalda. Volvió en sí lentamente. Estaba tumbado de lado, atado todavía como una gallina lista para la cazuela. Le dolía todo el cuerpo. Sin embargo, quedaba claro que la cabeza, el vientre y la entrepierna habían recibido una atención especial. Respirar le resultaba agónico y Hanno sospechó que tenía dos o tres costillas rotas. Tenía sabor a sangre en la boca y con cuidado utilizó la lengua para comprobar que tenía todos los dientes en su sitio. Por suerte, los tenía aunque notaba dos sueltos y el labio superior magullado e hinchado.

Lo volvieron a pinchar.

—¡Hanno! Soy yo, Suniaton.

Al final, Hanno se fijó en su amigo, tumbado a escasos pasos de distancia. Para su sorpresa, se encontraban en la cubierta del castillo de proa, bajo el toldo que había visto con anterioridad. Le pareció que estaban solos.

—Llevas horas inconsciente —dijo Suniatón preocupado.

Hanno se percató de que la temperatura había bajado considerablemente. En el hueco que quedaba entre el toldo y la borda veía el tono anaranjado del cielo. Faltaba poco para el atardecer.

—Sobreviviré —masculló. De repente recordó los últimos acontecimientos—. ¿Y tú? ¿Varsaco te ha...? —Fue incapaz de terminar la pregunta.

Suniaton hizo una mueca.

—Estoy bien —murmuró. Por increíble que pareciera, sonrió—. Varsaco no pudo mantenerse en pie mucho rato, ¿sabes?

—¡Bien! ¡Menudo cabrón! —Hanno frunció el ceño—. ¿Por qué no me mataron sus hombres?

—Iban a matarte —susurró Suniaton—. Pero...

Se quedó callado porque oyó que crujían las escaleras que llevaban a la cubierta principal. Se acercaba alguien. Al cabo de un instante, el egipcio se inclinó hacia Hanno.

—Has vuelto en ti —dijo—. Bien. Los hombres que duermen demasiado después de una paliza como esa no suelen despertarse.

Hanno le lanzó una mirada furibunda.

—No me mires así —le reprochó el egipcio—. De no ser por mí, ahora estarías muerto. Y te habrían violado antes de morir, lo más probable.

Suniaton dio un respingo, pero la furia de Hanno no conocía límites.

—¿Se supone que tengo que darte las gracias?

El egipcio se puso en cuclillas a su lado.

—Mira que tienes arrestos, ¿eh? Con un futuro distinto al de tu amigo. —Asintió en señal de aprobación—. Espero venderte como gladiador. Sería una pena desperdiciarte como esclavo para el campo o la casa. ¿Puedes levantarte?

Hanno permitió que le ayudara a sentarse. Un dolor punzante en el pecho le hizo hacer una mueca de dolor.

—¿Qué te pasa?

A Hanno le desconcertaba la preocupación del egipcio.

—Nada. Un par de costillas rotas.

—¿Eso es todo?

—Eso creo.

El egipcio sonrió.

—Bien. Creí que llegaba demasiado tarde. No sería la primera vez que uno de los jueguecitos de Varsaco se le escapa de las manos.

—¿Jueguecitos? —preguntó Suniaton débilmente.

El egipcio hizo un gesto de desconsideración.

—A menudo se contenta con tirarse a cualquier pobre diablo que le apetezca. Varias veces al día, normalmente. Mientras la cosa quede ahí, no me importa. No afecta a su valor de venta. De todos modos, después de lo que le hiciste, no habría tenido reparos en mataros a los dos. No me importa que se divierta pero no tiene sentido que destruya mercancía valiosa. Por eso estáis aquí arriba, donde yo duermo. Varsaco tiene una llave de la jaula y no me fío de que una noche no le dé por clavarte un cuchillo entre las costillas.

Hanno deseaba con todas sus fuerzas rodear el cuello del capitán con los dedos, estrangularlo, borrarle de la cara la perpetua expresión petulante. Le dolía saber que les había salvado la vida por motivos puramente económicos. No obstante, en el fondo a Hanno no le sorprendía el comportamiento del egipcio. En una ocasión había visto a su padre impedir a un esclavo que siguiera golpeando a una mula por el mismo motivo.

—Este es el mejor lugar del barco. Estáis a cubierto del sol y por aquí también corre la brisa nocturna. —El egipcio se levantó—. Sacadle el máximo provecho. Vamos camino de Sicilia, y luego Italia —dijo antes de desaparecer de su vista.

—Por lo menos en Iberia o Numidia habríamos tenido la posibilidad de correr la voz hasta Cartago —musitó Suniaton desesperadamente.

Hanno asintió con amargura. Por el contrario, iba a venderlos a los peores enemigos de su pueblo como gladiadores.

—No es posible que Melcart sea el único responsable de esta desventura. Hay algo más. —Intentó encontrar una explicación al hecho de que corrieran una suerte tan funesta. De repente, rememoró cómo se había marchado de casa. Hanno soltó una maldición.

—Soy un imbécil.

Suniaton le dedicó una mirada de confusión.

—¿Por qué lo dices?

—No pedí la bendición de Tanit al salir por la puerta principal.

Suniaton se quedó pálido. Aunque era una figura maternal virginal, Tanit era la deidad más importante de los cartagineses. También era la diosa de la guerra. Contrariarla conllevaba el riesgo de recibir un castigo severo.

—Olvidar no es un crimen —dijo, antes de apresurarse a añadir—, pero de todos modos podrías pedirle perdón.

Hanno siguió el consejo de su amigo empapado de un sudor frío.

«Gran Madre —rogó—. Perdóname. No nos olvides, por favor.»

A la mañana siguiente, Hanno seguía sin haber regresado a casa. En realidad, no era tan inusual. Pero pasaban las horas y seguía sin haber ni rastro de él. Al mediodía, Bostar empezó a preocuparse.

Caminaba de un extremo a otro del pasillo desde el patio, mirando la calle a ver si veía a su hermano pequeño. A primera hora de la tarde, ya no lo soportó más.

—¿Dónde está Hanno?

—Pasando la resaca en algún sitio, probablemente —gruñó Safo.

Bostar hizo una mueca.

—Nunca ha llegado tan tarde.

—A lo mejor oyó hablar del discurso de papá y se emborrachó un poco más de lo habitual. —Safo miró a su padre en busca de aprobación. Sorprendentemente, no la recibió.

A Malchus también se le veía preocupado.

—Tienes razón, Bostar. Hanno siempre regresa a tiempo para sus clases. Se me había olvidado pero esta tarde, a petición suya, íbamos a hablar otra vez de la batalla de Ecnomo.

Safo frunció el ceño.

—Entonces no se la perdería.

—Por eso mismo.

De repente, la situación tomó otro cariz.

Una voz conocida rompió su consternación.

—¿Malchus? ¿Estás en casa?

Los tres se giraron y vieron a un hombre robusto y con barba que aparecía en la entrada del patio. Llevaba una sotana de lino color crema que le llegaba casi hasta los pies y la cabeza cubierta con un pañuelo.

Malchus le hizo una reverencia y salió a su encuentro.

—Bodesmun. Tu presencia es un honor para mí.

Detrás de él, Safo y Bostar también daban muestras de respeto. Eshmún no era el dios preferido de la familia pero era una deidad importante. El templo dedicado a él en lo alto de la colina de Birsa era el mayor de Cartago y Bodesmun era uno de los sumos sacerdotes del mismo.

—¿Te apetece un refrigerio? —preguntó Malchus—. ¿Un poco de vino o zumo de granada? ¿Pan con miel?

Bodesmun rechazó la oferta con un gesto de la mano regordeta. Su rostro amable y redondo denotaba preocupación.

—Gracias, pero no.

Malchus se quedó anonadado. Tenía poco en común con un sacerdote pacífico.

—¿En qué puedo servirte? —preguntó con incomodidad.

—Vengo por Suniaton.

Malchus respondió de inmediato.

—¿Qué le ha hecho hacer Hanno?

Bodesmun alcanzó a esbozar una débil sonrisa.

—No se trata de eso. ¿Habéis visto hoy a Suni?

A Malchus le dio un vuelco el corazón.

—No, yo podría preguntarte lo mismo acerca de Hanno.

La sonrisa de Bodesmun desapareció de su rostro.

—¿Tampoco ha regresado?

—No. Por lo que parece, ayer había cientos de atunes. Cualquier tonto con una red podía llenarse el barco de peces y estoy seguro de que es lo que hicieron. Cuando vi que Hanno no volvía, supuse que habían salido a celebrarlo —repuso Malchus apesadumbrado porque la imaginación ya se le había desbocado—. Es curioso que hayas aparecido justo ahora. Estaba empezando a preocuparme. Hanno nunca se ha saltado una clase de táctica.

—Suni tampoco se ha saltado jamás las oraciones del mediodía en el templo.

Bostar ensombreció el semblante. Hasta Safo frunció el ceño.

Los dos hombres mayores intercambiaron una mirada de descrédito. De repente tenían mucho en común. Bodesmun estaba al borde de las lágrimas.

—¿Qué deberíamos hacer? —preguntó con voz temblorosa.

Malchus se negó a dejarse dominar por el pánico que le había aflorado en el pecho. Era un soldado.

—Esto tendrá alguna explicación sencilla —declaró—. Quizá tengamos que recorrernos todas las tabernas y burdeles de Cartago, pero los encontraremos.

El habitual talante autoritario de Bodesmun había desaparecido. Asintió dócilmente.

—¡Safo! ¡Bostar!

—Sí, padre —respondieron al unísono, ansiosos por recibir alguna orden. Para entonces, Bostar estaba consternado y Safo tampoco parecía muy contento.

—Convocad al máximo de soldados de los cuarteles —ordenó Malchus—. Quiero que peinen la ciudad de arriba abajo. Centraos en sus locales preferidos cercanos a los puertos. Ya sabéis cuáles son.

Asintieron.

A pesar de esforzarse al máximo, Malchus estaba crispado.

—¡Venga, ya! Cuando hayáis terminado, buscadme aquí o en el ágora.

Bostar se giró en la entrada que conducía al pasillo.

—¿Y tú qué vas a hacer?

—Hablar con los pescadores de la Choma —repuso Malchus con determinación. Tenía en la cabeza una tormenta como la que había azotado la ciudad la noche anterior—. Quiero saber si ayer les vio alguien. —Lanzó una mirada a Bodesmun—. ¿Me acompañas?

El sacerdote se serenó.

—Por supuesto.

Con creciente desánimo se marcharon de la casa.

En la Choma, Malchus y Bodesmun encontraron a muchos de los pescadores que faenaban en las aguas cercanas a la ciudad. Hacía rato que habían concluido su jornada laboral. Con los barcos amarrados cerca, ganduleaban por ahí, cotilleando y reparando los agujeros de las redes. Como era de imaginar, la aparición de un noble y de un sumo sacerdote les impresionó. La mayoría pasaban por la vida sin estar jamás en presencia de alguien con un estatus social tan elevado. Su argot gutural también resultaba difícil de entender. Por consiguiente, costó sacarles algo que tuviera algún sentido.

—Estamos perdiendo el tiempo. Son todos unos idiotas —masculló Malchus frustrado. Se contuvo para no gritar y dar rienda suelta a su rabia. Perder los estribos resultaría de lo más contraproducente. Sin duda ahí es donde tenían más posibilidades de descubrir algo acerca de la desaparición de sus hijos.

—Quizá no todos. —Bodesmun señaló una figura fibrosa sentada en una barca volcada, cuyo pelo cano denotaba que era el mayor de sus compañeros—. Preguntémosle a él.

Se le acercaron.

—Buenos días tenga usted —saludó Bodesmun educadamente—. Que la bendición de los dioses os acompañe.

—Lo mismo para vos y vuestro amigo —respondió el hombre mostrando respeto.

—Venimos en busca de respuesta a algunas preguntas —anunció Malchus.

El otro asintió, sin mostrarse asombrado.

—Ya me parecía que buscaban algo más que pescado fresco.

—¿Ayer os hicisteis a la mar?

El hombre esbozó una débil sonrisa.

—¿Con la cantidad de atunes que había? Por supuesto que sí. Es una lástima que el tiempo cambiara tan rápido porque si no habría sido el mejor día de pesca de los últimos cinco años.

—¿Vio un pequeño esquife? —preguntó Malchus—. Con dos tripulantes. Dos jóvenes, bien vestidos.

El tono de urgencia y la expresión ansiosa de Bodesmun eran tan obvios que había que ser imbécil para no fijarse en ellos. No obstante, el viejo no contestó inmediatamente sino que cerró los ojos.

A Malchus cada segundo que pasaba le parecía una eternidad. Apretó los puños para contenerse y no agarrar al hombre por el cuello.

Bodesmun fue el primero que perdió la paciencia.

—¿Y bien?

El anciano abrió los ojos.

—Sí que los vi, sí. Un tipo alto y otro más bajo y robusto. Bien vestidos, como dicen. Suelen salir con frecuencia. Una pareja agradable.

Malchus y Bodesmun se intercambiaron una mirada llena de esperanza y temor.

—¿Cuándo los vio por última vez?

La expresión del anciano se tornó cautelosa.

—No estoy seguro.

Malchus sabía cuándo le mentían. Le embargó una oleada de temor. El hombre solo podía tener un motivo para ocultarles la verdad.

—Díganoslo —ordenó—. No le causará ningún perjuicio. Lo juro.

El anciano observó el rostro de Malchus unos instantes.

—Os creo. —Respiró hondo antes de empezar a hablar—: Cuando el viento aumentó considerablemente, vi que se avecinaba una tormenta. Rápidamente recogí la red en el barco y me dirigí a la Choma. Todo el mundo hacía lo mismo. O eso me pareció. Cuando estuve en tierra firme, vi que un esquife seguía encima de los bancos de atunes. Supe que era la embarcación de los jóvenes por la forma. Al comienzo me imaginé que eran víctimas de la avaricia y que intentaban pescar más, pero cuando lo perdí de vista, me di cuenta de que estaba equivocado.

—¿Por qué? —preguntó Bodesmun con voz ahogada.

—La barca parecía vacía. Me pregunté si se habían caído por la borda y ahogado. Parecía improbable porque entonces el mar no estaba tan embravecido. —El anciano frunció el ceño—. Llegué a la conclusión de que estaban dormidos. Ajenos a las inclemencias del tiempo.

—¿Por quién nos ha tomado? —gritó Malchus—. Uno dormitando, quizá, ¿pero los dos?

El anciano se amilanó ante la ira de Malchus pero Bodesmun le puso una mano en el brazo para que se contuviera.

—Es una posibilidad.

Malchus se giró hacia Bodesmun con los ojos desorbitados.

—¿Eh?

—He notado la falta de un buen vino de mi bodega.

Malchus le dedicó una mirada vacía.

—No lo entiendo.

—Probablemente la culpa sea de Suniaton —reveló Bodesmun entristecido—. Deben de haberse bebido el vino y luego quedarse dormidos.

—Cuando se empezó a levantar viento, ni siquiera se dieron cuenta —susurró Malchus horrorizado.

A Bodesmun se le llenaron los ojos de lágrimas.

—¿O sea que fueron arrastrados a alta mar? —masculló Malchus con incredulidad—. Usted es mayor. Entiendo que no se arriesgara, pero ¿esos? —Señaló enfurecido a los pescadores más jóvenes—. ¿Por qué no ayudaron?

El anciano recobró la voz una vez más.

—Deduzco que eran sus hijos, ¿no?

La angustia pudo más que la ira y Malchus asintió.

Los ojos del otro se llenaron de un pesar no sanado.

—Perdí a mi único hijo en el mar hace diez años. Es la voluntad de los dioses. —Se produjo una corta pausa—. Las normas de supervivencia son básicas. Cuando se desata una tormenta, cada uno va a lo suyo. Incluso así es probable morir. ¿Por qué iban esos hombres a arriesgar su vida por dos jóvenes que apenas conocían? De ser así, probablemente Melcart se habría cobrado más cadáveres para su reino. —Se quedó callado.

Una parte de Malchus deseaba crucificar a todo aquel que tenía delante, pero sabía que era inútil. Volvió a mirar al anciano y le sorprendió su actitud tranquila. Toda su deferencia se había esfumado. Malchus volvió a mirarlo fijamente y entendió por qué. ¿De qué servirían las amenazas en ese caso? El hombre había perdido a su único hijo. Sintió que le había dado una lección de humildad. Por lo menos a él le quedaban Safo y Bostar.

Bodesmun sollozaba en silencio sacudiendo los hombros.

—Dos muertes son suficientes —reconoció Malchus exhalando un fuerte suspiro—. Le agradezco su tiempo. —Se puso a rebuscar en el monedero.

—No necesito cobrar nada —declaró el hombre con solemnidad—. No se puede poner precio a una noticia tan funesta.

Malchus se marchó mascullando su agradecimiento. Apenas era consciente de que Bodesmun sollozaba detrás de él. Aunque guardaba la compostura, Malchus estaba desgarrado por el dolor. Se había planteado la posibilidad de perder un hijo —quizá más— en la inminente guerra contra Roma, pero no antes y con tanta facilidad. ¿Acaso la muerte de Arishat no había bastado como tragedia inesperada en la vida? Por lo menos había podido despedirse de ella. Con Hanno ni siquiera había tenido esa posibilidad.

Qué crueldad tan grande y qué sinsentido.

Transcurrieron varios días. A los amigos los retenían en el castillo de proa y apenas les daban comida para sobrevivir: cortezas de pan duro, unas cuantas cucharadas de gachas de mijo frío y las últimas gotas salobres de agua procedente de una calabaza de arcilla. Les quitaban las ataduras dos veces al día durante un rato para que estiraran los músculos agarrotados de los brazos y la parte superior de la espalda. Enseguida se acostumbraron a hacer sus necesidades en esos momentos, porque en otras situaciones los guardias se reían de sus peticiones de ayuda. En una ocasión, Hanno, preso de la desesperación, se había visto obligado a defecar encima.

Por suerte, Varsaco no tenía permitido acercarse a ellos, aunque a menudo les lanzaba miradas asesinas. A Hanno le satisfizo ver que el capataz cojeó durante varios días. Aparte de asegurarse de que Hanno se recuperaba de las heridas, el egipcio los ignoraba, e incluso trasladó sus mantas a la base del mástil. Por curioso que parezca, en cierto modo Hanno se enorgullecía de aquella clara muestra de su valor. La soledad también brindaba infinidad de ocasiones a la pareja para hablar. Se pasaban el día urdiendo planes para escapar. Claro está que ambos sabían que sus fantasías no eran más que un intento de levantarse el ánimo.

El birreme alcanzó la costa accidentada de Sicilia y fueron más allá de las poblaciones amuralladas de Heraclea, Acragas y Camarina. Se mantenían a una distancia prudencial de la costa para evitar cualquier trirreme romano o siciliano. El egipcio se aseguró de que vieran el monte Ecnomo, desde cuya cima los cartagineses habían sufrido una de las mayores derrotas frente a los romanos. Como es natural, Hanno había oído la historia infinidad de veces. El hecho de navegar por las mismas aguas en las que tantos de sus compatriotas habían perdido la vida hacía casi cuarenta años le llenó de una rabia irrefrenable: en parte en contra del egipcio por su versión lasciva de la historia, pero sobre todo contra los romanos, por lo que le habían hecho a Cartago. El *corvus*, un puente levadizo con clavos suspendido desde un poste en cada trirreme enemigo, había sido un invento ingenioso. En cuanto caía encima de las cubiertas de los barcos cartagineses, permitía el abordaje de infinidad de legionarios, que luchaban igual que si estuvieran en tierra. En un día especialmente cruento, Cartago había perdido casi cien barcos y su armada nunca se había recuperado de tamaño golpe.

Aproximadamente un día después de rodear el cabo Pachynus, el extremo meridional de Sicilia, el birreme se acercó a la magnífica fortaleza de Siracusa. Construida originariamente por los corintios más de quinientos años antes, sus inmensas fortificaciones se extendían desde la meseta triangular de Epipolae, en el afloramiento rocoso situado por encima del mar, hasta la isla de Ortygia, en la línea de flotación. Siracusa era la capital de una poderosa ciudad-estado que controlaba la mitad oriental de Sicilia y estaba gobernada por el anciano tirano Hiero, aliado de la República desde hacía tiempo y enemigo de Cartago. El egipcio llevó el barco hasta media milla del puerto antes de decidir no entrar en él. Se veían grandes cantidades de trirremes romanos, cuyos capitanes disfrutarían crucificando a los piratas que cayeran en sus manos.

A Hanno y Suniaton poco les importaba dónde amerizaban. De hecho, cuanto más largo fuera el viaje, mejor. Así se retrasaba la realidad de su destino.

En vez de dirigirse a las ciudades situadas en el talón o dedo gordo de Italia, el egipcio guio el birreme por el estrecho situado entre Sicilia y el continente. Solo tenía una milla de ancho y permitía gozar de buenas vistas de ambas costas.

—Es fácil ver por qué los romanos empezaron la guerra contra Cartago, ¿no? —musitó Hanno a Suniaton. Sicilia dominaba el centro del Mediterráneo e, históricamente, quienquiera que la controlaba, dominaba los mares—. Está muy cerca de Italia. La presencia de nuestras tropas debe de haberse percibido como una amenaza.

—Imagínate si nuestro pueblo no hubiera perdido la guerra —repuso Suniaton entristecido—. Habríamos tenido la posibilidad de que ahora nos rescatara alguno de nuestros barcos.

Hanno ya tenía un motivo más para odiar a Roma.

En el puerto de Rhegium, en la Italia continental, el capitán pirata se preparó para vender a los cautivos. Los rumores callejeros enseguida le hicieron cambiar de opinión. Los juegos que pronto iban a celebrarse en Capua, más al norte, habían provocado una demanda de esclavos sin precedentes. Bastó para que el egipcio zarpara con rumbo a Neapolis, la población costera más próxima a la capital de Campania.

A medida que se acercaba el final de su viaje, Hanno descubrió que, curiosamente, la familiaridad cada vez mayor que tenía con los piratas era más reconfortante que el destino desconocido que le aguardaba. Pero entonces se acordó de Varsaco: era imposible permanecer en el birreme porque no era más que cuestión de tiempo hasta que el brutal capataz se vengara de él. Por consiguiente, dos días después Hanno descendió aliviado al muelle de Neapolis. La ciudad amurallada, que había sido un asentamiento griego, había sido uno de los *socii*, aliados de la República, durante más de cien años. Poseía uno de los mayores puertos al sur de Roma, un puerto de agua profunda lleno de buques de guerra, barcos de pesca y buques mercantes de todo el Mediterráneo. El lugar estaba atestado y el egipcio tardó una eternidad en encontrar un amarradero adecuado.

Hanno estaba con Suniaton y los demás cautivos, una mezcla de jóvenes númidas y libios. El egipcio y seis de sus hombres más fornidos acompañaban al grupo. Para evitar cualquier intento de huida, la argolla de hierro que cada prisionero llevaba en el cuello estaba conectada con la del siguiente mediante una cadena. Contento al notar la solidez de las anchas losas de piedra del muelle bajo sus pies, Hanno se encontró al lado de un montón de planchas de cedro cortadas de forma tosca procedentes de Tiro. Al lado había montículos dorados de grano siciliano y bolsas repletas de almendras de África. Más allá, apiladas hasta una altura mayor que la de un hombre, había ánforas selladas con cera llenas de vino y aceite de oliva. Los pescadores bromeaban entre sí mientras arrastraban la captura de atún, mújol y besugo a la costa. Los marineros que estaban de permiso ataviados con sus llamativas túnicas azules se pavoneaban por el muelle en busca de los antros de lujuria y desenfreno de la ciudad. Cargados con sus aperos, un grupo de marinos se preparaba para embarcar en un trirreme cercano. Al verlos, los marineros se pusieron a burlarse de ellos. Enfurecidos, los marinos empezaron a responderles a gritos. Un *optio* con la nariz de cerdito evitó que los grupos acabaran enfrentándose a golpes.

Hanno contempló embelesado el bullicio del lugar. Le recordaba muchísimo a su hogar y le dolía el corazón de solo pensarlo. Entonces, entre los gritos en latín, griego y númida, Hanno oyó que alguien hablaba cartaginés y le respondían. Al comienzo se quedó anonadado y luego se alegró. ¡Por lo menos oía a dos de sus compatriotas! Si lograba hablar con ellos, quizá pudieran ponerse en contacto con su padre. Lanzó una mirada a Suniaton.

—¿Has oído eso?

Su amigo asintió sorprendido.

Hanno se puso de pie con desesperación, pero la muchedumbre le impedía ver.

El egipcio tiró de la cadena con brutalidad y obligó a los cautivos a seguirle.

—El mercado de esclavos está cerca de aquí —anunció con una sonrisa cruel.

Hanno arrastró los pies pero el tirón del cuello era inexorable. Sintió una profunda angustia cuando al cabo de doce pasos ya no distinguió su lengua materna de la plétora de idiomas que se oían. Era como si se les hubiera cerrado en las narices la puerta de la última oportunidad. Le pareció un golpe más duro que cualquier otra cosa que les hubiera pasado hasta el momento.

Una lágrima rodaba por la mejilla de Suniaton.

—Valor —susurró Hanno—. Sobreviviremos, como sea.

«¿Cómo? —gritaba en su interior—. ¿Cómo?»

4

Hombría

El oso se lanzó a sus pies y Quintus le atacó con una serie de puntapiés. Tenía que morderse la lengua para no gritar horrorizado. A ese ritmo, el animal lo agarraría por el muslo o la entrepierna. El dolor sería insoportable y su muerte lenta, en vez de la muerte rápida que había tenido el galo. A Quintus no se le ocurría qué hacer para salir airoso de aquella situación. Siguió agitando descontroladamente sus *caligae*. Confundido, el animal gruñó y le golpeó con la gigantesca garra. Le rasgó media sandalia.

Al final un gemido de miedo escapó de sus labios. Quintus oyó unas fuertes pisadas y sintió un alivio inmenso en todo el cuerpo. Quizá no estuviera acabado. Al mismo tiempo se sentía consumir de vergüenza. No quería vivir el resto de sus días como el cobarde al que habían tenido que rescatar de las garras de un oso.

—¡ALTO! —gritó su padre.

—Pero Quintus... —protestó Agesandros.

—Tiene que hacer esto solo. Es lo que él ha dicho —masculló Fabricius—. ¡Retrocede!

A Quintus le embargó una oleada de terror. Al obedecer sus deseos, su padre lo estaba condenando a una muerte segura. Cerró los ojos. «Que sea rápido, por favor.» Al cabo de un momento, se percató de que el oso no había intensificado su ataque. Quintus miró fijamente al animal, que seguía estando a escasos pasos de distancia. ¿Había sido la carga de Agesandros o la voz de su padre lo que le habían hecho vacilar? No estaba seguro pero se le ocurrió una idea. Quintus tomó aire y profirió un grito desgarrador. El animal aplanó las pequeñas orejas, lo cual le animó a repetir el sonido estridente. Esa vez también movió los brazos.

Quintus sintió un profundo alivio cuando el oso retrocedió un paso. Logró ponerse en pie mientras seguía chillando como un loco. Por desgracia, no llegaba a la lanza. Estaba justo debajo de las patas delanteras del animal. Quintus sabía que sin ella sus posibilidades de éxito eran nulas. Tampoco sería motivo de orgullo ahuyentar al animal haciendo ruido. Tenía que recuperar el arma y matarlo. Balanceando los brazos como un loco, dio un paso hacia él. El animal ladeaba la cabeza de un lado a otro sospechosamente pero cedió. Quintus recordó lo que le había aconsejado Agesandros acerca de cómo actuar si se encontraba con un oso en el bosque y redobló sus esfuerzos. Seguía llevando la sandalia destrozada atada a la pantorrilla por las tiras y tenía que ir con sumo cuidado al apoyar el pie. A pesar de aquel impedimento, no tardó mucho en recuperar la lanza.

Quintus tenía ganas de lanzar un grito de alegría. El animal miraba a su alrededor, buscando la forma de escapar, pero no lo tenía fácil. Fabricius había ordenado a los demás que se dispersaran. Formaron un círculo poco compacto alrededor de la pareja. Los perros restantes llenaban el ambiente de un clamor ansioso. Con valentía renovada, Quintus pasó al ataque. Al fin y al cabo, el oso estaba herido. En esa situación, matarlo entraba dentro de sus posibilidades.

Se equivocó.

Cada vez que le clavaba la lanza al animal, o bien golpeaba la hoja o la apartaba con sus enormes brazos. A Quintus le palpitaba el corazón. Tendría que acercarse mucho más. Sin embargo, ¿cómo iba a asestarle un golpe mortal sin ponerse al alcance de sus garras mortíferas? El oso era capaz de llegar muy lejos. Solo se le ocurría una manera. En la granja había visto muchas veces cómo sacrificaban a los cerdos, incluso había sido él quien había manejado el cuchillo en alguna ocasión. Debido a la piel dura y a la gruesa capa de grasa subcutánea que tenían, eran animales difíciles de matar, a diferencia de las ovejas o los bueyes. La mejor manera era clavar la hoja en la papada y cortar así las arterias principales que salían del corazón. Quintus rezó para que la anatomía de los osos fuera parecida y para que los dioses le concedieran una oportunidad de zanjar así el asunto.

Antes de llevar a cabo su plan, el animal le embistió a cuatro patas y pilló a Quintus desprevenido. Retrocedió rápidamente y se olvidó de la sandalia rota. Al cabo de unos pasos, la suela con tachuelas se enganchó en una raíz que sobresalía. Le tensó las tiras que se la sujetaban a la pantorrilla y perdió el equilibrio. Quintus cayó pesadamente, esta vez de espaldas. Sin saber muy bien cómo, siguió sujetando la lanza, que fue a parar a su lado en el claro. Eso no impidió que el corazón se le encogiera de miedo. El oso se centró en él y, moviéndose con una rapidez inusitada, se abalanzó en su dirección.

Quintus apartó la mirada con rapidez. La expresión conmocionada de su padre lo decía todo. Estaba a punto de morir.

A pesar del terror, Fabricius mantuvo su promesa. No se movió de su sitio.

Quintus volvió a mirar al oso. Tenía las fauces abiertas a menos de un palmo de distancia de los pies. No tenía más que un instante para reaccionar antes de que le arrancara una pierna. Por suerte, el extremo de la lanza le sobresalía más allá de las sandalias. Agarró el asta y la alzó del suelo. La luz del sol destellaba del extremo de hierro brillante y deslumbró al oso, lo distrajo y le hizo golpear la hoja enfadado. Rápidamente, Quintus desplazó las piernas a un lado al tiempo que clavaba la culata del arma en la tierra con el codo y la sujetaba con fuerza con ambas manos.

Cuando el oso se le acercó, apuntó el extremo puntiagudo a la carne situada bajo las fauces abiertas. El oso, empeñado en cogerlo, no le prestó atención. Bajó la cabeza y fue a por sus piernas. Con desesperación, Quintus las apartó lo más rápido posible. El movimiento colocó al animal justo encima de la lanza y el impulso bastó para que el hierro afilado le atravesara la piel. Le chirrió al atravesarle la laringe antes de penetrar en los tejidos más blandos y profundos. El oso, capaz todavía de despedazarlo, corcoveaba y levantaba la cabeza con una fuerza tan inmensa que amenazaba con arrancarle a Quintus el arma de las manos. Él seguía aferrándose con fuerza cuando, medio suspendido por encima de él, el animal agarró enfurecido la gruesa asta de madera. Lo tenía tan cerca que notó su hedor acre. Casi podía tocarle los colmillos que habían hecho pedazos al galo y a tres de los perros.

Resultaba sumamente aterrador.

El inmenso peso del animal acabó jugando en su contra y la hoja mortífera se le clavó aún más adentro. Sin embargo, Quintus no estaba ni mucho menos contento. El oso estaba bien vivo y se le acercaba cada vez más. Llenaba todo su campo de visión: una enorme masa airada compuesta de garras y dientes. Si se le acercaba un milímetro más, lo haría pedazos. ¿Aguantarían la presión los clavos que sobresalían en la base de la caña? Quintus tenía la boca seca de miedo: «Muere, cabrón. Muérete ya.»

Al animal se le hincó el asta de la lanza un palmo más.

Quintus pensaba que se le iba a parar el corazón.

De repente, el oso tuvo arcadas y una marea de sangre roja y brillante salió de su boca y cubrió el suelo que estaba detrás de Quintus. ¡Le había atravesado una arteria principal! «Júpiter, que ahora le atraviese el corazón —rogó—. Antes de que me alcance.» El asta daba sacudidas mientras las púas de hierro golpeaban el cuello de la bestia. Entonces paró. Le rugió a Quintus en la cara y él cerró los ojos. Ya no podía hacer nada más.

Sintió un enorme alivio cuando el oso dejó de forcejear. De las fauces abiertas le brotó otro chorro de sangre que cayó encima de la cara y los hombros de Quintus. Sin acabar de creérselo, alzó la vista, asombrado al ver que la luz de sus ojos ambarinos se debilitaba y luego desaparecía. De repente el oso se convirtió en un peso muerto al final de la lanza. Los músculos exhaustos de Quintus no soportaban más la presión y los relajó.

El animal se le cayó encima.

Quintus sintió un gran alivio al ver que no se movía y, aunque apenas podía respirar, estaba vivo.

Al cabo de un instante notó cómo retiraban el cuerpo del animal.

—Has quedado ileso —exclamó su padre—. ¡Alabados sean los dioses!

Agesandros soltó un gruñido para mostrar su acuerdo.

Quintus se incorporó con sumo cuidado.

—Alguien me estaba protegiendo —masculló, secándose parte de la sangre del oso de los ojos.

—Seguro que sí pero eso no quita mérito a lo que has hecho —declaró Fabricius. El alivio que denotaba su voz resultaba palpable—. Estaba convencido de que iba a matarte. ¡Pero has mantenido la calma! Hay pocos hombres capaces de eso cuando se enfrentan a una muerte segura. Deberías sentirte orgulloso. No solo has demostrado tu valor sino que has honrado a tus antepasados de la mejor manera posible.

Quintus lanzó una mirada a Agesandros y a los dos esclavos, que lo observaban con respeto. Alzó el mentón. ¡Lo había conseguido! «Gracias, Diana y Marte —pensó—. Os haré una ofrenda generosa a los dos.» Sin embargo, era inevitable que a Quintus se le fueran los ojos hacia el cadáver del esclavo tatuado. Le invadió una gran sensación de culpa.

—Tenía que haberle salvado también a él —musitó.

—¡Venga ya! —repuso Fabricius—. No eres Hércules. El tonto no tenía que haber arriesgado su vida por un perro. Tu hazaña es digna de un romano. —Ayudó a Quintus a levantarse y lo abrazó cariñosamente.

De repente toda suerte de emociones embargaron a Quintus: la tristeza por la muerte del galo se mezcló con el alivio de haber vencido su propio miedo. Se esforzó para contener las lágrimas. Durante la lucha había olvidado que el objetivo final era hacerse hombre. En cierto modo había cumplido la tarea encomendada por su padre.

Al final se separaron.

—¿Cómo te sientes? —preguntó Fabricius.

—Igual —repuso Quintus con una sonrisa.

—¿Estás seguro?

Quintus observó al oso y se dio cuenta de que sí que había cambiado algo. Con anterioridad no estaba convencido de ser capaz de matar a una criatura tan magnífica. De hecho, casi había fracasado por el terror que le tenía. Mirar a la muerte a la cara era mucho peor de lo que había imaginado. Sin embargo, el deseo de sobrevivir le había brotado de dentro. Miró hacia atrás y vio que Fabricius lo observaba fijamente.

—Ya he visto que tenías miedo —dijo su padre—. Habría intervenido pero me habías hecho prometer que no me inmiscuiría.

Quintus se sonrojó y abrió la boca para hablar.

Fabricius levantó una mano.

—Tu reacción fue normal, a pesar de lo que digan algunos. Pero tu determinación para conseguirlo, aunque murieras en el intento, ha sido más fuerte que el miedo. Hiciste bien en hacerme jurar que no me metería. —Dio una palmada a Quintus en el brazo—. Los dioses te han favorecido.

Quintus recordó a los dos pájaros carpinteros que había visto y sonrió.

—Como vas a ser soldado tendremos que visitar el templo de Marte así como el de Diana. —Fabricius guiñó el ojo—. También tenemos que encargarnos de comprarte una toga.

Quintus no cabía en sí de gozo. Las visitas a Capua siempre eran motivo de alegría. La vida en el campo ofrecía pocas oportunidades para hacer vida social o dedicarse a otros placeres. Podían visitar los baños públicos y al viejo compañero de su padre, Flavius Martialis. El hijo de Flavius, Gaius, tenía la misma edad que él y los dos se llevaban de maravilla. Gaius estaría encantado de oír la historia de la caza del oso.

De todos modos, antes tenía que contárselo a Aurelia y a su madre. Estarían ansiosas por recibir la noticia.

Mientras Agesandros y los esclavos se quedaban para enterrar al galo tatuado y para hacer unos postes con los que transportar al oso, Quintus y su padre se dirigieron hacia su casa.

El egipcio no tardó demasiado en vender a los amigos. Gracias a la inminencia de los juegos que iban a celebrarse en Capua, las ventas en el mercado de esclavos de Neapolis fueron muy bien. Había pocos hombres a la venta cuya complexión musculosa pudiera compararse con la de los cartagineses, o el cuerpo fibroso de los númidas, y los compradores se arremolinaron alrededor de los hombres desnudos, apretándoles los brazos y mirándoles a los ojos para ver si eran miedosos. Aunque el porte penoso de Hanno no fuera el de un combatiente, resultaba impresionante de todos modos. El egipcio fue lo bastante inteligente como para negarse a venderlos por separado. Varios comerciantes apostaron entre sí para comprar a los dos amigos, y al final el vencedor fue un adusto latino que respondía al nombre de Solinus. También compró a otros cuatro cautivos del egipcio.

Hanno no prestó demasiada atención a lo que sucedía en el bullicioso mercado. Los esfuerzos de Suniaton por animarlo con susurros de aliento resultaron en vano. Hanno no se había sentido tan impotente en toda su vida. Desde que sobrevivieran a la tormenta, toda posibilidad de salvación había quedado en agua de borrajas. Inconscientemente habían remado mar adentro en vez de hacia la costa. En vez de encontrarse con un buque mercante, el destino les había traído el birreme. La oportunidad caída del cielo que suponía haber oído a varios cartagineses en Neapolis se había esfumado porque no había podido hablar con ellos. Por último, los vendían como gladiadores en vez de como otro tipo de esclavos más comunes, lo cual los condenaba a muerte. ¿Qué más pruebas necesitaba de que los dioses se habían olvidado totalmente de ellos? La desdicha de Hanno lo cubría como una manta húmeda y pesada.

Junto con varios galos, griegos e íberos, los seis cautivos fueron llevados fuera de la ciudad por la polvorienta vía que conducía a Capua. De Neapolis a la capital de Campania había treinta y cinco kilómetros, distancia que se recorría en un día como mucho, pero Solinus hizo una parada por la noche en una posada junto a la carretera. Mientras los prisioneros los contemplaban con expresión desgraciada, el latino y sus guardas se sentaron a disfrutar de un ágape compuesto por vino, cerdo asado y pan recién horneado. Lo único que recibieron los cautivos fue un cubo de agua del pozo, con el que cada hombre no dio más de media docena de sorbos. Sin embargo, al final, un criado les llevó varias hogazas de pan seco y una bandeja de cortezas de queso. Por escasas que fueran las raciones, la comida desechada les supo a gloria y reanimó a los cautivos en gran medida. Tal como Suniaton dijo a Hanno con amargura, valdrían mucho menos si llegaban a Capua a las puertas de la muerte. Por consiguiente, valía la pena gastar unas cuantas monedas en provisiones, por escasas que fueran.

Hanno no respondió. Suniaton enseguida dejó de intentar animarle y se sentaron en silencio. Absortos en su propia desgracia y desconocidos entre sí, los demás esclavos tampoco hablaban. Cuando oscureció, se tumbaron el uno junto al otro contemplando la resplandeciente vista de estrellas que iluminaban el cielo nocturno. Era una imagen hermosa, que de nuevo hizo a Hanno recordar Cartago, el hogar que nunca volvería a ver. Se dejó vencer rápidamente por las emociones y, al amparo de la oscuridad, sollozó en silencio en el hueco del codo.

El sufrimiento actual no era nada. Lo que estaba por llegar sería mucho peor.

Por la mañana, Quintus tuvo su primera resaca. Durante la cena de celebración de la noche anterior, Fabricius no había parado de ofrecerle vino. Aunque a menudo había tomado sorbos de las ánforas de la cocina a hurtadillas, era la primera vez que a Quintus se le permitía beber oficialmente. No se había contenido. Su madre no había presentado ninguna objeción. Teniendo en cuenta que Aurelia estaba totalmente pendiente de sus palabras, que Elira le lanzaba miradas apasionadas cada vez que traía comida y que su padre no dejaba de alabarle, se había sentido como un héroe conquistador. Agesandros también lo había colmado de alabanzas cuando, después de la cena, había traído el pellejo del oso a la mesa. Embriagado de éxito, Quintus enseguída perdió la cuenta de cuántas copas se había bebido. Aunque el vino estaba aguado al modo tradicional, no estaba acostumbrado a su efecto. Para cuando se llevaron los platos, Quintus había sido más o menos consciente de que arrastraba las palabras. Atia había apartado rápidamente la jarra y, poco después, Fabricius le había ayudado a meterse en la cama. Cuando Elira, desnuda, se deslizó bajo las mantas un poco después, Quintus apenas se había movido y tampoco se había dado cuenta de cuándo se había marchado.

Ahora, cuando el sol matutino le caía de pleno en la cabeza palpitante, se sintió como una pieza de metal a la que martilleaban en el yunque de un herrero. Hacía poco más de una hora que su padre lo había despertado y menos incluso desde que se marcharan de la finca. Mareado, Quintus no había querido tomar el desayuno que le había ofrecido Aurelia, que se mostró comprensiva con él. Alentado por el sonriente Agesandros, había bebido varios vasos de agua y aceptado en silencio una calabaza de barro para el viaje. De todos modos, Quintus seguía notando un sabor raro en la boca y cada movimiento que hacía el caballo entre sus piernas amenazaba con hacerle volver a vomitar otra vez. Por ahora, había vomitado cuatro veces. Lo único que lo mantenía en la manta de la montura era la fuerza con la que sujetaba las riendas y las rodillas, que se agarraban con fuerza a las ijadas del caballo. Por suerte su montura era de naturaleza tranquila. Al ver el camino irregular que se perdía en el horizonte, Quintus musitó un juramento. Capua estaba todavía muy lejos.

Viajaban en fila india encabezados por su padre. Fabricius, vestido con su mejor túnica, iba sentado a horcajadas de su semental gris. El *gladius* le colgaba de un tahalí dorado, protección necesaria contra los bandidos. Quintus, que también iba armado, le seguía. El pellejo de oso bien enrollado iba atado detrás de la manta de la montura. Tenía que secarse pero estaba resuelto a enseñárselo a Gaius. Su madre y su hermana iban a continuación, sentadas en una litera que cargaban seis esclavos. Aurelia habría montado a caballo gustosa, pero la presencia de Atia se lo impedía. A pesar de que según la tradición las mujeres no cabalgaban, Quintus había cedido a las demandas de su hermana hacía años. Había resultado ser una amazona nata. Por casualidad, un día su padre les había visto practicando y se había quedado asombrado. Gracias a su habilidad, Fabricius había decidido darle el capricho pero Atia no estaba al corriente de todo aquello. Era imposible que aceptara tal cosa. Como lo sabía, Aurelia no había protestado al iniciar el viaje.

Agesandros iba el último y llevaba los pies colgando a ambos lados de una mula robusta. Iba a visitar el mercado de esclavos para buscar un sustituto para el galo muerto. Llevaba un cayado con el extremo metálico colgado a la espalda y el látigo, el símbolo de su cargo, por dentro del cinturón. El siciliano había dejado a su mano derecha, un íbero sonriente con poco cerebro y mucho músculo, supervisando la recogida de la cosecha. Por último iban un par de corderos de premio, que balaban indignados mientras Agesandros tiraba de ellos por la cuerda que les rodeaba el cuello.

Con el paso de las horas Quintus fue sintiéndose mejor. Se había bebido dos calabazas enteras de agua, que había rellenado en un ruidoso arroyo que discurría en paralelo al camino. La cabeza ya no le dolía tanto, lo cual le permitía interesarse un poco más por el entorno. Las colinas en las que habían cazado el oso no eran más que una línea difusa en el horizonte que tenían detrás. A ambos lados se extendían campos de trigo maduro en terrenos que pertenecían a sus vecinos. Campania poseía una de las tierras más fértiles de Italia y la prueba la tenían a su alrededor. Por todas partes había grupos de esclavos que empuñaban las guadañas, recogían brazadas de tallos cortados y apilaban gavillas. Sus actividades despertaban poco interés en Quintus, que empezaba a emocionarse ante la perspectiva de vestir su primera toga de adulto.

Aurelia descorrió la cortina cuando la litera se situó a su lado.

—Tienes mejor aspecto —dijo animada.

—Un poco mejor, supongo —reconoció.

—No tenías que haber bebido tanto —le riñó Atia.

—Lo de matar a un oso no pasa todos los días —masculló Quintus.

Fabricius volvió la cabeza.

—Es cierto.

Aurelia hizo ademán de sonreír, pero no ahondó en el asunto.

—Un día como el de ayer se vive pocas veces en la vida. Es normal celebrarlo —declaró Fabricius—. Sufrir por ello un dolor de cabeza no es nada del otro mundo.

—Cierto —reconoció Atia desde el interior de la litera—. Has honrado a tu origen osco, así como romano. Estoy orgullosa de tenerte como hijo.

Poco después del mediodía llegaron a las impresionantes murallas de Capua. Rodeadas por un foso profundo, las fortificaciones de piedra circundaban toda la ciudad. Habían erigido torres de vigilancia a intervalos regulares y seis puertas, vigiladas por centinelas, que controlaban el acceso. A Quintus, que nunca había estado en Roma, le encantó. Construida en su origen por los etruscos hacía más de cuatrocientos años, Capua había sido la capital de una liga formada por doce ciudades. Sin embargo, dos siglos atrás, unos oscos merodeadores habían aparecido y tomado la ciudad para su pueblo. «La raza de mi madre», pensó Quintus con orgullo. Bajo el gobierno osco, Capua había pasado a convertirse en una de las ciudades más poderosas de Italia, pero al final se vio obligada a pedir ayuda a Roma después de que varias invasiones sucesivas de samnitas pusieran en peligro su independencia.

El padre de Quintus provenía de un miembro de la fuerza de ayuda, lo cual significaba que sus hijos eran ciudadanos. La relación de Campania con la República implicaba que sus gentes también eran ciudadanos, pero solo podía votar la nobleza. Esta diferencia seguía siendo motivo de resentimiento entre muchos plebeyos de Campania, que tenían que prestar el servicio militar, junto con las legiones, a pesar de no poder votar. Los más vociferantes declaraban que eran fieles a sus antepasados oscos. Incluso se mencionaba la posibilidad de que Capua recuperara la independencia, lo cual Fabricius consideraba una traición. Quintus se sentía dividido si pensaba en sus protestas, aparte de que su madre guardara un silencio sospechoso en aquellos momentos. Parecía hipócrita que los lugareños que iban a luchar y morir por la República no pudieran hacer oír su voz acerca de quién gobernaba la República. A Quintus también le hacía plantearse la espinosa cuestión de si negaba la herencia de su madre a favor de la de su padre. Era un tema sobre el que Gaius, el hijo de Flavius Martialis, le encantaba bromear. Aunque tenían la ciudadanía romana y podían votar, Martialis y Gaius eran nobles oscos de pies a cabeza.

Su primera parada fue el templo de Marte, situado en una calle adyacente a poca distancia del foro. Ofrecieron un cordero para el sacrificio ante la mirada de la familia. Quintus se sintió aliviado cuando el sacerdote anunció buenos augurios. En el santuario de Diana sucedió lo mismo, por lo que se quedó más que encantado.

—Ninguna sorpresa —murmuró Fabricius cuando se marchaban.

—¿A qué te refieres? —preguntó Quintus.

—Después de enterarse de lo que pasó en la cacería, el sacerdote no iba a darnos unos augurios desfavorables. —Fabricius sonrió al ver la expresión conmocionada de Quintus—. ¡Venga ya! Yo también creo en los dioses, pero no hacía falta que nos dijeran que ayer los dejamos satisfechos. Resulta obvio. Hoy lo importante era presentar nuestros respetos y eso hemos hecho. —Dio una palmada—. Es hora de lavarnos en los baños y luego iremos a comprarte una toga nueva.

Al cabo de una hora estaban todos en una sastrería. Debido a la proximidad con los talleres de los curtidores, el local apestaba a orines viejos, lo cual aumentó el deseo de Quintus de acabar cuanto antes. Los empleados se afanaban en la trastienda, quitando las pelusas de los rollos de tela con pequeñas tablas con púas, cortándolas con tenazas para darles un acabado suave y doblando el tejido terminado antes de plancharlo. El propietario, un tipo servil de pelo grasiento, extendió distintos tipos de lana para que escogieran, pero Atia enseguida señaló la mejor. Acto seguido, a Quintus le probaron su toga *virilis*. Iba cambiando el peso de un pie a otro mientras Atia, encantada, lo toqueteaba y ajustaba los voluminosos pliegues hasta que fueron de su agrado. Fabricius estaba en segundo término con una sonrisa orgullosa en los labios mientras Aurelia iba dando saltitos de alegría al lado.

—El señorito presenta un aspecto muy distinguido —dijo con excesivo entusiasmo el tendero.

Atia le dedicó un asentimiento de aprobación.

—Es verdad.

Quintus, que se sentía orgulloso pero cohibido, esbozó una tímida sonrisa.

—Un aspecto elegante —añadió Fabricius. Contó las monedas necesarias y se las entregó—. Es hora de visitar a Flavius Martialis. Gaius querrá verte cubierto de gloria.

Dejaron al propietario haciendo reverencias y recogiendo los retales tras su paso. En el exterior les esperaba Agesandros, que había llevado a las monturas al establo. Hizo una profunda reverencia al ver a Quintus.

—Ahora es usted un verdadero hombre, señor.

Quintus sonrió, agradecido por el gesto.

—Gracias.

Fabricius miró a su capataz.

—¿Por qué no vas ahora al mercado? Ya sabes dónde vive Martialis. Ven cuando hayas comprado al nuevo esclavo. —Le tendió el monedero—. Hay cien didracmas.

—Por supuesto —repuso Agesandros. Se giró para marcharse.

—Espera —gritó Quintus, guiado por el impulso—. Te acompañaré. Tengo que empezar a aprender sobre estas cosas.

Agesandros lo miró de hito en hito con sus ojos oscuros.

—¿Estas cosas? —repitió.

—Me refiero a comprar esclavos. —Quintus nunca había mostrado demasiado interés por el proceso, lo cual, por motivos obvios, había sorprendido a Agesandros—. Puedes enseñarme.

El siciliano lanzó una mirada a Fabricius, quien con un asentimiento le mostró su aprobación.

—¿Por qué no? —intervino Atia—. Será una buena experiencia para ti.

Agesandros hizo una mueca.

—Muy bien.

Aurelia corrió a situarse al lado de Quintus.

—Yo también voy —declaró.

Agesandros arqueó una ceja.

—No sé si... —empezó a decir.

—Ni hablar —dijo Fabricius.

—En el mercado de esclavos hay cosas poco apropiadas para una niña —añadió Atia.

—Ya soy casi una mujer, como me dices continuamente —replicó Aurelia—. Cuando esté casada y sea la señora de mi casa, podré visitar esos lugares cuando quiera. ¿Por qué no ahora?

—¡Aurelia! —exclamó Atia.

—¡Harás lo que yo diga! —interrumpió Fabricius—. Soy tu padre. No lo olvides. Tu esposo, sea quien sea, también esperará que le obedezcas.

Aurelia agachó la cabeza.

—Lo siento —susurró—. Solo quería acompañar a Fabricius en su paseo por la ciudad, tan guapo con su toga nueva.

Desarmado, Fabricius carraspeó.

—Venga —dijo. Lanzó una mirada a Atia, que frunció el ceño.

—Por favor... —suplicó Aurelia.

Se produjo un largo silencio antes de que Atia asintiera de forma apenas perceptible.

Fabricius sonrió.

—Muy bien. Puedes ir con tu hermano.

—Gracias, papá. Gracias, mamá. —Aurelia evitó la mirada severa de Atia, que prometía un buen rapapolvo para más tarde.

—Marchaos, pues. —Fabricius hizo un gesto benévolo para quitarle hierro al asunto.

Mientras Agesandros les conducía en silencio calle abajo entre el bullicio, Quintus dedicó una mirada reprobatoria a Aurelia.

—No solo espías mis ejercicios, ¿verdad? Menuda conspiradora estás hecha.

—¿Te extraña? Tengo todo el derecho del mundo a escuchar las conversaciones que mantienes con papá. —Sus ojos azules lanzaban destellos de ira—. ¿Por qué tengo que limitarme a jugar con muñecas mientras vosotros dos habláis de mis posibles maridos? Ya sé que no puedo evitarlo, pero tengo derecho a saberlo.

—Tienes razón. Tenía que habértelo dicho antes —reconoció Quintus—. Lo siento.

De repente, a Aurelia se le llenaron los ojos de lágrimas.

—Yo no quiero un matrimonio concertado —susurró—. Mamá dice que no será tan malo pero ¿qué sabe ella?

Quintus estaba afligido. Tal acuerdo podía ayudarles a ascender en el escalafón social. Si así era, el destino de su familia quizá cambiara para siempre. No obstante, el precio que había que pagar por ello le incomodaba. Tampoco ayudaba que Aurelia estuviera a su lado, aguardando su respuesta. Quintus no quería decirle una mentira, así que agachó la cabeza y aceleró el paso.

—Date prisa —le instó—. Agesandros nos está dejando atrás.

Ella captó la situación enseguida.

—¿Lo ves? Tú piensas lo mismo.

Dolido, se paró.

—Papá y mamá se casaron por amor. ¿Por qué no puedo yo hacer lo mismo?

—Tenemos la obligación de obedecer sus órdenes, ya lo sabes —dijo Quintus sintiéndose fatal—. Saben lo que es mejor para nosotros y debemos aceptarlo.

Agesandros se giró para dirigirse a ellos y su conversación terminó de repente. Quintus se sintió aliviado al ver que habían llegado al mercado de esclavos, situado en una zona al aire libre junto a la entrada sur de la ciudad. Ya empezaba a resultar difícil hacerse oír por culpa de la algarabía del lugar. A Aurelia no le quedaba más remedio que guardar silencio enfurruñada.

—Ya hemos llegado —indicó el siciliano—. Empapaos del ambiente.

Los hermanos obedecieron sin mediar palabra. Aunque habían visto el mercado innumerables veces, ninguno de ellos le había prestado demasiada atención hasta el momento. Formaba parte de la vida diaria, al igual que los puestos de frutas y verduras, y de los carniceros que vendían corderos, cabras y cerdos recién sacrificados. De todos modos, Quintus se dio cuenta de que aquello era distinto. Había personas a la venta. Prisioneros de guerra o criminales en su mayor parte, pero personas de todos modos.

Había cientos de hombres, mujeres y niños desnudos expuestos, encadenados o atados entre sí con cuerdas. Tenían los pies cubiertos de cal. De piel negra, marrón o blanca, todas las nacionalidades bajo el sol estaban representadas. Galos altos y musculosos de pelo rubio al lado de griegos bajos y delgados. Los robustos nubios de nariz ancha se alzaban por encima de los cuerpos fibrosos de los númidas y egipcios. Las mujeres galas pechugonas se apiñaban al lado de judaicas e ilirias larguiruchas y estrechas de caderas. Muchas sollozaban; algunas incluso gemían de angustia. Los bebés y los niños pequeños añadían sus lloros a los de sus madres. Otros, catatónicos por lo traumático de la situación, tenían la mirada perdida. Los traficantes caminaban arriba y abajo, pregonando en voz alta las cualidades de su mercancía ante los numerosos compradores que deambulaban por entre las hileras de esclavos. En los márgenes del gentío, había grupos de hombres armados y expresión dura, una mezcla de guardias y *fugitivarii*, los cazadores de esclavos.

—Hay mucho donde elegir, así que hay que tener claro lo que uno busca. De lo contrario, nos pasaríamos aquí todo el día —declaró Agesandros. Lanzó una mirada inquisidora a Quintus.

Quintus pensó en el galo tatuado, que principalmente había trabajado en los campos. Su habilidad con los perros de caza no había sido más que una ventaja añadida.

—Tiene que ser joven y estar en forma. También es importante que tenga una buena dentadura. —Se paró a pensar.

—¿Algo más? —bramó Agesandros.

A Quintus le sorprendió el cambio del siciliano, cuya actitud habitualmente amable había desaparecido.

—No debería dar muestras de debilidad o enfermedad. Hernias, fracturas mal curadas, heridas sucias y tal.

Aurelia hizo una mueca de desagrado.

—¿Eso es todo?

Molesto, Quintus meneó la cabeza.

—Sí, creo que sí.

Agesandros sacó el puñal y Aurelia profirió un grito ahogado.

—Se te olvida lo más importante —declaró el siciliano alzando el arma—. Mírale a los ojos y decide cuánto coraje tiene. Pregúntate: ¿este hijo de puta intentará cortarme el cuello alguna vez? Si crees que sí, márchate y escoge a otro. De lo contrario, quizá te arrepientas alguna noche oscura.

—Sabio consejo —reconoció Quintus. «Ahora ponlo en un aprieto», pensó—. ¿Qué pensó mi padre cuando te miró a los ojos?

Entonces fue Agesandros quien se sorprendió. Parpadeó y bajó el puñal.

—Creo que vio a otro soldado —respondió secamente. Giró sobre sus talones y se internó en la muchedumbre—. Seguidme.

—Está dándose importancia, eso es todo. Intenta impresionarme —le mintió Quintus a Aurelia. En realidad pensaba que Agesandros quería asustarle. En parte lo había conseguido. De todos modos, lo único que recibió como respuesta fue un ceño fruncido. Su hermana seguía enfurruñada con él por no decirle qué pensaba sobre sus posibilidades de ser feliz en un matrimonio concertado. Quintus siguió caminando. «Ya lo solventaré más tarde.»

El siciliano ignoró a los primeros esclavos que vio y luego se detuvo ante una hilera de nubios, toqueteó a unos cuantos y a uno incluso le abrió la boca. Su dueño, un fenicio raquítico que llevaba unos pendientes de oro enseguida corrió a situarse al lado de Agesandros y empezó a ensalzar sus cualidades. Quintus se colocó junto a ellos y dejó a Aurelia, a punto de explotar, en segundo plano. Al cabo de un momento, Agesandros siguió adelante sin hacer caso a las ofertas del fenicio.

—Ese nubio tenía todos los dientes rotos —le masculló a Quintus—. No habría durado más que unos pocos años.

Vagaron arriba y abajo durante un rato. El siciliano cada vez hablaba menos y permitía que Quintus decidiera qué sujetos cumplían los requisitos. Encontró a varios, pero Agesandros siempre ponía alguna objeción para no comprar. Quintus decidió mantenerse firme cuando encontrara al siguiente esclavo adecuado. Al cabo de un momento, se fijó en dos jóvenes de piel oscura con el pelo negro y rizado. No había reparado en ellos con anterioridad. Ninguno de los dos era especialmente alto pero ambos estaban bien musculados. Uno mantenía la mirada fija en el suelo, mientras que el otro, que tenía la nariz respingona y chata y los ojos verdes, miró a Quintus antes de apartar la mirada. Se detuvo a examinarlos. Los esclavos tenían cadena suficiente para poder dar un paso fuera de la hilera. Quintus indicó al primero que diera un paso adelante e inició la exploración, observado de cerca por el siciliano.

El joven tenía más o menos su misma edad, estaba muy en forma y tenía una buena dentadura. Independientemente de lo que hiciera, el esclavo no lo miraba, lo cual aumentó su interés. Seguía teniendo muy presente la advertencia de Agesandros, así que Quintus lo agarró por el mentón y se lo levantó. Sorprendentemente, el esclavo tenía los ojos de un intenso color verde, al igual que su compañero. Quintus no advirtió desafío alguno sino una inmensa tristeza. «Es perfecto», pensó.

—Me lo llevo —dijo a Agesandros—. Cumple tus requisitos.

El siciliano repasó al joven de arriba abajo.

—¿De dónde eres? —preguntó en latín.

El esclavo parpadeó pero no respondió.

«Ha entendido la pregunta», pensó Quintus sorprendido.

Sin embargo, dio la impresión de que Agesandros no se había dado cuenta. Repitió la pregunta en griego.

Tampoco recibió respuesta alguna.

Al notar su interés, el traficante, un adusto latino, intervino.

—Es cartaginés. Su amigo también. Fuertes como un toro.

—*Guggas*, ¿eh? —Agesandros escupió en el suelo—. No servirán de nada.

Quintus y Aurelia se quedaron asombrados ante aquel cambio de actitud. El insulto significaba «rata insignificante». De repente, Quintus recordó el origen de Agesandros: habían sido unos cartagineses quienes habían vendido al siciliano como esclavo. De todos modos, aquello no era un motivo para no comprar al esclavo.

—Esta mañana han despertado mucho interés —explicó el traficante intentando convencerles—. Tienen madera de gladiadores, la verdad.

—Pero no los has vendido —replicó Quintus sarcásticamente. Agesandros soltó un bufido para demostrar que estaba de acuerdo—. ¿Cuánto pides?

—Solinus es un hombre honesto. Ciento cincuenta didracmas cada uno o trescientos por los dos.

Quintus se echó a reír.

—Casi el doble de lo que cuesta un esclavo para el campo. —Hizo ademán de marcharse. Agesandros, inexpresivo, hizo lo mismo. Entonces Quintus se quedó quieto. Se estaba hartando de la actitud negativa del siciliano. El cartaginés era tan bueno como cualquiera de los otros que había visto. Si conseguía regatearle a Solinus, ¿por qué no comprarlo? Se giró—. Solo necesitamos uno —vociferó. Los esclavos intercambiaron una mirada temerosa, lo cual confirmó la corazonada de Quintus acerca de que hablaban latín.

Solinus sonrió y dejó al descubierto una hilera de dientes podridos.

—¿Cuál?

Sin hacer caso de Agesandros, que fruncía el ceño, Quintus señaló al esclavo que había examinado.

El latino soltó una mirada lasciva.

—¿Qué me dices de ciento cuarenta didracmas?

Quintus demostró su desacuerdo con un gesto.

—Cien.

Solinus endureció la expresión.

—Tengo que ganarme la vida —gruñó—. Ciento treinta es mi mejor precio.

—Puedo ofrecer diez didracmas más y ya está —dijo Quintus.

Solinus negó fuertemente con la cabeza.

A Quentin le enfurecía la mirada complacida de Agesandros.

—Te daré ciento veinticinco —espetó.

Agesandros se inclinó hacia él.

—No tengo tanto dinero —mascculló con amargura.

—Entonces venderé el pellejo de oso. Por lo menos vale veinticinco didracmas —repuso Quintus. Había pensado utilizarlo de cubrecama, pero lo primero era salir airoso de la situación.

De repente Solinus se mostró más interesado y se les acercó.

—Es un precio justo —reconoció.

Agesandros sujetó el monedero con fuerza.

—Dáselo —ordenó Quintus. Cuando vio que el siciliano no reaccionaba, le embargó la ira—. Aquí mando yo. ¡Haz lo que te digo!

Agesandros obedeció a regañadientes.

La pequeña victoria complació a Quintus sobremanera.

—Aquí tienes cien. Mi hombre te traerá el resto más tarde —dijo.

Incluso mientras se embolsaba el dinero, Solinus abrió la boca para protestar.

—Mi padre es Gaius Fabricius, un équite —farfulló Quintus—. Lo que falta se te pagará antes del anochecer.

Solinus se echó hacia atrás enseguida.

—Por supuesto, por supuesto. —Extrajo un puñado de llaves del cinturón y escogió una. Buscó la argolla de hierro que rodeaba el cuello del cartaginés. Se oyó un suave clic y el esclavo tropezó hacia delante, sin ataduras.

Aurelia lo miró por primera vez. «Es el hombre más guapo que he visto en mi vida», pensó, mientras el corazón le palpitaba al ver su piel desnuda.

La expresión aturdida del cartaginés indicó a Quintus que no era consciente de lo que había pasado. Cuando su compañero le dijo algo rápidamente en cartaginés se dio cuenta de la situación. Los ojos se le llenaron de lágrimas y se dirigió a Quintus.

—Compre también a mi amigo, por favor —dijo en un latín perfecto.

«Estaba en lo cierto», pensó Quintus con expresión triunfante.

—Hablas mi idioma.

—Sí.

Agesandros los miraba encolerizado, pero los hermanos no le hicieron caso.

—¿Cómo es eso? —preguntó Aurelia.

—Mi padre insistió en que aprendiera. Griego también.

Aurelia estaba fascinada y Quintus encantado. Había elegido bien.

—¿Cómo te llamas?

—Hanno —respondió el cartaginés. Señaló a su compañero—. Él se llama Suniaton. Es mi mejor amigo.

—¿Por qué no has respondido a la pregunta del capataz?

Hanno lo miró de hito en hito por vez primera.

—¿Habría contestado usted?

A Quintus le desconcertó tanta franqueza.

—No... supongo que no.

Alentado, Hanno se dirigió a Aurelia.

—Compradnos a los dos... os lo ruego. Si no, venderán a mi amigo como gladiador.

Quintus y Aurelia intercambiaron una mirada de sorpresa. No era ningún campesino de una tierra lejana. Hanno era un joven educado y de buena familia. Igual que su amigo. Aquello les producía una sensación extraña, incómoda.

—Necesitamos un esclavo, no dos. —La voz inequívoca de Agesandros les hizo regresar a la dura realidad.

—Estoy seguro de que podríamos llegar a un acuerdo —dijo Solinus de manera obsequiosa.

—No, no podemos —gruñó el siciliano, intimidándolo. Se dirigió a Quintus—. Lo último que la finca necesita es otra boca que alimentar. Tu padre ya querrá saber por qué hemos gastado tanto. Mejor no gastar más dinero del que nos ha dado, ¿no?

Quintus quería oponerse, pero Agesandros tenía razón. Solo necesitaban un esclavo. Dedicó una mirada de impotencia a Aurelia. La forma como se encogió de hombros le indicó que compartía sus sentimientos.

—No puedo hacer nada —le dijo a Hanno.

La sonrisa complacida que relampagueó por el rostro de Agesandros pasó desapercibida a todos excepto Hanno.

Los dos esclavos intercambiaron una larga mirada cargada de sentimiento.

—Que los dioses guíen tu camino —dijo Hanno en cartaginés—. Sé fuerte. Rezaré por ti todos los días.

A Suniaton le temblaba la mandíbula.

—Si alguna vez regresas a casa, dile a mi padre que lo siento —dijo en voz baja—. Pídele que me perdone.

—Te lo juro —prometió Hanno con voz ahogada—. Y te lo concederá, estoy convencido de ello.

Quintus y Aurelia no hablaban cartaginés pero era imposible no captar el cúmulo de emociones que intercambiaban los dos esclavos. Quintus tomó a su hermana del brazo.

—Vamos —instó—. No podemos comprar a todos los esclavos del mercado. —Se la llevó sin volver a mirar a Suniaton.

Agesandros esperó a que ya no pudieran oírles y entonces le susurró con ponzoña a Hanno a la oreja en cartaginés.

—Yo no he decidido comprar a un *gugga*. Pero ahora tú y yo nos lo vamos a pasar bien en la finca. Y no te pienses que puedes huir. ¿Ves a esos tipos de ahí?

Hanno observó a la banda de hombres sin afeitar y vestidos de forma burda situados a cierta distancia. Todos iban armados hasta los dientes y observaban los trámites como aves rapaces.

—Son *fugitivarii* —explicó Agesandros—. Por el precio adecuado son capaces de rastrear a cualquier hombre y traerlo vivo o muerto. Con los huevos o sin ellos. Incluso despedazados. ¿Está claro?

—Sí. —A Hanno le embargó una profunda sensación de terror.

—Bien. Veo que nos entendemos. —El siciliano sonrió—. Sígueme. —Aceleró el paso detrás de Quintus y Aurelia.

Hanno se giró para mirar a Suniaton por última vez. Tenía la sensación de que el corazón se le estaba desgarrando. Le dolía incluso respirar. Independientemente de su destino, seguro que el de Suni sería peor.

—No puedes ayudarme —dijo Suniaton moviendo solo los labios. Por insólito que parezca, tenía una expresión tranquila—. Vete.

Al final unas lágrimas calientes cegaron a Hanno. Se giró y avanzó a trompicones.

5

Malchus

Cartago

En lo que había acabado siendo su rutina diaria, Malchus terminó de desayunar y salió de la casa. Aunque Bostar ya había embarcado con rumbo a Iberia, Safo seguía en casa. Sin embargo, pasaba buena parte del día en sus aposentos de la guarnición. Cuando Safo pasaba por casa, era raro que mencionara siquiera a Hanno, lo cual a Malchus le parecía un tanto extraño. Era la forma que su hijo mayor tenía de enfrentarse a la pérdida, suponía. La de él era evitar todo contacto humano. Eso implicaba que aparte de las contadas ocasiones en que recibía visitas, la única compañía de Malchus eran los esclavos domésticos. Así era desde la desaparición de Hanno, hacía varias semanas. Temerosos del mal humor y pesar comprensible, los esclavos pasaban de puntillas por su lado e intentaban no llamarle la atención. Por consiguiente, Malchus era más consciente que nunca de su presencia, lo cual le resultaba un incordio. Aunque deseaba desahogarse, los esclavos no tenían la culpa, así que se tragaba la ira que se le iba acumulando. De todos modos, no soportaba quedarse en casa, mirando las cuatro paredes, obsesionado con Hanno, su querido hijo pequeño, su preferido, a quien nunca volvería a ver.

Malchus se dirigió hacia los puertos gemelos de la ciudad. Solo. El dicho de que el tiempo todo lo cura era una tontería mayúscula, pensó con amargura. De hecho, su dolor aumentaba día tras día. A veces se preguntaba si su pena acabaría con él. Le impediría seguir adelante. Al cabo de un momento, Malchus vio a Bodesmun. Soltó un juramento entre dientes. Le costaba cada vez más mirar siquiera al padre de Suniaton. Al sacerdote parecía ocurrirle precisamente lo contrario, porque buscaba su compañía continuamente.

Bodesmun alzó una mano con solemnidad cuando lo saludó.

—Malchus. ¿Qué tal estás hoy?

Malchus frunció el ceño.

—Igual. ¿Y tú?

Bodesmun hizo una mueca de angustia.

—Nada bien.

Malchus suspiró. Cada vez que se veían pasaba lo mismo. Se suponía que los sacerdotes debían predicar con el ejemplo, no derrumbarse ante una contrariedad. Ya tenía suficientes problemas como para tener que aguantar también los de Bodesmun. ¿Acaso no cargaba él con el peso de dos pérdidas sobre sus hombros? Su lado racional le decía que no era culpable de la muerte de Arishat, su mujer, ni de Hanno, pero el resto le decía lo contrario. Durante las muchas noches que pasaba desvelado, Malchus se había dado cuenta de que su santurronería tenía parte de culpa en el mal comportamiento de Hanno. Después de la muerte de Arishat, se había convertido en una especie de fanático, interesado únicamente en los planes de futuro de Aníbal Barca. No había habido alegría ni luz en la casa, ni risas ni diversión. A Safo y Bostar, que ya eran adultos, no les había afectado tanto su melancolía, pero a Hanno sí, y mucho. Desde que se percató de ello, el sentimiento de culpa le había atenazado de forma constante. «Tenía que haber pasado más tiempo con él —pensó—. Incluso ir a pescar, en vez de parlotear sobre batallas del pasado.»

—Es duro —dijo, esforzándose por mostrarse comprensivo. Apartó al sacerdote para que no le golpeara una carreta que pasaba—. Muy duro.

—El dolor —susurró Bodesmun entristecido— no hace más que intensificarse.

—Lo sé —convino Malchus—. Solo hay dos cosas que lo alivian ligeramente.

Los ojos pardos de Bodesmun emitieron un destello de interés.

—Dímelo, por favor.

—La primera es el odio que siento por Roma y todo lo que representa —espetó Malchus—. Durante años pareció que la oportunidad de vengarse no iba a llegar nunca. Aníbal ha cambiado esta situación. ¡Cartago tiene por fin la posibilidad de zanjar el asunto!

—La guerra en Sicilia acabó hace más de dos décadas —protestó Bodesmun—. Hace más de una generación.

—Es cierto. —Malchus recordaba lo débiles que habían sido las llamas de su odio antes de la entrada en escena de Aníbal. Ahora eran de un rojo candente debido al dolor por la pérdida de Hanno—. Razón de más para no olvidar.

—Eso a mí no me sirve de nada. Engendrar violencia no es el camino de Eshmún —murmuró Bodesmun—. ¿Qué otra cosa tienes?

—Peino las calles cercanas al puerto comercial, escuchando conversaciones y observando rostros —respondió Malchus. Al ver la expresión confundida del otro, explicó—: Busco una pista, el mínimo retazo de información, cualquier cosa que ayude a averiguar qué fue de Hanno y Suni.

Bodesmun estaba desconcertado.

—Pero ya sabemos qué pasó. El anciano nos lo dijo.

—Lo sé —masculló Malchus, un tanto avergonzado por tener que desvelar su secreto más íntimo. Se había gastado una fortuna dedicando sacrificios a Melcart, el «rey de la ciudad», con la única petición de que el dios hubiera evitado como fuera que la embarcación de los chicos naufragara. Por supuesto, no había recibido respuesta, pero no pensaba darse por vencido—. Es posible que estén vivos. Que alguien los encontrara.

Bodesmun abrió unos ojos como platos.

—Es peligroso seguir creyéndolo —aseveró—. Ten cuidado.

Malchus asintió a regañadientes.

—¿Cómo lo aguantas tú?

Bodesmun alzó la vista al cielo.

—Le rezo a mi dios. Le pido que cuide de los dos en el paraíso.

Aquello era demasiado para Malchus. Demasiado definitivo.

—Tengo que irme —masculló. Se marchó dando grandes zancadas y dejó desamparado a Bodesmun.

Al cabo de un rato Malchus llegó al ágora. Maldijo al ver una gran cantidad de senadores y políticos. Se le había olvidado que aquella mañana se celebraba un debate importante. Se planteó cambiar de planes y asistir al mismo, pero desistió. La mayoría del Senado apoyaba a Aníbal sin reparos y era poco probable que aquella actitud cambiara en un futuro próximo. Aparte de restituir el orgullo cartaginés conquistando a las tribus íberas e intimidando a Saguntum, aliada de Roma, Aníbal había restituido la riqueza de la ciudad. Aunque sus planes a largo plazo no fueran del dominio público, había pocos ancianos que no sospecharan la verdad.

Al ver a Hostus, Malchus hizo una mueca. Él era de los que creían que la guerra contra Roma era inminente y siempre hablaba en contra. «Será imbécil», pensó Malchus. A medida que Cartago recuperaba la prosperidad y el orgullo, el conflicto con Roma resultaba inevitable. La anexión de Sardinia era uno de los motivos principales y un ejemplo más de las injusticias que había sufrido su pueblo por culpa de la República. En los últimos años había seguido tratándoles de forma irrespetuosa. Mediante el envío constante de embajadores fisgones a Iberia, donde carecía de jurisdicción, Roma había forjado una alianza con Saguntum, una ciudad griega situada a cientos de kilómetros de Italia. Entonces había tenido la desfachatez de imponer un tratado unilateral a Cartago por el que la obligaba a expandir sus territorios hacia el norte, hacia la Galia.

Ensimismado como estaba, Malchus no se dio cuenta de que Hostus le había reconocido. Para cuando el hombre orondo se le hubo acercado con engreimiento, era demasiado tarde para escabullirse. Malchus maldijo la decisión de tomar el camino más corto para ir a los puertos y dedicó un breve asentimiento a Hostus.

Hostus desplegó una sonrisa grasienta.

—¿No vienes al debate de esta mañana?

—No. —Malchus intentó seguir caminando.

Hostus le impidió el paso moviéndose de forma harto grácil dado su peso.

—Últimamente hemos advertido tu ausencia en la cámara. Echamos de menos tus valiosos comentarios.

Malchus se paró de repente. A Hostus le daba igual que se muriera y mucho más si asistía o no a las reuniones del Consejo. Le clavó una dura mirada.

—¿Qué quieres?

—Sé que últimamente has tenido cosas más importantes que Cartago en mente —dijo con lascivia—. Asuntos familiares.

A Malchus le entraron ganas de estrangular a Hostus hasta que le salieran los ojos de las cuencas, pero sabía que lo único que intentaba era provocarle.

—Por supuesto tú siempre actúas por el bien de Cartago —espetó—. Nunca por la plata de la minas íberas.

Un atisbo de color asomó a las mejillas redondas de Hostus.

—No hay servidor más leal que yo a la ciudad —fanfarroneó.

Malchus ya se había hartado. Se abrió paso con un codazo sin mediar palabra.

Hostus no había terminado.

—Si estás harto de visitar el templo de Melcart, siempre puedes ir al Tofet de Baal Hammón.

Malchus se giró rápidamente.

—¿Qué has dicho?

—Ya me has oído. —La sonrisa de Hostus era más bien una mueca—. Quizá tú no tengas más que ganado que ofrecer, pero hay un montón de gente en los arrabales que te venderían a un recién nacido o un niño pequeño por un puñado de monedas. —Al ver que Malchus se estaba enfureciendo, Hostus le dedicó una mirada de reprobación—. Sacrificios similares han salvado a

Cartago en otras ocasiones. ¿Quién sabe si una ofrenda adecuada no satisfaría a Baal Hammón y te devolvería a tu hijo?

La pulla mordaz de Hostus le llegó bien adentro, pero Malchus sabía que la mejor defensa es el ataque. Que el perro no se quede satisfecho.

—Hanno está muerto —susurró—. Cualquier imbécil lo sabe.

Hostus se estremeció.

Malchus le presionó el pecho con un dedo.

—A diferencia de ti, no mataría al hijo de otro para pedirle algo a un dios. Ni tampoco he ofrecido jamás a los míos, a diferencia de otros que rondan por aquí. Me parece una salvajada. No es propio de alguien que ama verdaderamente a Cartago y daría su vida por ella. —Dejó a Hostus boquiabierto y se marchó con paso decidido.

Aquella mañana su recorrido por la zona portuaria no dio ningún fruto. Era poco más de lo que Malchus esperaba. Había oído hablar de la situación meteorológica entre Cartago y Sicilia, el lugar más propicio para hacerle una ofrenda a Escila, y una discusión acerca de cuál era el mejor burdel de la ciudad. Había visto a capitanes mercantes manteniendo conversaciones cautas, intentado sonsacar información a los demás sin desvelar nada a cambio y a marineros borrachos cantando mientras regresaban a sus barcos dando tumbos. Las amas de casa se sentaban junto a la puerta abierta de su casa trabajando con las ruecas, pero las prostitutas se habían ido a dormir. Cerca de allí las volutas de humo ascendían desde las chimeneas de los hornos de cerámica. En las tabernas de frente abierto esparcidas por las calles no había mucho movimiento a esas horas pero los puestos donde se vendía pan recién hecho eran harina de otro costal. Malchus se paró a comprar una hogaza y se encontró con un conocido, un veterano lisiado de la guerra en Sicilia al que pagó para ver si le contaba algo interesante. Hasta el momento, el hombre no le había proporcionado ninguna información.

De todos modos, Malchus le pagó el pan. Bastaba bien poco para conservar la buena voluntad de los pobres, algo que Hostus nunca entendería. Caminaron juntos calle abajo, sin hacer caso de los golfillos que los agobiaban para que les dieran un trozo de pan. Malchus observó como el lisiado devoraba su comida antes de entregarle la suya en silencio. También desapareció rápidamente. Mientras observaba el rostro ajado y arrugado del hombre, Malchus se preguntó si alguna vez había tenido esposa e hijos. Si habría recibido una oferta de un tipejo como Hostus por uno de sus hijos. No quería ni pensarlo y Malchus agradeció que las siniestras prácticas que se llevaban a cabo en Tofet ya no fueran habituales.

—Gracias, señor —murmuró el veterano, limpiándose las migas de los labios.

Malchus inclinó la cabeza. Esperó, más por costumbre que por otra cosa, que le diera información.

El veterano tosió con incomodidad y se rascó el muñón rojo brillante que era lo único que le quedaba de la parte inferior de la pierna derecha.

—Anoche vi algo —dijo—, probablemente no sea nada.

Malchus se puso tenso.

—Vi un birreme en los muelles que nunca había visto. —El veterano hizo una pausa—. En sí, no tiene nada de extraño, pero me pareció que la tripulación tenía una pinta un poco dudosa para ser comerciantes. Eran demasiado esforzados, no sé si me explico. Hablaban a voz en grito sobre sus productos y el precio que deseaban obtener por ellos.

Malchus notó que se le aceleraba el corazón.

—¿Puedes indicarme el barco?

—Mejor que eso, señor. Resulta que esta mañana he visto al capitán y a parte de la tripulación. Estaban en una taberna, a cuatro calles de aquí, quizá. Lo malo es que me cansaré. —El veterano vaciló con expresión incómoda.

«Hasta los pobres tienen derecho a tener orgullo», pensó Malchus.

—Te recompensaré bien.

Sujetando la muleta con energía renovada, el sonriente veterano se encaminó al lugar cojeando.

Malchus le seguía un paso por detrás.

Al cabo de poco rato llegaron a la hostería, una estructura de ladrillo cochambrosa con el tejado bajo y unos bancos tallados burdamente y unas mesas dispuestas en el exterior. Aunque era temprano, aquella taberna estaba abarrotada. Marineros, comerciantes y maleantes de todas las nacionalidades imaginables se sentaban hombro con hombro, dando sorbos a vasijas de barro o cantando desafinando. Las prostitutas maquilladas estaban sentadas sobre las rodillas de los hombres, susurrándoles al oído en un intento por hacer negocio. Entre los fragmentos de cerámica rota que había por el suelo lleno de serrín, unos chuchos esqueléticos peleaban por los huesos medio roídos. A Malchus se le revolvió el estómago ante el hedor a vino barato y orines, pero siguió al veterano hasta una mesa vacía. Los dos tomaron asiento. Ninguno miró al resto de los clientes sino que se dedicaron a intentar llamar la atención del tabernero o su ayudante, una mujer de aspecto duro con un vestido escotado.

Al final lo consiguieron. Poco después una jarra roja y dos vasos llegaron a su mesa a manos del propietario. Lanzó una mirada casual a la pareja que desentonaba pero tuvo que dedicarse a otros clientes antes de llegar a alguna conclusión al respecto. El veterano sirvió el vino y le tendió una copa a Malchus.

Dio un sorbo e hizo una mueca de asco.

—Esto es peor que pipí de caballo.

El veterano dio un buen sorbo. Se encogió de hombros a modo de disculpa.

—A mí me sabe bueno, señor.

Entonces se produjo un silencio y luego quedaron inmersos en el bullicio de los clientes.

—Están justo detrás de mí —susurró el veterano al final—. Cuatro hombres. Uno parece egipcio. El otro es el hombre más feo que he visto en mi vida, con toda la cara llena de cicatrices. Los otros podrían ser griegos. ¿Los ve?

Malchus miró discretamente por encima del hombro del

otro. En la mesa contigua vio a una figura delgada, de piel clara con el pelo negro, sentada al lado de un hombre que estaba como un tonel y cuyas facciones marcadas parecían estar talladas en granito. Sus dos compañeros estaban de espaldas a Malchus, pero a juzgar por su piel oscura y pelo azabache, era muy probable que el veterano hubiera acertado su nacionalidad. El cuarteto llevaba unas túnicas de lana de color ocre y gris, puñales en el cinto, y se parecían a muchos de los clientes. O no. Malchus los observó a conciencia con el rabillo del ojo. Tenían unos rostros crueles, como de sicarios. No tenían pinta de comerciantes.

Poco a poco Malchus fue distinguiendo sus voces de las del resto de gente que les rodeaba. Hablaban en griego, lo cual no era extraño cuando se reunían personas de distintas nacionalidades. Al fin y al cabo, era el idioma predominante entre la gente del mar.

—Está bien visitar por fin una ciudad grande —masculló uno de los hombres que le daba la espalda a Malchus—. No como los sitios donde solemos atracar. Por lo menos aquí hay más de una taberna que visitar.

—Y también un montón de burdeles, con mujeres que no están nada mal —farfulló el que estaba a su lado.

—Y chicos —añadió el hombre marcado con una mirada lasciva.

El egipcio soltó una risa desagradable.

—Nunca cambiarás, ¿eh, Varsaco?

Varsaco sonrió con satisfacción. Bajó la voz ligeramente.

—Lo único que quiero es un culo cartaginés.

El egipcio blandió un dedo a modo de reproche.

Uno de los compañeros se rio burlonamente y Varsaco frunció el ceño.

—Tienes buena memoria —dijo el último hombre—. ¿Es la venganza por el que se te escapó?

—Cuidadito con lo que dices —gruñó el egipcio, lo cual confirmó la sospecha de Malchus de que era el cabecilla del grupo. Durante unos instantes se produjo un silencio apagado antes de que Varsaco y el egipcio empezaran a susurrar. Con frecuencia lanzaban miradas al resto de las mesas.

Malchus bajó la vista de inmediato. Fue analizando lo que había oído y visto. Los hombres no solían visitar ciudades. Presentaban un aspecto mucho más duro que el de los comerciantes. El veterano opinaba lo mismo. Resultaba revelador que hubieran tenido a un tripulante cartaginés en el pasado reciente. ¿O acaso había sido un prisionero? En la cabeza de Malchus se dispararon todas las alarmas. Desde la desaparición de Hanno no había tenido nada a lo que agarrarse como esto. No era gran cosa pero a Malchus le daba igual. Deslizó una moneda por la mesa con la punta del dedo y vio que el veterano abría unos ojos como platos.

—Quédate aquí —susurró—. Si cuando se marchan no he regresado, síguelos. Utiliza a un golfillo de la calle para informarme de su ubicación.

—¿Adónde va?

Malchus esbozó una sonrisa distante.

—A buscar ayuda.

Malchus se dirigió directamente al oficial al mando de Safo. Su posición era tal que el capitán se desvivió por resultarle de ayuda. Enseguida puso a doce lanceros libios a disposición de Malchus. Aunque no sabían gran cosa de su misión, a los hombres les gustó la idea de librarse de las prácticas con armas.

Safo estaba dormido cuando Malchus llegó, pero la mención de posibles noticias sobre Hanno le hizo levantarse de la cama de un salto. Mientras que Bostar se sentía culpable por no haber obligado a Hanno y Suniaton a permanecer en la ciudad, a Safo le remordía el hecho de pensar que no debía haber cedido. Su secreto más oscuro era que en parte se alegraba de que Hanno hubiera desaparecido. Hanno no había hecho nunca lo que Malchus quería, mientras que él, Safo, se comportaba según las normas. Sin embargo, era Hanno quien había conseguido que a su padre se le encendieran los ojos. Por supuesto, Bostar no estaba al corriente de los sentimientos de Safo. Como era de esperar, los dos hermanos se habían peleado por aquel asunto y ahora apenas se dirigían la palabra. La situación solo se había calmado por la reciente marcha de Bostar a Iberia. Al oír las noticias de Malchus, a Safo le remordió la conciencia. Bombardeó a su padre a preguntas mientras se enfundaba la larga túnica y la coraza de bronce, se tocaba con el casco tracio y se colocaba las grebas. Malchus no tenía respuestas para prácticamente nada.

—Cuanto antes bajemos allí, antes averiguaremos algo —le gruñó.

Media hora después de haber salido de la taberna, Malchus regresó con Safo, seguido por los lanceros. Los libios llevaban unos sencillos cascos cónicos de bronce y vestían una túnica roja sin cinturón hasta la rodilla. Iban armados con unas lanzas cortas.

Malchus sintió un gran alivio al ver que el veterano y los cuatro hombres que había estado observando seguían en sus respectivas mesas. Los griegos dormitaban; Varsaco hablaba con el egipcio. Cuando Malchus y sus acompañantes se pararon en el exterior de la taberna, los dos marineros miraron en derredor. Hicieron una breve mueca de preocupación pero no movieron un solo músculo.

—¿Dónde están? —preguntó Safo.

Ya no había necesidad de seguir disimulando. Malchus señaló. Se quedó encantado cuando el egipcio y Varsaco se pusieron en pie de un salto e intentaron huir.

—Apresadlos —gritó.

Los soldados se abalanzaron sobre ellos y rodearon a la pareja con un círculo de extremos de lanza amenazadores. Despertaron de un puntapié a los dos hombres que dormían y los empujaron hacia el círculo con sus compañeros. Obligaron a los cuatro a lanzar los puñales. Malchus avanzó sin hacer caso de las miradas de sueño del resto de los clientes.

—¿A qué viene esto? —preguntó el egipcio en un buen cartaginés—. No hemos hecho nada malo.

—Eso lo decidiré yo —repuso Malchus. Hizo un movimiento de cabeza.

—Volvamos al cuartel —ordenó Safo—. ¡Rápido!

El veterano miró asombrado cómo se llevaban a los cautivos. Un sonido metálico en la superficie de la mesa le llamó la atención. Había cuatro monedas de oro, con la cara decorada con la imagen de Aníbal Barca.

—Una por cada uno de estos hijos de puta —dijo Malchus—. Si resultan ser los hombres adecuados, te daré otras cuatro. Siguió a Safo y los soldados y dejó al veterano tartamudeando de agradecimiento.

Había asuntos imperiosos de los que ocuparse.

No tardaron en llegar al cuartel de los libios, situados al este del ágora, en la parte de la muralla que daba al mar. Varias series de habitaciones, en dos niveles, se extendían más de cien pasos en cada dirección. Los dormitorios conducían a zonas para comer y asearse. Los aposentos de los oficiales estaban entre los arsenales y las oficinas administrativas y de intendencia. Al igual que todas las bases militares, también había celdas. Safo condujo a los lanceros a estas últimas. Asintió con amabilidad a los carceleros y dirigió al grupo a una sala grande con un suelo liso de hormigón. Estaba vacía con excepción de los grupos de grilletes que colgaban de argollas en la pared, un brasero encendido y una mesa llena de una variedad espeluznante de instrumentos y herramientas de metal.

Cuando entró el último hombre, Safo cerró la puerta de un golpe y puso el cerrojo.

—Encadénalos —ordenó Malchus.

Los soldados dejaron las lanzas al unísono y se giraron hacia los prisioneros. Aunque forcejearon, los cuatro quedaron atados uno al lado del otro. Los dos griegos adoptaron una expresión aterrorizada y empezaron a gemir. Varsaco y el egipcio intentaron mantener la compostura y no hacían más que plantear preguntas y súplicas. Malchus no les hizo ni caso y se puso a observar los artilugios de la mesa hasta que se callaron.

—¿Qué estáis haciendo en Cartago?

—Somos comerciantes —masculló el egipcio—. Hombres honestos.

—¿Ah, sí? —El tono de Malchus era ligero y amable.

El egipcio estaba confundido.

—Sí.

Malchus observó los rostros de los compañeros del egipcio. Se dirigió a Safo.

—¿Y bien?

—Creo que miente.

—Yo también. —La intuición le decía que ahí había gato encerrado, que ni por asomo eran comerciantes. La idea de que quizá supieran algo de Hanno le consumía. Malchus quería información. Rápido. La forma de obtenerla era irrelevante. Señaló a uno de los griegos.

—Rómpele los brazos y las piernas.

Apretando la mandíbula, Safo cogió un mazo. Se situó delante del hombre que había señalado Malchus, que gimoteaba de miedo. Safo le propinó una serie de golpes en silencio que primero le partieron los brazos al griego y luego la parte inferior de las piernas, contra la pared. Los gritos de la víctima reverberaban por toda la habitación.

Pasó mucho tiempo, pero Malchus esperó hasta que los gritos del hombre se convirtieron en un gemido apagado.

—Ahora voy a hacer una pregunta distinta —dijo con frialdad—. ¿Quién era el cartaginés del que estabais hablando antes?

El egipcio lanzó una mirada asesina a Varsaco.

Malchus notó cómo le subía la adrenalina. Esperó pero no recibió ninguna respuesta.

—¿Y bien?

—Un don nadie, un miembro de la tripulación —musitó Varsaco atemorizado—. No le gustaron mis atenciones, por lo que desertó en algún poblado de mala muerte de la costa númida.

Malchus volvió a mirar a su hijo.

—Sigue mintiendo —gruñó Safo.

—Es la verdad —protestó Varsaco. Miró al egipcio—. Díselo.

—Es lo que él dice —convino el egipcio con una risa nerviosa—. El chico huyó.

—¿Me tomáis por un cretino? Aquí hay mucho más —espetó Malchus. Señaló a Varsaco—. Córtale los huevos.

Safo dejó el mazo y cogió un puñal largo y curvo.

—No —suplicó Varsaco—. Por favor.

Impertérrito, Safo le desabrochó el cinturón a Varsaco y lo tiró al suelo. Acto seguido, le cortó la parte inferior de la túnica y dejó al descubierto la ropa interior de lino. Deslizó la hoja bajo la tela a cada lado de la entrepierna de Varsaco y la cortó de arriba abajo. La prenda cayó al suelo y dejó a Varsaco desnudo de cintura para abajo y farfullando de miedo.

—Eran dos —balbució, intentando escabullirse—. Iban a la deriva cerca de la costa de Sicilia.

El rostro del egipcio se contrajo de ira.

—¡Cállate, imbécil! Vas a empeorar las cosas.

Varsaco no le hizo caso. Las lágrimas le resbalaban por las mejillas llenas de cicatrices.

—Os lo contaré todo —susurró.

Safo empezó a sentir un enorme sentimiento de culpa. Tomó aire con un estremecimiento y miró por encima del hombro.

Malchus indicó a su hijo que se apartara. Se sentía embargado por emociones que tenían la fuerza de un volcán. Tenía la impresión de que las paredes le presionaban y notaba la circulación de la sangre en las sienes.

—Habla —ordenó.

Varsaco asintió con ganas.

—Hubo una fuerte tormenta hace unas semanas. Nos pilló de lleno y nuestro birreme casi naufragó. Pero no nos pasó nada, gracias a los dioses. Al día siguiente nos encontramos una barca con dos jóvenes en ella.

Safo dio un salto y presionó a Varsaco en el cuello con un puñal.

—¿De dónde eran? —gritó—. ¿Cómo se llamaban?

—Eran de Cartago. —A Varsaco le parpadeaban los ojos como a una rata acorralada—. No me acuerdo de cómo se llamaban.

Malchus se fue tranquilizando.

—¿Qué aspecto tenían? —preguntó con voz queda.

—Uno era alto y de complexión atlética. El otro más bajo. Los dos con el pelo negro. —Varsaco se paró a pensar unos instantes—. Y los ojos verdes.

—¡Hanno y Suniaton! —Safo retorció el semblante angustiado. A pesar del alivio que le había producido la desaparición de Hanno, no soportaba que aquello pudiera ser la terrible verdad.

A Malchus le entraron náuseas.

—¿Qué hiciste con ellos?

Varsaco empalideció.

—Por supuesto, íbamos a devolverlos a Cartago —tartamudeó—. Pero en el barco se había producido una vía de agua durante la tormenta. Tuvimos que acercarnos a la costa más próxima, que era Sicilia. Desembarcaron allí, en Heraclea, creo. —Miró al egipcio y recibió un asentimiento de confirmación—. Sí, Heraclea.

—Entiendo. —Una calma gélida se apoderó de Malchus—. Si es el caso, ¿por qué no han regresado? Encontrar un barco a Cartago desde la costa sur de Sicilia no debería suponer ningún problema.

—¿Quién sabe? Los jóvenes que se van de casa son todos iguales. Solo les interesan el vino y las mujeres. —Varsaco se encogió de hombros con la máxima indiferencia posible.

—¿Que se van de casa? —gritó Malchus—. Lo dices como si hubieran decidido ir a la deriva. Que eso no significara nada. Si vosotros los dejasteis en Heraclea, yo me llamo Alejandro Magno. —Lanzó una mirada a Safo—. Cástralo.

Safo bajó el cuchillo.

—Eso no, por favor, eso no —chilló Varsaco—. ¡Diré la verdad!

Malchus alzó la mano y Safo se quedó quieto.

—Probablemente a estas alturas ya te hayas dado cuenta de que tú y esas otras ratas de alcantarilla sois hombres muertos. Os habéis condenado con vuestras palabras. —Malchus hizo una pausa para que asimilara lo que acababa de decir—. Dime de una vez qué le hicisteis a mi hijo y a su amigo y conservarás la virilidad. Y también tendrás una muerte rápida.

Varsaco asintió con apatía y aceptando su destino.

—Los vendimos como esclavos —susurró—. En Neapolis. Según el capitán, obtuvimos un precio excelente por los dos. Por eso vinimos a Cartago. Para secuestrar más.

Malchus respiró hondo. Había sospechado algo así.

—¿A quién se los vendisteis?

—No lo sé —tartamudeó Varsaco—. No estaba allí. Lo hizo el capitán. —Desvió la mirada hacia el egipcio, que escupió con desprecio en el suelo.

—¿O sea que tú eres el culpable de esta atrocidad? —Una furia gélida volvió a embargar a Malchus—. Pues córtale los huevos a él —bramó.

Safo enseguida le quitó la ropa al egipcio. Agarró el escroto del quejoso capitán pirata y tiró de él para tensarlo. Safo lanzó una mirada rápida a Malchus, que respondió con un asentimiento.

—Esto es por mi hermano —murmuró. Alzó la hoja y rezó para que aquel acto paliara su sentimiento de culpa.

—Varsaco es quien quería violarlos —gritó el egipcio—. Yo se lo impedí.

—Qué gran detalle por tu parte —gruñó Malchus—. Pero no tuviste reparos en venderlos, ¿verdad? ¿Quién los compró?

—Un latino. No sé cómo se llama. Iba a llevárselos a Capua. Para venderlos como gladiadores. No sé más. —El egipcio bajó la mirada hacia Safo y luego miró a Malchus. Lo único que vio en ambos era un odio implacable—. Dadme una muerte rápida, como a Varsaco —suplicó.

—¿Esperas que cumpla mi palabra después de lo que le habéis hecho a dos jóvenes inocentes? Los piratas merecen el destino más horrendo posible. —La voz de Malchus rezumaba desprecio. Se giró hacia los soldados—. Ya habéis oído lo que esta escoria le ha hecho a mi hijo y a su amigo.

Los libios dejaron escapar un gruñido de ira y uno tomó la iniciativa.

—¿Qué hacemos con ellos, señor?

Malchus repasó con la mirada a los cuatro piratas, uno por uno.

—Castradlos a todos, pero cauterizad las heridas para que no mueran de una hemorragia. Partidles los brazos y las piernas y luego crucificadlos. Cuando hayáis acabado, encontrad al resto de la tripulación y hacedles lo mismo.

Los lanceros hicieron el saludo militar ante un trasfondo de protestas de terror.

—Sí, señor.

Malchus y Safo observaron impasibles mientras los soldados cumplían su cometido. Se dividieron en grupos de tres y desnudaron a los prisioneros con determinación. La luz rebotaba en la hoja de los cuchillos al subir y bajar. Los gritos enseguida fueron tan fuertes que resultaba imposible hablar, pero los soldados no pararon ni un segundo. La sangre corría a raudales por las piernas de los piratas y se coagulaba formando charcos pegajosos en el suelo. Después, el hedor de la carne carbonizada llenó el ambiente mientras empleaban atizadores al rojo vivo para detener la hemorragia de las heridas abiertas de los prisioneros. El dolor de la castración y la cauterización era tan intenso que todos los piratas perdieron el conocimiento. La tregua fue breve. Al cabo de un momento, les despertó la agonía de sus huesos rotos bajo los golpes del mazo. Los golpes secos y repetitivos se mezclaron con sus chillidos formando una nueva cacofonía espeluznante.

Malchus acercó los labios al oído de Safo.

—Ya he tenido suficiente. Vámonos.

En el pasillo exterior y con la puerta cerrada el escándalo seguía siendo increíble. Aunque era posible hablar, padre e hijo intercambiaron una larga mirada en silencio.

Malchus fue el primero en hablar.

—Quizás esté vivo. Los dos, de hecho. —Unas lágrimas huérfanas asomaron a sus ojos.

A Safo le sabía mal la suerte de Hanno. Ahogarse era una cosa, pero ¿luchar como gladiador? Endureció la actitud.

—No por mucho tiempo. En cierto modo es una suerte.

Ajeno a la motivación de Safo, Malchus apretó la mandíbula.

—Tienes razón. Lo único que nos cabe esperar es que murieran bien. Alistémonos al ejército de Aníbal Barca en Iberia y vayamos a la guerra contra Roma. Algún día llevaremos la ruina, el fuego y la muerte a Capua. Entonces la venganza será nuestra.

Safo se quedó asombrado.

—¿Aníbal invadirá Italia?

—Sí —repuso Malchus—. Es un plan a largo plazo. Derrotar al enemigo en su propio terreno. Y soy uno de los pocos que lo sabe. Ahora tú también.

—Guardaré el secreto —susurró Safo. Obviamente, él y Bostar no estaban al corriente de toda la información que proporcionaba el emisario de Aníbal. Al final, comprendió la amenaza de su padre de arrasar Capua—. Algún día nos vengaremos —masculló, pensando en las oportunidades de oro que se le presentarían para demostrar su valía.

—Repite conmigo —ordenó Malchus—. Ante Melcart, Baal Safón y Baal Hammón hago esta promesa. Apoyaré a Aníbal Barca en su empeño con todas mis fuerzas. Encontraré a Hanno o moriré vengándolo.

Poco a poco, Safo repitió las palabras.

Satisfecho, Malchus se encaminó al exterior.

Los gritos continuaron sin tregua detrás de ellos.

6

Esclavitud

Cerca de Capua, Campania

Hanno caminaba fatigosamente detrás de la mula de Agesandros, tragándose las nubes de humo que levantaban quienes le precedían. Por delante del siciliano iba la litera en la que viajaban Atia y Aurelia y, más allá, encabezando la comitiva, Fabricius y Quintus. Era la mañana después de que Quintus lo comprara y, tras pasar la noche en casa de Martialis, la familia regresaba a su finca. Durante la corta estancia en casa del amigo de la familia, a Hanno lo habían dejado en la cocina con los esclavos domésticos residentes. Aturdido, incapaz de creerse todavía que lo habían separado de Suniaton, había permanecido agazapado en un rincón y se había puesto a llorar. Aparte de darle un taparrabos, un vaso de agua y un plato de comida, nadie le había ofrecido ningún tipo de consuelo. Sin embargo, Hanno recordaría más adelante sus miradas de curiosidad. Sin duda se trataba de una situación que no era nueva para ellos: el nuevo esclavo, que se da cuenta de que su vida nunca volverá a ser como antes. Probablemente les hubiera pasado a la mayoría de ellos. Afortunadamente, el sueño por fin había vencido a Hanno. Había descansado por rachas pero le había supuesto una especie de escape: la posibilidad de negar la realidad.

Ahora, bajo la fría luz del día, tenía que volver a enfrentarse a ella.

Pertenecía al padre de Quintus, Fabricius. No volvería a ver a Suni ni a su familia.

Hanno seguía sin saber qué pensar de su amo. Aparte de una inspección superficial cuando habían vuelto a casa de Martialis, Fabricius no le había prestado demasiada atención. Había aceptado la explicación de su hijo acerca de por qué había valido la pena pagar un precio elevado por él: porque sabía leer y escribir y hablaba idiomas. Además, Quintus iba a pagar el dinero que faltaba. «Es asunto tuyo cómo te gastas tu dinero», le había dicho. Parecía una buena persona, pensó Hanno, igual que Quintus. Aurelia no era más que una niña. Atia, la esposa de Fabricius, era una incógnita. Hasta el momento, apenas le había mirado, pero Hanno confiaba en que demostrara ser un ama justa.

Resultaba curioso considerar normales a personas que siempre le habían parecido malvadas, de todos modos Agesandros era quien más preocupaba a Hanno. El siciliano la había tomado con él desde un buen comienzo. A pesar de sus desvelos, por lo menos su situación tenía una vertiente positiva, por la que se sentía inmensamente culpable. El destino de Suniaton seguía pendiente de un hilo, y lo único que podía hacer Hanno era pedir a todos los dioses que conocía que intercedieran por su amigo. En el peor de los casos, que muriera como un valiente.

Al oír la palabra «Saguntum» aguzó el oído. Era una ciudad griega de Iberia, aliada de la República, que hacía meses que estaba en el foco de atención de Aníbal. De hecho, era donde iba a empezar la guerra con Roma.

—Pensaba que el Senado había decidido que Saguntum no estaba amenazada —dijo Quintus—. Después de que los saguntinos pidieran una compensación por los ataques sufridos en sus tierras, lo único que hizo Aníbal fue enviarles una respuesta grosera.

Hanno ocultó su sonrisa de satisfacción. Había oído ese insulto hacía varias semanas, en casa. «Salvajes sarnosos y pulgosos», había llamado Aníbal a los habitantes de la ciudad. Tal como todo el mundo sabía en Cartago, la refutación presagiaba su verdadero plan: atacar Saguntum.

—A veces los políticos infravaloran a los generales —dijo

Fabricius pesadamente—. A estas alturas Aníbal ha hecho algo más que lanzar amenazas. Según las últimas noticias, ha rodeado Saguntum con su ejército. Han empezado a construir fortificaciones. Va a haber un asedio. Al final Cartago ha recuperado la chispa.

Quintus lanzó una mirada airada a Hanno, que bajó la vista de inmediato.

—¿No hay nada que hacer?

—No en esta temporada de campaña —repuso Fabricius contrariado—. Aníbal no podía haber elegido un momento mejor. Los dos ejércitos consulares están comprometidos en Oriente y luego la amenaza de aquí.

—¿Te refieres a Demetrio de Faros? —preguntó Quintus.

—Sí.

—¿No era uno de nuestros aliados hasta hace poco?

—Sí, hasta hace poco. Luego ese perro miserable decidió que la piratería es más rentable. Todo nuestro litoral oriental se ha visto afectado. También ha amenazado a ciudades ilirias que están bajo la protección de la República. Pero el problema llegará en otoño. Las fuerzas de Demetrio no tienen nada que hacer contra cuatro legiones y el doble de esa cantidad de *socii*.

Quintus fue incapaz de ocultar su desánimo.

—Me lo perderé todo.

—No temas, siempre habrá más guerras —dijo su padre con una sonrisa divertida—. Pronto te llegará el turno.

Quintus se quedó relativamente más tranquilo.

—Mientras tanto, ¿Saguntum se deja a merced de los vientos?

—Ya sé que no está bien —repuso su padre—. Pero la principal facción del Senado ha decidido que este es el camino a seguir. Los demás tenemos que obedecer.

«Toma *fides* romana», pensó Hanno con desprecio.

Padre e hijo cabalgaron en silencio durante unos instantes.

—¿Qué hará el Senado si Saguntum cae? —tanteó Quintus.

—Pedir que los cartagineses se retiren, supongo. Además de entregar a Aníbal.

Quintus enarcó las cejas.

—¿Harían tal cosa?

«Nunca», pensó Hanno enfurecido.

—No creo —respondió Fabricius—. Hasta los cartagineses tienen su orgullo. Además, el Consejo de Sabios estará al corriente del plan de Aníbal de asediar Saguntum. Es difícil que le ofrezcan su apoyo al respecto y se lo retiren inmediatamente después.

Hanno escupió en el suelo sin que lo vieran.

—Pues claro que no, faltaría más —susurró.

—Entonces la guerra es inevitable —exclamó Quintus—. El Senado no se quedará de brazos cruzados ante tamaño insulto.

Fabricius exhaló un suspiro.

—No, desde luego que no, aunque en parte sea el culpable de la situación. Las indemnizaciones impuestas a Cartago al final de la última guerra fueron ruinosas, pero la toma de Sardinia poco después fue incluso peor. No hay excusa para ello.

A Hanno le costaba dar crédito a sus oídos: un romano que lamentaba el daño infligido a su pueblo. ¿A lo mejor no eran todos unos monstruos?, se preguntó por segunda vez. Su instinto le hizo tomar parte rápidamente: «Siguen siendo el enemigo.»

—Ese conflicto se produjo hace una generación —dijo Quintus indignándose—. Ahora estamos en el presente. Aunque sea tarde, Roma tiene que defender a uno de sus aliados ante un ataque sin motivo.

Fabricius inclinó la cabeza.

—Cierto.

—O sea que se avecina una guerra contra Cartago, lo mires como lo mires —dijo Quintus. Lanzó una mirada a Hanno, que fingió no percatarse.

—Probablemente —repuso Fabricius—. Quizá no este año pero sí el siguiente.

—¡Podré participar! —exclamó Quintus emocionado—. Pero antes quiero aprender a empuñar una espada como es debido.

—Dominas tanto el arco como la lanza —reconoció Fabricius. Hizo una pausa, consciente de que Quintus estaba muy pendiente de sus palabras—. En un sentido estricto, por supuesto, no es necesario para un soldado de caballería, pero supongo que un poco de entrenamiento en el uso del *gladius* no está de más.

Quintus desplegó una sonrisa de oreja a oreja.

—Gracias, padre. —Se llevó una mano a la boca—. ¡Madre! ¡Aurelia! ¿Habéis oído eso? Voy a convertirme en espadachín.

—Qué buena noticia. —La voz de Atia, procedente del interior de la litera, sonó amortiguada, pero a Quintus le pareció detectar cierto deje de tristeza.

Aurelia alzó la tela y asomó la cabeza al exterior.

—Qué bien —dijo, esbozando una sonrisa forzada. Los celos la consumían por dentro.

—Empezaremos mañana —anunció Fabricius.

—¡Excelente! —Quintus olvidó enseguida la reacción de su madre y de Aurelia. Tenía la cabeza llena de imágenes de él y Gaius sirviendo en el ejército de caballería, cubriéndose de gloria, y cubriendo de gloria también a Roma.

A pesar del sentimiento de culpa por Suniaton, Hanno también se había animado. Aunque tuviera que lidiar con Agesandros, no estaba condenado a morir como gladiador. Y, aunque quizá no pudiera participar, su pueblo estaba a punto de enfrentarse otra vez a Roma, liderado por Aníbal Barca. Un hombre a quien su padre consideraba el mejor líder que Cartago había tenido jamás.

Por primera vez en varios días, en el corazón de Hanno se encendió una chispa de esperanza.

Una mañana de verano, recibieron la noticia de que Malchus y Safo habían amerizado. Bostar gritó encantado al oír la buena nueva. No podía evitar sonreír mientras corría por las calles de Cartago Nova, la ciudad fundada por Asdrúbal hacia nueve años. Al atisbar el templo de Esculapio, situado en una gran colina al este de las murallas, Bostar ofreció una oración de gracias al dios de la medicina y sus seguidores. De no haber sido por la herida en el brazo con el que empuñaba la espada, contraída mientras practicaba con hojas desenvainadas, ya habría partido hacia Saguntum con el resto del ejército. Sin embargo, por orden de Alete, su comandante, Bostar había tenido que quedarse atrás.

—He visto demasiadas heridas como esa que acababan mal —le había dicho Alete—. Quédate aquí, al cuidado de los sacerdotes y ya te incorporarás a filas cuando te hayas recuperado. Saguntum no va a caer ni en un día ni en un mes.

En aquel momento, a Bostar no le había hecho ninguna gracia. Ahora estaba loco de contento.

Llegó enseguida al puerto, que daba al tranquilo golfo situado más allá de Cartago Nova. La ubicación de la ciudad no tenía parangón. Estaba rodeada de agua por todas partes y situada en el extremo de una bahía natural cerrada que estaba lo más lejos posible del Mediterráneo. Limitaba al este y al sur con el mar mientras que al norte y al oeste había una gran laguna de agua salada. La única conexión con tierra firme era un paso elevado estrecho y bien fortificado que hacía que la ciudad fuera casi inexpugnable. No era de extrañar que Cartago Nova hubiera sustituido a Gades como capital de la Iberia cartaginesa.

Bostar pasó corriendo por el lado de los barcos más cercanos al muelle. Quienes llegaran a partir de entonces tendrían que echar amarras más lejos. Como de costumbre, había una actividad frenética. La gran mayoría del ejército había partido con Aníbal pero seguían llegando tropas y suministros día tras día. Las jabalinas repiqueteaban entre sí mientras las apilaban y las pilas de cascos nuevos relucían bajo el sol. Había ánforas selladas con cera llenas de aceite de oliva y vino, rollos de telas y bolsas de clavos. Los cajones de madera con vajillas esmaltadas esperaban junto a sacos repletos de frutos secos. Los marineros enrollaban cuerda y barrían las cubiertas de los navíos descargados entre chismorreos. Los pescadores que llevaban en pie desde antes del amanecer sudaban al arrastrar la captura al muelle.

—¡Bostar!

Estiró el cuello para buscar a su familia entre la densa marea de mástiles y jarcias. Al final, Bostar vio a su padre y a Safo en la cubierta de un trirreme que estaba amarrado a dos embarcaciones del muelle. Saltó a la cubierta de la primera embarcación y se dispuso a saludarlos.

—¡Bienvenidos!

Al cabo de un momento ya estaban juntos. Bostar se quedó asombrado al ver el cambio que habían experimentado ambos. Eran hombres distintos desde la última vez que los había visto. Fríos, duros, despiadados. Inclinó la cabeza hacia Malchus intentando disimular su sorpresa.

—Padre. Qué alegría volver a verte.

Malchus suavizó ligeramente la expresión severa.

—Bostar, ¿qué te ha pasado en el brazo?

—Es un arañazo, nada más. Un error estúpido mientras practicaba —repuso—. De todos modos, me alegro de que pasara porque es el único motivo por el que sigo aquí. Recibo tratamiento diario en el templo de Esculapio. —Se giró hacia Safo y le sorprendió ver que su hermano tenía una expresión de enfado clara. Las esperanzas que Bostar había albergado de reconciliarse se esfumaron. La desavenencia provocada por su pelea sobre dejar marchar a Hanno y Suniaton seguía viva. Como si no bastara con lo culpable que se sentía, pensó Bostar entristecido. En vez de abrazarle, se limitó a saludarle.

—Hermano.

Safo le devolvió el gesto con rigidez.

—¿Qué tal el viaje?

—Bastante agradable —respondió Malchus—. No hemos visto ningún trirreme romano, lo cual es una bendición. —Hizo una mueca incomprensible—. Ya basta. Hemos descubierto lo que le pasó a Hanno.

Bostar parpadeó conmocionado.

—¿Qué?

—Ya lo has oído —espetó Safo—. Él y Suni no se ahogaron.

Bostar abrió la boca.

—¿Cómo lo sabes?

Malchus tomó la palabra.

—Porque nunca perdí la fe en Melcart y porque tenía ojos

y oídos en el puerto que miraban y escuchaban día y noche por si había pistas. —Sonrió con acritud ante el desconcierto de Bostar—. Hace un par de meses, uno de mis espías encontró una mina. Oyó sin querer una conversación que pensó que podría interesarme. Interrogamos a los hombres.

Bostar estaba totalmente fascinado por la historia de su padre. Cuando se enteró de que unos piratas habían capturado a Hanno y Suniaton, se echó a llorar. Los demás no, lo cual no hizo sino aumentar su dolor. Su angustia fue en aumento con la revelación de que habían vendido a la pareja como esclavos. «Yo que pensé que era todo un detalle dejarles ir a pescar. ¡Cuán equivocado estaba!» Aquello era mucho peor que ahogarse. Podían habérselos llevado a cualquier sitio. Cualquiera podía haberlos comprado.

—Lo sé —gruñó Safo—. Los vendieron en Italia. Probablemente como gladiadores.

A Bostar se le llenaron los ojos de terror.

—¡No!

—Sí —espetó Safo con ponzoña—, y todo por culpa tuya. Si se lo hubieras impedido, Hanno estaría aquí con nosotros.

Bostar se indignó sobremanera.

—¡Menuda jeta tienes!

—¡Basta ya! —La voz de Malchus sonó como un latigazo—. Safo, tú y Bostar tomasteis juntos la decisión, ¿no?

Safo echaba chispas.

—Sí, padre.

—Entonces los dos sois responsables, igual que yo por no ser menos severo con él. —Malchus pasó por alto la sorpresa de sus hijos ante aquel reconocimiento de su complicidad—. Ahora Hanno no está y luchar por su recuerdo no nos servirá de nada. Se acabó. Ahora nuestra misión consiste en seguir a Aníbal y tomar Saguntum. Con un poco de suerte, los dioses nos concederán la posibilidad de vengar a Hanno más adelante, en la lucha contra Roma. Tenemos que olvidarnos de todo lo demás. ¿Queda claro?

—Sí, padre —mascullaron los hermanos, aunque ninguno de los dos miró al otro.

Bostar no fue capaz de reprimir la pregunta.

—¿Qué le hicisteis a los piratas?

—Los mandamos castrar y que les rompieran las extremidades. Por último, esa bazofia fue crucificada —repuso Malchus en un tono neutro. Sin mediar palabra, subió al muelle y se encaminó al centro de la ciudad.

Safo se contuvo hasta que estuvieron a solas.

—Fuimos incluso benévolos. También teníamos que haberles arrancado los ojos —añadió con saña. A pesar de su supuesto entusiasmo, el horror de lo que había presenciado seguía vigente en su mente. Safo había pensado que los castigos le impedirían sentirse aliviado por la desaparición de Hanno, pero se había equivocado. Ver otra vez a su hermano pequeño no hacía más que constatarlo. «Seré el preferido», pensó con virulencia—. Menos mal que no estabas presente. No habrías estado a la altura de las circunstancias.

A pesar de la indirecta sobre su valentía, Bostar mantuvo la compostura. No era el momento de recordarle quién estaba al mando. Además tampoco sabía a ciencia cierta cómo habría reaccionado ante la misma situación, si hubiera tenido la oportunidad de vengarse de quienes habían condenado a Hanno a una muerte segura. En lo más profundo de su ser, Bostar se alegraba de no haber estado allí. Dudaba que su padre o Safo lo comprendieran. «Melcart —rezó—, pido que mi hermano tuviera una buena muerte y que permitas que nuestra familia zanje sus diferencias.» Bostar obtuvo cierta consolación de la plegaria pero era lo único que tenía en esos momentos.

Eso y una guerra que anhelar.

Al ver que Agesandros no estaba en las proximidades, Hanno hizo parar a las mulas. Las bestias sudorosas no protestaron. Era casi mediodía y la temperatura del corral era abrasadora. Hanno hizo un movimiento de cabeza hacia uno de los otros que trillaba el trigo con él.

—Agua.

El galo comprobó automáticamente si el siciliano rondaba por ahí antes de dejar la horca y coger el odre de cuero que estaba junto al cobertizo. Después de dar un buen trago, volvió a taparlo y lo lanzó por los aires.

Hanno le dio las gracias moviendo la cabeza. Dio una docena de tragos pero se cuidó de dejar líquido suficiente a los demás. Le lanzó el odre a Cingetorix, otro galo.

Cuando terminó, Cingetorix se secó los labios con el dorso de la mano.

—Dioses, qué caliente. —Habló en latín, que era el único idioma que él y sus paisanos tenían para comunicarse con Hanno—. ¿En este maldito sitio no llueve nunca? En nuestro país... —No pudo terminar.

—Lo sabemos —masculló Galba, un hombre bajito cuyo torso quemado por el sol estaba lleno de tatuajes en forma de remolino—. Llueve mucho más. No nos lo recuerdes.

—En Cartago, no —dijo Hanno—. Es tan seco como aquí.

Cingetorix frunció el ceño.

—Entonces debes de sentirte como en casa.

Hanno sonrió a su pesar. Durante unos dos meses desde su llegada, los galos, con quienes compartía dormitorio, le habían ignorado por completo y hablaban su idioma gutural a toda velocidad en todo momento. Había hecho todo lo posible para entablar amistad con ellos pero no había servido de nada. Sin embargo, se había producido un cambio gradual. Hanno no estaba seguro de si la atención extra, no deseada, que le dedicaba Agesandros era lo que había instado a los galos a tenderle una mano amiga, pero ya le daba igual. La camaradería que ahora compartían era lo que hacía que su existencia resultara soportable. Eso y la noticia de que Aníbal tenía a Saguntum bien pillada. Por lo que parecía, la ciudad caería antes de final de año. Hanno rezaba por el éxito del ejército cartaginés todas las noches. También pedía que algún día se le concediera la oportunidad de matar a Agesandros.

Eran cinco personas en total en el campo, que continuaban la labor iniciada hacía varias semanas con la siega. El verano tocaba a su fin y Hanno se había acostumbrado a la vida en la finca y a la gran cantidad de trabajo que se esperaba realizase todos los días. La situación resultaba mucho más dura por culpa de los pesados grilletes de hierro que llevaba en los tobillos y que le impedían moverse más allá de arrastrar los pies. Antes, Hanno pensaba que estaba en forma, pero pronto se percató de lo contrario. Trabajando doce o más horas al día bajo el calor del estío, con grilletes y mal alimentado, se había convertido en una sombra fibrosa y tensa de su anterior yo. El cabello le colgaba en mechones gruesos a ambos lados del rostro barbudo. Los músculos del torso y las extremidades se le marcaban como tralla y cada zona de la piel que le quedaba al descubierto había adoptado un tono marrón oscuro. Los galos presentaban el mismo aspecto. «Somos como animales salvajes», pensó Hanno. No era de extrañar que apenas vieran a Fabricius o a su familia.

Como vio a Agesandros a lo lejos, silbó tal como tenían acordado para avisar a sus compañeros. Rápidamente devolvieron el odre a su lugar original. Hanno puso a las mulas en marcha otra vez y colocó un pesado arado encima del trigo cosechado, que se había dispuesto a lo ancho de la tierra compacta de la gran finca. Los galos empezaron a aventar la cosecha trillada, lanzándola por los aires con las horcas para que la brisa se llevara las granzas no deseadas. Sus tareas eran pesadas y embrutecedoras pero tenían que realizarlas antes de poder echar el trigo a paladas en la parte posterior de una carreta para depositarlo en los cobertizos cercanos, construidos encima de pilotes de ladrillo para impedir el acceso a los roedores.

Cuando llegó Agesandros al cabo de unos momentos, se quedó a la sombra de los edificios y los observó en silencio. Incómodos, los cinco esclavos trabajaban duro, evitando mirar en dirección del siciliano. El cuerpo enseguida se les cubrió de una capa de sudor.

Cada vez que giraba el arado, Hanno veía a Agesandros observándole con expresión implacable. No se sorprendió cuando el capataz se encaminó a él con cara de enojo.

—¡Haces ir demasiado rápido a las mulas! ¡Aminora el paso o la mitad del trigo se quedará en el tallo!

Hanno tiró de la cuerda del animal que tenía más cerca.

—Sí, señor —murmuró.

—¿Qué has dicho? No te he oído —gruñó Agesandros.

—Enseguida, señor —repitió Hanno en voz bien alta.

—*Gugga* apestoso. Sois todos igual de mierdosos. ¡Inútiles! —Agesandros sacó el látigo.

Hanno se armó de valor. Daba igual lo que hiciera. La velocidad de las mulas no era más que el último ejemplo. Últimamente había criticado su técnica con la guadaña y la horca, y lo mucho que tardaba en recoger agua del pozo. Todo lo hacía mal y la respuesta del siciliano era siempre la misma.

—Sois todos unos hijos de puta y unos gandules. —Lentamente, Agesandros pasó el largo látigo de cuero por el suelo—. Perros sarnosos. Cobardes. Sabandijas.

Hanno chasqueó la lengua hacia las mulas para no oír los insultos.

—A lo mejor sí que tuviste madre —reconoció Agesandros. Hizo una pausa—. Pero debía de ser la puta más enfermiza de Cartago para engendrar a alguien como tú.

Hanno apretó los nudillos con fuerza alrededor de la cuerda y bajó los hombros. Vio a Galba, que estaba detrás del siciliano, por el rabillo del ojo meneando la cabeza con un gesto que indicaba «no». Hanno se obligó a relajarse pero Agesandros ya había visto el efecto de sus dardos envenenados.

—¿No te ha gustado? —El siciliano se echó a reír y levantó el brazo derecho. Al cabo de un instante el látigo bajó zumbando sobre la espalda y la axila derecha de Hanno. El extremo hizo *crac* al cortar la piel bajo el pezón derecho. El dolor era intenso. Hanno se puso rígido y aminoró el paso ligeramente. Era lo único que a Agesandros le faltaba.

—¿Te he dicho yo que vayas más lento? —gritó. Retiró el látigo para volver a atizarle. Hanno contó tres, seis, doce latigazos. Aunque se esforzó al máximo por no emitir sonido alguno, al final no pudo evitar gemir.

El capataz sonrió ante aquella muestra de debilidad y se detuvo. Tenía tal habilidad con el látigo que Hanno siempre acababa sintiendo un dolor intenso pero capaz de seguir trabajando.

—Así irás a la velocidad adecuada —espetó.

—Sí, señor —mascullό Hanno.

Satisfecho, Agesandros dedicó a los galos una mirada severa e hizo ademán de marcharse.

Hanno no se relajó. Siempre había más.

Como era de esperar, Agesandros regresó.

—Esta noche te encontrarás la cama más blanda —anunció.

Hanno alzó la vista lentamente y miró al siciliano.

—Me he meado en ella.

Hanno no habló. Aquello era peor que Agesandros le escupiera en la comida o le redujera a la mitad la ración de agua. Su ira, que había quedado reducida a un pequeño resplandor en el centro de su alma, se había multiplicado de repente y se había convertido en una llama candente de rabia e indignación. Realizó un esfuerzo supremo para mostrarse inexpresivo. «Ahora no es el momento —se dijo—. Espera.»

Agesandros hizo una mueca desdeñosa.

—¿No tienes nada que decir?

«No voy a darle el gusto a este cabrón», pensó Hanno enfurecido.

—Gracias, señor.

Engañado, Agesandros soltó un bufido y se marchó.

—Cabrón de mierda —susurró Galba cuando ya no le oía. Los demás dejaron escapar un gruñido con el que mostraron que estaban de acuerdo con el calificativo—. Puedes utilizar nuestros catres. Cambiaremos lo que está mojado por la mañana por si viene a comprobarlo.

—Gracias —musitó Hanno distraídamente. Se imaginaba corriendo detrás del capataz para matarlo. Gracias al acoso experto de Agesandros, había recuperado su espíritu guerrero. Si iba a reunirse con Suniaton en el otro mundo, quería poder ir con la cabeza bien alta. Hanno se dio cuenta de que la situación pronto llegaría a un punto crítico, pero no importaba. La muerte sería mejor que esas humillaciones diarias.

No era habitual en él pero una mañana Quintus se encontró sin nada que hacer. Había llovido por la noche y había refrescado por primera vez desde hacía meses. Tonificado por el aire limpio y frío, decidió hacer las paces con Aurelia. Durante los últimos meses, y para desagrado de Aurelia, la habían colocado a cargo de un tutor estricto, un esclavo griego de rostro avinagrado que Martialis le había prestado a Atia. En vez de vagar por la finca a su antojo, ahora Aurelia tenía que sentarse con recato y estudiar griego y matemáticas. Atia seguía enseñándole a tejer y a coser, así como a comportarse como una dama. Las protestas de Aurelia cayeron en saco roto.

—Ya va siendo hora de que aprendas a ser una señorita, y no se hable más —le había espetado Atia en numerosas ocasiones—. Si sigues protestando, te daré una buena azotaina.

Aurelia obedeció sin rechistar pero sus silencios glaciales a la hora de la cena desde entonces revelaban su verdadera opinión.

Fabricius se mantenía al margen de las decisiones de su esposa, lo cual convertía a Quintus en el único aliado de Aurelia. Sin embargo, se encontraba en medio. Aunque se sentía culpable de la difícil situación de su hermana, también sabía que un matrimonio concertado era lo mejor para la familia. Todos sus intentos de animarla habían fracasado y entonces Quintus empezó a evitar su compañía cuando su jornada de trabajo tocaba a su fin. Dolida, Aurelia pasaba cada vez más tiempo en su habitación. Era un círculo vicioso del que no parecía haber salida.

Mientras tanto Quintus había estado muy ocupado con la labor que su padre le había encomendado: documentos, recados a Capua y clases para aprender a utilizar el *gladius* con regularidad. A pesar del tiempo transcurrido, Quintus seguía echando mucho de menos a su hermana. Tomó una decisión rápidamente. Había llegado el momento de pedirle disculpas y superar aquella situación. No podían dejarlo así. Aunque Fabricius todavía no había encontrado un marido adecuado para Aurelia, había empezado a buscarlo durante sus visitas a Roma.

Quintus introdujo algo de comida en una bolsa de tela y se dirigió a la habitación contigua al patio donde Aurelia recibía las clases. Apenas se molestó en llamar y entró. El tutor alzó la mirada y un pequeño gesto de desaprobación le arrugó la frente.

—Amo Quintus. ¿A qué debemos el placer?

Quintus se puso bien recto. Ahora ya le sacaba tres dedos a su padre, lo cual significaba que sobresalía por encima de mucha gente.

—Me llevo a Aurelia a dar una vuelta por la finca —anunció con grandilocuencia.

El tutor se sorprendió.

—¿Quién lo ha permitido?

—Yo —repuso Quintus.

El tutor infló los cachetes para mostrar su desagrado.

—Sus padres...

—Estarían totalmente de acuerdo. Ya se lo explicaré todo más tarde. —Quintus hizo un gesto de despreocupación—. Vamos —indicó a Aurelia.

Su intento por parecer enfadada se desvaneció y se puso en pie de un salto. La tablilla para escribir y el punzón cayeron al suelo, lo cual provocó unos chasquidos reprobatorios del tutor. Sin embargo, el anciano griego no cuestionó más a Quintus y los hermanos salieron sin problemas.

Desde que había matado al oso, la seguridad de Quintus había aumentado sobremanera. Le sentaba bien. Le sonrió a Aurelia.

De repente, ella recordó su disputa.

—¿Qué pasa? —exclamó—. ¿No te veo desde hace semanas y ahora de repente te presentas mientras estoy en clase?

Tomó a Aurelia de la mano.

—Siento haberte abandonado. —Para su horror, a ella se le llenaron los ojos de lágrimas y Quintus se dio cuenta de lo muy dolida que estaba—. Nada de lo que decía parecía servir —masculló—. No se me ocurría la forma de ayudarte. Perdóname.

Aurelia sonrió a pesar de su tristeza.

—Yo también tengo la culpa. De morros durante varios días. Pero bueno, ahora estás aquí. —Una mirada picarona asomó a sus ojos—. ¿Una vuelta por la finca? ¿Qué hay que no haya visto mil veces antes?

—Es lo único que se me ha ocurrido —respondió, abochornado—. Algo para sacarte de ahí.

Ella le dio un codazo y le sonrió.

—Ha bastado para hacer callar a ese viejo tonto. Gracias. Me da igual a donde vayamos.

Pasearon por el sendero que conducía a los olivares cogidos del brazo.

Hanno se percató de que Agesandros estaba de mal humor. Cualquier esclavo que perdiera ni que fuera un paso recibía una reprimenda. Diez de ellos caminaban por delante del siciliano cargados con cestas de mimbre. Por suerte, Hanno iba cerca de la parte delantera, lo cual significaba que Agesandros no le prestaba demasiada atención. Se dirigían a las terrazas donde estaban los ciruelos, cuyos frutos habían madurado de repente. Recoger las jugosas frutas sería tarea fácil en comparación con el trabajo de las semanas anteriores y Hanno anhelaba que llegara el momento. Agesandros podía vigilarlo hasta cierto punto. Antes de que concluyera la jornada, acabaría con su quejumbrosa barriga llena de ciruelas.

Al cabo de un momento maldijo su optimismo.

Galba, el hombre que tenía detrás, tropezó y se cayó al suelo. Se oyó un gruñido de dolor y cuando se giró, Hanno vio que su compañero tenía un corte feo en la espinilla derecha. Se lo había hecho con un trozo de roca afilada que sobresalía de la tierra. La sangre se acumulaba en la herida, le corría por la pantorrilla musculosa y caía en la tierra seca, donde era absorbida de inmediato.

—Se te acabó la jornada —dijo Hanno en voz baja.

—Dudo que Agesandros esté de acuerdo —contestó Galba, con una mueca—. Ayúdame a levantarme.

Hanno se agachó para ayudarle pero era demasiado tarde. El siciliano se abrió paso a empujones entre los demás esclavos y los alcanzó con doce zancadas.

—Por todos los demonios, ¿qué pasa aquí?

—Se ha caído y se ha hecho daño en la pierna —empezó a explicar Hanno.

Agesandros se giró rápidamente con una expresión cortante en la mirada.

—Deja que este pedazo de mierda se explique él solito —susurró antes de girarse hacia Galba otra vez—. ¿Y bien?

—Es tal como ha dicho, señor —dijo el galo con cautela—. He tropezado y me caído encima de esta piedra.

—Lo has hecho a propósito, para librarte de trabajar durante unos días —gruñó Agesandros.

—No, señor.

—¡Mentiroso! —El siciliano soltó el látigo y empezó a atizar a Galba.

La ira de Hanno pudo más que él.

—Déjelo en paz —gritó—. No ha hecho nada.

Agesandros le dio unos cuantos latigazos más y una buena patada antes de parar. Lanzó una mirada de furia a Hanno con las aletas de la nariz hinchadas.

—¿Qué has dicho?

—Recoger ciruelas es fácil. ¿Por qué iba a intentar librarse? —masculló—. El hombre ha tropezado. Eso es todo.

El siciliano abrió unos ojos como platos de descrédito y rabia.

—¿Osas decirme qué tengo que hacer? ¿Tú, pedazo de mierda pinchada de un palo?

Hanno habría dado cualquier cosa por tener una espada en esos momentos. Sin embargo, solo tenía su ira. Con la subida de la adrenalina, en realidad le bastaba.

—¿Es eso lo que soy? —espetó—. Bueno, ¡pues tú no eres más que una bazofia siciliana de baja alcurnia! Aunque tuviera los pies llenos de mierda, no me los limpiaría en ti.

En el interior de Agesandros se activó un resorte. Alzó el látigo y golpeó a Hanno en la cara con el extremo de metal de la empuñadura.

Se oyó un fuerte crujido y Hanno notó cómo se le rompía el cartílago de la nariz. Medio cegado por el intenso dolor, se tambaleó hacia atrás levantando las manos para protegerse del golpe que se avecinaba. No tenía la posibilidad de coger una piedra ni nada para defenderse. Agesandros se abalanzaba sobre él como un león sobre su presa. El látigo fustigó a Hanno en los hombros y el extremo le rajó la piel de la espalda. Se retiró pero volvió silbando al cabo de un instante y le dejó corte tras corte a lo ancho del torso desnudo. Hanno retrocedió pero Agesandros le seguía, riendo. Cuando Hanno tropezó con la raíz de un árbol, Agesandros lo tiró al suelo de un empujón en el pecho. Sin respiración, no podía hacer nada mientras el otro se cernía sobre él con el rostro retorcido por una expresión triunfante. Le propinó una fuerte patada en el pecho y las costillas que Varsaco le había roto se rajaron por segunda vez. El dolor le resultó insoportable y Hanno gritó a pesar de odiarse por ello. Lo peor estaba por llegar. La paliza continuó hasta que llegó casi a perder la conciencia. Al final, Agesandros le dio la vuelta para tenerlo de cara.

—Mírame —ordenó. Obligado a golpes, Hanno alcanzó a abrir los ojos. En cuanto los abrió, el siciliano levantó la pierna derecha para que viera las tachuelas de la suela de la sandalia—. Esto es por todos mis camaradas —masculló—. Y mi familia.

Hanno no tenía ni idea de a qué se refería Agesandros. «El cabrón va a matarme», pensó aturdido. Curiosamente, le daba bastante igual. Por fin acabaría su sufrimiento. Sintió cierta pesadumbre al pensar que nunca volvería a ver a su familia. Tampoco tendría la posibilidad de disculparse ante su padre. Que así sea. Resignado, Hanno cerró los ojos y aguardó a que Agesandros acabara con él.

El golpe nunca llegó.

Por el contrario, se oyó un grito autoritario.

—¡Agesandros! ¡Para!

Al comienzo, Hanno no entendió qué pasaba, pero cuando la orden se repitió y notó cómo el siciliano retrocedía, cayó en la cuenta. Alguien había intervenido. ¿Quién? Estaba tumbado en el duro suelo, incapaz de hacer nada que no fuera respirar de forma superficial. Con cada movimiento de la caja torácica sentía punzadas de dolor en todo el cuerpo. Era lo único que le impedía perder el conocimiento. Era consciente de que Agesandros le lanzaba miradas llenas de odio, pero el siciliano no le hizo nada más.

Al cabo de unos instantes, Quintus y Aurelia, los hijos de Fabricius, aparecieron por el extremo del campo de visión de Hanno. Se notaba que estaban indignados.

—¿Qué has hecho? —exclamó Aurelia, arrodillándose al lado de Hanno. Aunque el pobre cartaginés ensangrentado estaba irreconocible, ella notaba mariposas en el estómago cada vez que lo veía.

Hanno intentó sonreírle. Después de ver las facciones crueles de Agesandros, ella le parecía una ninfa u otra criatura similar.

—¿Y bien? —preguntó Quintus con voz glacial—. Explícate.

—Tu padre me encomienda el manejo de la finca y de los esclavos —se jactó Agesandros—. Ha sido así desde antes de que tú nacieras.

—¿Y si matases a un esclavo? ¿Qué diría entonces? —le retó Aurelia.

Agesandros se sorprendió.

—Venga ya —dijo con tono apaciguador—. Estaba dando una paliza, eso es todo.

Quintus soltó una risa burlona.

—Estabas a punto de machacarle la cabeza. En este terreno pedregoso, un golpe como ese puede aplastarle el cráneo a cualquier hombre.

Agesandros no respondió.

—¿Verdad que sí? —insistió Quintus. La ira que sentía hacia el siciliano, que estaba decidido a matar al otro, se duplicó al darse cuenta de quién era la víctima. Toda admiración residual que sintiera por Agesandros se había evaporado—. Respóndeme, por todos los dioses.

—Supongo que sí —reconoció Agesandros hoscamente.

—¿Era esa tu intención? —preguntó Aurelia.

El siciliano lanzó una mirada a Hanno

—No —dijo, cruzándose de brazos—. He perdido los estribos, eso es todo.

«Mentiroso», pensó Hanno. Aurelia, por encima de él, hizo una mueca de descrédito, lo cual reforzó su convicción.

Quintus también era consciente de que Agesandros mentía, pero si seguía acusándolo no haría más que llevarlo a un terreno inexplorado. No se sentía tan seguro.

—¿Qué ha pasado?

Agesandros señaló a Galba.

—Ese esclavo se cayó a propósito y se hirió la pierna. Intentaba librarse de trabajar. Es un viejo truco y me he dado cuenta enseguida. Le he dado unos cuantos golpes a ese perro para darle una lección y el *gugga* me ha dicho que parara, que había sido un accidente. —Soltó un bufido—. Tal rebeldía no puede tolerarse. Había que enseñarle lo equivocado de su comportamiento de inmediato.

Quintus bajó la mirada hacia Hanno.

—Creo que lo has conseguido —dijo con sarcasmo—. Si te descuidas, lo envías al Hades.

Agesandros alzó una de las comisuras de los labios ligeramente.

Hanno fue el único que lo vio. «Agesandros me quiere ver muerto. ¿Por qué?»

Fue el último pensamiento coherente que tuvo.

La seguridad de Quintus salió fortalecida por haberse impuesto a Agesandros. En vez de dejar que trasladaran a Hanno herido a la villa como si fuera un saco de cereal tal como quería el siciliano, insistió en que fueran a buscar una litera. Galba podía ir cojeando a su lado. A Agesandros no le quedó más remedio que obedecer a regañadientes y enviar a un esclavo a buscarla a toda prisa. El capataz observó con expresión huraña como Aurelia, con un trozo de tela, limpiaba buena parte de la sangre que Hanno tenía en la cara. Las lágrimas le resbalaban por las mejillas pero no emitió ni un sonido. No pensaba darle ese gusto a Agesandros.

Al cabo de un rato, cuando hubieron colocado a Hanno cuidadosamente en la litera, ella se puso de pie. Como se había arrodillado en el suelo, tenía la parte inferior del vestido cubierta de una mezcla de sangre y polvo. Los ojos, aunque enrojecidos, los tenía llenos de ira y la expresión decidida.

—Si muere, me encargaré de que mi padre te lo haga pagar —sentenció—. Te lo juro.

Agesandros intentó tomárselo a risa.

—Hace falta algo más que eso para matar a un *gugga* —replicó.

Aurelia le lanzó una mirada de furia, temerosa y envalentonada a la vez.

—Vamos —dijo Quintus, llevándosela con suavidad. Agesandros hizo ademán de seguirles, pero Quintus ya había tenido suficiente—. Dedícate a lo tuyo —gritó—. Nosotros nos encargaremos de los dos esclavos.

Acomodaron a Hanno encima de mantas y un colchón de paja en un establo vacío cerca de la cuadra, donde yacía inmóvil como un cadáver. A Quintus le preocupaba su palidez. Si el cartaginés moría, su padre perdería mucho dinero, así que pidió traer agua caliente de la cocina, junto con retales de tela y un frasco de *acetum*, o vinagre. Cuando llegaron, le sorprendió la reacción de Aurelia. No pensaba permitir que nadie más le limpiara las heridas al cartaginés. Mientras tanto, Elira curó a Galba bajo la mirada agradecida de Quintus. La iliria tenía buenos conocimientos médicos gracias a su educación. Tal como había contado a Quintus, su madre había sido la persona a la que la gente de la tribu acudía cuando tenía alguna dolencia. Primero le limpió la herida con abundante agua caliente. Luego, haciendo caso omiso de las muestras de dolor de Galba, le roció la zona con *acetum* antes de secarla dando palmaditas y aplicarle un vendaje.

—Dos días de descanso y trabajo ligero durante una semana —dijo Quintus cuando hubo terminado—. Me aseguraré de que Agesandros lo tenga claro.

El galo se marchó arrastrando los pies mascullando unas palabras de agradecimiento.

Oyó un gemido detrás de él y Quintus se giró. Hanno hizo una mueca de dolor por lo que fuera que Aurelia le estaba haciendo, antes de relajarse de nuevo.

—Está vivo —dijo él aliviado.

—No será gracias a Agesandros —espetó Aurelia con vehemencia—. ¡Imagínate si no hubiéramos aparecido! Su vida todavía corre peligro. —Su voz se apagó mientras contenía un sollozo.

Quintus le dio una palmadita en el hombro preguntándose por qué estaba tan afectada. Al fin y al cabo Hanno no era más que un esclavo.

Elira se acercó a la cama.

—Déjame echarle un vistazo —dijo.

Para sorpresa de Quintus, Aurelia se apartó. Observaron en silencio como la iliria pasaba sus manos expertas por el maltrecho cuerpo de Hanno, presionando con suavidad aquí y allá.

—No encuentro ninguna lesión en la cabeza aparte de la nariz rota —dijo al final—. Tiene tres costillas fracturadas y todas estas heridas superficiales del látigo. —Señaló hacia la caja torácica que sobresalía y el vientre cóncavo—. Últimamente no le han dado suficiente de comer. Sin embargo, es fuerte. Con buenos cuidados y alimento suficiente podría estar recuperado en una semana.

—Demos gracias a Júpiter —exclamó Aurelia.

Quintus sonrió aliviado y fue en busca de Fabricius. Había que informar inmediatamente de la crueldad de Agesandros. Sospechaba que su padre no castigaría al siciliano como se merecía y que este lo negaría todo si se sentía atacado. Era como si ya oyera la voz de Fabricius. Exigir disciplina formaba parte del cometido del capataz y ningún esclavo tenía derecho a desafiar a la autoridad como había hecho Hanno. Era la primera vez que Agesandros se había extralimitado. A los ojos de Fabricius sería un hecho aislado. Sin embargo, Quintus sabía perfectamente qué había visto. Apretó la mandíbula.

A partir de ahora habría que vigilar a Agesandros.

Hanno se despertó por culpa del dolor que le irradiaba de las costillas cada vez que respiraba. Las punzadas que notaba en la cabeza le recordaban que tenía la nariz rota. Levantó las manos y notó las fuertes correas que le sujetaban el pecho. No llevaba grilletes en los tobillos. Dudaba que hubiera sido por iniciativa de Agesandros. «Quintus debe de haber insistido para que me cuiden», pensó Hanno. Su sorpresa fue en aumento cuando abrió los ojos. En vez de la paja mojada de su miserable celda, estaba tumbado encima de unas mantas en un establo vacío. Los relinchos que oía de vez en cuando le indicaban la proximidad de los caballos. Vio el taburete que tenía al lado. Alguien le había estado velando.

Notó una sombra en el umbral y al alzar la vista Hanno vio a Elira cargada con una jarra de barro y dos vasos.

Se le iluminó el semblante.

—¡Estás despierto!

Asintió lentamente y se percató de su belleza.

Ella se situó rápidamente a su lado.

—¿Cómo te sientes?

—Me duele todo.

Ella se agachó y cogió una calabaza del suelo.

—Bebe un poco de esto.

—¿Qué es? —preguntó con recelo.

Elira sonrió.

—Una solución diluida de *papaverum*. —Al ver su expresión confusa, se explicó—: Mitigará el dolor.

Estaba demasiado débil para replicar. Cogió la calabaza y dio un buen sorbo de la bebida analgésica, aunque hizo una mueca al notar el sabor ácido del líquido.

—No tardará en hacerte efecto —murmuró Elira para tranquilizarlo—. Entonces podrás dormir un poco más.

De repente, se acordó del siciliano e intentó incorporarse. Aquel pequeño esfuerzo le resultó agotador.

—¿Y qué pasa con Agesandros?

—No te preocupes. Fabricius ha visto las heridas que tienes y le ha advertido que te deje en paz. Los dioses deben de estar de buen humor porque también ha aceptado que te cuide. Tardó en permitírmelo, pero Aurelia lo convenció —dijo Elira. Le tocó la cara sudorosa con la mano—. Mira, estás débil como un minino —le riñó—. Túmbate.

Hanno obedeció. ¿Por qué se preocupaba Aurelia de lo que le pasaba?, se preguntó. Notó que el *papaverum* empezaba a hacerle efecto y cerró los ojos. Le producía un gran alivio saber que uno de los hijos de su amo estaba de su lado, pero Hanno dudaba que Aurelia pudiera protegerle del rencor de Agesandros. No era más que una niña. De todos modos, pensó fatigosamente, su situación ahora había mejorado. ¿Acaso los dioses le favorecían una vez más? Con esta idea en la cabeza, Hanno se relajó y se dejó vencer por el sueño.

7

Cambio gradual

Hanno hizo poco más que dormir y comer durante los tres días siguientes. Bajo la mirada de aprobación de Elira, devoró plato tras plato de comida de la cocina. Recuperó las fuerzas y el dolor de las heridas remitió. Pronto insistió en que le retiraran el tenso vendaje del pecho porque se quejó de que le dificultaba la respiración. Llegado el cuarto día, se sintió lo bastante despejado para aventurarse al exterior. Sin embargo, el miedo se lo impidió.

—¿Dónde está Agesandros?

Elira aplanó los labios gruesos.

—El hijo de puta está en Capua, por suerte.

Aliviado, Hanno salió arrastrando los pies. El patio estaba vacío. Todos los esclavos estaban trabajando en los campos. Se sentaron juntos al sol y apoyaron la espalda en la fría piedra de las paredes del establo. A Hanno no le importaba que no hubiera nadie por allí. Así podía estar a solas con Elira, cuyo atractivo físico resultaba cada día más obvio. Tal como le indicaba el dolor que notaba en la entrepierna, hacía meses que no estaba con una mujer. No obstante, el mero hecho de albergar tales pensamientos resultaba peligroso. Aunque Elira estuviera predispuesta, a los esclavos les estaba prohibido mantener relaciones sexuales entre ellos. Además, Hanno había visto cómo se miraban ella y Quintus. «Mantente bien lejos», se dijo seriamente. Follarse a la esclava favorita del hijo del amo no era buena idea. Había una forma más sencilla de satisfacerse. Menos agradable pero mucho más segura.

Necesitaba algo que le hiciera dejar de pensar en el sexo.

—¿Cómo llegaste a ser esclava?

La sorpresa inicial de Elira dejó paso rápidamente a la tristeza.

—Es la primera vez que me hacen esa pregunta.

—Supongo que es porque todos tenemos la misma historia desgraciada —dijo Hanno con ternura. Arqueó las cejas para indicarle que continuara.

Elira adoptó una expresión distante.

—Me crie en un pueblecito costero de Ilyricum. La mayoría de la gente eran pescadores o agricultores. Era un lugar plácido. Hasta el día que llegaron los piratas. Yo tenía nueve años. —El semblante se le ensombreció primero por la ira y luego por el pesar—. Los hombres pelearon con fuerza pero no eran guerreros. Mi padre y mi hermano mayor... —La voz le tembló unos instantes—. Los mataron. Pero lo que le pasó a mi madre fue igual de malo. —Se le formaron lágrimas en los ojos.

Horrorizado, Hanno apretó la mano de Elira.

—Lo siento —susurró.

Ella asintió y el movimiento le hizo derramar las lágrimas.

—Nos llevaron a sus barcos. Zarparon a Italia y nos vendieron allí. Desde entonces no he visto a mi madre ni a mis hermanas.

Mientras Elira lloraba, Hanno se maldijo por haber abierto la boca. Sin embargo, el dolor de la iliria la volvía incluso más atractiva. Costaba no imaginarse rodeándola con los brazos para consolarla. Por consiguiente, se sintió aliviado cuando vio que Aurelia se acercaba desde la villa. Dio un codazo a Elira y se levantó. La iliria apenas tuvo tiempo de arreglarse el pelo alrededor de la cara y secarse las lágrimas.

Aurelia se sintió un poco celosa al ver a Elira tan cerca de Hanno.

—¡Ya estás recuperado! —dijo con aspereza.

Hanno inclinó la cabeza.

—Sí.
—¿Cómo te sientes?
Hanno se tocó las costillas.
—Mucho mejor que hace unos días, gracias.
Aurelia volvió a compadecerse de Hanno al verle hacer una mueca de dolor.
—A Elira es a quien tienes que darle las gracias. Es maravillosa.
—Es verdad —convino Hanno dedicando una media sonrisa a Elira.
La iliria se sonrojó.
—Julius debe de estarse preguntando dónde estoy —masculló, antes de marcharse corriendo.
Aurelia volvió a molestarse pero, enfadada consigo misma por sentirse de ese modo, se tranquilizó de repente.
—Eres cartaginés, ¿verdad?
—Sí —repuso Hanno con recelo. Nunca había mantenido una verdadera conversación con Fabricius o alguien de su familia. En su cabeza seguían siendo el enemigo.
—¿Cómo es Cartago?
No se contuvo.
—Es enorme. Tal vez tenga una población de un cuarto de millón de personas.
Aurelia abrió unos ojos como platos sin querer.
—¡Pero eso es mucho mayor que Roma!
Hanno tuvo la sensatez de no soltar la respuesta sarcástica que tenía en la punta de la lengua.
—Por supuesto. —Aurelia parecía interesada, por lo que se dispuso a describir la ciudad, visualizándola al hacerlo. Al final se dio cuenta de que se había dejado llevar y se calló.
—Suena hermoso —reconoció Aurelia—. Y qué feliz se te veía mientras hablabas.
Hanno sintió verdadera nostalgia y bajó la cabeza.
—No es de extrañar, supongo —dijo Aurelia con amabilidad. Ladeó la cabeza con expresión curiosa—. Recuerdo que hablas griego y también latín. En Italia solo los nobles aprenden

ese idioma. En Cartago debe de ser parecido. ¿Cómo es que alguien tan bien educado ha acabado como esclavo?

Hanno alzó la vista hacia ella con expresión amenazadora.

—Olvidé pedir la bendición de una de nuestras diosas más poderosas antes de ir de pesca con mi amigo. —Vio su expresión inquisitiva—. Suni, el que viste en Capua. Después de pescar un montón de atunes, bebimos vino y nos quedamos dormidos. Una tormenta repentina nos arrastró hasta alta mar. No sé cómo sobrevivimos por la noche, pero al día siguiente nos encontró un barco pirata. Nos vendieron en Neapolis y nos llevaron a Capua para ser vendidos como gladiadores. Pero al final me compró tu hermano. —Hanno endureció el tono de voz—. ¿Quién sabe lo que le habrá pasado a mi amigo? —Le satisfizo ver que se estremecía.

Molesta, Aurelia se recuperó rápidamente. «Por muy guapo que sea, sigue siendo un esclavo», pensó.

—Todos los esclavos del mercado tienen una historia triste. Eso no significa que podamos comprarlos a todos. Considérate afortunado —espetó.

Hanno inclinó la cabeza. «Es joven pero tiene coraje.»

Se produjo un silencio incómodo que rompió la voz de Atia.

—¡Aurelia!

Aurelia adoptó una expresión angustiada.

—¡Estoy en el patio, madre!

Atia apareció al cabo de un momento. Llevaba una sencilla estola de lino y unas elegantes sandalias de cuero.

—¿Qué estás haciendo aquí? Se supone que teníamos que estar aprendiendo a tocar la lira. —Miró a Hanno—. ¿No es este el esclavo al que Agesandros pegó? ¿El cartaginés?

—Sí, madre. —Aurelia se ruborizó ligeramente—. He venido a comprobar con Elira que se recupera de forma satisfactoria.

—Ya veo. Es bueno que te intereses por cosas como estas. Todo forma parte de llevar la casa. —Atia observó a Hanno con más interés—. La nariz rota no se le ha curado pero por lo demás se le ve bien.

Hanno iba cambiando el peso de pie, incómodo al ver que hablaban de él como si no estuviera delante.

Aurelia se aturulló un poco.

—Supongo... Elira no ha dicho cuándo estará listo para volver al trabajo.

—¿Y bien? —preguntó Atia—. ¿Estás lo bastante recuperado?

Hanno no podía negarse.

—Sí, señora —murmuró.

—Tiene tres costillas fisuradas —protestó Aurelia.

—Eso no le impide trabajar en la cocina —repuso Atia. Miró fijamente a Hanno—. ¿Verdad?

Le resultaría mucho menos pesado que trabajar en los campos, pensó Hanno. Inclinó la cabeza.

—No, señora.

Atia asintió.

—Bien. Síguenos de vuelta a la casa. Julius te dará un montón de cosas por hacer.

Complacida en su interior, Aurelia siguió a su madre. Ya no necesitaría una excusa para ir a ver a Hanno.

—Quintus quiere que le veamos pelear con tu padre —declaró Atia con tono orgulloso pero nostálgico.

—Oh. —Aurelia consiguió transmitir toda su desaprobación y celos en una sola palabra.

Atia se giró.

—¡Deja de mostrar esa actitud! ¿Prefieres pasar el rato tocando la lira o hablando en griego con tu tutor?

—No, madre —masculló Aurelia enfurecida.

—Vale. —Atia se relajó—. Pues entonces vamos.

Hanno estaba fascinado. Todas las mujeres que había conocido se quedaban más que satisfechas dedicándose a labores femeninas. Aurelia era distinta.

Entraron en la casa por una pequeña poterna. Estaba incorporada en una de las dos puertas de madera que formaban la entrada.

Hanno miró a su alrededor entusiasmado. Era la primera vez que estaba en la villa propiamente dicha. La elegancia sencilla del diseño le impresionó. Las casas cartaginesas eran más funcionales que hermosas. Los mosaicos elegantes y los murales coloridos eran la excepción y no la regla.

Encontraron a Fabricius y a Quintus en el patio moviéndose cuidadosamente alrededor el uno del otro. Ambos vestían unas túnicas sencillas con cinturón y portaban unas espadas de madera y escudos circulares de caballería. Cuando vieron a Atia y a Aurelia se quedaron quietos.

Fabricius alzó el arma a modo de saludo para Atia, que sonrió.

—Por fin —dijo Quintus sonriente a su hermana.

Aurelia se esforzó por mostrarse entusiasmada. «Esto es mejor que las clases de música», se dijo.

—Ya estoy aquí.

Quintus miró a su padre.

—¿Preparado?

—Cuando quieras.

Se acercaron el uno al otro y alzaron las espadas. Los extremos se unieron en un choque metálico. Ambos se quedaron quietos unos instantes intentado adivinar cuándo se movería el otro.

Atia dio una palmada.

—Ve a buscar zumo de frutas —ordenó a Hanno. Señaló—: La cocina está ahí.

Hanno apartó la vista del duelo.

—Sí, señora. —Hanno obedeció adoptando el paso preferido de los esclavos, lento y mesurado. Por suerte, podría seguir observando.

Quintus fue el primero en actuar. Bajó rápidamente el *gladius* y arrastró la hoja de su padre hacia el suelo. En el mismo momento, echó hacia atrás el brazo derecho y empujó hacia delante, directo al pecho del otro. Fabricius rápidamente repelió el ataque con el escudo. Con un gran esfuerzo, lo alzó en el aire. La espada de Quintus también se vio arrastrada hacia arriba por el movimiento, que dejó al descubierto su axila derecha. Como sabía que su padre aprovecharía su punto débil, Quintus giró desesperadamente hacia la izquierda y retrocedió varios pasos. Fabricius se abalanzaba sobre él como una serpiente lista para el ataque. A pesar de la ferocidad de su padre, Quintus consiguió repeler la estocada.

—No está mal —dijo al final Fabricius, echándose hacia atrás. Hicieron una pausa para recobrar el aliento antes de continuar con el enfrentamiento.

Quintus se alegró al ver que era el primero en sacar sangre. Su éxito llegó gracias a un ataque inesperado con el hombro contra su padre que le permitió empujar el *gladius* por entre los escudos. El extremo se enganchó en el lazo izquierdo de la túnica de Fabricius. A pesar de que la hoja era de madera, hizo un buen agujero en el tejido, le arañó las costillas y le levantó la piel. Gimió de dolor y se tambaleó hacia atrás. Como sabía que a su padre le resultaría doloroso levantar la espada, Quintus se preparó para llegar hasta el final y ganar el combate.

—¿Estás bien? —preguntó Aurelia.

Fabricius no respondió.

—Venga ya —le gruñó a Quintus—. ¿Crees que puedes acabar conmigo?

Dolido, Quintus alzó el *gladius* y corrió hacia delante. Cuando estaba tan solo a un paso, fintó a la derecha y luego a la izquierda. A continuación lanzó una estocada hacia atrás a Fabricius en la cabeza y la respuesta de su padre apenas bastó para evitar que el golpe le alcanzara. Quintus estaba henchido de orgullo y continuó ansioso por aprovechar la ventaja. Fabricius lo sorprendió sobremanera al retroceder tan rápido que Quintus perdió el equilibrio y se cayó. Cuando estuvo en el suelo, Fabricius se dio la vuelta y le colocó el extremo de la espada en la base del cuello.

—Eres hombre muerto —dijo con toda tranquilidad.

Enfurecido y abochornado, Quintus se puso en pie. Cuando vio a Hanno, le riñó.

—¿Qué estás mirando? —gritó—. ¡Dedícate a lo tuyo!

Hanno agachó la cabeza para disimular su ira y se dirigió a la cocina.

—No la tomes con un esclavo —exclamó Aurelia—. No es culpa suya.

Quintus lanzó una mirada furibunda a su hermana.

—Tranquilízate —dijo Fabricius—. Te has dejado llevar por un exceso de confianza.

Entonces Quintus se puso rojo como un tomate.

—Lo has hecho bien hasta ese momento —le tranquilizó su padre. Detrás, Atia asentía para mostrar su acuerdo—. Si te hubieras tomado tu tiempo, yo no habría tenido ninguna posibilidad. —Alzó el brazo izquierdo y enseñó a Quintus el largo rasguño ensangrentado que tenía al lado del pecho—. Hasta un arañazo como este enlentece a cualquiera. Recuérdalo.

Satisfecho, Quintus sonrió.

—Lo haré, padre.

En aquel momento, Hanno apareció con una bandeja de bronce pulida. Portaba una bonita jarra de cristal y cuatro vasos del mismo estilo. Al verle, Quintus le hizo una señal imperiosa.

—¡Ven aquí! ¡Tengo sed!

«Pequeño mierdoso arrogante», pensó Hanno mientras se aprestaba a obedecer.

Fabricius esperó a que toda la familia estuviera servida antes de alzar el vaso.

—¡Un brindis! ¡Por Marte, el dios de la guerra! Que su escudo siempre nos proteja.

Hanno enterró las palabras lo mejor posible y rezó en silencio a su dios marcial. «Baal Safón, guía al ejército de Aníbal hasta la victoria sobre Saguntum. Y Roma.»

Fabricius engulló el zumo de golpe e indicó a Hanno que volviera a llenarle el vaso. Frunció el ceño al reconocerlo.

—¿Ya estás recuperado?

—Casi, amo —repuso Hanno.

—Bien.

—Me ha impresionado ver que Aurelia se interesaba por su recuperación —añadió Atia—. Todavía no está bien para trabajar en el campo pero no había motivos para que no ayudara a Julius en la cocina.

—Me parece bien. Entonces ya está listo para volver a su celda. —Aurelia abrió la boca para protestar y Fabricius alzó una mano—. No es un caballo —dijo con severidad—. Necesitamos ese establo. También habría que ponerle los grilletes. —Al ver la aprensión de Hanno, Fabricius suavizó la expresión—. Obedece órdenes y Agesandros no te pondrá la mano encima. Tienes mi palabra.

Hanno masculló su agradecimiento pero los pensamientos se agolpaban en su mente. A pesar de la promesa de Fabricius, sus problemas no se habían acabado ni mucho menos. Sin duda Agesandros le guardaría rencor. Tendría que estar constantemente en guardia. Sin pensarlo, Hanno permaneció donde estaba, cerca de la familia.

Al cabo de un instante, Quintus se giró y se miraron a los ojos. «Me encantaría enfrentarme a ti en un duelo con la espada —pensó Hanno—. Te daría una lección.» Como si lo hubiera captado, Quintus hizo una mueca.

—¿Qué haces aquí todavía? Vuelve a la cocina.

Hanno se retiró rápidamente. Agradeció la sonrisa que Aurelia le dedicó.

La conversación se retomó en cuanto se dio la vuelta.

—¿Podemos volver a practicar mañana, padre? —preguntó Quintus enardecido.

—¡El entusiasmo de la juventud! —Fabricius se tocó el costado e hizo una mueca—. Dudo que mis costillas me lo permitan. Pero, de todos modos, no puedo.

—¿Por qué no? —exclamó Quintus.

—Tengo que viajar a Roma. El Senado se reúne para plantearse cómo responder si Saguntum cae. Quiero oír sus planes en persona.

«Guerra —pensó Hanno con fervor—. Espero que se decidan por la guerra. Porque de todos modos es lo que van a tener.»

Quintus estaba abatido pero no insistió.

—¿Cuánto tiempo estarás fuera?

—Por lo menos diez días. Quizá más. Depende del éxito de mi otra misión —repuso Fabricius. Miró fijamente a Aurelia con sus ojos grises—. Encontrar un esposo adecuado para ti.

Aurelia palideció pero no apartó la vista.

—Ya veo. ¿O sea que no se me permite enamorarme como tú y mamá?

—¡Harás lo que se te ordena y punto! —espetó Fabricius.

Atia se sonrojó y bajó la mirada.

—Da igual, niños —intervino Atia con tono enérgico—. Será una oportunidad para que los dos os pongáis al día en los estudios. Quintus, el tutor dice que no dominas la geometría como deberías.

Quintus soltó un gemido.

Atia se dirigió a Aurelia.

—No te creas que tú te vas a librar.

Aunque estaba frunciendo el ceño, a Aurelia se le ocurrió una idea. El corazón le dio un vuelco al pensar en lo brillante que era. Si podía materializarla, a ninguno de los dos le preocuparían las clases extra. Y la ayudaría a no pensar en la búsqueda de su padre.

Como todos los buenos planes, el de Aurelia era sencillo. Sin embargo, no estaba segura de si Quintus querría participar en él por lo que no dijo nada hasta transcurridos varios días de la marcha de su padre. Para entonces, la frustración de su hermano por no poder practicar con las armas había alcanzado cotas insospechadas. Aurelia escogió el momento con cuidado y esperó a que su madre estuviera ocupada con las cuentas de la casa. Hacía poco rato que Quintus había terminado sus clases matutinas y se lo encontró dando vueltas alrededor de la fuente del centro del patio, arrastrando enfadado las sandalias por el mosaico.

—¿Qué pasa?

Él la miró con el ceño fruncido.

—Nada, aparte de que he tenido que pasarme dos horas intentando calcular el volumen de un cilindro. ¡Es imposible! Y no es que tenga que volver a utilizar ese método. Típico de los dichosos griegos descubrir cómo calcular una estupidez como esa.

Aurelia emitió un sonido para mostrar su comprensión. A ella tampoco le gustaba esa materia.

—Me preguntaba... —empezó a decir. Se calló a propósito.

—¿Qué? —preguntó Quintus.

—Oh, nada —repuso—. Una tontería.

El primer indicio de curiosidad asomó al rostro de Quintus.

—Cuéntame.

—Te has quejado mucho de que papá estuviera fuera.

Quintus asintió irritado.

—Sí, porque no puedo practicar con la espada.

Aurelia sonrió con picardía.

—Eso podría tener remedio.

La expresión de Quintus era mordaz.

—Cabalgar hasta Capua y volver para practicar con Gaius todos los días no es viable. Tardaría demasiado tiempo.

—No es lo que tenía pensado. —Aurelia se dio cuenta de su propia vacilación. «¡Dilo!», pensó. «No tienes nada que perder»—. Yo podría ser tu compañera de prácticas.

—¿Cómo? —Arqueó las cejas sorprendido—. Pero si no has cogido una espada en tu vida.

—Aprendo rápido —espetó Aurelia—. Tú mismo lo dijiste cuando me ayudaste a usar una honda. —Contuvo el aliento mientras rezaba para que aceptara.

Lentamente, una sonrisa fue extendiéndose por el rostro de Quintus.

—Podríamos ir a dar «un paseo» al bosque, al lugar donde practico.

—Es exactamente lo que estaba pensando —exclamó Aurelia entusiasmada—. A mamá le da igual lo que haga siempre y cuando acabemos todos los deberes y hayamos finalizado nuestras tareas.

Quintus frunció el ceño.

—¿Y tú qué ganas con eso? Nunca podrás volverlo a hacer en cuanto estés... —Le dedicó una mirada de culpabilidad.

—Justamente por eso —dijo Aurelia con fervor—. Es probable que en el plazo de un año esté casada. Entonces tendré que conformarme con cuidar de los niños y llevar una casa el resto de mis días. ¡Menuda oportunidad para olvidar ese destino!

—Mamá te matará si se entera —le advirtió Quintus.

Aurelia lanzaba destellos por los ojos.

—Me enfrentaré a la situación cuando llegue el día.

Quintus vio la determinación de su hermana y asintió. En realidad se alegraba de poder ayudarla, aunque solo fuera un asunto temporal. A él no le gustaría tener el futuro que a ella le aguardaba.

—Muy bien.

Aurelia se le acercó y le besó en la mejilla.

—Gracias. Significa mucho para mí.

El día siguiente se reunieron en el *atrium* en cuanto acabaron con sus obligaciones. Quintus se colgó una vieja bolsa al hombro en la que llevaba dos de los *gladii* de madera, así como unas cuantas trampas para cazar. Estas últimas eran por si su madre les hacía alguna pregunta comprometedora.

—¿Preparado? —susurró Aurelia emocionada.

Quintus asintió.

Habían dado una docena de pasos cuando Atia apareció procedente del *tablinum*, con un rollo de pergamino en mano. Les dedicó una mirada de curiosidad.

—¿Adónde vais?

—A dar un paseo —respondió Aurelia con toda tranquilidad. Levantó la cesta de mimbre que llevaba en la mano derecha—. He pensado que a lo mejor te apetecerían unas cuantas setas.

—Yo también tengo que poner algunas trampas —le añadió Quintus. Dio un golpecito al arco—. Esto es por si veo un ciervo.

—Regresad antes de que anochezca. —Atia había dado unos cuantos pasos cuando se giró—. ¿Por qué no os lleváis al nuevo esclavo? Creo que se llama Hanno. Mientras trabaja en la cocina está bien que aprenda a buscar setas y cazar venado.

—Me parece buena idea —dijo Aurelia, cuyo rostro se iluminó. A pesar de que ahora Hanno trabajaba en la casa, se había dado cuenta de que tenía muy pocas oportunidades de hablar con él.

—¿Seguro? —preguntó Quintus, molesto—. A lo mejor se escapa.

Atia se echó a reír.

—¿Con los grilletes que lleva? No creo. Además, podéis practicar griego con él. Así aprenderéis algo.

—Sí, madre —masculló Quintus sin mucho entusiasmo.

Atia los dejó con una sonrisa ausente.

Aurelia dio un codazo a Quintus.

—¡No ha sospechado nada!

Quintus hizo una mueca.

—No, pero tenemos que llevarnos al cartaginés.

—¿Y qué más da? Puede llevarnos la bolsa.

—Supongo —reconoció Quintus—. Pues entonces ve a buscarle. No nos entretengamos más.

Al cabo de un rato, seguían uno de los senderos estrechos que discurrían por entre los campos hasta los límites de la finca. Hanno, desconcertado, iba el último arrastrando los pies por culpa de los grilletes. La propuesta de Aurelia de ir a dar un paseo al bosque le había pillado por sorpresa. Aunque el trabajo en la cocina lo mantenía a salvo de Agesandros, Hanno había empezado a echar de menos estar al aire libre. Además añoraba la compañía de Galba, Cingetorix y los demás galos. Julius y el resto de los esclavos domésticos eran amables pero blandos y hacían poco más que cotillear entre ellos. No iba a ver a los galos pero a Hanno le gustaba la idea de coger setas, actividad desconocida en Cartago, y cazar, algo que le gustaba sobremanera. No tendría tiempo de darle vueltas a su situación.

Cuando los dos jóvenes romanos se pararon en un claro Hanno empezó a sospechar. Las setas que Aurelia le había enseñado por el camino crecían en zonas umbrías bajo árboles caídos y había que ser tonto para poner una trampa o esperar encontrar un ciervo en medio de un espacio abierto.

Quintus se le acercó decidido.

—Dame la bolsa —ordenó.

Hanno obedeció. Al cabo de un instante se llevó una buena sorpresa al ver dos espadas de madera que caían en la tierra blanda. ¡Cielos, cuánto tiempo había transcurrido desde que empuñara un arma! Cuando Quintus lanzó uno de los *gladii* a Aurelia todavía no era consciente de lo que pasaba.

—Duelen como el Hades si te dan un golpe pero no es probable que acabes destripada.

Aurelia movió la hoja a un lado y a otro un par de veces.

—Parece muy aparatoso.

—Pesa el doble que una espada de verdad, para fortalecerte. —Quintus vio que fruncía el ceño—. No tenemos por qué hacerlo.

—Sí, sí que tenemos que hacerlo —replicó ella—. Enséñame a empuñar este armatoste como es debido.

Quintus obedeció sonriente y le sujetó la muñeca para movérsela lentamente en el aire.

—Como ya sabes, está hecha para tocar y dar estocadas. Pero también corta, y así es como la empleamos en la caballería.

—¿No deberíamos tener también escudos?

Quintus se rio.

—Por supuesto. Pero creo que mamá se habría dado cuenta de lo que estábamos tramando. Déjame un par de días. Los traeré aquí yo solo un día por la tarde cuando se baña.

Quintus empezó a enseñar a Aurelia cómo empujar el *gladius* hacia delante.

—Mantén los pies juntos cuando te mueves. Es importante que no te estires más de la cuenta.

Al cabo de un rato, Hanno empezó a aburrirse. Le habría encantado ocupar el lugar de Aurelia, pero era inviable. Lanzó una mirada a la cesta casi vacía y tosió para llamar la atención de los jóvenes romanos.

Quintus se dio la vuelta con el ceño fruncido.

—¿Qué?

—No hemos encontrado muchas setas por el camino. ¿Voy a buscar más?

Quintus asintió sorprendido.

—Muy bien. No te alejes demasiado y ni se te ocurra intentar huir.

Aurelia se mostró más agradecida.

—Gracias.

Hanno los dejó a lo suyo. Buscó por el borde del claro pero no encontró setas. Sin que Quintus y Aurelia lo vieran se adentró en la maleza. El sonido de sus voces le llegaba amortiguado y luego se perdió. La luz del sol se filtraba por entre las copas de los árboles e iluminaba zonas irregulares del suelo del bosque. De todos modos, el ambiente estaba cargado. La presencia de Hanno hacía que los pájaros pasaran de una rama a otra y emitieran sus llamadas de alarma. Enseguida se sintió como la única persona del mundo. Se sentía libre. Justo entonces los grilletes que llevaba hicieron un ruido y se dio de bruces con la realidad. Hanno soltó una maldición. Aunque intentara correr, no llegaría lejos. En cuanto avisaran a Agesandros, enviaría a los perros de caza detrás de él. Le seguirían el rastro enseguida. Y por supuesto estaba en deuda con Quintus. Hanno suspiró y retomó la búsqueda.

Estuvo de suerte. Al cabo de un cuarto de hora, regresó al claro con la cesta llena.

Aurelia fue la primera en verlo.

—¡Buen trabajo! —exclamó, acercándosele corriendo—. Esas setas finas con el sombrero plano están deliciosas cuando se fríen. Tendrás que probarlas.

Hanno hizo una mueca.

—Gracias.

Quintus echó un vistazo a la cesta pero no hizo ningún comentario.

—Te echo una carrera hasta el arroyo —instó a Aurelia—. Podemos refrescarnos antes de regresar.

Con una risita, Aurelia corrió hacia el extremo del claro, desde donde se oía el murmullo del agua.

—¡Eh! —exclamó Quintus—. ¡Eso es trampa! —Aurelia no respondió y él corrió tras ella.

Hanno los miraba con nostalgia, recordando los buenos momentos pasados con Suniaton. Sin embargo, al cabo de un instante se fijó en las dos espadas de madera que estaban en el suelo, cerca de él. Sin pensárselo dos veces, Hanno se acercó y cogió un *gladius*. Tal como había dicho Aurelia, resultaba incómoda de manejar pero a Hanno le daba igual. Agarró la empuñadura con fuerza y dio varias estocadas. Lo más natural era que se imaginara clavándosela en el vientre a Agesandros.

—¿Qué estás haciendo?

Hanno se llevó un susto de muerte. Al girarse vio a Quintus, empapado, que lo observaba con una gran suspicacia.

—Nada —mascculló.

—A los esclavos no se les permite utilizar armas de filo. ¡Suéltala!

Hanno dejó caer el *gladius* a regañadientes.

Quintus lo recogió.

—Seguro que estabas pensando en matarnos a todos mientras dormimos —dijo con dureza.

—Nunca haría tal cosa —protestó Hanno. «Agesandros es otra cosa, por supuesto», pensó—. Me has salvado la vida dos veces. Nunca lo olvidaré.

Quintus se quedó anonadado.

—Te compré para llevarle la contraria a Agesandros. Con respecto a cuando te estaba dando una paliza... en fin... herir gravemente a un esclavo supone una gran pérdida de dinero.

—Puede ser —masculló Hanno—. Pero si no fuera por ti, ahora mismo estaría muerto.

Quintus se encogió de hombros.

—No te hagas ilusiones de devolverme el favor. ¡No hay demasiados peligros por aquí! —Señaló la bolsa—. Cógela. He visto un buen sitio en la orilla para poner una trampa.

Hanno se encorvó para que Quintus no le viera la cara de enfado y obedeció. «Malditos sean él y su arrogancia —pensó—. Debería huir.» Pero su orgullo no se lo permitía. Una deuda era una deuda.

Quintus y Aurelia se las apañaron para ir tres veces más al claro antes de que Fabricius regresara al cabo de una semana. Atia se había quedado tan complacida con la cesta de setas que Quintus insistió en que Hanno les acompañara a él y a su hermana en cada ocasión. Hanno obedeció gustoso. Aurelia era amable y la actitud de Quintus hacía él había cambiado ligeramente. No podía decirse que fuera cariñoso, pero había dejado de ser tan déspota. Hanno no sabía si se debía a la revelación de que estaba en deuda con él.

Aunque la vuelta de Fabricius supuso el fin de las excursiones secretas, Hanno se alegró al saber que su amo iba a regresar pronto a Roma. Mientras servía la comida a la familia escuchaba a hurtadillas acerca de que en el Senado los debates sobre Aníbal eran constantes y que algunas facciones eran partidarias de negociar con Cartago y otras exigían una declaración de guerra inmediata.

—Esto despierta mucho más interés que la hija casadera de un noble rural —le reveló Fabricius a Atia.

Aurelia apenas fue capaz de disimular su alegría, pero su madre hizo una mueca.

—¿No has encontrado a nadie adecuado?

—He encontrado a muchos —repuso Fabricius con tono tranquilizador—. Pero necesito más tiempo, eso es todo.

—Quiero conocer a los mejores candidatos —dijo Atia—. Puedo escribir a las madres que estén vivas. Concertar un encuentro.

Fabricius asintió.

—Buena idea.

«Espero que se alargue una eternidad —suplicó Aurelia—. Así podré practicar con Quintus.» Había sido un placer descubrir que manejar una espada no le costaba nada. Ardía en deseos de seguir practicando mientras pudiera.

Sin embargo, la reacción de su hermano era todo lo contrario.

—¿Cuánto tiempo estarás fuera? —preguntó abatido.

—No lo sé seguro. A lo mejor semanas. Pero para la Saturnalia seguro que estoy de vuelta.

Quintus se quedó horrorizado.

—¡Pero si faltan meses!

—No es el fin del mundo —dijo Fabricius, dándole una palmada en el hombro—. De todos modos, la próxima primavera empezarás la formación militar.

Quintus estaba a punto de seguir protestando pero Atia intervino.

—Los asuntos de tu padre son mucho más importantes que tus ganas de practicar con un *gladius*. Confórmate con que esté aquí ahora.

Quintus guardó silencio a regañadientes.

Sus padres juntaron la cabeza y se enfrascaron en una conversación privada.

«Probablemente estén hablando de sus posibles maridos», pensó Aurelia enfurecida. Dio una patada a Quintus por debajo de la mesa y le dijo moviendo los labios:

—Así podremos ir al claro más a menudo.

Cuando él enarcó las cejas, se lo repitió y le lanzó una espada imaginaria.

Al final Quintus la entendió y adoptó una expresión más alegre.

Hanno esperaba que Quintus y Aurelia lo llevaran con ellos. Agesandros no podía hacerle nada mientras estaba con ellos. Además, disfrutaba de las salidas.

—¿Sigues creyendo que es buena idea? —preguntó Atia cuando los niños ya no estaban.

Fabricius hizo una mueca.

—¿A qué te refieres?

—Has dicho que a ningún hombre que sea un buen partido le interesa encontrar esposa en estos momentos.

—¿Y pues?

—Pues a lo mejor tendríamos que dejarlo para dentro de seis meses o un año.

Fabricius frunció más el ceño.

—¿Y qué ganamos con eso? No me digas que te lo estás repensando...

—Yo...

—¡Es eso!

—¿Te acuerdas del motivo por el que nos casamos, Fabricius? —preguntó con ternura.

Una expresión de culpa asomó a su rostro.

—Por supuesto que sí.

—Entonces ¿tanto te extraña que me cueste pensar en obligar a Aurelia a casarse con un hombre en contra de su voluntad?

—A mí también me cuesta —objetó—. Pero ya sabes por qué lo hago.

Atia exhaló un suspiro.

—Intento que nuestra familia prospere. No puedo conseguirlo con la gran deuda que pende sobre nuestras cabezas.

—Podrías pedirle ayuda a Martialis.

—Le debo miles de didracmas a un prestamista de Capua, ¡pero tengo mi orgullo! —replicó.

—Martialis no te menospreciaría por ello.

—¡Me da igual! ¡No sería capaz de volverle a mirar a la cara!

—¡Cualquiera diría que te has gastado el dinero apostando en las carreras de cuadrigas! Necesitaste el dinero por culpa de la terrible sequía que hubo hace dos años. No deberías avergonzarte de decirle que no tuvimos cosecha que vender.

—Martialis no es agricultor —dijo Fabricius pesadamente—. Lo entendería si mis problemas fueran por culpa de las propiedades, pero esto...

—Podrías intentarlo —mascculló Atia—. Al fin y al cabo, es tu amigo más antiguo.

—La persona menos recomendada para pedirle dinero es un amigo. No pienso hacerlo. —Le clavó la mirada—. Si no queremos quedarnos sin la finca en años venideros, la única posibilidad es casar a Aurelia con alguien de una familia rica. Esa certeza es lo único que hará que el prestamista nos deje tranquilos.

—Puede ser, pero no hará aparecer el dinero por arte de magia.

—No, pero con el favor de los dioses, obtendré un mayor reconocimiento en esta guerra que en la pasada. Cuando termine, conseguiré un puesto de juez local.

—¿Y si no lo consigues?

Fabricius parpadeó.

—Le tocará el turno a Quintus. Con el auspicio adecuado, podría llegar al rango de tribuno. El sueldo anual de ese cargo hará que nuestra deuda parezca una gota de agua en el océano. —Se inclinó hacia ella y la besó con seguridad—. ¿Lo ves? Lo tengo todo planeado.

Atia no tuvo coraje para protestar más. No podía obligar a Fabricius a acudir a Martialis ni tampoco se le ocurría otra estrategia. Sonrió con valentía intentando no pensar en una alternativa sino en otra posibilidad.

¿Y si Fabricius no regresaba de la guerra? ¿Y si Quintus nunca llegaba a ser tribuno?

A lo largo de las semanas siguientes, los hermanos adoptaron la costumbre de ir al claro. Atia, contenta por el flujo constante de setas, avellanas y algún que otro ciervo abatido con las flechas de Quintus, no protestaba. Como Aurelia había dado el mérito de su botín a Hanno, se le permitía que los acompañara. Para sorpresa de Hanno, la habilidad de Aurelia con el *gladius* mejoraba poco a poco y Quintus había empezado a enseñarle a usar el escudo. Poco después, llevó con él dos espadas de verdad.

—Son para que te hagas a la idea de cómo es utilizar las de verdad —dijo mientras le tendía una a Aurelia—. No quiero nada falso.

Hanno observó la hoja larga y contorneada que Aurelia tenía en la mano con un placer descarado. No difería demasiado del arma que él había tenido en Cartago.

Quintus advirtió su interés y frunció el ceño.

—¿Sabes usar una de estas?

Hanno regresó al presente con un sobresalto.

—Sí —masculló de mala gana.

—¿Cómo es eso?

—Mi padre solía enseñarme. —Hanno omitió a sus hermanos a propósito.

—¿Es soldado?

—Lo fue —mintió Hanno. Cuanto menos supiera Quintus, mejor.

—¿Luchó en Sicilia?

Hanno asintió a regañadientes.

Quintus se sorprendió.

—Igual que el mío. Pasó varios años en la caballería. Papá dice que tu pueblo fue un enemigo digno al que solo le faltaba un buen líder.

«Ya no —pensó Hanno con aire triunfante—. Aníbal Barca cambiará todo eso.» Hizo un esfuerzo para encogerse de hombros.

—Puede ser.

Quintus abrió la boca para formular otra pregunta.

—¡Vamos a practicar! —interrumpió Aurelia.

Hanno se alegró de que pasara el momento. Quintus respondió a la exigencia de su hermana y los dos empezaron a practicar con los *gladii*.

Hanno se marchó a comprobar las trampas. Poco después, a cierta distancia del claro, encontró el rastro de un jabalí. Corrió a dar la noticia lo más rápido posible teniendo en cuenta que llevaba los grilletes. La carne de jabalí era muy apreciada debido a su sabor intenso. Además, esos animales eran reservados y difíciles de encontrar. La oportunidad de cazar uno no debía desperdiciarse. La noticia de Hanno hizo que Quintus dejara inmediatamente de practicar con Aurelia. Envainó los *gladii*, los envolvió con una manta y los introdujo en la bolsa.

—¡Vamos! —exclamó, recogiendo el arco.

Aurelia corrió tras él. Ella estaba tan ávida como los demás de llevar un jabalí a casa.

Al cabo de unos cien pasos, Hanno iba muy rezagado.

—No puedo ir más rápido —explicó cuando los jóvenes romanos se giraron con impaciencia.

—Pues entonces más vale que lo dejemos correr —dijo Quintus molesto—. O puedes quedarte aquí. —Tuvo el detalle de sonrojarse.

A pesar de ello, Hanno apretó los puños. «Yo he encontrado el dichoso rastro —pensó—. No tú.»

Se produjo una pausa breve e incómoda.

—Tengo la solución —anunció Aurelia de repente. Extrajo un pequeño manojo de llaves del interior del vestido. Se arrodilló junto a Hanno y probó unas cuantas en uno de los grilletes hasta que se abrió.

—¿Qué se supone que estás haciendo? —le exigió Quintus.

Aurelia no le hizo ningún caso. Dedicó una amplia sonrisa a Hanno y le abrió el otro. No pudo evitar pensar en lo mucho que se parecía a una estatua de un atleta griego.

Incrédulo, Hanno alzó un pie y después el otro.

—Por las barbas de Baal Hammón, qué bien se está así.

Quintus se le acercó.

—¿Cómo demonios has conseguido esas llaves?

Aurelia estaba henchida de orgullo.

—Ya sabes que a Agesandros le gusta beber por las noches. Suele estar roncando antes de la *vespera*. Lo único que tuve que hacer fue entrar sigilosamente y hacer una impresión de cada llave con cera, y luego se la llevé al herrero para que me hiciera una copia. Le dije que eran de los arcones de papá, y le di unas cuantas monedas para asegurarme de que no se lo diría a nadie.

Quintus abrió unos ojos como platos ante la osadía de su hermana, pero seguía sin estar satisfecho.

—¿Por qué lo hiciste?

Aurelia no pensaba admitir el verdadero motivo, que era que había llegado a aborrecer los grilletes de Hanno. La mayoría de los esclavos no iban sin ellos hasta que servían varios años a la misma familia y ya se consideraba que no existía el peligro de que huyeran, pero a algunos no se los llegaban a quitar nunca. Como era de esperar, Agesandros había convencido a Fabricius de que Hanno pertenecía a esa categoría.

—Para un día como hoy —le desafió, levantando el mentón—. Para que podamos cazar como es debido.

—¡Se escapará! —exclamó Quintus.

—No, no se escapará —replicó Aurelia con vehemencia. Se giró hacia Hanno—. ¿Verdad que no?

Hanno, a quien esa situación había pillado por sorpresa y asombrado ante la resolución de Aurelia, intentó encontrar una respuesta tartamudeando.

—N-no, por supuesto que no.

—¿Lo ves? —Aurelia dedicó un gesto triunfante a su hermano.

—¿Y tú te lo crees? ¡Es un esclavo!

Aurelia echaba chispas por los ojos.

—Hanno es de confianza, Quintus, y lo sabes perfectamente.

Quintus la miró de hito en hito durante unos instantes.

—Muy bien. —Miró a Hanno—. ¿Das tu palabra de que no te escaparás?

—Lo juro. Y a Tanit y Baal Hammón, Melcart y Baal Safón pongo por testigos —dijo Hanno con voz firme.

—Si mientes —masculló Quintus—, iré a cazarte personalmente.

Hanno lo miró a los ojos.

—Muy bien.

Quintus le dedicó un asentimiento breve.

—Entonces ve delante.

Hanno, que gozó de la libertad de poder correr por primera vez desde hacía meses, fue brincando hasta el lugar donde había visto el rastro del jabalí. Por supuesto que pensó en huir, pero Hanno no quería incumplir la promesa que había hecho bajo ningún concepto.

Les frustró ver que el jabalí resultaba esquivo hasta llevarlos a la exasperación.

Al cabo de una hora todavía no le habían puesto los ojos encima. El rastro del animal les había llevado a un punto donde el bosque se aclaraba al ascender por la ladera de la montaña y ahí había desaparecido. La gran zona de roca desnuda implicaba que tenían muy pocas posibilidades de encontrarlo por ahí.

Quintus se fijó en que estaba oscureciendo y soltó una maldición.

—Pronto tendremos que dejarlo. No me gustaría pasar la noche aquí. Separémonos, probablemente sea nuestra mejor opción.

Mientras Aurelia se iba por la izquierda de Quintus, Hanno se dirigió lentamente hacia la derecha. Mantenía la vista fija en el suelo pero no vio nada de nada durante por lo menos doscientos pasos. La vista se le iba por las laderas que había por encima. Buena parte del terreno estaba cubierto de maleza, unas hierbas cortas que solo servían para las ovejas o las cabras.

Hanno frunció el ceño. A cierta distancia por encima de ellos y oscurecido en parte por varios enebros y pinos, vio una pequeña estructura de madera. El humo ascendía lentamente por un orificio del vértice del tejado. El cercado en forma de celosía que la rodeaba revelaba la presencia de un redil de ovejas. No le sorprendió. Como la mayoría de los lugartenientes, los rebaños de Fabricius pastaban por las colinas en primavera y verano, acompañados de pastores solitarios y sus perros. Las cabañas improvisadas, y los recintos para los animales, se encontraban esparcidos de forma regular por el paisaje, a modo de refugio en caso de mal tiempo y como protección contra depredadores como los lobos. Sin embargo, Hanno se sorprendió al oír balidos. Alzó la vista al cielo. Era temprano para que los animales hubieran vuelto de pastar. Lanzó una mirada a Quintus, que seguía intentando encontrar el rastro del jabalí. A Aurelia la vio más abajo, también absorta.

Hanno estaba a punto de silbar flojo cuando algo se lo impidió. Así que volvió trotando a donde estaban los dos romanos.

Quintus se emocionó al ver que Hanno se acercaba.

—¿Has visto algo?

—Las ovejas de ahí están en el redil —dijo Hanno—. ¿No es un poco pronto?

Quintus se colocó la mano en forma de visera.

—Por Júpiter, tienes razón —reconoció, molesto por no haber sido él quien se daba cuenta—. Libo es el pastor de esta zona. Es un buen hombre, no es de los que se escaquea.

A Hanno se le hizo un nudo en el estómago.

—No estoy tranquilo. —Quintus cogió el saco y lo vació en el suelo. Desenrolló la capa. Se introdujo con cuidado un *gladius* en el cinturón y le tendió el otro a Aurelia, que los había alcanzado—. Probablemente no lo necesites —dijo con una falsa sonrisa de seguridad. Dobló la duela con la rodilla y Quintus colocó la cuerda en su sitio. Llevaba diez flechas en la aljaba. «Más que suficientes», pensó.

—¿Qué ocurre? —preguntó Aurelia.

—Probablemente nada —repuso Quintus para tranquilizarla—. Voy a ir con Hanno a ver qué hay en esa cabaña.

El temor se reflejó en los ojos de Aurelia aunque habló con voz firme.

—¿Qué hago?

—Quédate aquí —ordenó Quintus—. Escóndete. No nos sigas bajo ningún concepto, ¿está claro?

Aurelia asintió.

—¿Cuánto tiempo tengo que esperar?

—Un cuarto de hora, no más. Si para entonces no hemos vuelto, regresa a la finca lo más rápido posible. Busca a Agesandros y dile que traiga muchos hombres. Bien armados.

Aurelia perdió entonces la compostura.

—No subáis ahí —susurró—. Vamos a buscar a Agesandros juntos.

Quintus se lo planteó durante unos instantes.

—Libo podría correr peligro. Tengo que cerciorarme —declaró. Dio un golpecito a Aurelia en el brazo—. Todo irá bien, ya verás.

Aurelia se dio cuenta de que su hermano no iba a cambiar de opinión. Dio un paso hacia Hanno pero entonces se quedó parada.

—Que Marte os proteja a los dos —susurró. Le dio mucha rabia que le temblara la voz.

«Y Baal Safón», pensó Hanno, invocando al dios de la guerra cartaginés.

Los dos jóvenes empezaron a ascender y dejaron a Aurelia

atisbando desde detrás de un pino grande. A Quintus le sorprendió el cambio imperceptible que ya se había producido en su relación. Aunque no veían ningún tipo de actividad humana más arriba, ambos aprovechaban de forma instintiva los pocos arbustos existentes para ocultarse. Como si fueran soldados. «No seas tonto, es un esclavo.»

—Deben de ser bandidos —mascullló Quintus para sus adentros—. ¿Qué otra cosa pueden ser?

—Eso sería lo más probable en los campos que rodean Cartago —apuntó Hanno.

Quintus soltó una maldición.

—Me pregunto cuántos deben de haber.

Hanno se encogió de hombros con inquietud y deseó tener un arma. No era de extrañar que Quintus le hubiera dado el otro *gladius* a Aurelia, pero de todos modos le crispaba los nervios.

—Tengo tanta idea como tú.

A Quintus se le habían secado mucho los labios.

—¿Y si son demasiados para enfrentarme a ellos?

—Intentemos no cagarnos de miedo y nos marchamos arrastrándonos —respondió Hanno con sequedad—. Antes de ir a pedir ayuda.

—Suena un buen plan. —Quintus sonrió a su pesar.

El resto del ascenso se realizó en silencio. El último lugar en el que podían cobijarse antes de llegar a la cabaña del pastor era un ciprés esmirriado y lo alcanzaron sin problemas. Recobraron el aliento y cada uno de ellos se turnó para atisbar los rediles y la penosa estructura que había al lado, que era poco más que un cobertizo. Moviendo los labios en silencio, Quintus contó las ovejas.

—Hay más de cincuenta —susurró—. Es el rebaño entero de Libo.

«Seamos lógicos», pensó Hanno.

—A lo mejor está enfermo.

—Lo dudo —repuso Quintus—. Es fuerte como un roble. Ha vivido en la montaña toda su vida.

—Entonces esperemos un momento —aconsejó Hanno—.

No tiene sentido que nos precipitemos sin saber antes a qué atenernos.

La observación de Hanno indignó a Quintus. «Los esclavos no dan consejos a sus amos», se dijo enfadado. Sin embargo, el consejo de Hanno era sabio. Mordiéndose el labio, extrajo una flecha con pluma de ganso de la aljaba. Era su preferida y había matado con ella muchas veces. «Pero nunca un hombre», pensó con un miedo repentino. Respiró hondo y exhaló lentamente. Quizá no fuera necesario. De todos modos, cogió tres astas más y las clavó en el suelo junto a sus pies. De repente le asaltó un pensamiento horroroso. Si había bandidos por ahí y le superaban en número, el arco era la única ventaja que tenía. Quizá no bastara. Quintus estaba preparado para el peligro potencial que se le avecinaba pero realmente no había pensado en Aurelia. Se giró hacia Hanno.

—Si me pasa algo, tienes que bajar corriendo y sacar a Aurelia de aquí como alma que lleva el diablo. ¿Entendido?

Era demasiado tarde para decir que Quintus tenía que haberle dado una espada, pensó Hanno enfadado. Habrían sido dos contra la cantidad de bandidos que pudiera haber en la cabaña. Asintió.

—Por supuesto.

Enseguida advirtieron movimiento dentro de la construcción, que se encontraba a apenas veinte pasos de distancia. Un hombre tosió y se aclaró la garganta como se suele hacer al despertar. Quintus se puso tenso y aguzó el oído. Hanno hizo lo mismo. Entonces oyeron que se abría la puerta desvencijada del otro extremo. Una figura de baja estatura vestida con una zamarra encima de una túnica de andar por casa apareció ante sus ojos. Estirándose y bostezando, se bajó los bombachos y empezó a hacer sus necesidades. La luz del sol que caía de lado iluminaba el arco amarillo de su orina.

Quintus masculló un juramento.

A pesar de la reacción del otro, a Hanno no le quedó más remedio que preguntar.

—¿Es el pastor? —susurró.

Quintus pronunció la palabra moviendo solo los labios.

—No.

Con cuidado, colocó su flecha preferida en la cuerda del arco y apuntó al desconocido.

—¿No puede ser otro pastor?

—No lo reconozco. —Quintus tensó el arco hasta que las plumas de ganso de la base de la flecha casi le tocaban la oreja.

—¡Espera! —susurró Hanno—. Tienes que estar seguro.

A Quintus volvió a molestarle el tono de Hanno. Sin embargo, no disparó: no tenía ningunas ganas de matar a un hombre inocente.

—¿Caecilius? ¿Dónde estás? —preguntó una voz desde el interior de la choza.

La pareja se quedó petrificada.

Después de la última sacudida, el hombre se subió los pantalones.

—Aquí fuera —repuso perezosamente—. Meando encima del pastor, para asegurarme de que sigue muerto.

Se oyó una sonora carcajada.

—El hijo de puta no tiene muchas posibilidades de estar de otra manera después de lo que le has hecho.

—No hables tanto, Balbus —añadió una tercera voz—. Cuando más ha gritado es cuando has utilizado el atizador al rojo vivo.

Quintus lanzó una mirada de horror a Hanno.

Balbus se echó a reír: un sonido profundo y desagradable.

—¿Qué opinas, Pollio? —No hubo respuesta inmediata y oyeron que Balbus daba una patada a alguien.

—Levántate, borracho de mierda.

—Si le meto la punta de la bota por el culo seguro que se levanta —bramó Caecilius, dirigiéndose a la puerta.

Desesperado, Hanno giró la cabeza para decirle a Quintus que disparara antes de que fuera demasiado tarde. Apenas tuvo tiempo de ver la flecha cuando le pasó a toda velocidad por delante de los ojos y surcó el aire para plantarse en medio del pecho de Caecilius. Con mirada de asombro, el bandido cayó de rodillas antes de derrumbarse de lado. Emitió unos cuantos sonidos estrangulados y se quedó quieto.

—Bien hecho —susurró Hanno—. Quedan tres.

—Por lo menos. —Quintus no pensó en lo que había hecho. Encajó otra flecha y esperó. La disposición de la cabaña era tal que si los bandidos restantes asomaban la cabeza por la puerta, verían el cadáver de Caecilius sin quedar expuestos a las flechas. «Júpiter, el mejor y más grande —rogó en silencio—. Haz que el siguiente cerdo salga fuera.»

Hanno apretó los dientes. Él también veía el peligro.

—¿Caecilius? ¿Te has caído encima de tu polla? —preguntó Balbus.

No hubo respuesta. Al cabo de unos instantes, un hombre fornido con el pelo largo y grasiento apareció parcialmente. Tardó una fracción de segundo en ver el cuerpo de su compinche, con la flecha clavada en el pecho. Balbus dejó escapar un grito ahogado. Giró sobre sus talones, desesperado por regresar a la seguridad que le ofrecía la cabaña.

Quintus disparó. El asta voló recta y con precisión y se le clavó a Balbus en el costado derecho con un ruido carnoso. El bandido maldijo de dolor pero consiguió entrar por la puerta.

—¡Ayudadme! —gritó—. Me han dado.

Se oyeron gritos de confusión e ira procedentes del interior. Hanno oyó que Balbus gruñía.

—Caecilius está muerto. Tiene una flecha en el pecho. No, Sejanus, no sé quién coño ha sido. —Entonces, aparte de unos murmullos bajos, todo quedó en silencio.

—Saben que estoy justo afuera —susurró Quintus, que de repente se planteó si no había querido abarcar demasiado—. Pero no tienen ni idea de que estoy solo. ¿Cómo van a reaccionar?

Hanno frunció el ceño. «No estás solo, imbécil arrogante.»

—¿Tú qué harías?

—Intentar escapar —respondió Quintus, buscando una flecha con torpeza.

En ese mismo instante se oyó un estruendo y la pared trasera de la cabaña se desintegró en una nube de polvo. Aparecieron tres bandidos que se precipitaron hacia ellos. El primero era un hombre delgado con una túnica manchada de vino. Sujetaba una lanza de caza con ambas manos. Debía de ser Pollio, pensó Hanno. A su lado había una figura enorme armada con un garrote. Hanno parpadeó sorprendido. No era Balbus, porque estaba dos pasos más atrás, agarrando la flecha que tenía en el costado con una mano y empuñando una espada oxidada en la otra. A pesar de ser el doble de corpulento que Balbus, el grandullón era su viva imagen. Debían de ser hermanos.

Los dos bandos se observaron durante un instante.

Pollio fue el primero en reaccionar.

—Son unos niñatos y uno ni siquiera va armado —gritó—. ¡Matadlos!

Sus compañeros no necesitaban que les alentaran. Bramando de rabia, el trío se abalanzó sobre ellos.

Se encontraban a unos quince pasos de distancia.

—Rápido —gritó Hanno—. Abate a uno de esos cabrones.

A Quintus le palpitaba el corazón en el pecho mientras se esforzaba por encajar la flecha correctamente. Al final la colocó en la cuerda pero, preso de la desesperación por equilibrar la refriega, disparó demasiado pronto. El asta pasó a toda velocidad por encima del hombro de Pollio y fue a parar a la cabaña destrozada. No tenía tiempo de coger otra. Tenían a los bandidos encima. Soltó el arco y se sacó el *gladius* del cinturón.

—¡Largaos de aquí! —gritó—. ¡Ya sabéis qué hacer!

Sabiendo que se enfrentaba a una muerte segura por culpa de estar desarmado, Hanno se giró y huyó.

—¡Dejadle marchar! —gritó Pollio—. ¡Ese pedazo de mierda tiene pinta de correr como el viento!

Quintus tuvo el tiempo suficiente para pronunciar una oración de agradecimiento a Júpiter antes de que Pollio, que saltó por encima de un tronco caído, le alcanzara.

—O sea que eres capaz de matar a un hombre mientras mea —gruñó el bandido, abalanzándose hacia él con la lanza.

Quintus le esquivó.

—Tuvo su merecido.

Con una mirada lasciva, Pollio intentó clavarle la lanza otra vez.

—Ha tenido una muerte más rápida que el pastor.

Quintus intentó no pensar en Libo, o en el hecho de que eran tres contra uno. Sujetando el *gladius* con ambas manos, apartó el asta de la lanza. Sejanus, el más fornido, estaba todavía a unos pasos de distancia pero no había ni rastro de Balbus. «¿Dónde está ese hijo de puta? —se preguntó Quintus frenéticamente—. Está herido pero de todos modos va armado.» Esa constatación hizo que le entraran ganas de vomitar. «El cabrón va a venir a acuchillarme por la espalda.» Lo único que se le ocurrió hacer a Quintus fue colocarse cerca de un árbol. Repelió a Pollio con un torbellino de golpes y corrió hacia el más cercano, un ciprés con el tronco grueso. Ahí podía resistir al enemigo.

Quintus consiguió llegar a él, eufórico.

El único problema fue que al cabo de un instante los bandidos formaron un semicírculo a su alrededor con una sonrisa de oreja a oreja.

—Ríndete ahora y tendrás una muerte fácil —dijo Pollio—. No como la que tuvo el pobre pastor.

Hasta Balbus rio a pesar de estar herido.

«¿Qué he hecho yo para merecer esto?» Quintus se tragó el miedo.

—¡Sois una bazofia! Os mataré a todos —gritó.

—¿Ah, sí? —se burló Pollio—. Allá tú. —Con un movimiento repentino intentó clavarle la lanza en el diafragma.

Quintus se echó a un lado. Se dio cuenta demasiado tarde de que Sejanus había apuntado con el garrote en esa misma dirección. Preso de la desesperación, cayó al suelo a propósito. Con un estrepitoso crac, el garrote golpeó el tronco del árbol. La certeza de que el golpe le habría descalabrado hizo poner en pie a Quintus. Aprovechó la oportunidad e intentó alcanzar a Sejanus en el brazo. Se alegró sobremanera cuando la hoja le hizo un corte en el grueso brazo derecho. La herida superficial bastó para que Sejanus aullara de dolor y se tambaleara hacia atrás. El alivio de Quintus duró poco más que un instante. La herida no impediría que el bruto retomara la lucha. Si quería sobrevivir, tenía que neutralizar o matar a uno de los otros dos.

Mientras lo pensaba, la empuñadura de una espada le golpeó en la sien. Quintus vio las estrellas y le fallaron las rodillas. Cayó al suelo medio inconsciente.

Hanno había recorrido unos cincuenta pasos cuando miró por encima de su hombro. Encantado al ver que nadie le seguía, esprintó otros cincuenta antes de volver a mirar atrás. Estaba solo. En el claro. A salvo. Y, por tanto, Aurelia también.

«¿Y qué será de Quintus?», se preguntó con un estremecimiento.

«Has huido. ¡Cobarde!», le gritó la voz de la conciencia.

«He hecho lo que me dijo Quintus —pensó a la defensiva—. Ese idiota no fue capaz de confiarme un *gladius.*»

«¿Significa eso que tienes que dejarlo morir? —le replicó la conciencia—. ¿Qué posibilidades tiene contra tres hombres hechos y derechos?»

Hanno se paró de golpe. Se giró y corrió colina arriba lo más rápido que le permitieron las piernas. Tuvo la precaución de contar los pasos. A los ochenta, redujo la velocidad y fue trotando. Atisbó por entre los árboles y vio a los tres bandidos cerniéndose sobre una figura inmóvil. Las garras del miedo se le clavaron a Hanno en el vientre cuando se refugió detrás de un arbusto. «¡No! ¡No puede estar muerto!» Cuando la patada que Pollio asestó a Quintus le hizo gemir, Hanno sintió un gran alivio. Quintus todavía estaba vivo. Aunque no por mucho tiempo. Hanno apretó los puños vacíos. «En nombre de Baal Safón, ¿qué puedo hacer?»

—Llevémosle de vuelta a la cabaña —declaró Pollio.

—¿Por qué? —se quejó Balbus—. Podemos matar a este mamón aquí mismo.

—¡El fuego está ahí, imbécil! Todavía no se habrá extinguido —repuso Pollio con una risotada—. Ya sé que estás herido, pero Sejanus y yo podemos llevarlo entre los dos.

Balbus desplegó una sonrisa cruel.

—De acuerdo. Con un poco de fuego nos lo pasaremos mejor, supongo. —Observó cómo cada uno de sus compinches cogía a Quintus por un brazo y empezaba a arrastrarlo hacia la cabaña. Apenas oponía resistencia, pero de todos modos ellos seguían yendo armados.

«Esta es mi oportunidad.» Los tres hombres estaban de espaldas a él y media docena de pasos separaba a Balbus de los demás. Hanno notaba que tenía la boca muy seca. Las posibilidades de éxito eran escasas. Tenía muchas probabilidades de acabar muerto o de que lo torturaran junto con Quintus. Todavía podía huir. Le embargó una oleada de odio hacia su propia persona. «¡Él te salvó de Agesandros!, ¿recuerdas?»

Apretando los dientes, Hanno emergió de su escondite. Agradeció que la vegetación estuviera húmeda porque así amortiguaba el sonido de sus pasos y avanzó a hurtadillas. Balbus cojeaba detrás de sus compañeros, que por turnos se quejaban de lo mucho que pesaba Quintus y fantaseaban sobre lo que iban a hacerle. Hanno clavó la mirada en la espada oxidada que colgaba de la mano derecha de Balbus. Primero tenía que armarse. Después tenía que matar a uno de los bandidos. Después... Hanno no sabía. Tendría que confiar en los dioses.

Para alivio de Hanno, su primer objetivo no le oyó venir. Apuntando con esmero, le dio un porrazo a Balbus cerca del punto por el que había entrado la flecha de Quintus, antes de sujetar la espada cuando cayó de entre los dedos del bandido, que se puso a gritar. Se la pasó a la mano derecha y corrió hacia los otros dos.

—¡Eh! —gritó.

Hicieron una mueca alarmados, pero la satisfacción de Hanno se convirtió en miedo cuando soltaron a Quintus como si fuera un saco de cereal. «Que no le hagan más daño —suplicó—. Por favor.»

—Debes de ser un esclavo —farfulló Pollio—. Antes ibas desarmado. ¿Por qué no te alías con nosotros?

—Te dejaremos matar a tu amo —propuso Sejanus—. Del modo que quieras.

Hanno ni siquiera se molestó en contestar a la propuesta. Sejanus era quien estaba más cerca, así que primero fue a por él. El grandullón estaba herido pero seguía siendo mortífero con el garrote. Hanno esquivó un garrotazo de mil demonios y evitó otro antes de ver que Pollio iba a por él con la lanza. Desesperado, Hanno retrocedió unos pasos. Sejanus apareció caminando pesadamente y se situó entre Hanno y su compinche. Pollio soltó una maldición y Sejanus se despistó una fracción de segundo.

Hanno se abalanzó hacia delante. Mientras el otro lo miraba con expresión de descrédito, Hanno le clavó la espada bien adentro en el pecho. La hoja emitió un horrible sonido succionador al salir. La sangre brotó al suelo. Sejanus gemía de agonía; el garrote se le cayó de los dedos inertes y se llevó ambas manos al abdomen.

Hanno se dio la vuelta enseguida para repeler el ataque de Pollio. El bandido bajito intentó clavarle la lanza pero no le alcanzó en el brazo derecho por poco. Con el corazón palpitante, Hanno arrastró los pies hacia atrás. Miró hacia el lado. A pesar del intenso dolor que sentía, Balbus estaba a punto de reincorporarse a la pelea. Había cogido una rama gruesa. No le mataría, pensó Hanno, pero si Balbus le atizaba un golpe, lo derribaría fácilmente. Notaba el pánico que le embargaba en la garganta, y el brazo con el que sostenía la espada le empezó a temblar.

«¡Serénate! Quintus te necesita.»

Hanno empezó a estabilizar la respiración. Miró a Balbus con expresión dura.

—¿Quieres una hoja en el vientre aparte de esa flecha?

Balbus se estremeció y Hanno fue a por todas. «Metiendo miedo al enemigo, media batalla está ganada», solía decirle su padre.

—¡Cartago! —bramó, y cargó hacia delante. Aunque Pollio lo alcanzara por detrás, Hanno estaba decidido a matar a Balbus.

Balbus vio la expresión suicida en los ojos de Hanno. Soltó la rama y alzó ambos brazos en el aire.

—No me mates —suplicó.

Hanno no confiaba en el bandido mientras este tuviera capacidad para abatirlo; tampoco sabía qué estaba haciendo Pollio. Bajó el hombro derecho, chocó contra el pecho de Balbus y así lo derribó.

Cuando se giró para enfrentarse a Pollio, vio que el bandido delgaducho había desaparecido. Moviendo piernas y brazos como si le siguiera Cerbero en persona, subió por la colina y pronto desapareció entre los árboles. «Que se marche el cabrón —pensó Hanno cansinamente—. No volverá.» Balbus estaba gimiendo en posición fetal a escasos pasos de distancia. Más allá, Sejanus ya estaba seminconsciente debido a la sangre que había perdido.

La lucha había terminado.

Hanno se sintió eufórico durante unos instantes... antes de acordarse de Quintus.

Corrió al lado del romano. Sintió un gran alivio al ver que Quintus le sonreía.

—¿Estás bien? —preguntó Hanno.

Quintus se llevó una mano a la sien con una mueca.

—Tengo un chichón aquí del tamaño de una manzana y la sensación de que Júpiter está lanzando rayos dentro de mi cabeza. Aparte de eso, estoy bien, creo.

—Gracias a los dioses —dijo Hanno con fervor.

—No —repuso Quintus—. Gracias a ti por regresar. Por desobedecer mis órdenes.

Hanno se sonrojó.

—Si no hubiera vuelto, no me lo habría perdonado jamás.

—Pero no tenías por qué. Incluso cuando volviste podías haber aceptado la oferta de los bandidos y ponerte en mi contra. —La voz de Quintus dejó entrever el asombro que sentía—. En cambio, los atacaste a los tres y ganaste.

—Yo... —balbució Hanno.

—Estoy vivo gracias a ti —interrumpió Quintus—. Tienes mi agradecimiento.

Al ver la sinceridad de Quintus, Hanno inclinó la cabeza.

—De nada.

Cuando fueron conscientes de que habían sobrevivido a una

situación desesperada, los dos se miraron sonrientes como locos. Aquellas circunstancias resultaban extrañas para ambos. El esclavo que salva al amo. Un romano aliado con un cartaginés. No obstante, eran conscientes de un nuevo vínculo: el de la camaradería que se forja durante el combate.

Era un sentimiento agradable.

8

El asedio

Exterior de las murallas de Saguntum, Iberia

Malchus escupió en el suelo mientras observaba las inmensas fortificaciones con mirada asesina.

—Son decididos, al menos hay que reconocérselo —se quejó—. Deben de saber que no van a recibir ayuda de Roma. Pero estos griegos cabrones y tozudos no se dan por vencidos.

—Nosotros tampoco —respondió Safo con fiereza. Sacó vaho por la boca debido a la frialdad del aire otoñal—. Y cuando entremos, los defensores se arrepentirán del día en que nos dieron con la puerta en las narices. Los hijos de puta no sabrán de dónde vienen los golpes. ¿Verdad, Bostar? —Dio un codazo a su hermano en las costillas.

—Cuanto antes caiga la ciudad, mejor. Aníbal encontrará la manera —repuso Bostar con seguridad, soslayando el enojo de Safo.

En los meses transcurridos desde su discusión en Cartago Nova, su relación había mejorado ligeramente, pero Safo nunca desperdiciaba la oportunidad de criticarlo o poner en duda su lealtad a la causa. «Solo porque no disfruto torturando a prisioneros enemigos —pensó Bostar entristecido—. ¿En qué se ha convertido él?»

Sin embargo, en cierto modo no era de extrañar que Safo recurriera a la violencia en sus intentos de obtener información que pudiera facilitarles la entrada. Habían transcurrido casi seis meses desde que el inmenso ejército de Aníbal iniciara el asedio y no habían avanzado gran cosa. Saguntum, situada a kilómetro y medio del mar, se encontraba en un fragmento de roca larga y pelada que se elevaba trescientos o cuatrocientos pasos por encima de la llanura de abajo. Era una posición de predominio seguro que convertía el asedio en una perspectiva terrible. La única forma de acceder a la ciudad, rodeada de fortificaciones sólidas, era desde el oeste, donde la pendiente no era tan pronunciada. Como es natural, ahí era donde las defensas eran más fuertes. Rodeada por unos gruesos muros, una torre imponente dominaba la parte más elevada de la roca. Aníbal había acampado a la mayoría de sus fuerzas por debajo de ese punto. También había ordenado que erigieran un muro que discurría alrededor de la base de la roca. La circunvalación estaba salpicada de torres cuya única función era garantizar que no escapara ningún mensajero enemigo.

—Gracias a los dioses, somos así —añadió Malchus.

Los dos hijos asintieron. Aníbal había honrado a su familia escogiendo a sus unidades para liderar el ataque inminente. El resto de los participantes, miles de libios e íberos, aguardaban en las laderas de más abajo.

Safo hizo una mueca y señaló las filas apelotonadas de lanceros, dispuestos alrededor de cuatro *vineae*, o «caminos cubiertos», torres de ataque con un enorme ariete en la base. Formarían la base del asalto.

—Los hombres están nerviosos. Tampoco me extraña. Llevamos una hora esperando. ¿Dónde está?

Bostar era consciente de que Safo tenía razón. Algunos soldados charlaban en voz alta entre sí, con un tono ligeramente más elevado del normal. Otros guardaban silencio pero movían los labios rezando sin parar. Un ambiente de nerviosismo se cernía sobre cada pelotón. «Aníbal llegará pronto», se dijo.

—Paciencia —aconsejó Malchus.

Safo obedeció a regañadientes pero ardía en deseos de demostrar su valía de una vez por todas. Demostrar a su padre que era su hijo más valiente.

Al cabo de unos instantes unos murmullos expectantes que

empezaron a propagarse hacia delante desde la parte posterior del gentío les llamaron la atención.

—¡Escuchad! —dijo Malchus triunfante—. Aníbal habla con ellos al pasar. Hay muchos elementos que conforman a un buen general, y este es uno de ellos. No se trata solo de liderar desde delante. También hay que interesarse por los soldados. —Dedicó un asentimiento aprobatorio a Bostar, lo cual hizo que Safo mascullara algo entre dientes.

Bostar perdió los estribos. Se trataba de un asunto al que otorgaba mucha importancia.

—¿Qué? —preguntó—. Si intentaras eso en vez de castigar toda pequeña infracción, tus tropas te respetarían más.

Safo ensombreció el semblante, pero antes de tener tiempo de responder se oyó una fuerte ovación. Los hombres empezaron a dar zapatazos en el suelo a un ritmo repetitivo y contagioso. El resto de los oficiales no hicieron nada por intervenir. Aquello era lo que todos habían estado esperando. El ruido fue a más hasta que una única palabra resultó audible: ¡A-NÍ-BAL, A-NÍ-BAL, A-NÍ-BAL!

Bostar sonrió de oreja a oreja. Era inevitable no contagiarse del entusiasmo de los soldados. Incluso Safo estiraba el cuello para ver.

Al final un pequeño grupo surgió de entre los lanceros. Formaban un cuadrado hueco, compuesto por unas dos docenas de *scutarii*. Estos soldados de infantería íberos eran una de las mejores tropas de Aníbal. Como de costumbre, los *scutarii* llevaban las típicas capas negras encima de unas túnicas sencillas y pequeños petos. Su terrible despliegue de armas incluía varios tipos de lanzas pesadas, sobre todo el *saunion* de hierro, así como espadas largas y rectas y puñales. En el interior de la formación caminaba una única figura que quedaba parcialmente oculta de su vista. Era la persona que todos querían ver. Al final, cerca de Malchus y sus dos hijos, los *scutarii* se abrieron en abanico formando dos hileras. Entonces se vio claramente al hombre del interior.

Aníbal Barca.

Bostar observó a su general con verdadera admiración. Como la mayoría de los oficiales cartagineses de alto rango, Aníbal llevaba un sencillo casco de bronce dorado de estilo helénico. El sol destellaba en la superficie y se reflejaba en los ojos de los soldados. Una luz cegadora ocultaba el rostro de Aníbal con excepción de la barba. Llevaba una capa violeta oscuro colgada de los anchos hombros. Bajo la misma vestía una túnica del mismo color y una coraza de bronce decorada con motivos de plata. Varias capas de lino protegían la entrepierna del general y unas grebas de bronce pulido le cubrían la parte inferior de las piernas. Llevaba los pies enfundados en unas sandalias de piel robustas. Un tahalí de piel le bajaba desde el hombro derecho hasta la cadera izquierda y sostenía una espada *falcata* en una vaina bien gastada. Se dirigió hacia delante cojeando ligeramente.

El comandante de los *scutarii* dio una orden a gritos y, al unísono, los soldados golpearon los escudos pintados con colores vivos contra la roca. El estruendo hizo callar de repente a las tropas reunidas.

—¡Vuestro general, el león de Cartago, Aníbal Barca! —anunció el oficial.

Todos los presentes se pusieron firmes y saludaron.

—¡General! —exclamó Malchus—. Nos honráis con vuestra presencia.

Aníbal elevó la comisura de los labios.

—Descansen, caballeros. —Se colocó al lado de Malchus—. ¿Estáis preparados?

—Sí, señor. Hemos comprobado los sistemas del asedio dos veces. Cada uno de los hombres sabe su función.

Los hijos de Malchus mascullaron algo para poner de manifiesto que estaban de acuerdo con su padre.

Aníbal miró a uno y luego al otro antes de asentir satisfecho.

—Os irá bien.

—Que Baal Safón nos abata si no es así —declaró Safo con vehemencia.

Aníbal se quedó un tanto sorprendido.

—Espero que no. La ciudad acabará cayendo pero todavía

no lo hemos conseguido. ¿Quién sabe si hoy es el día? Además, cuesta encontrar a oficiales valiosos. —Sin hacer caso de la evidente incomodidad de Safo, sonrió hacia Malchus—. Comprenderás que se te ha concedido esta oportunidad porque no puedo correr. —Se tocó el fuerte vendaje del muslo derecho.

—Vuestra herida fue de lo más desafortunada, señor —dijo Malchus—, pero agradecemos la oportunidad que se nos presenta hoy.

Aníbal sonrió.

—Vuestro entusiasmo es encomiable.

Bostar todavía recordaba con claridad la gran emoción del momento vivido hacía varias semanas, durante un ataque similar al que estaban a punto de liderar. Como era habitual en él, Aníbal había ido en cabeza. Bostar deseaba haber sido él quien acababa con una flecha clavada en el muslo.

—¿Qué tal está curando la herida, señor?

—Despacio. —Aníbal hizo una mueca—. De todos modos, supongo que tengo que estar agradecido por que los defensores no fueran mejores arqueros.

El padre y los hijos soltaron una risa nerviosa. Nadie quería plantearse aquella posibilidad.

—Bueno, no quiero entreteneros. Los saguntinos os esperan. —Aníbal señaló las murallas, repletas de hombres. Se giró hacia la ladera empinada donde estaban las otras compañías de la tropa: refuerzos en caso de que el ataque prosperara—. Y ellos también.

—Sí, señor. —Malchus alzó la espada.

Sus hombres, que le habían estado observando fijamente, se pusieron tensos.

—Por todos los dioses, ojalá Hanno estuviera aquí —murmuró Bostar.

Safo endureció la expresión.

—¿Eh? ¿Por qué?

—Se pasaba el día soñando en momentos como este.

—Bueno, pues está muerto —le susurró Safo con saña—. Así que estás perdiendo el tiempo.

Bostar le lanzó una mirada de furia.

—¿No le echas de menos?

Safo no tuvo ocasión de responder.

—¿A qué esperáis? —preguntó Malchus, que no había oído la conversación—. ¡A vuestros puestos!

Después de dedicar un saludo rápido a Aníbal, Bostar y Safo corrieron a unirse a sus respectivas falanges. Cada uno de ellos estaba a cargo de una de las *vineae* y su rivalidad cada vez mayor suponía que ambos ardían en deseos de estar al mando del arma de asedio que abriera el boquete decisivo en los muros y permitiera a sus camaradas entrar en Saguntum. Quizá no lo consiguieran, pensó Bostar. Su padre estaba al mando de la tercera *vinea* y Alete, un veterano corajudo que gozaba de la admiración de ambos hermanos, lideraba la última.

Malchus esperó a que estuvieran colocados antes de bajar el brazo.

—¡De frente! —gritó.

Mediante silbidos, los oficiales alentaron a los libios a dirigirse hacia las murallas. Docenas de hombres previamente seleccionados entregaron sus lanzas a los camaradas y corrieron para colocarse con los hombros contra la parte trasera de las *vineae*, o situarse a lo largo de las ruedas. Otros grupos emplearon los escudos grandes para formar pantallas protectoras alrededor de los que quedaban desprotegidos. Se dieron más órdenes y los soldados situados alrededor de las armas de asedio empezaron a empujar. Las *vineae* empezaron a avanzar entre crujidos y dejaron a Aníbal atrás. Cuando las armas estuvieron a unos cincuenta pasos colina arriba, el resto de los libios empezaron a seguir formando falanges bien compactas.

A Bostar se le iba encogiendo el estómago a medida que se acercaban. Veía con claridad el rostro de quienes tenía por encima, los defensores que esperaban dejar caer una lluvia de muerte sobre él y sus hombres. Sobre su padre y su hermano. «Baal Safón, permítenos destrozar las murallas del enemigo —rezó—. Protégenos a todos con tu escudo.» Cuando los primeros proyectiles empezaron a tamborilear, Bostar no pudo evitar plantearse si su hermano Safo tenía los mismos deseos de protección para él.

Lo dudaba.

Bostar atisbó hacia las murallas que tenía por encima con sumo cuidado. Después de aproximadamente una hora, el asalto iba bien. Los arietes suspendidos en la parte inferior de las *vineae* estaban abriendo boquetes enormes en la base de la muralla. Gracias al tejado de madera y cuero de las armas de asalto, que habían remojado previamente con agua, las nubes de flechas de fuego, piedras y lanzas de los defensores estaban causando un daño mínimo. Bostar había perdido quince hombres, lo cual era totalmente aceptable. Las falanges a ambos lados, las de Safo y Alete, parecían haber sufrido un número similar de bajas.

Poco después, una buena parte de la muralla se vino abajo. Al verlo, Bostar esbozó una sonrisa socarrona. La zona se encontraba justo entre su posición y la de Safo, así que ninguno de los dos podía atribuirse el mérito. De todos modos, en esos momentos aquello resultaba irrelevante. Aníbal les observaba. Bostar bramó a sus hombres que redoblaran sus esfuerzos. Le pareció oír la voz de Safo por encima del fragor, instando a sus soldados a hacer lo mismo. Sus esfuerzos no resultaron en vano. Poco después, dos y luego tres torres habían caído hacia fuera y aplastado a docenas de hombres de la guarnición y lanceros, que resultaron muertos. Habían abierto una brecha considerable, lo bastante grande para entrar por ella. Bostar no esperó a que el polvo se asentara. Había que aprovechar aquella ocasión sin miramientos, antes de que los defensores, desconcertados, tuvieran tiempo de reaccionar. Gritando a sus hombres para que cogieran las armas y le siguieran, trepó a los montículos de cascotes que se encontraban frente a las armas de asedio. Le satisfizo ver que los soldados de Safo también invadían la zona. Cuando vio a su hermano a veinte pasos de distancia, Bostar alzó la lanza a modo de saludo.

—¡Nos vemos dentro!

—No si llego antes que tú —le rugió Safo. Se giró hacia sus

soldados, que estaban impacientes como un perro de caza sujeto con una correa.

—¡Cinco monedas de oro para el primer hombre que llegue al interior de las murallas! ¡Adelante!

Bostar exhaló un suspiro. Hasta aquello tenía que ser una pugna. «Que así sea», pensó enfadado.

La carrera había empezado.

Seguidos por sus hombres, los dos hermanos consiguieron ascender hacia la brecha. Su vida corría peligro a cada paso, no solo por culpa de la continua lluvia de proyectiles que caía desde ambos lados de las murallas, sino por lo peligroso del terreno que pisaban. Mantener el equilibrio cargados con una lanza en una mano y un escudo en la otra costaba todavía más. Bostar mantenía la mirada fija en el suelo. Los proyectiles del enemigo escapaban a su control pero debía intentar no romperse el tobillo durante el ascenso. Lo había visto en otras ocasiones y los pobres desdichados quedaban condenados a ser pisoteados por sus compañeros, o abatidos por el torrente de muerte que lanzaban los saguntinos.

Bostar fue el primero en alcanzar el punto más alto de la muralla destrozada. Las nubes de polvo que se habían levantado al caer la torre formaban una nube asfixiante que impedía ver a los defensores. ¿No había ninguno?, se preguntó Bostar. El corazón le dio un vuelco pero entonces miró en derredor y soltó una maldición. Con las prisas, había aventajado a sus soldados. Los más cercanos se encontraban a veinte pasos ladera abajo.

—¡Espabilad! —bramó—. ¡No vamos de paseo!

Al cabo de un instante, Safo apareció por entre la oscuridad. Llevaba a una docena o más de libios detrás; otros estaban ascendiendo cerca. Desplegó una sonrisa de felicidad al ver que Bostar estaba solo.

—¿Todavía estás solo? No me extraña, la verdad. Nada como la promesa del oro para acelerar las cosas.

Bostar se mordió la lengua para no soltarle lo que pensaba.

—No es momento para gilipolleces —gruñó—. Tomemos la dichosa brecha. Ya nos pelearemos más tarde.

Safo encogió los hombros con indiferencia.

—Como quieras. —Niveló la lanza—. ¡Tercera falange! ¡Hacia mí! ¡Formad una fila!

Solo habían llegado cuatro de los hombres de Bostar. Observó frustrado como su hermano conducía a sus lanceros hacia delante. Por supuesto que le seguiría en un abrir y cerrar de ojos, pero le dolía de todos modos. Al cabo de unos instantes, Bostar se alegró de no haber entrado el primero por la brecha. Cual fantasmas vengadores, distintos grupos de saguntinos que gritaban emergieron de la nube de polvo. Todos ellos llevaban una *falarica*, una jabalina larga con una bola ardiente con una estopa empapada en brea envuelta alrededor de la parte media del asta.

—¡Cuidado! —gritó Bostar, sabiendo que su advertencia llegaba demasiado tarde.

Respondiendo a las órdenes de un oficial, los saguntinos se echaran hacia atrás y lanzaron. Se quedaron cortos. Varias nubes de proyectiles llameantes surcaron rápidamente el aire. Horrorizado, Safo y sus soldados aminoraron la marcha. Y entonces cayeron las *falaricae*. Atravesaron escudos. Mutilaron, mataron y prendieron fuego a los hombres.

Perjurando, Bostar contó a sus lanceros. Le quedaban unos veinte. No bastaban pero no podía quedarse parado. Si hacía eso, matarían a Safo y sus soldados huirían. Perderían su oportunidad.

—¡Adelante! —Con el escudo en alto, Bostar corrió hacia el enemigo. No volvió la vista atrás. Le resultaba un gran alivio notar la presencia de sus hombres a ambos lados. Quizá la muerte se los cobrara, pensó Bostar, pero por lo menos le seguían por lealtad, no por el ansia de oro.

Se dirigió al punto en el que parecía que los soldados de Safo corrían peligro de ser arrollados. Al verlo, los saguntinos más cercanos apuntaron y soltaron las *falaricae*. Encorvando los hombros, Bostar siguió corriendo. Como un alud de llamas, las jabalinas le pasaban zumbando por el lado. Se oyó un grito ahogado y miró a su alrededor. Se arrepintió de haberlo hecho. Una *falarica* había alcanzado al soldado que tenía detrás en el hombro, se le había clavado en la carne. Además, la parte en llamas le había incendiado la túnica. Unos trozos de estopa candente le caían de la cara y del cuello. Sus gritos resultaban ensordecedores. A Bostar se le llenó la nariz del hedor de la carne chamuscada.

—¡Dejadle! —bramó a los hombres que por instinto habían acudido a ayudarle—. ¡Seguid adelante! —Agradecido por no haber sido él y con la esperanza de que el soldado muriera rápido, regresó corriendo al frente.

Puestos a encontrarle una pequeña ventaja al arma secreta del enemigo, era que después de lanzarla, los defensores quedaban indefensos momentáneamente. Además, muchos ni siquiera llevaban armadura. Gruñendo enfurecido, Bostar atacó a un saguntino delgaducho que intentaba desesperadamente sacar la espada. No lo consiguió. Bostar le clavó la lanza en el pecho y le atravesó la caja torácica con facilidad. Al hombre casi se le salieron los ojos de las cuencas debido a la fuerza del impacto. Murió antes de que Bostar retirara el arma y dejó una lluvia de sangre en el suelo.

Jadeando, Bostar atacó al siguiente soldado que tenía a su alcance, un joven que difícilmente había cumplido los dieciséis. A pesar de la espada oxidada y unos gritos espeluznantes, se le veía paralizado.

Bostar repelió sus golpes torpes con facilidad antes de clavarle la lanza al joven en el vientre. Mató a dos defensores más antes de que se le presentara la oportunidad de calibrar la situación.

Aproximadamente cien de sus hombres estaban presentes; seguían llegando más. Una cantidad similar de soldados de Safo luchaban sin parar a su alrededor. No era de extrañar que las falanges de su padre y de Alete también intentaran alcanzarles. Sin embargo, sorprendentemente los saguntinos impedían su avance llevando a cabo actos de heroísmo y de valor suicida. No habían ganado terreno alguno. Bostar se dio cuenta del porqué al ver a cientos de civiles que, a escasos pasos de la periferia de la batalla, reparaban desesperadamente la brecha con sus propias manos. Veía hombres mayores, fueran o no soldados, que luchaban como fieras. Bostar no aflojaba. Incluso entonces habría miles de soldados ascendiendo por la ladera para unirse a ellos. Contra una cantidad tan abrumadora, ni siquiera los valientes saguntinos podrían aguantar mucho tiempo. Lo único que tenían que hacer era sacar el máximo partido del ataque.

De repente, se centró de nuevo en el presente. Por entre el polvo veía una hilera de llamas parpadeantes que se acercaba desde la ciudadela enemiga. A Bostar se le encogió el corazón cuando vio con claridad. Eran dos oleadas más de guerreros, cargados con innumerables *falaricae* ardientes.

—¡Alzad los escudos! —gritó—. ¡Jabalinas a la vista!

Sus hombres obedecieron a toda prisa.

Las líneas enemigas, que respondieron al grito de una orden, se pararon a unos cincuenta pasos de distancia. Se echaron hacía atrás y los saguntinos lanzaron las *falaricae* de tal forma que dibujaron un arco pronunciado, que acababa mucho más allá de sus propios hombres. Más allá de los soldados de Bostar y Safo.

—Listillos de mierda —masculló Bostar—. No quieren darnos. Observó aterrorizado como las jabalinas flameantes se giraban y apuntaban hacia abajo. Cual estrellas fugaces letales, regresaron a la tierra y aterrizaron entre las tropas cartaginesas que estaban ascendiendo. Gracias a las nubes de polvo, aquella condensación de hombres no tenía ni idea de lo que estaba a punto de venírsele encima hasta el último momento. Como es de suponer, las *falaricae* provocaron el caos total. Prácticamente todas llegaron a clavarse en carne humana, atravesando escudos y cotas de malla con impunidad. Sin embargo, su efecto fue mucho más devastador. Era el motivo por el que los saguntinos habían apuntado a los soldados desprevenidos de la retaguardia, pensó Bostar mientras los gritos y los gemidos de los heridos llenaban el ambiente. Las *falaricae* habían implantado el temor en el corazón de todos y cada uno de los hombres que se cruzaban en su camino. Sabía exactamente por qué. ¿Quién era capaz de soportar ver a sus camaradas convertidos en columnas de fuego o que la carne se les ampollara en los huesos? Ningún tipo de instrucción preparaba a los soldados para aquello.

El destacamento que estaba justo debajo de él ya se había parado. Bajo la mirada atenta de Bostar, la segunda tanda de jabalinas enemigas cayó sobre ellos. Al cabo de un instante, el ataque cartaginés se convirtió en una derrota aplastante. A pesar de los gritos de sus oficiales, cientos de hombres dieron media vuelta y huyeron. Se lanzaron colina abajo con tal desesperación que muchos cayeron y fueron pisoteados por los que venían detrás. Los soldados de ambos lados, que no habían sido víctimas de la ráfaga enemiga, echaron un vistazo a los compañeros que se batían en retirada y se quedaron petrificados. Acto seguido y al unísono, dieron media vuelta y echaron también a correr.

Bostar soltó una maldición. Habían perdido la oportunidad. Nadie, ni siquiera Aníbal, era capaz de darle la vuelta a la situación. Cogió al lancero que tenía al lado por el brazo.

—¡Retírate! Nuestros refuerzos se baten en retirada. Tenemos que salvarnos. Corre la voz.

Bostar repitió la orden a todo soldado junto al que pasó y se abrió camino entre la multitud para situarse al lado de Safo. Ajeno al efecto de la ráfaga, su hermano instaba a un cuarteto de lanceros a atacar a un puñado de defensores poco armados.

—¡Safo! —gritó Bostar—. ¡Safo!

Al final su hermano le oyó.

—¿Qué? —gruñó por encima del hombro.

—Tenemos que retirarnos.

Safo contrajo el rostro de ira.

—¡Estás loco! Estos cabrones se desmoronarán en cualquier momento y entonces los tendremos. ¡La victoria está en nuestras manos!

—¡No, no lo está! —bramó Bostar—. Tenemos que batirnos en retirada. DE INMEDIATO.

Algunos de los soldados de Safo empezaron a mostrarse intranquilos.

Safo lanzó una mirada de furia a Bostar, pero se dio cuenta de que hablaba en serio. Lanzando consignas para alentar a sus hombres, Safo se alejó a codazos de la primera fila. Con los brazos y la cara cubiertos de sangre, parecía una criatura del submundo.

—¿Has perdido la razón por completo? —susurró—. El enemigo por fin está cediendo terreno. Otro empujón y se desmoronarán.

—Es demasiado tarde —replicó Bostar con un tono monótono—. ¿No has visto lo que las putas *falaricae* han hecho a las tropas que teníamos detrás?

Safo replicó al instante.

—No. Mantengo la vista al frente, no detrás.

Bostar apretó el puño ante la insinuación.

—Bien —masculló—, permíteme que te diga que nuestro ataque se ha paralizado.

Safo enseñó los dientes.

—¿Ah, sí? Estos perros sarnosos darán media vuelta y huirán en cualquier momento. Entonces podremos poner el pie en el interior de las murallas.

—Donde nos descuartizarán y aniquilarán. —Bostar le clavó un dedo en el pecho a Safo para enfatizar sus palabras—. ¿No lo entiendes? ¡Aquí arriba estamos solos!

—¡Cobarde! —exclamó Safo—. Te da miedo morir, eso es todo.

Bostar fue incapaz de controlar su ira.

—Cuando llegue el momento, lucharé y moriré por Aníbal —gritó—. Y lo que es más, lo haré orgulloso. Pero hay una diferencia entre morir bien y como un imbécil. No se gana nada sacrificando la vida propia o la de tus hombres, aquí.

Safo escupió en el suelo e hizo ademán de regresar a la lucha.

—¡Para! —La orden de Bostar le llegó como el chasquido de un látigo.

Rígido, Safo se paró pero no se giró para mirar a Bostar.

—Como tu superior, te ordeno que retires a tus hombres de inmediato —gritó Bostar, asegurándose de que le oían el máximo de soldados posible.

Derrotado, Safo se dio la vuelta.

—Sí, «señor» —gruñó—. Alzó la voz—: ¡Ya habéis oído la orden! ¡Retirada!

Los hombres de Safo no tardaron en hacerse a la idea. Los defensores, revitalizados por el efecto que las ráfagas habían surtido en las tropas cartaginesas que ascendían, empezaron a avanzar otra vez. Detrás de ellos, las *falaricae* recién encendidas se iban acercando. Animados, incluso los civiles que reparaban la brecha se apuntaron y se pusieron a lanzar piedras y trozos de cascotes del tamaño de un puño a los lanceros.

Aquello aumentó la ignominia y avivó la ira de Safo hasta niveles insospechados, y más teniendo en cuenta que comprendía que Bostar había hecho lo más sensato al ordenar la retirada.

—Imbécil —se dijo, de todos modos—. Lo teníamos al alcance de la mano.

Aníbal aguardaba con Malchus y Alete al pie de la ladera. El general recibió a los hermanos calurosamente.

—Estábamos preocupados por vosotros —declaró.

Malchus farfulló unas palabras para mostrar que estaba de acuerdo.

—Safo no quería abandonar la lucha —dijo Bostar con generosidad.

—¿El último en abandonar el campo de batalla? —Aníbal dio una palmada a Safo en el hombro—. Pero has tenido la sensatez de retirarte. ¡Bien hecho! En cuanto esos hijos de perra hicieron que le entrara el pánico a vuestros refuerzos, no tenía sentido quedarse ahí, ¿verdad?

Safo se sonrojó y bajó la cabeza.

—No, señor.

—Los dos habéis hecho un gran esfuerzo —les animó Malchus—. Pero hoy no tocaba.

Aníbal advirtió la decepción de Safo.

—¡No te preocupes, hombre! Mis espías me dicen que la comida se les está acabando a pasos agigantados. ¡Pronto tomaremos el lugar! Ahora ocupaos de vuestros heridos. —Hizo un gesto de desestimación con la mano.

—Vamos —instó Bostar, llevándose a Safo.

—¡Suéltame! —susurró Safo después de dar unos pasos—. ¡No soy un niño!

—¡Pues deja de comportarte como tal! —replicó Bostar, soltándolo—. Lo mínimo que podías hacer es darme las gracias. No tenía por qué encubrirte hace un momento.

Safo hizo una mueca de desprecio.

—¡No tengo ninguna intención de darte las gracias!

Bostar alzó la vista al cielo.

—¡Por supuesto que no! ¿Por qué ibas a reconocer que acabo de evitarte una fuerte reprimenda?

—Que te den, Bostar —espetó Safo. Se sentía totalmente acorralado—. Siempre tienes la razón, ¿verdad? Caes bien a todo el mundo, ¡el puto oficial perfecto! —Giró sobre sus talones y se marchó airado.

Bostar le observó mientras se marchaba. ¿Por qué no se había ido él a pescar en vez de Hanno?, pensó. De inmediato sintió remordimientos por tal pensamiento pero el sentimiento persistió mientras organizaba los grupos de rescate para los heridos.

Durante los dos meses siguientes, el asedio continuó de un modo bastante parecido. Cada ataque frontal que realizaban los cartagineses chocaba contra la determinación tenaz y eterna de los defensores. Las *vineae* abrían más boquetes en la muralla exterior con regularidad, pero los atacantes no podían aprovechar la ventaja en su totalidad a pesar de la abrumadora superioridad de sus números. Las relaciones entre Bostar y Safo no mejoraron y la actividad constante implicaba que les resultaba fácil evitarse. Cuando no estaban luchando, estaban durmiendo o cuidando de los heridos. Malchus, que no solo debía ocuparse de su falange sino de las tareas adicionales que Aníbal le había encomendado, siguió sin ser consciente de la disputa.

Aníbal, enfurecido por lo mucho que se prolongaba el asedio, acabó ordenando la construcción de más armas de asedio: *vineae*, que protegían a los hombres del interior, y una torre inmensa de varias plantas sobre ruedas. Esta última, con capacidad para catapultas y cientos de soldados en sus distintos niveles, podía moverse hacia el punto que resultara más débil en cualquier momento. La potencia de fuego era tan grande que las almenas podían quedarse sin defensores en poco tiempo, lo cual permitía que las terrazas de madera que protegerían a los soldados de infantería atacantes fueran conducidas hacia delante sin problemas. Por suerte para los cartagineses, las murallas se habían construido sobre una base de arcilla, no cemento. Armados con picos, los soldados de infantería de las terrazas se pusieron manos a la obra para socavar la base de las murallas. Así se abrió otra brecha y los atacantes se animaron por momentos. Pero no todo era lo que parecía. Al otro lado del boquete, los cartagineses encontraron una fortificación de tierra en forma de medialuna que se había erigido precisamente para tal eventualidad. Desde detrás de la protección llegaban ráfagas de las temibles *falaricae* una y otra vez.

En aquel momento, a pesar de la lluvia de jabalinas ardientes, la determinación implacable de los cartagineses y la superioridad numérica empezaron a surtir efecto. Los saguntinos no tenían tiempo de reparar bien los daños sufridos por sus defensas y las oleadas repetidas de ataques acabaron abriendo un pasaje entre los muros. A pesar del heroísmo de los defensores, aguantaron la posición. En días subsiguientes obtuvieron nuevas victorias pero entonces, ante la proximidad del invierno, Aníbal tuvo que marcharse debido a una rebelión importante de las fieras tribus que vivían cerca del río Tagus. Maharbal, el oficial al que dejó al mando, continuó el asedio con fuerza. Ganó más terreno y obligó a la debilitada defensa a replegarse en la ciudadela. La situación de los atacantes quedó fortalecida por el hecho de que el cólera y otras enfermedades estaban provocando muchas bajas entre los saguntinos; además la comida y los suministros se estaban acabando.

Para cuando Aníbal hubo reprimido la revuelta y regresado, el fin estaba próximo. El general cartaginés ofreció sus condiciones a los líderes saguntinos. Por increíble que parezca, las rechazaron sin más ni más. Cuando se acercaba el final del año, se prepararon para un último y decisivo ataque. Gracias a las muestras constantes de valor, Malchus, sus hijos y sus lanceros fueron elegidos para participar en el último ataque. Como era de esperar, Aníbal y su cuerpo de *scutarii* también estarían presentes.

Mucho antes de que el sol invernal tiñera el horizonte por el este, se reunieron a unos cincuenta pasos de las murallas. Detrás de ellos y hasta el pie de la ladera había unidades de todas las secciones del ejército salvo la caballería. Aparte del tintineo ocasional de la cota de malla o de una tos contenida, los soldados hacían muy poco ruido. El aliento de miles de hombres despedía nubes en el aire frío y húmedo, siendo esta la única manifestación de la emoción que sentía cada hombre. A modo de recompensa por la larga lucha y debido a la negativa de los saguntinos a negociar, Aníbal había dicho a la tropa que tenían carta blanca cuando la ciudad cayera. Cartago se llevaría parte del botín, pero el resto era para ellos, incluyendo a los habitantes: hombres, mujeres y niños.

Esperaron en filas cerradas a que empujaran las terrazas de madera con antorchas. Ya no había necesidad de emplear la enorme torre con los honderos, lanceros y catapultas. Ya fuera por falta de hombres o de proyectiles, los defensores habían desistido recientemente de intentar destruir las armas de asalto cartaginesas. Aquello suponía que habían podido socavar las fortificaciones a un ritmo mucho mayor que antes. Según el ingeniero al mando, la ciudadela caería a media mañana a más tardar.

Acertó en su predicción. Cuando los primeros tonos anaranjados de la luz del sol asomaron por el cielo, el ambiente se llenó de unos retumbos amenazadores. Al cabo de unos instantes, empezaron a salir grandes nubes de humo desde el centro de la ciudadela. También se oía el crujido de la madera al arder. Los cartagineses no le hicieron ningún caso. Ya no les importaba lo que hicieran los saguntinos. Al máximo de velocidad, se ordenó a la mayoría de los soldados que estaban en las terrazas que se retiraran. El peligro de morir aplastados era demasiado grande. No obstante, a pesar del extremo peligro, algunos se quedaron a acabar la tarea.

No tuvieron que esperar mucho. A una velocidad vertiginosa, un fragmento enorme del muro de la ciudadela se desmoronó. Provocó una reacción en cadena que precipitó el hundimiento atronador de otras secciones de mayor tamaño. Con unos fuertes crujidos, ladrillos y piedras talladas que llevaban décadas, o incluso siglos, en su sitio, se vinieron abajo. El ruido al caer más de cinco plantas resultó ensordecedor. Como era de esperar, algunos de los hombres que estaban en las terrazas de madera no lograron huir a tiempo. Un breve coro de gritos ahogados anunció su horrenda muerte. Bostar apretó la mandíbula al oír el sonido. Era lo que se esperaba. Tal como había dicho su padre, los soldados rasos eran prescindibles. La pérdida de cierto número de ellos no significaba nada. Pero para Bostar sí, al igual que las violaciones, torturas y asesinatos generalizados de civiles que tendrían lugar en breve. A Malchus, de natural adusto, y a Safo, con una personalidad incluso más oscura, no parecían afectarles tales cosas, pero Bostar sentía que le herían el alma. Sin embargo, no permitió que su determinación flaqueara. Había demasiados elementos en juego. La derrota de Roma. La venganza por su querido hermano pequeño, Hanno. El establecimiento de una nueva relación con Safo. Bostar no tenía ni idea de si conseguiría alguna de esas cosas. En cierto modo, la última parecía la más improbable.

Unas nubes inmensas de polvo obstruían el aire, pero cuando se empezó a despejar, los cartagineses que esperaban vieron la brecha indefendible que habían creado. Una ovación que fue en aumento se propagó por toda la ladera. Por fin, la victoria estaba al alcance de su mano.

Bostar notó cómo se animaba. Dedicó una mirada tensa a Safo pero lo único que recibió por su parte fue una expresión de enfado.

Aníbal lideró el avance desenfundando su espada *falcata*.

En aquel preciso instante, debido quizás al aviso de los defensores supervivientes de las almenas, se iniciaron los gritos. Eran ululantes y desesperados, pero con retazos de dignidad, y llenaron el ambiente. Los cartagineses alzaron la cabeza. Era imposible que esos terribles sonidos pasaran desapercibidos.

—Son los nobles, que se están quemando vivos. —La voz de Malchus dejó traslucir un respeto inusual—. Son demasiado orgullosos para convertirse en esclavos. Espero que nunca nos encontremos en la misma situación en Cartago.

—¡Ja! Ese día nunca llegará —repuso Safo.

Sin embargo, la reacción instintiva de Bostar fue pronunciar una plegaria a Baal Hammón. «Protege nuestra ciudad para siempre —rezó—. Mantenla a salvo de salvajes como los romanos.»

Aníbal no estaba escuchando el ruido. Estaba ansioso por terminar el asunto.

—¡Al ataque! —gritó en íbero. A continuación, para beneficio de los libios, repitió lo mismo en su idioma. Seguido por los fieles *scutarii*, trotó hacia el boquete abierto en la ciudadela. Bramando la misma orden, Malchus, Safo y Bostar se abalanzaron hacia delante con sus hombres. Detrás de ellos, la orden se gritó en media docena de idiomas y, como si fueran miles de hormigas, la hueste de soldados obedeció.

La rivalidad entre Safo y Bostar reapareció en forma de venganza. Quienquiera que llegara el primero a la parte superior de la brecha se llevaría los halagos de Aníbal y el respeto de todo el ejército. Tomando la delantera a sus hombres, treparon muy igualados por los montones irregulares y peligrosos de escombros y cascotes. Con la lanza en una mano y el escudo en la otra, no tenían posibilidad alguna de amortiguar una caída. Era de locos, pero en esos momentos no había vuelta atrás. Los hermanos pronto alcanzaron a su líder, que iba dos pasos por delante de sus *scutarii*. Aníbal les dedicó una sonrisa alentadora, que le devolvieron, antes de lanzarse una mirada desafiante el uno al otro.

Bostar abrió unos ojos como platos cuando miró por encima de su hombro al cabo de un instante. El ángulo descendiente de la pendiente le proporcionaba una visión perfecta del ataque cartaginés. Era una imagen magnífica y terrible a la vez, que sin duda infundiría el terror a los defensores que permanecían en las murallas. Bostar dudaba que alguno de ellos se mostrara osado. Teniendo en cuenta que los líderes se estaban inmolando en vez de rendirse, los soldados rasos se refugiarían acoquinados en su casa con sus familias o también se suicidarían.

Se equivocó. No todos los saguntinos habían abandonado la lucha.

Cuando volvió a mirar a la ladera que tenía ante él, le llamó la atención el movimiento que había más arriba a la derecha, en una sección de las almenas que seguía completa. Ahí Bostar vio a seis hombres agazapados alrededor de un bloque de piedra enorme. Juntos, lo empujaban hacia el extremo destrozado del pasadizo que discurría a lo largo de la parte superior de la muralla. Bostar siguió la trayectoria que seguiría el bloque al caer y le dio un vuelco el corazón. Si bien el objetivo de los saguntinos era causar el máximo número de bajas posible, el coste potencial para los cartagineses era mucho mayor. Bostar veía que en unos segundos, Aníbal estaría de lleno en la trayectoria de la roca. Lanzó una mirada a Safo y también a Aníbal y se dio cuenta de que era el único que había advertido el peligro.

Cuando volvió a alzar la mirada, la piedra de bordes irregulares ya estaba tambaleándose en el extremo. Cuando Bostar abrió la boca para soltar un grito de advertencia, se inclinó hacia delante y cayó. Ganando velocidad con una rapidez asombrosa, la piedra rodaba y rebotaba ladera abajo. A su paso lanzaba ráfagas de ladrillo y cascotes y cada uno de esos fragmentos tenía fuerza suficiente para aplastar el cráneo de cualquier hombre. Gritando con deleite, los defensores dieron media vuelta y huyeron, convencidos de que su último esfuerzo mataría a docenas de cartagineses.

Bostar no se lo pensó dos veces; se limitó a reaccionar. Soltó la lanza y cargó lateralmente contra Aníbal. El ambiente se llenó de un retumbo repentino. Bostar no alzó la mirada por temor a ensuciarse. Varios *scutarii*, cuyo avance su acción frenó, profirieron juramentos confundidos. Bostar no les prestó atención. Rezó para que ninguno de los íberos pensara que intentaba hacer daño a Aníbal y se interpusiera en su camino. Había recorrido seis pasos. Una docena. Al notar la cercanía de Bostar, Aníbal se giró. Frunció el ceño, confundido.

—¡Por el amor de Baal Hammón! ¿Qué estás haciendo? —exigió.

Bostar no respondió. Dio un salto hacia delante, abrió el brazo derecho para rodear con él el cuerpo de Aníbal y le obligó a echarse al suelo con él, con el general atrapado debajo. Con el brazo izquierdo, Bostar alzó el escudo para cubrir la cabeza de ambos. Se produjo un segundo de pausa y entonces la tierra tembló. Los oídos se les llenaron de la reverberación del sonido que amenazaba con dejarlos sordos. Por suerte no duró, sino que disminuyó mientras el bloque de piedra bajaba a toda velocidad colina abajo.

A Bostar le traía sin cuidado su propia integridad.

—¿Estáis herido, señor?

La voz de Aníbal sonó amortiguada.

—Creo que no.

«Gracias a los dioses», pensó Bostar. Movió los brazos y las piernas con mucho tiento. Se quedó encantado al ver que le respondían. Dejó el escudo a un lado, se incorporó y ayudó a Aníbal a hacer lo mismo.

El general juró por lo bajo. A unos tres pasos de donde estaban había un *scutarius*. O, por lo menos, lo que otrora fuera un *scutarius*. El hombre no es que estuviera destrozado sino directamente aplastado contra el suelo irregular. El casco de bronce le había ofrecido poca protección. Había trozos de materia gris desparramados como una pasta blanca encima de las piedras, que ofrecían un contraste acusado al lado de la sangre roja brillante que rezumaba de la masa enmarañada que había sido su cuerpo. De la espalda del *scutarius* sobresalían trozos rotos de ladrillos que le habían agujereado la túnica. Tenía las extremidades dobladas en ángulos anormales y terribles y en múltiples puntos se veían los extremos blancos brillantes de los huesos rotos.

No era más que la primera baja. Más allá del cadáver se extendía un manto de destrucción hasta donde la vista alcanzaba. Bostar no había presenciado jamás algo parecido. Habían muerto docenas de soldados, incluso más. Habían quedado pulverizados, pensó Bostar. Le invadió una sensación de náusea e hizo un esfuerzo para no vomitar.

La voz de Aníbal le pilló por sorpresa.

—Parece ser que te debo la vida.

Bostar asintió aturdido.

—Gracias. Eres un buen soldado —dijo Aníbal, poniéndose en pie. Ayudó a Bostar a levantarse.

En ese mismo instante, los *scutarii* de Aníbal que no habían resultado heridos se arremolinaron a su alrededor alarmados. Como era de esperar, la acción osada de los saguntinos había paralizado el ataque. El ambiente se llenó de interrogantes ansiosos mientras los íberos determinaban que su querido comandante no había resultado herido. Aníbal se los quitó de encima con rapidez. Tomó su espada *falcata*, que se había caído al suelo, y miró a Bostar.

—¿Estás listo para acabar lo que hemos empezado? —preguntó.

Bostar se sorprendió al ver la rapidez con la que Aníbal recobraba la compostura. Él seguía conmocionado. Alcanzó a asentir con la cabeza.

—Por supuesto, señor.

—Excelente —repuso Aníbal esbozando una breve sonrisa. Indicó que Bostar debía avanzar detrás de él.

Bostar obedeció y recuperó su espada. No advirtió la sonrisa complacida que le dedicó Malchus ni la expresión emponzoñada del rostro de Safo. El júbilo había sustituido al terror y ya intentaría enmendar la situación con su hermano más tarde.

Por ahora, su único objetivo era seguir a Aníbal.

Un verdadero líder de hombres.

9

Minucius Flaccus

Cerca de Capua, Campania

Hanno se apoyó contra la pared de la cocina, admirando la vista mientras Elira se inclinaba por encima de una mesa repleta de comida. El vestido se le subió, dejó al descubierto sus pantorrillas torneadas y se le ajustó a la altura de las nalgas por su prominencia. A Hanno le palpitaba la entrepierna y cambió de postura para evitar que se le notara la excitación. Elira y Quintus seguían siendo amantes pero eso no significaba que Hanno no pudiera admirarla desde una distancia prudencial. Lo que resultaba inquietante era que Elira se había dado cuenta de cómo la miraba y le devolvía miradas llenas de pasión, pero Hanno no se había atrevido a ir más allá. Su recién creada amistad con Quintus era demasiado frágil y valiosa para sobrevivir a una revelación como aquella.

Desde la pelea de la cabaña, sus circunstancias habían mejorado sobremanera. A Fabricius le había impresionado el relato de Quintus sobre la pelea y la prueba fehaciente de los dos prisioneros vivos, aunque heridos. La recompensa de Hanno fue pasar a ser esclavo doméstico. Le quitaron los grilletes y se le permitió dormir en la casa. En un principio Hanno estuvo encantado. Lo habían alejado del entorno de Agesandros de un plumazo. Al cabo de unas semanas, no estaba tan convencido. La dura realidad de su situación le parecía más cruda que nunca.

Hanno tenía que servir a la familia tres veces al día durante las comidas. Como es natural, no se le permitía comer con ellos. Veía a Aurelia y a Quintus a diario de la mañana a la noche pero no podía hablar con ellos a no ser que estuvieran solos. Incluso entonces, las conversaciones eran apresuradas. Era muy distinto de los momentos que habían pasado juntos en el bosque. A pesar de la distancia obligada entre ellos, para Hanno supuso un alivio ver que el ambiente de camaradería palpable que había surgido recientemente no se había esfumado. Los guiños ocasionales de Quintus y las sonrisas tímidas de Aurelia animaban sus días. También agradecía la cercanía de Elira, cuya esterilla estaba apenas a veinte pasos de la suya en el suelo del *atrium*, y a quien no osaba abordar. Hanno sabía que tenía que estar agradecido por el destino que le había tocado. Las veces en que él y Agesandros se encontraban cara a cara resultaba evidente que el siciliano no le deseaba nada bueno.

—¡Padre! —La voz alegre de Aurelia resonó desde el patio—. ¡Has vuelto!

Curioso como pocos, Hanno siguió a los demás esclavos de la cocina hasta la puerta. No se esperaba la llegada de Fabricius hasta al cabo de dos semanas por lo menos.

Ataviado con una túnica con cinturón y sandalias, Fabricius estaba de pie junto a la fuente principal. Una amplia sonrisa le arrugó la cara al ver que Aurelia corría hacia él.

—Estoy sucio —le advirtió—. Estoy lleno de polvo por el viaje.

—¡Me da igual! —Ella lo rodeó con los brazos—. ¡Cuánto me alegro de verte!

Él le dio un cariñoso abrazo.

—Yo también te he echado de menos.

Hanno sintió una punzada de tristeza por su situación pero no se permitió regodearse en ella.

—Esposo. Doy gracias a los dioses por tu regreso sano y salvo. —Atia se unió a su marido e hija con una sonrisa sosegada. Aurelia se apartó para permitir que Fabricius diera un beso en la mejilla a su esposa. Se miraron complacidos, lo cual era muy significativo—. Debes de estar sediento.

—Tengo la garganta tan seca como el lecho de un río en el desierto —respondió Fabricius.

Atia dirigió la mirada a la puerta de la cocina y a la manada de esclavos que los observaban. Hanno fue en quien se fijó primero.

—¡Trae vino! Y el resto volved al trabajo.

El umbral de la puerta se vació de inmediato. Los esclavos sabían que no debían contrariar a Atia, que gobernaba el hogar con guante de seda pero mano férrea. Rápidamente, Hanno cogió cuatro de las mejores copas del estante y las colocó en una bandeja. Julius, el amable esclavo encargado de la cocina, ya había ido a buscar un ánfora. Hanno le observó diluyendo el vino al estilo romano, con cuatro partes de agua por una de vino.

—Aquí tienes —musitó Julius cuando depositó una jarra llena en la bandeja—. Sal antes de que vuelva a llamar.

Hanno se apresuró a obedecer. Estaba ansioso por saber qué había provocado el regreso anticipado de Fabricius. Aguzando el oído, llevó la bandeja a la familia, a la que se acababa de incorporar Quintus.

Quintus sonrió de oreja a oreja antes de recordar que ya era un hombre.

—Padre —dijo con solemnidad—. Me alegro de verte.

Fabricius pellizcó a su hijo en la mejilla.

—Estás más alto.

Quintus se sonrojó. Para disimular su vergüenza, se giró con aire expectante hacia Hanno.

—Venga. Llénanos las copas.

Hanno se puso tenso al oír la orden pero obedeció. Se paró ante la cuarta copa y miró a Atia.

—Sí, sí, sírvele una también a Aurelia. Ya es prácticamente una mujer.

La expresión feliz de Aurelia se desvaneció.

—¿Me has encontrado marido? —preguntó con tono acusador—. ¿Por eso has regresado?

Atia frunció el ceño.

—¡No seas tan impertinente!

Aurelia se ruborizó y bajó la cabeza.

—Ojalá fuera tan sencillo, hija —respondió Fabricius—. Si bien he hecho algunos avances en ese sentido, hay acontecimientos mucho más importantes en la escena mundial. —Chasqueó los dedos en dirección a Hanno, cuyo corazón palpitaba mientras pasaba de una persona a otra sirviendo el vino.

—¿Qué ha ocurrido? —preguntó Atia.

En vez de responder, Fabricius alzó la copa.

—Un brindis —dijo—. Porque los dioses y nuestros antepasados continúen sonriéndole a nuestra familia.

Atia tensó la expresión unos instantes pero se unió al brindis.

Quintus estaba menos pendiente del decoro que su madre y saltó en cuanto su padre hubo dado el primer sorbo.

—¡Cuéntanos por qué has regresado!

—Saguntum ha caído —repuso Fabricius sin miramientos.

La sangre se agolpó en las sienes de Hanno y fue claramente consciente de que Quintus se daba media vuelta para observarle. Con cuidado, secó una gota de vino del borde de la jarra con un paño. En su interior, todas las fibras de su ser se alegraban. «¡Aníbal! —gritó en su cabeza—. ¡Aníbal!»

Quintus volvió a dirigir la mirada a su padre.

—¿Cuándo?

—Hace una semana. Al parecer, no se salvó prácticamente nadie. Hombres, mujeres y niños. Los pocos que sobrevivieron fueron tomados como esclavos.

Atia apretó los labios.

—Menudos salvajes.

Hanno se dio cuenta de que Aurelia lo observaba con ojos grandes y horrorizados. «No puede decirse que vuestro pueblo no haga exactamente lo mismo cuando saquea una ciudad», pensó enfurecido. Por supuesto no podía decir nada, así que apartó la mirada.

A diferencia de su hermana, Quintus estaba enfadado.

—Bastante tuvimos con que el Senado no hiciera nada para ayudar a uno de nuestros aliados durante los últimos ocho meses. Supongo que ahora actuarán, ¿no?

—Seguro —repuso Fabricius—. De hecho ya han actuado.

El silencio subsiguiente resonó más que un toque de trompeta.

—Se ha enviado a una embajada a Cartago cuya misión es exigir que Aníbal y sus oficiales de alto rango sean entregados inmediatamente a la justicia por sus actos execrables.

Hanno apretó el paño tan fuerte que goteó vino en el mosaico que tenía bajo los pies.

Nadie se percató. Tampoco es que a Hanno le hubiera importado. «¿Cómo se atreven? —gritaba en su interior—. ¡Cabrones romanos!»

—Es difícil que hagan tal cosa —declaró Atia.

—Por supuesto —respondió Fabricius, ajeno al hecho de que Hanno estaba totalmente de acuerdo aunque fuera en silencio—. Está claro que Aníbal tiene enemigos, pero los cartagineses son un pueblo orgulloso. Querrán reparaciones por las humillaciones a los que los sometimos tras la guerra de Sicilia. Esto les brinda esa oportunidad.

Quintus vaciló durante unos instantes.

—¿Te refieres a una guerra?

Fabricius asintió.

—Sí, creo que eso es lo que se avecina. Algunos miembros del Senado discrepan conmigo pero creo que infravaloran a Aníbal. Un hombre que ha conseguido lo que él en pocos años no habría emprendido el asedio a Saguntum sin que ello formara parte de un plan más ambicioso. Hace tiempo que Aníbal quiere entrar en guerra con Roma.

«Cuánta razón tienes», pensó Hanno con gran júbilo.

Quintus también estaba jubiloso.

—¡Gaius y yo podremos alistarnos al ejército de caballería!

La reticencia de Atia moderó el evidente orgullo de Fabricius. Ni siquiera ella era capaz de ocultar la tristeza que asomó a sus ojos, pero recobró la compostura rápidamente.

—Serás un buen soldado.

Quintus hinchó el pecho de satisfacción.

—Tengo que decírselo a Gaius. ¿Puedo ir a Capua?

Fabricius le dio permiso con un asentimiento.

—Adelante. Tendrás que apresurarte. Pronto anochecerá.

—Regresaré mañana. —Quintus se marchó con una sonrisa de agradecimiento.

Atia miró cómo se marchaba y exhaló un suspiro.

—¿Y el otro asunto?

—Tengo buenas noticias. —Al ver el interés inmediato de Aurelia, Fabricius guardó silencio—. Luego te lo cuento.

Aurelia se desmoralizó.

—Qué injusticia tan grande —exclamó, y se marchó corriendo a su habitación.

Atia tocó el brazo de Fabricius para acallar su reprimenda.

—Déjala. Debe de ser difícil para ella.

Hanno se mantenía ajeno al drama familiar. De repente, su deseo de huir, de llegar a Iberia y de unirse a sus paisanos en el conflicto le resultó abrumador. ¡Era lo que había estado soñando durante mucho tiempo! Sin embargo, la deuda contraída con Quintus pesaba mucho en su interior. ¿Se la había pagado con lo que había hecho en la cabaña del pastor o no? Hanno no estaba seguro. Y luego estaba Suniaton. ¿Cómo podía siquiera pensar en marcharse sin intentar encontrar a su mejor amigo? Hanno agradeció oír la voz de Julius llamándole. Los sentimientos encontrados de su interior amenazaban con partirle el alma.

Pasó el tiempo y Hanno seguía trabajando en la cocina. Aunque la respuesta referente a su obligación para con Quintus seguía eludiéndole, no era capaz de abandonar la finca sin hacer un esfuerzo por encontrar a Suniaton. Pero no tenía ni idea de cómo acometer tal empresa. Aparte de él, ¿quién sabía o se interesaba por el paradero de Suniaton? El dilema incontestable le impedía dormir por las noches e incluso le distraía de sus pensamientos lujuriosos sobre Elira. Cansado e irritable, un día prestó poca atención cuando Julius anunció un menú exhaustivo que Atia había pedido para la noche siguiente.

—Al parecer, ella y el amo esperan a un visitante importante —dijo Julius pomposamente—. Caius Minucius Flaccus.

—¿Quién puñetas es ese? —preguntó uno de los cocineros.

Julius le dedicó una mirada de desaprobación.

—Es una figura importante del clan de los Minucii y hermano de un ex cónsul.

—Entonces será un tipejo arrogante —masculló el cocinero.

Julius hizo caso omiso de las risas tontas que provocó el comentario.

—También forma parte de la embajada que acaba de regresar de Cartago —declaró, como si el asunto fuera importante para él.

A Hanno se le revolvió el estómago.

—¿De verdad? ¿Estás seguro?

Julius frunció los labios.

—Es lo que he oído decir a la señora —espetó—. Ahora poneos manos a la obra.

A Hanno el corazón estaba a punto de salírsele del pecho, como si fuera un pájaro enjaulado, cuando fue a los cobertizos que servían de almacén. ¿Acaso el invitado de Fabricius hablaría de lo que había visto? Hanno suplicó a los dioses que así fuera. Al pasar junto a la entrada del cuarto de baño climatizado, vio a Quintus desnudándose. «Qué suerte la suya», pensó Hanno con acritud. No se había dado un baño caliente desde que había salido de Cartago.

Quintus estaba cada vez más emocionado y era totalmente ajeno a los sentimientos de Hanno. Como quería presentar su mejor aspecto aquella noche, se bañó antes de disfrutar del masaje que le hizo un esclavo. Mientras fantaseaba sobre lo que contaría Flaccus acerca de todo lo ocurrido en Cartago, apenas advirtió que Fabricius había entrado en la estancia.

—¿Sabes? Esta visita es muy importante.

Quintus abrió los ojos.

—Sí, padre. Y estaremos a la altura de las circunstancias, llegado el caso.

Fabricus esbozó una media sonrisa.

—Por supuesto. Cuando Roma nos llame, responderemos. —Unió las manos detrás de la espalda y caminó arriba y abajo en silencio.

El tacto del estrígil en su piel empezó a molestar a Quintus e hizo un gesto al esclavo para que parara.

—¿Qué pasa?

—Es Aurelia —respondió Fabricius.

—Has concertado el matrimonio, entonces —dijo, lanzando una mirada amarga a su padre.

—Todavía no es seguro —reconoció Fabricius—. Pero a Flaccus le gustó lo que oyó de Aurelia cuando le visité en la capital hace algún tiempo. Ahora quiere admirar su belleza personalmente.

Quintus frunció el ceño ante su propia ingenuidad. ¿Por qué si no un político de alto rango iba a hacer una visita a équites de clase tan modesta como ellos?

—Venga ya —dijo Fabricius con severidad—. Ya sabías que el día iba a llegar. Es por el bien de la familia. Flaccus no es tan viejo y pertenece a un clan poderoso e influyente. Con el apoyo de los Minucii, los Fabricii podrían llegar lejos. —Miró a Quintus de hito a hito—. En Roma, quiero decir. ¿Entiendes lo que estoy diciendo?

Quintus exhaló un suspiro.

—¿Aurelia lo sabe?

—No. —Entonces fue Fabricius quien mostró su incomodidad—. Me pareció que antes tenía que hablar contigo.

—¿E implicarme en esto?

—No te pongas así conmigo. Tú también te beneficiarás —espetó su padre.

Quintus notó la emoción en su pecho y se sintió culpable. Había visto que Aurelia suspiraba por Hanno. Un encaprichamiento imposible para ella, pero él no había hecho nada para evitarlo. Y ahora aquello.

—¿Qué te ha hecho decidirte por Flaccus?

—Llevo dos años intentando organizar algo —respondió Fabricius—. Buscando al hombre adecuado para nuestra familia y para Aurelia. Es un asunto peliagudo, pero creo que Flaccus podría ser el hombre apropiado. Tenía que pasar cerca de aquí de todos modos a su regreso de Cartago. Lo único que he hecho es asegurarme de que tenía una invitación esperándole en cuanto llegara.

A Quintus le sorprendió la astucia de su padre. Sin duda su madre había tenido algo que ver con todo aquello, pensó.

—¿Cuántos años tiene?

—Unos treinta y cinco —dijo Fabricius—. Mucho mejor que algunos viejos chochos que querían conocerla. Espero que lo agradezca. —Hizo una pausa—. Una cosa más.

Quintus alzó la vista.

—No hagas ninguna pregunta sobre lo que ha pasado en Cartago —le advirtió su padre—. Sigue siendo un secreto de estado. Si Flaccus decide darnos detalles por iniciativa propia, que así sea. Si no, no tenemos derecho a preguntar. —Dicho esto, se marchó.

Quintus se tumbó en la losa de piedra caliente, pero todo su disfrute había desaparecido. Iría a ver a Aurelia en cuanto su padre acabara de hablar con ella. De todos modos, no tenía ni idea de qué le diría. Se vistió de mal humor. El mejor sitio desde el que atisbar la puerta de Aurelia con discreción era desde una esquina del *tablinum*. Quintus se dirigió a la gran sala de recepción. No llevaba mucho tiempo ahí cuando entró Hanno cargado con una bandeja de vajilla.

Al ver a Quintus, sonrió.

—¿Estás ansioso por que llegue la noche? —«Yo sí», pensó con regocijo.

—Pues la verdad es que no mucho —repuso Quintus con severidad.

Hanno arqueó las cejas.

—¿Por qué no? No recibís muchas visitas.

Quintus se sorprendió al darse cuenta de que su interés por lo que Flaccus pudiera decir quedaba amortiguado por su amistad con Hanno.

—Es difícil de explicar —repuso con torpeza.

En aquel momento, Fabricius salió a grandes zancadas de la habitación de Aurelia dando un portazo. Apretaba la mandíbula de ira.

Su conversación concluyó enseguida. Hanno se quedó mirando mientras Quintus entraba en la habitación de su hermana. Hanno apreciaba de veras a Aurelia. Una parte de él se preguntaba qué pasaba y a otra parte le daba igual. Al final, Cartago volvía a estar en guerra con Roma.

De alguna manera él estaría implicado.

Quintus se encontró a Aurelia tumbada en la cama llorando desconsoladamente. Corrió a arrodillarse a su lado.

—Todo irá bien —le susurró, acariciándole el pelo—. Flaccus parece un buen hombre.

Lloró con más intensidad y Quintus masculló una maldición. Mencionar el nombre del hombre era lo peor que podía haber hecho. Como no sabía qué hacer, le frotó los hombros a Aurelia para reconfortarla. Permanecieron en esa postura un buen rato sin hablar. Al final, Aurelia se dio la vuelta. Tenía las mejillas enrojecidas y manchadas y los ojos hinchados de tanto llorar.

—Debo de estar horrible —dijo.

Quintus le dedicó una sonrisa socarrona.

—Sigues siendo guapa —repuso.

Aurelia le sacó la lengua.

—Mentiroso.

—Un baño te ayudará —le sugirió Quintus. Adoptó una expresión jovial—. ¿Verdad?

Aurelia fue incapaz de seguir fingiendo.

—¿Qué va a ser de mí? —susurró con tristeza.

—Este momento tenía que llegar algún día —dijo Quintus—. ¿Por qué no le concedes el beneficio de la duda? Si realmente te parece odioso, papá no te obligará a casarte con él.

—Supongo que no —respondió Aurelia dudosa. Se paró a pensar durante unos instantes—. Sé que tengo que hacer lo que dice papá. Pero es tan difícil... sobre todo cuando... —Se le apagó la voz y se le volvieron a empañar los ojos de lágrimas.

Quintus le selló los labios con un dedo.

—No lo digas —susurró—. No puedes. —No quería oírlo de viva voz.

Con un gran esfuerzo, Aurelia recuperó el control de sus emociones. Asintió con determinación.

—Pues entonces mejor que me prepare. Hoy tengo que estar espectacular.

Quintus la atrajo hacia sí para darle un cariñoso abrazo.

—Así me gusta —le susurró. Se percató de que la valentía no era una cualidad exclusivamente masculina. Ni se limitaba al campo de batalla o a una cacería. Aurelia acababa de demostrarle que era valiente como el que más.

Flaccus llegó a media tarde, acompañado de un gran número de esclavos y soldados, e inmediatamente fue conducido a la mejor habitación de invitados de la casa para que se refrescara. Aparte de sus esclavos personales, la mayor parte de la comitiva se quedó en el exterior y fue acantonada en el corral. Hanno estaba ocupado en la cocina y vio poco de los preparativos. Al cabo de una hora, unas voces fuertes anunciaron la llegada de Martialis y Gaius. Fabricius los recibió jovialmente y los acompañó a la sala de banquetes contigua al patio donde, siguiendo la tradición, primero se les sirvió *mulsum*, una mezcla de vino y miel. Elira se encargó de servir mientras Hanno aguardaba impaciente en la cocina. Cuando oscureció, recorrió el patio encendiendo las lámparas de aceite de bronce que colgaban de cada columna. Al llegar a la esquina más alejada del *tablinum*, Hanno advirtió movimiento detrás de él. Se giró y se encontró con un hombre apuesto de cabello negro y denso y nariz prominente vestido con una toga antes de que Flaccus desapareciera en el salón de banquetes. Quintus y su hermana llegaron poco después vestidos con sus mejores galas. Hanno nunca había visto a Aurelia maquillada. Para su sorpresa, le gustó lo que vio.

Por fin la comida estuvo preparada y Hanno pudo entrar en la sala con los demás esclavos. Tenía que permanecer allí durante todo el ágape, sirviendo comida, retirando platos y, sobre todo, escuchando la conversación. Esperaba atentamente detrás del diván de la izquierda, donde Fabricius estaba reclinado con Martialis y Gaius. Como invitado importante que era, a Flaccus se le había asignado el diván central, mientras que Atia, Quintus y Aurelia, impertérrita, ocupaban el de la derecha. Como era habitual, el cuarto lado de la mesa estaba abierto.

Flaccus pasó buena parte del tiempo felicitando a Aurelia por su belleza e intentando entablar conversación con ella. Sus esfuerzos surtieron poco efecto al comienzo. Al final, cuando Atia empezó a lanzarle miradas iracundas, Aurelia se dignó responder. A Hanno le resultaba obvio que no era sincera sino que se limitaba a satisfacer los deseos de su madre. Flaccus no pareció percatarse de ello y, aparte de Fabricius, resultó que los demás presentes no se atrevían a dirigirle la palabra. Quintus y Gaius miraban con frecuencia a Flaccus, aguardando en vano noticias de Cartago. El político moreno, que ingirió grandes cantidades de *mulsum* y vino, parecía estar cada vez más prendado de Aurelia.

Cuando llegaron los dulces, Flaccus se dirigió a Fabricius.

—Os felicito por vuestra hija. Es tan hermosa como dijisteis. O incluso más.

Fabricius inclinó la cabeza con gravedad.

—Gracias.

—Creo que deberíamos hablar más de este asunto por la mañana —bramó Flaccus—. Para llegar a un acuerdo que satisfaga a ambos.

Fabricius se permitió esbozar una sonrisa.

—Eso supondría un gran honor.

Atia murmuró que estaba de acuerdo.

—Excelente. —Flaccus miró a Hanno—. Más vino.

Hanno se apresuró a servirle con expresión inescrutable. No estaba seguro de cuáles eran sus sentimientos acerca de lo que acababa de oír. Tampoco es que importara, reflexionó con amargura. «Aquí soy un esclavo.» Su resentimiento por la situación en que se encontraba brotó de nuevo, con más fuerza que nunca, y restó importancia a su preocupación por el posible compromiso de Aurelia. Los lazos que lo ataban a la finca se estaban debilitando. Si Aurelia se casaba con Flaccus, se iría a vivir a Roma. Quintus se pasaba el día hablando de alistarse al ejército. Cuando se marchara, Hanno se quedaría sin amigos y solo. En ese mismo instante decidió empezar a planear su fuga.

Quintus había llegado a la conclusión de que Flaccus parecía bastante agradable y miró de soslayo a Aurelia. Se quedó encantado al no advertir muestras de angustia en su rostro y le maravilló su ecuanimidad. Entonces advirtió que tenía las mejillas ligeramente sonrosadas y la copa vacía. ¿Estaba borracha? No habría sido tan extraño. Aurelia bebía vino en contadas ocasiones. A pesar de ello, a Quintus se le llenó la cabeza con las puertas que se le abrirían gracias a una alianza entre los Fabricii y los Minucii. Aurelia y Flaccus se acostumbrarían el uno al otro, se dijo. Así funcionaban la mayoría de los matrimonios. Estiró el brazo para tocarle la mano a Aurelia. Ella sonrió y él se quedó más tranquilo.

La conversación saltó de un tema a otro durante bastante rato y hablaron del tiempo, de las cosechas y de la calidad de los juegos de Capua comparados con los de Roma. Nadie mencionó el tema sobre el que todos estaban interesados: ¿qué había pasado en Cartago?

Martialis fue quien acabó sacando el tema a colación. Como era habitual en él, había ingerido grandes cantidades de vino. Volvió a vaciar su copa y saludó a Flaccus.

—Dicen que los vinos cartagineses son más que pasables.

—Son bastante agradables —convino Flaccus. Frunció los labios.

—A diferencia del pueblo que los produce.

Martialis no era consciente de las muecas de Fabricius.

—¿Veremos tales cosechas más a menudo en Italia? —preguntó haciendo un guiño.

Flaccus apartó la vista de Aurelia con dificultad.

—¿Eh?

—Contadnos qué pasó en Cartago —suplicó Martialis—. Nos morimos de ganas de saberlo.

Hanno contuvo el aliento y vio que Quintus hacía lo mismo.

Poco a poco, Flaccus advirtió los rostros extasiados que le rodeaban. Entonces adoptó una expresión presuntuosa y sonrió pomposamente.

—Nada de lo que diga debe salir de estas cuatro paredes.

—Por supuesto que no —le aseguró Martialis—. Podéis estar convencido de nuestra discreción.

Hasta Fabricius se sumó a los murmullos tranquilizadores.

Satisfecho, Flaccus empezó a hablar:

—Yo no era sino un miembro poco destacado del grupo, aunque me gustaría pensar que mi aportación fue valiosa. Nos acompañaron los dos cónsules Lucio Emilio Paulo y Marco Livio Salinator. Nuestro portavoz era el ex censor Marco Fabio Buteo. —Dejó que los presentes asimilaran la importancia de tales personalidades—. Desde el comienzo, dio la impresión de que nuestra misión tendría éxito. Los augurios eran buenos y el paso por Lilibea sin incidentes. Llegamos a Cartago hace tres semanas.

Hanno cerró los ojos y se imaginó la escena. Las increíbles fortificaciones relucientes bajo el sol invernal. El majestuoso templo de Eshmún que dominaba la colina de Birsa. Los puertos gemelos llenos de embarcaciones. «Mi hogar —pensó con una sacudida de nostalgia—. ¿Lo volveré a ver algún día?»

Las siguientes palabras de Flaccus lo devolvieron a la realidad con un sobresalto.

—Hijos de puta arrogantes —gruñó. Miró a Atia—. Disculpad. Pero los hombres más importantes de Roma acababan de llegar y ¿a quién enviaron a recibirnos? A un oficial de bajo rango de la guardia de la ciudad.

Martialis se puso rojo de ira y estuvo a punto de atragantarse con un sorbo de vino.

Fabricius tenía un talante más tranquilo.

—Debe de haber sido un error, seguro —dijo.

Flaccus frunció el ceño.

—Al contrario. El gesto fue expreso. Ya lo tenían decidido antes incluso de que desembarcáramos. En vez de permitir que nos laváramos y nos recuperáramos del viaje, nos condujeron directamente al Senado.

—Típico de esos dichosos *guggas.* No tienen ningún sentido del decoro —bufó Martialis.

Aurelia lanzó una mirada comprensiva a Hanno.

El cartaginés estaba tan enfadado que osó no devolverle la mirada. Le entraron ganas de partirle a Martialis en la cabeza la jarra de barro que tenía en las manos, pero por supuesto se contuvo. Aparte del castigo que recibiría, lo que Flaccus iba a decir a continuación era mucho más importante.

—¿Y cuando llegasteis allí? —preguntó Quintus con impaciencia.

—Fabio anunció quiénes éramos. Nadie respondió. Se quedaron allí mirándonos. Esperando, como chacales alrededor de un cadáver. Y entonces Fabio quiso saber si el ataque de Aníbal a Saguntum se había llevado a cabo con su aprobación. —Flaccus hizo una pausa porque respiraba con dificultad—. ¿Sabéis lo que hicieron entonces? —Una vena le palpitaba en la frente—. Se rieron de nosotros.

Martialis golpeó la mesa con la copa. Fabricius soltó un juramento mientras Quintus y Gaius se miraban boquiabiertos, pues no se acababan de creer que alguien tratara de tal modo a los estadistas más prominentes de la República. Atia aprovechó la oportunidad para susurrarle algo a Aurelia al oído. Mientras tanto, Hanno tuvo que morderse el interior de la mejilla para evitar soltar una carcajada. Cartago no había perdido todo su orgullo al ceder Sicilia y Cerdeña a Roma, concluyó orgulloso.

—Algunos hablaron en contra de Aníbal —reconoció Flaccus—. Quien más le criticó fue un hombre gordo llamado Hostus.

«¡Cabrón traicionero! —pensó Hanno—. Daría cualquier cosa por clavarle un cuchillo en el vientre.»

—Pero la mayoría le hizo callar y cuestionaron el tratado firmado por Asdrúbal hace seis años y se negaron a reconocer los vínculos de Saguntum con Roma. Se pusieron a insultarnos a gritos —farfulló Flaccus—. Parlamentamos entre nosotros y decidimos que solo teníamos una opción.

Quintus lanzó una mirada a Hanno. No tenía ni idea de que los cartagineses reaccionarían con tanta fuerza. Sorprendido por lo que había visto, volvió a mirar. Quintus conocía el lenguaje corporal de Hanno lo suficiente como para darse cuenta de que él sí que lo sabía. La voz de Flaccus le impidió seguir pensando sobre el asunto.

—Fabio se situó en el centro de la cámara. Entonces los *guggas* se callaron —dijo Flaccus con fiereza—. Agarrándose los pliegues de la toga, les dijo que en su interior albergaba tanto la paz como la guerra. Que ellos eligieran. Dicho esto, se desató el caos en la cámara. Era imposible oír lo que se decía.

—¿Optaron por la guerra? —preguntó Fabricius.

—No —reveló Flaccus—. El sufete que ocupaba la presidencia dijo a Fabio que eligiera él.

Para entonces, todos los presentes en la sala, incluida Elira, estaban pendientes de sus palabras.

—Fabio nos miró para confirmar que todos coincidíamos en nuestra opinión y entonces dijo a los *guggas* que se decantaba por la guerra. —Flaccus soltó una risa breve y airada—. Tienen agallas, hay que reconocerlo. Fabio apenas había acabado de hablar cuando prácticamente todos los hombres de la cámara se pusieron en pie y gritaron—: «¡Que así sea!»

Hanno se dio cuenta de que ya no era capaz de ocultar su satisfacción. Cogió dos montañas de platos sucios y se dirigió a la cocina. Nadie aparte de Aurelia se dio cuenta de que se marchaba. Pero cuando llegó a la altura de la puerta, su deseo de oír más era tal que se quedó a escuchar a hurtadillas.

—Siempre confié en que se evitaría otra guerra contra Cartago —dijo Fabricius con pesar. Apretó la mandíbula—. Pero no nos dan elección. Insultar de ese modo, y sobre todo a los cónsules, es imperdonable.

—Totalmente de acuerdo —le bramó Martialis—. A esos granujas hay que darles una lección incluso mejor que la última vez.

A Flaccus le satisficieron sus reacciones.

—Bien —musitó—. ¿Por qué no venís conmigo a Roma? Los preparativos son muchos y necesitaremos a hombres que ya hayan luchado contra Cartago.

—Sería un honor para mí —respondió Fabricius.

—Y para mí —añadió Martialis. Adoptó una expresión incómoda en su rostro colorado y se dio un golpecito en la pierna derecha—. Si no fuera por esto. Es una vieja herida, de Sicilia. Ahora apenas puedo caminar más de medio kilómetro sin tener que parar para descansar.

—Ya has cumplido con tu deber hacia Roma con creces —dijo Flaccus con expresión tranquilizadora—. Me llevaré a Fabricius.

Quintus se levantó sin darse cuenta.

—Yo también quiero luchar.

Gaius repitió sus palabras al cabo de un instante.

Flaccus les dedicó una mirada condescendiente.

—Sois unos guerreros natos, ¿verdad? Pero me temo que todavía sois jóvenes. Esta lucha hay que ganarla rápido y lo mejor es contar con veteranos.

—Tengo diecisiete años —protestó Quintus—. Igual que Gaius.

Flaccus ensombreció el semblante.

—Recordad con quién estáis hablando —espetó.

—¡Quintus! Siéntate —ordenó Fabricius—. Tú también, Gaius. —Cuando los dos obedecieron a regañadientes, se giró hacia Flaccus—: Os pido disculpas. Están ansiosos por ir a la guerra, eso es todo.

—No tiene importancia. Ya les llegará el momento —respondió Flaccus con escasa sinceridad al tiempo que lanzaba una mirada ponzoñosa a Quintus. Se desvaneció tan rápido que nadie más la advirtió. Quintus se preguntó si se había equivocado, pero al cabo de un momento se fijó en otra cosa. Aurelia se excusó y se retiró para el resto de la velada. Flaccus la observó mientras se retiraba como una serpiente miraría a un ratón. Quintus parpadeó e intentó aclararse las ideas, un tanto confusas de tanto vino. Cuando volvió a mirar, Flaccus tenía una expresión benévola. «Debo de habérmelo imaginado», concluyó. Entonces Quintus se llevó una decepción al ver que los tres hombres mayores se apiñaban y empezaban a murmurar en voz baja.

Atia le hizo una seña con la cabeza para que se marchara. Frustrado, Quintus indicó a Gaius que salieran al patio.

Cuando aparecieron, Hanno se sobresaltó. Se había escondido para que Aurelia no le viera y acababa de emerger desde detrás de una estatua. Se escabulló a la cocina con expresión culpable.

Gaius frunció el ceño.

—Que me aspen si no está tramando algo.

Más tarde, Quintus se planteó si se debía al exceso de vino o a la ira por el tratamiento recibido por la embajada romana, pero tenía ganas de arremeter contra alguien.

—¿Qué más da? —espetó—. Es un *gugga*. Déjalo estar. —Quintus se arrepintió de sus palabras en cuanto las hubo pronunciado. Hizo ademán de ir tras Hanno, pero Gaius, que estaba riendo, lo arrastró hasta un banco de piedra situado al lado de la fuente.

—Hablemos —masculló su amigo ebrio.

Quintus no se atrevió a apartarse. La oscuridad ocultaba su rostro afligido.

Hanno, que tenía los hombros tensos por la ira contenida, no miró atrás. Estaba a diez pasos de la cocina y dejó los platos en el fregadero con estrépito. Para eso servía la amistad con un romano, pensó, con una profunda sensación de amargura. Sabía que Aurelia era comprensiva con él, pero no podía decir lo mismo de nadie más. Sobre todo de Quintus. La ira que había destilado la voz de todos los nobles ante la revelación de Flaccus era comprensible, pero cambiaba la situación de Hanno por completo. En principio, ahora era un enemigo. Sin embargo, tendría que enterrar el regocijo que le proporcionaba el asunto en lo más profundo de su ser para que nadie lo notara. En el ámbito estrecho del hogar Hanno sabía lo difícil que resultaría. Exhaló lentamente. Tenía que huir. Pronto. Pero ¿a Cartago o a Iberia? Y ¿tenía alguna posibilidad de encontrar a Suniaton antes de marcharse?

10

Traición

A la mañana siguiente Quintus tuvo otra vez resaca y el recuerdo de las expresiones faciales de Flaccus le quedaba borroso. Sin embargo, se sentía lo bastante desasosegado como para ir en busca de su padre. Encontró a Fabricius encerrado en su despacho con Flaccus. La pareja estaba muy ocupada redactando los documentos del compromiso de Aurelia y se mostró irritada por la interrupción. Fabricius se quitó de encima a Quintus cuando este le dijo que quería hablar con él. Al ver la decepción de su hijo, cedió ligeramente.

—Ya me lo contarás más tarde —dijo.

Abatido, Quintus cerró la puerta. También tenía otros asuntos en la cabeza. Había insultado a Hanno de forma cruel y se sentía avergonzado. La condición del cartaginés implicaba que Quintus podía tratarlo como le placiera, pero por supuesto no se trataba de eso. «Me salvó la vida. Ahora somos amigos —pensó Quintus—. Le debo una disculpa.» Sin embargo, su búsqueda para solucionar el problema resultó tan frustrante como su intento de hablar con su padre. Encontró a Hanno con facilidad pero el cartaginés fingió no escuchar la voz de Quintus cuando le llamó y evitó por todos los medios mirarlo a la cara. Quintus no quería montar un número, pero estaban ocurriendo tantas cosas en la casa que ni siquiera era capaz de encontrar un rincón tranquilo donde hablar. La decisión de Fabricius de acompañar a Flaccus a Roma y de ahí a la guerra significaba que la casa era un hervidero. Todos los esclavos domésticos estaban ocupados con una cosa u otra. Había que empaquetar ropa, muebles y mantas, pulir las armaduras y afilar las armas.

Quintus fue en busca de Aurelia con expresión sombría. No estaba seguro de si debía mencionar a Flaccus. Lo único que tenía para guiarse eran dos miradas fugaces, captadas bajo la influencia del vino. Decidió ver qué tal estaba Aurelia antes de abrir la boca. Si seguía contemplando el matrimonio con buenos ojos, no diría nada. Lo último que quería Quintus era alterar la frágil aceptación que Aurelia tenía de su destino.

Se llevó una gran sorpresa al ver que Aurelia estaba de excelente humor.

—Qué guapo es —dijo con excesivo entusiasmo—. Y tampoco es tan mayor. Creo que seremos muy felices.

Quintus asintió, sonrió y enterró sus dudas.

—Me parece bastante arrogante, pero ¿qué hombre de su posición no lo es? Su lealtad hacia Roma está fuera de toda duda y eso es lo más importante. —Aurelia se mostró entonces preocupada—. Anoche me supo muy mal por Hanno. Los insultos que dedicaron a su pueblo eran innecesarios. ¿Has hablado con él?

Quintus apartó la mirada.

—No.

Aurelia reaccionó con la típica intuición femenina.

—¿Qué pasa? —preguntó.

—Nada —repuso Quintus—. Tengo resaca, eso es todo.

Se inclinó para mirarle a la cara.

—¿Te has peleado con Hanno?

—No —respondió—. Sí. No sé.

Aurelia arqueó las cejas y Quintus se dio cuenta de que no le dejaría en paz hasta que se lo contara.

—Cuando me marché con Gaius tuve la impresión de que Hanno había estado escuchando detrás de la puerta —dijo.

—¿Y te extraña? Estábamos hablando de una guerra entre su pueblo y el nuestro —observó Aurelia con aspereza—. De todos modos, ¿qué más da? Estaba en la sala cuando Flaccus nos contó la parte más importante de la historia.

—Lo sé —mascullό Quintus—. Pero parecía sospechoso. Gaius quiso desafiarle pero yo le dije que lo dejara en paz. Que Hanno no era más que un *gugga*.

Aurelia se llevó la mano a la boca.

—¡Quintus! ¿Cómo pudiste hacer una cosa así?

Quintus bajó la cabeza.

—Quise pedirle perdón de inmediato... pero Gaius tenía ganas de hablar —terminó de explicar sin convicción—. No podía largarme y dejarlo.

—Espero que te hayas disculpado esta mañana —dijo Aurelia con severidad.

Quintus era incapaz de superar la confianza en sí misma que tenía Aurelia. Era como si el compromiso la hubiera hecho cinco años mayor.

—Lo he intentado —respondió—. Pero hay tanta actividad que es difícil disponer de un momento a solas con él.

Aurelia frunció los labios.

—Papá se marcha dentro de unas horas. Entonces tendrás todo el tiempo del mundo.

Al final, Quintus la miró a los ojos.

—No te preocupes —dijo—. Lo haré.

Más tarde por la mañana tuvo la oportunidad de repensarse la opinión que le merecía Flaccus. Una vez firmado el acuerdo de compromiso, el político moreno empezó a confraternizar con su futuro cuñado.

—Seguro que esta guerra con Cartago acabará rápido... quizás incluso antes de que completes tu formación militar —declaró, pasándole un brazo por encima de los hombros a Quintus—. No temas. Habrá otros conflictos en los que podrás cubrirte de gloria. Los galos de las fronteras del norte siempre están causando problemas. Igual que los ilirios. Filipo de Macedonia tampoco es de fiar. Un joven oficial valiente como tú llegará lejos seguro. Quizás incluso llegues a tribuno.

Quintus sonrió de oreja a oreja. Si bien los Fabricii pertenecían a la clase équite, su posición no era tan elevada como para tener muchas posibilidades de llegar a ser tribuno. Sin embargo, bajo el auspicio de alguien realmente poderoso el proceso sería mucho más directo. Las palabras de Flaccus mitigaron en gran medida la decepción de Quintus por no acompañar a su padre.

—Estoy ansioso por servir a Roma —dijo con orgullo—. Allá donde me envíe.

Flaccus le dio una palmada en la espalda.

—Así me gusta. —Vio a Aurelia y apartó a Quintus—. Déjame hablar con mi prometida antes de marcharme. Falta mucho hasta junio.

Encantado ante la perspectiva de una carrera militar rutilante. Quintus atribuyó el empujón de Flaccus a nada más que la emoción de un futuro novio. Aurelia se estaba convirtiendo en una joven hermosa. ¿Quién no iba a querer casarse con ella? Quintus dejó a Flaccus y fue en busca de su padre.

—¡Aurelia! —llamó Flaccus al entrar en el patio.

Aurelia, que había estado preguntándose cómo sería la vida de casada, se sobresaltó. Hizo una rígida inclinación de cabeza.

—Flaccus.

—Vamos a dar un paseo. —Le hizo un gesto invitándola a ello.

Dos puntos sonrosados asomaron a las mejillas de Aurelia.

—No sé si mi madre estará de acuerdo...

—¿Por quién me tomas? —Flaccus adoptó un tono ligeramente asombrado—. Nunca pretendería sacarte fuera de la villa sin una carabina. Me refería a un paseo por aquí, por el patio, a la vista de todo el mundo.

—Por supuesto —respondió Aurelia aturullada—. Lo siento.

—La culpa es mía por no haberme explicado —dijo con una sonrisa tranquilizadora—. Sencillamente he pensado que, teniendo en cuenta que vamos a casarnos, estaría bien pasar un rato juntos. La guerra se avecina y pronto será imposible disfrutar de momentos como este.

—Sí, por supuesto. —Corrió a su lado.

Flaccus la admiró embelesado.

—Baco es capaz de hacer que la bruja más fea parezca atractiva y saben los dioses que bebí lo bastante de su néctar como para pensar eso de anoche. Pero tu belleza es incluso más evidente bajo la luz del sol —dijo—. Y eso no es tan habitual.

Poco acostumbrada a recibir tales cumplidos, Aurelia se sonrojó de la cabeza a los pies.

—Gracias —susurró.

Pasearon alrededor del perímetro del patio. Como el silencio la incomodaba, Aurelia empezó a señalar las plantas y árboles que ocupaban buena parte del espacio. Había limoneros, almendros e higueras, y parras que serpenteaban por una celosía de madera que formaba un pasadizo artificial sombreado.

—Es mala época para verlo —dijo—. En verano es muy bonito. Cuando llega la Vinalia Rustica uno apenas puede moverse de tanta fruta que hay.

—Estoy seguro de que es espectacular, pero no he venido aquí a hablar de uvas. —Al ver que ella se sentía cada vez más incómoda, Flaccus continuó—: Háblame de ti. ¿Qué te gusta hacer?

Angustiada, Aurelia se preguntó qué querría escuchar.

—Me gusta hablar griego. Y el álgebra y la geometría se me dan mejor que a Quintus.

Él esbozó una sonrisa fingida

—¿Ah, sí? Qué bien. Una chica culta, entonces.

Aurelia volvió a sonrojarse.

—Supongo.

—Entonces no me lo pondrás fácil. Las matemáticas nunca han sido mi fuerte.

Aurelia se mostró un poco más segura.

—¿Y la filosofía?

La miró por debajo de su larga nariz.

—Los conceptos de *pietas* y *officium* me los enseñaron antes incluso de destetarme. Mi padre se aseguró de que servir a Roma lo fuera todo para mí y mi hermano. También tuvimos que instruirnos, por supuesto. Antes de que tuviéramos experiencia militar, nos envió a estudiar a la escuela estoica de Atenas. Sin embargo, ahí no lo pasé bien. Lo único que hacía era pasarme el día sentado y hablar en salas de debate con el ambiente enrarecido. Me recuerda un poco al Senado. —Flaccus se animó—. De todos modos, pronto me concederán una posición de alto rango en una de las legiones. Estoy convencido de que eso encaja más con mi estilo.

A Aurelia su entusiasmo le parecía enternecedor. Le recordaba a Quintus, lo cual le hizo pensar adónde llegaría en cuanto ella se casara con un miembro de una familia tan distinguida.

—Tu hermano ya ha sido cónsul, ¿verdad?

—Sí —respondió Flaccus con orgullo—. Machacó a los boyos hace cuatro años.

Aurelia no había oído hablar de los boyos, pero no pensaba reconocerlo.

—He oído a papá mencionar esa campaña —dijo como si tal cosa—. Fue una victoria encomiable.

—Esperemos que los dioses me concedan la consecución del mismo nivel de éxitos algún día —declaró Flaccus con fervor. Su mirada se perdió durante unos instantes pero enseguida volvió a centrarse en Aurelia—. Eso no quiere decir que no me gusten los placeres ordinarios como ir a las carreras de cuadrigas o cabalgar y cazar.

—A mí también —dijo Aurelia sin pensárselo dos veces.

Él sonrió con indulgencia.

—Las carreras en Roma son las mejores de Italia. Te llevaré a verlas siempre que quieras.

Aurelia se sintió un tanto molesta.

—No me refería a eso.

Flaccus frunció ligeramente el ceño.

—No te entiendo.

El valor le flaqueó durante unos instantes. Entonces pensó con ingenuidad: «Si va a ser mi marido, deberíamos contárnoslo todo.»

—Me encanta cabalgar.

Flaccus frunció el ceño todavía más.

—¿Te refieres a ver montar a caballo a tu padre o a Quintus?

—No, yo sé montar. —Le encantó ver la sorpresa que Flaccus se llevó.

Entonces fue Flaccus quien se molestó.

—¿Cómo es eso? ¿Quién te ha enseñado? —exigió.

—Quintus. Dice que soy una amazona nata.

—¿Tu hermano te enseñó a montar?

Mientras él le clavaba la mirada, la seguridad de Aurelia empezó a flaquear.

—Sí —mascullió—. Yo le obligué.

Flaccus soltó una breve carcajada.

—¿Que tú le obligaste? Fabricius no mencionó nada de todo eso cuando me cantó tus excelencias.

Aurelia bajó la mirada. «Tenía que haberme callado», pensó. Alzó la cabeza y se encontró con la mirada escrutadora de Flaccus. Se movió incómoda bajo sus ojos.

—¿Sabes luchar, también?

Aurelia abrió la boca ante el cambio de tema.

Flaccus echó el brazo derecho hacia delante, como si lanzara una estocada con una espada.

—¿Sabes empuñar un *gladius*?

Preocupada por lo que ya había revelado, Aurelia mantuvo la boca cerrada.

—Te he hecho una pregunta. —Flaccus habló con voz queda, pero los ojos tenían la dureza del granito.

«Lo que he hecho no es ningún crimen», pensó Aurelia enfadada.

—Sí que sé —replicó—. Aunque soy mucho mejor con la honda.

Flaccus alzó los brazos en el aire.

—¡Voy a casarme con una amazona! —exclamó—. ¿Tus padres lo saben?

—Por supuesto que no.

—No, me figuro que a Fabricius no le haría mucha gracia. Me imagino cómo reaccionaría Atia.

—No se lo digas, por favor —suplicó Aurelia—. Metería a Quintus en un buen lío.

La observó durante unos instantes, antes de que una sonrisa lobuna asomara a sus labios.

—¿Por qué iba yo a decir nada?

Aurelia no daba crédito a sus oídos.

—¿No te importa?

—¡No! Demuestra tu espíritu romano y significa que nuestros hijos serán guerreros. —Flaccus alzó un dedo en señal de advertencia—. Sin embargo, no te pienses que podrás continuar usando armas cuando estemos casados. Tal comportamiento no es aceptable en Roma.

—¿Y cabalgar? —susurró Aurelia.

—Ya veremos —dijo—. Vio que ella ensombrecía el semblante y adoptó una expresión extraña—. La finca que tengo en las afueras de la capital es muy grande. Nadie se entera de lo que pasa allí.

Abrumada por la reacción de Flaccus, Aurelia no captó el énfasis meloso que hizo en las últimas ocho palabras. «A lo mejor estar casada no es tan malo como pensaba», se dijo. Ella lo tomó del brazo.

—Ahora te toca hablarme de ti —murmuró.

Él le dedicó una mirada de satisfacción y empezó.

Quintus encontró a su padre en el exterior, supervisando la carga de su equipaje en una reata de mulas.

Fabricius sonrió al verlo.

—¿Qué querías decirme antes?

—Nada importante —repuso. Había decidido conceder a Flaccus el beneficio de la duda. Lanzó una mirada dudosa al grupo de animales, cargados hasta los topes con todas las piezas del equipamiento militar de su padre.

—¿Cuánto crees que durará esta guerra? Flaccus parece estar convencido de que acabará en unos meses.

Fabricius comprobó que nadie les podía oír.

—Creo que peca de exceso de seguridad. Ya sabes cómo son los políticos.

—Pero Flaccus habla de casarse en junio.

Fabricius hizo un guiño.

—Quería que acordásemos una fecha y yo acepté. ¿Qué podía ser mejor que el mes más popular del año? Y si no puede producirse porque todavía estamos en campaña, el acuerdo de compromiso garantiza que se producirá en algún otro momento.

Quintus sonrió ante la astucia de Fabricius. Se quedó pensando un momento y llegó a la conclusión de que su padre tenía más posibilidades de acertar que Flaccus acerca de la duración de la guerra.

—Ya tengo edad suficiente para alistarme.

Fabricius adoptó una expresión seria.

—Lo sé —reconoció—. Aparte de vigilarte, le he pedido a Martialis que te aliste en la unidad de caballería local junto con Gaius. Durante mi ausencia, tu madre como es natural será la responsable de Aurelia y del cuidado de la finca, pero tú tendrás que ayudarla lo máximo posible. De todos modos, no veo motivos por los que no debas iniciar tu formación.

A Quintus le destellaban los ojos de alegría.

—No albergues ninguna idea disparatada —le advirtió su padre—. No hay posibilidades de que te llamen a filas en un futuro inmediato. Los jinetes que proporcionará Roma y el área circundante son más que suficientes por el momento.

Quintus se esforzó para ocultar su decepción.

Fabricius lo agarró por los hombros.

—Escúchame. La guerra no es todo valor y gloria: ni mucho menos. Es sangre, suciedad y luchar hasta que apenas tengas fuerzas para sostener una espada. Se ven cosas terribles. Hombres que mueren desangrados por falta de un torniquete. Camaradas y amigos que mueren delante de ti, llamando a sus madres.

Cada vez le resultaba más difícil aguantar la mirada fija de su padre.

—Eres un joven distinguido —dijo Fabricius con orgullo—. Ya te llegará el momento de luchar en primera línea. Hasta entonces, obtén el máximo de experiencia posible. Si eso significa que te pierdes la guerra con Cartago, que así sea. Esas semanas de instrucción iniciales son fundamentales si quieres sobrevivir más allá de los prolegómenos de una batalla.

—Sí, padre.

—Bien —dijo Fabricius, satisfecho—. Que los dioses te den una larga y buena vida.

—A ti también. —A pesar de sus esfuerzos, a Quintus le tembló la voz.

Atia aguardó a que Quintus entrara para aparecer.

—Ya es casi un hombre —dijo con nostalgia—. Parece que fue ayer cuando jugaba con sus juguetes de madera.

—Lo sé. —Fabricius sonrió—. Los años pasan volando, ¿no? Recuerdo cuando me despedí de ti antes de marcharme a Sicilia como si fuera ayer. Y aquí estamos otra vez, en una situación parecida.

Atia estiró el brazo para tocarle la cara.

—Tienes que volver conmigo, ¿entendido?

—Haré todo lo posible. Me aseguraré de que el altar está bien surtido de ofrendas. Hay que tener contentos a los lares.

Ella fingió sorpresa.

—Ya sabes que lo haré todos los días.

Fabricius rio entre dientes.

—Sí, lo sé. Igual que sabes que rezaré diariamente a Marte y a Júpiter para que nos protejan.

Atia adoptó una expresión solemne.

—¿Sigues estando convencido de que Flaccus es un buen partido para Aurelia?

Frunció el ceño.

—¿Qué?

—¿Es el hombre adecuado?

—Me pareció que anoche dio una buena impresión —dijo Fabricius con expresión sorprendida—. Arrogante, por supuesto, pero cabe esperarlo de alguien de su condición. Quedó prendado de Aurelia, lo cual es bueno. Es ambicioso, apuesto y rico. —Miró a Atia—. ¿No es suficiente?

Ella frunció los labios.

—¿Atia?

—No sabría cómo explicarlo —dijo al final—. Pero no me fío de él.

—Pues necesitas algo más que una idea vaga para hacerme romper un compromiso con este potencial —dijo Fabricius, molesto—. ¡Recuerda cuánto dinero debemos!

—No estoy diciendo que debas cancelar el acuerdo —dijo con tono conciliador.

—¿Entonces qué?

—Que vigiles a Flaccus cuando estés en Roma. Pasarás mucho tiempo con él. Eso te dará una idea mucho más correcta de cómo es que con una sola noche. —Le acarició el brazo—. No es mucho pedir, ¿no?

—No —masculló. Una sonrisa de aceptación asomó a sus labios y se inclinó para besarla—. Tienes una capacidad innata para oler la manzana podrida en un cesto. Confiaré en ti una vez más.

—Deja de tomarme el pelo —exclamó ella—. Hablo en serio.

—Lo sé, amor mío. Y haré lo que dices. —Se dio un toquecito en el lateral de la nariz—. Flaccus no se dará cuenta pero observaré todos sus movimientos.

Atia suavizó la expresión.

—Gracias.

Fabricius le dio un pellizco cariñoso en el trasero.

—Bueno, ¿y por qué no nos despedimos como mandan los cánones?

Atia adoptó una expresión coqueta.

—Me parece una idea estupenda. —Lo cogió de la mano y lo condujo al interior de la casa.

Había transcurrido una hora y en la casa reinaba un silencio sepulcral. Fabricius y Flaccus habían partido hacia Roma prometiendo una victoria rápida sobre los cartagineses. Quintus, profundamente deprimido, fue en busca de Hanno. Había pocas tareas domésticas que hacer y el cartaginés no pudo negarse cuando Quintus le pidió que saliera al patio.

En cuanto estuvieron solos se produjo un silencio incómodo.

«Yo no voy a ser el primero en hablar», pensó Hanno. Seguía estando furioso.

Quintus arrastró el extremo de una sandalia por el mosaico.

—Sobre lo de anoche... —empezó a decir.

—¿Sí? —espetó Hanno. Su voz y su actitud no eran las de un esclavo, pero en ese momento le daba igual.

Quintus se tragó la respuesta refleja y airada.

—Lo siento —dijo abruptamente—. Estaba borracho y no quería decir lo que dije.

Hanno miró a Quintus a los ojos y vio que, a pesar de su tono, la disculpa era sincera. Inmediatamente se puso a la defensiva. No se lo había esperado y todavía no estaba dispuesto a echarse atrás.

—Soy un esclavo —gruñó—. Puedes tratarme como te dé la gana.

Quintus se sintió dolido.

—Lo primero y más importante es que eres mi amigo —afirmó—. Y no debería haberte hablado como hice anoche.

Hanno caviló sobre las palabras de Quintus en silencio. Antes de que lo esclavizaran, cualquier extranjero que lo hubiera llamado *gugga* se habría llevado un puñetazo en la nariz o algo peor. En su situación actual, no le quedaba más remedio que sonreír y aceptarlo. «No por mucho tiempo —se dijo Hanno enfurecido—. Sigue fingiendo.» Asintió a modo de aceptación.

—Muy bien. Acepto tus disculpas.

Quintus sonrió.

—Gracias.

Ninguno de los dos sabía muy bien qué decir a continuación. A pesar del intento de Quintus de hacer las paces, se había abierto una brecha entre ellos. Como ciudadano patriótico romano que era, Quintus apoyaba sin reservas la decisión de su gobierno de entrar en conflicto con Cartago. Hanno, incapaz de alistarse al ejército de Aníbal, haría lo mismo por su pueblo. Su amistad quedaba separada por un abismo y ninguno sabía cómo salvarlo.

Pasó un buen rato y seguían sin hablar. Quintus no quería mencionar la guerra inminente porque ambos albergaban sentimientos muy fuertes al respecto. Quería sugerir que practicaran con la espada pero también parecía mala idea: por mucho que confiara en Hanno, guardaba demasiadas semejanzas con la lucha inminente entre un romano y un cartaginés. Irritado, esperó a que Hanno hablara el primero. Sin embargo, enfadado todavía y temeroso de desvelar algo sobre su plan de huida, Hanno mantuvo la boca cerrada.

Ambos deseaban que Aurelia estuviera presente. Ella se habría reído y disipado la tensión en un abrir y cerrar de ojos. Sin embargo, no había ni rastro de ella.

«Esto no tiene ningún sentido», pensó Hanno al final. Dio un paso hacia la cocina.

—Mejor que vuelva al trabajo.

Molesto, Quintus se quitó de en medio.

—Sí —dijo con rigidez.

Mientras se alejaba, a Hanno le sorprendió notar la tristeza que sentía cada vez con más fuerza en el pecho. A pesar del resentimiento actual, él y Quintus compartían un vínculo fuerte, forjado por la forma azarosa de su compra y seguida del enfrentamiento en la cabaña del pastor. Hanno cayó en la cuenta de otro aspecto. A Quintus debía de haberle costado mucho ir a pedirle perdón, sobre todo debido a su diferencia de condición. Sin embargo, ahí estaba él marchándose airado como si él fuera el amo y no el esclavo. Hanno se giró con una disculpa en los labios, pero era demasiado tarde.

Quintus ya se había ido.

Transcurrieron varias semanas y el tiempo era cada vez más caluroso y soleado. Alimentados por los oficiales, los rumores acerca de las intenciones de Aníbal se habían propagado por el enorme campamento de tiendas situado en el exterior de los muros de Cartago Nova. Todo aquello formaba parte del plan del general. Debido a la envergadura de su ejército, era imposible informar directamente a cada uno de los soldados sobre lo que iba a suceder. Así, el mensaje se transmitía con rapidez. Para cuando Aníbal convocó una reunión con sus comandantes, todos sabían que se dirigirían a Italia.

El ejército al completo se reunió en formación ante una plataforma de madera situada cerca de las puertas. Los soldados cubrían una vasta porción de terreno. Había miles de libios y númidas e incluso números mayores de íberos de docenas de tribus. Hombres toscamente vestidos de las Islas Baleares esperaban junto a hileras de celtíberos imperiosos y orgullosos. También había cientos de ligures y galos, hombres que habían dejado sus tierras y hogares semanas antes para acompañar al general que iba a librar una guerra contra Roma. Un porcentaje pequeño de los soldados vería y oiría a quien tuvieran delante pero habían apostado intérpretes a intervalos regulares para transmitir las noticias al resto. Solo se produciría una pequeña demora antes de que todos los presentes oyeran las palabras de Aníbal.

Malchus, Safo y Bostar se alzaban orgullosos al frente de sus lanceros libios, cuyos cascos de bronce y escudos tachonados brillaban bajo el sol matutino. El trío sabía exactamente qué iba a pasar, pero los tres sentían la misma emoción y nerviosismo. Desde que habían regresado de su misión hacía semanas, Bostar y Safo habían aparcado sus diferencias para prepararse para este momento. Estaban a punto de pasar a la historia, al igual que hiciera Alejandro Magno al iniciar su extraordinario viaje hacía más de cien años. La mayor aventura de sus vidas estaba a punto de comenzar. Con ella, tal como había dicho su padre, tendrían la oportunidad de vengar la pérdida de Hanno. Aunque no lo expresara, Malchus albergaba un atisbo de esperanza en lo más profundo del corazón sobre que siguiera vivo. Igual que Bostar, pero Safo había perdido toda esperanza. Seguía alegrándose de que Hanno hubiera desaparecido. Malchus le prestaba ahora más atención y dedicaba más alabanzas de las que recordaba haber recibido jamás. ¡Y Aníbal lo conocía por su nombre!

El ejército no tuvo que esperar demasiado. Seguido por sus hermanos Asdrúbal y Mago, el comandante de la caballería Maharbal, y el soldado de infantería de alto rango Hanno, Aníbal se acercó a la plataforma y se subió a ella para que lo vieran. Los últimos en llegar fueron un grupo de trompetas que desfilaron delante del general y aguardaron sus órdenes.

La aparición del líder causó una ovación espontánea entre la tropa reunida. Hasta los oficiales le ovacionaron. Los hombres silbaban y gritaban, daban zapatazos en el suelo y golpeaban los escudos con las armas. Cuando los que no veían se unieron a la ovación, el clamor aumentó hasta límites inconmensurables. No cesaba, cada vez más alto, en una docena de idiomas. Y, tal como había hecho en ocasiones similares, Aníbal no hizo nada para detenerlo. Alzó ambos brazos y se dejó inundar de elogios. Era su momento, para el que llevaba años preparándose, y situaciones como aquella subían la moral infinitamente más que varias victorias menores.

Al final, Aníbal hizo una seña a los músicos. Llevándose el instrumento a los labios, los hombres tocaron una serie corta de notas. Era la llamada a las armas, el mismo sonido que alertaba a los soldados de la presencia cercana de fuerzas enemigas. Inmediatamente, el crescendo de sonido se apagó y fue sustituido por un silencio expectante. Bostar dio un codazo de emoción a Safo entre las costillas y recibió un codazo similar. La mirada admonitoria de Malchus hizo que los dos se pusieran firmes como para desfilar. No era momento de tener un comportamiento infantil.

—Soldados de Cartago —empezó diciendo Aníbal—. Estamos a punto de vivir una gran aventura. Pero ciertas personas de Roma querrían impedírnoslo desde un buen comienzo. —Alzó una mano para sofocar la respuesta airada de sus hombres—. ¿Queréis oír las palabras de la última embajada romana que visitó Cartago?

Transcurrieron unos instantes mientras los intérpretes hacían su trabajo y entonces se oyó un inmenso grito de afirmación.

—«El execrable e injustificado ataque sobre Saguntum no

puede quedar sin respuesta. Entregadnos a Aníbal Barca y a todos sus oficiales de alto rango encadenados y Roma dará el asunto por zanjado. Si Cartago no obedece a esta petición, debería considerarse en guerra contra la República.» —Aníbal hizo una pausa, dejó que se asimilara la traducción, y que aumentara la furia de sus soldados. Hizo un gesto cargado de dramatismo hacia quienes estaban detrás de él en la plataforma—. ¿Acaso estos hombres y yo deberíamos entregarnos al aliado romano más cercano para que se haga justicia?

Otra demora. Pero el rugido del «¡NO!» que siguió excedió al volumen combinado de todos los gritos que se habían oído con anterioridad.

Aníbal esbozó una sonrisa.

—Os doy las gracias por vuestra lealtad —declaró, haciendo un movimiento de izquierda a derecha con el brazo derecho, para incluir a todo el ejército.

Otra ovación ensordecedora rasgó el aire.

—Así pues, en vez de aceptar la oferta de Roma, os llevaré a casi todos vosotros a Italia. Para llevar la guerra a nuestros enemigos —anunció Aníbal a la muchedumbre que se desgañitaba—. Algunos debéis permanecer aquí, al mando de mi hermano Asdrúbal porque vuestra misión consiste en proteger nuestro territorio en Iberia. El resto marchará conmigo. Como los romanos controlan el mar, viajaremos por tierra y los pillaremos por sorpresa. Quizás imagináis que estaremos solos en Italia y rodeados por fuerzas hostiles. Pero ¡no temáis! La suya es una región fértil e ideal para saquear. También tendremos muchos aliados. Roma controla menos de la península de lo que os pensáis. Las tribus de la Galia Cisalpina han prometido unirse a nosotros y no me cabe la menor duda de que la situación se repetirá en el centro y el sur. No será una lucha fácil y solo quiero la compañía de los hombres que deseen acompañarme libremente en este empeño. —Aníbal fue repasando formación tras formación y mirando de hito en hito a soldados concretos—. Con la ayuda de todos —continuó—, la República quedará hecha añicos. ¡Destrozada, de forma que ya no supondrá una amenaza para Cartago! —Con toda tranquilidad, esperó a que el mensaje se difundiera.

No tardó demasiado.

El ruido de más de cien mil hombres expresando su acuerdo pareció un trueno amenazador y ensordecedor. Malchus, Safo y Bostar temblaron al oírlo.

Aníbal alzó el puño cerrado en el aire.

—¿Me seguiréis a Italia?

La pregunta solo tenía una respuesta posible. Y cuando todos y cada uno de los hombres de su ejército vociferó el grito más fuerte de todos, Aníbal Barca retrocedió y sonrió.

En las semanas posteriores a la discusión, tanto Hanno como Quintus hicieron intentos tibios de reconciliarse. Ninguno prosperó. Dolidos por la actitud del otro, y henchidos de engreimiento juvenil, ninguno cedía. Pronto dejaron prácticamente de hablarse. Era un círculo vicioso del que no había escapatoria. Aurelia hizo todo lo posible por suavizar sus diferencias pero sus esfuerzos fueron en vano. No obstante y a pesar de su resentimiento, Hanno se había dado cuenta de que no podía huir. Pese al enfrentamiento con Quintus, le debía demasiado a él y a Aurelia. Por consiguiente, se volvió cada vez más huraño y siempre receloso de la presencia amenazadora de Agesandros en un segundo plano. Mientras tanto, Quintus se dedicó a formarse en caballería con los *socii*. A menudo se ausentaba de la casa varios días seguidos, lo cual ya le iba bien. Así no tenía que ver a Hanno y mucho menos dirigirle la palabra.

Ya estaba bien entrada la primavera cuando recibieron una nota de Fabricius. Seguida de una ansiosa Aurelia, Atia la llevó al patio, bañado por la tenue luz del sol. Quintus, que estaba fuera con Agesandros, ya escucharía las noticias más tarde.

Aurelia observaba emocionada a su madre mientras abría la misiva y empezaba a leer.

—¿Qué dice? —preguntó al cabo de un momento.

Atia alzó la vista. La decepción se reflejaba en su rostro.

—Es una típica carta de hombre. Llena de información sobre política y sobre lo que pasa en Roma. Incluso habla un poco de una carrera de cuadrigas a la que asistió el otro día, pero casi nada acerca de cómo se siente. —Recorrió la página con el dedo—. Pregunta por mí, obviamente, y por ti y Quintus. Espera que no haya problemas en la finca. —Por fin, Atia sonrió—. Flaccus le ha pedido que te envíe sus más calurosos recuerdos y dice que, aunque vuestro matrimonio tendrá que retrasarse por culpa de la guerra, ansía el día en que se produzca. Tu padre le ha dado permiso para escribirte directamente, así que quizá pronto recibas una carta de él.

A Aurelia le satisfizo la noticia del aplazamiento pero el hecho de pensar en el día —y la noche— de su boda todavía le hacía sonrojarse. Cuando vio a Hanno en la puerta de la cocina se puso aún más roja. El hecho de que fuera un esclavo no le impedía pensar que, a pesar de que ahora tuviera la nariz torcida, seguía siendo guapísimo. Durante unos instantes, sustituyó a Flaccus por Hanno en su mente. Aurelia contuvo un grito ahogado y apartó la imagen de su cabeza.

—Está bien. ¿Qué más dice papá?

Hanno era ajeno a los sentimientos de Aurelia. Estaba contento porque Julius acababa de decirle que barriera el patio, lo cual, a su vez, le permitía escuchar la conversación. Aguzando el oído, pasó la escoba por los huecos que había entre las téseras del mosaico del suelo, intentando enganchar el máximo de suciedad posible.

Atia siguió leyendo y mostró más interés.

—Buena parte de lo que escribe es acerca de la respuesta de la República a Aníbal. Los Minucii y sus aliados trabajan incansablemente para ayudar en los preparativos de la guerra. Flaccus confía en ser nombrado tribuno de una de las nuevas legiones. Lo más importante de todo es que a Tiberio Sempronio Longo y Publio Cornelio Escipión, los dos cónsules nuevos, les habían concedido las provincias de Sicilia y África, e Iberia respectivamente. La misión del primero es atacar Cartago mientras que la del último es enfrentarse y derrotar a Aníbal. A padre le satisface que él y Flaccus vayan a servir a Publio.

—Eso es porque el ejército que derrote a Aníbal se llevará toda la gloria —reflexionó Aurelia. A veces deseaba ser un hombre, para poder ir también a la guerra.

—Todos los hombres son iguales. Nosotras las mujeres tenemos que quedarnos atrás y preocuparnos por ellos —dijo su madre con un suspiro—. Pidamos a los dioses que nos los devuelvan a los dos sanos y salvos.

A Hanno no le gustó lo que había oído. De hecho, le pareció odioso. «Putos romanos sanguinarios», pensó con amargura. No había generales hábiles en Cartago, lo cual significaba que el Senado volvería a llamar a Aníbal para que defendiera la ciudad, acabando así con sus planes para atacar Italia. Su marcha dejaría Iberia, la colonia más rica de Cartago, a merced de un ejército romano invasor. Hanno apretó los dedos con fuerza alrededor del palo de la escoba. Antes incluso de empezar, parecía que la guerra ya estaba acabada.

Aurelia frunció el ceño.

—¿En la anterior guerra no estuvieron a punto de salir victoriosos en un asalto a Cartago?

—Sí. Y papá dice que independientemente de las cualidades de Aníbal, Roma saldrá victoriosa. No tenemos motivos para creer que la determinación de los cartagineses es más fuerte que hace veinte años.

Hanno se puso de un humor de perros. Fabricius tenía razón. El historial de su ciudad ante los ataques directos no era precisamente glorioso. Por supuesto que el regreso de Aníbal marcaría una gran diferencia, pero ¿bastaría? Su ejército no estaría con él: incluso sin que los romanos controlaran los mares, el general no poseía suficientes barcos para transportar decenas de miles de tropas a África.

Entonces fue cuando llegó Quintus. Enseguida se fijó en que Aurelia estaba junto a su madre con una carta en la mano.

—¿Es de papá?

—Sí —repuso Atia.

—¿Qué noticias envía? —preguntó con impaciencia—. ¿El Senado ha decidido emprender alguna acción?

—Atacar Cartago e Iberia a la vez —respondió Aurelia.

—¡Qué idea tan fantástica! No sabrán por dónde les llegan los golpes —exclamó Quintus—. ¿Adónde enviarán a papá?

—A Iberia. Igual que a Flaccus —respondió Atia.

—¿Qué más?

Atia le tendió el pergamino a Quintus.

—Léelo tú mismo. Aquí la vida continúa y tengo que hablar con Julius acerca de las provisiones que hay que comprar en Capua. —Rozó a Hanno al pasar sin ni siquiera molestarse en mirarle.

La ira de Hanno cristalizó. Fuera cual fuera la deuda contraída, había llegado el momento de huir. Cartago pronto necesitaría al máximo de espadachines posible. Nada ni nadie más importaba. «¿Y Suni?», le preguntó la voz de la conciencia. «No tengo ni idea de dónde está —pensó Hanno desesperadamente—. ¿Qué posibilidades tengo de encontrarle?»

Quintus escudriñó la carta a toda velocidad.

—Papá y Flaccus van a ir a Iberia —murmuró emocionado—. Y yo casi he acabado la instrucción.

—¿De qué estás hablando? —preguntó Aurelia.

Él le dedicó una mirada de sorpresa.

—Nada, nada.

Aurelia conocía bien a su hermano.

—No albergues ideas descabelladas —le advirtió—. Papá dijo que tenías que quedarte aquí hasta que te llamaran a filas.

—Ya lo sé. —Quintus frunció el ceño—. Sin embargo, por lo que dicen, la guerra acabará en unos pocos meses. No quiero perdérmela. —Recorrió el patio con la mirada y vio que Hanno lo estaba mirando. Quintus apartó la vista al instante, pero fue demasiado tarde.

Al final Hanno se dejó vencer por la furia.

—¿Ya estás contento? —espetó.

—¿A qué te refieres? —replicó Quintus a la defensiva.

—Los *guggas* serán derrotados de nuevo. Los pondrán en el sitio que se merecen. Espero que estés encantado.

Quintus se puso rojo.

—No, no es el caso.

—¿Ah, no? —le retó Hanno. Se aclaró la garganta y escupió en el mosaico del suelo.

—¿Cómo te atreves? —bramó Quintus, dando un paso hacia Hanno—. No eres más que un...

—¡Quintus! —exclamó Aurelia, horrorizada.

Su hermano hizo un gran esfuerzo para no decir nada más.

La cara de Hanno era la viva imagen del desprecio.

—Un esclavo. ¡O un *gugga*! ¿Es eso lo que ibas a decir?

Quintus se sonrojó todavía más. Apretó los puños enfadado y dio media vuelta.

—¡Ya me he hartado! —Hanno sujetó la escoba.

Aurelia no aguantaba más.

—¡Parad ya, los dos! Os estáis comportando como niños.

Sus palabras no causaron ningún efecto. Quintus salió de la casa con gesto airado y Aurelia le siguió. Hanno se retiró a la cocina, donde se sintió más desgraciado que nunca. Las noticias que había oído hacía unos meses, sobre el éxito del sitio de Saguntum por parte de Aníbal y el reto que había supuesto, le habían elevado el ánimo. Le habían dado un motivo para continuar. La carta de Fabricius había echado por tierra todo aquello. El plan de Roma parecía insuperable. Aunque llegara a formar parte del ejército de Aníbal, ¿en qué iba a notarse la diferencia?

Aurelia fue en busca de Hanno en cuanto regresó. Lo encontró abatido en un taburete en la cocina. Haciendo caso omiso de las miradas de curiosidad del resto de los esclavos, arrastró a Hanno al exterior.

—He hablado con Quintus —musitó en cuanto estuvieron solos—. No quería ofenderte. No ha sido más que una reacción espontánea a tu escupitajo. —Dedicó una mirada de reproche a Hanno—. Ha sido una grosería.

Hanno se sonrojó, pero no se disculpó.

—Se estaba regodeando.

—Ya sé que es lo que parecía —reconoció Aurelia—. Pero no creo que fuese eso lo que hacía.

—¿Ah, no? —espetó Hanno.

—No —repuso ella con voz queda—. Quintus no es de esos.

—¿Y entonces por qué me llamó *gugga* el otro día?

—La gente dice cosas que no siente cuando está borracha. ¿Supongo que tú no le has dedicado ningún insulto desde aquel día en tu interior, no? —preguntó Aurelia maliciosamente.

Dolido, Hanno no respondió.

Aurelia miró a su alrededor antes de estirar la mano para tocarle la cara. Sorprendido por el nivel de intimidad que aquello suponía, Hanno notó que su ira se disipaba. La miró a los ojos.

Alarmada por el súbito palpitar que notó en el corazón, Aurelia bajó la mano.

—Desde fuera, esta pelea parece muy sencilla —empezó a decir—. De no ser por tu infortunio, serías un hombre libre y, con toda probabilidad, te alistarías al ejército cartaginés. Lo mismo que haría Quintus con las legiones. Ninguna de estas dos acciones tendría nada de malo. Sin embargo, Quintus es libre de hacer lo que quiera mientras que tú eres un esclavo.

«Se puede decir más alto pero no más claro», pensó Hanno enfadado.

Aurelia no había terminado.

—Sin embargo, el motivo verdadero es que primero a ti y luego a Quintus os dolió lo que dijo el otro. Los dos sois demasiado orgullosos como para disculparos sinceramente y dejar esto atrás. —Lo miró con expresión feroz—. Estoy harta.

Hanno cedió, sorprendido por la perspicacia y sinceridad de Aurelia. El desacuerdo ya había durado demasiado.

—Tienes razón —dijo—. Lo siento.

—No es a mí a quien deberías decirle eso.

—Lo sé. —Hanno calibró sus palabras con mucho tiento antes de pronunciarlas—. Le pediré disculpas. Pero Quintus debe saber que, independientemente de las leyes de este territorio, no soy un esclavo y nunca lo seré.

—Estoy segura de que en lo más profundo de su ser lo sabe. Por eso se contuvo y no te llamo «esclavo» hace un rato —repuso Aurelia. Entristeció el semblante—. Obviamente, yo no te veo como tal, pero para todos los demás eres un esclavo.

Hanno estaba a punto de contarle sus planes a Aurelia cuando advirtió movimiento por el rabillo del ojo. Por las puertas abiertas del *tablinum* veía parte del *atrium*. Aparte del recuadro del suelo iluminado por el orificio del tejado, todo estaba en sombras. Ahí Hanno distinguía una figura alta que los observaba. Se apartó de Aurelia de forma instintiva. Cuando Agesandros se colocó bajo la luz, a Hanno se le encogió el estómago de miedo. ¿Qué había visto u oído? ¿Qué iba a hacer?

Aurelia vio al siciliano en el mismo momento. Se levantó orgullosa, preparada para una confrontación en caso necesario.

Para su sorpresa, Agesandros no se les acercó. Esbozó una ligera sonrisa y desapareció por donde había venido.

Hanno y Aurelia volvieron a girarse para estar cara a cara, pero Elira y otro esclavo doméstico aparecieron de la cocina. El breve momento mágico que habían compartido se había esfumado.

—Hablaré con Quintus —dijo Aurelia con tono tranquilizador—. Pase lo que pase, debéis conservar vuestra amistad. Igual que nosotros dos.

Ansioso por dejar las cosas tal como habían sido en el pasado antes de que se marchase de la finca para siempre, Hanno asintió.

—Gracias.

Por desgracia, Aurelia no pudo intentar hacer entrar en razón a su hermano aquel día. Tal como le contó a Hanno más tarde, Quintus se había marchado a Capua sin decir nada a nadie aparte de al esclavo de piernas arqueadas que trabajaba en el establo. Pasó la tarde y se hizo de noche y resultó obvio que no iba a regresar. Hanno no sabía si enfadarse o preocuparse por la situación.

—No te preocupes —le dijo Aurelia antes de retirarse—. Quintus hace esto a veces, cuando necesita tiempo para pensar. Se aloja en casa de Gaius y regresa al cabo de unos días.

Hanno no podía hacer nada. Se tumbó en su petate y soñó con escapar.

Tardó mucho tiempo en dormirse.

11

A la búsqueda de un pasaje seguro

Tras la caída de Saguntum, a Bostar le dio por visitar a sus hombres heridos todas las mañanas. Hablaba con los que estaban conscientes y pasaba la mano por encima de quienes seguían dormidos o nunca se despertarían. Había más de treinta soldados en la tienda grande, de los cuales probablemente la mitad nunca volvería a luchar. A pesar del horror de las heridas de sus soldados, Bostar había empezado a agradecer las bajas. Teniendo en cuenta las circunstancias, habían sido pocas. Habían muerto muchos más saguntinos cuando las tropas de Aníbal habían entrado en la ciudad, aullando como una manada de lobos rabiosos. Durante un día entero, el sonido predominante por todo Saguntum habían sido los gritos. De hombres, mujeres y niños. Bostar apretó los ojos e intentó olvidar, pero no lo consiguió. Masacrar a civiles desarmados y violar a diestro y siniestro no era su manera de hacer la guerra. Si bien no había intentado impedírselo a sus hombres —¿acaso Aníbal no les había prometido rienda suelta?—, Bostar no había participado en la matanza. Malchus, cuyo general había ordenado que custodiara el arcón con oro y plata que habían encontrado en la ciudadela, tampoco. Bostar suspiró. Como era de imaginar, Safo sí.

Al cabo de un momento, Malchus le tocó el hombro y se sobresaltó.

—Es bueno que te levantes temprano para visitarles. —Malchus señaló a los hombres heridos tumbados en las mantas.

—Es mi obligación —repuso Bostar con modestia, sabiendo que su padre ya habría visitado a sus hombres heridos.

—Cierto. —Malchus lo miró fijamente con expresión solemne—. Y creo que Aníbal tiene otra para ti. Para nosotros.

A Bostar casi se le sale el corazón del pecho.

—¿Por qué?

—Nos han convocado a todos a la tienda del general. No me han dicho por qué.

Bostar se emocionó.

—¿Lo sabe Safo?

—No, he pensado que podrías decírselo tú.

—¿En serio? —Bostar intentó mostrarse alegre—. Si quieres...

Malchus le dedicó una mirada de complicidad.

—¿Crees que no me he dado cuenta de cómo estáis el uno con el otro últimamente?

—No tiene importancia —mintió Bostar.

—Entonces ¿por qué evitas mi mirada? —preguntó Malchus—. Es por Hanno, ¿verdad?

—Así empezó —respondió Bostar. Comenzó a explicarse pero su padre le cortó.

—Ahora solo sois dos —dijo Malchus entristecido—. La vida es corta. Resolved vuestras diferencias o uno de los dos quizá descubra que es demasiado tarde.

—Tienes razón —repuso Bostar con firmeza—. Lo haré lo mejor posible.

—Como haces siempre —declaró Malchus con orgullo.

Una punzada de tristeza rasgó el corazón de Bostar. «¿Hice lo mejor posible al dejar marchar a Hanno?», se preguntó.

—Me reuniré con vosotros dos fuera del cuartel general dentro de media hora. —Malchus le dejó la misión por cumplir.

Después de decirle al oficial de guardia que le puliera la armadura, Bostar se encaminó directamente a la tienda de Safo. No había mucho tiempo para prepararse y menos para una reconciliación. Pero su padre se lo había pedido, así que iba a intentarlo.

Bostar identificó las hileras de tiendas de la falange de Safo por el estandarte y enseguida localizó la tienda de mayor tamaño, que, al igual que la suya, estaba clavada a la derecha de la unidad. La puerta principal estaba cerrada, lo cual significaba que su hermano estaba o bien todavía en la cama u ocupado con sus quehaceres. Dadas las costumbres que Safo había adoptado últimamente, Bostar se inclinaba por la primera opción.

—¿Safo? —llamó.

No hubo respuesta.

Bostar volvió a intentarlo, más fuerte.

Nada.

Bostar dio un paso atrás.

«Debe de estar con sus hombres», se dijo sorprendido.

—¿Quién es? —preguntó una voz irritada.

—Por supuesto que no —mascculló Bostar, dándose la vuelta. Desató la correa que mantenía la puerta de la tienda cerrada.

—¡Safo! ¡Soy yo! —Al cabo de un instante, descorrió las cortinas. La luz del sol inundó el interior y Bostar se tapó la nariz con la mano. El hedor a sudor rancio y vino derramado resultaba intensísimo. Traspasó el umbral y se abrió camino por entre prendas de ropa tiradas por el suelo y enseres varios. Bostar se quedó anonadado al ver que todo estaba sucio. El escudo, la lanza y la espada de Safo eran lo único que estaba limpio. Estaban apoyados contra un soporte de madera a un lado. Se paró delante de la cama de Safo, un revoltijo de mantas y pellejos de animal. Los ojos de sueño de su hermano le observaban desde las profundidades.

—Buenos días —saludó Bostar intentando que el hedor no le afectara. «Ni siquiera se ha lavado», pensó asqueado.

—¿A qué le debo el honor? —preguntó Safo con acritud.

—Nos han convocado a una reunión con Aníbal.

Esbozó una débil sonrisa.

—El general te lo ha dicho a la hora del desayuno, ¿no?

Bostar exhaló un suspiro.

—A pesar de lo que pienses, no le salvé la vida a Aníbal para ganarme sus favores ni darte celos. Ya sabes que no es mi estilo. —Le satisfizo ver que Safo apartaba la mirada. Esperó pero no hubo más respuesta. Bostar continuó—: Papá me ha enviado. Tenemos que estar ahí dentro de menos de media hora.

Al final, Safo se incorporó. Hizo una mueca.

—Cielos, me duele la cabeza. Y el sabor de boca es como si se me hubiera muerto algo en el estómago.

Bostar le dio un puntapié a un ánfora que tenía al lado.

—¿Bebiste demasiado?

Safo le dedicó una sonrisa de arrepentimiento y pesadumbre.

—¡Ni la mitad! Algunos de mis hombres saquearon una bodega cuando la ciudad cayó. Hemos mantenido el vino custodiado hasta ahora. Tenías que haber visto el sitio. ¡Hay cosechas de todo el Mediterráneo! —Adoptó una expresión rapaz—. Lástima que las tres hijas no sigan con vida. Nos divertimos de lo lindo con ellas, créeme.

A Bostar le entraron ganas de darle un puñetazo a Safo en la cara, pero en cambio le tendió una mano.

—Levántate. Papá cree que Aníbal tiene una misión para nosotros.

Safo observó el brazo estirado de Bostar durante unos instantes antes de aceptar su mano. Balanceándose ligeramente, miró el caos que reinaba en la tienda.

—Supongo que será mejor que vaya limpiando el peto y el casco. No puedo presentarme ante Aníbal con los pertrechos sucios, ¿no?

—¿No lo puede hacer tu oficial de guardia?

Safo hizo una mueca.

—No, está enfermo.

Bostar frunció el ceño. Safo no estaba en condiciones de lavarse, preparar el uniforme y presentarse ante su general en el tiempo que quedaba. Por un lado, quería dejar que su hermano espabilase. «Es lo que se merece», pensó Bostar. Por otro, sentía que sus desavenencias ya habían durado suficiente. De repente se le ocurrió una idea. Su oficial ya lo tendría todo listo. Solo tardaría unos momentos en prepararse.

—Ve a meter la cabeza en un cubo de agua. Yo te limpiaré la armadura y el casco.

Safo arqueó las cejas.

—Muy amable por tu parte —masculló.

—No te pienses que te lo voy a hacer todos los días —le advirtió Bostar. Dio un empujón a Safo—. Muévete. No quiero que lleguemos tarde. Aníbal debe de tenernos reservado algo especial.

Al oír esas palabras, Safo espabiló.

—Cierto —repuso. Se paró junto a la entrada de la tienda.

Bostar, que ya se disponía a marcharse con el peto sucio de Safo, se paró.

—¿Qué?

—Gracias —dijo Safo.

Bostar asintió.

—De nada.

El aire que los separaba se tornó un poco más liviano y se sonrieron el uno al otro por primera vez desde hacía meses.

Bostar y Safo encontraron a su padre esperándoles cerca de la tienda de Aníbal. Malchus se fijó en lo relucientes que estaban las armaduras y los cascos y les dedicó un asentimiento de aprobación.

—¿De qué va esto, papá? —preguntó Safo.

—Vayamos a averiguarlo —respondió Malchus. Fue el primero en encaminarse hacia la entrada, donde había dos docenas de *scutarii* bien arreglados apostados—. El general nos espera.

El *scutarius* jefe reconoció a Malchus y lo saludó.

—Sígame si es tan amable, caballero.

Mientras los conducían al interior, Bostar le hizo un guiño a Safo, quien le devolvió el gesto. Los dos estaban sumamente emocionados. Aunque se habían reunido con Aníbal en otras ocasiones, aquella era la primera vez que los invitaban a su cuartel general.

Encontraron a Aníbal, a sus hermanos Asdrúbal y Mago, y a otros dos oficiales de alto rango en la sección principal de la tienda, reunidos alrededor de una mesa en la que habían desplegado un gran mapa. El *scutarius* se paró y anunció su llegada.

Aníbal se giró.

—¡Malchus, Bostar y Safo, bienvenidos!

Padre e hijos le saludaron secamente.

—Ya conocéis a mi hermano Asdrúbal —dijo Aníbal, asintiendo hacia el hombre corpulento y amenazador de complexión colorada y labios gruesos que estaba a su lado—. Y a Mago. —Señaló a la figura alta y delgada cuyo rostro y ojos ávidos y perspicaces amenazaban con dejarlo a uno clavado en el sitio—. Él es Maharbal, mi comandante de caballería, y Hanno, uno de mis mejores oficiales de infantería. —El primer hombre tenía una mata de pelo negro y rebelde y una sonrisa fácil, mientras que el otro tenía una mirada imperturbable pero leal.

El trío volvió a saludar.

—Durante muchos años, Malchus ha sido como mis ojos y oídos en Cartago —explicó Aníbal—. Sin embargo, cuando llegó el momento de que primero sus hijos y luego él se reunieran conmigo aquí en Iberia, me supuso un placer inmenso. Todos ellos son buenos hombres, todos han demostrado su valía en más de una ocasión durante el asedio; la última vez cuando Bostar me salvó la vida.

Los oficiales mostraron su reconocimiento en voz alta.

Malchus inclinó la cabeza, mientras que Bostar se sonrojó por la atención que le dispensaban. Era consciente de que Safo, que estaba a su lado, estaba furioso. Bostar maldijo en su interior y rezó por que la frágil paz que reinaba entre él y su hermano no acabara de romperse.

Aníbal dio una palmada.

—¡Manos a la obra! Sentaos con nosotros.

Se acercaron a la mesa ansiosos y los demás les hicieron sitio.

Rápidamente Bostar se fijó en la costa ondulante de África y Cartago, su ciudad. La isla de Sicilia, que casi unía su patria a su archienemigo, Italia.

—Obviamente, estamos aquí, en Saguntum. —Aníbal dio un golpecito a media altura de la costa este de la península Ibérica con el dedo índice de la mano derecha —. Y nuestro destino está aquí. —Dio un golpe en la forma de bota de Italia—. ¿Cuál es la mejor manera de atacar?

Nadie dijo nada.

Para el orgullo cartaginés suponía una afrenta que Roma disfrutara de la supremacía del oeste del Mediterráneo, territorio que históricamente había pertenecido a Cartago. Transportar al ejército por barco sería una estupidez supina. Sin embargo, nadie osaba sugerir la única alternativa.

Aníbal tomó la iniciativa.

—No habrá ningún ataque por mar. Aunque tomáramos la ruta corta a Genua, nuestra empresa podría quedar en nada en una única batalla. —Movió el dedo hacia el noreste, por el río Iberus, hasta la «cintura» estrecha que unía Iberia con la Galia—. Tomaremos esta ruta. —Aníbal continuó por los Alpes, donde se paró un momento antes de cruzar a la Galia Cisalpina y de ahí al norte de Italia.

A Bostar se le aceleró el corazón. Aunque Malchus le había hablado del plan de Aníbal, la osadía del general seguía cortándole la respiración. Miró a Safo y se dio cuenta de que su hermano compartía ese sentimiento. Su padre, sin embargo, permanecía impertérrito. «¿Cuánto sabe?», se preguntó Bostar. Personalmente, él no tenía ni idea de cómo se conseguiría una hazaña tan inmensa como la que Aníbal acababa de sugerir.

Aníbal vio que Safo se echaba hacia delante con impaciencia. Arqueó una ceja.

—¿Cuándo nos marchamos, señor?

—En primavera. Hasta entonces nuestros aliados íberos tienen permiso para regresar con sus familias y el resto del ejército puede descansar en Cartago Nova. —Vio la mirada de decepción de Safo y se rio por lo bajo—. ¡Venga ya! El invierno no es un buen momento para librar guerras y ya lo tenemos lo bastante crudo.

—Por supuesto, señor —mascculló Safo de mala gana.

—Sin embargo, algunos elementos juegan a nuestro favor. A comienzos de año, mis emisarios viajaron a la Galia Cisalpina. Casi todas las tribus con las que se encontraron los recibieron de forma amistosa —afirmó Aníbal—. De hecho, los boyos y los insubres les prometieron ayuda inmediata cuando lleguemos.

Malchus y sus dos hijos intercambiaron una mirada de satisfacción. Aquella información era nueva para todos. No obstante, los compañeros de Aníbal no reaccionaron y se dedicaron a mirar fijamente al trío.

Aníbal alzó un dedo a modo de advertencia.

—Hay muchos obstáculos que salvar antes de llegar a estos posibles aliados. Cruzar los Alpes será el mayor con diferencia, pero otro serán los fieros nativos que viven al norte del Iberus, que sin duda opondrán resistencia con métodos violentos. Ya tenemos planes para nuestro paso por estas regiones. Sin embargo, hay una zona sobre la que sabemos muy poco. —El índice de Aníbal regresó a las montañas que separaban Iberia de la Galia. Dio un golpecito en el mapa intencionadamente.

A Bostar se le secó la boca.

Aníbal observó a Malchus.

—Necesito que alguien tantee las posibles reacciones de las tribus ante la entrada de un ejército enorme en su territorio. Para descubrir cuántos se enfrentarán a nosotros. Debo tener esta información a comienzos de primavera. ¿Te ves capacitado?

A Malchus le destellaban los ojos.

—Por supuesto, señor.

—Bien. —A continuación Aníbal observó a Bostar y a Safo.

—El viejo zorro liderará la manada pero de todos modos necesita a machos jóvenes que sepan cazar bien. ¿Queréis acompañar a vuestro padre?

—¡Sí, señor! —exclamaron los hermanos al unísono—. Hacéis un gran honor a nuestra familia encomendándonos esta misión, señor —añadió Safo.

El general sonrió.

—Estoy convencido de que recompensareis mi confianza con creces.

Encantado ante el comentario dedicado a Safo, Bostar dedicó a su hermano una breve mirada de satisfacción. Fue recompensado con un fuerte asentimiento.

—¿En qué estás pensando, Malchus?

—Tendremos que partir de inmediato, señor. El Iberus está muy lejos.

—A casi tres mil estadios —convino Aníbal—. Como sabéis, hasta el río es un territorio pacífico. Una vez cruzado el río y hasta la frontera con la Galia, quizá sea harina de otro costal. Ese territorio es un revoltijo de montañas, valles y pasos, y se rumorea que las tribus que lo habitan son extremadamente independientes. —Hizo una pausa—. ¿Cuántos hombres necesitarás?

—Conseguir pasar a base de fuerza bruta no es una opción que se contemple. Ni tampoco es nuestro objetivo. Tenemos que ser una embajada, no un ejército —dijo Malchus—. Lo importante es tener la capacidad de moverse con rapidez y evitar el ataque de los bandidos. —Miró a sus hijos, que asintieron—. Dos docenas de mis lanceros y el mismo número de *scutarii* será suficiente, señor.

—Escoge a quien quieras de cada unidad. Y ahora ¡brindemos por nuestro éxito! —Aníbal chasqueó los dedos y un esclavo apareció desde la trastienda—. ¡Vino! —Cuando el hombre se escabulló, el general miró con solemnidad a los congregados alrededor de la mesa—. Pidamos a Melcart y Baal Safón, Tanit y Baal Hammón que guíen y protejan a estos valerosos oficiales durante su misión.

Cuando la sala se llenó de un murmullo que ponía de acuerdo a los presentes, Bostar añadió una petición personal: «Que Safo y yo dejemos atrás nuestras diferencias de una vez por todas.»

Afrontando heladas, barro y el crudo viento invernal, la embajada avanzó a duras penas hacia el Iberus. A partir de ahí, los habitantes del interior no eran de fiar y por eso Malchus les condujo por la ruta costera, más segura y muy poblada, llena de ciudades acostumbradas a los comerciantes extranjeros. El grupo pasó por Adeba y Tarraco antes de llegar sano y salvo a Barcino, situada en la desembocadura del río Ubricatus.

Había varias rutas por las montañas que conducían a la Galia y Aníbal les había advertido que probablemente dividiría su ejército entre ellas. Para ello había que visitar a la tribu que controlaba cada uno de los pasos. Un período de tiempo seco y apacible, atípico para esa época del año, animó a Malchus a dirigirse hacia el norte por el terreno montañoso primero en vez de tomar el camino más fácil para llegar a la Galia, el que pasaba por la costa a través de poblaciones como Gerunda y Emporiae. Eso lo dejaba para el final. Contrataron a lugareños como guías y la embajada pasó varios días recorriendo senderos estrechos que serpenteaban por colinas y valles. Como era de imaginar, el tiempo empeoró y un viaje que podía haber durado unas pocas semanas se prolongó durante dos meses. Por suerte, su calvario no fue en vano. Los jefes de clan que recibieron a los cartagineses parecieron quedar impresionados por las historias de las victorias militares de Aníbal a lo largo y ancho de Iberia, así como por la descripción de la magnitud de su ejército. Lo más importante, sin embargo, es que agradecieron los regalos que Malchus les ofreció: bolsas de monedas de plata, las bonitas *kopides* y espadas cortas celtíberas.

Al final, el único pueblo que quedaba por contactar eran los ausetanos, que controlaban la ruta costera hacia la Galia. Después de regresar a la ciudad de Emporiae para volver a herrar a los caballos y abastecerse, Malchus se retiró a la única posada con capacidad suficiente para hospedar a todos sus hombres. Inmediatamente pidió reunirse con los guías, tres cazadores morenos. Poco después del atardecer, se reunieron alrededor de una mesa en su habitación. Unas pequeñas lámparas de aceite ovales despedían un cálido destello ámbar en el mugriento yeso de la pared. Los hijos de Malchus se sentaron el uno frente al otro. Su relación era educada, incluso cordial, pero Bostar había dejado de intentar ser amigo de Safo. Cada vez que lo había intentado, su hermano se había mostrado indiferente a sus propuestas. «Que así sea —decidió Bostar—. Es mejor que pelearse continuamente.» Tales ideas siempre le hacían pensar en Hanno y su deseo culpable de que hubiera sido Safo quien se perdiera en alta mar. Desasosegado, Bostar apartó la idea de su mente.

Malchus sirvió vino personalmente a los guías.

—Habladme de esa tribu —ordenó en un rudimentario íbero.

Los tres se miraron el uno al otro. El mayor, un hombre fibroso con el rostro trigueño y la piel ajada, se inclinó hacia delante en la silla.

—Su población principal está al pie de la colina, por encima de la ciudad, señor. El camino es recto.

—¿No como los senderos que hemos tenido que tomar con anterioridad?

—No, señor, nada de eso.

Tanto Bostar como Safo se sintieron aliviados. A ninguno de los dos le habían gustado los días pasados en senderos serpenteantes y traicioneros, donde un pequeño resbalón implicaba caerse por un precipicio.

—¿A qué distancia?

—Menos de un día a caballo, señor.

—¡Excelente! Partiremos al amanecer —declaró Malchus. Miró a sus hijos—. Al volver descansaremos una noche y nos dirigiremos al sur. La primavera está a la vuelta de la esquina y no debemos hacer esperar más a Aníbal.

El guía principal se aclaró la garganta.

—La cuestión es, señor, que nos preguntábamos si... —Le falló el coraje y se calló.

Safo, deseoso de adelantarse a Bostar, preguntó:

—¿Qué?

El hombre hizo acopio de valor.

—Nos preguntábamos si podía pagarnos e ir solos hasta allí —dijo titubeante—. Hemos pasado mucho tiempo lejos de nuestras esposas y familias, ¿sabe?

Malchus bajó las cejas.

—El camino es fácil. Es imposible perderse. —Miró a sus dos compañeros, que menearon la cabeza con fuerza para mostrar que estaban de acuerdo.

Malchus no respondió sino que lanzó una mirada a Bostar y Safo.

—¿Qué opináis? —preguntó en cartaginés.

Safo enseñó los dientes.

—Miente —gruñó en íbero—. Propongo que atemos a este perro traicionero a una mesa y veamos qué dice después de arrancarle unas cuantas tiras de piel. —Dejó con toda tranquilidad la daga delante de él—. Esto hará cantar a este pedazo de mierda como un pájaro enjaulado.

—¿Bostar? —preguntó Malchus.

Bostar observó a los tres guías, que parecían completamente aterrorizados. Luego miró a su hermano, que estaba dando golpecitos con la hoja en la mesa. No quería contrariar a Safo pero tampoco le apetecía ver sufrir a tres individuos inocentes porque sí.

—No creo que haga falta torturar a nadie —dijo Bostar en íbero, sin hacer caso de la cara de enfado de Safo—. Estos hombres han estado con nosotros día y noche durante semanas. No han tenido la posibilidad de traicionarnos. Creo que probablemente les tengan miedo a los ausetanos. Pero no veo motivos por el que no deban cumplir su juramento, que es guiarnos hasta que ya no los necesitemos.

Malchus calibró las dos respuestas en silencio. Al final, se dirigió al guía principal.

—¿Mi hijo ha acertado? ¿Teméis a los ausetanos?

—Sí, señor. Muchos son bandoleros. —Se produjo una pausa breve—. O peor.

Bostar se asustó. Safo se le volvió a adelantar antes de que pudiera reaccionar.

—¿Cuándo pensabais decirnos esto exactamente? —exigió.

No recibió respuesta.

Safo lanzó una mirada triunfante a Bostar.

—¿Por qué no les pedimos las indicaciones y luego los matamos?

Tal vez su hermano estuviera en lo cierto, pensó Bostar lleno de resentimiento. No quería reconocer que se había equivocado al confiar en los guías.

Su padre, sin embargo, les dio otra visión de la situación.

—¿Y si nos hubieran advertido? ¿Qué habríamos hecho?

A Safo se le fue sonrojando lentamente la cara y el cuello.

—Habríamos ido al pueblo de todos modos —masculló.

—Pues eso —replicó Malchus con tranquilidad. Lanzó una mirada airada a los guías—. No es que no me entren ganas de acabar con vuestras miserables vidas por ocultarnos información importante, pero no le veo el sentido cuando habríamos hecho lo mismo de todos modos.

Los tres dieron las gracias entre tartamudeos.

—Será un honor para nosotros guiaros mañana hasta el poblado de los ausetanos, señor —dijo el guía principal.

—Así me gusta. —Malchus empleó un tono meloso, pero era fácil captar la amenaza que escondía—. ¡Myrcan! ¡Ven aquí!

Un lancero de pecho ancho apareció desde el pasillo.

—¿Señor?

—Coge las armas de estos hombres y acompáñalos a sus aposentos. Pon guardas en las ventanas y en la puerta.

—Sí, señor. —Myrcan tendió una mano rechoncha y los guías le entregaron las navajas dócilmente antes de seguirle.

—Parece ser que a los dos todavía os queda mucho por aprender antes de juzgar el carácter de los hombres —les reprendió Malchus—. No todo el mundo es tan honrado como tú, Bostar. Ni hay que torturar a todo hijo de vecino, Safo.

De repente, los dos hijos mostraron un súbito interés por la mesa que tenían delante.

—Id a descansar —dijo Malchus en un tono más agradable—. Mañana será un día largo.

—Sí, padre. —Los hermanos retiraron las sillas al unísono y se encaminaron a la puerta.

Ninguno de los dos habló camino del dormitorio.

La estimación que el guía había hecho de la distancia al pueblo ausetano fue acertada. Tras casi un día cabalgando, por fin vieron el asentamiento fortificado al final de un valle largo y estrecho. Tal vez estaba a poco menos de un kilómetro y ocupaba un punto elevado, fácil de defender. Como muchos otros en Iberia, estaba rodeado por una empalizada de madera. Se veían las figuras diminutas de centinelas patrullando las murallas. En las laderas situadas a ambos lados había ovejas y cabras pastando. Era una escena bucólica, pero los guías estaban muy inquietos.

Malchus les dedicó una mirada larga y despectiva.

—¡Largaos!

Los tres hombres lo miraron con ojos desorbitados.

—Ya me habéis oído —gruñó Malchus—. A no ser que queráis pasar un rato con Safo.

No hizo falta que añadiera nada más y tuvieron la sensatez de no mencionar el pago. Giraron el cuello de las mulas y se marcharon.

—Parece ser que estamos a punto de entrar en una guarida de lobos hambrientos. —Malchus miró por turnos a sus hijos—. ¿Cuál es nuestra mejor opción?

—Entrar directamente y decir que queremos ver al jefe —declaró Safo con descaro—. Como hemos hecho en los otros pueblos.

—No podemos presentarnos ante Aníbal sin algo de información —reconoció Bostar—. Pero tampoco deberíamos cometer la estupidez de meter la cabeza en el tajo del verdugo.

Safo frunció el labio superior.

—¿Tienes tanto miedo que eres capaz de dar esa excusa para no entrar?

—No —replicó Bostar acalorado—. Solo digo que no sabemos nada de esos hijos de puta. Si son poco fiables como dijo el guía, entrando ahí como toros salvajes los tendremos en nuestra contra desde un buen comienzo.

Safo le lanzó una mirada de descrédito.

—¿Y qué? Somos emisarios de Aníbal Barca, no un jefe de clan íbero de poca monta.

Se lanzaron una mirada furibunda.

—Paz —dijo Malchus al cabo de un momento—. Como de

costumbre, hay parte de razón en cada una de vuestras opiniones. Si tuviéramos tiempo, yo quizá sería partidario de abordar a una de sus partidas de caza. Si tomamos unos cuantos rehenes dispondremos de una herramienta de negociación poderosa antes de entrar. Sin embargo, podríamos tardar días y tenemos que actuar de inmediato. —Lanzó una mirada a Safo—. No del modo que tú aconsejabas. Adoptaremos un enfoque más pacífico. Recordad, el gato acariciado tiene menos posibilidades de arañar o morder. Sin embargo, debemos tener confianza en nosotros mismos o, al igual que el gato, se volverán contra nosotros de todos modos.

Malchus se giró hacia sus acompañantes y les explicó la situación en cartaginés e íbero rudimentario. Hubo escasa reacción. Los libios y *scutarii* habían sido elegidos por su lealtad y valentía. Pelearían y, si era necesario, morirían por Aníbal. Donde y cuando se les ordenara.

—¿Quién de los dos domina mejor el íbero? —preguntó Malchus a sus hijos. Aunque lo tenía un poco oxidado, sus conocimientos le bastaban para entenderse. Sin embargo, en una situación peligrosa era mejor minimizar las posibilidades de equívocos.

—Yo —repuso Bostar de inmediato. Aunque él y Safo habían pasado más o menos el mismo tiempo en Iberia, era él quien había mostrado mejores aptitudes para la musicalidad y rapidez de las lenguas tribales.

Safo mostró su acuerdo asintiendo a regañadientes.

—Entonces tú harás de intérprete —declaró Malchus.

Bostar no intentó ocultar su sonrisa de satisfacción.

Sin más demora, se pusieron en marcha. Malchus iba en cabeza, seguido de Bostar y de Safo, que estaba que trinaba. Sus acompañantes iban en la retaguardia, primero los lanceros y por último los *scutarii*. El grupo no había avanzado demasiado cuando sonó un cuerno desde la ladera de la colina más cercana. Rápidamente se oyó la respuesta desde más cerca del pueblo. Se oyeron gritos desde las murallas. Cuando se encontraban a unos cuatrocientos pasos del asentamiento, las puertas principales se abrieron con un crujido y salió una marea de guerreros. Formaron una masa rebelde que bloqueaba la entrada y aguardaron a que los cartagineses se acercaran.

Bostar notó cómo se le encogía el estómago. Miró de reojo a Safo, que desenvainó la espada a medias antes de pensárselo dos veces. «Él también está preocupado», pensó Bostar. Delante, la única muestra de tensión que dio su padre fue la rigidez de la espalda. Bostar se animó al ver la autoconfianza de la que hacía gala Malchus. «Que no se note que tienes miedo —se dijo—. Lo olerán a la legua igual que un lobo huele a una presa.» Respiró hondo y adoptó una expresión glacial. Safo, que se dio cuenta de lo mismo, soltó la empuñadura de la espada. Sus acompañantes marchaban bien juntos detrás de ellos, sabiendo que si había problemas, muchos hombres morirían antes que ellos.

Malchus acercó el caballo a la turba de ausetanos. Asombrados por su seguridad y por el tamaño de la montura, algunos guerreros retrocedieron un poco. La ventaja no duró demasiado. Incitados por los murmullos airados de sus compañeros, los hombres volvieron a dar un paso adelante y alzaron las armas con actitud amenazadora. Les gritaron para desafiarles, pero Malchus no movió ni un músculo.

Como la mayoría de los miembros de las tribus ibéricas, había pocos ausetanos vestidos de forma idéntica. La mayoría llevaban la cabeza descubierta. Otros llevaban unos cascos de bronce en forma de cuenco o con un penacho triple. La mayoría llevaba escudo aunque también variaban en tamaño y forma: altos y con los laterales rectos y el extremo redondeado y ovales o redondos con un tachón de hierro cónico. Todos estaban pintados con serpientes o rombos de colores vivos o con franjas gruesas de color. Los ausetanos también iban armados hasta los dientes. Todos los hombres llevaban por lo menos un *saunion*, pero muchos llevaban dos. Además, cada guerrero portaba un puñal y ya fuera un *kopis* o una típica espada celtíbera con el filo recto.

Malchus volvió la cabeza.

—Diles quiénes somos y por qué estamos aquí.

—Somos cartagineses —anunció Bostar en voz alta—. Venimos en son de paz. —Hizo caso omiso de las risas burlonas que provocó su saludo—. Traemos un mensaje para vuestro jefe de nuestro líder, Aníbal Barca.

—Nunca hemos oído hablar de ese tío —bramó una figura mastodóntica de barba negra. Sus camaradas lanzaron una risotada. Alentado por los demás, el guerrero se abrió camino por entre la muchedumbre. Unos mechones largos y negros como el azabache le caían por debajo del casco de bronce. La túnica de lino negro acolchado no ocultaba los enormes músculos que tenía en el pecho y en la parte superior del brazo, y las grebas que a duras penas le cubrían las pantorrillas del tamaño de un tronco. Era tan enorme que el escudo y el *saunion* parecían juguetes en sus puños exagerados. El guerrero lanzó una ojeada despectiva a los libios y a los *scutarii*, antes de dirigir su fría mirada a Bostar—. Dame un buen motivo por el que no debería mataros a todos ahora mismo —gruñó.

Su desafío fue recibido con gruñidos de acuerdo y los ausetanos dieron un paso adelante.

Bostar se puso tenso, pero consiguió mantener las manos en el regazo, en las riendas. Observó a Safo de reojo y se sintió aliviado al ver que su hermano no sacaba la espada.

—El guía dijo la verdad —masculló Malchus lacónicamente. Alzó la voz—. Dile que traemos un mensaje, y regalos, para su líder de parte de nuestro general. Su jefe no estará muy contento si no oye estas palabras personalmente.

Con cuidado, Bostar repitió las palabras de su padre en íbero. Era exactamente lo que tocaba decir. Durante unos instantes la confusión y la ira se mezclaron en el rostro del grandullón, pero al cabo de un momento se echó hacia atrás. Cuando uno de sus compañeros cuestionó esa acción, el guerrero se limitó a apartarlo de un empujón con un gruñido de irritación. Bostar sintió un gran alivio. Habían superado el primer obstáculo. Fue como presenciar un corrimiento de tierras. Primero un hombre se apartó de en medio, luego un segundo y un tercero, seguidos de varios más, hasta que el proceso cobró vida propia. Pronto el grupo de ausetanos se hubo dispersado y despejaron el camino que conducía a la puerta principal del pueblo con excepción del guerrero de barba negra. Trotó hacia delante para comunicar la noticia de su llegada.

Sin mirar ni a izquierda ni a derecha, Malchus instó a su caballo a que ascendiera por la ladera. El resto del grupo iba detrás, seguido muy de cerca por la multitud de guerreros.

El interior del asentamiento era como cientos de otros que Bostar había visto. Una zona abierta central rodeada de docenas de cabañas de madera y de ladrillo de una sola planta, y las más alejadas estaban construidas contra la empalizada. De muchos tejados salían volutas de humo. Varios niños pequeños y perros jugaban en el suelo, ajenos al dramatismo de la situación. Las gallinas y los cerdos correteaban por ahí en busca de comida. Había mujeres y ancianos en los umbrales de las puertas, mirando impasibles. El olor acre de la orina y las heces, tanto de animales como de personas, dominaba el ambiente. En el extremo más alejado del espacio abierto había una silla de madera con el respaldo alto, ocupada por un hombre en las postrimerías de la mediana edad y flanqueado por diez guerreros con cotas de malla y cascos con un penacho color carmesí. El grandullón barbudo también estaba ahí, muy ocupando contándole algo al jefe entre murmullos.

Sin vacilación, Malchus se dirigió hacia ese grupo. Al llegar ahí, desmontó e indicó a sus hijos que debían hacer lo mismo. Enseguida tres lanceros libios corrieron a tomar las riendas de los caballos. Malchus hizo una gran reverencia ante el jefe. Bostar le imitó rápidamente. Lo más prudente era tratar al líder ausetano con respeto, pensó. Al fin y al cabo, el hombre era el jefe de una tribu. No obstante, tenía toda la pinta de ser un rufián poco fiable. El tejido de la túnica de lino rojo del jefe quizá fuera de calidad y la espada y el puñal que llevaba en el cinto de buena factura, pero los mechones de pelo lacio y grasiento que le colgaban a ambos lados de las mejillas picadas de viruela daban otra cosa que pensar; igual que sus ojos mortecinos y monótonos, que a Bostar le recordaron a los de un lagarto. Safo fue el último en inclinarse desde la cintura. Su gesto fue más superficial que el de los demás. Su insolencia no pasó desapercibida; varios de los guerreros que estaban cerca soltaron un gruñido de ira. Bostar lanzó una mirada a su hermano, pero el daño ya estaba hecho.

El trio de cartagineses y el líder ausetano se contemplaron entre sí durante unos instantes, mientras se juzgaban. El jefe fue el primero en hablar. Dirigió sus palabras a Malchus, que se notaba que era el líder.

—Dice que nuestro mensaje debe de ser importante para impedir que sus hombres se dediquen a su deporte preferido —musitó Bostar.

—Está jugando con nosotros. Intenta atemorizarnos —murmuró Malchus con desprecio—. No piensa matarnos de buenas a primeras porque, si no, sus guerreros ya lo habrían hecho. La noticia de nuestra presencia en la zona debe de haberles llegado antes de que viniéramos, y quiere saber cuál es el motivo de nuestra visita. Dile lo que hemos dicho a los demás líderes. Exagera en cuanto al tamaño de nuestro ejército.

Bostar hizo lo que le pidió y explicó educadamente que Aníbal y su ejército llegarían en el plazo de unos meses con la única intención de dirigirse a la Galia. Habría trabajo bien pagado para los guerreros ausetanos que desearan hacer de guía. Los cartagineses comprarían todo aquello que necesitaran. Se prohibiría el saqueo y el robo de las propiedades de los lugareños o del ganado, bajo pena de muerte. Mientras hablaba, Bostar observaba con detenimiento al jefe, pero fue incapaz de calibrar lo que el hombre estaba pensando. Lo único que podía hacer era continuar con ese talante confiado y seguro de sí mismo. Confiar en la suerte.

Bostar empezó a alabar las virtudes de los distintos grupos que formaban el inmenso ejército de Aníbal, describió a los miles de lanceros y *scutarii* que eran iguales a los que estaban detrás de él; a los honderos y escaramuzadores que debilitaban al enemigo antes de que empezara la lucha verdadera; a la caballería númida que no tenía parangón y cuyos ataques despiadados ningún soldado del mundo soportaba; y los elefantes, capaces de aplastar formaciones de soldados como si fueran leña. Bostar seguía con la descripción cuando el jefe levantó una mano imperiosamente y le hizo callar.

—¿Y cuán grande dices que es este ejército?

—Cien mil hombres. Por lo menos. —En cuanto hubo dado esa cifra, Bostar se dio cuenta de que el líder ausetano no le creía. Se le cayó el alma a los pies. Era una cifra difícil de asimilar, pero el resto de las tribus que había visitado la embajada le habían creído. Bostar pensó que quizá fuera porque eran mucho más pequeños que los ausetanos. En los demás pueblos, los cincuenta soldados cartagineses habían parecido mucho más imponentes que ahí. Aquella tribu era otra cosa; por lo que decían había muchos otros pueblos como aquel. En su conjunto, los ausetanos quizá fueran capaces de movilizar una fuerza de dos o incluso tres mil guerreros, lo cual era todo un logro para Iberia. Imaginar un ejército entre treinta y cincuenta veces mayor exigía un gran esfuerzo de la imaginación.

Como era de esperar, el jefe y sus guardaespaldas intercambiaron una serie de miradas de incredulidad.

—Escoria —susurró Safo enfurecido en cartaginés—. Se cagarán encima cuando vean el ejército.

Bostar, que no sabía qué más hacer, continuó.

—Una prueba de nuestras buenas intenciones. —Chasqueó los dedos y un cuarteto de *scutarii* trotó hacia delante cargado con unas bolsas pesadas y tintineantes y brazadas de cuero enrollado y bien prieto. Colocaron los artículos delante del jefe y regresaron a sus posiciones.

Abrieron y examinaron los regalos a una velocidad inusitada. La avaricia se reflejaba en el rostro de todos los ausetanos que contemplaban la lluvia de monedas de plata que formaban montículos en el suelo. También se oyeron murmullos de apreciación por el armamento resplandeciente que fue apareciendo a medida que desenrollaban los rollos de cuero.

La actitud de Malchus seguía siendo segura, o eso parecía.

—Pregunta al jefe qué respuesta quiere que le llevemos a Aníbal —ordenó a Bostar.

Bostar obedeció.

El jefe ausetano adoptó una expresión pensativa. Durante veinte segundos, permaneció sentado observando las riquezas que tenía ante él. Al final, formuló una breve pregunta.

—Quiere saber qué más puede esperar cuando llegue Aníbal —tradujo Bostar con tristeza.

—Cabrón avaricioso —masculló Safo.

Malchus arqueó las cejas en señal de desaprobación, pero no mostró sorpresa alguna.

—Le puedo prometer otra vez lo mismo y seguro que el desgraciado nos deja marchar —dijo—. Pero no tengo ni idea de si Aníbal estará de acuerdo con mi decisión. Ya hemos repartido una fortuna. —Lanzó una mirada a sus hijos—. ¿Qué os parece?

—Aníbal pensará que somos imbéciles, así de claro —musitó Safo, hinchando las aletas de la nariz—. ¿Las demás tribus aceptan nuestros regalos y estos se llevan el doble?

—No podemos ofrecerle más o el hijo de perra pensará que somos pan comido —reconoció Bostar. Frunció el ceño—. ¡La buena voluntad de Aníbal debería ser más que suficiente para él!

—Pero no creo que lo sea —afirmó Malchus con expresión sombría—. Si no lo hemos conseguido con tal cantidad de plata y armas, una promesa vaga no servirá de nada.

Bostar no veía ninguna opción que no supusiera una humillación en toda regla. Aunque él y sus compañeros eran pocos, representaban a una gran potencia, no como esos matones que les rodeaban. Acceder a las demandas del jefe pondría de manifiesto el miedo que sentían y, por extensión, la debilidad de su general. Entrecerró los ojos cuando se le ocurrió una idea.

—Podrías prometerle una reunión en privado con Aníbal —propuso—. Sugiérele que una alianza entre su pueblo y Cartago resultaría beneficiosa para ambos.

—No tenemos autoridad suficiente para conceder algo así —objetó Safo.

—Por supuesto que no —repuso Bostar con tono mordaz—. Pero tampoco es dar marcha atrás.

—Me gusta —dijo Malchus con un suspiro. Miró a Safo, que

se encogió de hombros enfurruñado—. Creo que es nuestra mejor opción. Díselo.

Bostar tradujo la respuesta con tranquilidad.

El jefe enseguida frunció el ceño y escupió una respuesta larga y airada. Habló tan rápido que Malchus y Safo tuvieron problemas para entenderle. Bostar no se molestó en traducir antes de responder. Los guardaespaldas del líder y el enorme guerrero avanzaron al unísono. Al mismo tiempo, los hombres que habían seguido a los cartagineses al interior se abrieron en abanico a ambos lados del grupo.

—Por todos los dioses, ¿qué ha dicho? —preguntó Malchus.

Bostar hizo una mueca.

—Que los ausetanos no tienen necesidad de aliarse con el hijo piojoso de una puta fenicia.

Safo apretó los puños.

—¿Cómo has respondido?

—Le he dicho que si se disculpaba de forma sincera e inmediata quizás Aníbal le mostrara clemencia cuando llegue el ejército. De lo contrario, él y toda la tribu pueden contar con ser aniquilados.

Malchus le dio una palmadita en el brazo.

—¡Bien dicho!

Hasta Safo le dedicó una mirada de admiración, aunque fuera a regañadientes.

Malchus contempló el círculo de guerreros que los rodeaban.

—Por lo que parece, nuestro camino acaba aquí —dijo con voz dura—. Nunca tendremos la oportunidad de vengar a Hanno. Pero podemos morir con dignidad. ¡Como hombres! —Se giró hacia los escoltas y repitió sus palabras. Le satisfizo ver que todos sujetaban las armas.

—A sus órdenes, señor —musitaron los oficiales al mando.

—Esperad —interrumpió Safo—. Tengo una idea. —Sin pedir la aprobación de Malchus, desenvainó la espada y se movió para situarse delante del grandullón que se había reído de ellos al llegar. El guerrero lo miraba de modo lascivo y desagradable—.

¿Este engendro sabe luchar? —preguntó Safo en un íbero pasable.

El líder ausetano no daba crédito a sus oídos. Safo apenas le llegaba al hombro al guerrero.

—Es mi hijo mayor. Nunca ha salido derrotado en un combate.

—¿Qué hace? —susurró Bostar a Malchus.

El semblante de Malchus denotó preocupación por primera vez.

—No sé, pero espero que los dioses le sonrían.

Safo alzó la voz.

—Si lo derroto, entonces pedirás perdón, aceptarás los regalos de Aníbal y permitirás que nos marchemos ilesos. Cuando llegue nuestro ejército, lo dejarás pasar sin problemas.

El jefe se echó a reír. Igual que todos aquellos que oyeron a Safo.

—Por supuesto. Sin embargo, si sales derrotado, te cortará la cabeza a ti y a tus acompañantes y le servirán de trofeo.

—No esperaba menos —replicó Safo con desdén.

El jefe se encogió de hombros con expresión cruel. Entonces ordenó a la masa de guerreros que formaran un círculo grande y amplio. Malchus aprovechó la iniciativa y utilizó a sus soldados para formar un pasillo y lo que sería la zona de combate. Él y Bostar se situaron en primera línea. A muchos ausetanos no les gustó este movimiento y empezaron a dar empujones a las tropas cartaginesas, hasta que el grito airado de su líder les hizo parar. Rodeado por sus guardaespaldas, el jefe ocupó un sitio justo delante de Malchus.

Sujetando la espada desenvainada, Safo recorrió airado el estrecho pasillo de rostros lascivos y hostiles. El enorme guerrero que iba detrás de él recibió una bienvenida clamorosa. Cuando ambos estuvieron en el centro del círculo, la masa de ausetanos cerró filas. Los luchadores estaban a una distancia de unos doce pasos. Safo iba armado con una espada y un puñal. Como concesión despectiva, su contrincante había dejado de lado el escudo y el *saunion* y se había quedado con una espada larga y recta de doble filo. De todos modos, seguía pareciendo una lucha muy desigual.

A Bostar se le revolvió el estómago. Safo era un buen espadachín, pero nunca se había enfrentado a un monstruo como aquel. A juzgar por la mandíbula apretada de su padre y la expresión inmutable, estaba pensando algo parecido. Independientemente de la opinión que le mereciera Safo en los últimos tiempos, Bostar no quería que muriera derrotado por el gigante. Cerró los ojos y le rezó a Baal Safón, el dios de la guerra, para que ayudara a su hermano. Para que los ayudara a todos.

Safo movió los hombros para calentar los músculos y se planteó qué hacer. ¿Por qué había lanzado un desafío tan estúpido? La explicación era sencilla. Desde que Bostar salvara a Aníbal, a Safo le consumían los celos. Siempre había existido una competencia feroz entre ellos, pero aquello había llegado demasiado lejos. Desde los meses en que dejaran Saguntum, Safo había fingido compartir el deseo de Bostar de olvidar el asunto de una vez por todas, pero el sentimiento le acosaba constantemente como si de un tumor maligno se tratara. Tal vez ahora podría recuperar parte de su orgullo herido. Safo observó los músculos prominentes de su adversario e intentó no desesperarse. ¿Qué posibilidades tenía de salir victorioso? Solo una, se estremeció Safo al pensarlo. Su velocidad.

El jefe alzó el brazo derecho y se hizo el silencio. Miró a los dos hombres para cerciorarse de que estaban preparados e hizo un movimiento descendente con el brazo.

Con un rugido ensordecedor, el guerrero se abalanzó hacia delante con la espada en alto. Para él, la lucha tenía que acabar rápido. Brutalmente. Se acercó más a Safo y le asestó un golpe demoledor. En vez de darle, la hoja silbó por el aire y acabó en el suelo de guijarros, que salieron disparados. Safo había desaparecido y danzaba con agilidad detrás de su contrincante, de un lado a otro. El guerrero bramó de rabia y giró sobre sus talones para situarse frente a él. Volvió a blandir el arma contra Safo, en vano. Parecía darle igual. Como era más fuerte y grande, y tenía un arma más larga, contaba con toda la ventaja.

«La velocidad no basta», pensó Safo. Desesperadamente, esquivó una estocada que le habría atravesado el peto de bronce y las costillas si le hubiera alcanzado. Por el momento, la túnica de lino acolchado del guerrero había desviado todos los golpes que había alcanzado a asestarle de refilón. Sin acercársele peligrosamente, era imposible hacer más. Cuando se alejó de su contrincante lascivo, Safo no vio que uno de los ausetanos estiraba el pie. Al cabo de un instante, tropezó y cayó hacia atrás sobre el suelo duro. Por suerte, mantuvo la espada en la mano.

El guerrero se le acercó y Safo vio cómo la muerte le miraba a los ojos. Esperó a que su enemigo se balanceara hacia atrás y, entonces, con todas sus fuerzas, rodó hasta el centro del círculo. Detrás de él, oyó cómo la espada de su contrincante chocaba contra el suelo con un porrazo escalofriante. Como sabía que la velocidad era su mejor baza, rodó una y otra vez antes de intentar levantarse. Las risas burlonas de los espectadores ausetanos llenaron el ambiente y el guerrero grandullón alzó los brazos anticipando la victoria. A Safo le bullía la sangre al ver lo traicioneros que eran. Él también era consciente de que no podía salir airoso de aquella lucha por medios convencionales. Había llegado el momento de tentar a la suerte. De arriesgarse. Sacó el puñal con la mano izquierda y no hizo ningún caso de los abucheos que provocó tal acto.

Safo esperó respirando profundamente. Necesitaba que el guerrero intentara clavarle una estocada lateral. La única forma que se le ocurría para atraer al grandullón era quedándose quieto, sin defenderse. Era una apuesta arriesgada. Si el otro no mordía el anzuelo y respondía exactamente como deseaba, moriría, pero a Safo no se le ocurría nada más. El agotamiento amenazaba con vencerle y dejó caer los hombros.

El enorme guerrero se le acercó arrastrando los pies y sonriendo.

Safo se estremeció al darse cuenta de que su contrincante pensaba que se daba por vencido. No movió ni un músculo.

—Prepárate para morir —gruñó el guerrero. Levantando el brazo derecho, balanceó la espada trazando un arco y apuntando a la unión entre el cuello y los hombros de Safo. Asestó el golpe con una fuerza imparable, a un objetivo que permanecía inmóvil. Para los espectadores parecía el final del duelo.

En el último momento, Safo se dejó caer de rodillas y dejó que el otro cortara el aire por encima de su cabeza. Se echó hacia delante, estiró el brazo y le clavó el puñal en el muslo izquierdo. No era una herida mortal, pero tampoco era ese el objetivo. Cuando cayó impotente encima de su pecho, Safo oyó un fuerte grito de dolor. Una mueca de satisfacción asomó a sus labios mientras intentaba ponerse en pie, sujetando todavía la espada. El guerrero ensangrentado, que estaba a escasos pasos de distancia, se escoraba hacia un lado como un barco en una tormenta. Intentaba con todas sus fuerzas arrancarse el puñal de la pierna. Apuñalarlo en la espalda resultaría fácil.

Safo echó un vistazo rápido a los rostros desagradables que los rodeaban y tomó una decisión rápida. La clemencia resultaría mucho más útil que la crueldad. Actuó con rapidez y finalizó el trabajo. Pasó la hoja por la parte trasera de la pierna izquierda del enemigo y lo dejó lisiado. Mientras el guerrero se desplomaba a grito pelado, Safo le dio un pisotón en la mano derecha y le obligó a soltar el arma. Presionó el extremo de la hoja en el pecho del otro y bramó:

—¡Ríndete!

Gimiendo de dolor, el guerrero elevó ambas manos con las palmas hacia arriba.

Safo dirigió la mirada al jefe, cuyo rostro reflejaba la incredulidad más absoluta.

—¿Y bien? —se limitó a preguntar.

El jefe acabó por serenarse.

—Pido disculpas por haber insultado a Aníbal, vuestro líder. Los ausetanos aceptan estos regalos generosos y los agradecen —masculló de mala gana—. Tú y tus compañeros podéis marcharos.

—Excelente —repuso Safo desplegando una amplia sonrisa—. Vuestro hijo vendrá con nosotros.

El jefe se puso en pie de un salto.

—Necesita cuidados médicos.

—Los cuales no le faltarán. Lo dejaremos al cuidado del mejor cirujano de Emporiae. Tenéis mi palabra. —Safo se apoyó ligeramente en la espada, lo cual hizo gemir con fuerza al guerrero enorme—. O puedo rematarlo aquí mismo. Tú eliges.

El jefe hizo una mueca de furia, pero no podía hacer nada contra la determinación de Safo.

—Muy bien —repuso.

Fue entonces cuando Safo miró a su padre y a Bostar. Ambos le dedicaron unos fuertes asentimientos de cabeza para darle ánimos. Safo se puso a sonreír como un tonto. Contra todo pronóstico, había salvado la situación, ganado la aprobación de su padre y la admiración de su hermano. Sin embargo, en su fuero interno sabía que habría que derrotar a los ausetanos para que aquel paso a la Galia en concreto resultara seguro.

12

Planes

Hanno se despertó a la mañana siguiente por culpa de una patada en las costillas. Abrió los ojos gimiendo de dolor. Agesandros se cernía sobre él, flanqueado por dos de los esclavos más fornidos de la finca. Hanno sabía que eran unos brutos estúpidos que hacían lo que les dijeran. Sostenían unos grilletes con los puños morcillones. A Hanno le embargó la confusión y el miedo. El hecho de caer en la cuenta de que Quintus y Fabricius no estaban le sentó como un martillazo. Aquello debía de ser algo más que una coincidencia.

—¿A qué viene eso? —masculló.

En vez de responder, el siciliano le dio otra patada. Varias veces.

Protegiéndose la cabeza con las manos, Hanno se colocó en posición fetal y rezó para que Aurelia le oyera.

Al final, Agesandros paró. No había hecho ningún esfuerzo por ser silencioso.

—*Gugga* hijo de puta —rugió.

Hanno alzó la mirada con ojos entrecerrados. Se asustó al ver al siciliano con un puñal en la mano y un pequeño monedero en la otra.

—He encontrado esto bajo tu patética pila de pertenencias. ¿O sea que robas dinero y armas de tus amos? —bramó Agesandros—. Probablemente quieras cortarnos el pescuezo a todos por la noche, antes de huir para juntarte con tus paisanos mierdosos en la guerra contra Roma.

—Es la primera vez en mi vida que veo eso —exclamó Hanno. Inmediatamente recordó una imagen de Agesandros acechando en el *atrium*. ¡Eso es lo que había estado haciendo el siciliano!—. Cabrón —masculló Hanno, intentando incorporarse. Recibió una patada en la cara por las molestias. El golpe lo tumbó de nuevo en la esterilla mientras le embargaban oleadas de agonía. Se le llenó la boca de sangre y al cabo de un momento escupió dos dientes.

Agesandros se rio con crueldad.

—Ponedle los grilletes —ordenó—. En el cuello y en los tobillos.

Aturdido, Hanno observó cómo los esclavos se le acercaban y le ceñían los pesados aros de hierro alrededor del cuerpo. Tres fuertes clics y regresó a la situación del mercado de esclavos. Como antes, una larga cadena colgaba de la banda metálica que le rodeaba el cuello. Hanno fue obligado a ponerse en pie mediante un tirón brutal y conducido hacia la puerta.

—¡Parad!

Todos los ojos se giraron.

Aurelia, que todavía iba en camisón, estaba enmarcada en el umbral de la puerta de su habitación.

—¿Se puede saber qué estás haciendo? —chilló—. Hanno es un esclavo doméstico, no uno de los trabajadores de la finca para que hagas con él lo que te plazca.

El siciliano hizo una reverencia exagerada. Burlona.

—Perdonadme, mi señora, por haberos despertado tan temprano. Después de oír las noticias de la carta de vuestro padre, me preocupa cómo va a reaccionar este esclavo. Me preocupa que planeara haceros daño a vos y a vuestra familia antes de huir. Desgraciadamente, acerté. —Mostró las pruebas—. Está claro que esto no es de él.

Horrorizada, Aurelia lanzó una mirada rápida a Hanno. Se estremeció al ver que tenía la cara ensangrentada.

—Alguien lo ha dejado entre mis cosas —masculló Hanno, lanzando una mirada envenenada a Agesandros.

Aurelia lo entendió de inmediato y se abalanzó hacia delante.

—¿Lo ves?

El siciliano se rio por lo bajo.

—Es normal que diga eso, ¿no? Todos los *guggas* son unos mentirosos. —Hizo un gesto con la cabeza a los dos grandullones—. Venga, tenemos un largo viaje por delante.

—Te lo prohíbo —gritó Aurelia—. No des un paso más.

Los esclavos que sujetaban a Hanno se quedaron petrificados y Agesandros se giró.

—Perdonadme, mi señora, pero en este caso voy a desestimar vuestra autoridad.

La voz de Atia sonó como un latigazo.

—¿Y la mía? —preguntó—. Cuando Fabricius no está, yo estoy al mando, no tú.

Agesandros parpadeó.

—Por supuesto que sí, ama —repuso con voz queda.

—Explícate.

Agesandros mostró una vez más el cuchillo y el monedero y repitió sus alegaciones.

Atia intentó parecer horrorizada.

—¿Qué diría Fabricius si descubriera que he dejado a un esclavo tan peligroso en la finca, ama? —preguntó el siciliano—. Haría que me crucificaran y con razón.

«Cabrón listillo —pensó Hanno—. Usas tus triquiñuelas cuando solo tienes a dos mujeres que intimidar.» Fabricius estaba muy lejos y vete a saber cuándo volvería Quintus.

Atia asintió en señal de aceptación.

—¿Adónde lo llevas?

—A Capua, señora. Está claro que este perro es demasiado peligroso para venderlo como esclavo normal y corriente, pero me he enterado de la muerte reciente de un funcionario del gobierno local. El funeral se celebra dentro de dos días y el hijo del hombre quiere honrar el fallecimiento de su padre con una lucha de gladiadores. Un par de prisioneros se enfrentarán hasta que uno de ellos muera y el superviviente será ejecutado.

Atia esbozó una sonrisa desganada.

—Entiendo. ¿Mi marido perderá dinero con esto?

—No, señora. Por un evento como este, conseguiré mucho más de lo que pagamos por él.

Unas lágrimas de impotencia resbalaron por las mejillas de Aurelia. Se estrujó el cerebro para ver si se le ocurría qué hacer.

Atia se acercó para abrazar a Aurelia.

—No te pongas nerviosa. Es un esclavo, cielo —dijo—. Y además asesino.

—No —susurró Aurelia—. Hanno no haría una cosa así.

Atia frunció el ceño.

—Tú misma has visto las pruebas. La única forma que tenemos de confirmar la culpabilidad del cartaginés es haciendo que lo torturen y ver qué dice. ¿Es eso lo que quieres?

Derrotada, Aurelia negó con la cabeza.

—No.

—Bien. El asunto está zanjado —dijo su madre con firmeza—. Ahora voy a darme un baño. ¿Por qué no me acompañas?

—No me apetece —susurró Aurelia.

—Tú sabrás —dijo Atia. Se giró hacia Agesandros—. Mejor que te pongas en marcha, ¿no? Capua está lejos.

El siciliano le dedicó una sonrisa zalamera.

—Sí, señora.

Atia desapareció del sitio con un asentimiento de satisfacción.

Hanno, mientras tanto, estaba aturdido. «Agesandros debe de haber planeado esto desde que Quintus y Aurelia me rescataron —pensó—. Ha estado esperando el momento adecuado.» Su horror no iba a hacer sino aumentar.

—Se me olvidó decir una cosa. —Regodeándose en la situación, el siciliano miró a Hanno, luego a Aurelia y otra vez a Hanno—. El otro luchador también es un *gugga*. Un amigo de este pedazo de mierda, me parece.

A Hanno se le revolvió el estómago. Parecía demasiada coincidencia para ser verdad.

—¿Suniaton?

Agesandros enseñó los dientes.

—Así se llama, sí.

—¡No! —exclamó Aurelia—. Qué crueldad tan grande.

—Muy acertado, creo yo —dijo Agesandros.

El alivio que Hanno sintió al saber que Suni seguía vivo se desvaneció al instante. Le embargó una furia cegadora y se abalanzó hacia delante, desesperado por agredir a Agesandros. Después de tres pasos, le impidieron seguir. El esclavo que sujetaba la cadena que llevaba al cuello se había limitado a tirar de ella. Hanno apretó los dientes de rabia.

—Pagarás por esto —bramó—. Te maldigo para siempre. Y pongo por testigo a los dioses del submundo.

Había pocas personas que no temieran tales maldiciones y Agesandros se estremeció. Pero enseguida recobró el control.

—Tú eres quien visitará el Hades, junto con tu amigo. No yo. —Chasqueó los dedos en dirección a los esclavos y se dirigió enfadado a la puerta delantera.

Hanno no soportó mirar a Aurelia mientras se lo llevaban a rastras. Le resultaba demasiado doloroso. Lo último que oyó fue el sonido de sus pisadas en el mosaico y que llamaba a Elira. Entonces llegó al exterior, bajo la luz brillante del sol primaveral. Camino de Capua, donde se enfrentaría a muerte con Suniaton. Hanno observó la espalda ancha de Agesandros y suplicó a todos los dioses que un rayo lo dejara clavado en el sitio. Pero, por supuesto, no pasó nada.

Hanno perdió sus últimos retazos de esperanza.

Al cabo de unos instantes, la recuperó. Ni siquiera había llegado al final del sendero cuando oyeron gritos y chillidos detrás de ellos. Agesandros se dio la vuelta y abrió unos ojos como platos. Sin ni siquiera mirar a Hanno, corrió hacia los edificios de la finca. Con movimientos lentos, Hanno se giró para ver qué ocurría. Se sorprendió al ver zarcillos de humo elevándose desde uno de los graneros. «Aurelia —pensó, exultante—. Debe de haber provocado un incendio.»

Era imposible que Agesandros hiciera otra cosa que regresar. Aurelia le había hecho ganar algo de tiempo. ¿Iba a bastarle?, se preguntó Hanno mientras la desesperación le desgarraba el alma.

Tardaron varias horas en controlar el fuego. Vivo como el demonio, Agesandros se encargó de que todos los esclavos de la finca llevaran agua a los graneros. A Hanno incluso le quitaron los grilletes para que colaborara. Lanzando el contenido de los baldes a las llamas, los esclavos corrían de aquí para allá, una y otra vez. Aurelia y Atia observaban desde una distancia prudencial. Las dos tenían una expresión horrorizada. No había ni rastro de Elira.

El siciliano no dejó descansar a nadie hasta que estuvo convencido de que el fuego amainaba. A su pesar, Hanno admiró la labor de Agesandros. Estaba lleno de hollín de la cabeza a los pies, igual que todos los demás, y se le veía extenuado. El hecho de que los graneros fueran de piedra había ayudado, pero el esfuerzo mayúsculo que el capataz había exigido a todo el mundo era el motivo principal por el que el fuego no se había propagado más allá de los edificios de la granja.

Para cuando la última llama estuvo extinguida, ya había caído la tarde. Ya no era hora de ir andado a Capua. Para alivio de Hanno, el siciliano no se molestó en pegarle más. Le volvieron a poner los grilletes y lo encerraron en una pequeña celda adjunta a los aposentos de Agesandros, oscura como la boca de un lobo. Hanno se desplomó en el suelo y cerró los ojos. Estaba muerto de sed y las tripas le sonaban como si tuviera una bestia dentro, pero Hanno dudaba que fueran a traerle comida o bebida. Lo único que podía hacer era intentar dormir y confiar en que Aurelia tuviera otro as en la manga.

Pasaron varias horas. Hanno dormitó a ratos pero el frío y los grilletes le impedían dormir bien. Sin embargo, soñó con muchas cosas. Las calles de Cartago. Sus dos hermanos, Safo y Bostar, practicando con la espada. El mensajero de Aníbal que los visitaba por la noche. Pescar con Suniaton. La tormenta. La esclavitud y su amistad peculiar con Quintus y Aurelia. La guerra sangrienta entre Cartago y Roma. Dos gladiadores que luchaban frente a una multitud que aullaba. Las últimas imágenes eran de una violencia horripilante. Empapado de sudor, Hanno se incorporó rápidamente.

La desolación se respiraba en el ambiente. Después de todas sus plegarias para reunirse con Suniaton, eso es lo que había pasado. Morirían juntos para conmemorar la muerte de un oficial romano gruñón. Hanno se sentía frustrado y rabioso a la vez. Solo en la oscuridad, rezó para que Agesandros se quedara a presenciar la lucha. Cuando a él y a Suniaton les entregaran las armas, podían cometer un ataque suicida contra el siciliano. Vengarse antes de morir. Su plan era inviable, pero Hanno se aferró a él.

Al cabo de un rato le sorprendió el sonido de una llave al entrar en la cerradura. Si todavía no había amanecido... Hanno se apartó temeroso de la puerta y alzó las manos contra el arco de luz que se propagó por la estancia. Se llevó una gran sorpresa al ver que quien entraba era nada más y nada menos que Quintus, vestido con una gruesa capa. Llevaba un manojo de llaves en una mano y una pequeña lámpara de bronce en la otra. Un *gladius* envainado le colgaba de un tahalí que llevaba sobre el hombro derecho.

Hanno estaba estupefacto.

—¿Qué estás haciendo aquí?

—Ayudar a un amigo —se limitó a contestar Quintus. Dejó la lámpara en el suelo y probó una de las llaves en los grilletes de Hanno. La primera no funcionó, pero la segunda sí. Al cabo de un momento, también le abrió el aro de metal que le rodeaba el cuello. Quintus sonrió.

—Vamos.

Hanno apenas era capaz de contener su alegría.

—¿Cómo has sabido que tenías que volver?

Quintus esbozó una sonrisa socarrona.

—Puedes darle las gracias a Aurelia. En cuanto te marchaste, envió a Elira a buscarme. A continuación le prendió fuego al granero.

Hanno seguía confundido.

—Pero las llaves... —dijo—. No había tiempo de hacer copias.

—Estas son las originales —explicó Quintus. Vio el desconcierto de Hanno y se explicó—. Felicité a Agesandros por la excelente labor realizada dándole una jarra del mejor vino de papá. El tonto estaba encantado. Lo que no sabía era que le habían añadido *papaverum* suficiente para tumbar a un elefante. Me limité a esperar a que se lo bebiera y se durmiera. Entonces le cogí las llaves.

—Eres un genio. Igual que Aurelia. —Sujetó a Quintus del brazo—. Gracias. Os debo mi vida a los dos por segunda vez.

Quintus asintió.

—Sé que Agesandros mintió acerca de tus intenciones de matarnos. Si me hubieras querido ver muerto, no habrías venido a salvarme a la cabaña. Además, sé que tú me ayudarías si me encontrase en una situación similar. —Se acercó a la puerta—. Venga, vamos. Falta poco para el amanecer. Aurelia está en los corrales, dando de comer sobras a los perros para que no ladren, pero no puede pasarse ahí todo el día. Me ha dicho que te diga que te incluirá en sus oraciones. —No mencionó las lágrimas de su hermana. ¿Qué sentido tenía? La suya era una fantasía imposible.

Triste por no poder ver a Aurelia y ajeno a las emociones de Quintus, Hanno le siguió al exterior. La finca estaba desierta y los únicos sonidos audibles eran los fuertes ronquidos de Agesandros. Los edificios quedaron atrás después de cien pasos. Los cipreses que flanqueaban el sendero se veían altos y amenazadores, las ramas les crujían por efecto de la brisa ligera. La luna en cuarto creciente estaba baja en el cielo y Hanno recordó a Tanit y a su hogar. Y a Suniaton. De repente, el alivio inmenso que había sentido al ver aparecer a Quintus empezó a desvanecerse. Él quizá fuera libre, pero su amigo no.

Quintus se paró al llegar a la sombra de los árboles. Se pasó el tahalí por encima del hombro y le tendió el *gladius* a Hanno.

—Lo necesitarás. —A continuación le tendió su gruesa capa de lana y un morral de cuero.

Hanno le dio las gracias con un murmullo.

—En la bolsa encontrarás comida para varios días y veinticinco didracmas. Dirígete a la costa y viaja hasta Siracusa. Seguro que encuentras un barco mercante que te lleve a Cartago.

—No pienso ir a ningún sitio sin Suniaton —declaró Hanno.

A Quintus le cambió la cara.

—¿Te has vuelto loco? —susurró—. Ni siquiera sabes dónde está recluido.

—Le encontraré —respondió Hanno sin inmutarse.

—Y de paso conseguirás que te maten.

—¿Dejarías atrás a Gaius si estuvieras en mi lugar? —preguntó Hanno.

—Por supuesto que no —replicó Quintus.

—Pues eso.

—Dichoso cartaginés tozudo. Eres incorregible —le riñó Quintus—. Ir a Capua tú solo es un suicidio. No puedo dejar que hagas tal cosa. No después de todas las molestias que me he tomado por ti. ¿Sabrías encontrar la cabaña del pastor donde nos enfrentamos a los bandidos?

Hanno miró de hito en hito a Quintus porque no comprendía sus intenciones.

—Creo que sí.

—Ve allí y espérame. Intentaré encontrar a Suniaton.

Comprendió la inmensidad de lo que le ofrecía Quintus.

—No tienes por qué hacer esto.

—Ya lo sé. —Quintus lo miró con solemnidad—. Pero eres mi amigo.

A Hanno se le hizo un nudo en la garganta.

—Gracias. Si alguna vez puedo pagarte esta deuda, lo haré. Tienes mi palabra.

—Recemos para que nunca tenga que recurrir a ti. —Quintus lo empujó hacia las colinas—. Márchate.

Con el corazón liviano como no lo sintiera desde Cartago, Hanno corrió a internarse en la oscuridad.

Hanno encontró el camino a la cabaña sin problemas y llegó menos de dos horas después del amanecer. Durante la subida, se maravilló de cómo había huido de las garras de Agesandros por segunda vez. Por supuesto, era todo gracias a Quintus y Aurelia. De nuevo, Hanno se vio obligado a reconocer que los romanos eran capaces de mostrar una gran bondad. No eran ni mucho menos los monstruos engañosos descritos por su padre. Sus sentimientos caritativos duraron poco. A Hanno le bastaba con pensar en Flaccus y su historia para recordar las condiciones durísimas que habían impuesto a Cartago al final de la última guerra y el comportamiento arrogante que Roma había tenido con respecto a Saguntum. Ni siquiera al cordial Martialis le caían bien los cartagineses. «Típico de los *guggas*», había dicho.

Se tranquilizó pensando en cómo un romano —Quintus— estaba en aquel preciso instante intentando liberar a Suniaton, un cartaginés condenado a morir. Su estratagema no duró demasiado. A medida que pasaban las horas, a Hanno le resultaba más difícil no marcharse a Capua. Lo único que se lo impedía era la promesa que le había hecho a Quintus. Se entretuvo arreglando la cabaña, que había quedado dañada después de la pelea. Hanno empezó recogiendo todos los trozos de leña caída que encontró. Luego, utilizando unas herramientas viejas pero en buen estado que encontró en el interior, serró y cortó la leña a la medida necesaria. No era carpintero pero la construcción era sencilla. Lo único que tenía que hacer era observar las partes no dañadas y copiarlas. Era una tarea fácil pero gratificante y, al caer el sol, Hanno se dispuso a admirar su trabajo.

Sin embargo, le roía la preocupación. Era incapaz de pasar por alto el hecho de que Quintus no regresaría ese día. ¿Significaba aquello que sus intentos habían fracasado? Hanno no tenía ni idea. Calibró sus opciones durante un rato y llegó a la conclusión de que era demasiado peligroso regresar a la finca. Agesandros estaría al acecho. Tampoco tenía ningún sentido encaminarse a Capua. Hanno no conocía a nadie allí y si no conseguía encontrar a Quintus, no tendría ni idea de lo que había sucedido desde la mañana. Lo único que podía hacer era no hacer nada. Un poco más tranquilo, Hanno encendió un fuego en la chimenea de piedra de la cabaña y engulló unas cuantas olivas, queso y pan que encontró en el morral.

Enfundado en la capa de Quintus, Hanno se quedó observando las llamas anaranjadas y pensando en las personas que más quería en el mundo. Su padre. Safo y Bostar. Suniaton. Hanno hizo una pausa antes de añadir a dos personas más a la lista. Quintus. Aurelia. ¿A cuántos de ellos volvería a ver? La tristeza, su eterna compañera desde la tormenta, embargó a Hanno como una ola gigante. Lo más probable era que jamás volviera a reunirse con su familia. Posiblemente en esos momentos estuvieran con el ejército de Aníbal en Iberia, con muchas posibilidades de resultar muertos. Aunque su mayor deseo era encontrarles, conseguirlo en medio de una guerra resultaría prácticamente imposible. Hanno se dio cuenta de que quizá de lo que tenía más posibilidades era de encontrar a Suniaton. Si, por suerte, aquello llegaba a pasar, se marcharía y nunca volvería a ver a Quintus ni a Aurelia. Aquella constatación aumentó su pesadumbre todavía más. A lo único que podía aspirar era a reunirse con sus seres queridos en la próxima vida. Aquel panorama desolador fue lo último que Hanno recordó cuando el sueño lo acogió en sus brazos.

Al amanecer Hanno estaba más animado. Había mucho por lo que estar agradecido. A pesar de lo que había sufrido, ya no era un cautivo. Además, Quintus tenía más posibilidades de liberar a Suniaton que él. Si su intento tenía éxito, él y su amigo tenían bastantes posibilidades de llegar a la costa y encontrar un barco con destino a Cartago. «No pierdas la esperanza —pensó Hanno—. Sin ella, la vida no tiene ningún sentido.»

Se pasó la mañana practicando con el *gladius* y escudriñando las laderas por si advertía movimiento. Era casi mediodía cuando Hanno avistó una figura solitaria a caballo. El corazón le dio un vuelco. No había forma de saber quién era, por lo que se ocultó junto a unos enebros que había a unos cincuenta pasos de la cabaña. Hanno esperó con el alma en vilo a que el jinete se acercara. A juzgar por la anchura de los hombros, debía de ser un hombre. No había rastro de ningún perro, lo cual le satisfizo, pues aumentaba la posibilidad de que no se tratara de alguien que había ido a cazarlo.

Al final reconoció las facciones de Quintus. Hanno se llevó una gran decepción al ver que Suniaton no le acompañaba. Cuando el otro se acercó lo bastante para hablar, Hanno salió de su escondite.

Quintus alzó una mano a modo de saludo y disculpa.

—¿Qué ha pasado? ¿Has averiguado algo sobre Suniaton?

Quintus hizo una mueca.

—Sigue vivo pero resultó herido hace dos días durante los entrenamientos. La buena noticia es que no podrá participar en el *munus*. Vio la inquietud de Hanno—. No es más que una herida superficial. Por lo que parece, en un mes o así estará recuperado.

Hanno cerró los ojos para disfrutar del alivio que sentía. ¡Suni no estaba muerto!

—Entonces, ¿el hijo del general no quiso venderlo?

Quintus negó con la cabeza.

—Pareció que le daba igual que tú y Suniaton no fuerais a enfrentaros —dijo—. Pero tampoco quiso vender a Suni. He cometido la estupidez de dejar que ese perro sarnoso viera lo mucho que me interesaba comprarlo. El cabrón me ha dicho que regrese cuando Suniaton esté totalmente recuperado y así lo veré en plenas facultades. «Así verás su verdadera valía», dijo. Pero yo esperaría sentado. El hombre se da aires de entrenador de gladiadores. Debe de haber una docena de gladiadores que entrenan en su patio. Lo siento.

Hanno notó cómo su último atisbo de esperanza se le escabullía de las manos.

Quintus miró incómodo colina abajo.

—Tendrías que ir planteándote ponerte en marcha.

Hanno le dedicó una mirada inquisidora.

—Agesandros se puso furioso cuando descubrió que no estabas —explicó Quintus—. Ese cabrón arrogante no se creía que yo te había liberado. Dijo que mi padre era el único que tenía poder para hacer tal cosa. Como es natural, mi madre estuvo de acuerdo con él. Está enfadada conmigo —añadió abatido.

—Pero tu padre no volverá hasta dentro de unos meses.

Quintus le dedicó un asentimiento desalentador.

—Por eso. Lo cual te convierte en un fugitivo y a Agesandros se le da muy bien darles caza. Le dije que te habías ido hacia Capua y me parece que me creyó. Empezó a mirar en esa dirección. —Guiñó el ojo—. Por suerte, Aurelia hizo que Elira arrastrara una de tus túnicas viejas hasta el río y que luego flotara aguas abajo hasta un vado donde sus huellas se mezclarán con muchas otras. Dejó la prenda en el agua, lo cual servirá para despistar a los perros.

—Tu hermana es increíble —dijo Hanno asombrado.

Quintus esbozó una breve sonrisa.

—Seguiría siendo preferible que te marcharas. Bordea la finca para llegar a Capua mañana por la mañana. Para entonces Agesandros debería estar de vuelta y tú puedes coger un barco que vaya río abajo hasta la costa.

A Hanno se le hizo un nudo en la garganta.

—No puedo abandonar a Suniaton —musitó—. Está tan cerca...

—Y tan lejos —repuso Quintus con dureza—. Por la cuenta que te trae, igual podría estar en el Hades.

—Nunca se sabe —replicó Hanno—. Pero has dicho que el hijo del oficial estaba dispuesto a hablar dentro de unas semanas.

Quintus suspiró sin mostrar asombro.

—Pues quédate —dijo. Te traeré comida cada dos o tres días. Intentaré echarle el ojo a Suniaton. Encontraremos la manera de liberarlo.

A Hanno le entraron ganas de gritar de alivio.

—Gracias.

Quintus hizo cambiar de dirección al caballo.

—Estate alerta. Nunca se sabe cuándo podría aparecer Agesandros.

La falange de Bostar marchaba detrás de la de Safo y de su padre, por lo que el mensajero llegó primero a él.

—¿Hay algún capitán Bostar por aquí? —preguntó.

—Sí. ¿Qué quieres?

—Aníbal quiere hablar con vos, señor. Ahora —dijo. Enseguida adoptó el mismo paso que los libios.

Bostar se quedó mirando al *scutarius* fornido, que era uno de los guardaespaldas del general.

—¿Sabes de qué se trata?

—No, señor.

—¿Desea ver también a mi padre o a mi hermano?

—Solo vos, señor —contestó el íbero sin inmutarse—. ¿Qué le digo al general? Se ha salido de la columna hace poco menos de dos kilómetros.

—Dile que iré enseguida. —Bostar se quedó pensativo unos momentos—. ¡Espera! Iré contigo.

Al *scutarius* pareció satisfacerle su reacción.

—Muy bien, señor.

Bostar masculló unas instrucciones a su segundo al mando, que cabalgada detrás de él, antes de girarle la cabeza al caballo y dirigirlo fuera de la zona de los soldados. Algunos alzaron la vista al verle machar trotando y sonrieron. Bostar asintió agradeciendo el gesto, contento de que sus esfuerzos por ganarse su confianza dieran sus frutos. Los grandes escudos circulares de los libios les rebotaban en la espalda al caminar y las lanzas cortas apuntaban hacia el cielo en un mar de puntas. Cada cincuenta pasos había un oficial subalterno y junto a cada uno de ellos marchaba el abanderado. Los palos de madera estaban decorados con discos solares, medialunas y lazos rojos.

Bostar observó la larga columna serpenteante que se acercaba desde el suroeste.

—Regálate la vista con eso —dijo al *scutarius*, que trotaba a su lado—. Es todo un espectáculo.

—Supongo que sí, señor. —El hombre se aclaró la garganta y escupió—. Pero tendría mucha mejor pinta con cuarenta mil paisanos míos más.

—No todos son tan leales como tú y tus compañeros —dijo Bostar. A él también le dolía que el ejército hubiera quedado diezmado en más de un tercio en poco más de tres meses. Buena parte de la disminución se debía a las bajas sufridas hasta el momento, y por quienes formaban las guarniciones a lo largo de la ruta de vuelta a Iberia. Además, Aníbal había licenciado a muchos hombres, diez mil por lo menos, antes de que desertaran. Hablar del tema con un soldado raso era malo para la moral, así que Bostar mantuvo la boca cerrada. Sin embargo, enseguida se animó. Era imposible no entusiasmarse al ver un ejército cartaginés de tal magnitud, el primero de envergadura que pasaría a la ofensiva contra Roma en más de una generación.

Después del paso de los últimos lanceros había un pequeño hueco hasta que llegaban las siguientes unidades. Había filas compactas de escaramuzadores libios tatuados y de aspecto feroz, descalzos y ataviados con unas túnicas rojas de piel de cabra. Iban armados con pequeños escudos circulares y varias jabalinas. Les seguían cientos de honderos baleáricos, hombres salvajes y medio desnudos de las islas mediterráneas cuya habilidad con la honda era legendaria. Bostar no habría confiado en ninguno de ellos, pero eran una baza importantísima en el ejército de Aníbal.

Luego iba la caballería ligera íbera, los *caetrati*, con sus rodelas de cuero, jabalinas y espadas *falcata*. Más abajo, Bostar reconoció a Aníbal y sus oficiales, rodeados por la guardia montada, caballería local con cascos de bronce con penacho y capas rojas. Detrás del general marchaban los soldados de infantería celtíberos, los *scutarii*.

Bostar no alcanzaba a ver a las últimas unidades del ejército, que iban detrás del convoy de bagaje, miles de mulas cargadas hasta los topes y guiadas por campesinos íberos. La retaguardia estaba protegida por treinta y siete elefantes y más celtíberos. Bostar pensó que su uniforme quizá fuera el más deslumbrante de toda la fuerza: capas negras, cascos de bronce con penachos carmesí y grebas hechas con tendones. Los escudos que portaban eran o bien redondos como los de los *caetrati*, u óvalos alargados y planos, y llevaban espadas cortas y rectas y lanzas de hierro. Por último iban los muchos escuadrones protectores de caballería íbera y númida, que se movían con rapidez. Ellos, los mejores jinetes del mundo, eran el arma secreta de Aníbal.

Llegaron a donde estaba el general poco después. El *scutarius* dio la contraseña al soldado de caballería que los interpeló y el cordón protector se abrió a su paso. Bostar desmontó rápidamente y le lanzó las riendas al íbero. Mientras se acercaba, notó la mirada de Aníbal puesta en él. Bostar aceleró el paso. Hizo el saludo con rapidez.

—¿Deseabais verme, señor?

Aníbal sonrió.

—Sí, no te esperaba tan pronto.

Bostar no pudo evitar sonreír.

—Quería averiguar qué tenéis en mente para mí, señor.

Aníbal lanzó una mirada a los oficiales del otro lado.

—Este cachorro de león está ansioso, ¿eh?

Todos se echaron a reír y Bostar se sonrojó, sobre todo porque el general y sus hermanos —los hijos de Amílcar Barca— recibían el sobrenombre de «la camada del león».

Aníbal se percató enseguida.

—No te ofendas, porque no es mi intención. Los soldados como tú son el pilar de este ejército. No como los miles de hombres que tuve que dejar marchar después de nuestra última campaña. Pusilánimes.

Bostar asintió agradecido.

—Gracias, señor.

Aníbal dirigió la mirada hacia el suroeste, por donde habían venido.

—Cuesta creer que hace solo unas cuantas semanas que pasamos a la Galia, ¿verdad? Parece que hace una eternidad que no libramos una batalla.

—Yo no olvidaré el viaje así como así, señor. —Después de las tierras hostiles y agostadas por el sol situadas al norte del Iberus, Bostar agradecía las tierras fértiles del sur de la Galia, con sus campos labrados, pueblos grandes y amables lugareños.

Aníbal asintió apesadumbrado.

—Yo tampoco. Perder diez mil hombres en menos de tres meses fue una desgracia. Pero no pudo evitarse. La velocidad era primordial y nuestra táctica funcionó.

Mago lanzó una mirada contrariada a su hermano.

—No te olvides de la misma cantidad de soldados, más la caballería, que hubo que dejar para apaciguar a esos cabrones.

—Soldados que también protegerán la zona de la invasión

romana —replicó Aníbal—. Después de derrotar a los nativos problemáticos, deberían poder formar una legión o dos. —Se rascó la barba y lanzó una mirada a Bostar—. Lo peor de todo fue la tribu con la que tuvisteis problemas. Los hijos de puta que os habrían masacrado de no ser por el duelo en el que se batió el loco de tu hermano.

Bostar ocultó la gracia que le hacía cómo Aníbal calificaba a Safo.

—Los ausetanos, señor.

—Los mismos que no querían que el ejército marchara por sus tierras libremente. Eran imbéciles. Pero valientes, la verdad —reconoció Aníbal—. Al final, apenas ninguno de ellos se llevó una herida en la espalda.

—Lucharon bien, señor —convino Bostar—. Sobre todo el campeón al que derrotó Safo. Conté a diez de nuestros soldados alrededor de su cadáver. La herida del duelo ni siquiera le había cicatrizado.

—Malchus me señaló quién era más tarde —dijo Aníbal—. Es increíble que tu hermano consiguiera vencerle en un único combate. El hombre era grande como Hércules.

—Cierto, señor —convino Bostar claramente convencido. Tenía bien presente el recuerdo de la lucha—. Aquel día Safo tuvo a los dioses de su lado.

—Pues sí. Sin infravalorar su coraje, hay que decir que tu hermano tiene tendencia a precipitarse. Actúa primero y piensa después.

—Si vos lo decís, señor. —Aunque Bostar estaba de acuerdo con el juicio del general, daba mala impresión reconocerlo abiertamente.

Aníbal le dedicó una mirada astuta.

—Tu lealtad es encomiable, pero no creas que no me enteré de su negativa a retirarse durante el ataque a Saguntum. De no ser por ti, cientos de hombres habrían perdido la vida innecesariamente. ¿Verdad?

Bostar miró a la cara a su general con renuencia.

—Quizá, señor.

—Por eso estás aquí. Porque piensas antes de actuar. —Aníbal señaló los campos ondulados, llenos de trigo y cebada maduros en gran medida—. Ahora la situación es fácil. Podemos comprar todo el grano que necesitemos a los lugareños y vivir de la tierra el resto del tiempo. Pero no todo el viaje será así. El tiempo empeorará y, tarde o temprano, nos encontraremos con alguien que quiera enfrentarse a nosotros.

—Por supuesto, señor —convino Bostar con seriedad.

—Lo único que podemos hacer es rezar para que no sean los romanos antes de que lleguemos a la Galia Cisalpina. Cabe esperar que esos bastardos no sepan nada de nuestros planes todavía. La buena noticia es que mis exploradores, que acaban de regresar del río Rhodanus, no han visto ni rastro de ellos.

Mago sonrió como un lobo.

—Y es imposible no encontrar el rastro que deja una legión, o sea que tenemos una cosa menos de la que preocuparnos. Por ahora.

—¿Has oído hablar del Rhodanus? —preguntó Aníbal.

—Vagamente, señor —dijo Bostar—. Es un río grande que está bastante cerca de los Alpes.

—Eso es. Según dicen, la mayoría de las tribus de la zona están predispuestas a nuestro favor. Como era de imaginar, hay una que no. Los volcas, se llaman, y viven a ambas orillas del río.

—¿Intentarán impedirnos el paso, señor?

—Eso parece —respondió Aníbal sombríamente.

—Eso sería muy costoso, señor, sobre todo cuando llegue el momento de hacer cruzar a los elefantes y a los caballos.

Aníbal frunció el ceño.

—Eso es. Motivo por el que, mientras el ejército se prepara para cruzar, tú liderarás a una fuerza más arriba de donde están situados los volcas en el río. Nadarás al otro lado por la noche y buscarás una posición oculta que esté cerca. Tu señal al amanecer me indicará que ordene que boten los barcos. —Se golpeó la palma con el puño de la otra mano—. Los machacaremos igual que un hombre aplasta a un escarabajo. ¿Qué te parece?

A Bostar le palpitaba el corazón en el pecho.

—Suena bien, señor.

—Eso es lo que quiero oír. —Aníbal lo sujetó por el hombro—. Cuando se acerque el momento, ya recibirás más instrucciones. Ahora, seguro que quieres regresar con tus hombres.

Bostar sabía cuando le tocaba marcharse.

—Sí, señor. Gracias, señor.

Aníbal le llamó cuando Bostar se había alejado diez pasos.

—Ni una palabra de esto a nadie.

—Por supuesto, señor —repuso Bostar. La orden era un alivio porque significaba que Safo no tendría posibilidades de ponerse celoso por no haber sido elegido para la misión. No obstante, Bostar ya empezaba a preocuparse sobre cómo reaccionaría su hermano cuando se enterara.

13

La partida

Hanno se habituó rápidamente a la vida en la cabaña, que había quedado vacía desde la muerte del pastor. Según Quintus, las ovejas de Fabricius pastaban ahora en otro lugar, por lo que era muy poco probable que alguien se acercara por allí. De todos modos, Hanno se mantuvo alerta. Agesandros seguía siendo su mayor temor, pero tampoco deseaba que nadie más le encontrara. Estuvo de suerte y solo recibió la visita de Quintus y, ocasionalmente, de Aurelia.

Apenas había noticias de Suniaton, pero Quintus tampoco quería mostrar demasiado interés visitando al hijo del oficial antes de lo acordado. Por fin le informaron de que Suniaton se había recuperado de sus lesiones. Sin embargo, la inmensa alegría que invadió a Hanno al oír la noticia se disipó al instante.

—El cabrón sigue sin querer vender. Dice que el futuro de Suniaton como gladiador es demasiado prometedor. Pide doscientas cincuenta didracmas por él —explicó Quintus con el semblante contrito—. Yo no dispongo de tanto dinero y, pese a que mi padre sí, no sé si me lo daría aunque lograra localizarle.

—No podemos rendirnos ahora. Tiene que haber otra solución —replicó Hanno.

—A no ser que logremos sobornar a alguien para que deje escapar a Suniaton..., pero no sé a quién acudir. —De repente el rostro de Quintus se iluminó—. Podría pedírselo a Gaius —sugirió al mismo tiempo que alzaba la mano para apaciguar a Hanno que, con expresión alarmada, se había incorporado de un salto—. Gaius y yo somos amigos desde que aprendimos a caminar, lo cual no significa que esté de acuerdo con que te haya ayudado a escapar, pero no se lo contará a nadie. ¿Quién sabe? Quizás esté dispuesto a ayudarnos.

Hanno se obligó a tomar asiento de nuevo. Hasta entonces, Gaius había demostrado ser de fiar, pues nadie había acudido a la cabaña en su busca. Además, no parecía que existiera ninguna otra solución para Suniaton.

—Entonces, roguemos a los dioses que Gaius acepte.

—Déjalo en mis manos —sugirió Quintus con la esperanza de no confiar en vano en la ayuda de Gaius. Para proteger a Hanno, le había ocultado que Suniaton estaba luchando de nuevo como gladiador.

El tiempo no jugaba a su favor.

Cuando Quintus le informó de que las gestiones de Gaius habían dado su fruto, Hanno suspiró aliviado. Ya era otoño y el bosque era una explosión de color. Las temperaturas habían descendido de forma considerable y era habitual que se despertara de frío por la noche. Cuando Quintus le ordenó que recogiera sus pertenencias, sintió que le invadía una gran alegría. Con suerte, abandonaría ese lugar para siempre.

—¿Cuál es el plan? —preguntó mientras avanzaban rumbo a Capua.

—Gaius no quiere que te lo cuente —respondió Quintus evitando la mirada de Hanno.

—¿Por qué? —replicó Hanno con el estómago hecho un nudo.

Quintus se encogió de hombros.

—No estoy seguro. Creo que te lo quiere contar él mismo —se excusó consciente de la decepción de Hanno—. Ya solo nos quedan unas horas de camino.

—Lo sé —dijo Hanno forzando una sonrisa—. Os debo muchísimo a los dos por todo lo que estáis haciendo.

—No es una cuestión de deudas —replicó Quintus generoso—. Todo hombre intenta ayudar a un amigo cuando puede. Esperemos que la idea de Gaius funcione.

Hanno asintió con gesto grave. Si no funcionaba, se vería obligado a tomar una decisión difícil, dado que no podía quedarse allí para siempre.

Ya oscurecía cuando llegaron a Capua. El trayecto había transcurrido sin problemas, pero Hanno sintió que le flaqueaban las fuerzas al vislumbrar las imponentes murallas de la ciudad. Tenía el propósito de liberar a Suniaton, pero cruzar las murallas suponía un verdadero peligro. Habría guardias en las puertas y podían hacerle preguntas incómodas. Su descripción colgaba de los muros de las casas. Hanno sabía cómo se perseguía a los esclavos fugitivos en Cartago y dudaba que en Capua las cosas fueran muy diferentes. Se paró en seco y Quintus se volvió.

—¿Qué sucede?

—No solo soy un esclavo fugitivo. ¿Qué sucederá si descubren que soy cartaginés?

Quintus ahogó una risita al percibir la angustia de su amigo.

—No te preocupes —le tranquilizó—. Aquí hay muchos esclavos de tez oscura que provienen de Grecia, Libia y Judea. Nadie los distingue. Además, aparte de Gaius, nadie sabe lo que has hecho. Y a nadie le importa. Recuerda que eres un esclavo. Casi nadie se fijará en ti y mucho menos se dirigirán a ti —añadió mientras bajaba del caballo—. Sígueme con el semblante triste y no cruces la mirada con nadie.

—De acuerdo —aceptó Hanno, que hubiera deseado gozar de la seguridad de un arma para defenderse.

Para su gran alivio, no hubo ningún problema. Los guardianes ni siquiera levantaron la vista cuando entró en la ciudad siguiendo a Quintus. Tampoco hubo ningún problema en las calles, que con la caída del sol se estaban vaciando rápidamente. La gente estaba más pendiente de regresar a sus hogares sana y salva que de fijarse en un joven noble y su esclavo. Las amas de casa caminaban resueltas con sus cestas repletas de comida y, en lugar de detenerse a cotillear, solo intercambiaban unas palabras rápidas cuando se cruzaban con alguien. Los propietarios de los puestos del mercado guardaban en cajas la mercancía no vendida y la cargaban sobre sus mulas. Muchas de las tiendas ya habían cerrado y habían colocado tablones en las puertas.

Al poco rato llegaron a casa de Martialis. Quintus llamó a la puerta con fuerza. Acudió a abrirla el propio Gaius, que recibió a su amigo con una gran sonrisa.

—Os estaba esperando. —Lanzó una dura mirada a Hanno, pero no dijo nada.

A Hanno le asaltaron de nuevo las dudas. Bajó la cabeza incómodo, repitiéndose que Gaius debía de estar dispuesto a ayudarles. ¿Por qué, si no, estaban allí?

Como había varios esclavos domésticos observando la escena en ese momento, no pudo preguntárselo. Uno de ellos se acercó para tomar las riendas del caballo y Gaius rodeó a Quintus por los hombros.

—Entremos. Mi padre te espera impaciente. Ha ordenado que asaran un cochinillo en tu honor. —Dirigiéndose al mozo de cuadra le dijo—: Asegúrate de que el esclavo de mi amigo coma algo y encuéntrale también un lecho.

—Sí, señor.

Hanno se relajó un poco cuando Quintus se volvió hacia él y le guiñó un ojo. Procuró no inquietarse cuando la puerta de la casa se cerró y se quedó en la calle. Se dispuso a seguir al mozo a los establos, que se encontraban en un patio adyacente. El joven esclavo era tan taciturno como poco agraciado. Cepillaron en silencio el caballo de Quintus y le dieron agua y comida. A Hanno no le incomodaba el silencio, todo lo contrario. Después, entraron en la cocina de Martialis, a la que se accedía a través de una puerta en el muro del patio. Al igual que en los fueros de Julius, la cocina era un lugar caluroso y bullicioso donde resonaba el ruido de las cazuelas y se gritaban los nombres de los platos solicitados. Hanno percibió el delicioso aroma del cochinillo asado y su estómago comenzó a protestar. Para evitar llamar la atención, buscó un lugar tranquilo y se sentó en el pasillo que conducía a la despensa.

Transcurrido un rato, el mozo de cuadra apareció cargado con dos platos repletos de pan, carne asada y verduras. Le pasó uno a Hanno.

—Has tenido suerte. Este cochinillo podría alimentar a veinte personas, así que el amo no se dará cuenta si sus esclavos también catan un poco.

—Gracias. —Hanno tomó el plato. Era lo mejor que comía desde hacía meses.

Una vez que hubieron dado buena cuenta de sus platos, el mozo le miró de soslayo.

—¿Juegas a dados?

—No —mintió Hanno—. Esa noche se sentía más tenso que el brazo de una catapulta. Ya había demasiado en juego.

Ligeramente decepcionado, el esclavo se levantó.

—Sígueme, te enseñaré dónde puedes dormir.

El mozo le llevó de vuelta a las cuadras y le mostró un rincón cerca de la puerta.

—Está prohibido tener alguna luz encendida por el riesgo de incendio. Esta me la llevo —dijo señalando su lámpara de aceite.

—Muy bien —repuso Hanno.

El mozo se encogió de hombros y se marchó. El destello parpadeante de su lámpara de aceite se alejó lentamente hasta desaparecer por completo, lo cual dejó a Hanno sumido en la más absoluta oscuridad. No le importaba. Le afectaba más el hecho de pensar que iba a pasar varias horas solo ahora que la huida de Suniaton estaba cerca. Mientras esperaba, le resultaba agradable oír de vez en cuando las coces y los suaves relinchos de los caballos. Mucho menos agradable le parecía el sonido de las ratas correteando de un lado a otro, pero era un mal menor si tenía en cuenta el propósito de su visita.

Para su gran desesperación, la noche parecía discurrir más lenta que toda una semana. Hanno dedicó buena parte de su tiempo a rezar y a rogar a los dioses que ayudaran a Gaius a liberar a Suniaton. Exasperado por el silencio abrumador con el que se topaban sus plegarias, intentó dormir, pero sin suerte. Se alegró al oír llegar al mozo de cuadra y a otros dos esclavos. Eso significaba que al menos el tiempo sí pasaba. Hanno se hizo el dormido mientras los esclavos subían por una destartalada escalera al pajar, situado sobre los establos. Por las palabras incoherentes que salían de su boca, dedujo que habían estado bebiendo. La luz de la lámpara se apagó casi de inmediato y al poco rato distinguió la cadencia rítmica de sus ronquidos. Transcurrido un tiempo razonable que le pareció una eternidad, Hanno buscó a tientas la puerta de la cocina, donde había quedado con Quintus.

Cuando la puerta se abrió de repente, Hanno se asustó.

—¿Quién anda ahí? —susurró nervioso.

—¡El mismísimo Plutón que ha venido a por ti! —exclamó Quintus—. ¿Quién va a ser?

Hanno notó un escalofrío. La mera mención del dios romano del infierno podía darle mala suerte. Por si acaso, dirigió otra plegaria a Eshmún y solicitó su protección.

Detrás de Quintus se encontraba Gaius, que llevaba un pequeño farolillo oculto. Ambos lucían sendas capas oscuras.

Hanno no podía soportarlo más.

—¿Cuál es el plan?

—Salgamos afuera. —Gaius les condujo a los establos, levantó la barra que bloqueaba el portón y la dejó en el suelo. Al abrirse, una ráfaga de aire fresco les golpeó el rostro. Gaius se asomó a la calle—. ¡Vía libre! —susurró al instante.

Quintus empujó a Hanno al exterior y cerró el portón.

—Vamos, Gaius, ¿vas a contarnos ahora tu plan? —preguntó Quintus.

Hanno sintió que se le encogía el estómago.

—Sí —murmuró Gaius—, pero antes tu esclavo debe saber algo.

—Ya no es mi esclavo —protestó Quintus—, le liberé.

—Tú y yo sabemos que eso vale tanto como un cubo agujereado.

Quintus no respondió.

Hanno contuvo el aliento. Era obvio que Gaius no estaba cortado por el mismo patrón que Quintus. Sentía deseos de marcharse, pero eso significaría abandonar toda esperanza de liberar a su amigo. Apretó los dientes y esperó.

—Cuando me explicaste lo que habías hecho, Quintus, no daba crédito a mis oídos —mascultó Gaius—. No te dije nada porque eres mi amigo más antiguo, pero cuando solicitaste mi ayuda para liberar a otro esclavo, te pasaste de la raya. Eso es algo que yo no puedo hacer.

—Gaius, yo... —balbuceó Quintus. La escasa luz no podía ocultar el bochorno en su voz.

—No obstante, cambié de opinión al descubrir quién era el amo del esclavo que tanto te interesa —prosiguió Gaius—. El oficial que murió no era sino el mayor perseguidor de la nobleza osca que jamás haya pisado esta ciudad. Y el mierdoso de su hijo no es mucho mejor que él. Robarle..., liberar a uno de sus esclavos es lo mínimo que me gustaría hacerle a ese cabrón.

Hanno suspiró aliviado.

—Gracias, Gaius —murmuró Quintus. No iba a cuestionar los motivos de su amigo en un momento así.

Gaius les pidió que se aproximaran hasta formar un corrillo.

—Para empezar, decidí rondar la calle donde vive el hijo del oficial. Al principio no descubrí gran cosa, pero fui familiarizándome con los habitantes de la casa y, finalmente, tuve un golpe de suerte: hará cosa de una semana vi al mayordomo salir de un lupanar situado al otro lado de la ciudad.

—¿Y qué? —preguntó Quintus—. Eso es algo muy habitual.

A Gaius le brilló la dentadura blanca en la oscuridad.

—Sí, pero cuando entré a preguntar con quién había estado follando, la *madame* se mostró muy evasiva, hasta que le di unas cuantas monedas y soltó la lengua. Al parecer, nuestro mayordomo siente debilidad por los jovencitos.

—Cabrón asqueroso —farfulló Quintus.

Hanno pensó en Hostus. El enemigo de su padre también compartía gustos similares.

—Por muy deleznable que eso sea, ¿acaso es delito aquí? —preguntó—, porque mucho me temo que en Cartago no lo es.

—Muchos lo desaprueban, pero no es una práctica contraria

a la ley para un ciudadano libre como nosotros —respondió Gaius—. Sin embargo, para un esclavo es diferente. Dudo que al hijo del oficial le hiciera mucha gracia enterarse de esta costumbre de su mayordomo. Según la *madame*, tiende a excitarse demasiado y a volverse violento. Más de una vez ha tenido que intervenir para evitar que sus chicos sufrieran lesiones graves.

—¡Menudo animal! —espetó Quintus con el gesto torcido.

Hanno se sintió agradecido de que ni él ni Suniaton hubieran corrido semejante suerte.

—¿Así que ahora le estás chantajeando?

—Básicamente, sí —afirmó Gaius—. El mayordomo ha accedido a drogar al esclavo que vigila la puerta de Suniaton para poder dejarle salir. Es muy probable que el pobre esclavo que custodia la puerta acabe crucificado por dejar escapar a otro esclavo, pero al mayordomo le importa bien poco. Solo piensa en salvar su pellejo.

—¿Y si no accede a hacer lo que le pides? —preguntó Quintus.

A Hanno se le encogió el estómago al oír la pregunta.

—Su amo recibirá una carta anónima en la que se describirá con todo lujo de detalles sus sórdidas aventuras con la dirección del burdel, por si desea corroborar la información.

—Excelente —aprobó Quintus.

Por un momento el entusiasmo de Hanno se vio enturbiado por el hecho de que un esclavo inocente podía sufrir graves consecuencias, incluso morir, a causa de la liberación de Suni, pero acalló rápidamente sus remordimientos. Si era capaz de matar a cualquiera por salvar a su amigo, ¿cuál era la diferencia?

—Me parece perfecto, gracias —le agradeció Hanno.

—No lo hago por ti —repuso Gaius en tono cortante—. Lo hago por vengarme del hijo del oficial. —Y se rio al ver el rostro confuso de sus compañeros—. Mañana al atardecer, a más tardar, toda la ciudad habrá oído el rumor de que le gusta fornicar con jovencitos... Y no creo que esta sea la mejor manera de iniciar su carrera política, ¿verdad? —Dijo mirando a Quintus, que se encogió de hombros—. Será mejor que nos pongamos en marcha. No os alejéis.

Mientras seguía a los dos romanos, Hanno se dijo que no le importaba el motivo por el cual Gaius había decidido ayudarles. El único ser viviente que se cruzó en su camino fue un escuálido perro que les gruñó con el pelo del lomo erizado, pero Gaius le lanzó un palo grueso con gesto certero y el animal se escabulló aullando. Al poco rato los tres se encontraban agazapados junto a la puerta de una casa de aspecto anodino. Eran tres sombras apenas visibles en la oscuridad. Aparte de los destellos de luz que se vislumbraban a través de los portones de madera de una vivienda en la acera opuesta, en la calle reinaba una oscuridad absoluta.

Tras asegurarse de que la calle estuviera vacía, Gaius llamó suavemente a la puerta con los nudillos. No hubo respuesta. Hanno empezó a asustarse. Dirigió la mirada al cielo estrellado. «Eshmún —suplicó— no te olvides de Suniaton, tu fiel servidor e hijo de un sacerdote tuyo en Cartago. Gran Tanit, apiádate de él.»

Sus plegarias fueron escuchadas y la puerta se abrió con un leve chirrido.

—¿Quién anda ahí?

—Gaius.

Un hombre de baja estatura se asomó sigilosamente, pero retrocedió al ver a Quintus y Hanno. Gaius se apresuró a decir que eran amigos y el mayordomo se relajó levemente. Con entradas, la nariz puntiaguda y ojos saltones, tenía cara de rata, pensó Hanno mientras lo contemplaba con desagrado. No le sorprendía que le gustaran los jovencitos. Fuera como fuere, era el mayordomo de la casa y estaba a punto de liberar a Suniaton.

—¿Y bien? ¿Dónde está el cartaginés?

—Dentro. Iré a buscarle —respondió el mayordomo—. ¿No le diréis nada a mi amo?

—Te doy mi palabra —respondió Gaius con sequedad.

El mayordomo asintió inquieto. Sabía que no iba a conseguir nada más.

—Muy bien.

Desapareció rápidamente de su vista y Hanno sintió una ligera sospecha al percibir su excesiva prisa. Tuvo que esperar un rato antes de distinguir el sonido de unos pies que se arrastraban y ver una figura encorvada en la puerta. Hanno se levantó de un salto.

—¿Suniaton?

—¿Hanno? —inquirió su amigo con voz ronca.

Hanno le abrazó con fuerza, como si le fuera la vida en ello, por lo que apenas se percató de que la puerta se cerraba y era bloqueada con la barra. En ese momento solo le importaba Suniaton. Las lágrimas de alegría calientes le quemaban las mejillas y sintió que la túnica se le humedecía con las lágrimas de Suniaton. Estuvieron así durante un rato, disfrutando del mero hecho de que el otro estuviera vivo, pero de pronto a Suniaton le fallaron las rodillas y Hanno tuvo que sujetarle para evitar que cayera al suelo. Escrutó el rostro de su amigo. Ya no era el joven de cara redonda que tan bien conocía; en su lugar había un pobre diablo de cara enjuta y sin afeitar.

—¡Estás en los huesos! —se lamentó Hanno.

—No es eso —respondió Suniaton. Sus ojos revelaban un gran dolor—. Estoy herido.

En ese momento Hanno comprendió su postura encorvada.

—¿Es grave?

—Sobreviviré. —Sus valientes palabras fueron contradichas por una mueca de dolor—. Hace dos días recibí una paliza en una pelea. Tengo varias heridas, pero la peor es la del muslo derecho.

Gaius golpeó la puerta con fuerza.

—¡Cabrón, traidor! ¡No me habías dicho nada!

—Solo me dijisteis que le trajera a la hora acordada. Nadie me preguntó acerca de su estado de salud —repuso el mayordomo, para gran sorpresa suya.

—¡Hijo de puta! ¡Debería cortarte las pelotas! —le insultó Hanno entre dientes empujando la puerta con el hombro.

—Este no es un lugar seguro —intervino Quintus acercándose a Suniaton—. Cógele de un brazo y yo le cogeré del otro —le dijo a Hanno.

Hanno asintió. No valía la pena perder el tiempo discutiendo. El mayordomo ya se enfrentaría a su propia suerte. Solo los dioses sabían si su amo se tragaría la historia del guardián drogado. Fuera como fuere, no le importaba lo más mínimo. Lo único que quería era llevar a Suniaton a casa de Gaius para examinarle las heridas.

Por fortuna, Suniaton estaba en lo cierto en lo que a sus heridas se refería. A pesar de ser dolorosas, eran cortes de espada limpios que no ponían en peligro su vida y, en principio, parecían bien cosidas. Sin embargo, le preocupaba la gran herida del muslo, que casi había desgarrado el músculo más grueso. Como nada podían hacer por el momento, se dispusieron a marcharse. Debían ponerse a salvo antes de que amaneciera. Quintus y Hanno se despidieron de Gaius y montaron a Suniaton sobre el caballo. Tras sobornar a un centinela, lograron salir de la ciudad con relativa facilidad. Los movimientos del caballo causaron tanto dolor a Suniaton, que terminó por desmayarse. Lo único que podía hacer Hanno era sujetar su cuerpo mientras caminaba a su lado. Después solicitaría a Quintus que pidiera a Elira un poco de *papaverum.* Hasta entonces, solo podía dar gracias a Tanit y Eshmún y rogar su bendición. Esperaba que la recuperación de Suniaton solo fuera cuestión de tiempo. Hanno estaba ansioso por partir a Iberia, pero no podía abandonar a su amigo entonces.

La guerra podía esperar.

Bostar contempló las figuras apostadas al otro lado del Rhodanus. A pesar de que el caudaloso río de aguas profundas se hallaba a más de quinientos pasos de distancia, el campamento de los volcas se vislumbraba fácilmente por entre los árboles. El gran número de tiendas y las numerosas hileras de caballos delataban la presencia de cientos de guerreros y los centinelas patrullaban la orilla noche y día. Por regla general, las tribus de la región vivían a ambos lados del río, así que las intenciones de los volcas no podían ser más claras. «Pagarán cara su actitud combativa», pensó Bostar. Hacía menos de una hora que había recibido las órdenes de Aníbal. Tras realizar la debida ofrenda a los dioses, había llegado el momento de salir. Su falange y los trescientos *scutarii* que el general había insistido en que llevara consigo ya estaban listos para partir detrás de las tiendas de los libios. Su destino —una isla situada en un estrechamiento del río— se encontraba a un día de marcha hacia el norte.

—¿Por qué no podían ser estos estúpidos cabrones como el resto de las tribus de la zona? —La voz de Safo le arrancó de su ensimismamiento.

—¿Y que nos vendan sus barcos y vituallas? ¿A eso te refieres? —preguntó Bostar fingiendo alegrarse de ver a su hermano.

«¿Qué hace Safo aquí tan temprano si no sabe nada de mi misión? ¿Por qué se lo habré dicho a mi padre? —pensó Bostar asustado. Respiró hondo—. Tranquilo —se dijo—. Le pedí que no se lo dijera a nadie, y no lo habrá hecho.»

—Sí, a eso me refiero. Pero en vez de eso, van a matar a una mínima porción de los nuestros antes de ser aniquilados. Hasta unos ignorantes indígenas como ellos deberían saber que es imposible impedir que nuestras tropas crucen el Rhodanus.

Bostar se encogió de hombros.

—Me imagino que son como los ausetanos. Defender su territorio es una cuestión de orgullo. No les importa que les superemos en número. No se avergüenzan de morir luchando.

—Pues estos folladores de ovejas son idiotas —se burló Safo—. ¿Acaso no entienden que solo queremos cruzar este puñetero río y proseguir nuestro camino?

Bostar se abstuvo de preguntar si él no haría lo mismo en una situación similar.

—Ahora ya da igual. Aníbal ya les dio su oportunidad. Por cierto, ¿me buscabas por algo? Estoy a punto de salir de marcha con mi falange —mintió, incapaz de pensar en otra excusa.

—¡Por todos los dioses! Tus hombres deben de quererte mucho. ¿No habéis hecho suficientes marchas ya? Ahora entiendo por qué llevas el uniforme a estas horas —añadió desdeñoso—. No es nada urgente, solo quería comentarte que he descubierto unas huellas y que quiero salir a cazar más allá del campamento. ¿Me acompañas?

Su propuesta pilló a Bostar por sorpresa.

—¿Salir a cazar jabalíes? —balbuceó.

—O venado —sonrió Safo con picardía—, cualquier cosa que nos permita variar un poco de menú.

—No estaría nada mal comer carne fresca... —reconoció Bostar. Se sentía dividido: la propuesta de su hermano era un claro intento por su parte de arreglar las cosas entre ellos, pero no podía desobedecer, ni revelar, las órdenes de Aníbal, que eran alto secreto. ¿Qué podía responder?—. Me encantaría, pero hoy no podrá ser. No sé a qué hora regresaremos.

Safo no se dio por vencido.

—¿Y qué tal mañana? —preguntó con ganas.

Bostar se sentía cada vez más incómodo. «Por el gran Melcart —pensó—, ¿qué he hecho yo para merecer esto?» Al atardecer del día siguiente, él y sus hombres estarían tomando posiciones en la otra orilla.

—No sé... —comenzó a decir.

La buena disposición de Safo se esfumó al instante.

—¿Prefieres estar con tus hombres que con tu hermano?

—No es eso —protestó Bostar—. Me encanta la idea...

—¿Pues cuál es el problema?

Bostar no supo qué contestar.

—No puedo decírtelo —murmuró.

Safo lo miró con desdén.

—Reconócelo, no soy lo bastante bueno para ti. ¡Nunca lo he sido!

—¡No es cierto! ¿Cómo puedes decir algo así? —protestó Bostar horrorizado.

—¡Bostar! —La llamada alegre de su padre cortó en secó la discusión.

Sorprendidos, los hermanos se dieron la vuelta. Malchus avanzaba en su dirección desde la línea de tiendas.

—Pensaba que ya te habrías marchado —comentó al acercarse.

—Ahora me iba —repuso Bostar nervioso. «Baal Safón, deja que me vaya sin más problemas, por favor», suplicó—. Nos vemos luego.

Los dioses no escucharon la súplica de Bostar.

—Buena suerte —le deseó Malchus guiñándole el ojo.

—¿Por qué? —preguntó Safo con el ceño fruncido—. ¿Por qué necesita suerte para una simple marcha de entrenamiento?

—Nunca se sabe... —respondió Malchus visiblemente incómodo—. Podría romperse el tobillo... Estos senderos son muy traicioneros.

—¡Menuda mentira te acabas de inventar! Además, ¿cuándo nos has deseado tú suerte para algo tan banal? —se mofó Safo mientras se volvía hacia Bostar—. Aquí se está cociendo algo, ¿verdad? ¡Por eso no querías salir a cazar!

Bostar sintió que le ardían las mejillas.

—Debo irme —farfulló mientras recogía el escudo.

Furioso, Safo se interpuso en su camino.

—¿Adónde vas? —inquirió.

—Apártate —dijo Bostar.

—¿Es una orden, señor? —Safo impregnó esta última palabra de un gran desprecio.

—¡Muévete, Safo! —intervino Malchus—. Tu hermano ha recibido órdenes del mismísimo Aníbal.

—¿Era eso, entonces? —preguntó Safo apartándose a un lado con mirada envidiosa—. Podrías haberme dicho algo, haberme dado alguna pista...

Bostar lo miró, consciente de su error.

—Lo siento mucho.

—No es cierto —murmuró Safo entre dientes—, eres un lameculos. Eres el puto oficial perfecto —agregó en voz más baja.

Bostar sintió que le hervía la sangre, pero se contuvo.

—Lo cierto es que no te había dicho nada porque no quería que te sintieras excluido.

—¡Muy amable de tu parte! —gritó Safo con las venas del cuello hinchadas—. Vayas a donde vayas, ¡espero que te maten!

Malchus abrió la boca para protestar, pero Bostar se lo impidió con un gesto de la mano. Curiosamente, su rabia se había transformado en una profunda tristeza.

—Espero que al menos desees que la misión tenga éxito.

Safo se sintió avergonzado, pero no tuvo oportunidad de responder.

Bostar se dirigió a Malchus.

—Adiós, padre.

Los ojos de Malchus reflejaban un gran dolor.

—Que los dioses os protejan a ti y a tus hombres.

Bostar asintió y se marchó.

—¡Bostar! —le llamó Safo.

Bostar ignoró su llamada.

Tenía la sensación de haber perdido a otro hermano.

Dos días más tarde, Bostar y sus hombres ya se encontraban en posición. El trayecto había sido duro. Después de una larga marcha el primer día, los guías les condujeron hasta una bifurcación del río que tenía una isla en el centro, lo cual había facilitado la travesía. Dado que no sabían si había volcas al otro lado, decidieron cruzar el río de noche. Bostar y los diez hombres que había elegido para esta misión nadaron hasta la otra orilla utilizando una especie de balsas construidas con troncos y pieles de animales infladas. Para su gran alivio, en esa zona del bosque solo habitaban búhos y zorros. Al poco rato el resto de los soldados se unió al grupo. Bostar no se olvidó de agradecer a los dioses su buena fortuna. Aníbal y todo su ejército dependían de ellos. Si fracasaban, cientos, incluso miles, de cartagineses podían morir a manos de los volcas al cruzar el río.

Al despuntar el alba, Bostar inició la marcha hacia el sur y solo se paró al distinguir el campamento enemigo. Bostar dejó a sus hombres descansando en los densos matorrales que abundaban en las colinas próximas al río y, con unos cuantos centinelas, pasó la noche agazapado observando a los volcas sentados alrededor de sus hogueras, ajenos a todo peligro. El alivio que sintió al contemplar al enemigo tan tranquilo atenuó la profunda tristeza que arrastraba desde la discusión con su hermano. Bostar no deseaba enemistarse con Safo. «Que los dioses nos permitan sobrevivir a la batalla y hacer las paces», rogó.

A la luz del día era fácil divisar el enorme campamento cartaginés en la otra orilla. Cada vez más nervioso, Bostar observó a las tropas aproximarse a la orilla, a los soldados de caballería subiendo al barco de mayor tamaño y a los de infantería montando en las canoas. Incluso entrevió a Aníbal con su bruñida coraza dirigiendo la operación, pero Bostar no se movió. Debía escoger con mucho cuidado el momento más oportuno para atacar. Si se precipitaban, él y sus hombres corrían el riesgo de ser aniquilados y, si esperaban demasiado, morirían muchos soldados en los barcos.

Los centinelas volcas no tardaron en percatarse de la actividad que se desarrollaba al otro lado del río y dieron la voz de alarma. Cientos de hombres salieron de sus tiendas armados y corrieron hasta la orilla, donde comenzaron a caminar amenazantes de un lado a otro increpando a los cartagineses y vanagloriándose de su triunfo inminente. Bostar contempló la escena entusiasmado. El enemigo había abandonado el campamento y todos los hombres tenían la vista puesta en la flotilla del río. Había llegado el momento de actuar.

—¡Encended los fuegos! —ordenó entre dientes—. ¡Rápido!

Tres lanceros arrodillados, que habían estado esperando tensos la orden de Bostar, empezaron a frotar las piedras. Clac, clac, clac, sonaban al chocar. Pronto comenzaron a caer las primeras chispas sobre la yesca que tenían preparada. Bostar suspiró aliviado al ver surgir las llamas a un lado de la primera pila, y luego la segunda. La tercera prendió momentos después. Los soldados soplaron con fuerza para avivar las llamas.

Mordiéndose una uña nervioso, Bostar esperó hasta que las llamas fueran lo bastante fuertes.

—Echad las hojas verdes —ordenó.

Siguió con la mirada el humo ascendente provocado por las hojas húmedas y echó un vistazo a la otra orilla.

—Vamos —rogó—. Ya deberíais de verlo.

Sus plegarias fueron respondidas. Aníbal y sus hombres entraron en acción y empujaron los barcos al agua. La nave de mayor tamaño con los soldados de caballería, cada uno de los cuales sujetaba a seis o siete caballos, permaneció aguas arriba. Su número y tamaño amortiguaban el impacto de la fuerte corriente sobre las naves más pequeñas de los soldados de infantería. La respuesta de los volcas no se hizo esperar. Todos los hombres que disponían de un arco o una lanza se aproximaron a la orilla a esperar su oportunidad.

—Vamos —susurró Bostar a sus tres lanceros—. Ha llegado el momento de dar una sorpresa a esta escoria que no olvidará jamás.

Momentos más tarde, Bostar y el grueso de sus tropas descendían colina abajo hacia el río. El resto, un centenar de *scutarii*, se dirigieron al campamento volco. Corrían rápido y en silencio. Bostar pronto notó el rostro cubierto por los chorros de sudor que le caían por debajo del casco de bronce. Trató de ignorar el sudor contando los pasos que le quedaban hasta su destino. Durante la larga espera había calculado repetidas veces la distancia entre su escondite y la orilla. «Quinientos pasos», se dijo. Hasta las tiendas eran solo trescientos cincuenta pasos. El trayecto se le hizo eterno, pero los volcas estaban tan ocupados gritando a los barcos que recorrieron cien pasos sin problemas. Después ya solo quedaban ciento cincuenta... ciento setenta y cinco. Los barcos de Aníbal habían llegado al centro del río. Cuando Bostar estaba a punto de contar el paso número doscientos, vio el rostro perplejo de un volco que, al volverse para hablar con un compañero, descubrió al gran grupo de soldados que se dirigía a ellos. Bostar logró avanzar diez pasos más antes de que estallara la voz de alarma. «Demasiado tarde», pensó triunfante.

—¡A la carga! —gritó Bostar echando la cabeza hacia atrás—. ¡Por Aníbal y por Cartago!

Sus hombres lanzaron un grito y se abalanzaron sobre los volcas que, asombrados y aterrados, se enfrentaban a una carga frontal y a un ataque por la retaguardia. Bostar vio la angustia en el rostro de los volcas y miró atrás. Feliz, constató que sus tiendas ardían en llamas. Los *scutarii* habían cumplido sus órdenes a la perfección.

El número de bajas sufridas por los cartagineses se limitó considerablemente gracias a la gran confusión de los volcas, que estaban más preocupados por protegerse las espaldas que por lanzar proyectiles a las tropas indefensas de los barcos. La falta de disciplina y el pánico generalizado tampoco les permitió batir a los hombres de Bostar. Furiosos, lanzaron demasiado pronto su lluvia de lanzas y arcos, que apenas alcanzaron las primeras filas de lanceros. Menos de dos docenas de sus hombres habían caído cuando Bostar por fin alcanzó la distancia apropiada para atacar.

Con el semblante tranquilo, ordenó a sus soldados que arrojaran las lanzas. Su maniobra conjunta nada tenía que ver con el patético esfuerzo realizado por los volcas. Una lluvia de centenares de lanzas cayó sobre los inexpertos volcas, la mayoría de los cuales no llevaba armadura. El ataque causó numerosas bajas en las filas enemigas. Los gritos de los heridos y moribundos sembraron el terror y la confusión. Bostar rio maravillado ante el fantástico plan de Aníbal. Los volcas habían pasado de estar en posición de ataque a ser atacados por la retaguardia mientras las llamas consumían sus tiendas.

En ese momento empezaron a llegar los primeros barcos. Guiados por su general, muchos *scutarii* y *castrati* saltaron al agua. Sus feroces gritos de guerra asustaron todavía más a los volcas que, aterrados e incapaces de soportar la situación, huyeron corriendo.

—¡Sacad las espadas! —ordenó Bostar a sus hombres para acelerar la huida del enemigo.

La travesía del río estaba bajo control. Estaba claro que los dioses sonreían a Aníbal y a su ejército.

En un cuarto de hora, todo hubo acabado. Cientos de volcas yacían muertos o moribundos, mientras que los atemorizados supervivientes buscaban refugio en el bosque. Varios escuadrones de númidas envalentonados les pisaban los talones. Pocos fugitivos sobrevivirían para explicar la emboscada, pensó Bostar, pero algunos lo lograrían y difundirían la leyenda de la travesía de Aníbal. Lecciones sangrientas como esta, o como el asedio de Saguntum, eran un mensaje claro para las tribus vecinas: si se enfrentaban a las tropas cartagineses serían aplastados. Bostar deseó en vano que las cosas resultaran igual de sencillas con los romanos.

Una vez cumplida su misión, dejó a sus hombres y fue en busca de Aníbal. La orilla estaba repleta de soldados de infantería, honderos y soldados de caballería, que alejaban a los caballos del agua; los oficiales gritaban desesperados tratando de reunir a sus diseminadas tropas. El río estaba lleno de barcos que navegaban en distintas direcciones. Había comenzado la colosal tarea de transportar al otro lado del Rhodanus las decenas de miles de tiendas y las ingentes cantidades de vituallas que necesitaban las tropas.

Bostar se abrió camino entre los soldados tratando de encontrar a su familia. El corazón le dio un vuelco de alegría al ver a Malchus y, junto a él, Safo. Bostar dudó un instante antes de acercarse a su hermano, pero cuando vio que estaba bien, sintió un gran alivio. Bostar agradeció este instinto natural: pasara lo que pasara, la familia era la familia.

Convencido de que todo iría bien, Bostar levantó la mano.

—¡Padre! ¡Safo! —gritó.

Resultaba evidente que Suniaton tardaría meses en recuperarse y eso contando que las heridas cicatrizarían bien, algo que Hanno no veía claro. Lo que sí era obvio es que su amigo jamás volvería a luchar con esa cojera, que arrastraría de por vida. Pero como no dejaba de repetir Suniaton, por lo menos estaba vivo.

Cada vez que se lo decía, Hanno asentía y sonreía, tratando de ignorar el resentimiento que enturbiaba su alegría por el rescate de Suniaton, pero no lo conseguía. Su amigo no podía viajar solo, y quizá jamás pudiera. Hanno cambió. Se volvió retraído e irritable y pasaba mucho tiempo fuera de la cabaña, lejos de Suniaton. A pesar de sentirse mal por ello, cuando regresaba y veía a su amigo cojeando con una muleta casera, volvía a consumirle la rabia.

El cuarto día recibieron la visita inesperada de Quintus y Aurelia.

—No os preocupéis. No hay noticias de Capua —les tranquilizó Quintus mientras desmontaba.

Hanno exhaló un suspiro de alivio.

—Entonces, ¿qué os trae por aquí?

—Pensé que te interesaría saber que nuestro padre y Flaccus están a punto de partir. Por fin Publio Cornelio Escipión y sus tropas están listas.

Hanno sintió que se le paraba el corazón.

—¿Se dirigen a Iberia?

—Sí, a la costa noreste. Creen que allí es donde se encuentra Aníbal —respondió Quintus en tono neutro.

—Ya veo —replicó Hanno tratando de mantener la calma, aunque en su interior resurgió el deseo de marcharse—. ¿Y el ejército que se dirigía a Cartago?

—Pronto partirá también. Lo siento —contestó Quintus incómodo.

—No hay nada que sentir —masculló Hanno—, tú no has hecho nada.

Todavía incómodo, Quintus no respondió y se acercó a Suniaton para examinar su herida. «Esto es lo que debería hacer yo —pensó Hanno sintiéndose culpable—. Pero ¿para qué? Nunca volverá a caminar bien.»

La voz de Aurelia lo sacó de su ensimismamiento.

—Pasaremos meses sin ver a nuestro padre —le explicó con tristeza—, y Quintus no hace más que decir que quiere irse con él. Pronto nos quedaremos solas mi madre y yo.

Hanno hizo un ademán de comprensión, pero no estaba centrado en la conversación. Lo único que deseaba era seguir al ejército de Publio hasta Iberia.

Aurelia confundió su silencio por tristeza.

—¿Cómo puedo ser tan egoísta? ¿Quién sabe cuándo podrás ver tú a tu familia?

Hanno torció el gesto, pero no por sus palabras. Pronto Aníbal y sus huestes se enfrentarían al ejército consular romano y él estaba atrapado allí con Suniaton.

—¿Hanno? ¿Te ocurre algo?

—¿Qué? No, nada.

Aurelia siguió su mirada hasta Suniaton, que obedecía las instrucciones de Quintus, y se dio cuenta de lo que sucedía.

—Tú también quieres ir a la guerra —le susurró—, pero no puedes por tu lealtad a Suni.

Sorprendido, Hanno mantuvo la mirada puesta en el suelo.

Aurelia le tocó el brazo.

—No hay mayor muestra de amor por un amigo que estar a su lado en un momento así. Se necesita mucho valor para ello.

Hanno tragó saliva.

—Pero debería sentirme contento de estar con él, no enfadado.

—No puedes evitarlo —suspiró Aurelia—. Eres un soldado, al igual que mi padre y mi hermano.

Quintus se acercó en ese momento.

—¿Qué decías?

Ni Aurelia ni Hanno contestaron.

Quintus esbozó una amplia sonrisa.

—¿A qué viene tanto secretismo? ¿Habéis adivinado que voy a ir en busca de nuestro padre?

Horrorizada, Aurelia lo miró boquiabierta. Hanno también estaba sorprendido, pero antes de que ninguno de ellos pudiera responder, Suniaton se acercó para decir algo y Quintus le cedió la palabra.

—Soy muy consciente de lo duro que es esto para ti, Hanno. Estás aquí, esperando a que me recupere, cuando lo único que deseas es alistarte al ejército de Aníbal.

Su intervención dejó a todos sin palabras y Hanno se sintió más culpable que nunca.

—Me quedaré contigo todo el tiempo que sea necesario. No se hable más —declaró. Acto seguido, se volvió hacia Quintus—. ¿Qué es lo que te ha motivado a marcharte ahora?

—Tengo que explicarle a nuestro padre lo que te ha hecho Agesandros. El poder se le ha subido a la cabeza.

Aurelia le interrumpió furiosa.

—¡Ese no es el motivo! Sabes perfectamente que en estos momentos es una locura despachar a un capataz. Además, las acciones de Agesandros no son lo bastante contundentes como para exigir su sustitución. Vamos a tener que seguir aguantándole.

Quintus la miró decidido.

—Sea como sea, me voy. Mi entrenamiento ha finalizado. La guerra podría acabarse en unos meses y me la perderé si espero hasta ser llamado a filas.

«Estás subestimando a Aníbal», pensó Hanno.

—¡Estás loco! —exclamó Aurelia—. ¿Cómo vas a encontrar a nuestro padre en medio de la guerra?

Por un momento, Quintus pareció asustarse.

—Le encontraré antes —respondió envalentonado—, solo necesito llegar al puerto de Iberia al que se dirige Publio. Allí compraré un caballo y seguiré a las legiones. Cuando le encuentre, ya será demasiado tarde para que me mande de vuelta a casa —añadió muy seguro desafiando a Hanno y su hermana con la mirada.

—Es una locura que viajes tan lejos por tu cuenta —protestó Aurelia—. ¡Nunca has ido más allá de Capua!

—Ya me las apañaré —farfulló Quintus furioso.

—¿Ah, sí? —preguntó Aurelia con sarcasmo, a la vez que se sorprendía de su ira, pues ya sabía desde hacía tiempo que esto iba a ocurrir.

—¿Por qué lo dices? —replicó Quintus.

Se produjo un silencio incómodo.

Suniaton carraspeó.

—¿Por qué no acompañas a Quintus? —preguntó a Hanno, que le miró atónito—. Es mejor viajar con dos espadas que con una.

Aurelia notó que el corazón comenzaba a latirle con fuerza. Sorprendida por sus sentimientos, se mordió el labio para no protestar.

Hanno entrevió un destello de esperanza en los ojos de Quintus. Para su sorpresa y vergüenza, él sentía la misma emoción en su corazón.

—No te voy a abandonar, Suni —protestó.

—Ya has hecho más que suficiente por mí, sobre todo si tenemos en cuenta que nos encontramos en esta tesitura por mi culpa —insistió Suniaton—. Llevas toda la vida esperando esta guerra. Yo no. Sabes que yo prefiero ser sacerdote que soldado. Así que, con el permiso de Quintus y Aurelia, yo me quedo aquí. —Quintus asintió en señal de aprobación—. Cuando me haya recuperado por completo, viajaré solo a Cartago —añadió.

—No sé qué decir —balbució Hanno, que se sentía apenado e ilusionado a la vez.

Suniaton alzó la mano para evitar que protestara.

—No consentiré que te quedes.

Hanno no protestó.

—Todavía estoy en deuda contigo, Quintus, así que acompañarte podría servir para saldar una parte de la misma —dijo Hanno—. ¿Qué te parece?

—Será un honor tenerte como compañero de viaje —respondió Quintus agachando la cabeza para ocultar su alivio.

La pena de Aurelia no conocía límites. No solo iba a perder a su hermano, sino también a Hanno, y no podía hacer nada por evitarlo. Dejó escapar un sollozo. Quintus le rodeó los hombros con el brazo y Aurelia logró sobreponerse.

—Regresa sano y salvo.

—Claro que sí —murmuró—. Y también nuestro padre.

Nerviosa, Aurelia miró fijamente a Hanno.

—Tú también —susurró.

Quintus escuchó sus palabras atónito.

Hanno no daba crédito a sus oídos. Aurelia estaba comprometida con un romano, además un romano de alto rango. ¿Realmente sentía lo que había dicho? Escudriñó su rostro durante unos instantes.

—Volveré —respondió por fin—, algún día.

14

El enfrentamiento

Massilia, en la costa sur de la Galia

Fabricius contempló las columnas griegas de los templos que se alzaban al otro lado del muelle y sonrió.

—Son muy diferentes de las nuestras —dijo—. Es agradable sentir que por fin estamos en suelo extranjero.

La flota romana y su comandante, el cónsul Publio Cornelio Escipión, se habían hecho a la mar cinco días antes. Fabricius y Flaccus habían viajado a bordo de uno de los sesenta quinquerremes que habían partido de Pisa, en la costa oeste de Italia, y que habían bordeado la costa de Liguria hasta la ciudad griega de Massilia, una vieja aliada de Roma situada en el sur de la Galia, donde la flotilla había llegado apenas dos horas antes.

—Hemos perdido demasiados meses hablando —corroboró Flaccus—. Ahora ha llegado el momento de luchar contra los cartagineses y solventar este asunto con la mayor celeridad posible —añadió mientras Fabricius asentía con vehemencia—. Veo que no te gusta esperar sentado sin hacer nada, ¿eh?

—No. —La reciente estancia de Fabricius en Roma le había dejado claro que no tenía madera de político. Había permanecido en la capital por sus ansias de luchar. Sin embargo, su deseo de acción se vio sofocado por una oleada de debates en el Senado, cada uno de los cuales podía durar más de una semana—. Sé que los políticos tenían motivos para demorar la acción: con casi todo el ejército disgregado, era lógico que esperaran al nombramiento de los nuevos cónsules antes de tomar una decisión transcendental —admitió—, pero ¿era necesario esperar tanto después de su nombramiento?

—No olvides que también debían debatirse otros asuntos de política exterior —respondió Flaccus en tono recriminatorio—. Roma tiene muchas otras cosas de las que preocuparse, además de lo que suceda en Iberia.

—Claro. —Fabricius suspiró. Esa había sido una de las lecciones más duras que había tenido que aprender en Roma.

—Felipe V de Macedonia nunca ha sido un gran amigo de Roma —agregó Flaccus—, pero ofrecer refugio a Demetrio de Faro es una señal clara de que no nos desea ningún bien.

—Desde luego. —Demetrio, el depuesto rey de Iliria, había causado muchos problemas a la República—. Pero ¿realmente era necesario dedicarle todo un mes de debates?

Flaccus adoptó una expresión pomposa antes de decir:

—Así es como funciona el Senado y así lleva funcionando desde hace casi trescientos años. ¿Quiénes somos nosotros para cuestionar este proceso sagrado?

Fabricius se mordió la lengua. Para él, el Senado sería mucho más eficiente si los debates estuvieran mejor controlados, pero sonrió con diplomacia.

—Para ser justo, debo decir que el Senado reaccionó con rapidez al oír la noticia de las revueltas galas.

Flaccus parecía satisfecho con su respuesta.

—Y en el momento en que estuvo claro que las nuevas colonias latinas que se habían propuesto de Placentia y Cremona serían insuficientes, el Senado requisó una de las legiones de las fuerzas expedicionarias. Y mientras yo estuve atrapado en Roma formando y entrenando a las nuevas unidades, ¡tú pudiste disfrutar de un poco de acción! —le reprochó Flaccus haciéndole un gesto admonitorio con el dedo—. ¡Durante tres meses!

Fabricius se había acostumbrado al tono condescendiente de Flaccus, pero le seguía irritando.

—Tú no estuviste allí. Los boyos e ínsubros no son un rival

nada fácil —protestó—. ¿Acaso no recuerdas Telamón? Hicimos bien en zanjarlo tan rápido. Cientos de nuestros soldados perecieron y muchos resultaron heridos.

Flaccus se sonrojó.

—Disculpa. No pretendía menospreciar tus esfuerzos, ni los de los hombres que murieron.

—Disculpas aceptadas —dijo Fabricius apaciguado—. ¡Pero eso no significa que no debiéramos haber partido a Iberia hace tres meses!

Flaccus hizo un gesto conciliador.

—Por lo menos ahora estamos en Massilia. Los saguntinos pronto serán vengados.

—Un poco tarde, ¿no crees? —preguntó Fabricius con amargura. La negativa del Senado a actuar significaba que habían abandonado a los saguntinos a su suerte, un hecho que todavía le causaba dolor.

—¡Dejémoslo ya! —suplicó Flaccus—. Ya hemos hablado de esto otras veces.

—Lo sé —dijo Fabricius—. Pero un aliado de Roma jamás debería ser abandonado a su suerte como lo fue Saguntum.

Flaccus suavizó el tono.

—Ya sabes que estoy de acuerdo contigo. ¿Acaso no hablé en repetidas ocasiones en el Senado sobre el deshonor de abandonar la ciudad?

—Es cierto. —«Pero seguramente sabías que tus palabras no cambiarían las cosas», pensó Fabricius.

En cualquier caso, era un argumento que sonaba bien y le permitía mostrar su lado combativo a su futuro suegro.

—Demos gracias a los dioses por servir a Publio en lugar de a Tiberio Sempronio Longo —añadió Flaccus—. Entraremos en acción mucho antes que ellos. Según las últimas noticias, la flota de Longo tardará un mes en estar preparada.

—Es terrible.

—Sin embargo, nosotros podremos zarpar en cuanto finalice el avituallamiento de los barcos. —Flaccus tamborileó con los dedos la empuñadura de su ornamentada espada.

—No olvidemos solicitar la información de los agentes locales —recordó Fabricius—. Hace meses que no sabemos nada de Aníbal.

—Porque se ha aposentado en Iberia y está sentado sobre su salvaje y peludo culo de *gugga* bebiendo vino y esperando nuestra llegada —dijo Flaccus con desdén.

—Quizás estés en lo cierto —corroboró Fabricius con una sonrisa—, pero más vale prevenir que curar.

Poco podía imaginar Fabricius que sus palabras resultarían premonitorias de lo que iban a descubrir en unas pocas horas.

Aníbal ya no estaba en Iberia.

Según los mensajeros masiliotas, que llegaron tan agotados sobre sus exhaustas monturas que sacaban espuma por la boca, Aníbal se encontraba a menos de un día de marcha.

Flaccus y el resto de los oficiales fueron convocados a una reunión urgente en la tienda de Publio, situada en el centro de uno de los fuertes provisionales de las legiones. Fabricius se sintió complacido a la vez que sorprendido al recibir una convocatoria similar menos de una hora después. Al llegar a la tienda, vio a Flaccus en el exterior con otros oficiales de alto rango, entre los que se encontraba Cneo, el hermano mayor de Publio, un ex cónsul que ahora era el *legatus*, o mano derecha, del comandante. Fabricius le saludó e inclinó la cabeza ante Flaccus. Sin embargo, para gran sorpresa suya, su futuro yerno apenas respondió a su gesto. Flaccus parecía muy furioso y Fabricius se preguntó qué debía de haber sucedido instantes antes en la tienda. No tuvo tiempo de averiguarlo. Al ser reconocido por el jefe de los centinelas, Fabricius fue conducido de inmediato al interior de la tienda.

Publio estaba hablando animadamente con un joven soldado masiliota. Ambos estaban inclinados sobre una mesa en la que habían extendido un mapa de toscos trazos. Ambos hombres llevaban las típicas corazas de bronce helénicas con los *pteryges* o flecos que protegían las ingles y los muslos, y las grebas de bronce en las piernas. A pesar de vestir de un modo similar, era evidente quién estaba al mando. La armadura del masiliota era buena, pero el espléndido rostro de Hércules en la armadura de Publio emanaba calidad y riqueza, y lo mismo podía decirse del ornamentado casco ático con plumas que reposaba sobre el taburete. Además, a pesar de que el soldado era mucho más alto que el cónsul de cabello gris, Publio destilaba una seguridad en sí mismo que compensaba con creces la diferencia de altura. Fabricius había tenido oportunidad de conocer brevemente a su comandante y le caía bien. Su ademán franco y tranquilo le había convertido en un personaje popular entre los militares, desde los de más bajo rango hasta los máximos oficiales, al igual que sucedía con su hermano Cneo.

Publio levantó la cabeza.

—¡Fabricius! Gracias por venir.

Fabricius saludó a su superior.

—¿En qué puedo ayudarle, señor?

—Primero deja que te presente al comandante de la unidad que nos ha traído estas terribles noticias. Fabricius, este es Clearco. Clearco, te presento a Fabricius, de quien ya te he hablado.

Ambos hombres se saludaron cortésmente con una inclinación de cabeza.

—Me imagino que ya te habrás enterado del paradero actual de Aníbal —dijo Publio astutamente—. Habría que estar sordo para no enterarse.

Fabricius esbozó una amplia sonrisa. Era cierto que la noticia no había tardado nada en extenderse.

—Dicen que ha cruzado el Rhodanus con su ejército y que ha acampado en la orilla este del río.

—Así es. —Publio se dirigió al masiliota—: ¿Clearco?

—Desde que nos enteramos de que Aníbal había entrado en la Galia hemos estado patrullando la zona del interior con pequeñas unidades de caballería muy móviles, una de las cuales avistó los cartagineses hace dos semanas y los siguió hasta la orilla oeste del río, a un día de marcha desde aquí.

Fabricius sintió que el corazón le palpitaba con fuerza. El rumor era cierto.

—¿Cuántos son?

—Unos cincuenta mil hombres en total, y casi una cuarta parte son de caballería.

Fabricius enarcó las cejas. Era un ejército mucho mayor que cualquier otro que hubiera visto en Sicilia.

Publio se percató de su reacción.

—A mí también me ha sorprendido. Aníbal tiene intención de atacar Italia, pero la diosa Fortuna ha sido generosa al alertarnos de su propósito. Continúa, Clearco.

—Estuvieron acampados junto al río durante varios días construyendo balsas y barcos, y me imagino que planificando su estrategia contra los volcas, la hostil tribu que habita la orilla este. El resultado fue increíble, señor. Aníbal envió una unidad aguas arriba que cruzó el río sin ser detectada y que atacó a los volcas por la retaguardia. —Clearco formó un círculo con el pulgar y el índice—. Los aplastaron sin miramientos. Desde entonces, casi todo el ejército ha cruzado el río sano y salvo. Solo los elefantes continúan en la otra orilla.

—¿Os imagináis que hubiéramos llegado hace una semana y que hubiéramos podido evitar que cruzaran el río? ¡Quizá la guerra ya se habría acabado! —exclamó Publio frustrado. Al instante su rostro adoptó una expresión astuta—. Pero quizá nos quede una oportunidad todavía, ¿Clearco?

—Así es, señor. Van a necesitar al menos dos o tres días para transportar los elefantes al otro lado. Quizá más. Ya lo han intentado varias veces sin éxito.

—Excelente. Ahora necesito que alguien vaya a echar un vistazo al ejército cartaginés, un oficial romano —Publio miró a Clearco—, y no es que pretenda menospreciar a nuestros aliados masiliotas.

—No me ha ofendido, señor —le tranquilizó Clearco levantando las manos.

—Aunque son muchos los que desean llevar a cabo esta misión, yo he pensado que sería mejor encargársela a un veterano que sepa mantener la calma en todo momento, por eso había pensado en ti —dijo Publio mirando a Fabricius—. ¿Qué me dices?

Fabricius sintió que se le aceleraba el pulso. ¿Acaso Flaccus había solicitado que le encargaran la misión y Publio le había rechazado? Eso explicaría su cara tan agria.

—Cuente conmigo, señor.

Publio esbozó una leve sonrisa de aprobación.

—La rapidez es esencial. Si partes de inmediato, podrás estar de vuelta mañana por la noche o pasado mañana a más tardar. Necesito que cuentes los efectivos de Aníbal con gran exactitud y que los desgloses por tipos de tropas.

Fabricius no se iba a amilanar ante un reto semejante.

—Lo haré lo mejor que pueda, señor.

—¿Cuántos hombres tienes?

—Unos doscientos cincuenta, señor.

—Llévatelos a todos. Clearco te guiará. —Publio se dirigió al masiliota—. ¿De cuántos hombres dispones?

—De unos doscientos jinetes, señor, todos con experiencia.

—Debería bastar. —Publio se volvió hacia Fabricius—. Tú estarás al mando. Evita todo contacto con el enemigo salvo que sea inevitable. Tendré al ejército preparado para partir en cuanto regreses.

—Sí, señor —respondieron Fabricius y Clearco. Saludaron a Publio antes de marcharse.

El cónsul se quedó en la tienda estudiando el mapa.

Fabricius no perdió el tiempo. Menos de una hora después se dirigía a la puerta norte de Massilia con tres *turmae* o unidades de caballería. Era una lástima que no hubiera tenido tiempo de reemplazar las bajas de la última campaña, pero a pesar de ello estaba razonablemente satisfecho con los soldados que le quedaban. Todos habían luchado muy bien durante el verano. Como miembros de la orden équite, casi todos lucían un uniforme helénico similar al suyo, con el casco beociano, la túnica blanca con una franja púrpura desde el hombro hasta el dobladillo y unas botas de cuero totalmente cerradas. Todos llevaban lanzas y unos escudos circulares fabricados con piel de buey. Pocos tenían espada. La pesada capa de caballería, o *coca,* que todos se ponían cuando hacía mal tiempo, estaba enrollada y atada detrás de las sillas.

Fabricius y sus hombres se reunieron con Clearco y sus jinetes al otro lado de las murallas. El uniforme de la caballería masiliota era heterogéneo. No había dos soldados vestidos igual. A pesar de ello, con sus cascos, lanzas y pequeños escudos, tenían un aspecto similar al de la caballería romana. A Fabricius le tranquilizó el talante calmado de Clearco y el modo en que sus hombres respondían a sus órdenes. Llegado el momento, lucharían bien.

Cabalgaron hacia el norte con los masiliotas en cabeza y solo se detuvieron cuando se hizo demasiado oscuro para continuar. A pesar de que Clearco conocía bien la zona, temía que hubiera cartagineses patrullándola, por lo que le dijo a Fabricius que no tenía sentido exponerse a peligros innecesarios, como cabalgar de noche. Fabricius no discutió. Era una decisión sensata. Ordenó a sus hombres que encendieran las hogueras y montaran el campamento. En su perímetro apostó al doble de centinelas de lo habitual y, mucho tiempo después de que se hubieran retirado a dormir sus soldados, Fabricius recorrió cada uno de los puestos de guardia aguzando bien el oído. Esta era una misión de vital importancia y, si no tenía tiempo de dormir, no dormiría, pero nada podía fallar. Por suerte, el único ruido que oyó fue el chillido ocasional de un búho.

Al día siguiente, Fabricius y Clearco despertaron a sus hombres mucho antes del amanecer. Su nerviosismo resultaba palpable. Era muy probable que entraran en contacto con el enemigo antes de acabar el día. Tras discutirlo brevemente con Clearco, Fabricius decidió enviar a una avanzadilla de diez jinetes masiliotas acompañados de una *turma* con su mejor decurión para explorar el terreno. Todos tenían órdenes de regresar a la más leve señal de alarma.

La corazonada de Fabricius de enviar una patrulla de reconocimiento resultó ser una decisión muy acertada. Llevaban una hora cabalgando cuando uno de los jinetes de la avanzadilla regresó al galope y se detuvo junto a Fabricius y Clearco, que cabalgaban juntos.

—¿Qué noticias traes? —preguntó Fabricius con el corazón en vilo.

—Hemos avistado a un grupo de númidas, señor. A unos tres kilómetros de aquí.

Fabricius se quedó inmóvil. Guardaba muy mal recuerdo de sus batallas contra los jinetes africanos de armamento ligero.

—¿Os han visto?

El jinete esbozó una amplia sonrisa.

—No, señor. Pudimos ocultarnos detrás de una arboleda.

Fabricius suspiró aliviado. Su misión no había sido descubierta, por el momento.

—¿Cuántos son?

—Unos trescientos en total, señor.

—¿Alguna noticia más?

—El decurión me pidió que le dijera que hay un bosquecillo a un kilómetro y medio de aquí que es ideal para tender una emboscada. Si aligeran el paso, podrán llegar antes que los númidas.

A Fabricius se le secó la boca. Publio le había ordenado que evitara una confrontación a toda costa, pero ¿cómo podía hacerlo en esta situación? Dejar pasar a la caballería enemiga y continuar con la misión podría poner en peligro a su patrulla, que podría ser atacada por la retaguardia. Consciente de que todas las miradas estaban puestas en él, Fabricius cerró los ojos.

—¿Trescientos hombres, dices?

—Sí, señor.

Fabricius tomó una decisión. Ellos eran cuatrocientos cincuenta y fuertes. No sería demasiado difícil.

Abrió los ojos y se llevó la mano a la espada, contento de ver que Clearco asentía con fuerza.

—¡Rápido! ¡Llévanos al bosquecillo!

Al poco rato, Fabricius se encontraba en una posición inmejorable desde la que divisaba el estrecho sendero por el que habían venido. Gracias a una inteligente sugerencia de Clearco, toda la patrulla cabalgó colina arriba hasta desaparecer de la vista mucho antes de llegar al grupo de árboles. Así podían asaltar a los númidas mucho antes de que descubrieran las huellas que los delataban, o al menos eso esperaba.

A Fabricius le sabía mal no haber tenido tiempo de camuflarse mejor y diseñar algún plan para evitar que los númidas se replegaran, pero no había sido posible y habían dejado su suerte en manos de los dioses. Miró a su alrededor y vio en las caras de los jinetes la misma tensión que intuía en la suya.

La razón era muy simple: pronto avistarían las primeras tropas cartaginesas que perpetraban un acto de agresión contra Roma desde hacía más de veinte años, y el enemigo ni tan solo se encontraba en Sicilia, su coto de caza habitual. Lo impensable había sucedido y Fabricius todavía intentaba asimilarlo. Aníbal se encontraba en la Galia ¡y se dirigía a Italia! «Tranquilo», se dijo. Lo más importante en esos momentos era que, si él y sus hombres no tenían suerte, los númidas podían descubrirles y huir antes de iniciar la emboscada.

El siguiente cuarto de hora fue eterno. Con la mirada puesta en el punto en que el sendero se adentraba en el bosquecillo, trató de ignorar el tintineo de los arneses de los caballos y el canto de los pájaros en las ramas situadas sobre su cabeza, pero era imposible controlar todos los sonidos. Un caballo dio una coz en el suelo y un jinete tosió, lo que le valió una reprimenda mascullada del oficial más cercano y una mirada matadora de Fabricius que, al volver su atención al sendero, detectó movimiento. Fabricius parpadeó. Señaló con el dedo.

—¡Chitón! —Siseó a ambos lados. La impaciencia de sus hombres se palpaba en el ambiente.

Por sorprendente que pudiera parecer, la patrulla de reconocimiento de los númidas estaba formada por dos hombres que cabalgaban a corta distancia del cuerpo principal de soldados.

Su aspecto no difería del de los jinetes contra los que luchó en Sicilia: de tez oscura, ágiles y atléticos, los númidas cabalgaban a pelo sobre pequeños caballos. Sus túnicas de anchas sisas iban sujetas por el hombro y ceñidas con un cinturón. Llevaban jabalinas y escudos circulares sin tachones. Sin prestar atención a los posibles peligros del camino, los jinetes iban charlando, lo cual no era de extrañar si se tenía en cuenta que todo parecía desierto a su alrededor, pensó Fabricius encantado. Él había cometido errores similares en el pasado, pero había tenido la gran fortuna de salir indemne.

Los númidas continuaron cabalgando sin echar ni siquiera un vistazo a las colinas donde se ocultaban los romanos y los masiliotas. Fabricius contuvo la respiración contando la distancia: ochenta pasos y luego cincuenta... Las primeras filas de númidas se internaron en el bosque. A Fabricius le vinieron imágenes de la guerra en Sicilia. Aunque no parecieran gran cosa, los númidas eran unos de los mejores jinetes del mundo. Sublimes sobre el caballo, eran imbatibles en escaramuzas y en tácticas de provocación. Y sabía por experiencia que eran letales cuando perseguían al enemigo derrotado.

Todavía era demasiado pronto para dar la orden de ataque, ya que era necesario que el máximo número de jinetes se adentrara en el bosque, donde quedarían atrapados por los árboles, pero el riesgo de ser descubiertos aumentaba a cada momento que pasaba. Fabricius tenía un nudo en el estómago, pero permaneció inmóvil. Sin embargo, cuando dos tercios de la patrulla ya se encontraban en el bosque y sus hombres estaban a punto de romper filas y él apenas podía aguantar más la presión, decidió atacar.

—¡A la carga! —ordenó mientras cabalgaba ladera abajo—. ¡Por Roma!

Le siguieron doscientos cincuenta soldados exaltados. Acto seguido, Clearco y sus masiliotas aparecieron en el otro lado del sendero aullando a pleno pulmón.

Fabricius disfrutó con la mirada de incredulidad de los númidas, que estaban acostumbrados a ser quienes tendían emboscadas a los demás, y no viceversa. Tomados por sorpresa, inferiores en número y atacados desde arriba, decidieron huir de inmediato. Durante unos instantes reinó una confusión absoluta. Algunos de los jinetes de la retaguardia se batieron en retirada, pero la mayoría quedaron atrapados por los árboles. Los caballos recularon aterrorizados y los hombres se gritaban órdenes contradictorias. Solo algún jinete se preparó para luchar, pero el resto solo deseaba escapar. Fabricius estaba exultante, habían avanzado hasta llegar a treinta pasos del enemigo sin sufrir ni una baja y las cosas solo podían mejorar: por muy habilidosos que fueran sobre sus caballos, los númidas no eran buenos en el combate cuerpo a cuerpo.

—¡Preparad las lanzas! —ordenó Fabricius—. ¡Matad a tantos como podáis!

Con un rugido feroz, sus hombres se prestaron a obedecerle.

Los supervivientes númidas echaban miradas temerosas por encima del hombro mientras huían a toda velocidad. Fabricius echó un vistazo a los cuerpos que yacían en el suelo y calculó que un centenar de númidas había muerto o resultado herido en la emboscada inicial. Las bajas romanas y masiliotas debían de ascender a la mitad de las enemigas. Dadas las circunstancias, era un resultado más que satisfactorio. Fabricius divisó a Clearco y le instó a acercarse con urgencia.

—Debemos seguirles. No podemos perderles la pista o no podremos calcular los efectivos de Aníbal.

Clearco asintió.

—¿Qué hacemos con los heridos, señor?

—Pueden arreglárselas solos. Les recogeremos a la vuelta.

—Muy bien, señor. —El masiliota se dio media vuelta para transmitir la orden.

—Clearco.

—¿Señor?

—No quiero que haya más enfrentamientos con el enemigo. Continuar con la lucha podría ser catastrófico, sobre todo si nos topamos con más fuerzas cartaginesas. Nuestra misión es mucho más importante que matar a unos cuantos númidas más. ¿Lo has entendido?

Los dientes de Clearco relucieron a la luz del sol.

—Claro, señor. Publio nos espera.

De inmediato todos los soldados que no estaban heridos formaron filas y se dispusieron a partir. Sin mirar atrás, Fabricius y Clearco fueron en pos de los númidas, esta vez sin avanzadilla. Cabalgaron a toda velocidad, en filas de cuatro, con la certeza de que era muy poco probable que los asustados jinetes enemigos se volvieran a atacarles. No tardaron en avistar el último de los supervivientes africanos, que gritó asustado al verles. Fabricius ordenó a sus hombres que ralentizaran la marcha y suspiró aliviado cuando le obedecieron sin rechistar. Muchas derrotas se debían a la falta de disciplina.

Siguieron a los númidas por el sendero sinuoso durante unos cinco kilómetros. El terreno llano facilitó la persecución. Fabricius no tenía ni idea de a cuánta distancia se encontraba el Rhodanus, pero cuando se aproximaban a una colina baja y pedregosa desde la cual se dominaban los alrededores, Clearco se le acercó y le dijo:

—El río se encuentra al otro lado de esta colina, señor.

Al oír sus palabras, Fabricius levantó la mano.

—¡Alto!

Cuando sus hombres hubieron cumplido la orden, se dirigió al masiliota.

—Subamos a la colina, pero solo tú y yo.

Clearco le miró sorprendido.

—¿Está seguro, señor? Podría haber centinelas enemigos.

—¡Habrán salido corriendo detrás de los númidas! —respondió Fabricius convencido—. Y cuando regresemos, quiero que los hombres estén listos para salir, no agazapados junto a un camino estrecho.

Clearco parpadeó y, acto seguido, esbozó una sonrisa maliciosa.

—Supongo que tanto valen dos hombres que doscientos en contra de todo un ejército.

—¡Así me gusta! —exclamó Fabricius riendo y dándose una palmada en el muslo antes de volverse al decurión que tenía más cerca—. Diles a los hombres que descansen. Vamos a echar un vistazo al otro lado de la colina, pero quiero que estéis preparados para partir de inmediato cuando volvamos.

—¡Sí, señor!

Fabricius lideró el camino. Se sorprendió al descubrir que se sentía más nervioso de lo que había estado en muchos años. Jamás habría imaginado que él sería el primer romano en divisar al ejército de Aníbal, pero allí estaba.

De camino a la cima encontraron pruebas evidentes de un puesto de guardia abandonado: una hoguera de piedra con ceniza humeante y esterillas que todavía tenían la forma de los cuerpos que habían descansado sobre ellas. Desmontaron y ataron a los caballos antes de subir al pico. Fabricius se tumbó en el suelo de forma instintiva. Lo primero que le llamó la atención al asomarse por el borde de la colina fue el grupo de númidas que cabalgaba ladera abajo, detrás de los cuales corrían unos doce hombres: los centinelas del puesto de guardia abandonado. Fabricius empezó a sonreír satisfecho, pero cuando divisó la escena que se extendía más allá de los jinetes, se quedó boquiabierto.

A media distancia brillaba la ancha banda de agua del Rhodanus y, a unos cien pasos de la orilla, comenzaban las hileras de tiendas enemigas, que se extendían más allá de lo que alcanzaba la vista. Fabricius estaba acostumbrado a campamentos de legionarios de entre cinco mil y diez mil hombres, pero el que se desplegaba ante sus ojos era mucho mayor, aunque mucho menos organizado. Su tamaño era más del doble que el de un ejército consular, que estaba formado por unos veinte mil hombres.

—No exagerabas. ¡Es un ejército inmenso! —murmuró a Clearco—. Publio debería haber actuado al recibir tu información. Hubiéramos pillado a estos bastardos durmiendo.

El masiliota escuchó sus palabras complacido.

Fabricius escudriñó el campamento anotando mentalmente todo lo que veía. Aníbal contaba con más jinetes que una fuerza romana de tamaño comparable, lo cual le preocupaba. Había pocas cosas que fueran más importantes que la cantidad de caballos de los que uno disponía. También avistó los aliados incondicionales de los cartagineses: los lanceros y escaramuzadores libios, los honderos baleáricos y los jinetes íberos y númidas. Sobre todo abundaban los soldados de infantería, especialmente *scutarii* y *caetrati*. En último lugar, pero no por ello menos importante, estaban los elefantes: los arietes andantes que tanto habían aterrorizado a los romanos en el pasado. Unas veinte de esas bestias ya habían cruzado el río.

—¡Por todos los dioses! —susurró Fabricius maravillado—. En nombre de Júpiter, ¿cómo han logrado traerlos hasta aquí?

Clearco le tocó el brazo y señaló hacia la orilla:

—Con eso.

Fabricius contempló las dos enormes barcazas de madera que eran arrastradas por barcos de remos a la otra orilla, donde les esperaban unos doce o más elefantes para ser trasladados al otro lado. Ante ellos, un enorme embarcadero formado por una doble línea de plataformas cuadradas se adentraba unos sesenta pasos en las rápidas aguas. Decenas de cuerdas y cables sujetaban el artilugio a los árboles situados río arriba. Fabricius sacudió la cabeza ante tamaña obra de ingeniería.

—He oído decir que los elefantes son criaturas inteligentes. ¿Cómo puede ser que caminen sin más sobre un trozo de madera flotante?

Clearco aguzó la vista.

—Veo una capa de tierra encima de la plataforma. Me imagino que así consiguen que parezca tierra firme.

—¡Qué listos son estos cabrones! Guían a los elefantes por el embarcadero hasta las balsas y después cortan los amarres y reman hasta el otro lado del río.

Fascinado, Fabricius observó cómo un *mahout* guiaba lentamente a un elefante por la pasarela. Incluso a tanta distancia era fácil adivinar que el animal no estaba nada contento con la situación, como corroboraban sus constantes barritos de protesta. Cuando había recorrido un tercio de la plataforma, se paró en seco. Para animarle a seguir, un grupo de hombres comenzó a gritar y a tocar tambores y platillos detrás de él, pero en vez de continuar hacia la balsa amarrada en el extremo del embarcadero, el animal saltó al agua. Su desafortunado *mahout* soltó un grito y desapareció de la vista. Fabricius cerró los ojos. «Qué manera tan horrible de morir», pensó. Cuando volvió a mirar, el elefante estaba cruzando el río a nado. Fabricius lo observó absorto. Nunca había visto nada igual.

De repente, Clearco le tiró del brazo.

—Los númidas ya han dado la voz de alarma, señor.

Fabricius divisó a los africanos en el extremo del campamento. Algunos señalaban hacia la colina y más allá. El viento transportó sus gritos de rabia hasta sus oídos. Fabricius sonrió feliz.

—Es hora de marcharse. Publio querrá estar al tanto de las noticias, tanto de las buenas como de las malas.

A Fabricius le satisfizo la respuesta inmediata de Publio ante el dramatismo de las noticias. El cónsul no temía la confrontación. Ordenó poner a salvo la mercancía pesada en los quinquerremes y condujo a su ejército hacia el norte en cuanto le fue humanamente posible. A pesar de ello, las legiones y sus aliados necesitaron tres días enteros para llegar al lugar en que los cartagineses habían cruzado el río, y sufrieron una gran decepción al descubrir que el campamento había sido abandonado. Mientras los oficiales romanos se abrían paso por los restos de los miles de hogueras, los únicos seres vivos a la vista eran unos chacales en busca de despojos y numerosas aves rapaces que hacían lo propio desde el aire.

Aníbal se había ido al norte para evitar entrar en batalla.

Publio a duras penas fue capaz de ocultar su sorpresa.

—¿Quién lo habría dicho? —murmuró—. Se dirige a los Alpes y, de ahí, a la Galia Cisalpina.

Fabricius estaba atónito. A nadie se le había ocurrido que este pudiera ser el plan de Aníbal. Pasmado ante su simplicidad, les había tomado totalmente por sorpresa, y el hecho de que estuvieran allí hoy había sido un mero golpe de suerte. Ahora Publio se enfrentaba a una decisión difícil. ¿Cuál era su mejor alternativa?

El cónsul convocó una reunión urgente con sus oficiales en la orilla del río. Además de Cneo, su *legatus*, estaban presentes doce tribunos, seis por cada legión regular. Según marcaba la tradición, las legiones alternas tenían tres tribunos de alto rango

—hombres que habían servido durante más de diez años en el ejército—, mientras que el resto tenía dos. Los tribunos de menor rango solo necesitaban cinco años de servicio, por lo que era un signo de los tiempos, y de la influencia de los Minucii, que Flaccus, que carecía de experiencia militar, hubiera sido nombrado tribuno de rango menor. Como jefe de la patrulla, Fabricius también estaba presente en la reunión, aunque se sentía muy nervioso ante la presencia de tantos oficiales de alto rango.

—Tenemos cuatro opciones, todas ellas difíciles —comenzó a decir Publio—. Perseguir a Aníbal y obligarle a luchar, o retirarnos a la costa y regresar con todo el ejército a la Galia Cisalpina. La tercera opción consiste en enviar a un emisario al Senado para informarle de las intenciones de Aníbal antes de proseguir hasta Iberia según las órdenes. O bien yo podría informar a Roma personalmente mientras Cneo lleva las legiones al oeste —dijo Publio mientras escrutaba la cara de sus oficiales en espera de una respuesta.

Fabricius pensaba que la segunda o cuarta opción eran las mejores, pero no podía decir nada hasta que se pronunciaran sus superiores. El silencio se prolongó y quedó claro que ninguno de ellos estaba dispuesto a hablar. Fabricius comenzó a sulfurarse. Este era uno de los momentos más importantes de la historia de Roma, y nadie quería meter la pata. Todos, menos uno, se percató Fabricius. Flaccus se balanceaba impaciente de un pie a otro como si estuviera poseído. Fabricius se esforzó por controlar su exasperación. Seguramente lo único que mantenía callado a Flaccus era su deseo de no incumplir el protocolo militar y hablar fuera de lugar antes que los cinco tribunos de mayor rango.

Publio acabó por impacientarse.

—Vamos, sed honestos. Podéis hablar sin miedo a represalia alguna. Quiero conocer vuestra opinión sincera.

Cneo se aclaró la garganta.

—En teoría, deberíamos enfrentarnos a Aníbal de inmediato, pero me pregunto si es lo más correcto.

—Sabemos que sus tropas nos superan en número, al menos en una proporción de dos a uno —añadió a continuación un tribuno de alto rango—, ¿qué pasa si sufrimos un contratiempo o una derrota? Las defensas de Massilia no pueden resistir un asedio. El resto de las legiones están ocupadas en otras misiones, ya sea en la Galia Cisalpina, en Sicilia o con el cónsul Longo. No disponemos de refuerzos.

«Palabras sensatas», pensó Fabricius, pero le sorprendió ver el rostro enrojecido de indignación de Flaccus.

Otro tribuno de mayor edad que el resto tomó la palabra.

—¿Tan importante es la fuerza del enemigo, señor? —preguntó irritado—. ¡Nuestros legionarios son los mejores soldados del mundo! Están acostumbrados a obtener victorias contra ejércitos muy superiores en número, tal y como hicieron en el pasado contra los cartagineses. ¿Por qué no van a poder hacer lo mismo ahora contra este... Aníbal? —pronunció la última palabra con gran desprecio—. Yo creo que debemos seguirle y aplastar a esta serpiente *gugga* antes de que entre en la Galia Cisalpina y se disponga a mordernos el talón.

Era difícil replicar a estas feroces palabras sin parecer poco patrióticos, y los primeros que habían tomado la palabra no volvieron a abrir la boca. Incluso Cneo parecía inseguro. Obviamente, Flaccus sonrió de oreja a oreja y asintió de forma vehemente mientras se volvía hacia los demás tribunos en busca de apoyo. Publio, con la barbilla apoyada en la mano, tenía la mirada perdida en el río. Todos aguardaban su respuesta.

«Si bien es cierto que los soldados romanos no tienen parangón —pensó Fabricius— las fuerzas cartagineses que ocupaban este campamento están lideradas por un hombre que, en menos de un año, ha conquistado grandes territorios en Iberia, cruzado las montañas hasta la Galia y, pese a fuertes dificultades, atravesado un río enorme, con elefantes incluidos. Perseguir a Aníbal podría tener resultados catastróficos.»

Publio tardó una eternidad en responder. Finalmente, levantó la mirada.

—Creo que perseguir a un enemigo más fuerte en territorio desconocido es muy desaconsejable. Como ya habéis señalado algunos de vosotros, aquí estamos solos, únicamente contamos con el apoyo de nuestros aliados masiliotas, que son solo unos millares de hombres. Por lo tanto, debemos aceptar el hecho de que los cartagineses llegarán a la Galia Cisalpina en los próximos dos meses.

Publio ignoró los gritos ahogados que provocaron sus palabras y prosiguió:

—No olvidemos dónde tiene Aníbal su base principal. Si se le corta el acceso, sus posibilidades de obtener suministros y refuerzos se verán enormemente reducidas. Por ello, propongo ceder el mando del ejército consular a mi hermano para que lo conduzca hasta Iberia —Cneo aceptó con una inclinación de cabeza y Publio le devolvió el gesto—, mientras yo regreso a Italia con la máxima celeridad para esperar a Aníbal cuando inicie su descenso de los Alpes. De esta manera resolvemos ambos problemas, con la ayuda de los dioses, claro está.

El tono decidido de Publio fue suficiente para la mayoría de los tribunos, que murmuraron su acuerdo. Únicamente el hombre mayor y Flaccus parecían descontentos. No obstante, el primero tenía la suficiente experiencia como para saber cuándo debía callar, pero el último no. Flaccus ignoró la mirada de advertencia de Fabricius y dio un paso adelante.

—¡Piénselo bien, señor! Aníbal puede ganar muchos aliados entre las tribus descontentas de la Galia Cisalpina. La próxima vez que se enfrente a su ejército, podría tener muchos más efectivos.

Publio enarcó las cejas ante la temeridad de Flaccus.

—¿Eso crees? —dijo con un tono gélido.

Fabricius estaba impresionado por la visión de futuro de su futuro yerno, pero había llegado el momento de callar. Enfurecer a un cónsul no era muy inteligente, pero Flaccus volvió a pasar por alto su mirada insistente.

—¡Así es, señor! Por el honor de Roma, ¡debe perseguir a Aníbal y vencerle! Piense en lo vergonzoso que sería que un enemigo extranjero, especialmente un cartaginés, pisara suelo italiano. —Al percatarse de las expresiones horrorizadas de los demás oficiales, Flaccus titubeó. Buscó apoyo entre sus compatriotas, pero al no encontrarlo, su mirada se posó finalmente sobre Fabricius—. Tú estás de acuerdo conmigo, ¿verdad?

De pronto, Fabricius se convirtió en el centro de todas las miradas. No sabía qué decir. Dar la razón a Flaccus le haría cómplice de su insulto al cónsul, pero negarle su apoyo significaría renunciar a la nueva alianza entre su familia y los Minucii. Una opción era tan mala como la otra.

Para gran alivio suyo, Publio intervino.

—Al principio pensé que eras valeroso por atreverte a expresar tu opinión. Ahora veo que te impulsó la arrogancia. ¿Cómo te atreves a hablar del honor de Roma cuando jamás has desenvainado tu espada para defenderla? Y, si no me equivoco, eres el único aquí que no lo ha hecho.

Flaccus se sonrojó y Publio continuó:

—Para que lo sepas, yo también odio la idea de que un enemigo pise suelo romano, pero no es ninguna vergüenza esperar a enfrentarse a un adversario en las mejores condiciones posibles, y en la Galia Cisalpina contaremos con todos los recursos de la República.

—Disculpe, señor —masculló Flaccus—. Mi comentario ha estado fuera de lugar.

Publio no admitió sus disculpas.

—La próxima vez que metas la pata, no intentes redimirte pidiéndole a un oficial de rango inferior como Fabricius que se oponga al cónsul. Eso es vergonzoso. —Y, sin decir nada más, se marchó con Cneo. El resto de los tribunos empezaron a hablar entre sí e ignoraron totalmente a Flaccus.

Por suerte, Flaccus estaba tan furioso que dio por sentado que Fabricius compartía su misma opinión. Se quejó amargamente de la humillación pública que acababa de sufrir y acompañó a Fabricius hasta las legiones. Por su parte Fabricius se alegraba de haber guardado silencio. Nunca antes había prestado atención a las dudas de Atia sobre Flaccus, pero su reacción precipitada era una clara muestra de arrogancia e imprudencia alarmante. En vista de lo ocurrido, ¿qué más era capaz de hacer?

15

Los Alpes

Encogiéndose de hombros ante el frío matutino, Bostar salió de su tienda y contempló maravillado las enormes montañas que se erigían ante él. La cordillera se extendía de norte a sur sobre la fértil llanura y ocupaba todo el horizonte este. Una densa red de pinos cubría las laderas más bajas y ocultaba las potenciales rutas de ascenso. El cielo estaba despejado, pero los afilados picos permanecían ocultos bajo un manto de nubes grises. A pesar de ello, era una vista magnífica.

—Son hermosas, ¿verdad?

Bostar se sobresaltó. Casi todos los soldados dormían, pero era normal que su padre estuviera levantado a esas horas.

—Son increíbles, sí.

—Y tenemos que cruzarlas —dijo Malchus con una mueca—. Ahora el paso del Rhodanus no te parece nada comparado con esto, ¿verdad?

Bostar soltó una carcajada forzada. Si alguien le hubiera dicho esto hace unas semanas, no se lo hubiera creído, pero a la vista de las empinadas laderas, supo que su padre bien podía tener razón. Esperar que más de cincuenta mil hombres, millares de animales cargados y treinta y siete elefantes escalaran al reino de los dioses y los demonios era una genialidad, o una locura. Bostar se sintió desleal por este último pensamiento y miró a su alrededor. Se sorprendió al ver que Safo se acercaba. Después de la batalla del Rhodanus, habían resuelto más o menos sus diferencias, sobre todo de cara a su padre, pero los hermanos seguían evitándose al máximo.

—Safo. —Bostar forzó una sonrisa, pero no pudo evitar sentirse dolido cuando su hermano le dirigió un saludo militar.

—¿Era necesario? —preguntó Malchus secamente.

—Lo siento —repondió Safo con brusquedad—, estoy medio dormido.

—Ya. Esta no suele ser tu mejor hora, sino más bien al mediodía ¿verdad? —intervino Bostar mordaz.

—¡Basta ya! —ordenó Malchus antes de que Safo tuviera tiempo de replicar—. ¿Por qué no podéis comportaros de una manera civilizada? Aquí hay mucho más en juego que vuestra estúpida rencilla.

Como siempre, el exabrupto de su padre consiguió silenciar a los hermanos y, en contra de lo habitual, fue Safo quien reanudó la conversación.

—¿De qué estabais hablando? —preguntó.

Bostar se sintió obligado a contestar.

—De eso —dijo señalando hacia las montañas.

La expresión de Safo se tornó agria.

—La mala fortuna nos espera allá arriba. Perderemos a muchísimos hombres, lo sé —dijo haciendo la señal de protección contra el diablo.

—Pero hemos tenido mucha suerte desde el Rhodanus —protestó Bostar—. Los romanos no nos persiguieron y los cavares nos han agasajado con comida, calzado y ropa caliente y, desde que estamos en su territorio, sus guerreros han mantenido a los alóbroges a raya. ¿Quién dice que los dioses no seguirán sonriéndonos?

—El año está a punto de acabar y el invierno llegará pronto. Se trata de una misión sobrehumana. —«Imposible, de hecho», pensó Safo con amargura. «Será el infierno.»

A Safo nunca le habían gustado las alturas y la perspectiva de escalar los Alpes, especialmente a finales del otoño, le infundía pavor, pero no pensaba admitir su miedo, ni tampoco el resentimiento que sentía hacia Aníbal por haber elegido una ruta tan difícil y por favorecer a Bostar en lugar de a él. Dirigió la mirada hacia el sur.

—Deberíamos haber avanzado por la costa gala.

—Entonces tendríamos que haber luchado contra las tropas a las que se enfrentó nuestra caballería en el Rhodanus, y eso era algo que Aníbal deseaba evitar a toda costa.

A pesar del convencimiento que exhibía, Bostar estaba desanimado. Ahora que los hospitalarios cavares regresaban a su hogar y no les quedaba otra alternativa que la escalada, no se engañaba sobre la envergadura de la misión. Bostar agradeció que su padre interrumpiera la conversación.

—No os quiero oír hablar más así, no es bueno para la moral —gruñó Malchus que, pese a estar preocupado también, no lo reconocería jamás.

—Debemos confiar en Aníbal igual que él confía en nosotros. Ayer parecía estar muy animado, ¿no? —preguntó con la mirada fija en sus hijos.

—Sí, padre —admitió Safo.

—No tenía por qué pasearse por el campamento compartiendo la comida de los soldados y escuchando las historias de sus miserables vidas —insistió Malchus—. Ni tampoco tenía por qué dormir a su lado, tapado solo por su capa. Eso no es bueno para la salud. Aníbal hace estas cosas porque quiere a sus soldados como si fueran sus hijos. Lo mínimo que podemos hacer por él es devolverle su amor con la máxima lealtad.

—Lo sé —mascculló Safo—. Ya sabes que mi lealtad está fuera de toda duda.

—Y la mía —añadió Bostar con fervor.

Malchus suavizó la expresión ceñuda.

—Me alegra oírlo. Ya sé que las próximas semanas van a ser muy duras, pero los oficiales como nosotros debemos dar ejemplo y ayudar a los hombres cuando flaqueen. No debemos mostrar debilidad alguna, sino una voluntad de hierro para llegar hasta la cima, sea cual sea el paso que elija Aníbal. No olvidéis que, desde allí, podremos abalanzarnos sobre la Galia Cisalpina y caer sobre Italia como lobos hambrientos.

Por fin los hermanos intercambiaron una mirada complacida, aunque solo duró unos segundos.

Malchus ya se había alejado varios pasos.

—Venid, Aníbal quiere que todo el mundo vea el sacrificio.

Los hermanos le siguieron.

El verde prado en el que habían acampado los cartagineses proporcionaba un merecido respiro a los hombres y a los animales antes de la dura aventura que les aguardaba. Además, era un buen lugar para que Aníbal se dirigiera a sus tropas, como hiciera en Cartago Nova antes de partir. A pesar de que sus efectivos actuales eran considerablemente inferiores a los de entonces, seguían siendo demasiados soldados como para que todos pudieran presenciar la ofrenda que iba a realizar su general a los dioses, por lo que se había ordenado a los comandantes de cada unidad que llevaran a la ceremonia a una veintena de sus hombres.

Pasaron junto a los apestosos honderos baleáricos, vestidos con pieles de animales; los númidas de tez oscura que lucían bucles grasientos en el cabello, y los fornidos *scutarii* y *caetrati*, que con sus tradicionales cascos con flecos y túnicas con franjas rojas, estaban de pie con los brazos cruzados. A su lado se encontraba Alete con veinte de sus lanceros libios, y varios grupos de galos con el torso descubierto y adornos de oro en el cuello y los brazos contemplaban a los asistentes con desdén.

Ante los soldados se erigía una robusta plataforma de madera sobre la que se había improvisado un altar de piedras, delante del cual había una cincuentena de guardaespaldas de Aníbal. Una rampa conducía al altar, junto al que había atado un gran toro negro que bramaba nervioso. Seis sacerdotes esperaban al lado del animal. Malchus se detuvo a una docena de pasos de los adivinos. Bostar sintió un escalofrío: estos hombres tenían en sus huesudas manos el poder de levantar o hundir la moral del ejército. Observó la misma preocupación que él sentía en las caras de los soldados. Apenas nadie hablaba y el ambiente era tenso. Bostar miró a Safo, cuya expresión era como leer un libro abierto. Su hermano se sentía igual, o peor. Bostar suspiró. A pesar de la alegría de los últimos días, la inmensidad de las montañas había mermado los ánimos. Solo una persona podía alentarles: Aníbal.

Poco después el general en persona subió la rampa corriendo como si fuera el último trecho de una carrera. Fue aclamado con vítores entusiastas. Su casco y coraza de bronce habían sido pulidos hasta que brillaron como una estrella rutilante. En la mano derecha llevaba su espada *falcata*, que resplandecía peligrosamente, y en la izquierda, un magnífico escudo con la imagen de un león rugiendo. Sin mediar palabra, Aníbal se acercó al extremo de la plataforma, alzó el brazo para que todos le vieran la espada y dejó que las tropas se centraran en ella antes de señalar a sus espaldas.

—Después de tanto tiempo, por fin están aquí: ¡los Alpes! —exclamó Aníbal—. Nos encontramos a las puertas del enemigo, listos para el ascenso. Sin embargo, veo preocupación en vuestros rostros, miedo e incluso cansancio. —Los ojos del general fueron de soldado en soldado, pero ninguno se atrevió a sostenerle la mirada—. Después de la brutal campaña de Iberia y de cruzar el Rhodanus, ¿qué son los Alpes? —inquirió—. ¿Acaso son algo más que unas montañas muy altas? —Aníbal hizo una pausa y miró inquisitivo a su alrededor mientras sus palabras eran traducidas—. ¿Qué me decís?

Bostar estaba preocupado. Por muy ciertas que fueran las palabras de Aníbal, pocos parecían estar convencidos.

—¡No, señor! —respondió Malchus en voz bien alta—. ¡No son más que un montón de roca y hielo!

Aníbal hizo una mueca de satisfacción.

—¡Así es! Pueden ser escaladas por aquellos que tengan la fuerza y la voluntad para ello. Además, no seremos los primeros en acometerlas. Los galos que conquistaron Roma las cruzaron por este mismo paso, ¿no es cierto?

Hubo otra pausa mientras los intérpretes hacían su trabajo. Finalmente, se oyó un murmullo de asentimiento.

—Y, sin embargo, ¿habéis perdido la esperanza de llegar a Roma? ¡Pues permitidme que os diga que los galos cruzaron estas montañas con mujeres y niños! ¿No podemos hacer lo mismo nosotros, que somos soldados y solo cargamos con nuestras armas? —Aníbal levantó de nuevo la espada, esta vez con un gesto amenazador—. ¡Confesad que sois menos valerosos que los romanos, a quienes hemos vencido en numerosas ocasiones en el pasado, o atreveos a marchar conmigo hasta las llanuras que se extienden entre el río Tíber y Roma! ¡Allí encontraréis mayores riquezas de las que podáis imaginar! ¡Habrá botín, esclavos y gloria para todos!

Malchus esperó a que las palabras del general fueran traducidas al galo, íbero y numidio y, cuando oyó el murmullo de aprobación que recorría las tropas, alzó el puño y gritó:

—¡Aníbal! ¡Aníbal!

Bostar le imitó rápidamente, pero se dio cuenta de que Safo tardaba en hacer lo propio.

Avergonzados por las palabras de su general, los soldados vociferaron su aprobación. Los galos corearon su adhesión con sus voces profundas, los libios cantaron y los númidas ulularon con sonidos agudos. La cacofonía de sus voces llenó el ambiente, rebotó contra las imponentes paredes de roca y ascendió hasta el cielo. El toro, espantado, tiró en vano de la cuerda que le sujetaba la cabeza, pero nadie le prestó atención, pues todas las miradas estaban puestas en Aníbal.

—¡Anoche tuve un sueño! —gritó.

El clamor acalló de inmediato y fue sustituido por un silencio expectante.

—Me encontraba en tierra extranjera, en un lugar lleno de granjas y grandes pueblos. Deambulé durante muchas horas, perdido y sin amigos, hasta que se me apareció un fantasma. —Aníbal asintió mientras se transmitían sus palabras y los supersticiosos soldados intercambiaban miradas nerviosas—. Era un hombre joven y apuesto que vestía una sencilla túnica griega y emanaba un aura etérea. Cuando le pregunté quién era, se rio y se ofreció a guiarme, con la condición de que no mirara atrás. Titubeé, pero acepté su propuesta.

Aníbal tenía a todos en vilo, incluso a los sacerdotes. Los

soldados hacían señales de protección contra el diablo y frotaban sus amuletos de la suerte. A Bostar le latía el corazón con fuerza.

—Caminamos a lo largo de un kilómetro y medio y, de pronto, se oyó un ruido estruendoso detrás de nosotros —prosiguió Aníbal—. Intenté no girarme para ver qué era, pero el sonido era cada vez más fuerte y no pude evitarlo. Me di la vuelta y quedé aterrorizado ante lo que vieron mis ojos. Una serpiente enorme nos seguía e iba aplastando cada árbol y arbusto que encontraba a su paso. Unas nubes negras cubrían el cielo y caían relámpagos. Me quedé paralizado por el miedo —explicó Aníbal antes de hacer una pausa.

—¿Y qué pasó después, señor? —preguntó uno de los libios de Alete—. ¡Continuad!

La muchedumbre se hizo eco de sus palabras. También Bostar le instó a continuar. Visiones como esta —porque seguro que esto era lo que había tenido Aníbal— podían marcar el futuro de un hombre, para bien o para mal, y Bostar temía que el sueño de Aníbal fuera lo segundo.

Safo era incapaz de disipar la inquietud que sentía.

—Se lo está inventando para que le sigamos por esas malditas montañas —protestó.

Bostar lo miró incrédulo.

—Él jamás haría tal cosa.

Los celos de Safo hacia su hermano aumentaron.

—¿Ah, no? ¿Con todo lo que está en juego?

—¡Déjalo ya! ¡Enfurecerás a los dioses! —exclamó Bostar.

Asustado ante sus propias palabras, Safo miró hacia otro lado.

—Callad —susurró Malchus—, todavía hay más.

—El joven me tiró del brazo y me dijo que no tuviera miedo —prosiguió Aníbal—. Le pregunté por el significado de la serpiente y me lo dijo. ¿Queréis saber lo que me respondió?

Una breve pausa.

—¡SÍ! —gritaron los soldados con más fuerza que nunca.

—¡Es la devastación que sufrirá Roma en manos de mi ejército! —exclamó Aníbal triunfante—. ¡Los dioses están de nuestro lado!

—¡Hurra! —Bostar se emocionó tanto que tomó por los hombros a Safo y le dio un abrazo. Su hermano se puso tenso al principio, pero al final le devolvió el gesto con rigidez. El entusiasmo colectivo era contagioso. Incluso Malchus había cambiado su sempiterna expresión solemne por una amplia sonrisa.

—¡A-NÍ-BAL! ¡A-NÍ-BAL! ¡A-NÍ-BAL! —corearon los soldados exultantes.

Mientras las tropas chillaban extasiadas, Aníbal hizo un gesto a los sacerdotes. Con la ayuda de una docena de *scutarii*, arrastraron al toro, que no dejaba de bramar, por la rampa hasta delante del altar. Aníbal se puso a su lado. De pronto cesaron los aplausos y volvieron las miradas de preocupación. El éxito no estaba garantizado todavía. El sacrificio también debía dar buenos presagios. Bostar se dio cuenta de que apretaba los puños de los nervios.

—¡Oh, gran Melcart, acepta el sacrificio de este magnífico animal como muestra de nuestra fe! —entonó el alto sacerdote, un hombre mayor de barba gris y mejillas carnosas. Sus compañeros repitieron sus palabras. El sacerdote se cubrió la cabeza con la capucha y tomó una daga larga. El toro tenía la cabeza estirada hacia delante. Sin más dilación, el sacerdote extendió el brazo, echó la cabeza del toro hacia atrás y le cortó el cuello con gran fuerza. La sangre salió a borbotones de la herida y le mojó los pies. El animal se desplomó sobre la plataforma sacudiendo las patas y los *scutarii* fueron apartados. Rápidamente, el hombre mayor se arrodilló entre las patas delanteras y traseras del toro y, con trazos seguros, cortó la piel y los músculos abdominales hasta que los largos intestinos humeantes quedaron a la vista. El sacerdote apenas les echó un vistazo y, con la daga todavía en la mano, introdujo ambos brazos en la cavidad abdominal.

—Por ahora no ha visto nada malo; eso es bueno —susurró Bostar.

«Seguramente esté todo amañado», pensó Safo amargamente, pero no se atrevió a decirlo en voz alta.

Al cabo de un momento, el hombre mayor se acercó a Aníbal. Tenía los brazos cubiertos de sangre hasta los hombros y la parte delantera de la túnica manchada de rojo. Sostenía un bulto brillante de color púrpura en las manos.

—El hígado del animal, señor —le dijo con seriedad.

—¿Y qué dice? —preguntó Aníbal con voz ligeramente temblorosa.

—Ahora lo veremos —respondió el sacerdote estudiando el órgano.

—¡Te lo dije! —Bostar dio un codazo a Safo—. Hasta Aníbal se siente inquieto.

Safo observó a Aníbal, que tenía la cara contraída por la preocupación. Si su general estaba fingiendo, era muy buen actor. De pronto, sintió un nudo en la garganta: ¿cómo había podido cuestionar el sueño de Aníbal? No había mejor manera de despertar la ira de los dioses que diciendo lo que había dicho. Sin embargo, Bostar era incapaz de meter la pata. Safo sintió que le invadía un gran rencor.

—Está muy claro —declaró el sacerdote en voz alta.

Todos los presentes estiraron el cuello para oír mejor.

—El paso por las montañas será difícil, pero no imposible. El ejército descenderá sobre la Galia Cisalpina en compañía de muchos aliados. Las legiones que vengan a nuestro encuentro serán sacudidas como los árboles en una tormenta de invierno. ¡Nos aguarda la victoria!

—¡Victoria! ¡Victoria! ¡Victoria! —corearon los soldados.

Aníbal levantó las manos para pedir silencio y dio un paso adelante.

—Ya os he explicado mi sueño y habéis oído los augurios. Ahora, ¿me seguiréis por los Alpes?

Las tropas dieron un paso adelante vociferando su aceptación.

Entre ellos se encontraban Malchus y Bostar, ambos exultantes. Safo les siguió, tratando de convencerse a sí mismo de que todo iría bien, pero el miedo y malestar que sentía en su interior le indicaba todo lo contrario.

Al cabo de cuatro días, Safo comenzó a preguntarse si sus dudas no habían sido infundadas. Aunque los alóbroges habían opuesto cierta resistencia, Aníbal los había aplastado sin miramientos. La vida en las montañas seguía la misma rutina que habían tenido durante meses: se despertaban al alba, levantaban el campamento, tomaban un desayuno frío, reunían a los hombres, tomaban posiciones a la cabeza de la enorme columna y seguían la marcha hacia el este. Safo se sentía inmensamente orgulloso de que Aníbal hubiera elegido a su unidad para liderar al ejército. «Que se fastidie Bostar», pensó. La falange de su hermano marchaba detrás de la suya, mientras que Malchus y sus soldados estaban en la retaguardia, a más de dieciséis kilómetros de distancia por el pedregoso camino.

Safo tenía una gran responsabilidad, pues debía detectar cualquier peligro potencial para las tropas. Por enésima vez esa mañana, elevó la vista hacia las altas montañas que rodeaban el valle en el que se hallaban. Nada. Intimidados por el ataque a su campamento y la incautación de sus provisiones, los alóbroges se habían desvanecido entre las rocas.

—No me sorprende, malditos cobardes —dijo Safo. Escupió con desdén.

—¡Señor! —gritó uno de los guías, un guerrero de la tribu de los insubres—. ¡Mire!

Safo distinguió, para su gran sorpresa, la silueta de varios hombres a lo lejos. ¿De dónde demonios habían salido? Levantó el brazo.

—¡Alto!

La orden empezó a transmitirse de fila en fila. Safo apretó la mandíbula nervioso. Había detenido la marcha de todo el ejército, pero no podía hacer otra cosa. Cualquier persona que se encontraran en el camino era su enemigo hasta que se demostrara lo contrario.

—¿Cree que debemos acudir a su encuentro, señor? —preguntó un oficial.

—Ni en broma. Podría ser una trampa —respondió Safo—. Dejemos que se acerquen ellos.

—¿Y si no lo hacen, señor?

—Lo harán. ¿Por qué crees si no que estas ratas han salido de sus agujeros?

Safo estaba en lo cierto. Los desconocidos se aproximaron a la columna. Eran unos veinte soldados de aspecto típicamente galo: de complexión fuerte, con cabello largo y bigote. Algunos vestían túnicas, pero muchos iban con el torso descubierto bajo las capas de lana. Los pantalones anchos eran omnipresentes y algunos llevaban casco, pero solo un puñado cota de malla. Todos iban armados con unos grandes escudos ovalados y espadas o lanzas. Curiosamente, los hombres que iban al frente llevaban ramas de sauce.

—¿Vendrán estos perros en son de paz? —preguntó Safo.

—Sí, señor, creo que son voconcios —respondió el guía—. Enemigos de los alóbroges —añadió al ver la expresión perpleja de Safo.

—¡Qué sorpresa! —se burló Safo—. Los galos no os lleváis nada bien entre vosotros, ¿verdad?

El guía sonrió divertido.

—No demasiado, señor. Siempre tenemos algo por lo que pelearnos.

—Seguro que sí —dijo Safo irónico mirando a ambos lados—. Fila delantera, ¡alzad los escudos! Primera y segunda fila, ¡preparad las lanzas!

Se oyó el sonido de las lanzas de madera chocando entre sí mientras los lanceros obedecían la orden. Al cabo de un momento, la falange era una sólida pared de escudos superpuestos, por encima de cuyos bordes sobresalían los extremos de las lanzas como un bosque de erizos de mar.

Alarmados, los guerreros se detuvieron.

Safo esbozó una media sonrisa.

—Diles que si vienen en son de paz, no tienen nada que temer.

—Sí, señor. —El guía soltó unas palabras en galo.

Hubo una breve pausa y los voconcios continuaron caminando. Cuando estuvieron a unos veinte pasos, Safo levantó la mano.

—Ya están lo bastante cerca.

El líder tradujo sus palabras y los galos se detuvieron obedientemente.

—Pregúntales qué quieren —ordenó Safo con la atención puesta en el hombre que respondía a las preguntas del guía. Una fina cota de malla cubría el amplio torso de este guerrero de mediana edad, y tres collares de oro delataban su riqueza y posición, pero Safo desconfiaba de su mirada estrábica y lasciva.

—Han oído hablar de la envergadura de nuestro ejército y de nuestras victorias contra los alóbroges, señor, y desean ofrecernos su amistad —explicó el guía—. Desean guiarnos por su territorio, a través de un paso más fácil por los Alpes.

—¡Qué amables! —contestó Safo mordaz—. ¿Y por qué, en nombre de Melcart, deberíamos creerles?

El guerrero estrábico esbozó una leve sonrisa mientras el guía traducía sus palabras. Acto seguido, hizo un gesto con la mano y varias vaquillas bien alimentadas aparecieron a la vista.

—Al parecer, tienen cien vaquillas como estas para nosotros, señor.

Safo disimuló su alegría al ver tanta carne fresca, que sería más que bienvenida.

—No nos servirán de mucho si los voconcios nos las roban después. Aníbal necesita una garantía mejor que esta. ¿Cómo pueden asegurarnos estos rufianes que el paso por la montaña será seguro?

Acto seguido, la mitad de los galos dieron un paso adelante. Entre ellos destacaba un joven guerrero de cara ancha, coletas rubias y refinadas armas que parecía visiblemente contrariado. El jefe de la delegación ofreció la explicación pertinente.

—Al parecer, este joven es el hijo pequeño del jefe de la tribu, señor, y el resto son guerreros de alto rango —tradujo el guía—. Serán nuestros rehenes.

—Esto ya me gusta más —comentó Safo volviéndose hacia el oficial de su falange que tenía más próximo—. Ve a buscar al general y explícale lo sucedido. Creo que querrá oír en persona lo que tienen que ofrecernos.

El oficial se apresuró a cumplir la orden. Mientras tanto, Safo continuó escudriñando las alturas. El hecho de que los galos fueran desarmados no le consolaba. De hecho, su instinto le decía que los voconcios eran tan fiables como un nido de víboras.

Aníbal no tardó en aparecer. Si el general no marchaba cerca de la cabeza de las tropas, se encontraba en la retaguardia, pero hoy era el primer caso. A Safo le halagó que no le acompañara ninguno de sus oficiales superiores.

—¡Señor! —saludó Safo.

—Safo. —Aníbal se puso a su lado—. Así que esta es la delegación de los voconcios, ¿no?

—Sí, señor —respondió Safo—. Ese cabrón de expresión furtiva es el líder.

—Dime lo que te han contado —le ordenó Aníbal mientras observaba a los guerreros.

Safo le puso al día y Aníbal se frotó la barbilla.

—Cien vaquillas y diez rehenes, además de los guías que se quedarán con nosotros. No es una mala oferta, ¿no?

—No, señor.

—Sin embargo no pareces contento —comentó Aníbal astuto—. ¿Por qué?

—¿Qué les impide volver a robarnos el ganado después, señor? —respondió Safo—. ¿Y quién nos dice que los rehenes no son unos campesinos a los que el jefe de los voconcios ni siquiera echará de menos si son ejecutados?

—¿Crees que debo rechazar su oferta?

A Safo le dio un vuelco el corazón. Si daba una respuesta incorrecta, seguramente Aníbal no le pediría que volviera a liderar el ejército, pero si su respuesta era correcta, sería tenido en mejor estima por el general. Safo deseaba desesperadamente que aquello pasara.

—No tiene sentido, señor.

—¿Por qué no? —inquirió Aníbal.

Safo miró al general a los ojos.

—Porque si lo hiciera, tendríamos que abrirnos camino a la fuerza a través de su territorio, señor. Sin embargo, si les seguimos el juego, podremos anticipar cualquier posible ataque y continuar la marcha sin problemas. Si al final resulta que son de fiar, mucho mejor. Y, si no, al menos lo habremos intentado.

Aníbal no respondió en el acto y Safo empezó a temer haber dicho algo incorrecto. Cuando estaba a punto de retractarse, el general habló.

—Me gusta tu manera de pensar, Safo, hijo de Malchus. Es más fácil evitar pisar una serpiente a la que estás vigilando que encontrar una entre mil piedras. No obstante, sería insensato no tomar las medidas necesarias para evitar un desastre. Las provisiones y la caballería deben estar justo detrás de la cabeza del ejército, ya que son los que pueden quedar cortados más fácilmente.

«Y eso no puede suceder si están en las primeras filas», pensó Safo.

—Sí, señor —respondió, intentando disimular la decepción que sentía por el hecho de que Aníbal fuera a tomar el liderazgo. Por lo menos había podido liderar el ejército durante unos días.

Sin embargo, Aníbal le dio una grata sorpresa.

—Seguiremos necesitando a la infantería en cabeza. Por ahora has hecho un trabajo excelente, así que me gustaría que continuaras en tu puesto.

Safo sonrió.

—¡Gracias, señor!

—También quiero que te ocupes de los rehenes. A la menor señal de traición, ya sabes lo que tienes que hacer.

—Los torturaré y crucificaré a la vista de todos sus compatriotas, señor.

—Perfecto. Haz lo que creas conveniente —dijo Aníbal dándole una palmada en el brazo—. Enviaré a la caballería contigo de inmediato. Reinicia la marcha en cuanto lleguen.

—¿Y qué hacemos con las mulas, señor?

—Será muy difícil traerlas hasta aquí en estos momentos. Mantendremos los dedos cruzados durante el día de hoy y lo haremos mañana.

—Sí, señor. Gracias, señor. —Encantado, Safo observó a su

general mientras se alejaba. El paso por las montañas estaba resultando mucho más gratificante de lo que había imaginado.

Durante dos días, los voconcios guiaron a Safo por sus tierras. La caballería y la caravana de las provisiones les siguieron lentamente y, detrás de ellos, el resto del ejército. A pesar de que no habían sufrido ningún ataque, Safo seguía desconfiando de los galos. Y su desconfianza aumentó la mañana del tercer día, cuando tomaron un camino por un valle mucho más angosto que el anterior, donde apenas había espacio suficiente para los pinos que crecían por doquier en las laderas empinadas. Safo detuvo a los soldados y llamó al guerrero estrábico.

—¿Por qué no hemos seguido por el otro camino? —preguntó Safo señalando el sendero de la derecha que continuaba a lo lejos—. Es más ancho y el terreno es más llano.

El guía tradujo sus palabras.

El guerrero galo comenzó a dar una larga explicación mientras señalaba y gesticulaba sin cesar.

—Al parecer, ese camino acaba en un barranco a unos ocho kilómetros de aquí, señor. Si seguimos por allí, al final tendremos que dar media vuelta y tomar este camino. Sin embargo, este sendero estrecho va ascendiendo gradualmente hasta finalizar en el paso más bajo de la zona.

Safo lanzó una mirada de odio al guerrero, que simplemente se encogió de hombros mientras le miraba con uno de sus ojos y, con el otro, contemplaba el cielo. A Safo le ponía muy nervioso su mirada, que además no le permitía dilucidar si mentía. Al final, Safo tomó la decisión por sí solo, puesto que enviar a un mensajero para consultarlo con Aníbal, que estaba en la retaguardia, implicaría un retraso de unas tres horas o más.

—De acuerdo —aceptó a regañadientes—. Haremos lo que él propone, pero dile que si nos engaña, será el primero en morir. A Safo le complació ver que el galo tragaba nervioso mientras le traducían su amenaza, si bien es cierto que después les guio con aire confiado por el camino, lo cual alivió ligeramente las sospechas de Safo.

Sin embargo, pronto volvió a sentirse inquieto, y no por el terreno pedregoso e irregular, que tampoco difería tanto del de otros caminos que habían recorrido por los Alpes. Lo que le angustiaban eran las enormes paredes de roca que les constreñían a ambos lados, unas paredes interminables que jamás se ensanchaban y que le provocaban una profunda sensación de claustrofobia. Desconocía la altura de las montañas, pero eran lo bastante elevadas para reducir considerablemente la luz sobre el valle. Safo no era el único al que le desagradaba la situación: sus hombres susurraban inquietos y las mulas se mostraban nerviosas; además, muchos de los jinetes tuvieron que descabalgar para obligar a los caballos a seguir adelante.

Safo apretó la mandíbula. Había sido él quien había elegido este camino para el ejército y, con una columna de dieciséis kilómetros a sus espaldas, no podía dar marcha atrás. No tenían más remedio que continuar pero, por si acaso, preparó la espada para desenvainarla rápido y permaneció cerca del guerrero estrábico. Si sucedía cualquier cosa, cumpliría su amenaza.

Afortunadamente, fueron avanzando a lo largo de toda la mañana de forma lenta, pero segura. Los ánimos de los hombres mejoraron e incluso los animales parecieron acostumbrarse a las limitaciones del espacio. De todos modos, Safo permaneció alerta, siempre atento a las alturas en busca de movimiento, sin pensar en el dolor de nuca que le producía mirar hacia arriba constantemente.

Lo que le llamó la atención no fue ningún movimiento, sino un sonido, pues pasó de oír los sonidos de siempre que le rodeaban desde que partieron de Cartago Nova, tales como los soldados hablando entre sí, la ocasional risa o maldición, los oficiales vociferando órdenes, el crujido de la piel y el tintineo de los arneses, la tos profunda de quienes sufrían problemas respiratorios, el sonido de los hombres escupiendo, los rebuznos de las mulas y los relinchos de los caballos, a oír un sonido estridente que le hizo estremecerse de forma instintiva. Era el sonido de una roca rascando a otra roca. Safo se temió lo peor y miró hacia arriba.

Al principio no vio nada, pero pronto vislumbró el borde irregular de una roca en el barranco. Aterrado, Safo se llevó la mano a la boca y gritó:

—¡Nos están atacando! ¡Alzad los escudos! ¡Alzad los escudos! —gritó mientras buscaba desesperadamente al guerrero estrábico.

Mientras el aire se llenaba de gritos de pánico, Safo descubrió que el galo se había abierto paso hasta sus compañeros, a los que instaba a seguirle.

—¡Maldito traidor bastardo! —le increpó Safo desenvainando la espada, pero era demasiado tarde.

Enfurecido, vio desaparecer a los voconcios en el interior de la grieta de una roca que se encontraba a una veintena de pasos de donde estaba él. Safo los maldijo con todo su ser, pero debía quedarse donde estaba y hacer lo que pudiera por sus hombres; eso si no moría antes en el intento. Una cosa sí tenía clara: si alguno de los rehenes sobrevivía, moriría en cuanto lo viera.

De pronto se oyó un ruido espantoso y Safo volvió a dirigir la vista a lo alto del barranco. Era un ruido aterrador, amplificado miles de veces por las estrechas paredes del valle. Asustado, vio al enemigo empujar varias rocas del tamaño de un caballo ladera abajo. Las rocas retumbaban mientras rodaban a una velocidad vertiginosa por las empinadas paredes. Sintió una mezcla de alivio y horror al percatarse de que ninguna le caería encima. Los soldados que se encontraban en la trayectoria de las rocas comenzaron a chillar desesperados, pero no pudo hacer nada, sino contemplar cómo la muerte rodaba inexorable hacia ellos. Sus alaridos reflejaban su pavor e impotencia. Horrorizado, Safo era incapaz de apartar los ojos de las rocas que iban cayendo en picado. Cuando por fin alcanzaron a sus víctimas con un golpe ensordecedor y las acallaron para siempre, Safo notó la bilis en la boca.

El suplicio todavía no había llegado a su fin. En otro punto del barranco, justo encima de la caballería y la caravana de las provisiones, Safo vislumbró más rocas que eran empujadas ladera abajo y gimió. Tampoco podía hacer nada por esos hombres y animales. Respiró hondo. Lo mejor que podía hacer era ocuparse de los heridos, al menos a ellos todavía podía prestarles ayuda.

Los gritos de guerra del enemigo llegaron a sus oídos antes de que pudiera hacer nada. Para su gran ira, varias hileras de voconcios salieron de la grieta en la que se habían desvanecido sus guías, así como de una grieta contigua. Safo sintió que la rabia se apoderaba de él. Reconoció entre ellos al hombre estrábico y al resto de los guías. Levantó la lanza y gritó con furia:

—¡Ojos al frente! ¡Ataque enemigo!

Sus soldados respondieron con prontitud.

—¡Levantad los escudos! ¡Preparad las lanzas!

Por los gritos que oía a su espalda, dedujo que la columna también estaba siendo atacada en otros puntos.

—¡Cinco filas atrás! ¡Dad la vuelta! —chilló—. ¡Avanzad hacia el enemigo! ¡Atacadles a discreción!

A continuación, Safo se dio media vuelta para enfrentarse a los voconcios, que se acercaban rápidos con las armas alzadas. Safo apuntó con su lanza al guerrero estrábico.

—¡Eres hombre muerto, apestoso hijo de puta!

Recibió un gruñido por respuesta y, para su gran desesperación, no consiguió acercarse a él. La estructura rígida de la falange no le permitía moverse de su posición, y el guerrero se acercaba a sus filas desde otro lado. Safo tuvo que olvidarse de él en el momento en que la espada de un galo de poblada barba roja se le acercó de cara. En lugar de protegerse bajo el escudo y arriesgarse a perder de vista al enemigo, Safo movió la cabeza a un lado y la hoja de la espada le pasó junto a la oreja izquierda. Safo se inclinó hacia delante con la lanza y sintió que se deslizaba entre dos costillas y se hundía en el pecho desprotegido de su oponente. Dado que no tenía ninguna posibilidad de recuperar la lanza del cuerpo moribundo, Safo desenvainó la espada. El guerrero se desplomó al suelo con una expresión de incredulidad y fue sustituido por otro de inmediato.

Su segundo atacante era un hombre que parecía un toro, con el cuello grueso y unos brazos enormes y tremendamente musculados. Para su gran sorpresa, la punta triangular de su lanza le atravesó la superficie de bronce y piel del escudo y le golpeó la coraza. Safo se dobló ante la oleada de dolor que se apoderó de su vientre, retrocedió varios pasos y soltó la espada. Por suerte, el soldado que estaba detrás de él pudo inclinarse hacia delante y evitar que cayera. Atascada en el escudo de Safo, el arma del galo era inservible, pero en un abrir y cerrar de ojos sacó una daga y se le abalanzó al cuello. Desesperado, Safo echó la cabeza hacia atrás mientras el enemigo le atacaba sin cesar. Era muy consciente de que en cualquier momento la afilada hoja de la daga podía cortarle el cuello.

Sintió un gran alivio cuando una lanza entró por un lado del cuello del guerrero y salió por el otro con la punta teñida de color escarlata. De la boca del voconcio surgió un terrible sonido entrecortado y un borbotón de sangre roja le salpicó el escudo y los pies. La lanza fue retirada y el guerrero cayó sobre el primer oponente de Safo.

—¡Por todos los dioses! —exclamó Safo.

Jamás había visto la muerte tan cerca. Safo se volvió hacia su salvador.

—¡Gracias!

—¡De nada! ¿Está usted bien, capitán? —Le sonrió el lancero, un joven con los dientes separados.

Safo tocó la gran abolladura en el borde inferior de la coraza y palpó la zona con un gesto de dolor. Cuando retiró la mano, se alegró de ver que no había sangre.

—Eso parece —respondió aliviado.

Safo se agachó para recoger la espada y, al volver la vista hacia la lucha, le satisfizo ver que la sólida pared de escudos de su falange había repelido el ataque de los voconcios. No le sorprendió. A pesar de la pérdida de algunos de sus hombres, se necesitaba mucho más que el ataque desorganizado de unos nativos para acabar con ellos. Había llegado el momento de lanzar un contrataque, pensó Safo, pero perdió la razón cuando divisó al guerrero estrábico a menos de veinte pasos de él que se agachaba para matar a un libio herido mientras se daba a la fuga. Safo soltó su escudo inservible y dio un salto adelante. Su deseo de matar al galo traidor le dio alas en los pies y cubrió una tercera parte de la distancia que les separaba antes de que el enemigo le descubriera. Cuando por fin lo vio, huyó corriendo, al igual que sus compañeros.

—¡Vuelve, cobarde de mierda! —le increpó Safo, sin percatarse de que le seguían las primeras filas de su falange.

Safo comenzó a correr muy rápido, consciente de que si el galo llegaba hasta la grieta en la roca ya no podría atraparle, pero el guerrero parecía volar. Era imposible alcanzarle. Sin embargo, en ese momento el destino intercedió a favor de Safo y el voconcio tropezó con una piedra, se tambaleó y cayó sobre una rodilla. Safo se abalanzó sobre él como un perro sobre una rata, pero en lugar de matarle, le golpeó la nuca con la empuñadura de la espada. Y, al incorporarse, tuvo tiempo de herir en el brazo a otro guerrero que pasó corriendo por su lado. Con un grito de dolor, el galo herido se internó en la grieta de la roca y desapareció de la vista.

—¡No entréis allí! —ordenó Safo a sus lanceros cuando se acercaron a la roca—. Es una trampa mortal.

Los soldados obedecieron a regañadientes.

—Quiero a veinte hombres apostados aquí para asegurarme de que no intentan contraatacar —les dijo Safo. Propinó una patada al guerrero estrábico, que gimió de dolor—. Que alguien se lleve a esta escoria. Buscad a sus compatriotas y atad a todos los que estén vivos.

—¿Qué vamos a hacer con ellos, señor? —preguntó un oficial.

—Ya veremos —respondió Safo con una sonrisa malévola—, pero antes tenemos que ver lo que pasa allí detrás.

Cuando llegaron a las últimas filas de la falange, el enemigo ya no estaba y en el suelo se encontraban los cuerpos de unos quince voconcios, pero de poco consuelo le sirvió a Safo, ya que al menos cincuenta cartagineses habían resultado heridos de gravedad o habían muerto aplastados en ese pequeño trecho y, justo detrás, se había perdido el mismo número de mulas y caballos. La tierra estaba cubierta de sangre y los cuerpos aplastados de hombres y animales yacían por doquier. Los gritos de los heridos, sobre todo los de quienes habían quedado atrapados por las rocas, eran desgarradores. Safo cerró los oídos a su dolor y se dedicó a enterarse de lo ocurrido. Los oficiales le informaron de la situación, entre ellos Bostar.

Un elefante asustado por las rocas había provocado la muerte de tres hombres tras golpearles con la trompa y causado innumerables estragos en la columna al tratar de huir hacia atrás. Por fortuna, los *mahouts* habían logrado mantener tranquilos al resto de sus compañeros. Lo peor fue descubrir que los voconcios habían robado decenas de mulas y que se las habían llevado montaña arriba por los mismos senderos por los que habían lanzado su ataque. También habían tomado algunos prisioneros, pero Safo sabía que no tenía sentido perseguir a los asaltantes. Continuar avanzando era mucho más importante que tratar de salvar a un puñado de soldados desafortunados. En cuanto hubieran apartado del camino a los muertos y las rocas, la columna debía reanudar la marcha, pero antes Safo tenía una tarea pendiente.

Se acercó al lugar donde estaban los prisioneros galos que, contando a los diez rehenes, sumaban veintidós en total. Los prisioneros estaban sentados juntos y rodeados por un círculo de lanceros. El único que no parecía tener miedo era el guerrero estrábico, que escupió a Safo cuando se le acercó.

—¿Los ejecutamos, señor? —preguntó un oficial con entusiasmo.

Los libios también expresaron su aprobación.

—No —respondió Safo haciendo caso omiso de la sorpresa de sus hombres—. Diles que, a pesar de la traición de sus compatriotas, no morirán —ordenó al intérprete. Safo observó con satisfacción el alivio que se dibujaba en el rostro de algunos de los guerreros mientras sus palabras eran traducidas, y disfrutó de su poder.

—¡Piénselo bien, señor! —le rogó un oficial—. No puede dejarles sin castigo. Recuerde las bajas que han causado.

Safo hizo una mueca.

—¿Acaso he dicho que no serían castigados?

—No, señor —respondió el oficial confuso.

—Haremos con ellos lo que han hecho con nosotros —declaró Safo—. No traduzcas eso —ordenó al intérprete—. Quiero que miren y se pregunten lo que va a pasar.

—¿Qué quiere que hagamos, señor?

—Atad a estos sacos de mierda en fila y, después, id a buscar a un elefante para que levante unas rocas grandes, tan grandes que sean imposibles de mover.

Una sonrisa lenta se dibujó en el rostro del oficial.

—¿Para aplastarles la cabeza, señor?

—No —le reprobó Safo—. No los vamos a matar, ¿recuerdas? Quiero que las rocas les caigan encima de las piernas.

—¿Y después, señor?

Safo se encogió de hombros con expresión cruel.

—Nos limitaremos a dejarlos a su suerte.

El oficial sonrió.

—Ya habrá oscurecido cuando regresen sus putos compatriotas. Para entonces estarán suplicando que les maten, señor.

—Exacto. Quizás así sus compañeros se lo piensen dos veces antes de atacarnos de nuevo. —Safo dio una palmada—. ¡Manos a la obra!

Safo observó cómo los prisioneros eran obligados a tumbarse sobre un saliente de la roca y se aseguró de que el guerrero estrábico fuera el último de la fila. Tuvieron que aguardar brevemente a que apareciera el elefante. Safo esperó con el intérprete junto al primero de los prisioneros, que le miraba con ojos aterrados.

Cuando llegó el elefante, Safo se dirigió a su *mahout.*

—¿Puedes mover esa roca de allí? —preguntó señalando la roca en cuestión.

—Sí, señor. ¿Dónde la quiere?

—Sobre las piernas de estos hombres, pero no deben morir.

El *mahout* lo miró sorprendido.

—Sí, creo que es posible, señor.

—Adelante, pues.

—Señor. —El *mahout* se inclinó hacia delante para hablar en la enorme oreja de su montura antes de darle unos golpes suaves con un bastón. El elefante agarró la roca que había indicado Safo. Hubo un momento de silencio hasta que empezó a moverla con la trompa. El *mahout* le susurró otra orden al oído y el elefante apoyó toda la cabeza sobre la roca para evitar tomar velocidad. Poco a poco, el animal se volvió hacia los prisioneros controlando su carga por la ligera pendiente. Cuando se dieron cuenta de lo que iba a suceder, los voconcios comenzaron a gritar de miedo.

Safo se rio y escudriñó las alturas. Tuvo la impresión de que había movimiento y gritó:

—¡Sí, cabrones! ¡Mirad! Vamos a pagar a vuestros amigos con la misma moneda.

El *mahout* detuvo al elefante a unos pasos de los prisioneros y dirigió una mirada inquisitiva a Safo.

—Hazlo.

El *mahout* murmuró unas palabras al oído del elefante y dejó caer la roca sobre las piernas de los tres primeros guerreros. Sus aullidos de dolor cortaron el aire y fueron recibidos con vítores de alegría por los centenares de soldados que contemplaban la escena. Para ellos era la justa venganza por la muerte de sus compañeros. Mientras tanto, el resto de los prisioneros luchaba en vano por liberarse de las cuerdas, que estaban clavadas en el suelo.

—Diles que este es el castigo de Aníbal por habernos traicionado —espetó Safo furioso.

Con el rostro pálido, el intérprete hizo lo que se le pedía. Los prisioneros farfullaron sus respuestas aterrados.

—Algunos dicen que no sabían que íbamos a ser atacados —tradujo.

—¡Ja! Son unos mentirosos, o unos idiotas. ¡O ambas cosas!

—Le piden que los mate.

—De ninguna de las maneras. —Safo hizo un gesto al *mahout*—. Hazlo otra vez, no pares.

El elefante fue soltando roca tras roca y aplastando las piernas de todos los prisioneros hasta que solo le quedó uno. Cuando ya había soltado la última roca, Safo ordenó al *mahout* que esperara y chascó los dedos para que el intérprete le siguiera hasta el lugar donde yacía el guerrero estrábico. Con la cara roja de rabia, el galo empezó a soltar una retahíla de insultos.

—No te molestes —dijo Safo al intérprete cuando empezó a traducir—. Ya sé lo que está diciendo. Dile que este es el castigo por su engaño y que un cobarde como él nunca entrará en el paraíso de los guerreros, y que su alma vagará por el infierno toda la eternidad. —Safo se dirigió entonces al *mahout*—: Cuando haya acabado el intérprete, suelta la piedra.

El cuidador del elefante asintió.

—¡Por todos los dioses! ¡Qué está pasando aquí! —La voz de Bostar retumbó por encima de la cacofonía de gritos que resonaban en el estrecho paso de montaña.

El intérprete dejo de hablar y el *mahout* permaneció inmóvil. Furioso, Safo dio media vuelta y se encontró con su hermano, que lo contemplaba con expresión escandalizada y le respondió en tono burlón:

—¿Qué te parece que estoy haciendo? Estoy castigando a estos inútiles hijos de puta.

Bostar torció el gesto.

—¿No se te ha ocurrido otra manera más cruel de matarlos?

—Varias, de hecho —respondió Safo amablemente—, pero requerían demasiado tiempo. Este método es rudimentario, pero efectivo. Además, de esta manera mandamos un mensaje inequívoco al resto de los piojosos y sifilíticos voconcios. Así sabrán que meterse con nosotros acarrea graves consecuencias.

—¡Creo que ya ha quedado claro! —exclamó Bostar señalando la fila de hombres que gritaban—. ¿Por qué no les cortas el cuello y acabas de una vez?

—Porque este —dijo Safo dándole una patada en la cabeza al guerrero estrábico— es el líder y lo he reservado para el final, para que pueda ver sufrir a sus compañeros y contemplar el destino que le aguarda.

Bostar retrocedió un paso.

—Estás enfermo —le espetó—. ¡Te ordeno que detengas esta atrocidad!

—Quizá seas mi superior, hermano, pero Aníbal ha dejado en mis manos, no en las tuyas, la cabeza del ejército —replicó Safo en voz alta—. Y estoy seguro de que a nuestro general le encantará saber por qué contraviniste sus órdenes.

—¿Aníbal te ha ordenado que mates así a los prisioneros? —inquirió Bostar incrédulo.

—Me dijo que hiciera lo que creyera conveniente —gruñó Safo—. Y eso es justo lo que estoy haciendo. Y, ahora, ¡apártate!

Safo observó encantado cómo Bostar obedecía cabizbajo y echó un último vistazo al guerrero estrábico, que intentó escupirle de nuevo. De repente, Safo tuvo un golpe de inspiración y sacó el puñal. Acto seguido, se arrodilló, introdujo la punta del puñal en la cuenca del ojo derecho del guerrero y le arrancó el ojo. Su víctima emitió un alarido de dolor y su coraje desapareció al instante. Safo se limpió las manos en la túnica del guerrero y se incorporó.

—Dile que le dejo el otro ojo para que pueda ver pasar al ejército más poderoso del mundo. Díselo —ordenó al intérprete y, dirigiéndose a su hermano, le dijo—: Mira y aprende, hermanito, así es como hay que tratar a los enemigos de Cartago.

Sin esperar respuesta, Safo hizo un gesto al *mahout* con la cabeza:

—Acaba.

Impotente, Bostar se marchó. No quería seguir mirando, pero por desgracia no pudo evitar oír los gritos de los prisioneros. ¿Qué le había pasado a su hermano mayor? ¿En qué se había convertido?, se preguntó. ¿Por qué tuvo que ser Hanno quien desapareciera en el mar?

Por primera vez, Bostar se permitió albergar ese pensamiento sin sentirse culpable.

16

Los viajes

Evidentemente, la Vía Apia, la carretera principal de Roma, salía directamente de Capua, pero como Quintus no deseaba entrar en la ciudad, rodeó la finca de su padre y tomó un camino que cruzaba campo a través varias aldeas e innumerables fincas y que desembocaba en la carretera a unos kilómetros hacia el norte.

Quintus iba a caballo y, como su supuesto esclavo, Hanno montaba una mula irritable que, además, llevaba las provisiones. Durante la primera hora viajaron en silencio; ambos tenían muchas cosas en las que pensar.

Quintus estaba convencido de que encontraría a su padre. Aunque le entristecía haber tenido que dejar a Aurelia, el mundo era así, y seguro que su madre cuidaría bien de ella, pero Quintus se sentía intranquilo por otro asunto. Una vez cumplido el objetivo del viaje —encontrar a su padre—, Hanno se alistaría en las fuerzas cartaginesas, por lo que ¿significaba eso que ya eran enemigos? Inquieto, Quintus trató de no pensar en ello.

Hanno, por su parte, esperaba que Suniaton estuviera bien y que encontraran a Fabricius rápidamente, ya que entonces sería libre. Esperaba poder rencontrarse con su padre y sus hermanos, si todavía seguían vivos. Intentó ser optimista y se imaginó a sí mismo marchando contra los romanos. Sin embargo, otra imagen perturbadora le vino a la mente: tanto Quintus como Fabricius estarían con la legión. Sin saberlo, Hanno había tenido el mismo pensamiento inquietante que Quintus y decidió enterrarlo en lo más profundo de su mente.

Al poco rato de incorporarse a la Vía Apia, Hanno y Quintus vieron a un grupo de infantería que marchaba hacia el sur.

—Son oscos —dijo Quintus, contento de tener algo de lo que hablar—. Se dirigen al puerto.

Hanno sabía que el río Volturno discurría hacia el suroeste, más allá de Capua, y que desembocaba en el mar.

—¿Para viajar a Iberia?

Quintus, de nuevo intranquilo, asintió.

Hanno le ignoró y se concentró en el grupo de oscos que se aproximaba. Aparte de la escolta de Fabricius, no había visto a muchos soldados en Italia. Los oscos eran *socii,* no eran legionarios regulares, pero la mitad del ejército que luchaba contra Aníbal era como ellos. Eran el enemigo.

Algunos oscos iban con la cabeza descubierta, pero la mayoría llevaba el casco ático decorado de forma llamativa con crines o plumas teñidas de rojo, negro, blanco o amarillo. Sus cortas túnicas de lana también atraían la atención por sus colores vivos, desde el rojo hasta el ocre, pasando por el gris. Pocos llevaban zapatos o sandalias, pero todos lucían un ancho cinturón de piel recubierto de bronce que se abrochaba con unos ganchos muy elaborados. Iban armados con jabalinas ligeras y lanzas de diferentes longitudes, y los pocos soldados que llevaban una espada usaban la *kopis,* una espada de hoja curvada de origen griego. Sus escudos, cóncavos y estriados, eran similares a los *scuta,* pero más pequeños.

—No hace muchas generaciones los oscos luchaban contra Roma —le reveló Quintus—. Capua lleva poco más de un siglo bajo dominio romano y muchos de sus habitantes creen que deberían reclamar su independencia.

—¿Ah, sí? —dijo Hanno sorprendido.

—Sí, esta es una de las discusiones predilectas entre Martialis y mi padre, sobre todo cuando han bebido —explicó Quintus frunciendo el ceño, pues de pronto se preguntó si su madre compartía la misma opinión. Nunca había dicho nada al respecto, pero sabía que se sentía muy orgullosa de sus orígenes.

Hanno estaba fascinado. Sus conocimientos sobre la estructura de la República y su relación con las ciudades y los pueblos romanos de Italia eran bastante deficientes, y le parecía curioso que los habitantes de una ciudad tan grande e importante como Capua no se sintieran felices formando parte del Imperio romano. ¿Habría otras ciudades que pensaran lo mismo?

En su calidad de tribuno de bajo rango, Flaccus debería haber acompañado a su unidad a Iberia y, tras su imprudente intervención ante Publio, hubiera sido recomendable que no llamara la atención del cónsul durante un tiempo. No obstante, tal y como descubrió Fabricius bastante pronto, no era esta la manera de actuar de Flaccus. Cuando este supo que el cónsul regresaba a Italia con la caballería de Fabricius y una cohorte, le suplicó que le incluyera en su escolta. Dado que era necesario un tribuno para dirigir a los legionarios, ¿por qué no podía ser él mismo?

Para gran sorpresa de Fabricius, Publio no solo no se enfureció ante su petición, pese a disgustarle visiblemente, sino que accedió a ella.

—Por Júpiter, mira que tienes valor —masculló entre dientes el cónsul—. Ahora, sal de mi tienda.

Fabricius tomó buena nota del incidente, puesto que revelada hasta qué punto eran poderosos los Minucii. Realmente no importaba quién sería el tribuno que acompañaría a Publio, pero la desfachatez de Flaccus hubiera sido castigada si en lugar de él lo hubiera solicitado cualquier otro. Sin embargo, en lugar de ser castigado por el cónsul, este le había concedido su deseo. Tal y como Flaccus reconoció ante Fabricius más tarde, los Minucii tenían muchos contactos.

—Cuando lleguemos a Italia, el clan ya estará informado de las intenciones de Aníbal —le reveló Flaccus.

Esto solo era posible si Flaccus había enviado un mensajero para avisarles de antemano, pensó Fabricius. No se lo podía creer. ¿Acaso Atia tenía razón sobre Flaccus? Fabricius hubiera deseado que su futuro yerno fuera menos fanfarrón, pero se consoló pensando en que su familia se beneficiaría enormemente de la influencia de los Minucii tras la boda de Aurelia.

Fabricius, por su parte, estaba encantado de regresar a Italia. Aunque si se hubiera quedado habría disfrutado de una buena dosis de acción, quería formar parte del ejército que se enfrentaría a la verdadera amenaza para Roma, Aníbal, y no al comandante que el general había dejado en Iberia.

La forma brutal con la que Safo había tratado a los prisioneros no funcionó como método de disuasión, más bien al contrario. Los *voconcios* reanudaron sus ataques con todavía mayor fuerza: más rocas cayeron por las laderas de las montañas y causaron bajas considerables entre los soldados y los animales de carga. A última hora de la tarde, la lucha se volvió tan cruenta que la cabeza del ejército, incluida la caballería y la caravana de las provisiones, quedó separada de Aníbal y del grueso de la infantería, incluso durante la noche. Por suerte, a la mañana siguiente los voconcios ya habían desaparecido. Seguramente los víveres robados no les compensaban las bajas sufridas. Sea como fuere, los ataques de los galos no solo habían causado graves daños físicos a las tropas de Aníbal, sino que minaron considerablemente la moral de las unidades menos motivadas. A consecuencia de ello, cada noche desertaban varios soldados al amparo de la oscuridad, pero Aníbal ordenó que no se les detuviera.

—Un soldado que es obligado a luchar, no es un buen compañero de batalla —explicó Aníbal a Malchus.

El ejército reanudó la marcha.

Durante ocho días, los agotados cartagineses continuaron el ascenso temblando de frío y con los pies doloridos. Sus enemigos ya no eran los voconcios ni los alóbroges, sino el clima y el terreno, que cada vez era más arduo y complicado. El viento frío, la congelación y la exposición a los elementos empezaron a causar estragos entre los soldados, que caían como moscas a lo largo del día y, por la noche, morían mientras dormían. Los hombres estaban debilitados por el hambre, el cansancio o la falta de ropa de abrigo, o las tres cosas.

Aníbal recompensó a Safo por su contundente defensa del ejército con un ascenso de rango, y le otorgó de nuevo el liderazgo de las tropas. A pesar de su alegría por haber conseguido el mismo rango que su hermano, su misión a la cabeza de las tropas era un arma de doble filo, ya que era responsabilidad suya y de sus hombres ir abriendo camino para el ejército, lo que a menudo implicaba mover rocas o reparar y reforzar el terreno. Las bajas en su falange eran constantes y, cuando llegaban las ocho de la tarde, Safo estaba al borde del agotamiento físico y mental. Todos sus temores sobre la montaña se habían hecho realidad. En su fuero interno, Safo estaba convencido de que estaban abocados al fracaso y que jamás encontrarían el paso prometido. Lo único que le mantenía en marcha era su orgullo: solicitarle a Aníbal que le relevara del mando sería peor que arrojarse por un precipicio y, pese a todo, la vida seguía siendo mejor que la muerte. Envuelto en cinco mantas, Safo se inclinó en su tienda sobre un brasero templado y trató de sentirse agradecido: ninguno de sus hombres disfrutaba del lujo de un brasero.

Pasado un rato, pensó que había llegado el momento de hacer la ronda nocturna. Aunque no le apetecía nada, era bueno para la moral de sus hombres que le vieran en los puestos de guardia. Safo se desprendió de sus mantas, se puso una segunda capa y se envolvió la cabeza con una bufanda. Al desatar los cordones de piel que cerraban la tienda, sintió una ráfaga de viento gélido. Se estremeció, pero se obligó a salir. Dos centinelas libios vigilaban la entrada de la tienda, que apenas estaba iluminada por una antorcha de brea que sostenían sobre un pequeño montón de piedras.

Los libios se pusieron rígidos al verle.

—Señor —murmuraron a través de los labios azules por el frío.

—¿Alguna novedad?

—No, señor.

—Hoy hace más frío que nunca.

—Sí, señor —contestó el guardia que tenía más cerca, que de repente rompió a toser violentamente.

—Discúlpele, señor —dijo su compañero nervioso—. No puede evitarlo.

—No pasa nada —respondió Safo irritado. Miró al primer soldado, que se estaba limpiando la sangre que había escupido por la boca. «Es un muerto viviente», pensó Safo, y se compadeció—. Llévale dentro y que se siente junto al brasero. A ver si consigue calentarse un poco. Podéis quedaros en la tienda hasta que yo regrese de la ronda.

Pasmado, el segundo soldado le dio las gracias tartamudeando. Safo cogió la antorcha y se adentró en la oscuridad. Aunque no estaría fuera más de un cuarto de hora, quizás ese rato en la tienda le proporcionaría un poco de alivio al pobre hombre enfermo. Safo esbozó una amarga sonrisa. «Se me está ablandando el corazón, pronto seré como Bostar», pensó. Safo no había visto a su hermano desde que discutieron por los prisioneros voconcios. Y ya le iba bien así.

Safo caminó con precaución por el suelo helado hasta llegar a las tiendas de sus soldados. Echó un vistazo al par de elefantes que Aníbal había ordenado que debían ir a la cabeza de la columna. Los pobres animales intentaban mantenerse muy juntos para maximizar su calor. Le dieron pena.

No tardó en llegar al primer puesto de guardia, situado a unos doscientos pasos de su tienda. Era el peor puesto de guardia de todo el ejército porque se encontraba en medio del camino y estaba expuesto a los elementos por tres lados. Ninguna hoguera sobrevivía a las fuertes ráfagas de viento cargadas de nieve procedentes de las montañas. Para evitar que los centinelas murieran congelados, Safo había ordenado acortar las guardias en ese puesto a una hora. Aun así, cada noche perdía a varios hombres.

—¿Ha habido algún movimiento? —preguntó Safo al oficial al mando.

—¡No, señor! ¡Hasta los demonios se han quedado en casa esta noche!

—Muy bien. Descansa. —Satisfecho con la respuesta graciosa de su oficial, Safo desanduvo lo andado. Ya solo le quedaba el puesto situado en la retaguardia de la falange para acabar la ronda. De pronto, vio a un hombre que rodeaba la esquina más alejada de la hilera de tiendas. Safo frunció el ceño. A pesar de que el barranco se encontraba a una veintena de pasos de las tiendas, el viento era tan fuerte que podía arrastrar a un hombre hasta el filo. No sería la primera vez que ocurría. Por eso todos sus soldados caminaban entre las tiendas en lugar de bordearlas. El hombre llevaba una antorcha, así que no era un enemigo, pero aun así había elegido la ruta más peligrosa para circular por la falange. ¿Por qué? ¿Tenía algo que ocultar?

—¡Eh! —gritó Safo—. ¡Alto ahí!

La figura se detuvo y se sacó la capucha.

—¿Safo?

—¿Bostar? —preguntó Safo incrédulo.

—Sí —respondió su hermano—, ¿podemos hablar?

Justo en ese momento les sacudió un fuerte golpe de viento. Safo se tambaleó y vio cómo el incauto Bostar era empujado a un lado y caía sobre una rodilla. Cuando intentó incorporarse, una nueva ráfaga lo empujó hacia atrás, hacia la oscuridad.

Safo no daba crédito a sus ojos. Corrió hasta el filo del barranco y encontró a su hermano agarrado a la rama de un arbusto que crecía en el borde.

—¡Ayúdame! —Gritó Bostar.

Safo lo contempló en silencio. «¿Por qué debería ayudarle? —se preguntó—. ¿En qué me beneficiaría?»

—¿A qué esperas? —preguntó Bostar desesperado—. ¡Esta maldita rama no va a aguantar mucho más! —Al ver la mirada de Safo, palideció—. Quieres que me muera, ¿verdad? Te alegrarías mucho, como cuando Hanno desapareció.

A Safo se le pegó la lengua en el paladar de la culpabilidad. ¿Cómo era posible que Bostar lo supiera? Pero siguió sin hacer nada.

La rama se rompió.

—¡Que te jodan y te pudras en el infierno! —gritó Bostar.

Desesperado, soltó la rama rota que tenía en la mano izquierda y se lanzó hacia delante tratando de buscar un lugar donde agarrarse por el camino. El peso de su cuerpo pronto le arrastraría hacia el abismo. Consciente de ello, Bostar intentó encontrar en vano un punto de apoyo en la roca helada, pero no había dónde agarrarse. Impotente, empezó a gritar y a deslizarse hacia atrás.

Safo se dejó vencer por el instinto y se agachó para agarrar a su hermano por los hombros. Tiro de él con fuerza y, tras un segundo esfuerzo, consiguió alejarlos a ambos del precipicio. Permanecieron tumbados unos instantes respirando con dificultad. Bostar fue el primero en sentarse.

—¿Por qué me has salvado?

Safo no se atrevía a mirarle a los ojos.

—No soy un asesino.

—No —respondió Bostar secamente—, pero te alegraste cuando Hanno desapareció, ¿verdad? Con él fuera de circulación, tenías más posibilidades de convertirte en el favorito de nuestro padre.

Safo se sintió avergonzado.

—Yo...

—Curiosamente —le interrumpió Bostar—, si yo hubiera muerto ahora, hubieras tenido a nuestro padre para ti solo. ¿Por qué no me has dejado caer?

—Eres mi hermano —dijo Safo con un hilo de voz.

—Quizá sea por eso, ¡pero cuando me caí al principio te has quedado mirándome sin ayudarme! —replicó Bostar furioso antes de controlar su ira—. Debo darte las gracias por haberme salvado la vida. Te lo agradezco y te devolveré el favor en cuanto pueda —dijo antes de escupir en el suelo que los separaba—, pero después para mí será como si estuvieras muerto.

Safo lo contempló boquiabierto mientras se alejaba.

—¿Qué le vas a decir a nuestro padre? —preguntó a sus espaldas.

Bostar se volvió y lo miró con desdén.

—No te preocupes, no le contaré nada.

Y sin decir nada más, se marchó.

En ese instante una nueva ráfaga de viento helado golpeó a Safo y le caló hasta los huesos.

Jamás se había sentido tan solo.

Aurelia se sentía abandonada tras la marcha de Quintus y Hanno, y no era fácil encontrar excusas para visitar a Suniaton. No podía confiar en su madre por razones obvias, y tampoco confiaba en su viejo tutor de griego, que nunca le había caído bien. Aurelia se llevaba bien con Elira, pero últimamente estaba de mal humor y no era muy buena compañía. Julius era el único otro esclavo de la casa con el que se llevaba bien, pero después de sus emocionantes escapadas al bosque, hablar sobre el menú previsto para la semana siguiente carecía de interés, para ella. Aurelia pasaba la mayor parte del tiempo con su madre, que, desde que se habían quedado solas, se dedicaba a las tareas de la casa con fruición, seguramente fuera su manera de sobrellevar la desaparición de Quintus.

Su tarea principal consistía en hacer algo con la enorme cantidad de lana que había almacenada en un cobertizo del patio. Habían esquilado las ovejas en verano y, durante los meses siguientes, las esclavas habían limpiado toda la lana de polvo y paja y la habían teñido de varios colores: rojo, amarillo, azul y negro. Una vez teñida, la lana ya estaba lista para ser hilada y tejida. Aunque la mayor parte de este trabajo lo realizaban los esclavos, Atia participaba de forma activa e insistió en que Aurelia también tomara parte. Día tras día, se sentaban en el patio o iban caminando por él armadas con sus ruecas y husos, y solo se retiraban al atrio cuando llovía.

—Es responsabilidad de la mujer mantener la casa y trabajar la lana —explicó Atia a su hija mientras colocaba habilidosa las hebras de lana en la rueca y comenzaba a hilar, pero paró para mirar a Aurelia—: ¿Me estás escuchando, hija?

—Sí —respondió Aurelia, agradecida de que su madre no la hubiera pillado entornando los ojos—. Me lo has dicho miles de veces.

—Porque es cierto —replicó su madre—. Una buena esposa debe saber hilar. No lo olvides.

—Sí, madre —dijo Aurelia obediente, pero en su mente se imaginó a sí misma practicando con el *gladius*.

—Seguro que tu padre y Quintus agradecerán que les enviemos capas y túnicas. Creo que los inviernos en Iberia son muy duros.

Al oírlo, Aurelia se sintió culpable y se aplicó con más ganas a la labor. Esta era la única manera tangible que tenía de ayudar a su hermano y pensó que también le gustaría hacer lo mismo por Hanno. «Pero ahora es el enemigo», se recordó a sí misma.

—¿Ha habido más noticias?

—Ya sabes que no —respondió Atia con un tono visiblemente irritado—. Tu padre no tiene tiempo de escribir, pero con la ayuda de los dioses, ya habrá llegado a Iberia.

—Y con suerte Quintus le encontrará pronto —añadió Aurelia.

Atia perdió la compostura durante un segundo, pues sentía una enorme pena por dentro.

—¿Cómo se le ocurre marcharse solo?

Aurelia lo pasaba mal al ver a su madre sufrir tanto. Todavía no le había dicho que Hanno había acompañado a su hermano. Le había resultado más fácil no decir nada, pero ahora sintió que flaqueaba su resolución.

Una tos discreta impidió que dijera nada más. Para su gran disgusto, Agesandros estaba en la puerta del atrio.

Atia recuperó la compostura en un abrir y cerrar de ojos.

—Agesandros.

—Mi señora —respondió el esclavo con una reverencia—, Aurelia.

Aurelia le lanzó una mirada de odio. Desde que el esclavo había acusado a Hanno, le había evitado como la peste. Y ahora le había interrumpido cuando estaba a punto de ofrecer unas palabras de consuelo a su madre.

—¿Qué sucede? —preguntó Atia—. ¿Hay algún problema con la cosecha de aceitunas?

—No, señora —respondió titubeante—. He venido a disculparme ante Aurelia.

Atia enarcó las cejas.

—¿Qué has hecho?

—Nada que no debiera haber hecho, señora —contestó Agesandros tranquilizándola—, pero el asunto del esclavo cartaginés ha sido de lo más... desafortunado.

—¿Así es como lo llamas tú? —le interrumpió Aurelia mordaz. Atia alzó la mano para detener las protestas de su hija.

—Continúa.

Cuando llegaron a Pisae casi una semana más tarde, Publio se enfureció al recibir la visita de un mensajero del Senado. El cónsul tenía prisa por dirigirse al norte, a la Galia Cisalpina, para asumir el control de las legiones que estaban actualmente bajo el mando de Lucio Manlio Vulsón. En la nota se le sugería claramente que lo más sensato era que informara al Senado antes de actuar contra Aníbal. Esto era necesario porque había «excedido sus competencias consulares cuando decidió no ir a Iberia con su ejército», le espetó Publio a Flaccus.

Flaccus se miró las uñas con expresión inocente.

—Alguien debe de haberles enviado un mensajero antes de salir de Massilia —masculló enfurecido Publio mirando intencionadamente a Flaccus—, pero como veo que este mensaje irrespetuoso no incluye la palabra *provocatio,* podría ignorarlo. De hecho, creo que debería ignorarlo. Cada día que pasa, Aníbal y su ejército están más cerca de nuestra frontera en el norte, y es imposible que Sempronio llegue allí más rápido desde Sicilia que yo desde aquí. Sin embargo, si tengo que desviarme e ir a Roma primero, sufriré una demora de dos semanas o más y, si Aníbal aparece entonces, el resultado será catastrófico.

—Eso no será culpa mía... —declaró Flaccus.

—¿Ah, no? —preguntó Publio furioso.

Flaccus tuvo la sensatez de no contestar.

Publio leyó la misiva de nuevo antes de recobrar la compostura.

—Acudiré a Roma tal y como se me solicita, pero las terribles consecuencias que puede provocar esta demora serán responsabilidad de los Minuccii, sobre todo responsabilidad tuya, Flaccus. Si cuando lleguemos a la Galia Cisalpina Aníbal ya está allí, me aseguraré de ponerte en primera línea cada vez que nos enfrentemos a los cartagineses.

Flaccus lo miró alarmado y Publio sonrió malicioso.

—Así te cubrirás de toda la gloria que deseas, pero póstuma, seguramente. —Publio no hizo caso de su mirada horrorizada y se volvió hacia Fabricius—: Solo nos llevaremos una *turma* a Roma, y quiero dos caballos de repuesto para cada jinete. El resto de tus hombres pueden comprarse nuevas monturas y dirigirse al norte para unirse a la cohorte de infantería de Vulsón. Da las órdenes pertinentes. Partiremos dentro de una hora.

Flaccus siguió a Fabricius al muelle, donde supervisó la descarga de los caballos y las provisiones. El muelle de Pisae era un hervidero de gente. Los soldados recién desembarcados retiraron sus equipos de las pilas correspondientes y formaron una fila bajo la atenta mirada de los oficiales. Los hombres de Fabricius observaron cómo sus caballos eran extraídos de las tripas de los barcos y depositados en tierra firme mediante unas plataformas de madera especiales. Los mozos de cuadra se aprestaron a asegurar las sillas de los caballos antes de apartarlos a un lado y prepararlos para el viaje inminente.

En cuanto pudo, Fabricius interrogó a Flaccus:

—¿Qué puñetas está pasando aquí?

Flaccus fingió una expresión inocente.

—¿A qué te refieres?

—Todo el mundo sabe que es mejor que Publio no vaya a Roma, sino a la Galia Cisalpina, y a la mayor brevedad posible. Sin embargo, tú has iniciado una conspiración para asegurarte de que pase por Roma.

Flaccus parecía escandalizado.

—¿Quién dice que fui yo quien informó a Roma? Sea como fuere, yo no puedo responder de las acciones de los miembros mayores de mi clan. Son hombres mucho más importantes que tú y que yo, hombres a los que solo les interesa el bien de Roma, pero saben que Publio es un tipo arrogante cuyo principal objetivo es hacerse con toda la gloria, como muy bien demuestran sus recientes actos. Hay que meterle en vereda y recordarle cuál es su función antes de que sea demasiado tarde. Además, ya tenemos unas tropas en el norte —continuó Flaccus—, Lucio Manlio Vulsón se dirige hacia allí con todo un ejército consular. Vulsón es un comandante con experiencia y no tengo duda alguna de que está lo bastante capacitado para plantar cara, atacar y ahuyentar a Aníbal y a los suyos cuando surjan de las montañas. ¿No estás de acuerdo conmigo?

Fabricius se sintió en una encrucijada. La decisión de Publio de enviar a su ejército a Iberia mientras él regresaba a Italia había sido algo inusual. Fabricius creía que Publio había demostrado tener visión de futuro con su decisión, pero las palabras de Flaccus le habían hecho dudar. Le resultaba difícil creer que un grupo de hombres en Roma estuviera dispuesto a poner en peligro a la República para ganar posiciones frente a sus rivales políticos.

«Los Minucii tendrán sus razones para solicitar la presencia de Publio», pensó. En teoría, las legiones de la Galia Cisalpina estaban capacitadas para defender la frontera del norte.

Fabricius miró a Flaccus y en su rostro no vio más que una expresión de preocupación sincera.

—Supongo que sí —concedió.

—Bien, pues vayamos a la capital y dejemos de preocuparnos por Aníbal. Veamos lo que le dicen en el Senado. Ya nos encargaremos del *gugga* después, si Vulsón no le ha borrado ya de la faz de la tierra.

—¿Te parece bien? —preguntó, ofreciéndole el brazo derecho al estilo militar.

Fabricius no estaba convencido. Por un lado, Flaccus hablaba como si los propósitos del Senado fueran altruistas y, por el otro, dejaba entrever que la comparecencia de Publio en Roma formaba parte de una estrategia política que no tenía en cuenta el peligro real que representaba Aníbal. Para Fabricius lo único importante era Aníbal y cómo enfrentarse a él, y los que estaban en el Senado no eran conscientes del peligro. Por otro lado pensó que tampoco importaba tanto si pasaban primero por Roma antes de ir a la Galia Cisalpina. Si Aníbal conseguía cruzar los Alpes, su ejército necesitaría un largo período de descanso para recuperarse de la odisea. Vulsón estaría sobre aviso y Publio no tardaría en llegar allí desde la capital.

—De acuerdo —contestó Fabricius, y aceptó el brazo de Flaccus.

—Excelente. —A Flaccus le brillaron los ojos de satisfacción—. Por cierto, no te tomes demasiado en serio lo que pueda decirte mi hermano. Tiene muchas ganas de verte en privado.

Fabricius no supo qué contestar y se limitó a asentir.

Al día siguiente el ejército de Aníbal alcanzó la parte superior del paso de montaña. La tenue luz del sol revelaba unos hermosos prados en el valle.

«Para lo que nos sirven —pensó Bostar con amargura—, si fueran un espejismo nos daría igual.»

Las laderas que conducían a la Galia Cisalpina estaban cubiertas por una nieve helada que ocultaba buena parte del camino. A partir de ese momento, sería mucho más difícil avanzar y, si les fallaba el pie, pagarían el mismo precio mortal que se habían cobrado las montañas desde que se adentraron en ellas.

Para aliviar el sufrimiento de sus tropas, Aníbal las dejó descansar durante dos días al llegar a la cima. Su decisión también tenía por objetivo permitir que los rezagados, hombres que de lo contrario habrían muerto, alcanzaran a sus compañeros, que los recibían con alivio, pero con poca empatía. En el caso de que hubieran deseado hablar de su suplicio, pocos les habrían escuchado, ya que la desesperación se había instaurado en los corazones de los soldados y los volvía insensibles al sufrimiento de los demás.

Para su gran sorpresa, cientos de mulas que se habían extraviado durante el ascenso consiguieron encontrar el camino al campamento. Aunque la mayoría había perdido la carga, su aparición se recibió con alegría. En un esfuerzo por levantar la moral de las tropas, Aníbal permitió que se sacrificaran los animales más débiles, unos doscientos o más, en la última noche antes de iniciar el descenso. Para cocinar la cena se necesitaron casi todas las reservas de leña del ejército, pero por primera vez en semanas los hombres se fueron a la cama con la barriga llena de carne fresca.

Su esperanza inquebrantable en que Hanno siguiera vivo y la presencia de su padre fueron lo único que mantuvieron a Bostar en marcha durante el día y la noche siguientes, en los que trató de no pensar en Safo y concentrarse en ayudar a sus hombres. Si la subida había sido difícil, la bajada era doblemente compleja. Después de haber pasado más de una semana por encima de la cota de nieve, los hombres tenían el frío metido en los huesos. A pesar de que los cavares les habían regalado ropa y calzado, muchos no vestían un atuendo adecuado para un clima tan gélido. Ralentizados por el frío, los cartagineses tropezaban con cualquier obstáculo, por pequeño que fuera, y chocaban constantemente entre sí y con la nieve acumulada de las ventiscas. Además, la muerte siempre andaba al acecho: los hombres morían por las caídas o de congelación mientras dormían.

A veces el sendero se quebrantaba bajo el peso de la nieve y los soldados, que se despeñaban para siempre en el olvido, y los hombres que iban detrás tenían que arreglar el camino para poder continuar. Las pobres mulas se asustaban a las primeras de cambio y sus forcejeos podían provocar más bajas. Bostar descubrió que la única manera de no volverse loco ante tanta muerte y destrucción era actuar como si no pasara nada, avanzando paso a paso, un paso lúgubre tras otro.

Cuando pensaba que la situación no podía empeorar, empeoró. A última hora de la mañana siguiente, la cabeza del ejército se topó con un desprendimiento de tierras que había cubierto una superficie equivalente a la de un estadio y medio. Safo comunicó al resto del ejército que era imposible continuar sin arriesgar la vida de hombres y animales en el precipicio de más de quinientos pasos de altura. Impertérrito, Aníbal ordenó que los númidas construyeran un nuevo sendero que salvara el obstáculo. El resto de las tropas recibieron la orden de descansar lo mejor que pudieran. Las noticias quebraron los ánimos de muchos soldados, que comenzaron a sollozar.

—¿Cuándo se acabará este suplicio? —Gimió uno de los hombres de Bostar.

Bostar se apresuró a reprenderle. La moral estaba por los suelos y no podía permitir que los soldados se hundieran más con semejantes muestras de desesperación.

La información que recibían de la cabeza de la columna era contradictoria, y Bostar ya no sabía qué creer. Los caballos apartaban las piedras más grandes, pero casi todo el trabajo debía hacerse a mano. Aníbal ofreció cien piezas de oro al primer hombre que lograra pasar al otro lado. Diez hombres habían muerto ya al ceder el tramo de camino por el que pasaron, y se necesitaría al menos una semana más para que el sendero fuera lo bastante ancho para los elefantes.

Al caer la noche, los comentarios de un oficial númida que pasó por su falange de regreso a su tienda animaron a Bostar.

—Hoy hemos hecho grandes progresos —explicó—. Hemos creado un nuevo camino por encima de más de dos terçeras partes del deslizamiento de tierras. Si mañana seguimos así, pronto podremos reanudar la marcha.

Bostar suspiró aliviado. Después de casi un mes en las montañas, la Galia Cisalpina pronto estaría a su alcance.

No obstante, su optimismo se desvaneció al día siguiente cuando, después de una hora de trabajo, la caballería descubrió una roca enorme que bloqueaba el paso por completo. Con un diámetro superior a la altura de dos hombres, la roca estaba situada de tal modo que solo unos pocos soldados podían acercarse cada vez. Los caballos no tenían fuerza para moverla y no había espacio suficiente para un elefante.

A medida que pasaba el tiempo, los últimos vestigios de esperanza desaparecieron de los ojos de sus hombres. Bostar se sentía igual y, aunque no se hablaba con su hermano, percibió el desánimo en su rostro. Aníbal no tardó en llegar para ver el problema de primera mano, pero Bostar no sintió la emoción habitual que le producía ver a su general. Nadie podía vencer este nuevo obstáculo, ni siquiera Aníbal. Por si fuera poco, empezó a nevar. Era como si los dioses se estuvieran burlando de ellos. Bostar se sentía más decaído que nunca.

Poco después vio que su padre se apresuraba a hablar con Aníbal y regresaba luego con una expresión confiada en el rostro. Al mismo tiempo, varios soldados pasaron corriendo por su lado.

Bostar agarró a su padre por el brazo.

—¿Qué sucede?

—No está todo perdido —respondió Malchus con una leve sonrisa—. Ya lo verás.

Poco después regresaron los soldados cargados con pesadas pilas de leña que colocaron, de una en una, al pie de la roca. Una vez se hubo apilado toda la leña, Malchus ordenó que se encendiera el fuego. Bostar seguía sin comprender nada, pero su padre no respondió a sus preguntas. Malchus dejó a sus hijos observando lo que sucedía con curiosidad creciente y regresó junto a Aníbal.

Los soldados estaban muy intrigados, pero cuando la hoguera llevaba más de una hora encendida, empezaron a aburrirse y se oyeron las primeras quejas por haber malgastado de ese modo las últimas reservas de leña. Por primera vez desde que partieran de Cartago Nova, Bostar no reprendió a sus hombres de inmediato. Su desilusión también había alcanzado niveles críticos y, fuera cual fuese la idea genial que había tenido su padre, no estaba funcionando. Ya podían tumbarse en el suelo y dejarse morir entonces, porque eso es lo que les sucedería de todos modos cuando cayera la noche.

Bostar no se había percatado de la estructura de madera que permitía a un hombre estar de pie sobre la roca. Solo miró hacia arriba cuando llegó la primera ánfora. La curiosidad le consumía por dentro. Los recipientes de arcilla contenían vino agrio, la bebida principal de las tropas. Bostar vio a su padre gesticular nervioso bajo la atenta mirada de Aníbal. Poco después, dos fornidos *scutarii* escalaron la plataforma con la ropa empapada de agua para resistir el calor extremo que irradiaba la roca. Al llegar arriba, lanzaron unas cuerdas al suelo a las que se ataron las ánforas. Los *scutarii* rompieron los lacres de los recipientes y vertieron su contenido por encima de la roca. El líquido se consumió y la roca emanó un fuerte olor a vino caliente. De pronto, Bostar entendió lo que intentaban hacer y se volvió para contárselo a Safo, pero se lo pensó dos veces y al final no le dijo nada.

Las ánforas vacías fueron descartadas y sustituidas por unas nuevas, y así sucesivamente. Las burbujas de vino hervían sobre la superficie de la roca caliente, pero seguía sin ocurrir nada. Dubitativos, los *scutarii* miraron a Malchus.

—¡Seguid así! ¡Id lo más rápido posible! —les instó.

Los *scutarii* le obedecieron y vertieron dos ánforas más, y después cuatro, pero la roca seguía inamovible, inmutable. Malchus pidió a los soldados que añadieran más leña al fuego, cuyas llamas amenazaban con quemar la plataforma en la que se encontraban los *scutarii*, a los que no se permitió bajar. Malchus se apostó al pie de la estructura y les exhortó a continuar. Los hombres vertieron dos ánforas más sin resultado alguno y Bostar comenzó a perder todo atisbo de esperanza.

De repente, se oyó una sucesión de explosiones y comenzaron a volar por el aire trozos de roca. Uno de los *scutarii* se desplomó al ser golpeado por una piedra del tamaño de un huevo que le aplastó el cráneo. Asustado, su compañero corrió a ponerse a salvo, al igual que los soldados que habían estado alimentando el fuego. Se produjeron varias explosiones más y la roca se rompió en varios fragmentos que podían moverse con facilidad o machacarse con martillos. Los vítores de alegría de los soldados llegaron hasta el cielo y, a medida que fue corriendo la noticia por la columna, el clamor aumentó hasta tal punto que parecía que las montañas gritaban de alegría.

Entusiasmados, Bostar y Safo corrieron, cada uno por su lado, a abrazar a su padre. Aníbal se unió a ellos y saludó a Malchus como a un hermano.

—Este calvario está a punto de finalizar. El camino a la Galia Cisalpina ya está abierto.

La primera visión de la capital que tuvieron los dos amigos fueron las inmensas murallas servianas, que rodeaban toda la ciudad y hacían parecer insignificantes las defensas de Capua.

—Estas murallas tienen casi doscientos años de antigüedad —explicó Quintus emocionado—. Fueron construidas después de que Roma fuera saqueada por los galos.

«Ojalá Aníbal sea el siguiente en saquearla», suplicó Hanno.

—¿Se parece a Cartago?

—¿Eh? —preguntó Hanno de vuelta a la realidad—. Casi todas sus defensas son más nuevas. —«Pero más espectaculares», pensó.

—¿Y el tamaño?

Hanno no iba a mentirle al respecto.

—Cartago es mucho mayor.

Quintus intentó no mostrar su decepción, pero no lo logró.

Una vez cruzaron las murallas, a Hanno le sorprendieron las similitudes entre Cartago y Roma. Casi todas las calles estaban sin adoquinar y muchas no tenían más de diez pasos de ancho. Después de varios meses de calor, su superficie era una serie interminable de rodaduras más duras que el hierro.

—Cuando llegue el invierno, esto será un cenagal —comentó Hanno apuntando al suelo—. Al menos eso es lo que sucede en Cartago cuando llueve mucho.

—Sí, en Capua también —afirmó Quintus, que arrugó la nariz al pasar por una callejuela que era usada como depósito de excrementos. El olor punzante de las heces y la orina cargaba el ambiente—. Menos mal que es otoño y no pleno verano —comentó—. Según he oído, el olor en verano es insoportable.

—¿Hay muchos edificios con alcantarillado?

—No.

—En Cartago pasa lo mismo en muchas partes de la ciudad —reveló Hanno, a quien, curiosamente, el olor a mierda le había despertado la añoranza.

El hecho de que los edificios tuvieran dos o tres, e incluso cuatro plantas, hacía que las calles estuvieran mal iluminadas y poco ventiladas, lo cual no ayudaba a despejar el ambiente. En comparación con los espacios abiertos y el aire fresco de la campiña italiana, Roma era como otro mundo. La mayoría de los edificios estaban formados por tiendas abiertas a pie de calle con escaleras a un lado que conducían a las plantas superiores. A Quintus le impresionó la suciedad que reinaba por doquier.

—Aquí es donde vive la mayoría de la población —explicó.

—En Cartago, casi todos los edificios se construyen con ladrillos de barro.

—Eso suena más seguro que la madera con la que se construyen las *cenaculae* que, además de ser un foco de enfermedades, son difíciles de calentar y fáciles de destruir.

—Entonces el fuego debe de ser un gran problema —señaló Hanno, que se imaginó lo fácil que sería quemar la ciudad si cayera en manos del ejército de Aníbal.

—Sí —dijo Quintus haciendo una mueca.

Además de obsequiarles con una amplia variedad de vistas y olores, la capital también les ofrecía una enorme gama de ruidos, desde los gritos de los tenderos que competían entre sí por vender sus mercancías hasta los chillidos de los niños jugando, pasando por la cháchara de los vecinos que cotilleaban en las esquinas, los gritos de los mendigos que pedían limosna, el ruido metálico del hierro que era golpeado sobre los yunques en las herrerías o el martilleo de los carpinteros que rebotaba como un eco contra las paredes de los altos edificios. También se distinguían a la distancia los bramidos del ganado en el Forum Boarium.

A pesar de que su destino era el puerto de Pisae, del cual había partido Publio con su ejército, los amigos no habían podido resistir la tentación de visitar Roma. Durante horas deambularon por sus calles maravillados ante lo que veían. Cuando les asaltó el hambre, compraron salchichas calientes y pan del día en unos puestos y, de postre, tomaron manzanas y ciruelas.

Obviamente, Quintus deseaba visitar el enorme templo de Júpiter, situado en lo alto de la colina Capitolina. Pasmado ante su tejado dorado y sus hileras de columnas gigantes, tan altas como diez hombres, y la fachada de terracota de colores brillantes, se detuvo ante la inmensa estatua del Júpiter barbudo, que estaba situada delante del templo y tenía vistas sobre casi toda Roma.

Hanno, resentido, se paró junto a él.

—Este templo debe de ser mucho mayor que los que tenéis en Cartago —dedujo Quintus con mirada inquisitiva.

—Hay uno tan grande como este en honor a Eshmún —respondió Hanno orgulloso.

—¿Qué dios es ese? —preguntó Quintus curioso.

—Es el dios de la fertilidad, la salud y el bienestar.

Quintus arqueó las cejas.

—¿Es la principal deidad de Cartago?

—No.

—¿Y por qué su templo es el más prominente?

Hanno, incómodo, se encogió de hombros.

—No lo sé —respondió, pero recordó que su padre le había dicho una vez que su pueblo se diferenciaba de los romanos ante todo por el hecho de que ellos eran comerciantes, y el templo de Júpiter era una prueba clara de que el pueblo de Quintus anteponía el poder y la guerra a todo lo demás.

«Debemos dar gracias a los dioses por contar con un guerrero de la talla de Aníbal Barca —pensó—. Si tuviéramos al mando a un idiota como Hostus, no tendríamos esperanza alguna.»

Quintus había llegado a su propia conclusión al respecto: ¿cómo podía una raza que daba prioridad al templo del dios de la fertilidad derrotar a Roma? Y cuando sucediera lo inevitable, ¿qué sería de Hanno?, le preguntó su conciencia a gritos, ¿dónde estaría? Quintus no deseaba responder a esas preguntas.

—Será mejor que busquemos un lugar donde pasar la noche antes de que oscurezca —sugirió.

—Buena idea —convino Hanno, agradecido por el cambio de tema.

Agesandros asintió en señal de agradecimiento y se volvió hacia Aurelia.

—Debería haber manejado mejor el asunto, y quería disculparme por ello y pedirle que hiciéramos borrón y cuenta nueva.

—¿Borrón y cuenta nueva? —le espetó—. ¡Pero si no eres más que un esclavo! ¿Acaso eso no significa nada? —A Aurelia le satisfizo ver que sus palabras le habían dolido.

—¡Basta! —exigió Atia—. Agesandros nos ha servido fielmente durante más de veinte años. Por lo menos escucha lo que tiene que decirte.

Aurelia se sonrojó. Se sentía humillada por haber sido reprendida delante de un esclavo, pero se negaba a ceder sin más a los deseos de su madre.

—¿Por qué te molestas en disculparte ahora? —masculló.

—Por una sencilla razón. Es posible que el señor y Quintus estén fuera durante mucho tiempo. ¿Quién sabe? Podrían estar fuera durante años, y quizás ustedes se impliquen más en la gestión de la finca. —Animado por Atia, que inclinó la cabeza en muestra de aprobación, Agesandros continuó—: Una buena relación de trabajo es esencial para el éxito de la finca.

—Tiene razón —afirmó Atia.

—Antes de que acepte tus disculpas, me debes primero una explicación —exigió Aurelia furiosa.

El siciliano suspiró.

—Es cierto que traté al *gugga* con dureza.

—¿Con dureza? ¿Cómo tienes el valor de decir eso? —gritó Aurelia—. ¡Ibas a venderle a alguien que le hubiera obligado a luchar contra su mejor amigo hasta la muerte!

—Tenía mis motivos —respondió Agesandros con expresión sombría—. Si le dijera que los cartagineses torturaron y asesinaron a toda mi familia en Sicilia, ¿cambiaría de opinión sobre mí?

Horrorizada, Aurelia lo contempló boquiabierta.

—¿Qué hicieron? —preguntó su madre.

—Yo estaba fuera, señora, luchando en el otro lado de la isla. Los cartagineses atacaron la ciudad por sorpresa y destruyeron todo lo que encontraron a su paso —explicó Agesandros antes de tragar saliva—. Mataron a todos, a hombres, mujeres y niños, y a los viejos y los enfermos, incluso a los perros.

Aurelia apenas podía respirar.

—¿Por qué?

—Como castigo —respondió el siciliano—. En el pasado habíamos sido aliados de Cartago, pero después nos convertimos en aliados de Roma, como muchos otros asentamientos. El nuestro fue el primero que atacaron, a modo de mensaje para el resto.

Aurelia sabía que en la guerra pasaban cosas terribles, que morían hombres y había heridos, a menudo a millares. ¿Pero masacrar a civiles?

—Continúa —le instó Atia con dulzura.

—Yo tenía mujer y dos hijos, una niña y un niño. —A Agesandros le flaqueó la voz por primera vez—. Eran muy pequeños, solo tenían tres y dos años.

A Aurelia le sorprendió ver lágrimas en sus ojos. Jamás hubiera pensado que el *vilicus* podía emocionarse tanto. Se compadeció de él.

—Les encontré unos días después. Estaban muertos. Fueron masacrados. —El rostro de Agesandros se torció de dolor—. ¿Han visto alguna vez lo que puede hacer una espada a un niño pequeño? ¿O el aspecto que tiene una mujer después de que la violen una docena de soldados?

—¡Basta! —gritó Atia disgustada—. Ya es suficiente.

Agesandros bajó la cabeza.

Aurelia estaba horrorizada. Tenía la mente llena de imágenes espantosas. No era de extrañar que el siciliano hubiera tratado a Hanno como lo hizo.

—Acaba tu historia —ordenó Atia—. Rápido.

Agesandros obedeció.

—Después de eso, yo ya no quería seguir viviendo, pero los dioses no me concedieron el deseo de morir en batalla. En lugar de ello, fui tomado prisionero y vendido como esclavo. Me trajeron a Italia, donde el señor me compró —dijo encogiéndose de hombros—. Y desde entonces estoy aquí. Ese par de *guggas* fueron los primeros que había visto en dos décadas.

—Hanno es inocente de cualquier crimen contra tu familia —murmuró Aurelia—. ¡Él no había nacido todavía en la guerra de Sicilia!

—Deja que me ocupe de esto —la interrumpió su madre—.

¿Buscabas venganza la primera vez que atacaste al cartaginés?

—Sí, señora.

—Lo comprendo. Ello no te disculpa, pero explica tu modo de actuar. —La expresión de Atia se endureció—. ¿Y mentiste cuando dijiste que habías encontrado un cuchillo y un monedero entre las pertenencias del esclavo?

—¡No, señora! ¡Pongo a los dioses por testigos de que dije la verdad! —contestó el siciliano con vehemencia.

«Mentiroso», pensó Aurelia furiosa, pero no se atrevió a decir nada. Su madre estaba asintiendo en señal de aprobación. Al cabo de un momento, sus temores se hicieron realidad.

—Agesandros tiene razón —declaró Atia—. Las cosas ya van a ser lo bastante duras los próximos meses. Hagamos borrón y cuenta nueva.

Atia miró a su hija expectante, al igual que Agesandros.

—Muy bien —murmuró Aurelia, sintiéndose más aislada que nunca.

17

El debate

Tras encontrar un alojamiento barato para pasar la noche, los dos amigos se dirigieron a la taberna más cercana. Beber les hacía sentir más adultos, pero además había otra razón por la que deseaban ir a la taberna: los siniestros pensamientos sobre lo que les depararía la guerra les hacía sentir muy incómodos, más incluso que cuando se pelearon tras la visita de Flaccus y, dado que Aurelia no estaba allí para actuar de mediadora, decidieron recurrir al vino. La táctica funcionó bastante bien al principio, puesto que estuvieron charlando amigablemente mientras ojeaban a las prostitutas que trabajaban en el local.

El vino no tardó en surtir efecto, ya que ninguno de los dos estaba acostumbrado a beber mucho. Por suerte, les dio por estar alegres en lugar de malhumorados, y la velada transcurrió de forma apacible. Animado por Hanno, Quintus se relajó lo suficiente como para sentar a una de las prostitutas sobre sus rodillas y acariciarle los pechos desnudos, y quizás hubiera llegado a más, pero en ese momento sucedió algo que desvió la atención de ambos del vino y las mujeres.

Las noticias importantes no tardaban en difundirse en los pueblos y ciudades: corrían de boca en boca, de las tiendas a las tabernas y de los mercados a las casas y, aunque uno no podía fiarse de la precisión de sus datos, siempre escondían parte de verdad.

—Aníbal está cruzando los Alpes con su ejército —gritó una

voz en la puerta—. ¡Cuando lleguen a Italia, nos asesinarán a todos mientras dormimos!

La conversación cesó de repente y los dos amigos se miraron con cara de sorpresa.

—¿Tú lo sabías? —preguntó Quintus.

—No tenía ni idea —contestó Hanno con sinceridad—. ¿Por qué si no habría aceptado viajar contigo a Iberia?

Poco después entró en la taberna un hombre de mediana edad con la cara roja y una gran papada. Su túnica desaseada y manos encallecidas indicaban que era un tendero de alguna clase. El hombre sonrió prepotente ante la oleada de preguntas.

—No hace ni una hora que he visto al cónsul Publio con mis propios ojos —anunció—. Ha regresado de Massilia con esta terrible noticia.

—¿Qué más has oído? —preguntó una voz—. ¡Explícanoslo todo!

El resto de los clientes gritaron lo mismo.

El tendero se mojó los labios.

—Correr por las calles da mucha sed. Una copa de vino me iría muy bien para suavizar la garganta.

El tabernero llenó un vaso y se lo puso en la mano rápidamente.

El hombre dio un trago y se relamió.

—Es sabroso.

—¡Explícanos lo que sabes! —suplicó Quintus.

El tendero volvió a sonreír ante su poder temporal.

—Publio estaba en Massilia aprovisionando a las tropas cuando le informaron de que Aníbal podía estar en la zona, así que envió a una patrulla de reconocimiento que se dio de bruces con todo el ejército cartaginés. —Hizo una pausa mientras los gritos de horror de su público llenaban la taberna y aprovechó para apurar su copa, que el tabernero rellenó de nuevo—. Publio se dirigió al norte para forzar una batalla con el enemigo, pero cuando llegó Aníbal ya no estaba. Había desaparecido. Y el único objetivo que puede tener es cruzar las montañas hasta la Galia Cisalpina para invadir Italia.

Los gritos de pánico llenaron el local y reinó el caos. Incluso hubo muchos clientes que se fueron corriendo a su casa. Quintus escuchó sus palabras horrorizado, mientras que Hanno tuvo que esforzarse para controlar su alegría. Solo Aníbal podía ser tan audaz. Se preguntó si su padre había estado al tanto de este plan brillante y no le había dicho nada al respecto. De repente las prioridades de Hanno habían cambiado por completo.

Quintus pensó lo mismo.

—Supongo que ahora querrás marcharte —le dijo en tono acusador—. Querrás ir a la Galia Cisalpina en lugar de a Iberia, ¿no?

Hanno se sonrojó por haber albergado ese mismo pensamiento.

—Esto no cambia nada. Iremos a Iberia a buscar a tu padre.

Quintus lo miró a los ojos y supo que hablaba en serio.

—Siento haber dudado de tu honor —murmuró cabizbajo—. No se oyen noticias así todos los días.

Su conversación quedó interrumpida de nuevo.

—¿Queréis saber por qué ha regresado el cónsul? —vociferó el tendero, que ya iba por su cuarta copa de vino. Esperó a que todos callaran antes de continuar—: El Senado ha convocado a Publio porque decidió enviar a su ejército a Iberia en lugar de perseguir a Aníbal. Ahora se dice que los Minucii quieren poner en su lugar a uno de los suyos, y mañana tendré que presentarse ante la Curia para explicar sus actos.

Al oír la noticia, los amigos desecharon de inmediato su plan de marcharse de Roma al despuntar el alba. ¿Que más daba si demoraban su salida unas horas para ver cómo acababa esta historia?

Fuera cual fuese el recibimiento que le esperaba a Publio en el Senado, seguía siendo uno de los dos cónsules de la República. En la puerta amurallada que marcaba el final de la Vía Ostiensis —la carretera que procedía de Ostia—, les esperaba una elegante litera que acarreaban seis fornidos esclavos. Publio, Flaccus y

Fabricius subieron a bordo. Una docena de *lictores* con sus *fasces* precedieron a la litera en su recorrido por la ciudad. Los treinta jinetes de Fabricius no pudieron entrar porque eran soldados armados, pero ello no demoró el avance de la comitiva. La mera presencia de los *lictores* con sus magníficas capas rojas de campaña en lugar de sus togas habituales y las hachas agregadas a sus *fasces* bastaba para abrirse camino por las calles. Todos los ciudadanos, excepto las vírgenes vestales y las mujeres casadas, debían apartarse o acarrear con las consecuencias. Únicamente los hombres más fuertes y altos eran elegidos para formar parte del cuerpo de *lictores*, a los que se había enseñado a usar las *fasces* a la menor oportunidad. Incluso podían actuar de verdugos si recibían la orden pertinente.

Fabricius había visitado Roma en varias ocasiones, y no por ello dejaba de disfrutar del espectáculo que le ofrecía la capital. Esta vez, la presencia de los *lictores*, que apartaban a la gente y la empujaban hacia las tiendas y los callejones, le garantizaba una vista inmejorable de la ciudad. A pesar de que Roma era muy diferente de Capua, y muy distinta de su finca, también le parecían muy similares. Fabricius desestimó el sentimiento de añoranza que le asaltó de repente, aunque el rápido avance hacia el Forum Romanum no le permitió pensar demasiado en ello.

Una vez en el Forum, Fabricius dirigió la vista a la Curia, la sede del Senado. El edificio, de aspecto ordinario si no fuera por sus grandes puertas de bronce, era el centro neurálgico de la República. Se fijó en el Graecostasis, la zona inmediatamente exterior donde las embajadas extranjeras debían esperar hasta ser llamadas dentro, pero hoy no tendría que esperar porque acompañaba a dos de los hombres más importantes del país. Los *lictores* se acercaron a la entrada y apartaron a un lado a los hijos de los senadores allí congregados para escuchar los debates que se celebraban en el interior de la sala. Publio descendió de la litera delante de los portales, y Flaccus y Fabricius siguieron su ejemplo. Los tres lucían sus mejores togas, aunque la de Publio era, obviamente, la más elegante: una prenda de algodón blanco brillante con una franja púrpura

Esa mañana antes de salir Fabricius había escondido un puñal en los pliegues de su toga. Después de varios meses de campaña, se sentía desnudo sin un arma. Había cogido el puñal sin pensarlo, aunque sabía que era una decisión arriesgada, puesto que solo los *lictores* tenían permitido llevar armas a la Curia. Ahora Fabricius se maldecía a sí mismo por su decisión impulsiva, pero ya no tenía manera de desprenderse del puñal. Debería entrar con él y confiar en que no pasara nada. El corazón empezó a latirle con fuerza. Publio le había pedido que estuviera presente porque era el único oficial romano que había visto al ejército de Aníbal. Su testimonio era crucial para la defensa de Publio.

—Confío en ti —le había dicho el cónsul—. Sé que no me fallarás. Simplemente tienes que explicarles lo que viste en el campamento cartaginés.

Fabricius le prometió que así lo haría y miró de soslayo a Flaccus, que parecía muy satisfecho consigo mismo. Confuso, Fabricius se preguntó qué papel iba a desempeñar su futuro yerno en la historia que estaba a punto de empezar.

El lictor de mayor rango habló con los guardias y entró para anunciar la llegada de Publio. En el interior se hizo el silencio. A su regreso, los doce *lictores* se dividieron en seis columnas de dos y, con pasos coordinados, les condujeron al interior de la Curia. Fabricius siguió los pasos de Publio y Flaccus e hizo un esfuerzo por no mirar a su alrededor como un niño pequeño. Era la primera vez que estaba en la sede de la democracia de la República. La sala estaba iluminada por la luz que se filtraba por las ventanas largas y estrechas situadas en la parte superior de las paredes. A ambos lados de la sala rectangular había tres gradas de mármol, que en ese momento estaban repletas de senadores con togas que tenían la vista fija en Publio y sus acompañantes. Fabricius controló su asombro y evitó la mirada de los senadores. Al final de la sala estaba la tarima sobre la que se hallaban las dos sillas de madera de palisandro finamente talladas reservadas para los cónsules.

Los *lictores* llegaron al pie de la plataforma y se colocaron a ambos lados para que Publio pudiera tomar asiento. Flaccus y Fabricius se quedaron abajo. Publio se sentó y los *lictores* golpearon el suelo con las empuñaduras de sus *fasces*. El sonido resonó en toda la sala.

Se produjo una larga pausa.

Fabricius miró al cónsul con el rabillo del ojo y vio que sonreía brevemente. Era tarea de Publio iniciar la sesión, pero estaba claro que quería hacer esperar a quienes habían requerido su presencia en Roma para recordarles su rango y posición. El silencio se prolongó y comenzaron a oírse murmullos enfadados, pero nadie se atrevió a hablar.

Por fin Publio abrió la boca.

—Mientras hablo, se acerca a nosotros desde los Alpes la mayor amenaza que ha sufrido Roma desde el bárbaro Brennus —dicho lo cual, hizo una pausa para que los senadores asimilaran sus palabras—. Sin embargo, en lugar de dejar que cumpla con mi deber de defender a la República, me habéis pedido que regrese para dar cuenta de mis actos. Pues aquí estoy —declaró abriendo los brazos para indicar que estaba abierto a sus preguntas y, seguidamente, guardó silencio.

De inmediato se produjo una avalancha de preguntas. Casi la mitad de los senadores hablaba al mismo tiempo. Muchas de las preguntas se referían a Brennus, el jefe galo que saqueó Roma tras conducir a sus temibles guerreros hasta la mismísima colina Capitolina, lo cual había dejado una profunda huella de vergüenza en la psique romana. Fabricius no sabía si Aníbal era tan peligroso como Brennus, pero la mera mención del galo le había permitido a Publio anotarse los primeros tantos. Antes de que los Minucii hubieran podido lanzar siquiera una sola acusación, el cónsul había logrado desviar hábilmente la atención del Senado hacia cuestiones más primitivas.

Publio no había acabado todavía, por lo que levantó la mano y esperó a que los senadores guardaran silencio.

—Quiero saber por qué me habéis mandado llamar aquí hoy. Solo entonces os hablaré de Aníbal y de su enorme ejército cartaginés.

Los gritos de protesta resonaron por toda la sala, pero Publio se limitó a cruzarse de brazos y se recostó en el asiento.

«Segundo asalto para Publio», pensó Fabricius, cuyo respeto por el cónsul crecía por momentos.

A la mañana siguiente los jóvenes amigos se levantaron tarde. Una breve visita a los baños públicos les ayudó a aliviar el dolor de cabeza, aunque por fortuna ambos habían tenido el sentido común de beber mucha agua, y descargar sus vejigas no era ningún problema: solo tenían que acercarse a uno de los callejones donde se depositaban los excrementos.

Después de desayunar pan con queso, se dirigieron al Forum Romanum. Como es de imaginar, hablaron poco hasta que llegaron a su destino.

Quintus contempló boquiabierto el gran espacio rectangular.

—Esto era antes una marisma, pero ahora es el mayor espacio abierto que hay en la ciudad. Es el corazón de la República —manifestó orgulloso—, el centro de la vida religiosa, ceremonial y comercial. La gente viene aquí para hablar, asistir a juicios, presenciar las luchas de gladiadores o escuchar importantes anuncios públicos.

—Se parece mucho al Ágora —comentó Hanno educadamente. «Aunque no es ni la mitad de grande», pensó.

Cientos de tiendas rodeaban el perímetro del Forum, desde carnicerías, pescaderías y panaderías hasta grandes despachos de abogados, escribas y prestamistas. La zona estaba repleta de gente.

Quintus había aprendido la distribución del Forum.

—Allí están el santuario de Cástor y Pólux, y el de Saturno —explicó mientras pasaban por al lado—, y ese es el templo circular de las vírgenes vestales.

—¿Y eso qué es? —preguntó Hanno señalando un edificio mugriento en el lado norte del Forum.

—Creo que es el *comitium* —contestó Quintus—. Es un templo que se construyó durante la fundación de Roma hace más de quinientos años —dijo bajando la voz antes de proseguir—: Dentro se encuentra el *lapis niger*, un pequeño pilar de piedra negra que marca el lugar en que Rómulo, el fundador de Roma, ascendió a los cielos. A su lado se halla la *rostra* o tribuna de los oradores, que está decorada con proas de barcos capturados. —De pronto Quintus se sonrojó y guardó silencio, dado que las adiciones más recientes eran las proas de unos trirremes cartagineses que habían sido capturados en la última guerra.

Al darse cuenta, Hanno lanzó una mirada de ira a la *rostra*.

Los amigos se enteraron de que Publio justo acababa de entrar en la Curia, pero se consolaron pensando en que estarían cerca cuando saliera. Una gran muchedumbre se había congregado en la zona. Las noticias sobre Aníbal se habían difundido rápidamente y toda la ciudad deseaba saber lo que iba a suceder. Los rumores corrían de un extremo a otro del corro reunido delante de la Curia.

—Aníbal cuenta con un ejército de más de ciento cincuenta mil soldados —explicó un hombre con los ojos enrojecidos.

—Tiene cien elefantes y una caballería de veinticinco mil númidas —añadió otro.

—Dicen que Felipe de Macedonia ha movilizado su ejército y está a punto de atacarnos desde el noreste antes de unirse a los cartagineses —agregó el primer hombre.

—También se unirán a él todas las tribus de la Galia Cisalpina —comentó una tercera voz.

La rabia de Hanno al ver la *rostra* se tornó entonces en una inmensa alegría. Si la mitad de los cotilleos eran ciertos, Roma se enfrentaba a una catástrofe de grandes proporciones. Hanno miró a Quintus que, con la vista fija en la Curia, fingía no oír lo que se estaba diciendo.

Ambos se sumieron en un silencio incómodo.

Un hombre fornido de pelo negro y ondulado, nariz prominente y unas pobladas cejas que enmarcaban unos ojos azules de mirada calculadora se abrió paso para hablar. El Senado guardó silencio y los senadores se apartaron con enorme deferencia para dejarle pasar. Flaccus le saludó con una breve inclinación de cabeza y Fabricius comprendió al instante de quién se trataba: era Marco Minucio Rufo, ex cónsul y hermano de Flaccus, miembro preminente del clan de los Minucii y uno de los hombres más poderosos de Roma. Sin duda alguna, había sido él el responsable de la carta a Publio.

—Cónsul —dijo con una inclinación de cabeza—. Todos te agradecemos que hayas regresado a Roma. Es un honor verte de nuevo. —Tras los cumplidos de rigor, su expresión se volvió más dura—. Nos ha alarmado oír que tu hermano se dirige a Iberia al mando de tus legiones para que tú hayas podido regresar a Italia. Te hemos solicitado que acudieras hoy aquí para que nos expliques tu extraordinario regreso, que contraviene totalmente la decisión tomada por este Senado hace apenas seis meses. No cabe duda que tú y Longo, tu compañero cónsul, tenéis el mando supremo de las fuerzas militares de la República, pero ambos podéis ser cuestionados por este Senado si procede. —Marco, sonriente, se dio media vuelta al oír los murmullos de aprobación de varios senadores—. Está claro que son varios los que comparten mi opinión.

Publio arqueó una ceja.

—¿Y qué opinión es esa? —preguntó con dulzura.

—Hablo, por supuesto, del poder de la *provocatio* —respondió Marco en tono cortés.

Algunos senadores murmuraron su desaprobación al oír sus palabras, pero muchos las aclamaron. Fabricius torció el gesto nervioso. Jamás había oído que se acusara de un delito a un magistrado supremo de la República. Se volvió a mirar a Flaccus, pero su rostro no delataba nada.

«¿Por qué desean los Minucii deponer al cónsul? —se preguntó Fabricius—. ¿Cuál es su propósito?»

—¿No tienes nada que decir? —preguntó Marco mirando satisfecho a su alrededor, pues una ola de murmullos de aprobación se extendía por la sala.

Fabricius volvió a mirar a Flaccus. Esta vez vislumbró en su cara la misma expresión de satisfacción que irradiaba el rostro de su hermano. Entonces lo comprendió todo. Flaccus estaba convencido de que Aníbal era una amenaza, y así se lo había expresado a su hermano por carta. Y ahora Marco, que en el pasado había cosechado varios éxitos como general, quería convertirse en cónsul para poder reclamar para sí la gloria de derrotar a los cartagineses en lugar de que lo hiciera Publio. Esta posibilidad, no, probabilidad, costaba de creer, pensó Fabricius con ira. A pesar de que la única cuestión que importaba era conseguir derrotar a un enemigo que suponía una grave amenaza para la República, algunos de estos políticos solo pensaban en hacerse un nombre.

Curiosamente, Publio se rio ante semejante acusación.

—Es increíble que se me acuse de excederme en mis competencias cuando lo único que he hecho es hacer todo lo posible por cumplirlas. Mi ejército ha sido enviado a Iberia tal y como se ordenó y su comandante, mi hermano Cneo, tiene experiencia probada en el campo de batalla. Cuando fui consciente de las implicaciones de la marcha de Aníbal a través de los Alpes y, al darme cuenta de que era imposible que Longo reaccionara a tiempo, decidí regresar a Italia con la intención de enfrentarme a los cartagineses de inmediato. ¿Acaso no prueba eso mi lealtad a Roma? ¿Y qué cabría pensar, sin embargo, de aquellos que desean impedir que cumpla con mi deber?

Durante el alboroto posterior que causaron sus palabras, Publio y Marco se miraron fijamente a los ojos de una manera que no daba lugar a equívoco sobre su mutuo desagrado, pero Marco se aprestó a responder.

—Me imagino que habrás visto al «enorme» ejército de Aníbal con tus propios ojos y que habrás podido realizar un cálculo de sus efectivos.

—Pues no, ni una cosa ni la otra —respondió Publio en tono glacial.

—¿Entonces eres adivino? —preguntó Marco, lo cual provocó las carcajadas de los que le apoyaban.

—Todo lo contrario —respondió Publio con toda tranquilidad señalando a Fabricius—. He traído conmigo al veterano oficial de caballería que dirigió la patrulla de reconocimiento que entró en el perímetro del campamento cartaginés, y estará encantado de responder a todas vuestras preguntas.

Marco no se esforzó en disimular su desdén al mirar a Fabricius.

—¿Cómo te llamas?

Fabricius devolvió la mirada a Marco con resolución. Fuera cual fuese su rango, y por muy intimidante que fuera el ambiente, diría la verdad.

—Gaius Fabricius, señor. Équite y terrateniente cerca de Capua.

Marco hizo un gesto despectivo.

—¿Tienes mucha experiencia militar?

—Estuve casi diez años en Sicilia luchando contra los cartagineses, señor —contestó Fabricius orgulloso, y vio con satisfacción que muchos de los presentes asentían en señal de aprobación mientras otros murmuraban entre sí.

Marco frunció los labios.

—Explícanos lo que viste y dejemos que el Senado decida si realmente existe tal amenaza, como Publio quiere hacernos creer.

Fabricius respiró hondo y comenzó a relatar la historia de su patrulla de reconocimiento. Mientras hablaba no miró a Marco ni a nadie más, sino que mantuvo la vista fija en las puertas de bronce del extremo de la sala. La táctica funcionó, pues cada vez se sintió más cómodo en su papel. Fabricius ofreció todo lujo de detalles sobre el campamento cartaginés e hizo especial hincapié en el número de efectivos de la caballería enemiga. También describió la inmensa anchura del Rhodanus y el esfuerzo hercúleo que supuso trasladar a los elefantes al otro lado. Una vez hubo finalizado su historia, miró a Publio, que asintió en señal de aprobación. Flaccus, por su lado, parecía contrariado. ¿Acaso había pensado su futuro yerno que comparecer ante el Senado iba a ser demasiado para él? A juzgar por las expresiones alarmadas de numerosos senadores, no había sido así. De pronto Marco parecía encontrarse en desventaja.

Publio aprovechó el momento para tomar la iniciativa y dirigirse al frente de la tarima.

—Fabricius ha calculado que el tamaño de las tropas cartaginesas es superior al de dos ejércitos consulares. Estamos hablando de cincuenta mil hombres, de los cuales al menos una cuarta parte son jinetes númidas, ante los que sucumbimos en Sicilia en varias ocasiones. No nos olvidemos tampoco de los elefantes. Hasta ahora, nuestros combates contra ellos no se han saldado precisamente a nuestro favor. Y también tenemos que pensar en su general, Aníbal Barca, un hombre que acaba de conquistar la mitad de Iberia y de arrasar una ciudad impugnable como Saguntum; un general que no teme cruzar los Alpes con sus soldados a finales de otoño. —Publio asintió al ver que muchos senadores reculaban en sus asientos de miedo—. Muchos de vosotros conocéis al pretor Lucio Manlio Vulsón tan bien como yo. Es un líder honorable y competente, ¿pero puede vencer a un ejército que le dobla en tamaño y que posee un número superior de caballos y elefantes? —Publio miró a su alrededor—. ¿Puede?

Un breve silencio incrédulo se apoderó de la sala antes de estallar en un tremendo alboroto. Cientos de voces preocupadas hablaban al mismo tiempo, pero nadie escuchaba lo que decían los demás. Marco intentó tranquilizar en vano a los senadores de su alrededor. Fabricius no daba crédito a sus ojos. Los hombres que tenían en sus manos el dominio de la República chillaban y discutían en esos momentos como niños pequeños. Fabricius miró a Publio, que contemplaba el espectáculo a la espera de una oportunidad para intervenir. Impulsivamente, Fabricius sacó su puñal y se lo entregó al cónsul.

—Es suyo, señor, como las espadas de todos los ciudadanos de Italia.

La expresión inicial de sorpresa de Publio fue sustituida por una sonrisa astuta. El cónsul murmuró una orden a los *lictores* y aceptó el puñal. El martilleo de las *fasces* en el suelo atrajo la atención de todos.

Publio alzó el puñal.

—Fabricius me ha entregado esto. Ha quebrantado la ley por

traerlo a la Curia, pero lo ha hecho no solo por lealtad a la República, sino para demostrar su deseo de verter su sangre y, si fuera necesario, entregar su vida en la lucha contra Aníbal. Con soldados tan determinados como él, ¡os prometo la victoria sobre los invasores cartagineses! ¡Victoria!

Como una bandada de aves que cambia repentinamente el rumbo, el humor de los senadores también cambió por completo. Su pánico se desvaneció y fue sustituido por un estado de gran excitación. Sonaron vítores espontáneos y el ambiente mejoró al momento. Publio había ganado, pensó Fabricius satisfecho. Había que ser idiota para intentar deponer ahora al cónsul.

Flaccus se le acercó furtivamente.

—¿Contento? —Le susurró.

Fabricius ya había aguantado bastante.

—¿Qué se suponía que debía hacer? ¿Mentir sobre lo que vi? —Le increpó—. El ejército de Aníbal es enorme, está bien armado y lo lidera un hombre de gran determinación. Es un error subestimarle.

Flaccus suavizó el tono.

—Claro, tienes razón. Has hablado muy bien y con gran convencimiento —afirmó—. Debemos hacer frente al peligro de inmediato, y está claro que Publio es el hombre adecuado para ello. La resolución que ha demostrado aquí hoy es admirable.

No era fácil creer en las palabras de Flaccus cuando veía la consternación dibujada en el rostro de Marco, pero Fabricius apartó a un lado su preocupación. Eso ya no era importante, lo único que importaba ahora era vencer a Aníbal.

A Fabricius no le sorprendió que Publio le ordenara que regresara a las murallas de la ciudad para preparar a sus hombres. Debían partir hacia la Galia Cisalpina en tres horas. Flaccus también les acompañaría, le informó Publio entornando los ojos.

—Algunas cosas no se pueden cambiar —masculló.

Fabricius se sintió aliviado al recibir las órdenes. Había visto suficiente política para toda una vida. Por otro lado, no sabía qué pensar acerca de Flaccus y su hermano. ¿Quizás Atia tenía razón?, se preguntó. Mientras cruzaba las puertas de bronce y se dirigía al Forum, Fabricius pensó que, antes de marcharse, escribiría una carta rápida a su mujer para informarle sobre todo lo sucedido.

18

La Galia Cisalpina

Solo en dos ocasiones pudieron oír algo de lo que sucedía en el interior de la Curia. La primera vez fueron unos gritos de alarma y, la segunda, inmediatamente después, clamores de alegría. La noticia se extendió de inmediato entre la muchedumbre: el Senado ofrecía su pleno apoyo a Publio y el cónsul se dirigiría al norte a la mayor brevedad posible para enfrentarse a Aníbal.

Antes de que los amigos tuvieran tiempo de asimilar esta información, varias personas salieron de la Curia con paso apresurado. De pronto Quintus dio un salto y propinó un fuerte codazo a Hanno.

—¡Mira! —exclamó dando un paso adelante—. ¡Es mi padre!

—¡Es verdad! —dijo Hanno, más sorprendido incluso que Quintus.

¿Qué hacía Fabricius allí?, se preguntó Hanno. Y su siguiente pensamiento fue más preocupante: ¿cómo explicaría Quintus su presencia allí? Hanno sintió que le invadía el miedo. ¿Qué posibilidades había de que Fabricius aceptara la libertad que le había concedido Quintus? Muy pocas. Hanno sintió la tentación de mezclarse entre la muchedumbre y desaparecer. Entonces sería libre para ir al norte, pero no lo hizo. Su orgullo le impidió huir. «No soy ningún cobarde que se esconda», pensó.

Quintus percibió su inquietud. A pesar de la emoción de ver a su padre, mantuvo la calma.

—No pasa nada —le tranquilizó—. Yo no me voy a ninguna parte.

—¿Qué? ¿Por qué no? —preguntó Hanno extrañado—. Esta es una oportunidad perfecta para ti.

—Quizá lo sea para mí, pero no para ti.

Hanno se sonrojó sin saber qué decir. Quintus volvió a tomar la palabra.

—¿Qué posibilidades hay de que mi padre acepte tu libertad?

—No lo sé —murmuró Hanno—. No muchas, supongo.

—Exactamente —replicó Quintus—. Y por eso me quedaré aquí contigo.

—Pero ¿por qué vas a hacer eso por mí? —preguntó Hanno sorprendido.

—¿Acaso has olvidado lo que pasó anoche? —dijo Quintus dándole un toque en la cabeza—. Prometiste acompañarme a Iberia aunque para ti no fuera necesario. Además, ahora tampoco has huido, que es lo que hubiera hecho la mayoría de la gente. Tu honor merece ser correspondido. Lo que es justo es justo, y punto.

—Quizá no sea tan fácil —respondió Hanno señalando a Fabricius, que estaba a punto de desaparecer de su vista—. No sabemos si tu padre acompañará al cónsul.

—Yo diría que sí, pero tienes razón. Deberíamos asegurarnos —dijo Quintus poniéndose en marcha—. Vamos, ¡sigámosle!

Hanno se apresuró a seguir a su amigo.

—¿Y qué pasa si tu padre regresa a Iberia?

—Ya hablaremos de eso después —contestó Quintus—, pero supongo que en ese caso tendría más sentido que nos separáramos. Pero si no es así, viajaré contigo a la Galia Cisalpina.

—¡Estás loco! —rio Hanno.

—Quizás —admitió Quintus con una media sonrisa—, pero estoy haciendo lo correcto.

—¿Y qué ocurrirá cuando lleguemos allí? —preguntó Hanno preocupado.

—Nos separaremos. Yo iré en busca de mi padre y tú... —se produjo un silencio incómodo— podrás buscar al ejército de Aníbal.

—Gracias —dijo Hanno dando un apretón en el brazo a su amigo.

Quintus asintió.

—Es lo menos que puedo hacer por ti.

Las tropas que a duras penas avanzaban por los verdes prados que se extendían a los pies de los Alpes eran una sombra de lo que habían sido, y en nada se asemejaban a un ejército en marcha. Enjutos y demacrados, los hombres caminaban dando traspiés y sosteniéndose entre sí. Las costillas protuberantes de los caballos y las mulas que habían sobrevivido parecían la carcasa de un barco en construcción. Aunque habían muerto pocos elefantes, estos habían sufrido mucho durante la travesía y ahora parecían esqueletos gigantes de los que colgaban enormes pliegues de piel gris. Lo peor de todo era la gran cantidad de hombres y animales que habían perdido en su paso por las montañas. Las cifras eran difíciles de asimilar, pero imposibles de negar. Aníbal había insistido en que se realizara un recuento de las tropas en el momento en que llegaron al primer prado donde, exhaustos, montaron el primer campamento. A pesar de que los cálculos incluían cierto margen de error, el recuento revelaba que, en total, habían desertado, huido o perecido veinticuatro mil soldados y más de cinco mil animales con provisiones. Quedaban veintiséis mil hombres, una cuarta parte de los que habían partido de Cartago Nova que representaban poco más que un ejército consular romano.

Era una cifra preocupante, sobre todo si se tenía en cuenta que, aparte de enfrentarse a los romanos, tendrían que luchar contra otros pueblos enemigos, pensó Bostar mientras esperaba con un grupo de oficiales frente a las murallas de Taurasia, el principal fuerte de los taurinos, la tribu hostil en cuyas tierras se encontraban actualmente acampadas las tropas de Aníbal. A su izquierda tenía la falange de Safo y, a su derecha, la de su padre. Alete estaba detrás de Malchus con casi la mitad de los libios: seis mil de los mejores hombres de Aníbal.

—Caballeros.

Bostar se volvió al oír la voz de Aníbal, pero no reconoció al hombre que se acercó a ellos lentamente vestido con una vieja capa militar. Varios mechones de cabello castaño grasiento salían por debajo de un sencillo casco de bronce, que enmarcaba un rostro sucio y demacrado. El soldado también llevaba una coraza acolchada de lino que había visto días mejores, así como una lanza y un viejo escudo. Jamás había visto un lancero libio tan mal vestido y pestilente. Bostar miró al resto de los oficiales, que parecían tan extrañados como él.

—¿Sois vos, señor?

La risa profunda de Aníbal era inconfundible.

—Sí, soy yo. ¡No me mires como si estuviera loco!

Bostar se sonrojó.

—Disculpad, señor. ¿Puedo preguntaros por qué vais vestidos así?

—Por dos motivos: por un lado, si voy vestido como un soldado cualquiera, no seré un objetivo tan fácil para el enemigo. Por el otro, esto me permite mezclarme entre las tropas y evaluar su estado de ánimo. Llevo haciéndolo desde que bajamos de las montañas —reveló Aníbal volviéndose hacia el resto de los oficiales—. ¿Y sabéis de qué me he enterado?

En ese momento todos los oficiales, incluido Bostar, sintieron la repentina necesidad de observarse las uñas o ajustar alguna cincha de los arreos de los caballos. Hasta Malchus carraspeó incómodo.

—¡Venga ya! —exclamó Aníbal en tono burlón—. ¿Realmente creíais que no me iba a enterar de lo baja que está la moral de las tropas? La caballería es la única que mantiene la moral alta, pero es porque cuidé muy bien de ellos en las montañas y han muerto muchos menos, pero eso es algo fuera de lo normal. Muchos de vuestros hombres piensan que seremos aniquilados por los romanos en el primer enfrentamiento con ellos, ¿verdad?

—¡Pero lucharán de todos modos por vos, señor! —exclamó Malchus—. ¡Porque os quieren como a ningún otro!

Aníbal esbozó una cálida sonrisa.

—Estimado Malchus, sé que siempre podré contar contigo y con tus hijos. Y también sé que vuestros soldados me serán fieles hasta el final, al igual que el grueso del ejército, pero necesitamos una victoria inmediata para elevar la moral. Sobre todo, necesitamos llenar sus estómagos de comida. Por lo que he oído, los graneros que se encuentran detrás de estas murallas están repletos de grano —comentó señalando la fortaleza—. Mi primera intención era comprárselo a los taurinos, pero despreciaron mi oferta, y ahora deberán pagar el precio de su insensatez.

—¿Qué debemos hacer, señor? —preguntó Safo impaciente.

—Arrasar con todo.

—¿Prisioneros?

—No dejéis a nadie con vida, ni hombres ni mujeres ni niños.

A Safo se le iluminaron los ojos.

—¡Sí, señor!

Sus palabras fueron secundados por el resto de los oficiales, pero Aníbal miró a Bostar.

—¿Qué sucede? ¿No estás de acuerdo con la orden?

—¿Es necesario matar a todo el mundo? —preguntó Bostar mientras acudían a su mente algunas imágenes terribles de Saguntum.

Aníbal hizo una mueca.

—Por desgracia, sí, y por un motivo muy concreto. Nos encontramos en un momento de gran fragilidad. Si un ejército romano se presentara aquí mañana, tendríamos verdaderos problemas para salir victoriosos y, si corriera la voz de nuestra debilidad, los boyos e ínsubros se lo pensarían dos veces antes de ofrecernos su apoyo, tal y como nos prometieron el año pasado. Y, si eso sucede, habremos fracasado en nuestra misión antes de empezar. ¿Es eso lo que quieres?

—¡Por supuesto que no, señor! —replicó Bostar con indignación.

—Bien —dijo Aníbal satisfecho—. Si matamos a todos los habitantes de Taurasia, estaremos enviando un mensaje claro al resto de las tribus de la zona. Seguimos siendo un enemigo poderoso y deben decidir si están de nuestro lado o en contra de nosotros. No hay término medio.

—Perdón, señor. No lo había comprendido —se disculpó Bostar.

—Seguramente no seas el único —replicó Aníbal—, pero los demás no han tenido el valor de preguntar.

—Yo sí lo había entendido, señor —protestó Safo.

—Por ese motivo te encuentras hoy aquí —replicó Aníbal en tono serio—, al igual que Monomachus —añadió, saludando con una inclinación de cabeza a un hombre achaparrado y calvo que estaba a su lado—. El resto estáis aquí porque sois mis mejores oficiales y sé que haréis exactamente lo que os he ordenado. —Aníbal señaló la fortaleza con su lanza—. Quiero este lugar destruido antes de caer la noche. Después vuestros hombres podrán disfrutar del descanso que tanto se merecen.

Esta vez Bostar vitoreó al general con más entusiasmo. Fue consciente de que Safo intentaba captar su atención con un gesto burlón, pero le ignoró. Bostar obedecería las órdenes de Aníbal, pero por lealtad y no por sed de sangre como su hermano.

A pesar de que Quintus había sido muy generoso ofreciéndose a acompañarle hasta el norte, no fue un viaje fácil para Hanno, que debía seguir fingiendo que era un esclavo. Mientras Quintus montaba sobre un caballo, él debía sentarse a horcajadas sobre una mula cascarrabias. Tampoco podían comer juntos ni compartir la misma habitación, sino que Hanno debía comer con los esclavos y sirvientes de las tabernas en las que se hospedaban y dormir en el establo con los animales. Curiosamente, esta separación física comenzó a restaurar las diferencias invisibles que existían entre ellos. Y, lo que era más curioso todavía, es que ambos se sintieron aliviados por ello. Lo que habían visto y oído en Roma les había devuelto a la cruda realidad y había borrado la camaradería que habían forjado en la finca. En el lugar adonde se dirigían no podía existir amistad alguna entre un cartaginés y un romano, solo lucha y muerte. El hecho de no poder hablar entre sí significaba que no tenían que pensar en el futuro, pero pese a haber adoptado esta estrategia tácita, a ambos les entristecía su inminente separación, que probablemente sería para siempre.

Los casi quinientos kilómetros que separaban Roma de Placentia se les hicieron eternos, pero al final consiguieron llegar a su destino sin grandes problemas. Los campos que rodeaban la ciudad estaban ocupados por grandes campamentos temporales repletos de legionarios, *socii* y soldados de caballería. Por los caminos circulaban sin cesar unidades de soldados y carretas de víveres tiradas por bueyes. En los márgenes del camino había puestos de comida, vino y equipos diversos, así como adivinos, herreros, carniceros y prostitutas que ofrecían sus servicios. También había músicos que tocaban tambores y silbatos, acróbatas que saltaban y hacían volteretas, matasanos que prometían una cura para todos los males del mundo, y niños mocosos que correteaban de un lado para otro y jugaban con perros escuálidos.

Reinaba el caos, pensó Hanno, pero Aníbal se enfrentaba a una misión hercúlea si se tenía en cuenta que había decenas de miles de tropas romanas concentradas en aquel lugar.

Quintus decidió no perder el tiempo y preguntó directamente por Publio a un centurión que pasaba por ahí.

—¿Ya ha llegado el cónsul de Roma?

—¡No estás al día de las noticias! Hace cuatro días que llegó.

A Quintus no le sorprendió nada su respuesta. A diferencia de Hanno y él, seguro que Publio y su comitiva habían cambiado de montura cada día.

—¿Dónde está su cuartel general?

El centurión lo miró extrañado, pero no preguntó nada. A pesar de su juventud, estaba claro que Quintus era un équite.

—Por allí, a un kilómetro y medio más o menos —respondió el centurión señalando el camino.

Quintus inclinó la cabeza en señal de agradecimiento.

—¿Hay noticias de Aníbal?

Hanno se puso rígido, puesto que esa era la pregunta que más deseaba hacer. El rostro del centurión se ensombreció.

—Por increíble que parezca, ese hijo de puta ha conseguido cruzar los Alpes. ¿Quién lo hubiera dicho?

—Increíble —convino Quintus sin mirar a Hanno por si este demostraba demasiada satisfacción ante la noticia—. ¿Y qué ha hecho desde que llegó?

—Atacó la fortaleza taurina de Taurasia y masacró a todos sus habitantes. Al parecer, ahora se dirige hacia aquí, a Placentia, pero hemos bloqueado la ruta que lleva hasta esa escoria de los boyos y los ínsubros. Pronto habrá una gran batalla —predijo el centurión mientras desenfundaba y enfundaba su *gladius*.

—Que Marte y Júpiter nos protejan en las palmas de sus manos —rogó Quintus.

—Que así sea. Ahora será mejor que me marche o mi tribuno me colgará de las pelotas.

El centurión le saludó cordialmente con una inclinación de cabeza y se marchó.

Quintus y Hanno se miraron, pero ninguno de los dos habló.

—¡Estáis en medio del puto camino! ¡Apartaos de una puñetera vez! —les increpó un hombre que conducía una caravana de mulas.

Los amigos condujeron sus monturas a un espacio que había entre dos puestos.

—Aquí se acaba todo —murmuró Quintus entristecido.

—Sí —afirmó Hanno sintiéndose fatal.

—¿Qué vas a hacer?

Hanno se encogió de hombros.

—Iré hacia el oeste hasta que encuentre alguna de nuestras tropas.

«Tus tropas —pensó Quintus—, no las mías.»

—Que los dioses te protejan durante el camino.

—Gracias. Espero que encuentres a tu padre pronto.

—No creo que suponga ningún problema —dijo Quintus sonriendo.

—Sí, hasta para ti sería difícil perderte ahora —le bromeó Hanno.

Quintus se rio.

—Ojalá pudiéramos despedirnos en otras circunstancias —deseó Hanno.

—Ojalá —afirmó Quintus vehemente.

—Pero ambos tenemos que cumplir con nuestro deber para con nuestro pueblo.

—Sí.

—Quizá coincidamos de nuevo algún día, en tiempos de paz —dijo Hanno, cuyas palabras le sonaron tan falsas a sus propios oídos que se encogió por dentro al pronunciarlas.

Quintus no protestó.

—Me gustaría mucho, pero no ocurrirá jamás —añadió con dulzura—. Espero que te vaya bien. Ten cuidado. Que tus dioses te protejan.

—Igualmente. —A Hanno se le llenaron los ojos de lágrimas y abrazó con torpeza a Quintus—. Gracias por salvarnos la vida a Suniaton y a mí. Nunca lo olvidaré —le susurró.

Quintus sintió que se emocionaba. Incómodo, dio unas torpes palmaditas en la espalda de su amigo.

—Tú también me salvaste la vida, ¿recuerdas?

Hanno asintió tembloroso.

—Venga —dijo Quintus en tono más formal—. Debes alejarte lo máximo posible de aquí antes de que anochezca. No es muy recomendable que debas dar explicaciones a alguna de nuestras patrullas, ¿verdad?

—No —respondió Hanno dando un paso atrás.

—Ayúdame a subir —le pidió Quintus con el pie izquierdo levantado.

Hanno agradeció la distracción y juntó las manos para que Quintus pudiera subir al caballo. Una vez hubo montado su amigo, esbozó una sonrisa forzada.

—Adiós.

—Adiós.

Con un gesto rápido, Quintus tiró de las riendas del caballo y le obligó a regresar al camino. Hanno lo contempló mientras desaparecía entre la masa de gente que circulaba por la carretera embarrada.

Cuando lo perdió de vista, recordó que se había olvidado de pedirle que se despidiera de Aurelia de su parte. Entristecido, montó sobre la mula y tomó la dirección opuesta. A pesar de que siempre había sabido que su separación era inevitable, no podía evitar sentir un vacío en su interior. «Que no volvamos a encontrarnos jamás —rogó— salvo en tiempos de paz.»

A unos cien pasos de él, Quintus sentía lo mismo. Solo entonces se permitió llorar la pérdida de su amigo. Habían vivido muchas cosas juntos. Si Hanno fuera romano, se sentiría orgulloso de luchar a su lado en el campo de batalla. Por desgracia, solo podía ocurrir lo contrario. «Júpiter Todopoderoso, te suplico que no dejes que eso suceda», rogó.

Al poco rato Quintus encontró el cuartel general del cónsul, un gran pabellón rodeado por las tiendas de la caballería. El *vexillum* o bandera roja en un poste permitía dar a conocer a todos los soldados la posición de Publio. Después de preguntar por él varias veces, Quintus encontró a su padre en el exterior de su tienda hablando con unos decuriones. Para gran alivio suyo, Fabricius no se exaltó nada más verle, sino que primero despachó tranquilamente a los suboficiales.

En cuanto se quedaron solos, se volvió hacia Quintus.

—¡Mira a quién tenemos aquí! —exclamó sarcástico.

—Padre —saludó Quintus nervioso mientras desmontaba—. ¿Estás bien?

—Sí —respondió Fabricius enarcando las cejas—, pero sorprendido, enfadado y decepcionado también, porque no deberías estar aquí, sino en casa con tu madre y tu hermana.

Como toda respuesta, Quintus removió la arena con los pies.

—¿No tienes nada que decir? —Le espetó su padre—. ¿Y por qué estás aquí y no en un barco de camino a Iberia? Al fin y al cabo, allí es donde debería estar.

—Primero pasé por Roma —murmuró Quintus—. Me encontraba allí cuando Publio habló en la Curia y te vi salir.

Fabricius frunció el ceño.

—¿Y por qué, en nombre de Júpiter, no acudiste a mí entonces?

—No era tan fácil. No sabía dónde te alojabas ni si acompañarías al cónsul al norte —mintió Quintus—. No lo averigüé hasta más tarde. Después ya fue fácil seguirte hasta aquí.

—Ya veo. La diosa Fortuna debe de haber guiado tu camino. Las tribus de los alrededores no son especialmente hospitalarias —comentó Fabricius—. Es una lástima que no me abordaras en Roma, porque ahora ya estarías de vuelta en Capua, como que me llamo Gaius Fabricius —declaró mientras escudriñaba a Quintus con sus ojos oscuros—. ¿Así que has viajado solo hasta aquí?

Quintus soltó una maldición por dentro. La discusión iba a ser peor de lo que esperaba. Nunca había sabido mentir cuando le hacían una pregunta directa.

—No, padre.

—¿Y quién te ha acompañado? Supongo que Gaius, ¿no? Hace tan poco caso a Martialis como tú a mí.

—No —musitó Quintus.

—¿Quién, entonces?

Temeroso de la reacción de su padre, Quintus no respondió.

—¡Respóndeme! —exigió Fabricius furioso.

—Hanno.

—¿Quién?

—Uno de nuestros... tus... esclavos.

Fabricius tenía el rostro enrojecido.

—¡Dame más detalles! ¿O acaso esperas que recuerde el nombre de todos los esclavos?

—No, padre —respondió Quintus rápidamente—. Es el cartaginés que compré después de la caza del oso.

—¡Ah! Él. ¿Y dónde está esa escoria ahora? ¿Montando tu tienda?

—No está aquí —contestó Quintus tratando de ganar tiempo y evitar lo inevitable.

Incrédulo, Fabricius abrió unos ojos como platos.
—Repíteme eso.
—Se ha ido, padre —dijo Quintus en un susurro.
—¡Más fuerte! ¡No te oigo!
Un oficial que pasaba por su lado les miró y Quintus se sintió más humillado que nunca.
—¡Se ha ido, padre! —dijo en voz alta.
—¡Menuda sorpresa! —gritó Fabricius—. ¡Claro que ha huido! ¿Qué otra cosa cabía esperar de ese perro si sus compatriotas están tan cerca? Seguro que esperó hasta el último momento antes de desaparecer. ¡Felicidades! Aníbal acaba de ganar otro soldado.
A Quintus le dolió la verdad que escondían las palabras de su padre.
—No es eso lo que ha ocurrido —dijo en voz baja.
—¿Ah, no? —replicó Fabricius furioso.
—Hanno no ha huido.
—¿Ha muerto, entonces? —preguntó Fabricius en tono burlón.
—No, padre. Le he liberado —espetó Quintus.
—¿Cómo dices?
Sintiéndose cada vez más inseguro de sí mismo, Quintus volvió a repetir sus palabras.
Fabricius se debatía entre la sorpresa, la incredulidad y la rabia.
—¡Esto va de mal en peor! ¿Cómo te atreves? —Fabricius se acercó a su hijo y le propinó una bofetada.
Quintus dio un paso atrás ante la fuerza del golpe.
—Lo siento.
—Es un poco tarde para disculpas, ¿no crees?
—Sí, padre.
—¡No tienes derecho a actuar de esta manera! —despotricó Fabricius—. ¡Mis esclavos me pertenecen a mí, no a ti!
—Lo sé, padre —murmuró Quintus.
—Entonces, ¿por qué lo has hecho? ¿En qué puñetas estabas pensando?

—Le debía la vida.

Fabricius frunció el ceño.

—¿Te refieres a lo que pasó en la cabaña de Libo?

—Sí, padre. Cuando regresó, Hanno podría haberse puesto fácilmente en mi contra y haberse puesto del lado de los bandidos. En lugar de ello, me salvó la vida.

—Eso no es motivo suficiente para liberarle sin mi permiso —gruñó Fabricius.

—Eso no es todo.

—¡Eso espero! —Fabricius lo miró con expresión inquisidora—. ¡Habla!

Quintus agradeció que su padre no le abroncara durante unos segundos.

—Agesandros estuvo en su contra desde el momento en que lo compré. ¿No recuerdas lo que sucedió cuando el galo se hizo daño en la pierna?

—Una paliza demasiado fuerte no es motivo para liberar a un esclavo —interrumpió Fabricius—. Si así fuera, no quedarían esclavos en toda la puñetera República.

—Ya lo sé, padre —dijo Quintus con humildad—. Pero después de recibir tu carta en primavera, Agesandros colocó un monedero y un puñal entre las pertenencias de Hanno y le acusó de robarlas y de querer matarnos a todos antes de huir. Su intención era vender a Hanno al mismo hombre que había comprado a su amigo, que les obligaría a luchar entre sí como gladiadores en un *munus*. ¡Y todo era mentira!

Fabricius lo miró pensativo.

—¿Y qué dijo tu madre?

—Ella creyó a Agesandros —concedió Quintus reticente.

—¡Eso tendría que haberte bastado! —bramó Fabricius.

—¡Pero Agesandros mentía, padre!

Fabricius bajó las cejas.

—¿Por qué iba a mentir Agesandros?

—No lo sé, padre. ¡Pero estoy seguro de que Hanno no es ningún asesino!

—Eso es algo que nunca se puede saber a ciencia cierta —replicó Fabricius con sequedad. A Quintus le consoló que no sonara tan furioso como antes—. Nunca confíes plenamente en un esclavo.

Quintus hizo acopio de valor antes de volver a hablar.

—En ese caso, ¿cómo puedes confiar tanto en la palabra de Agesandros?

—Me ha servido bien durante más de veinte años —contestó su padre un poco a la defensiva.

—¿Y confías en el más que en mí?

—¡Vigila lo que dices! —le advirtió Fabricius. Hubo una breve pausa—. Empieza a contarme la historia desde el principio y no te dejes nada.

Quintus comprendió que su padre le concedía una prórroga antes de dictar sentencia. Respiró hondo y empezó a relatar su historia que, por increíble que parezca, su padre no interrumpió en ningún momento, ni siquiera cuando le explicó que Aurelia había prendido fuego al granero y que Gaius y él habían liberado a Suniaton. Una vez hubo acabado, Fabricius se incorporó y dio unos golpecitos en el suelo con el pie durante unos instantes.

—¿Por qué decidiste ayudar al otro cartaginés?

—Porque Hanno se negaba a marcharse sin él —respondió Quintus, a lo que añadió vehemente—: es mi amigo y no podía traicionarle.

—¡Alto ahí! —le interrumpió Fabricius en tono glacial—. No hablamos de Gaius, aquí. Liberar a un esclavo sin el permiso de su dueño es un delito. ¡Y tú lo has cometido dos veces! Se trata de un asunto muy serio.

Quintus se encogió ante la furia de su padre.

—Claro, padre. Lo siento.

—Ambos esclavos habrán desaparecido a estas horas, si saben lo que les conviene —murmuró Fabricius—. Gracias a tu impetuosidad, ahora tengo cien didracmas menos en el bolsillo, al igual que el hijo del oficial de Capua.

Quintus quiso decirle que Gaius había intentado comprar a Suniaton, pero la ira de su padre estaba a punto de explotar y Quintus decidió guardar silencio y asentir cabizbajo.

—Como soy tu padre, puedo imponerte el castigo que estime más conveniente, incluso la muerte —le advirtió Fabricius.

—Estoy a tu merced, padre —admitió Quintus cerrando los ojos. De todos modos, pasara lo que pasara, estaba contento de haber dejado marchar a Hanno.

—Aunque tú y tu hermana os habéis comportado de una forma indigna, he detectado la verdad en tu historia, o al menos lo que tú pensabas que era la verdad. En otras palabras, hiciste lo que creías que era correcto.

Sorprendido, Quintus abrió los ojos.

—Sí, padre. Y Aurelia también.

—Por ello no hablaremos más del asunto por ahora, pero las cosas no se quedarán así —sentenció Fabricius frunciendo los labios—. Y Agesandros tendrá que darme una explicación la próxima vez que nos veamos.

«Espero estar allí para presenciarlo», pensó Quintus mientras sentía resurgir su ira contra el siciliano.

—Todavía no me has explicado por qué has abandonado a tu madre y a tu hermana para venir aquí —preguntó Fabricius mirándole fijamente.

—Pensé que la guerra se habría acabado en unos pocos meses, tal y como dijo Flaccus, y no quería perdérmela —añadió Quintus.

—¿Y ese es motivo suficiente para desobedecer mis órdenes?

—No —respondió Quintus, que sintió que se sonrojaba todavía más.

—¡Pero eso es precisamente lo que has hecho! —le acusó su padre. Se quedó con la mirada fija en la distancia—. Como si no tuviera bastante con lo que ya tengo aquí.

—Me quitaré de en medio y regresaré a casa —murmuró Quintus.

—¡Ni soñarlo! ¡Es demasiado peligroso! —Fabricius vio la cara de sorpresa de su hijo—. Publio ha decidido cruzar el río Padus y conducir las tropas a territorio hostil. Ya se ha tendido un puente temporal hasta la otra orilla. Mañana por la mañana iremos al sur a enfrentarnos con el ejército de Aníbal. No quedará ningún soldado romano aquí, y los galos no son de fiar. Te cortarían el cuello en menos de siete kilómetros a la redonda.

—¿Qué quieres que haga, entonces? —preguntó Quintus desanimado.

—Tendrás que venir con nosotros —contestó su padre descontento—. Estarás a salvo en el campamento hasta que surja la oportunidad de enviarte de regreso a Capua.

Quintus se sintió más desgraciado que nunca. ¡Qué humillación! Había logrado encontrar al ejército de Publio, pero no se le permitiría luchar. Aunque tampoco le sorprendía si tenía en cuenta que sus actos habían colmado la paciencia de su padre. Al menos Hanno había logrado escapar. Quintus también se sintió afortunado de que Fabricius no le hubiera dado una buena paliza.

—¿Fabricius? ¿Dónde estás? —llamó una voz estridente.

—Por todos los dioses. ¡Lo que me faltaba! —murmuró Fabricius.

Extrañado por la reacción de su padre, Quintus se volvió y vio a Flaccus.

—¡Hete aquí! Publio quiere que nos volvamos a reunir para hablar de... —Flaccus se paró en seco al ver a Quintus—. ¿Quintus? ¡Qué agradable sorpresa!

Quintus esbozó una sonrisa culpable. Al menos alguien se alegraba de verle.

—¿Has hecho venir a Quintus? —Flaccus no esperó la respuesta de Fabricius—. ¡Una idea excelente! Ha llegado justo a tiempo —declaró Flaccus alzando el puño—. ¡Mañana les daremos una lección a esos *guggas* de mierda que jamás olvidarán!

—No le hecho venir —respondió Fabricius secamente—, sino que él ha considerado apropiado dejar a su madre y hermana solas y venir hasta aquí sin previo aviso.

—¡Ay, la impetuosidad de la juventud! —exclamó Flaccus con una sonrisa—. En cualquier caso, dejarás que venga con nosotros mañana, ¿no?

—No lo tenía previsto, no —replicó Fabricius con sequedad.

—¿Qué? —Flaccus lo miró incrédulo—. ¿Le negarás a tu

hijo la oportunidad de mancharse las manos de sangre y de participar en una de las mayores victorias de la caballería de todos los tiempos? El hijo de Publio vendrá, y no es mucho mayor que Quintus.

—No es eso.

—¿Y qué es, entonces?

—No es asunto tuyo —respondió Fabricius enfadado.

Flaccus ni se inmutó ante su desaire.

—¡Venga! —insistió—. Salvo que el chiquillo haya cometido un asesinato, no le puedes negar esta oportunidad de oro. Esto podría ser un gran inicio para su carrera, una carrera que solo puede prosperar cuando tu familia se una a la de los Minucii.

Furioso, Fabricius pensó en las opciones que tenía. La insistencia de Flaccus le había puesto en una situación comprometida, y sería maleducado por su parte rechazar su propuesta. Además, podría perjudicar las oportunidades de Quintus de prosperar en el futuro. Aunque estuviera casado con Aurelia, Flaccus no tenía obligación alguna de ayudar a su cuñado, todo dependería de su buena voluntad.

—Muy bien. Le pediré permiso al cónsul para que Quintus se incorpore a mi unidad —dijo tratando de fingir alegría.

—¡Excelente! —exclamó Flaccus—. Seguro que Publio no rechazará a un jinete de la calidad de tu hijo.

Quintus no daba crédito a su suerte.

—Gracias —dijo con una amplia sonrisa—. No te decepcionaré, padre.

—Has tenido suerte —gruñó Fabricius mientras clavaba un dedo en el pecho de Quintus—. Y no te creas que te has librado del castigo que te mereces.

—Mañana se ganará la gloria y olvidarás todo lo que ha hecho —comentó Flaccus guiñando un ojo a Quintus—. Ahora será mejor que nos vayamos y no hagamos esperar más a Publio.

—Tienes razón —admitió Fabricius. Señaló una tienda cercana a Quintus—. En esa tienda hay sitio. Diles a los hombres que te he enviado yo. Buscaremos tu equipo más tarde.

—Sí, padre. Gracias.

Fabricius no respondió.

—Hasta mañana —se despidió Flaccus—. ¡Cubriremos el campo de batalla con los cuerpos de los *guggas!*

A Quintus le vino una imagen de Hanno a la mente, pero intentó forzar una sonrisa y eliminar la imagen de su cabeza. Lo único que importaba en esos momentos era vencer a los cartagineses, se dijo.

19

El reencuentro

Hanno no se atrevió a cruzar el improvisado puente sobre el río Padus. Ya había tentado lo bastante a la suerte saliendo solo del campamento en su mula fingiendo ser un esclavo. Al menos había dos centurias de legionarios vigilando la carretera que llevaba al cruce y, por muy aburridos que estuvieran los guardias, Hanno dudaba que fueran tan estúpidos como para no interrogar a un hombre de tez oscura que hablaba latín con acento. Por consiguiente, decidió cabalgar hacia el oeste por la orilla sur del río en busca de un lugar seguro para cruzarlo.

El viento invernal había arrancado las hojas de los árboles y dejado el paisaje desnudo, por lo que era muy fácil detectar cualquier movimiento, lo cual era perfecto para Hanno, que llevaba un puñal como toda arma y no deseaba encontrarse con nadie hasta que pudiera cruzar el río y adentrarse en el territorio de los ínsubros, que solían ser hostiles a los romanos. De todos modos, incluso allí Hanno prefería evitar todo contacto humano. Solo podía confiar en su propia gente y en los que luchaban a su lado. A pesar de que todavía no estaba a salvo, no podía evitar sentirse exultante. Casi percibía la presencia cercana del ejército de Aníbal.

Hanno ni se atrevía a pensar si su padre y sus hermanos seguirían vivos o si estarían con las tropas cartaginesas. No tenía forma humana de saberlo. De hecho, podrían estar en Iberia o haber sido enviados de regreso a Cartago. ¿Qué haría entonces?

¿A quién se dirigiría? En ese momento no quería preocuparse al respecto. Había conseguido escapar y, con la ayuda de los dioses, pronto estaría bajo las órdenes de Aníbal y sería otro soldado de Cartago.

Hanno viajó hacia el oeste durante dos días y dos noches evitando las granjas y los asentamientos y acampando en hondonadas para no ser descubierto. Aunque hacía mucho frío, evitó encender un fuego. Las mantas que llevaba le protegían de la congelación, pero no le permitían dormir demasiado, aunque eso tampoco importaba. Era imprescindible que estuviera alerta y, pese al cansancio, Hanno se sentía mejor con cada día de libertad que pasaba.

La suerte siguió de su lado y, a primera hora del tercer día, encontró un buen punto desde el que vadear el río. Había varias chozas pequeñas cerca, pero no se veía a nadie. Los días eran cortos y la tierra no se trabajaría de nuevo hasta la primavera. Como la mayoría de los campesinos en esa época del año, los habitantes de las chozas se habían ido a dormir temprano y se levantarían tarde. A pesar de ello, Hanno se sintió muy vulnerable cuando se desnudó junto a la orilla. Enrolló la ropa bien en su fardo de piel y lo ató con unas correas. Acto seguido, en cueros, se metió en el río con la mula, que no dejaba de protestar. El agua estaba terriblemente fría y Hanno sabía que, si no cruzaba el río rápido, se le congelarían los músculos y se ahogaría. Sin embargo, la lluvia había aumentado el caudal y su mula tuvo algunos problemas para luchar contra la corriente. Hanno aguantaba las riendas y nadaba lo más rápido posible, pero empezó a sentir que le invadía el pánico. Por suerte, la mula fue lo bastante fuerte para llevar a los dos hasta una zona menos profunda en el otro lado y, de allí, a la orilla. El viento frío azotó a Hanno con fuerza y le empezaron a castañear los dientes. Por suerte, el agua apenas había entrado en el fardo y su ropa estaba prácticamente seca. Se vistió rápidamente y se envolvió con una manta para entrar en calor y se dispuso a proseguir su camino.

La emoción de Hanno iba en aumento a medida que pasaba el día. Estaba en territorio ínsubro y el ejército de Aníbal no podía estar muy lejos. Desde que le capturaran los piratas, le había parecido imposible estar donde estaba ahora, pero lo había conseguido gracias a Quintus. Hanno suplicó a los dioses que su amigo saliera ileso de la guerra y, a continuación, pensó en su familia y en reunirse con ellos. Por primera vez durante su viaje en solitario, Hanno no prestó atención a lo que sucedía a su alrededor, pero salió de su estupor de golpe.

Cuando descendía por una hondonada oyó el canto de alarma de un mirlo. Escudriñó los árboles y no vio nada, pero un pájaro no cantaba así sin motivo. Las garras del miedo se le clavaron en el estómago. Este era un lugar perfecto para una emboscada, un lugar ideal para que unos bandidos atacaran y asesinaran a alguien que viajaba solo.

Hanno sintió que el terror se apoderaba de él en el mismo instante en que un par de jabalinas pasaron silbando por encima de su cabeza. Hanno rogó que sus atacantes fueran a pie y clavó los talones en los flancos de la mula, que respondió a su miedo y salió corriendo del hoyo. Varias jabalinas más sobrevolaron sus cabezas. Hanno miró atrás y perdió toda esperanza de escapar. Un grupo de jinetes surgió de ambos lados del camino. Eran al menos seis e iban a caballo. Era imposible escapar montado sobre una mula. Hanno maldijo su suerte. Era lo peor que le podía suceder desde que fuera a la deriva en el mar: haber pasado por todo lo que había pasado y acabar asesinado por un puñado de bandidos a unos cuantos kilómetros de donde se encontraban las tropas de Aníbal.

No se sorprendió cuando aparecieran más caballos y jinetes por delante que bloquearon el camino por completo. Hanno agarró su puñal, dispuesto a entregar su vida por un alto precio. Sin embargo, cuando se acercaron los jinetes, el corazón le dio un vuelco de alegría. No había visto a ningún númida desde que salió de Cartago, pero eran inconfundibles. ¿Quién más si no podía cabalgar a pelo y llevar túnicas abiertas en pleno invierno?

Cuando abrió la boca para saludar a los númidas, otra oleada de jabalinas salió volando en su dirección y esta vez hubo dos que estuvieron a punto de alcanzarle. Desesperado, Hanno alzó los brazos con las palmas de las manos abiertas.

—¡Deteneos! ¡Soy cartaginés! —gritó en su lengua materna—. ¡Soy cartaginés!

Sus gritos no sirvieron de nada. Llovieron más jabalinas. Una de ellas alcanzó a la mula en las ancas y, reculando de dolor, lo tiró al suelo. Hanno se quedó sin respiración del golpe y apenas fue consciente de que la mula huía cojeando. En un abrir y cerrar de ojos, los númidas lo rodearon por completo. Tres de ellos saltaron de sus caballos jabalinas en mano.

«¡Qué manera de morir! —pensó Hanno—. Voy a morir a manos de los míos porque no hablan mi idioma.»

De pronto, Hanno tuvo un golpe de inspiración. Hacía tiempo había aprendido unas palabras en la sibilante lengua númida.

—¡Parad! —mascculló—. Yo soy... amigo.

Extrañados, los tres númidas se detuvieron y comenzaron a hacerle preguntas en su idioma, pero Hanno apenas entendía una de cada diez palabras que decían.

—No soy romano, soy amigo —repitió una y otra vez.

Sus protestas no bastaron. Uno de los jinetes le propinó una patada en el estómago y vio las estrellas. Hanno estuvo a punto de desmayarse del dolor. Comenzaron a lloverle más golpes y pensó que pronto le atravesarían el cuerpo con una jabalina.

En lugar de ello, oyó una voz enfadada.

La paliza cesó de inmediato.

Receloso, Hanno levantó la mirada y vio a un jinete de cabello negro y rizado delante de él. Curiosamente, llevaba una espada, algo nada habitual en un númida. Hanno pensó que sería un oficial.

—¿Es posible que te haya oído hablar en cartaginés? —preguntó el hombre.

—Sí —respondió Hanno aliviado y sorprendido de que hubiera alguien allí que hablara su idioma. Hanno se sentó gimiendo de dolor—. Soy de Cartago.

El hombre enarcó las cejas.

—En nombre de Melcart, ¿y qué puñetas haces aquí solo en medio de esta tierra congelada y dejada de la mano de los dioses?

—Me vendieron como esclavo a los romanos hace algún

tiempo —explicó Hanno—. Cuando oí que Aníbal iba a invadir Italia, me escapé para unirme a él.

El númida no parecía convencido.

—¿Quién eres?

—Me llamo Hanno —contestó orgulloso—. Soy hijo de Malchus, que sirve a Aníbal con nuestros lanceros libios. Si consigo llegar hasta el ejército de Aníbal, espero poder reunirme con él y mis hermanos.

Hubo un largo silencio y Hanno sintió que le invadía el miedo de nuevo. «No me abandones ahora, gran Tanit», suplicó.

—No es una historia muy creíble. ¿Cómo sé que no eres un espía? —pensó el oficial en voz alta.

Varios de sus hombres levantaron las jabalinas y a Hanno se le cayó el alma a los pies. Si le mataban ahora, nadie se enteraría.

—¡Alto! —ordenó el oficial—. Si es cierto que este hombre ha pasado mucho tiempo entre los romanos, podría ser útil para Aníbal. —Y sonriendo a Hanno le dijo—: Y si estás diciendo la verdad, estoy seguro de que tu padre preferirá verte vivo que muerto, esté o no con el ejército.

Hanno sintió una alegría inmensa.

—¡Gracias! —exclamó.

El oficial vociferó una orden y los númidas levantaron a Hanno del suelo y le ataron las muñecas con una cuerda, pero sin violencia. Después los guerreros montaron de nuevo, agarraron a Hanno y lo colocaron sin miramientos sobre el cuello de un caballo delante de su jinete. No protestó. Con la mula herida no tenía forma de llegar rápido al campamento cartaginés. Al menos no lo arrastraban detrás de un caballo.

Los númidas cabalgaron hacia el oeste y Hanno dio las gracias a todos los dioses que le vinieron a la mente, pero sobre todo a Tanit, de quien se había olvidado antes de salir de casa en Cartago.

Aunque todavía no había salido del bosque, Hanno sintió que la diosa le sonreía de nuevo.

Cuando llegaron al campamento de Aníbal, Hanno fue depositado en el suelo. Miró a su alrededor, maravillado de ver unas huestes cartaginesas tan cerca de la frontera italiana. El corazón le latía de alegría. ¡Había vuelto con su gente! Sin embargo, a Hanno le preocupó el tamaño del ejército, que era mucho más pequeño de lo que esperaba. También le alarmó el aspecto de los soldados: el sufrimiento estaba grabado en todas sus caras, y la mayoría llevaban barbas descuidadas y parecían medio muertos de hambre. Los animales, sobre todo los elefantes, tenían peor aspecto todavía. Hanno miró preocupado al oficial númida.

—El paso por los Alpes debe de haber sido terrible —dijo.

—No te lo puedes ni imaginar —contestó el númida con una mueca—. Tribus hostiles, deslizamientos de tierra, hielo, nieve y hambre. Entre las deserciones y las bajas, hemos perdido casi veinticinco mil hombres en un mes. Prácticamente la mitad de nuestro ejército.

Hanno le observó horrorizado. De inmediato pensó en su padre y sus hermanos, que tenían muchas posibilidades de estar muertos. De pronto se dio cuenta de que el númida le estaba mirando.

—¿Por qué me cuentas todo esto? —tartamudeó.

—Puedo contarte lo que quiera, los romanos nunca lo sabrán —respondió el númida amablemente—. No creo que puedas escaparte de mis hombres a pie.

—No —dijo Hanno, y tragó saliva.

—Menos mal que lo que me has explicado es verdad, ¿no?

Hanno devolvió la mirada penetrante del númida y de pronto sintió que el terror se apoderaba de él. ¿Qué pasaría si nadie podía corroborar su identidad?

—Sí, así es —respondió Hanno, y rogó a los dioses que no le quitaran la miel de la boca cuando estaba a punto de lograr su objetivo—. Llévame a las tiendas de los libios.

Con una reverencia burlona, el númida se puso en camino y preguntó al primer lancero con el que se encontraron.

—Estamos buscando un oficial que se llama... —el númida lanzó una mirada inquisitiva a Hanno.

—Malchus.

Para gran alegría de Hanno, el hombre señaló a sus espaldas con el pulgar.

—Su tienda se encuentra tres filas más atrás. Es mayor que el resto.

—Por ahora va todo bien —dijo amablemente el oficial indicándole a Hanno que le siguiera.

Tres de sus guerreros les pisaban los talones con las jabalinas preparadas en la mano. Poco a poco, fueron abriéndose paso entre las tiendas dispuestas muy juntas entre sí.

—Debe de ser esta. —El oficial se detuvo ante un gran pabellón de piel que estaba sujeto por varias cuerdas atadas al suelo con estacas. Un par de lanceros vigilaban la entrada.

A Hanno le invadió una oleada de emociones. Le aterraba pensar que su padre no estuviera dentro, al tiempo que se imaginaba la inmensa alegría que sentiría al verle y el alivio que supondría reunirse con su familia después de su largo calvario.

—Quédate aquí —indicó Hanno al oficial.

—¿Qué? ¡Tú no estás al mando! —gruñó el númida—. Hasta que no se demuestre lo contrario, no eres más que un puñetero prisionero.

—¡Tengo las manos atadas! ¿Adónde voy a ir? —le increpó Hanno—. Clávame una maldita lanza en la espalda si intento huir, pero voy a entrar solo ahí dentro.

El oficial vio la determinación en los ojos de Hanno y, de pronto, se dio cuenta de que su prisionero podría tener un rango muy superior al suyo. El númida asintió con un gruñido.

—Esperaremos aquí fuera.

Hanno no respondió. Con la espalda rígida, caminó hacia la tienda.

Uno de los lanceros dio un paso adelante.

—¿Qué quieres? —preguntó con brusquedad.

—¿Es esta la tienda de Malchus? —preguntó Hanno amablemente.

—¿Quién lo pregunta? —respondió el guardia en tono hosco.

A Hanno se le agotó la paciencia.

—¡Maldito insolente! —gruñó—. ¿Padre? ¿Estás allí?

El lancero dio un paso adelante, pero se detuvo de inmediato.

—¿Padre? —repitió Hanno.

Alguien tosió en el interior de la tienda.

—¿Bostar? ¿Eres tú?

Hanno comenzó a sonreír de forma incontrolable. ¡Bostar también había sobrevivido!

Al cabo de un instante, Malchus salió de la tienda vestido de combate. Miró a los guardias frunciendo el ceño.

—¿Quién me ha llamado?

—He sido yo, padre —respondió Hanno alegre dando un paso adelante—. He vuelto.

Malchus palideció.

—¿Ha-Hanno? —tartamudeó.

Hanno asintió con lágrimas de alegría en los ojos.

—¡Por todos los dioses! ¡Es un milagro! —exclamó Malchus—. ¿Pero qué haces atado así?

Hanno señaló a los númidas con la cabeza, que parecían muy incómodos ante la situación.

—No estaban seguros de si creerse mi historia o no.

Malchus sacó su puñal para cortarle las cuerdas de las muñecas y, en cuanto cayeron al suelo, abrazó a su hijo con fuerza. La emoción le sacudió todo el cuerpo. Estuvo un buen rato agarrado a Hanno, quien le devolvió feliz su abrazo férreo. Finalmente, Malchus dio un paso atrás para observarle.

—En verdad eres tú —suspiró, y sonrió, cosa poco habitual en él—. ¡Has crecido mucho! ¡Ya eres todo un hombre!

Por el contrario, a Hanno le costaba asimilar lo mucho que había envejecido su padre. Unas arrugas profundas le surcaban la frente y las mejillas, tenía bolsas de cansancio en los ojos y el cabello era más gris que negro. Sin embargo, emanaba una alegría que no había visto en él desde que murió su madre y, emocionado, se dio cuenta de que era por su regreso.

—He oído antes que llamabas a Bostar. ¿Safo también está aquí?

—Sí, sí, están los dos aquí. Deberían volver en cualquier momento —respondió Malchus, y la alegría de Hanno aumentó.

Malchus se volvió hacia los númidas.

—¿A quién le debo mi agradecimiento?

El oficial númida se aprestó a saludarle.

—Zamar, jefe de sección a su disposición, señor.

—¿Dónde le habéis encontrado?

—A unos quince kilómetros de aquí, señor —respondió Zamar. Miró inquieto a Hanno—: Disculpe la brusquedad del trato, señor.

—No pasa nada —dijo Hanno—. Tus hombres no podían saber que era cartaginés. Al menos tú impediste que me mataran y escuchaste mi historia.

Zamar inclinó la cabeza agradecido.

—Espera aquí —ordenó Malchus.

Entró rápidamente en la tienda y salió al poco rato con una gran bolsa de piel.

—Esto es en muestra de mi agradecimiento —dijo Malchus. Entregó la bolsa al oficial.

Zamar abrió unos ojos como platos al aceptar el regalo tintineante. Sus hombres intercambiaron miradas exultantes. No importaba lo que había dentro, el peso evidente de la bolsa hablaba por sí solo.

—Gracias, señor. Ha sido un placer poder servirle. —Zamar hizo una reverencia y se retiró.

—Entremos —murmuró Malchus empujando a su hijo al interior de la tienda, donde le mimó como no lo había hecho desde hacía años—. ¿Tienes hambre? ¿Tiene sed?

Hanno aceptó gustoso una copa de vino y se sentó en un taburete de tres patas que le recordaba el de su casa en Cartago. Malchus se sentó enfrente. Ninguno de los dos podía apartar la vista del otro ni dejar de sonreír.

—Cuánto me alegro de verte —dijo Hanno.

—Lo mismo digo —asintió Malchus—. Pensaba que habías muerto. Sobrevivir a una tormenta en el mar... Melcart debe de haberos protegido con su mano a ti y Suniaton. —De pronto Malchus frunció el ceño y preguntó—: ¿Ha muerto Suniaton?

Hanno sonrió.

—¡No! No podía viajar porque está herido, pero le está cuidando una amiga. Pronto partirá hacia Cartago.

El ceño de Malchus se despejó.

—Demos gracias a los dioses. Explícame todo lo ocurrido.

Hanno se rio.

—Lo mismo podría pedirte yo a ti, padre, viéndote aquí en el lado equivocado de los Alpes.

—Es cierto, es una historia que vale la pena contar —reconoció Malchus—, pero primero quiero escuchar la tuya. —En ese momento inclinó la cabeza y sonrió al oír unas voces que se acercaban—. Creo que será mejor que esperemos, a no ser que quieras explicar tu historia dos veces.

A Hanno se le iluminó el semblante.

—¿Son Safo y Bostar?

—Sí. —Su padre le guiñó un ojo—. Quédate aquí sentado. No digas nada hasta que te vean.

Impaciente, Hanno observó a Malchus dirigiéndose hacia la entrada de la tienda.

Al cabo de un momento dos figuras conocidas entraron en la tienda. Hanno tuvo que agarrarse al taburete para no abalanzarse a saludarles.

—Traemos buenas noticias, padre. Al parecer, hay más de diez mil guerreros galos que se dirigen hacia aquí para unirse a nosotros —anunció Bostar.

—Excelente —respondió Malchus distraído.

—¿No te alegras? —preguntó Safo.

—Tenemos un visitante inesperado.

Safo soltó un bufido.

—¿Quién puede ser más interesante que esta información?

Sin decir nada, Malchus dio media vuelta y señaló a Hanno.

Safo palideció.

—¿Hanno?

—¡No! —exclamó Bostar—. ¡No puede ser!

Hanno no pudo aguantarse más y corrió a abrazar a sus hermanos. Bostar le dio un gran abrazo de oso mientras reía y lloraba al mismo tiempo.

—¡Te creíamos muerto!

Riendo, a Hanno le costó deshacerse de su abrazo.

—Debería estarlo, pero los dioses no me olvidaron.

Hanno se acercó a Safo, que le abrazó con torpeza.

«No puede ser que todavía esté enfadado conmigo por lo que sucedió en Cartago, ¿verdad?», se preguntó Hanno.

Safo se separó enseguida de él.

—¿Cómo demonios has llegado hasta aquí? —preguntó.

—¿Dónde esta Suniaton? —inquirió Bostar.

Ambos le lanzaron una retahíla de preguntas.

—Dejad que nos explique toda la historia —les interrumpió Malchus.

Hanno se aclaró la garganta. En esos momentos solo podía pensar en la manera en que se había ido de casa aquella fatídica mañana. Se sintió culpable y se disculpó ante Malchus.

—Lo siento, padre —dijo—. No debería haberme marchado como lo hice. Debería haberme quedado y cumplido con mis obligaciones.

—La reunión tampoco era tan importante, como la mayoría de ellas —reconoció Malchus con un suspiro—. Si hubiera sido un poco más comprensivo, quizá te hubieran aburrido menos estos temas. Olvídalo y explícanos cómo sobreviviste a la tormenta.

Hanno respiró hondo y empezó a relatar su aventura. Su padre y sus hermanos estuvieron pendientes de cada una de sus palabras. Cuando explicó el modo en que Suniaton y él habían sido capturados por los piratas, Safo soltó una risita.

—Al final recibieron su justo castigo.

—¿Eh? —Hanno miró a su hermano sin entender nada.

—Después te lo explico —dijo Malchus—. Continúa.

Hanno controló su curiosidad y obedeció. La ira de su familia en contra de los piratas no fue nada en comparación con su reacción cuando explicó cómo había sido comprado por Quintus.

—¡Romano bastardo! —espetó Safo—. ¡Cómo me gustaría tenerle aquí ahora!

A Hanno le sorprendió la fuerza de sus sentimientos en defensa de su amigo.

—¡No todos los romanos son malos! Si no fuera por él y su hermana, hoy no estaría aquí.

Safo se mofó y ni siquiera Bostar parecía convencido de sus palabras. Malchus fue el único que no reaccionó.

—Es cierto —protestó Hanno—. ¡Todavía no habéis oído el resto de la historia!

—Es verdad —reconoció Bostar.

Safo levantó una ceja.

—Sorpréndenos —dijo.

Pasmado ante la rapidez con la que había regresado su ira habitual contra su hermano mayor, Hanno continuó con su historia. Hizo especial hincapié en el modo en que Quintus planificó no solo su fuga, sino también la de Suniaton, así como en la manera en que el joven équite le había acompañado hasta la Galia Cisalpina en lugar de reunirse con su padre en Roma.

—Parece una persona muy honesta, al igual que su hermana, y eso que solo es una chiquilla, lo cual significa que su padre debe de ser un hombre honorable —concedió Malchus, no sin apretar la mandíbula antes de continuar—: Es una lástima que el Senado romano no comparta sus mismos valores morales. Habrás oído que los hijos de puta exigieron que Aníbal fuera entregado para someterse a la «justicia» romana, y además mintieron cuando dijeron que habíamos incumplido el tratado que nos confinaba a la zona sur del río Iberus. ¡Su arrogancia no tiene parangón! Y eso por no hablar de lo ocurrido en Sicilia, Cerdeña y Córcega.

Safo y Bostar emitieron sendos gruñidos de aprobación.

Hanno se entristeció por momentos, pero había llegado la hora de olvidar la amabilidad que había recibido. Las palabras de su padre habían despertado en él viejos resentimientos. Respiró hondo y soltó el aire poco a poco. «Al fin y al cabo, estoy donde anhelaba estar —pensó—. Con mi familia. Con el ejército de Aníbal. Soy soldado de Cartago. Los romanos son nuestros enemigos. Así son las cosas.»

—Tienes razón, padre. ¿Cuál es el plan de Aníbal?

Malchus sonrió maliciosamente.

—¡Atacar! Mañana continuaremos nuestra marcha hacia el este, en busca de sus legiones.

—Yo sé dónde están exactamente —respondió Hanno tratando en vano de no pensar en Quintus.

—Entonces será mejor que te llevemos ante Aníbal —dijo Malchus satisfecho.

—¿Seguro?

—Claro. Querrá que le expliques todo lo que sabes.

Hanno se volvió hacia sus hermanos.

—¡Voy a conocer a Aníbal! —exclamó emocionado.

Bostar sonrió, pero Hanno se percató de la mirada agria de Safo y sintió que resurgían en él viejos resentimientos.

—¿Qué pasa? —preguntó—. ¿No te alegras por mí?

Safo parpadeó.

—Sí —murmuró.

—Pues no lo parece —replicó Hanno enfadado.

—Es que no se alegra —aclaró Bostar—. A nuestro hermano le carcomen los celos cuando alguien se gana el favor de nuestro general.

Safo lo miró furioso con las venas del cuello hinchadas.

—¡Que te den!

—¡Safo! —gritó Malchus—. ¡Controla tu lenguaje! Tú también, Bostar. ¿No podéis olvidar vuestras diferencias por un momento, sobre todo en un día tan feliz como hoy?

Avergonzados, Safo y Bostar asintieron.

Malchus tomó a Hanno de la mano.

—Vamos —ordenó por encima del hombro.

Safo y Bostar le siguieron, ignorándose mutuamente.

A Hanno le extrañó la gran animosidad que existía entre sus hermanos. ¿Qué les habría pasado? También le sorprendió la tremenda facilidad que tenía Safo para saltar a la mínima de cambio, pero cuando vio la tienda de Aníbal, Hanno se olvidó de todo ello. Estaba a punto de conocer al mejor general cartaginés de la historia, el hombre que se había atrevido a atacar a Roma en su propio territorio.

«Aunque sea con un ejército de pobres diablos medio famélicos», no pudo evitar pensar Hanno cínicamente. Mientras seguía a su padre, se preguntó cómo iban a hacer frente a los numerosos efectivos romanos.

Enseguida llegaron a la amplia zona abierta que se extendía ante el cuartel general. El lugar era un hervidero de gente. Hanno contempló la escena boquiabierto: alrededor del perímetro había cientos de soldados de todo el Mediterráneo, hombres de los que había oído hablar mucho, pero que jamás había visto. A la infantería númida e íbera se unía la lusitana, mientras que los galos con los pelos de punta y el torso descubierto se codeaban con los honderos baleáricos y los guerreros ligurios. La caballería también contaba con diferentes nacionalidades: íberos, galos y númidas. Delante de la tienda principal se había congregado un nutrido grupo de oficiales que llamaban la atención por sus corazas, *pteryges* y cascos relucientes. Le resultó fácil distinguir a Aníbal entre la multitud por su capa púrpura. Junto a él había un grupo de músicos listos para tocar sus instrumentos: los cuernos y los *carnyxes*, unas trompetas verticales de bronce adornadas con el grabado de un jabalí.

Hanno miró a su padre.

—¿Qué es todo esto?

Safo y Bostar también parecían confusos.

Para su gran frustración, Malchus no respondió y continuó andando hasta el grupo de oficiales, donde le bastó con murmurar unas palabras al oído de uno de los guardaespaldas de Aníbal para que lo condujeran directamente ante el general. Aníbal reconoció a Malchus y sonrió. Hanno tenía la sensación de estar viviendo un sueño que acababa de hacerse realidad.

Malchus saludó al general.

—¿Podríamos hablar un momento, señor?

—Claro, pero tendrá que ser rápido —respondió Aníbal.

—Sí, señor. Ya conocéis a dos de mis hijos, Safo y Bostar —dijo Malchus—. Pero hay un tercero, Hanno.

Aníbal miró a Hanno con curiosidad.

—Creo recordar que pereció en un trágico accidente en el mar.

—Tenéis buena memoria, señor. Después descubrí que, milagrosamente, no había muerto ahogado, sino que él y su amigo fueron capturados por unos piratas que les vendieron como esclavos en Italia.

Aníbal arqueó las cejas.

—¡No me digas que es él!

Malchus sonrió.

—Sí, señor.

—¡Por todos los dioses! —exclamó Aníbal—. ¡Ven aquí!

Hanno, que se sentía cohibido por llevar la ropa sucia y raída, obedeció.

Aníbal le alabó efusivamente durante un buen rato.

—Te pareces mucho a Malchus.

Hanno no respondió. Sentía que el corazón le latía con fuerza, como un pájaro salvaje que deseaba liberarse de la jaula que formaban sus costillas.

—¿Cómo has logrado escapar?

—El hijo de mi dueño me dejó marchar, señor.

—¡Por la barba de Melcart! ¿Es esto cierto? ¿Por qué?

—Le salvé la vida en una ocasión, señor.

—Interesante —comentó Aníbal acariciándose la barbilla—. ¿Vienes de lejos?

—No, señor. Me liberó cerca de Placentia.

—Bienvenido a nuestro campamento. Tu padre y tus hermanos son unos oficiales valiosos. Espero que tú también lo seas.

Hanno se inclinó e hizo una torpe reverencia.

—Lo haré lo mejor que pueda, señor.

Seguidamente, Aníbal hizo ademán de despacharle.

—Esperad, señor —dijo Malchus impaciente—. Hanno está tan emocionado de haberos conocido que se ha olvidado de decir que Publio y su ejército están acampados en Placentia.

Aníbal lo miró con gran interés.

—¿Publio, dices? ¿Uno de los Escipiones?

—Sí, señor —respondió Hanno, consciente de que todos los oficiales a su alrededor le estaban escuchando—. Cuando no consiguió darle alcance en el Rhodanus, regresó rápidamente a Italia.

Se oyó un grito de consternación generalizado.

—¿Y ha traído consigo a todo su ejército? —preguntó Aníbal tranquilo.

—No, señor. Ha enviado a su ejército a Iberia bajo el mando de su hermano.

—Es un general astuto —dijo Aníbal, dejando escapar un lento suspiro—. A Asdrúbal y a Hanno les espera una cruda batalla. Supongo que era de imaginar.

Aníbal volvió a clavar sus ojos oscuros en Hanno.

—¿Cuál es el plan de Publio?

—Ha construido un puente sobre el Padus. El día que me fugué tenía previsto marchar hacia el oeste.

Aníbal se inclinó hacia delante.

—¿Y cuándo fue eso?

—Hace tres días, señor.

—Así que no puede estar muy lejos. ¡Excelentes noticias! —exclamó Aníbal chocando el puño contra la palma de su mano—. ¿Qué efectivos tiene?

Hanno procedió a explicar lo mejor posible todo lo que había visto y oído desde que partió de Roma.

—Buen trabajo, jovencito —sentenció Aníbal una vez hubo acabado, lo cual hizo sonrojar a Hanno hasta las orejas—. Pronto nos enfrentaremos a nuestra primera gran prueba, pero por ahora tenemos otro asunto de que ocuparnos. Si lo deseas, puedes quedarte a mirar aquí conmigo.

Hanno dio las gracias tartamudeando y contempló junto a Aníbal, Malchus y sus hermanos cómo docenas de prisioneros eran traídos ante ellos.

—¿Quiénes son? —preguntó Hanno.

—Alóbroges y voconcios que tomamos prisioneros en los Alpes —contestó su padre.

A Hanno se le encogió el estómago. Los hombres parecían aterrorizados.

El sonido de los cuernos y los *carnyxes* de los músicos impidió que siguieran conversando. Cuando acabó la música, Aníbal dio un paso hacia delante. Un silencio expectante cayó sobre las tropas mientras unos esclavos traían unas bandejas de bronce que contenían brillantes cotas de malla, cascos, brazaletes y collares de oro, capas decoradas con piel de lobo y espadas con empuñaduras brillantes.

Aníbal dejó que los prisioneros contemplaran un rato el tesoro antes de hablar.

—Habéis sido traídos aquí para tomar una sencilla decisión. —Aníbal hizo una pausa para que su mensaje fuera traducido—. Ofrezco a seis hombres la posibilidad de ganarse la libertad. Os dividiréis en parejas y tendréis que luchar entre vosotros hasta la muerte. Los tres que sobrevivan recibirán un buen caballo, podrán elegir lo que quieran de estas bandejas y tendrán la garantía de que podrán salir de aquí ilesos. Los que no deseen participar, serán vendidos como esclavos. —Aníbal hizo otra pausa para la traducción.

Al cabo de un momento, los guerreros empezaron a gritar alzando los puños cerrados.

El jefe de los intérpretes se volvió hacia Aníbal.

—Todos quieren tener ese honor, señor. Sin excepción.

Aníbal esbozó una amplia sonrisa.

—Anúncialo a las tropas —ordenó.

Se oyó el sonido de aprobación de los soldados al recibir la respuesta de los prisioneros.

—Los galos consideran más honorable combatir hasta la muerte que una vida de esclavitud —susurró Malchus al oído de Hanno.

Hanno seguía sin entender el objetivo de todo ello.

—No todos los hombres podrán participar —anunció Aníbal—. Divididlos en dos filas —ordenó Aníbal, y esperó mientras los prisioneros eran colocados en posición—. Elegid a cada cuarto hombre hasta que tengáis seis —gritó.

Su orden fue obedecida de inmediato y el resto de los prisioneros fueron apartados a un lado. Se entregó un escudo y una espada a la media docena de guerreros que habían sido elegidos y estos comenzaron a luchar en cuanto se dio la señal. De inmediato se abalanzaron sobre sus oponentes y la sangre enseguida salpicó el suelo.

—¿Qué sentido tiene esto? —masculló Safo—. Deberíamos matarlos a todos y ya está.

—Esta es tu solución para todo —replicó Bostar airado.

—¡Chitón! —susurró Malchus—. Aníbal no hace nada al azar.

Una vez más, a Hanno le sorprendió la animosidad existente entre sus hermanos, pero no tuvo tiempo de pensar demasiado en ello.

Los duelos fueron cortos y salvajes y no pasó mucho tiempo hasta que tres guerreros ensangrentados se pusieron de pie sobre los cuerpos de sus oponentes a la espera de que Aníbal cumpliera su promesa. Y así lo hizo. Cada uno de ellos pudo elegir cuantos artículos desearon de las bandejas y uno de los caballos que estaban atados allí cerca. A continuación se marcharon al son de los vítores de los soldados.

—¡Vosotros podéis conseguir mucho más que esto! —gritó Aníbal a sus hombres—. Para vosotros, el premio de la victoria no serán caballos ni capas, ¡sino ser los hombres más envidiados del planeta porque tendréis la riqueza de Roma!

Impresionado por la táctica de Aníbal, Hanno miró a Bostar.

—Nos conducirá hasta las mismísimas puertas del enemigo —dijo su hermano.

—Así es —declaró Malchus.

—Donde aniquilaremos hasta el último de estos hijos de puta —añadió Safo.

De pronto, Hanno se sintió exultante. Roma sí sería derrotada. Ahora estaba seguro de ello.

20

Contratiempos

Al cabo de unos días, Quintus se calentaba al calor de una hoguera junto a algunos de sus nuevos camaradas. Era una tarde húmeda y oscura y el fuerte viento empujaba hacia el campamento unas nubes bajas que amenazaban nieve, lo que no ayudó a mejorar el estado de desánimo general.

—Todavía no me lo puedo creer —se quejó Licinius, un tarentino parlanchín que compartía tienda con Quintus—. Hemos perdido nuestra primera batalla contra los *guggas*. ¡Qué vergüenza!

—Solo ha sido una refriega —puntualizó Quintus malhumorado.

—Quizás —aceptó el robusto Calatinus, otro compañero de tienda con el que tenía muchos puntos en común pese a ser un año mayor que Quintus—, pero menuda refriega. Seguro que todos estáis encantados de poder estar aquí ahora. —Todos sus compañeros asintieron al oír sus palabras—. Son muchas las bajas que hemos sufrido. Hemos perdido a casi toda la caballería y a cientos de vélites. Seiscientos legionarios han sido capturados y Publio está gravemente herido. No se puede decir que hayamos empezado con buen pie.

—Mucha razón tienes —afirmó Cincius, también compañero de tienda de Quintus, un hombre grande de cara rubicunda rematada por una mata de pelo pelirroja—. Además, hemos retrocedido varias posiciones. ¿Qué pensará Aníbal de nosotros?

—En nombre del Hades, ¿por qué tuvimos que replegarnos? —se preguntó Licinius—. Una vez destruido el puente, los cartagineses no tenían manera de cruzar el Ticinus y alcanzarnos.

Calatinus se aseguró de que no hubiera nadie cerca que pudiera oírle antes de contestar.

—Yo creo que al cónsul le entró el pánico, cosa que no es de extrañar si se tiene en cuenta que ahora ha quedado fuera de combate.

—¿Cómo sabes tú lo que piensa Publio? —replicó Quintus irritado—. No es ningún idiota.

—Como si tú le conocieras, chico nuevo —saltó Cincius.

Quintus refunfuñó, pero tuvo el sentido común de no contestar. Cincius parecía tener ganas de pelea y le doblaba en tamaño.

—¿Por qué no le plantó cara a Aníbal cuando se presentó ante nuestro campamento? —continuó Cincius—. ¡Allí perdió una gran oportunidad!

El resto murmuró que estaba de acuerdo.

—Yo creo que fue un acto de cobardía —concluyó Cincius, cada vez más animado con el tema.

Quintus estalló airado.

—¡Es mucho mejor luchar en el terreno que uno elige en el momento que uno elige! —declaró, recordando lo que le había dicho su padre—. ¡Es de todos sabido! Pero en estos momentos no podemos hacer ni una cosa ni la otra y, con Publio herido, no creo que la situación cambie en un futuro próximo. Era mucho mejor mantenernos en una posición segura, aquí en el campamento. De lo contrario, pensad en lo que podría haber ocurrido.

Cincius lanzó una mirada feroz a Quintus, pero al ver que el resto se sumía en un silencio iracundo, decidió no decir nada más por el momento.

Quintus no estaba contento. No dudaba del valor de Publio, pero el de Flaccus era harina de otro costal. Siempre había pensado que su futuro cuñado era un héroe, pero no podía negar la realidad de lo sucedido en Ticinus. A petición suya, Flaccus había acompañado a la caballería en su funesta misión de reconocimiento. Quintus también había estado allí, todavía exultante por habérsele permitido incorporarse a la patrulla. Su padre y él vieron a Flaccus cuando comenzó el combate, pero no después. No reapareció hasta más tarde, cuando el castigado remanente de la patrulla se batió en retirada y cruzó el río Ticinus hasta el campamento romano. Al parecer, la marcha de la batalla mantuvo a Flaccus alejado del combate y, cuando se percató de la superioridad de los cartagineses, fue en busca de ayuda. Evidentemente, los tribunos se negaron a conducir a sus legiones de infantería por un puente provisional para enfrentarse a un enemigo compuesto enteramente por tropas de caballería. ¿Qué otra cosa podría haber hecho si no?, preguntaría después a todos Flaccus muy serio.

No había manera de corroborar la historia de Flaccus, sobre todo teniendo en cuenta el modo en que se habían precipitado los acontecimientos, así que no tenían más remedio que aceptar su versión.

Fabricius no había dicho nada a Quintus al respecto, pero era obvio que le preocupaba la posibilidad de que Flaccus fuera un cobarde, tribulación que también compartía su hijo. A pesar del miedo que había sentido durante el combate, Quintus se había mantenido firme en su posición y había luchado contra el enemigo. Por muchos contactos que tuviera, Aurelia no podía casarse con un hombre que abandonaba a sus compañeros en plena batalla. Quintus atizó el fuego con un palo e intentó no pensar más en ello, pero para su disgusto sus compañeros habían decidido reanudar la triste conversación.

—Mi mozo ha estado bebiendo con algunos de los legionarios que custodian la tienda de Publio y dicen que una gran flota cartaginesa ha atacado Lilybaeum en Sicilia —explicó Licinius.

—¡No! —exclamó Cincius.

Licinius asintió compungido.

—Ahora ya no podremos contar con la ayuda de Sempronio Longo.

—¿Cómo puedes estar tan seguro? —preguntó Quintus.

—Los soldados juraron sobre las tumbas de sus madres que lo que decían era verdad.

Quintus le lanzó una mirada dubitativa.

—¿Y cómo es posible que no nos hayamos enterado por otras fuentes?

—Se supone que es máximo secreto —masculló Licinius.

—Pues yo he oído que toda la tribu de los boyos se dirige al norte para unirse a Aníbal —añadió Cincius—. Si eso es cierto, podrían atacarnos en pinza y quedaríamos atrapados entre ellos y los *guggas.*

Quintus recordó en ese momento que su padre le había contado que una vaca que no podía tener crías había dado a luz en una granja cercana a un ternero monstruoso que tenía todos los órganos por fuera ¡y además estaba vivo! Se lo había explicado un oficial que conocía y que lo había visto con sus propios ojos durante una patrulla. «¡Basta ya!», pensó Quintus con resolución.

—No nos pongamos nerviosos —aconsejó—. Estas historias son una exageración.

—¿Ah, sí? ¿Y si los dioses están enfadados con nosotros? —replicó Licinius—. Ayer fui al templo de Placentia para hacer una ofrenda y los sacerdotes me dijeron que las gallinas sagradas no quieren comer. ¿Qué más pruebas necesitas?

Quintus sintió que le invadía una rabia terrible.

—¿Y qué debemos hacer? ¿Rendirnos sin más ante Aníbal?

Licinius se sonrojó.

—¡Claro que no!

Quintus se volvió hacia Cincius, que negó con la cabeza.

—¡Pues cerrad la puñetera boca! Hablar así es terrible para la moral. Somos équites, no lo olvidéis. Debemos servir de ejemplo para los soldados, ¡no meterles el miedo del Hades en el cuerpo!

Avergonzados, sus compañeros sintieron un repentino interés por sus sandalias.

—¡Ya estoy harto de vuestras quejas! —gruñó Quintus antes de levantarse—. Hasta luego. —Se marchó sin esperar respuesta.

Seguro que su padre podría arrojar algo más de luz sobre la situación, porque lo cierto era que Quintus se sentía muy abatido. Aunque sabía disimularlo bien, la salvaje lucha contra la feroz caballería númida de Aníbal le había afectado profundamente. Tenían suerte de haber escapado con vida. No era de extrañar que sus compañeros fueran tan susceptibles a los rumores que corrían por el campamento. De hecho, Quintus estaba haciendo un tremendo esfuerzo por controlar sus miedos.

Su padre no estaba en su tienda. Uno de los centinelas le informó de que había acudido al cuartel general del cónsul. Quintus pensó que el paseo le sentaría bien y le ayudaría a despejarse. Pasó junto a las tiendas de los cenómanos, una tribu de galos local que luchaba del lado de Roma. Eran más de dos mil hombres, sobre todo soldados de infantería y algunos de caballería. Se comportaban como un clan, algo que favorecía la diferencia de idioma. A pesar de ello, era palpable la camaradería que existía entre ellos y los romanos, algo que a Quintus le agradaba sobremanera. Saludó al primer guerrero que vio, un hombre fornido que estaba sentado en un taburete delante de la tienda, pero para su sorpresa el hombre le giró la cara y siguió lubricando la espada. Quintus no le dio demasiada importancia, pero poco después le sucedió lo mismo: un puñado de soldados que se encontraba a unos diez pasos de donde estaba él le miró con frialdad antes de darle la espalda.

«No es nada», se dijo Quintus. El otro día también fallecieron muchos de sus hombres y seguro que la mitad de ellos había perdido a un padre o un hermano.

—¡Aurelia! ¡Aurelia!

La voz de Atia despertó a Aurelia de un dulce sueño en el que aparecían Quintus y Hanno y, lo que era más importante todavía, un sueño en el que seguían siendo amigos. Pese a la imposibilidad de la situación y la urgencia en la voz de su madre, Aurelia estaba de buen humor.

—¿Qué ocurre?

—Ven aquí.

Aurelia saltó de la cama y, al abrir la puerta, se sorprendió al ver en el atrio a Gaius con su madre, ambos con un semblante muy serio. Cohibida por su vestimenta, regresó a su dormitorio para ponerse una túnica sobre el camisón de lana y se apresuró a salir de nuevo.

—¡Gaius! —exclamó—. Qué alegría verte.

Gaius inclinó la cabeza incómodo.

—Lo mismo digo.

A Aurelia se le encogió el estómago al percibir su ademán serio y, al fijarse en los ojos llorosos de su madre, sintió miedo.

—¿Qué sucede? —tartamudeó.

—Nos han llegado noticias de la Galia Cisalpina —dijo Gaius—. Y no son buenas.

—¿Nuestro ejército ha sido derrotado? —preguntó Aurelia sorprendida.

—No exactamente —respondió Gaius—, pero hace unos días hubo una fuerte refriega cerca del río Ticinus. Los númidas de Aníbal causaron numerosas bajas entre la caballería y los vélites.

Aurelia sintió que le flaqueaban las piernas.

—¿Mi padre está bien?

—No lo sabemos —respondió su madre con los ojos sombríos por el dolor.

—La situación sigue siendo muy confusa —contestó Gaius—, pero seguramente está bien.

—Numerosas bajas... —repitió Aurelia lentamente—. ¿Cuán numerosas exactamente?

No obtuvo respuesta.

Aurelia lo miró incrédula.

—¿Gaius?

—Se dice que de los tres mil soldados de caballería que salieron del campamento, regresaron unos quinientos —respondió Gaius evitando su mirada.

—En nombre del Hades, ¿cómo puedes decir entonces que mi padre sigue vivo? —gritó Aurelia—. ¡Es más probable que esté muerto!

—¡Aurelia! —bramó Atia—. Gaius solo intentaba darnos un poco de esperanza.

Gaius se sonrojó.

—Lo siento.

Atia le tomó la mano.

—No tienes nada de lo que disculparte. Has venido cabalgando hasta aquí al romper el alba para traernos la información que hay. Estamos muy agradecidas.

—¡Yo no lo estoy! ¿Cómo puedo estar agradecida por tales noticias? —chilló Aurelia.

Aurelia se fue llorando desconsoladamente hasta la puerta e, ignorando al sorprendido guardián, la abrió y salió fuera haciendo caso omiso de los gritos a sus espaldas.

Inconscientemente se dirigió a los establos, donde siempre había ido a refugiarse cuando estaba disgustada. Fue directamente hasta el único caballo que su padre había dejado atrás. Era un animal robusto de color gris que cojeaba cuando su padre partió a la guerra. El caballo relinchó al verla y, de pronto, el congojo que sentía Aurelia se transformó en ríos de lágrimas. Lloró durante largo tiempo, con la mente llena de imágenes de su padre a quien jamás volvería a ver. Hasta que notó que el caballo le lamía la mano Aurelia no consiguió recuperar un poco el control.

—Quieres una manzana, ¿verdad? —susurró acariciándole el hocico—. ¡Qué tonta soy! He venido con las manos vacías. Espera un momento e iré a buscarla.

Agradecida por la interrupción, Aurelia fue a la despensa que había al otro extremo de los establos. Eligió la manzana más grande que había y regresó.

El caballo levantó las orejas. Sus alegres relinchos despertaron de nuevo sus lágrimas, que volvieran a sus ojos con fuerza redoblada. Aurelia se tranquilizó pensando en lo único que podía consolarla: «Al menos Quintus está sano y salvo en Iberia —susurró—. Que los dioses le protejan.»

Fabricius estaba reunido con Publio, por lo que Quintus no vio a su padre hasta más tarde. Cuando le habló del alarmismo de sus camaradas, su reacción contundente no se hizo esperar.

—A pesar de los rumores, Publio está bien y podrá volver a la acción en un par de meses. Tampoco es cierto el rumor de que la flota cartaginesa haya atacado a Sempronio Longo, porque Publio me lo hubiera dicho, al igual que me hubiera informado sobre cualquier rebelión boya. En cuanto a los malos presagios, ¿lo han visto con sus propios ojos? —Fabricius se rio mientras Quintus negaba con la cabeza—. Claro que no, aparte de ese ternero, que debe de ser un engendro de la naturaleza, nadie ha visto nada. Quizá sea cierto que las gallinas del templo de Júpiter no estén comiendo, pero eso es normal. Las aves de corral son criaturas débiles que enferman fácilmente, sobre todo en este clima. —Acto seguido, Fabricius se llevó la mano a la cabeza y, después, al corazón y la espada—. Confía en esto antes de preocuparte por lo que digan los demás.

La actitud de Fabricius animó a Quintus, que además se sentía agradecido por el hecho de que su padre no hubiera vuelto a mencionar su intención de enviarle de regreso a casa. No había dicho nada más al respecto desde la derrota de Ticinus. No sabía si era a causa del número de jinetes que habían perdido o porque Fabricius había aceptado la idea de que sirviera en la caballería. Quintus no lo sabía, ni le importaba. Sus ánimos también se debían al vino y el cocido que su padre le había servido, por lo que abandonó su tienda sintiéndose mucho mejor que cuando había llegado.

No obstante, el buen humor no le duró mucho. El aire contra el que tuvo que luchar para volver a su tienda era mucho más fuerte que antes. Las ráfagas de viento le atravesaron la capa y le helaron los huesos. Era fácil imaginar que los dioses hubieran enviado la tormenta como castigo. Al poco rato empezó a nevar. Las preocupaciones que Quintus había conseguido olvidar durante un rato, regresaron con fuerza.

Los pocos soldados que había en el exterior desaparecieron rápidamente de su vista. El propio Quintus estaba impaciente por meterse debajo de las mantas, donde podría intentar olvidar. Por eso le sorprendió tanto ver a los cenómanos fuera. Estaban en corros alrededor de las hogueras, cantando en voz baja y triste rodeándose los hombros con los brazos. Quintus pensó que estarían llorando a sus muertos y no les hizo mayor caso.

Licinius fue el primero en hablarle cuando entró en la tienda.

—Siento lo de antes —murmuró desde las profundidades de sus mantas—. Debería haber mantenido la boca cerrada.

—No te preocupes. Todos estábamos desanimados —contestó Quintus quitándose la capa húmeda y yendo a su esterilla, que estaba junto a la de Calatinus, quien también le miró con ojos arrepentidos—. Quizás os interese saber que Publio no sabe nada acerca del ataque de una flota cartaginesa en Sicilia.

Calatinus esbozó una sonrisa avergonzada.

—Pues si él no ha oído nada, no hay nada de qué preocuparse.

—¿Y los boyos? —preguntó Cincius con ferocidad.

Quintus sonrió.

—Nada. Son buenas noticias, ¿no?

El ceño fruncido de Cincius se despejó lentamente.

—Excelentes —reconoció Calatinus sentándose—. Ahora solo tenemos que esperar a que llegue Longo.

—Creo que deberíamos brindar por ese día —anunció Cincius. Inclinó la cabeza ante Quintus como para indicar que su discusión ya estaba olvidada—. ¿Alguien se apunta?

Todos respondieron a una y Quintus gimió.

—Ya noto la resaca.

—¿Qué más da? ¡Dudo que vayamos a entrar en acción muy pronto! —Cincius se levantó de un salto y se dirigió a la mesa donde guardaban la comida y la bebida.

—Es cierto —murmuró Quintus—. Entonces, ¿por qué no?

Los cuatro camaradas se fueron tarde a dormir, pero a pesar de su estado de embriaguez, a Quintus le asaltaron las pesadillas. La más terrible fue una en la que varios escuadrones de númidas le perseguían por un campo abierto. Al final, empapado de sudor, se incorporó. La tienda estaba oscura y helada, pero Quintus agradeció el aire frío que le golpeó la cara y los brazos y le hizo olvidar durante un momento el terrible dolor de cabeza que sentía. Miró el brasero, pero apenas quedaban unas brasas encendidas. Bostezó y apartó las mantas. Si alimentaba el fuego ahora, quizá durara hasta la mañana siguiente.

Quintus se levantó y oyó un leve sonido afuera. Sorprendido, aguzó el oído. Era el crujido inconfundible de unas pisadas en la nieve, pero no era el paso mesurado de un centinela, sino de alguien que se movía con sumo cuidado. Alguien que no deseaba ser oído.

Instintivamente, cogió la espada. Las siguientes tiendas se encontraban a unos seis pasos de distancia a ambos lados y por detrás. Por delante, un estrecho sendero aumentaba esa distancia a diez pasos, y de ahí procedía el sonido. Quintus avanzó descalzo. Estaba totalmente alerta. Oyó unos cuchicheos. Notó que le subía la adrenalina. Algo no iba bien. A tientas en la oscuridad, fue hacia Calatinus y le agarró el hombro.

—Despierta —susurró.

Quintus obtuvo un gruñido irritado por toda respuesta.

De pronto, el ruido del exterior se detuvo.

Quintus notó que le latía el corazón de miedo. Quizás había atraído la atención de los que se hallaban al otro lado de la tienda de piel. Soltó la túnica de Calatinus e intentó ponerse las sandalias. Le resbalaron los dedos sobre los complejos cordones y soltó una maldición, pero por fin estaba calzado.

Se incorporó y distinguió el leve sonido de una voz al ser sofocada. Y otra más. Hubo más murmullos y un grito ahogado. Esta vez Quintus corrió al lecho de Licinius. Quizá no estuviera tan borracho. Le tapó la boca al tarentino y lo sacudió con fuerza.

—¡Despierta! —susurró—. ¡Nos están atacando!

Quintus vislumbró el blanco de los ojos aterrados de Licinius al abrirse. Asintió en señal de comprensión y Quintus sacó la mano.

—Escucha —susurró.

Durante un momento no oyeron nada, pero pronto distinguieron un grito entrecortado seguido del sonido reconocible de una espada que se clava en la carne y sale de nuevo. Quintus y

Licinius intercambiaron una mirada horrorizada y se levantaron de un salto.

—¡A las armas! ¡A las armas! —gritaron al unísono.

Calatinus por fin se despertó.

—¿Qué pasa? —farfulló.

—¡Maldita sea! ¡Levántate! ¡Coge la espada! —gritó Quintus—. ¡Tú también, Cincius! ¡Rápido! —Quintus se maldijo por no haber dado antes la voz de alarma.

En respuesta a sus gritos, alguien rajó de arriba abajo la parte delantera de la tienda, desgarró la piel y entró. Quintus no se lo pensó dos veces. Corrió hacia él y le clavó la espada en la barriga. El hombre se dobló gritando de dolor. Apareció un segundo intruso. Quintus le clavó la espada en el cuello y la sangre comenzó a salir a borbotes. El intruso se desplomó gritando. Por desgracia, había un tercer hombre cerca, y un cuarto. Las fuertes voces guturales del exterior revelaron que contaban con numerosos refuerzos.

—¡Son puñeteros galos! —chilló Licinius.

Quintus no entendía nada. ¿Qué estaba sucediendo? ¿Habían conseguido los cartagineses escalar las murallas? Esquivó una espada y contraatacó con el *gladius*, satisfecho por el aullido de dolor que produjo. Licinius se unió a él. Juntos, resistieron desesperados la oleada de guerreros que intentaba entrar en la tienda, pero estaba claro que iban a fracasar en el intento. Los nuevos enemigos llevaban escudos mientras que ellos vestían camisa de dormir.

Quintus percibió a su izquierda el sonido de una tela al rasgarse.

—¡Los hijos de puta están intentando cortar la tienda para entrar! ¡Calatinus! ¡Cincius! ¡Abrid un agujero en uno de los paneles de atrás! —gritó por encima del hombro—. ¡Tenemos que salir de aquí!

Quintus no obtuvo respuesta. Se le encogió el estómago. ¿Era posible que sus camaradas ya hubieran muerto?

—¡Vamos! —bramó Calatinus al cabo de un momento.

Quintus sintió un gran alivio.

—¿Listo? —preguntó gritando a Licinius.

—¡Sí!

—¡Pues vamos! —Quintus blandió la espada a diestro y siniestro contra su oponente más cercano antes de dar media vuelta y correr hacia la parte posterior de la tienda con Licinius pisándole los talones. Alcanzó la abertura en unas zancadas, forzó su cuerpo por él y aterrizó a los pies de sus compañeros, que le ayudaron a incorporarse. Quintus miró hacia dentro y vio horrorizado cómo Licinius tropezaba y caía de rodillas casi al alcance de su mano. Quintus no tuvo tiempo de reaccionar. Los galos se abalanzaron sobre su camarada como perros sobre un jabalí acorralado. Recibió una lluvia de espadas, puñales e incluso un hacha. La tenue luz no impidió que Quintus viera los borbotones de sangre que salieron de cada una de las terribles heridas mortales. Licinius se desplomó sobre el suelo de la tienda sin mediar palabra.

—¡Cabrones! —chilló Quintus que, ansioso por vengar a su amigo, saltó hacia delante.

Unos brazos fuertes le sujetaron.

—¡No seas idiota! ¡Está muerto! ¡Tenemos que ponernos a salvo! —gruñó Cincius.

Calatinus y él lo arrastraron rápidamente hacia la oscuridad. Nadie les persiguió.

—¡Soltadme! —gritó Quintus.

—¿No intentarás volver? —insistió Calatinus.

—Lo juro —respondió Quintus furioso.

Le soltaron.

Quintus miró horrorizado el caos que reinaba a su alrededor. Algunas tiendas ardían y sus llamas iluminaban la escena. Varios grupos de guerreros galos corrían de un lado a otro atacando a los confusos équites y legionarios romanos que surgían de sus tiendas medio desnudos.

—No parece que sea un ataque a gran escala —comentó Quintus al poco rato—. No son suficientes.

—Algunos de los cabrones ya se han dado a la fuga —señaló Calatinus.

Quintus miró con los ojos entrecerrados.

—¿Qué llevan en las manos?

Cuando se dio cuenta, sintió arcadas y su estómago vomitó todo el vino agrio que tenía en el interior.

—¡Putos perros! —gritó Cincius—. ¡Son cabezas! ¡Han decapitado a los muertos!

Quintus levantó la vista con los ojos llorosos. Solo distinguía los regueros de sangre que los galos habían dejado tras de sí en la inmaculada nieve blanca.

Cincius y Calatinus comenzaron a gemir de miedo.

Con un gran esfuerzo, Quintus se tranquilizó.

—¡Silencio! —susurró.

Para su gran sorpresa, ambos le obedecieron. Pálidos, esperaron a que hablara.

Quintus no siguió su instinto natural de salir corriendo en busca de su padre. La vida de estos dos hombres estaba en sus manos y ellos debían ser su prioridad.

—Vayamos al *intervallum* —dijo—. Allí es donde irá todo el mundo. Ahí podremos luchar mejor contra estos cabrones.

—Pero vamos descalzos —protestó Cincius.

Quintus se molestó ante su protesta, pero si no dejaba que sus compañeros se pusieran las *caligae* de algún cadáver cercano, se les congelarían los pies.

—¿A qué esperáis? ¡Coged también un escudo!

Era imprescindible tener un escudo.

—¿Y la cota de malla? —preguntó Calatinus junto a un legionario muerto—. Es de mi talla más o menos.

—¡No seas idiota! ¡No podemos perder tiempo! Tendremos que conformarnos con los escudos y las espadas.

Impaciente, esperó a que estuvieran listos.

—Seguidme.

Quintus empezó a correr atento a la aparición de algún guerrero galo. Fue directamente al *intervallum*, una zona abierta situada en el centro del campamento donde solían reunirse las legiones antes de iniciar una marcha o ir al campo de batalla. Ahora era el lugar donde se habían reagrupado los ensangrentados supervivientes del ataque furtivo. Muchos habían tenido la misma idea que Quintus, por lo que la zona estaba repleta de cientos de legionarios y équites desorganizados. Había pocos que estuvieran completamente vestidos, pero la mayoría había sido lo bastante precavida como para coger un arma antes de huir de las tiendas.

Por fortuna, era en ocasiones como esta cuando salía a relucir la disciplina de los oficiales como los centuriones que, reconocibles incluso sin sus característicos cascos, daban órdenes con el semblante tranquilo y formaban a los soldados en filas regulares. Quintus y sus compañeros se unieron al grupo más cercano. En ese momento no importaba que no fueran soldados de infantería. Los centuriones no tardaron en agrupar sus fuerzas. Cada sexto soldado recibió una de las pocas antorchas disponibles. No era mucho, pero tendría que servir hasta que hubieran contenido el ataque.

Acto seguido, escudriñaron las avenidas y filas de tiendas en busca de los galos, pero se llevaron una gran decepción al ver el poco éxito de su misión que les impedía colmar su sed de venganza. Al parecer, la mayoría se había dado a la fuga cuando sonó la voz de alarma. A pesar de ello, no se detuvo la búsqueda hasta que se hubo peinado toda la zona.

Su peor hallazgo fueron los numerosos cuerpos decapitados. Quintus sabía que los galos coleccionaban este tipo de trofeos de guerra, pero nunca lo había visto con sus propios ojos, del mismo modo que jamás había visto tanta sangre. Los cuerpos estaban rodeados de enormes charcos de sangre, al igual que las huellas de los galos a su alrededor.

—¡Por Júpiter! Esto parecerá un matadero mañana cuando amanezca —masculló Calatinus.

—Pobres diablos —añadió Cincius—. La mayoría no tuvo ninguna oportunidad.

Quintus sintió una nueva arcada al pensar en su padre, que dormía en su tienda, pero ya solo le quedaba bilis en el estómago.

—¿Estás bien? —preguntó Calatinus preocupado.

—Estoy bien —gruñó Quintus. Intentó controlar sus náuseas mientras estudiaba todos y cada uno de los cuerpos que se iban encontrando y suplicó a los dioses que entre ellos no estuviera el de su padre. Para gran alivio suyo, no vio ninguno que se pareciera a Fabricius, pero eso no significa nada, ya que solo habían cubierto una pequeña parte del campamento. Solo podría estar seguro cuando amaneciera.

Los centuriones mantuvieron a los soldados alerta durante el resto de la noche y solo les permitieron ir a sus tiendas para recoger su ropa y armadura. Preparados para la batalla, los legionarios y los équites esperaron hasta el amanecer, cuando ya estuvo claro que no habría más ataques. Por fin los hombres pudieron descansar y regresar a sus respectivas unidades. La operación de limpieza llevaría todo el día. Quintus aprovechó el momento para ir en busca de su padre, al que milagrosamente encontró en su tienda. Los ojos se le llenaron de lágrimas al entrar.

—¡Estás vivo!

—Hete aquí —declaró Fabricius señalando la mesa que tenía delante de él servida para el desayuno—. ¿Quieres un poco de pan?

Quintus desplegó una amplia sonrisa. Su padre fingía despreocupación, pero había vislumbrado un destello de alivio en sus ojos al entrar.

—Sí, estoy famélico. Ha sido una noche larga —respondió.

—Desde luego —reconoció Fabricius—. Y más de cien buenos soldados han muerto a manos de esos cabrones cenómanos.

—¿Estás seguro de que han sido ellos?

—¿Quién si no? Las puertas no se han forzado y los centinelas de las murallas no vieron a nadie.

De pronto Quintus lo entendió todo.

—¡Por eso estaban tan hoscos ayer!

Su padre le miró confundido y Quintus se lo explicó todo.

—Eso lo aclara todo. Se habrán unido al campamento de los cartagineses y ofrecerán sus «trofeos» a Aníbal como prueba de que nos odian —concluyó Fabricius.

Quintus trató de no pensar en el cuerpo decapitado de Licinius que había encontrado en su tienda destruida.

—¿Qué tiene previsto hacer Publio?

—Adivínalo —dijo Fabricius haciendo una mueca.

—¿Vamos a replegarnos de nuevo?

Su padre asintió.

—¿Por qué? —exclamó Quintus.

—Publio cree que este lado del Trebia es demasiado peligroso y, en vista de lo sucedido anoche, es difícil no darle la razón —arguyó Fabricius percatándose de la mirada ansiosa de Quintus—. Y no solo es eso. Las tierras altas de la otra orilla son extremadamente irregulares, lo que impedirá los ataques de la caballería cartaginesa. Además, de este modo bloqueamos las vías que conducen al sur a través de Liguria hasta las tierras de los boyos.

Quintus dejó de protestar. Al menos estas razones tenían sentido.

—¿Cuándo?

—Esta tarde, cuando anochezca.

Quintus suspiró. Su retirada parecería cobarde, pero realmente era prudente.

—¿Y después? ¿Nos quedaremos quietos sin hacer nada conteniendo a los cartagineses? —adivinó.

—Exactamente. Sempronio Longo se dirige hacia aquí a toda velocidad. Sus fuerzas llegarán este mes —dijo Fabricius. Adoptó una expresión feroz—. Las fuerzas de Aníbal no podrán resistirse a dos ejércitos consulares.

Por segunda vez desde el ataque de los cenómanos, Quintus tuvo un motivo para sonreír.

—Hete aquí. Tu madre está preocupada, pensó que podrías estar aquí.

Aurelia se giró al oír a Elira, que se encontraba en la puerta del establo. De repente, Aurelia se sintió como una niña pequeña.

—¿Gaius sigue aquí?

—No, ya se ha ido. Al parecer, su unidad será movilizada pronto. Ha dicho que te llevaría en sus pensamientos y plegarias.

Aurelia se sintió peor todavía.

La iliria se le acercó.

—Ya me he enterado de la noticia —dijo dulcemente—. Todo el mundo lo ha oído y lo siente por ti.

—Gracias —dijo Aurelia con una mirada de gratitud.

—¿Quién sabe? Tu padre podría estar vivo...

—No digas eso —soltó Aurelia.

—Lo siento —se disculpó Elira rápidamente.

Aurelia esbozó una sonrisa forzada.

—Al menos Quintus sigue vivo.

—Y Hanno.

Aurelia intentó hacer caso omiso de los celos que sintió al oír las palabras de Elira, pero la mención de Hanno le hizo pensar irremediablemente en Suniaton. Hacía cuatro días que no le llevaba comida. Seguramente se estaba quedando sin provisiones. Aurelia tomó la decisión al instante. Ver a Suniaton la animaría. Miró fijamente a Elira.

—Hanno te gustaba, ¿verdad?

Dos hoyuelos se formaron en las mejillas de la iliria.

—Sí —murmuró.

—¿Volverías a ayudarle?

—Claro —respondió Elira con expresión confusa—. Pero se ha ido, con Quintus.

Aurelia sonrió.

—Ve a la cocina y llena una bolsa de comida: pan, queso y carne. Si Julius te pregunta, dile que vamos a salir al monte y que son provisiones para nosotras. Trae también una cesta.

—¿Y qué le digo a la señora si me pregunta dónde estás?

—Dile que nos vamos al bosque a buscar setas y frutos secos.

Elira no entendía nada.

—¿Y cómo va a ayudar eso a Hanno?

—Ya lo verás. —Aurelia dio una palmada—. ¡Vamos! ¡Ponte en marcha! Nos reuniremos en el sendero que conduce a las colinas.

Curiosa, Elira se marchó rápidamente.

Aurelia no tuvo que esperar mucho a Elira, que se acercó presurosa a través de los árboles. En una mano llevaba un pequeño paquete envuelto en piel y, en la otra, una capa del mismo color que la suya.

—¿Te ha preguntado alguien algo? —inquirió Aurelia nerviosa.

—Julius, pero se ha limitado a sonreír y me ha dicho que tuviéramos cuidado cuando le he explicado adónde íbamos.

—¡Es como una vieja! ¡Se preocupa por todo! —declaró Aurelia. Entonces bajó la vista y se dio cuenta de que había salido sin su puñal ni su honda. «No importa», se dijo, «no tardaremos mucho»—. Vamos —ordenó enérgica.

—¿Adónde vamos? —preguntó Elira.

—Allá arriba —respondió Aurelia señalando vagamente las colinas que rodeaban la finca, pero de pronto pensó que ya no era necesario andarse con más subterfugios.

—¿Sabías que Hanno tenía un amigo que fue capturado con él?

Elira asintió.

—Suniaton fue vendido para luchar de gladiador en Capua.

—¡Oh! —Elira no se atrevió a decir más, pero su tono apagado hablaba por sí solo.

—Quintus y Gaius le ayudaron a escapar.

—¿Por qué? —preguntó visiblemente escandalizada.

—Porque Hanno era amigo de Quintus.

—Ya veo —dijo con el ceño fruncido—. ¿Y Suniaton tiene algo que ver con el lugar al que nos dirigimos ahora?

—Sí. Estaba herido cuando lo rescataron, así que no podía viajar. De todos modos, ahora está mucho mejor, demos gracias a los dioses.

—¿Dónde está? —preguntó Elira intrigada.

—En la cabaña del pastor donde Quintus y Hanno lucharon contra los bandidos.

—¡Eres una caja de sorpresas! —soltó Elira riendo.

Aurelia se sintió un poco menos triste y sonrió.

Fueron charlando animadamente hasta los lindes de las tierras de Fabricius. Los campos a ambos lados estaban vacíos, esperando a ser cultivados en la primavera. Su única compañía eran las grajillas que revoloteaban en bandadas sobre sus cabezas lanzando los característicos graznidos agudos. Pronto se adentraron en el bosque y dejaron de oír el canto de los pájaros, y los árboles estaban tan juntos que a Aurelia le causaban una sensación de claustrofobia que no le gustaba nada.

Cuando de repente Agesandros apareció en el sendero, ella y Elira soltaron un grito.

—No pretendía asustaros —se disculpó.

Aurelia intentó calmarse, pero el corazón le latía con fuerza.

—¿Qué haces aquí? —preguntó.

Agesandros mostró el arco que tenía en las manos, donde ya tenía una flecha preparada.

—Cazando ciervos. ¿Y vosotras?

—Hemos venido a buscar setas y frutos secos —respondió Aurelia con la boca seca.

—Ya veo —dijo—. Yo de vosotras no me alejaría demasiado de la finca.

—¿Por qué no? —dijo Aurelia fingiendo un tono confiado.

—Nunca se sabe quién puede estar rondando por aquí. Bandidos, un oso o un esclavo que se ha dado a la fuga.

—No creo que eso sea muy probable —comentó Aurelia descarada.

—Quizá no, pero vas desarmada. Os puedo acompañar si queréis —se ofreció el siciliano.

—¡No! —Aurelia se arrepintió de su vehemencia al instante—. Gracias, pero estamos bien.

—Si estás segura... —El esclavo dio un paso atrás.

—Lo estoy. —Aurelia le hizo un gesto con la cabeza a Elira y continuaron caminando.

—¿No es un poco tarde para las setas?

Aurelia vaciló.

—Todavía quedan unas cuantas si sabes buscarlas —acertó a responder.

—Seguro que sí —convino Agesandros.

Aurelia sintió que se le ponía la piel de gallina.

—¿Crees que sabe algo? —susurró Elira.

—¿Cómo iba a saber algo? —Aurelia respondió.

Pero tenía la sensación de que sí.

Pasaron varios días y pronto quedó claro que no habría ninguna batalla. Tal y como decía Fabricius, ninguno de los comandantes deseaba luchar en un momento o un lugar que no fueran de su elección. La negativa de Publio a abandonar las tierras altas y la poca disposición de Aníbal a atacar los condujo a un punto muerto. Mientras los cartagineses campaban a sus anchas en las llanuras al oeste del Trebia, los romanos no se alejaban del campamento. La caballería de Aníbal superaba con creces a la romana y salir de patrulla era tan arriesgado que los romanos apenas enviaban ninguna. A Quintus le costaba aceptar este estado de inactividad forzada. Todavía tenía pesadillas sobre lo sucedido a Licinius y esperaba poder purgar esas imágenes perturbadoras en el campo de batalla.

—Me estoy volviendo loco —confesó a su padre una noche—. ¿Cuánto más tenemos que esperar?

—No haremos nada hasta que llegue Longo —repitió Fabricius con paciencia—. Si bajáramos a las llanuras hoy para presentar batalla, esos perros nos descuartizarían. El ejército de Aníbal nos supera en efectivos, no solo en caballería. Lo sabes perfectamente.

—Supongo que sí —concedió Quintus reticente.

Fabricius se recostó en su silla satisfecho de su explicación mientras Quintus tenía la mirada perdida en las profundidades del brasero.

«¿Qué debe de estar haciendo Hanno en estos momentos?», se preguntó. Le parecía imposible que ahora fueran enemigos. También pensó en Aurelia y en cuándo le llegaría la carta que le acababa de escribir. Si la diosa Fortuna les sonreía, recibiría una respuesta en los próximos meses. Era mucho tiempo, pero al menos él estaba luchando mientras tanto junto a su padre, aunque su hermana no tenía tanta suerte como él. A Quintus le sabía mal por ella.

—¡Estáis aquí!

Una resonante voz familiar rompió el silencio.

Fabricius fingió alegrarse.

—Flaccus. ¿Dónde quieres que estemos si no?

Quintus se levantó de un salto y saludó. «¿Qué querrá?», se

preguntó. Desde la debacle de Ticinus apenas habían visto al futuro marido de Aurelia. Los tres sabían que ello se debía a su comportamiento en ese fatídico día. «No es fácil eliminar la sospecha en cuanto ha arraigado», pensó Quintus. Y, al parecer, lo mismo le sucedía a su padre.

—Claro, claro. Solo los centinelas y los locos están fuera esta noche. —Flaccus se rio de su propio chiste y sacó una pequeña ánfora.

—Muy amable por tu parte —murmuró Fabricius al aceptar el obsequio—. ¿Tomarás un poco?

—Solo si tú me acompañas —respondió Flaccus.

Fabricius abrió el ánfora con un experto movimiento de muñeca.

—¿Quintus?

—Sí, gracias, padre. —Quintus se apresuró a buscar tres vasos de cerámica vidriada.

Con las copas llenas, se miraron entre sí, preguntándose quién haría el brindis. Al final, Fabricius tomó la palabra.

—Por la rápida llegada de Sempronio Longo y su ejército.

—Y por la rápida victoria posterior sobre los cartagineses —añadió Flaccus.

Quintus pensó en Licinius.

—Y por la venganza de nuestros camaradas muertos.

Fabricius asintió y levantó su copa más alto.

Flaccus sonrió satisfecho.

—¡Así hablan los soldados! ¡Eso es justo lo que quería oír! —Flaccus les guiñó un ojo con ademán conspirador—. He hablado con Publio.

Fabricius lo miró con expresión dudosa.

—¿Sobre qué?

—Sobre la posibilidad de mandar una patrulla.

—¿Qué? —preguntó Fabricius sospechoso.

—Hace más de una semana que nadie ha cruzado el río.

—¡Porque es demasiado peligroso! —replicó Fabricius—. El enemigo controla por completo la otra orilla.

—Escucha lo que tengo que decir —dijo Flaccus en tono

conciliador—. Cuando llegue Sempronio Longo, querrá saber lo que sucede al oeste del Trebia, sobre todo si se tiene en cuenta que la batalla tendrá lugar allí.

—¿Y por qué no podemos esperar hasta que llegue? —preguntó Fabricius—. Dejemos que sus jinetes hagan el trabajo sucio.

—Tiene que ser ahora —dijo Flaccus—. Tenemos que dar al cónsul toda la información que necesite para que pueda actuar con rapidez. ¡Imagina lo que subiría la moral de los hombres si volvemos sanos y salvos!

—¿Volvemos? —repitió Fabricius lentamente—. ¿Tú nos acompañarías?

—Claro.

Una vez más, Fabricius se preguntó si había sido una buena idea prometer a Aurelia con Flaccus. ¿Pero cómo podía ser un cobarde y ofrecerse a participar en semejante locura?

—No sé —murmuró—, es muy arriesgado.

—No necesariamente —protesto Flaccus—. He estado observando a los cartagineses desde nuestro lado del río y cada tarde, a la *hora decima*, desaparece la última patrulla y no regresa ninguna hasta la *hora quarta* del día siguiente. Si cruzamos el río de noche y cabalgamos hasta el amanecer, tendríamos unas dos horas para recorrer la zona y estaríamos de vuelta antes de que los númidas hubieran acabado de rascarse los piojos.

Quintus rio.

Fabricius hizo una mueca.

—No creo que sea muy buena idea.

—Publio ya ha dado su aprobación. No se me ocurre nadie mejor que tú para dirigir la patrulla y él está de acuerdo —dijo Flaccus—. Venga, ¿qué dices?

«Maldito seas», pensó Fabricius, que se sentía manipulado. Si rechazaba la oferta de Flaccus, su decisión se consideraría un desaire hacia Publio, lo cual no era prudente. Furioso, cambió de opinión.

—Tiene que ser una patrulla pequeña. Una *turma* como mucho bajo mi único mando. Tú puedes venir... como observador.

Flaccus no protestó y se volvió hacia Quintus.

—Tu padre es el vivo ejemplo del oficial romano: valiente, con recursos y siempre dispuesto a cumplir con su deber.

—Yo también quiero ir —dijo Quintus.

—No, es demasiado peligroso —saltó su padre.

—¡No es justo! ¡Tú hacías cosas así a mi edad! ¡Me lo has contado! —replicó Quintus furioso.

Flaccus intervino antes de que Fabricius tuviera tiempo de contestar.

—¿Cómo podemos negarle a Quintus la oportunidad de vivir una experiencia tan valiosa? ¡Piensa en la gloria que se ganarán los hombres que aporten a Longo la información que le ayudará a derrotar a Aníbal!

Fabricius contempló el rostro impaciente de su hijo y suspiró.

—De acuerdo.

—Gracias, padre —agradeció Quintus con una sonrisa.

Fabricius fingió que todo iría bien, pero le invadió el miedo. «Es como pasar junto a una manada de leones hambrientos y esperar que ninguno nos vea», pensó. Pero ya no había vuelta atrás.

Fabricius había dado su palabra y lideraría la misión.

21

El plan de Aníbal

Una mañana poco después de que los cartagineses hubieran obligado a los romanos a replegarse al otro lado del Trebia, Malchus fue llamado a la tienda de Aníbal. Aunque era algo que sucedía con frecuencia, siempre se ponía nervioso cuando el general solicitaba su presencia. Después de tantos años esperando vengarse de Roma, Malchus seguía emocionándose ante el hombre que por fin había iniciado la guerra.

Encontró a Aníbal pensativo. El general apenas alzó la vista cuando llegó a su tienda. Como siempre, estaba inclinado sobre la mesa de campaña estudiando un mapa de la zona. Su jefe de caballería, Maharbal, estaba junto a él hablando en voz baja. El comandante, un hombre de sonrisa fácil y cabello largo, negro y rizado, era popular entre los oficiales y los soldados por igual.

Malchus se detuvo a varios pasos de la mesa y se puso firme.

—A sus órdenes, señor.

Aníbal se incorporó.

—Malchus, bienvenido.

—¿Habéis solicitado mi presencia, señor?

—Sí. —Todavía pensativo, Aníbal se frotó los labios con el dedo—. Tengo una pregunta para ti.

—Decidme, señor.

—Maharbal y yo hemos ideado un plan. Una emboscada, para ser exactos.

—Suena interesante, señor —dijo Malchus con avidez.

—Albergamos la esperanza de que los romanos envíen una patrulla al otro lado del río —continuó Aníbal—. Maharbal organizará a la caballería que caerá sobre el enemigo, pero también quiero algunos soldados de infantería para que esperen junto al vado del río y eviten que se escapen los rezagados.

Malchus desplegó una amplia sonrisa.

—Será un honor para mí participar, señor.

—No había pensado en ti —reconoció Aníbal, pero al ver la decepción en el rostro de Malchus, añadió: no quiero perder a uno de mis oficiales más experimentados en una escaramuza. Estaba pensando en tus hijos, Bostar y Safo.

Malchus se tragó su decepción.

—Ambos están capacitados para el trabajo, señor, y estoy seguro de que estarán encantados de ser elegidos.

—Me lo imaginaba. —Aníbal hizo una breve pausa—. Mi pregunta era la siguiente: ¿qué me dices de tu otro hijo?

Malchus parpadeó sorprendido.

—¿Hanno?

—¿Está preparado ya para entrar en batalla?

—Le puse a entrenar nada más regresar, señor. Al no haber estado en Cartago, fue todo un poco improvisado, pero respondió bien. —Malchus titubeó—. Yo diría que está preparado para actuar de oficial.

—Bien, bien. ¿Podría dirigir una falange?

Malchus lo miró boquiabierto.

—¿Estáis bromeando, señor?

—No acostumbro a bromear, Malchus. El paso por las montañas ha dejado a muchas unidades sin oficiales al mando.

—Claro, señor —dijo Malchus pensativo—. Antes de perderse en el mar, hubiera albergado grandes reservas acerca de Hanno.

—¿Por qué? —preguntó Aníbal sin quitarle ojo.

—Era un poco gandul, señor. Solo le interesaban la pesca y las mujeres.

—Tampoco es un crimen, ¿no? —Aníbal soltó una risita—. ¿No era demasiado joven para servir en el ejército por aquel entonces?

—Así es, señor —admitió Malchus—. Y para ser justos, era excelente en las clases de táctica militar y también era habilidoso cazando.

—Buenas cualidades. Entonces, ¿ha cambiado tu opinión desde su regreso?

—Sí, señor —respondió Malchus confiado—. Ha cambiado. Muchos jóvenes habrían sucumbido ante todo lo que le ha tocado vivir durante esta época, pero Hanno no. Ahora es un hombre.

—¿Estás seguro?

Malchus miró a su general fijamente a los ojos.

—Sí, señor.

—Muy bien. Quiero que tú y tus tres hijos volváis aquí dentro de una hora. Eso es todo.

Aníbal se volvió hacia Maharbal.

—Gracias, señor.

Malchus saludó al general con una gran sonrisa dibujada en el rostro y se retiró.

Hanno miró confuso a su padre cuando le explicó la noticia.

—¿Qué puede necesitar Aníbal de un joven oficial como yo?

—No lo sé —respondió Malchus en tono neutral.

A Hanno se le hizo un nudo en el estómago.

—¿Safo y Bostar también estarán presentes?

—Sí.

La respuesta no le tranquilizó. ¿Acaso había hecho algo mal?

—Debo irme —dijo Malchus—. Asegúrate de estar allí dentro de media hora.

—Sí, padre.

Emocionado, Hanno se puso a pulir su coraza y casco nuevos y no paró hasta que le dolieron los brazos. A continuación, abrillantó con grasa las sandalias de cuero. En cuanto acabó, corrió a la tienda de su padre donde había un gran espejo de bronce. Para su gran alivio, Malchus estaba ausente. Hanno hizo una mueca ante su reflejo. «Más no puedo hacer», murmuró.

Mientras caminaba hacia el cuartel general de Aníbal, Hanno

agradeció que ninguno de los soldados que iban corriendo de un lado para otro se fijara en él, pero cuando llegó a los *scutarii* que montaban guardia ante el gran pabellón, se convirtió en el centro de atención.

—¡Diga su nombre, rango y misión! —bramó el oficial a cargo de los centinelas.

—Hanno, oficial de una falange libia, señor. He venido a ver al general. —Hanno parpadeó pensando que ahora le despacharía sin más.

En lugar de ello, el oficial asintió.

—Le están esperando. Sígame.

Al cabo de momento Hanno se hallaba en una amplia estancia con pocos muebles: aparte de una mesa y unas pocas sillas con respaldo de piel, solo contenía un bastidor para las armas. Aníbal estaba rodeado por algunos de sus comandantes, entre ellos el padre y los hermanos de Hanno.

—¡Señor! ¡Ha llegado Hanno, oficial de los lanceros libios! —anunció el guardia.

Hanno sintió que se le sonrojaban hasta las orejas.

Aníbal se volvió hacia él y le sonrió.

—Bienvenido.

—Gracias, señor.

—Me imagino que habréis oído la historia del hijo pródigo de Malchus, ¿no? —preguntó Aníbal—. Pues bien, aquí está.

Hanno sintió una enorme vergüenza al ser escudriñado por los veteranos oficiales. Bostar se reía e incluso su padre esbozaba una leve sonrisa. Safo, por el contrario, parecía haberse tragado una avispa. Hanno se enfadó. «¿Por qué es así?», se preguntó.

Aníbal miró a cada uno de los hermanos.

—Seguramente os preguntaréis por qué os he convocado aquí esta mañana.

—Sí, señor —respondieron.

—Os lo explicaré dentro de un momento. —Aníbal miró a Hanno—. Supongo que sabrás que sufrimos muchas bajas al cruzar los Alpes.

—Claro, señor.

—Desde entonces nos faltan soldados y también oficiales.

—Sí, señor —contestó Hanno. «¿Adónde querrá ir a parar?», se preguntó Hanno para sus adentros.

El general sonrió ante su confusión.

—He decidido ponerte al mando de una falange —declaró Aníbal.

—¿Señor? —apenas consiguió decir Hanno.

—Ya me has oído —respondió Aníbal—. Es un gran salto, lo sé, pero tu padre me ha asegurado que has regresado hecho un hombre.

—Yo... —Hanno miró de soslayo a Malchus antes de volver a posar la vista en Aníbal—. Gracias, señor.

—Como ya sabes, una falange debería constar de unos cuatrocientos hombres, pero la tuya apenas tiene doscientos. Es una de las unidades más débiles, pero son soldados veteranos y deberían servirte bien. Considerando todo lo que has pasado, tengo grandes esperanzas puestas en ti.

—Gracias, señor —respondió Hanno, muy consciente de la responsabilidad que le acababan de conceder—. Me siento muy honrado.

Bostar le guiñó el ojo, pero a Hanno le irritó comprobar que Safo tenía los labios fruncidos.

—¡Bien! —declaró Aníbal—. Ahora hablemos del motivo por el cual os he llamado a todos aquí hoy. Como ya sabréis, desde que obligamos a los romanos a replegarse al otro lado del Trebia, no hemos vuelto a entrar en acción, ni tampoco cabe prever que lo hagamos en un futuro próximo. Son conscientes de que nuestra caballería es muy superior a la suya, al igual que nuestra infantería, pero a nosotros no nos vale la pena atacar su campamento porque su terreno irregular no nos permitiría sacarle el máximo provecho a nuestros jinetes. Los romanos lo saben, por lo que esos malditos cabrones se conforman con bloquear la carretera al sur y esperar a que lleguen refuerzos. Quizá tengamos que esperar hasta entonces, pero no me agrada la idea de quedarme de brazos cruzados. —Acto seguido, Aníbal dio media vuelta—: ¿Maharbal?

—Gracias, señor —dijo el comandante de caballería—. A fin de animar a nuestro enemigo a enviar a algunos de sus hombres al otro lado del río, hemos tratado de dar la impresión de que nuestros jinetes se han vuelto bastante laxos. ¿Queréis saber cómo? —preguntó.

—Sí, señor —respondieron los tres hermanos con curiosidad.

—Nunca hacemos acto de presencia en nuestro lado del río hasta última hora de la mañana y siempre nos vamos antes de caer la tarde. ¿Lo entendéis?

—¿Quiere que se atrevan a hacer una incursión al amanecer, señor? —preguntó Bostar.

—Exactamente —sonrió Maharbal.

Hanno se estaba emocionando por momentos, pero no se atrevió a plantear la pregunta.

Safo lo hizo por él.

—¿Y entonces qué, señor?

Aníbal volvió a tomar la palabra.

—Maharbal tiene apostados en el bosque a quinientos númidas de forma permanente. Se encuentran a un kilómetro y medio del principal vado del río. Si los romanos muerden el anzuelo y envían a una patrulla, tendrán que pasar junto a ellos. Aunque es difícil que esos perros se zafen del ataque de los númidas, quizás alguno se escape. Y es ahí donde entráis en acción vosotros y vuestros libios.

Hanno miró a Bostar y Safo, que sonreían complacidos.

—Quiero que una fuerza de infantería permanezca oculta cerca del vado. Si los romanos cruzan el río, no deben detenerles, pero si intentan regresar... —Aníbal apretó el puño—, quiero que los aniquiléis. ¿Está claro?

Hanno miró a sus hermanos, que asentían con vehemencia.

—¡Sí, señor! —gritaron al unísono.

—Excelente —declaró Aníbal. Endureció la expresión—. No me falléis.

Al día siguiente, al caer la noche, Hanno y sus hermanos salieron del campamento con sus unidades. Además de llevar sus tiendas y esterillas, tenían provisiones suficientes para tres días con sus correspondientes noches. A Hanno le complació ver que el jefe de los númidas que les conducirían hasta su posición era Zamar, el oficial que le encontró cerca del Padus. Las falanges siguieron silenciosas a los jinetes en dirección al este a través de caminos de caza en desuso. De pronto llegó hasta sus oídos el sonido del río y Zamar les condujo hasta una hondonada oculta situada a unos doscientos pasos del vado principal del río Trebia. Era un escondrijo perfecto: lo bastante espacioso para contener a toda la infantería y próximo al vado.

—Dejaré a seis jinetes como mensajeros. Enviadlos en cuanto veáis algo —murmuró Zamar antes de marcharse—. Y recordad que, cuando lleguen los romanos, no debe quedar ninguno con vida.

—Déjalo en nuestras manos —gruñó Safo.

Bostar no dijo nada, pero Hanno vio su expresión de desagrado. Cuando Zamar estuvo fuera de la vista, Hanno confrontó a sus hermanos.

—¿Se puede saber lo que os pasa? —preguntó.

—¿A qué te refieres? —inquirió Safo a la defensiva.

—Os pasáis el día entero discutiendo como si fuerais dos gatos metidos en un saco. ¿Por qué?

Bostar y Safo se miraron con el ceño fruncido.

Hanno esperó a que hablaran, pero el silencio se prolongó.

—Realmente no es asunto tuyo —dijo Bostar al final.

Hanno se sonrojó y miró a Safo, pero su hermano mayor mantenía una expresión impertérrita en el rostro.

Hanno se rindió.

—Voy a ver cómo están mis hombres —murmuró. Se fue.

Esperaron en vano toda la noche. Al amanecer, los cartagineses tenían el frío metido en los huesos y se sentían desanimados. Para evitar ser detectados, no habían encendido ninguna hoguera. A pesar de que no había llovido, la humedad invernal era implacable. Siguiendo órdenes estrictas, los soldados permanecieron en la hondonada durante el día, con la única excepción de un puñado de centinelas que, con el rostro ennegrecido, se ocultaron entre los árboles que flanqueaban la orilla del río. El resto no pudo moverse del sitio, ni para hacer sus necesidades. Algunos todavía tenían energía suficiente para jugar a los dados o a la taba, pero la mayoría se quedó en sus tiendas dando buena cuenta de sus fríos víveres o recuperando el sueño perdido. Todavía molesto por la mezquindad de sus hermanos, Hanno dedicó su tiempo a conversar con sus lanceros y a intentar conocerles mejor. Era consciente por sus respuestas calladas de que sus esfuerzos de poco le servirían hasta que les condujera al combate, pero al menos era mejor que cruzarse de brazos y no hacer nada.

El día pasó lentamente sin novedad alguna.

Por fin cayó la noche y Hanno se ocupó de los centinelas apostados a lo largo de varios metros a ambos lados del vado. Pasó el tiempo caminando por la orilla tratando de vislumbrar algún movimiento enemigo. Había pocas nubes y las numerosas estrellas del cielo proporcionaban luz suficiente para ver relativamente bien, pero pasaron las horas sin que detectara ni el más mínimo movimiento en el otro lado. Cuando estaba a punto de romper el alba, Hanno se sentía aburrido y enfadado. «¿Dónde están estos cabrones?», murmuró para sí.

—Seguramente estén en la cama.

Hanno dio un salto, pero al girarse reconoció en la tenue luz las facciones de Bostar.

—¡Por Tanit! ¡Me has asustado! ¿Qué haces aquí?

—No podía dormir.

—Aun así tendrías que haberte quedado bajo las mantas. ¡Seguro que estarías más caliente que aquí fuera! —comentó Hanno.

Bostar se acuclilló junto a Hanno y suspiró.

—Lo cierto es que quería disculparme por lo que sucedió ayer con Safo. Nuestras rencillas no deberían afectar a nuestra relación contigo.

—No pasa nada. Yo no debería haber metido las narices donde no me llamaban.

Un silencio un poco menos incómodo siguió a sus palabras.

—Lo cierto es que llevamos más de un año peleándonos —confesó Bostar pasado un rato.

Hanno agradeció que la oscuridad ocultara su sorpresa.

—¿Es por lo de siempre? ¿Por su actitud tan pomposa y autoritaria?

Los dientes de Bostar brillaron tristemente a la luz de las estrellas.

—Ojalá solo fuera eso.

—No lo entiendo.

—Todo empezó cuando te perdiste en el mar.

—¿Eh?

—Safo me culpó por haber dejado que tú y Suniaton os marcharais.

—¡Pero si los dos estuvisteis de acuerdo!

—Él no lo ve así. No hicimos las paces antes de que me destinaran a Iberia y, cuando meses más tarde llegó desde Cartago con nuestro padre, las cosas fueron mal desde el primer momento.

—¿Por qué?

—Habían tenido noticias de lo que os había pasado a ti y a Suni. Safo estaba furioso y volvió a culparme de todo.

—¿Te refieres a los piratas? —Hanno recordó de repente el comentario de Safo el día de su regreso y la promesa de su padre de explicárselo todo—. Lo había olvidado.

—Había muchas cosas que contar —dijo Bostar—. Lo único que importaba es que habías vuelto.

—Ahora sí tenemos tiempo —comentó Hanno—. ¡Cuéntamelo todo!

—Fue unas semanas después de tu desaparición. Nuestro padre fue informado por uno de sus espías de que había unos piratas en el puerto. Capturaron a cuatro y les torturaron hasta que confesaron que os habían vendido a ti y a Suni en Italia como esclavos.

A Hanno le vinieron unas imágenes muy vívidas a la mente.

—¿Recuerdas sus nombres?

—No, lo siento —respondió Bostar—. Al parecer, el capitán era egipcio.

—¡Exacto! —exclamó Hanno, y sintió un escalofrío—. ¿Y qué pasó con ellos?

—Primero fueron castrados. Después les aplastaron las extremidades antes de ser crucificados —respondió Bostar en tono neutro.

Hanno pensó en la horrible escena durante unos instantes.

—No es una buena manera de morir —reconoció.

—No.

—Pero se lo merecían —declaró Hanno con dureza—. Por culpa de esos hijos de puta Suni y yo hubiéramos acabado muertos en el circo.

—Lo sé —concedió Bostar con un profundo suspiro—. Sin embargo, desde que vio lo que le pasó a los piratas, Safo ha cambiado. Se ha vuelto más duro, más cruel. Ya viste cómo reaccionó ante las palabras de Zamar. Ya sé que tenemos que matar a cualquier romano que cruce el río. Las órdenes son las órdenes, pero Safo parece que disfrute con ello.

—No es algo agradable, pero tampoco es el fin del mundo, ¿no? —dijo Hanno en un intento por sacarle hierro al asunto.

—Eso no es todo —murmuró—. Está convencido de que mi único objetivo es ganarme el favor de Aníbal. —Bostar explicó brevemente a Hanno cómo le salvó la vida a Aníbal en Saguntum—. Tendrías que haber visto la cara que puso cuando Aníbal me felicitó, como si lo hubiera hecho para fastidiarle.

—¡Qué locura! —susurró Hanno—. ¿Estás seguro de que eso es lo que piensa?

—Sí. Desde entonces me llama «el puto oficial perfecto».

Hanno no supo qué decir y guardó silencio un momento.

—Seguro que no todo es culpa suya. Toda discusión tiene dos versiones.

—Es verdad, yo también le he dicho algunas cosas desagradables —suspiró—. Pero cada vez que intento arreglar las cosas, lo estropea todavía más. La última vez que intenté... —Bostar dudó un instante antes de continuar y negó con la cabeza—. Es igual, he tirado la toalla.

—¿Por qué? ¿Qué pasó? —preguntó Hanno.

—No te lo puedo decir —contestó Bostar con la mirada perdida en las caudalosas aguas del río.

Intrigado por lo que le había contado su hermano, Hanno no quiso presionarle e intentó ser optimista: quizá podría actuar de mediador. Hanno se imaginó que en Cartago volvía a reinar la paz y que salía de caza con sus hermanos por las montañas al sur de la ciudad.

De repente, Bostar le dio un codazo en las costillas.

—¡Eh! ¿Has oído eso?

Hanno salió de su estupor de golpe y se inclinó hacia delante aguzando el oído. Al principio no oyó nada, pero de pronto llegaron hasta sus oídos el tintineo de unos arneses y sintió que todos sus sentidos se aguzaban.

—Viene del agua —murmuró.

—Sí —asintió Bostar excitado—. Aníbal tenía razón: los romanos quieren información.

Los hermanos fijaron la vista en la otra orilla como lobos esperando a su presa. Al cabo de un instante, su paciencia se vio recompensada y distinguieron el sonido de caballos y hombres que avanzaban con gran tiento.

Hanno sintió que le subía la adrenalina.

—¡Seguro que son romanos!

—¡O algunos de sus aliados galos! —exclamó Bostar.

No tardaron en ver una fila de soldados montados a caballo que avanzaban por el sendero que conducía al vado.

—¿Cuántos son? —susurró Bostar.

Hanno trató de contarlos en la oscuridad, pero era imposible determinarlo con precisión.

—No más de cincuenta, seguramente menos. Está claro que se trata de una patrulla de reconocimiento.

Los jinetes formaron un corro.

—Están recibiendo las últimas órdenes —dijo Hanno.

Al cabo de un momento el primer hombre cruzó las aguas

heladas en silencio. El caballo protestó, pero su jinete le susurró unas palabras al oído y se tranquilizó. Acto seguido le siguieron los demás soldados.

Bostar se levantó y estiró las piernas.

—Debemos ponernos en marcha. Dile a Safo lo que hemos visto. Hay que alertar a los númidas de inmediato. ¿Lo tienes claro?

—Sí. ¿Qué vas a hacer tú?

—Voy a ir hasta el siguiente puesto de guardia. Les seguiré vigilando hasta que les pierda de vista. Debemos asegurarnos de que no habrá más cabrones cruzando el río.

—De acuerdo. Hasta luego.

Hanno volvió lentamente sobre sus pasos hasta quedar oculto por los árboles y se apresuró a volver a su campamento secreto. Safo estaba estirando las piernas delante de su tienda y le informó rápidamente de todo.

—Excelente —sonrió Safo complacido—. Pronto las jabalinas de tus hombres se mancharán de sangre, y quizá la tuya también. Es un momento especial.

Hanno sonrió nervioso. ¿Eran imaginaciones suyas o Safo había hablado con tono lascivo?

—¡Vamos! No hay tiempo que perder. Ordena a tus hombres que se pongan en marcha. Yo enviaré a los mensajeros númidas y prepararé mi falange. Cuando llegue Bostar tendrá que hacer lo mismo. Si llega... —dijo Safo.

Hanno frunció el ceño.

—Eso sobraba —replicó—. Bostar llegará en cualquier momento.

—¡Por supuesto que sí! —rio Safo—. Ahora, ponte en marcha. Debemos colocarnos en posición en el momento en que se vayan los romanos.

Hanno bajó la cabeza y obedeció. No entendía la rencilla que existía entre sus hermanos, pero había una cosa que estaba muy clara: a Safo todavía le gustaba decirle lo que tenía que hacer. Irritado, Hanno fue a levantar a sus hombres. Cuando oyó que uno protestaba, le fustigó desde arriba. La táctica pareció funcionar y pronto estuvieron todos reunidos junto a la falange de Safo.

Poco después la figura de Bostar surgió de la oscuridad de los árboles que flanqueaban la orilla.

—Ya se han ido —dijo, y silbó a los tres númidas que quedaban—. Salid de inmediato y seguid a esos perros de lejos. Regresad cuando caigan en la emboscada.

Con un breve saludo, los jinetes saltaron sobre el lomo de sus caballos y salieron al trote.

Bostar se acercó a sus hermanos.

—Al final no hemos perdido el tiempo aquí en vano —dijo sonriente.

—Por fin —protestó Safo—. Te estábamos esperando.

«¿Por qué se mete así con él?», pensó Hanno.

Bostar apretó la mandíbula, pero no dijo nada. Por suerte, sus soldados habían oído a sus camaradas ponerse en marcha y estaban haciendo lo mismo. En cuanto estuvieron listos, el trío se reunió delante de sus hombres.

—¿Cómo nos vamos a organizar? —preguntó Hanno.

—Está muy claro —replicó Safo prepotente—. Las falanges deben formar los tres lados de un cuadrado, mientras que el cuarto lado serán los númidas, que empujarán a los romanos hacia la trampa. No podrán escapar. Lo único que debemos decidir es la posición que deben ocupar las falanges.

Hubo una breve pausa. Los tres habían recorrido el terreno alrededor del vado varias veces. El flanco izquierdo estaba ocupado por un denso grupo de encinas, mientras que el derecho era una gran ciénaga. Si podían evitarlo, los caballos no elegirían ninguno de estos dos terrenos. El mejor lugar para las falanges era el sendero que conducía al vado. Allí es donde se produciría la acción.

Como el más joven e inexperto de los tres, a Hanno no le importaba el flanco que le tocara.

—Yo me situaré en el centro —declaró Bostar en tono seco.

—Típico —murmuró Safo—. Pues yo también quiero ese lado, y recuerda que ya no me superas en rango.

Los dos se miraron con odio.

—¡Esto es ridículo! —soltó Hanno enfadado—. ¿Qué más da quién se ponga allí?

Sus hermanos no respondieron.

—¿Por qué no lo hacéis a cara o cruz?

Bostar y Safo seguían sin abrir la boca.

—¡Por Melcart! ¡Ya me pondré yo! —exclamó Hanno.

—Ni hablar —espetó Safo—. No tienes experiencia de combate.

—Exacto —añadió Bostar.

—Pero en algún lugar tendré que empezar ¿no? ¿Por qué no aquí? Seguro que es mejor comenzar por aquí que en una gran batalla.

Bostar miró a Safo.

—No podemos pasarnos la mañana aquí discutiendo —dijo en tono conciliador.

Safo se encogió de hombros.

—Supongo que es difícil que Hanno lo haga mal.

Sintiéndose humillado, Hanno bajó la cabeza.

—Eso ha sido innecesario —espetó Bostar—. Nuestro padre le ha entrenado bien y el propio Aníbal le ha puesto al mando de una falange. Sus hombres son veteranos, así que sus posibilidades de meter la pata no son superiores a las que tendría yo si estuviera en el centro —Bostar hizo una pausa—, o si estuvieras tú.

—¿Qué has querido decir con eso? —preguntó Safo con los ojos entrecerrados.

—¡Parad! —gritó Hanno—. Deberíais sentiros avergonzados. Aníbal nos ha encomendado una misión, ¿la recordáis? Pues hagamos nuestro trabajo y punto.

Como dos niños pequeños a los que acababan de reñir, los hermanos se separaron. En silencio, tomaron posiciones delante de sus falanges. Hanno esperó un momento hasta que se dio cuenta de que era él quien debía liderar el camino.

—¡Formad! ¡Seis hombres por fila! —ordenó—. ¡Seguidme!

La rápida respuesta de sus soldados le complació. Además,

muchos parecían satisfechos con lo ocurrido, lo que le animó todavía más.

Las tres falanges se desplegaron ante el vado del río. Una vez se cerraran, los lanceros se convertirían en una pared sólida de escudos superpuestos. Ningún caballo se acercaría a semejante obstáculo. Además, las lanzas que sobresalían de los escudos garantizaban la muerte a quienquiera que fuera lo bastante imprudente para aproximarse.

Hanno caminó de un lado a otro de su falange murmurando palabras de ánimo a sus hombres. Agradeció el consejo de su padre de dirigirse por su nombre al mayor número posible de soldados. Era un truco muy sencillo, pero no hubo nadie que no sonriera al oír su nombre de pila. No obstante, sus esfuerzos pronto llegaron a su fin y el tiempo se detuvo. Los músculos del cuerpo que se habían activado para ocupar sus puestos habían vuelto a enfriarse. La brisa húmeda del río había helado a sus lanceros hasta los huesos, pero no les podía permitir calentarse ni tampoco cantar, un método habitual para elevar la moral.

Lo único que podían hacer era esperar.

Por fin rompió el alba, pero las nubes bajas ocultaban el sol. La única señal de vida visible era algún pequeño pájaro ocasional que revoloteaba entre las ramas desnudas de los árboles, y el único sonido el murmullo de las aguas del río a sus espaldas. El estómago de Hanno comenzó a protestar y se preguntó si no debería ordenar que se repartieran algunos víveres, pero antes de que pudiera consultarlo con sus hermanos, el sonido de un caballo al galope atrajo su atención. Todos los ojos se volvieron al camino que llevaba al oeste.

Cuando vieron a dos númidas aproximándose por el camino a toda velocidad, toda la tropa respiró hondo.

—¡Ya vienen! —gritó uno de los númidas al acercarse.

—¡Y les persiguen quinientos de los nuestros! —exclamó eufórico el otro.

Hanno apenas les oyó.

—¡Cerrad los flancos! —chilló—. ¡Preparad las lanzas!

22

Cara a cara

Quintus había albergado la vana esperanza de que su inquietud se disiparía en cuanto dejaran el Trebia a sus espaldas, pero no fue así, sino todo lo contrario. A cada paso que daba su caballo y más se internaba en ese paisaje vacío, más cerca se sentía de las profundidades del Hades tras cruzar la laguna Estigia. La emoción que había sentido en la tienda de su padre con la barriga llena de vino había desaparecido por completo. Quintus no dijo nada, pero cuando miró a su alrededor se dio cuenta de que no era el único que se sentía así. Los rostros del resto de los jinetes hablaban por sí solos, y muchos lanzaban miradas airadas a Flaccus, puesto que todos sabían que él era el responsable de su infortunio.

Fabricius cabalgaba en cabeza sin saber lo que sucedía, o seguramente había decidido ignorarlo, pensó Quintus. Le acompañaban muchos veteranos, pero todos estaban descontentos. ¿Por qué demonios había aceptado su padre la misión? La respuesta era muy sencilla: ¿cómo habría quedado Publio si Fabricius la hubiera rechazado? Muy mal. Quintus miró a Flaccus con acritud. Si ese idiota no le hubiera metido la idea en la cabeza al cónsul, seguirían sanos y salvos en el lado romano del río. El sentimiento de culpabilidad pronto reemplazó su ira. Su excesivo entusiasmo seguramente había empujado a su padre a aceptar esta misión suicida, porque así es como la percibía Quintus, pese a que no había ninguna señal del enemigo a la vista.

Al poco rato Quintus cabalgó hasta donde estaba su padre.

Flaccus iba a su lado y le guiñó un ojo de forma poco convincente.

«También está asustado», pensó Quintus. Eso le ayudó a decidirse.

Fabricius tenía la vista puesta en el paisaje, pero su espalda rígida le delataba.

Quintus tragó saliva.

—Quizás esta patrulla sea mala idea, padre —dijo Quintus, haciendo caso omiso de la reacción estupefacta de Flaccus—. Se nos ve a la legua.

Fabricius se volvió lentamente hacia Quintus.

—Lo sé. ¿Por qué crees que no aparto la mirada del terreno?

—¡Pero si no hay nadie! —protestó Flaccus—. ¡Ni un mísero pájaro!

—¡Por el amor de Júpiter! ¡Eso no importa! —saltó Fabricius—. Lo único que necesitan los cartagineses es a un centinela alerta que dé la voz de alarma y, si hay alguna tropa númida a ocho kilómetros a la redonda, caerán sobre nosotros en menos de lo que canta un gallo.

Flaccus se encogió al oír sus palabras.

—¡Pero no podemos volver con las manos vacías!

—No sin parecer idiotas o cobardes —reconoció Fabricius con amargura.

Cabalgaron en silencio durante unos minutos.

—Quizás haya una vía de escape —murmuró Flaccus.

A Quintus le avergonzó sentir un rayo de esperanza.

Fabricius se rio con amargura.

—Ahora ya no te hace tanta gracia esta misión, ¿eh?

—¿Dudas de mi valor? —preguntó Flaccus enfadado.

—De tu valor, no —gruñó Fabricius—, sino de tu buen juicio. ¿No te has dado cuenta de que la caballería de Aníbal es mortífera? Si nos topamos con ellos, estamos acabados.

—¿No exageras? —protestó Flaccus.

—Debería haber rechazado esta misión, aunque hubiera hecho quedar mal a Publio. Debería haber dejado que la dirigieras tú solo, eso si llegas a encontrar a alguien que te siguiera.

Flaccus calló enfurruñado.

Quintus se sorprendió del arrebato de su padre, que dejaba patente la ira que sentía.

Fabricius se tranquilizó un poco y se volvió de nuevo hacia Flaccus.

—Dime, ¿cuál era esa idea tan brillante que tenías?

—Podemos decir que la caballería enemiga era tan numerosa que no pudimos alejarnos demasiado del Trebia —dijo Flaccus de mala gana—. No es de cobardes evitar la aniquilación. ¿Quién nos va a contradecir? Tus hombres seguro que no dirán nada y nadie va a ser tan tonto como para cruzar el río.

—Tu astucia jamás deja de asombrarme —le gruñó Fabricius.

—Yo... —balbució Flaccus.

—Pero tienes razón. Es mejor salvar las vidas de treinta hombres del modo que sugieres que tirarlas por la borda por una cuestión de orgullo estúpido. Regresemos ahora mismo.

Fabricius frenó a su caballo y dio media vuelta para ordenar a sus hombres que se detuvieran.

Quintus suspiró aliviado, pero su alegría duró poco. A lo lejos distinguió el sonido inconfundible de caballos al galope.

Todos los hombres miraron al oeste.

Una oleada de jinetes surgió de entre los árboles a unos trescientos metros.

—¡Númidas! —gritó Fabricius—. ¡Media vuelta! ¡Cabalgad a toda velocidad!

No tuvo que repetirlo dos veces.

Quintus intentó mantener la calma. Aunque no habían caído en la emboscada, no sabía si podrían llegar al río antes de que el enemigo les alcanzara.

Pronto quedó claro que no llegarían al río a tiempo. Los númidas eran físicamente más pequeños que los romanos y sus caballos eran más rápidos. Además, estaban siguiendo un plan: mientras algunos jinetes les continuaban persiguiendo desde el sur, otros les cerraban el paso y les obligaban a ir al oeste, hacia el Trebia. Los romanos se vieron obligados a huir hacia el norte en busca de su vado del río. No tenían otra opción, ya que era el único que había a kilómetros de distancia.

—¡Poneos en cabeza! —gritó Fabricius a Quintus y Flaccus—. ¡Quedaos allí y no os detengáis ante nada!

Flaccus obedeció a la primera, pero Quintus se quedó atrás.

—¿Y tú qué?

—Me quedaré atrás para evitar que esto se convierta en una derrota aplastante —dijo Fabricius—. ¡Y ahora vete! —Su mirada de acero no admitía discusión alguna.

Tratando de controlar las lágrimas, Quintus espoleó a su caballo con fuerza, que pronto se puso en cabeza. Jamás había estado tan contento de que su padre le insistiera en que se llevara al mejor caballo disponible, ni tan avergonzado de su alivio. Quintus no quería morir como un conejo perseguido por una jauría de perros, por lo que se inclinó hacia delante y se concentró en una sola cosa: sobrevivir. Si tenían suerte, algunos lo conseguirían.

Habían avanzado casi kilómetro y medio antes de que los primeros númidas los tuvieran a distancia de tiro. Cabalgando a pelo y semidesnudos, los ágiles guerreros de piel oscura no parecían tan peligrosos, pero la precisión de sus jabalinas decía lo contrario. Cada vez que miraba atrás, veía a algún hombre que caía herido o cuya montura había sido alcanzada. Nadie fue testigo de su rápido e inefable destino, pero sus gritos aterradores llegaron hasta los oídos de los supervivientes. Los romanos ni siquiera podían responder al ataque porque sus jabalinas no estaban diseñadas para ser lanzadas.

Lograron recorrer otro kilómetro y medio, pero los númidas ya les estaban atacando por tres lados y las jabalinas sobrevolaban sus cabezas sin cesar. Quintus solo distinguió a diez jinetes más, aparte de su padre, Flaccus y él mismo. Al alcanzar la siguiente curva del camino que conducía al vado, ya solo quedaban seis. Desesperado, Quintus espoleó a su caballo con más ahínco. No sabía por qué, pero tenía la impresión de que sus perseguidores no estaban tan cerca. ¿Quizá todavía podían salvarse? Alcanzaron a toda velocidad el último trecho del camino y se hallaban a tan solo doscientos pasos del río.

Pero las esperanzas de Quintus se esfumaron al momento.

Los númidas se habían mantenido a distancia para cerrar la trampa. Delante de ellos se encontraba una enorme formación de lanceros cuyos escudos superpuestos formaban los tres lados de un cuadrado y solo dejaba su lado abierto. Quintus miró a su alrededor asustado. A la derecha del camino se extendía un denso entramado de árboles. Por allí era imposible escapar. A la izquierda había una ciénaga, pero solo un idiota podía pretender cruzarla.

A pesar de ello, esa fue la opción que eligió uno de sus hombres, pero cuando a duras penas había avanzado veinte pasos, el vientre de su caballo se hundió en el barro y, cuando el jinete intentó desmontar, lo mismo le sucedió a él. Aterrorizado, pronto se hundió hasta las axilas. Al final dejó de moverse, pero era demasiado tarde. Su mejor opción era sucumbir al tiro certero de una jabalina enemiga, pensó Quintus, o moriría ahogado en el barro.

La voz de Fabricius le devolvió a la realidad.

—¡Deteneos! ¡Formad una fila! —vociferó—. Vamos a enfrentarnos a la muerte como hombres.

Uno de los cinco jinetes que quedaban empezó a gimotear.

De pronto a Quintus le embargó un miedo sobrecogedor.

—¡Cierra esa maldita boca! —gritó Fabricius— ¡No somos unos cobardes!

Para gran sorpresa de Quintus, el soldado dejó de lloriquear.

—¡Formad una fila! —ordenó Fabricius de nuevo.

Los ocho soldados se acercaron hasta que sus rodillas casi se tocaron entre sí y siguieron cabalgado hacia delante. Quintus se preguntaba por qué no tenía clavada ya una jabalina en la espalda. Dio media vuelta y vio que los númidas avanzaban al paso. «Nos están llevando al matadero como si fuéramos simples corderos», pensó indignado.

—Mantened los ojos al frente —murmuró Fabricius—. Demostrad a esos hijos de puta que no tenemos miedo, que somos capaces de mirar a nuestro destino a los ojos.

Unos ciento cincuenta pasos separaban a los romanos de las

falanges. A Quintus se le estaba haciendo interminable. Por un lado deseaba poner fin ya a esa farsa, por el otro deseaba fervientemente sobrevivir. La distancia se fue estrechando de forma inexorable. Se encontraban a cien pasos, ochenta. Aterrado, Quintus miró a su padre, que le respondió con una breve inclinación de cabeza. Quintus respiró hondo y se obligó a tranquilizarse.

«Ya no soy un niño. El modo en que afronte la muerte es decisión mía. Trataré de ser valiente hasta al final.»

—Preparad las lanzas —ordenó Fabricius.

Quintus miró de soslayo a Flaccus y le complació ver que avanzaba con la barbilla firme. A pesar de su arrogancia, no era un cobarde.

Sesenta pasos. Se acercaban a la distancia a partir de la cual se lanzaban las jabalinas. Cuando cruzaron esta línea invisible los ocho soldados no pudieron evitar estremecerse, pero no pasó nada. Fabricius sintió una nueva oleada de determinación. En sus manos estaba poner fin a ese calvario.

—¡Llevémonos con nosotros a algunos de estos cabrones! ¡Al trote! ¡Elegid vuestros objetivos! —gritó apuntando la lanza a un libio con barba.

Aliviado de que el movimiento del caballo ocultara el temblor de su brazo, Quintus apuntó a un hombre con muescas en el casco. «Que sea rápido —rogó—, y que los dioses cuiden de mi madre y Aurelia.» En ese momento oyó las órdenes de los oficiales cartagineses que preparaban a sus soldados para el ataque final y vio a cientos de lanceros que giraban el torso al llevar el brazo derecho hacia atrás. Quintus cerró los ojos. La oscuridad le reconfortó. Notaba que el corazón le latía con fuerza y sentía a su caballo entre las piernas. Flanqueado por sus compañeros, su montura no se desbocaría. Lo único que debía hacer era sujetar las riendas con fuerza.

—¿Quintus? —exclamó una voz.

Quintus abrió los ojos de golpe. La voz provenía de las filas cartaginesas. Miró a su padre.

—¡Para! ¡Debes detenerte!

Algo en el tono de voz de Quintus penetró en la locura campal que se había apoderado de Fabricius y levantó la lanza con la expresión más tranquila.

—¡Alto!

Los romanos tiraron de las riendas de sus caballos y se detuvieron a tan solo diez pasos de las puntas de lanza. Inquietos, los caballos intentaron huir y más de un libio trató de alcanzarles con el arma. Quintus oyó una voz conocida gritar en cartaginés. Se le puso la piel de gallina y, haciendo caso omiso de la confusión de sus compañeros, escudriñó las filas enemigas. No podía dar crédito a sus ojos: allí estaba Hanno vestido de oficial cartaginés aproximándose a él. Quintus depuso la lanza.

—¡Hanno!

—Quintus —dijo Hanno en tono neutro hablando en latín—. ¿Qué haces aquí?

—Hemos salido de patrulla —contestó—, en misión de reconocimiento.

Hanno hizo un gesto con el brazo derecho que abarcaba a todo su alrededor.

—Las llanuras están bajo nuestro control, seguro que lo sabéis. ¿A qué idiota se le ocurre ordenar una misión así?

—A nuestro cónsul —murmuró Quintus, que no quiso revelar la implicación de Flaccus.

Hanno soltó un bufido de desdén.

—No me digas más.

Quintus tuvo la sensatez de no replicar. Miró a su padre y se dio cuenta de que él también había reconocido a Hanno, pero no dijo nada. Flaccus y el resto de los soldados estaban confusos y temerosos. Quintus se volvió de nuevo hacia Hanno intentando no fijarse en las miradas feroces de los soldados enemigos.

—¡Hanno! —gritaron las voces airadas de los oficiales al mando de las falanges laterales. Ambos le increparon impacientes en cartaginés. Uno de ellos era robusto y de baja estatura y, el otro, alto y atlético con el pelo largo y negro. Se parecían demasiado a Hanno como para que fuera mera casualidad. Debían de ser sus hermanos, pensó Quintus.

—¿Encontraste a tu familia?

—Sí. Y ahora quieren saber por qué seguís con vida.

Hanno dio media vuelta y comenzó a darles una larga explicación. Quintus tenía un nudo en el estómago. Sus vidas dependían de lo que se estaba diciendo en esos momentos. Hubo mucho gritos. Todos gritaron y gesticularon con vehemencia, pero al final Hanno parecía satisfecho. Sin embargo, el hermano más bajo parecía contrariado y siguió mascullando mientras el hermano más alto se aproximaba a los romanos. Tenía la expresión dura, pero sus facciones eran bondadosas, pensó Quintus receloso. Este debía de ser Bostar.

—Hanno dice que le salvaste la vida dos veces —dijo Bostar en latín con un fuerte acento.

Quintus asintió.

—Así es.

—Por ese motivo hemos decidido no mataros ni a ti ni a tu padre.

Al escuchar sus palabras, Safo lanzó una nueva diatriba, pero Bostar le ignoró.

—Dos vidas por dos deudas.

—¿Y el resto? —preguntó Quintus angustiado.

—Deben morir.

—No —murmuró—. Tomadlos prisioneros, por favor.

Bostar meneó la cabeza y se marchó.

Los jinetes gritaron asustados, pero Flaccus se mantuvo erguido en su caballo mirando a los libios con desdén.

Quintus buscó la mirada de Hanno, pero no había compasión en sus ojos.

—Tened piedad de ellos.

—Son las órdenes —respondió Hanno con dureza—, pero tú y tu padre podéis marcharos.

Acto seguido, ordenó a la falange que se encontraba a sus espaldas que se abriera y diera paso al vado.

A Quintus se le ocurrió una idea.

—Hay otro pariente en el grupo.

Hanno dio media vuelta.

—¿Quién? —inquirió suspicaz.

Quintus señaló a Flaccus.

—Es el prometido de Aurelia. Perdónale la vida también.

Hanno respiró hondo. No le había reconocido antes.

—Si no están casados, no forma parte de la familia todavía.

—No querrás privar a Aurelia de su futuro marido, ¿verdad? —suplicó Quintus.

A Hanno le sorprendió sentir celos.

—Pides mucho —masculló.

—Al menos vale la pena intentarlo —dijo mirándole a los ojos.

Hanno se acercó a Flaccus. No quería perder la amistad de Quintus, pero ese hombre era un enemigo.

En ese momento, Flaccus le escupió a los pies. Furioso, Hanno fue a desenvainar su espada, pero Safo se le adelantó. Llevaba una lanza en la mano y, sin mediar palabra, se la clavó en la ingle por debajo de la armadura y la arrancó de nuevo. Su víctima cayó al suelo aullando de dolor. Safo se giró y apuntó a Hanno con la punta sangrienta de la lanza.

—¡No estamos aquí para congraciarnos con estos malditos hijos de puta! —bramó—. Bostar y tú habéis decidido soltar a dos de ellos, pero no vais a liberar a ninguno más.

Hanno señaló el vado.

—Marchaos.

Quintus contempló impotente a Flaccus, que se sujetaba la herida mientras la sangre se escapaba a borbotones entre sus dedos. Un charco de sangre se extendía bajo su cuerpo. «No podemos dejar que muera así —pensó Quintus—, ¿pero qué otra alternativa nos queda?»

Fabricius tomó la iniciativa.

—Que los dioses os lleven a los Campos Elíseos —murmuró a sus soldados—. Tu familia sabrá que has muerto con honor —dijo a Flaccus.

Sin volver la mirada atrás, Fabricius cabalgó hacia el río.

—Vamos —susurró a Quintus.

Sin saber qué decir, Quintus miró a Hanno, pero el cartaginés mantuvo la vista al frente y no le devolvió la mirada. No habría ninguna despedida.

Quintus apretó los dientes y siguió a su padre. Acto seguido, llegaron hasta él los alaridos de los cinco desafortunados jinetes, que fueron rodeados y aniquilados por los libios al instante.

Padre e hijo alcanzaron el vado sin problemas y entraron en el río.

No fueron conscientes de que habían escapado hasta que llegaron a la otra orilla.

Quintus soltó un largo suspiro tembloroso. «Por favor, no dejéis que vuelva a encontrarme con Hanno», suplicó a los dioses. No le cabía la menor duda de que la próxima vez su antiguo amigo le mataría, y Quintus se dio cuenta de que él haría lo mismo. Una fría tristeza se apoderó de su corazón al volver la vista hacia la otra orilla. Los libios habían emprendido la retirada y dejado tras de sí los cuerpos de los romanos muertos. Quintus se sintió avergonzado. Todo el mundo merecía ser enterrado o incinerado en una pira.

—Quizá podamos recuperar los cadáveres mañana —murmuró.

—Deberemos intentarlo o jamás podré volver a mirar a Aurelia a los ojos. —«Y en cuanto los dichosos prestamistas se enteren de que Flaccus ha muerto, se me echarán encima»—. Todo esto es culpa mía. Flaccus y treinta soldados han muerto porque yo acepté el mando de esta maldita misión. Debería haberla rechazado.

—Tú no eres responsable de las decisiones tácticas, padre —protestó Quintus—. Si te hubieras negado, Publio te habría degradado a soldado raso, o peor.

Fabricius miró a su hijo agradecido.

—Si estoy vivo es gracias a ti. Ayudar al cartaginés a escapar y liberarlo resultaron ser buenas decisiones. Te lo agradezco.

Quintus asintió con tristeza. Su amistad con Hanno les había salvado la vida, pero no era así como le hubiera gustado que acabara. No obstante, no podía hacer nada por cambiar la situación. Quintus endureció su corazón. Ahora Hanno formaba parte del enemigo.

Fabricius se dirigió al campamento y, de allí, al cuartel general del cónsul. Saltó del caballo y entregó las riendas a uno de los centinelas que vigilaban el pabellón. Quintus le observó compungido desde su caballo. Publio no querría hablar con un équite de bajo rango como él.

Su padre se detuvo ante la entrada de la tienda.

—¿No vienes?

—¿Quieres que te acompañe?

Fabricius rio.

—Claro. Tú eres el único motivo por el cual todavía estoy respirando y Publio querrá saber por qué.

Emocionado, Quintus saltó del caballo y acompañó a su padre. Los centinelas de la entrada, cuatro fornidos *triarii* —o veteranos— que lucían unos cascos y cotas de malla brillantes, se pusieron firmes. Quintus hinchó el pecho orgulloso. ¡Estaba a punto de conocer al cónsul! Hasta la fecha solo había intercambiado algún saludo ocasional con Publio.

Un joven oficial les guio por las diversas secciones de la tienda hasta llegar a una cómoda zona forrada de alfombras e iluminada por grandes lámparas de bronce que contenía una mesa cubierta de papiros, tinteros y plumas, varios baúles y unos lujosos sofás. Publio estaba recostado en el sofá más grande apoyado sobre unos cojines. Su rostro seguía presentando una poco saludable tonalidad gris y las voluminosas vendas de la pierna resultaban claramente visibles. Su hijo, solícito, estaba detrás del sofá leyéndole un manuscrito.

Al acercarse, Publio abrió los ojos.

—Dichosos los ojos, Fabricius —murmuró—. ¿Es este tu hijo?

—Sí, señor.

—¿Cómo me dijiste que se llama?

—Quintus, señor.

—¡Ah, sí! Bien, habéis regresado de la patrulla. ¿Habéis tenido éxito?

—No, señor —respondió Fabricius bruscamente—. De hecho, todo lo contrario. Antes de poder acercarnos al campamento cartaginés, un ejército enemigo muy superior en número nos tendió una emboscada. Nos persiguieron hasta la orilla del río, donde esperaba una tropa de lanceros. Somos los únicos supervivientes —dijo, indicando a Quintus.

—Ya veo —tamborileó los dedos en el brazo del sofá—. ¿Cómo es posible que no os mataran también a vosotros?

Fabricius miró fijamente al cónsul a los ojos.

—Gracias a Quintus.

Publio enarcó las cejas.

—Explícate.

En respuesta al codazo de su padre, Quintus explicó cómo había sido reconocido por un antiguo esclavo de la familia con el que había entablado amistad. Titubeó antes de relatar el modo en que Hanno había sido liberado, pero Publio le instó a continuar con una inclinación de cabeza. Quintus lo explicó todo.

—Es una historia increíble —reconoció Publio—. Los dioses han mostrado gran compasión.

—Sí, señor —asintió Quintus con vehemencia.

El cónsul levantó la mirada hacia su hijo.

—No eres el único que ha rescatado a su padre —bromeó.

El joven Publio se sonrojó profundamente.

El rostro de Publio se tornó serio.

—En conclusión, después de haber perdido una *turma* completa, no sabemos más sobre el estado de las tropas de Aníbal que ayer.

—Así es, señor —reconoció Fabricius.

—Por lo tanto, no tiene sentido enviar a más patrullas al otro lado del Trebia, puesto que correrían la misma suerte, y nuestra caballería ya está lo bastante diezmada —declaró Publio. Pensativo, se presionó los labios con el dedo y, acto seguido, sacudió la cabeza—. Nuestra prioridad debe ser bloquear el paso al sur tal y como ya estamos haciendo. Los cartagineses no nos atacarán allí porque el terreno es irregular. Nada ha cambiado. Esperaremos a que llegue Longo.

—Sí, señor —asintió Fabricius.

—Muy bien. Ya os podéis ir —dijo Publio despachándolos con un gesto de la mano.

Padre e hijo salieron con discreción.

Quintus logró contener su frustración hasta que estuvieron fuera y nadie podía oírles.

—¿Por qué Publio no hace nada? —murmuró.

—Quieres venganza por lo que ha pasado en el vado, ¿verdad? —preguntó Fabricius con una sonrisa amarga—. Yo también —dijo acercándose al oído de Quintus—: estoy seguro de que Publio habría atacado a Aníbal de nuevo si no estuviera... incapacitado. Evidentemente, no es algo que vaya a reconocer ante nosotros. Por el momento tendremos que dejar las cosas tal y como están.

—¿Querrá Longo luchar contra Aníbal?

—Yo diría que sí —respondió su padre con una sonrisa—. Una victoria antes de finalizar el año demostraría a las tribus que Aníbal es vulnerable y reduciría el número de guerreros que tienen previsto unirse a él. Derrotarle pronto será mucho mejor que esperar hasta la primavera.

Quintus deseó fervientemente que su padre tuviera razón. Después de todos los contratiempos que habían sufrido, había llegado el momento de que cambiaran las tornas, y cuanto antes mejor.

23

Comienza la batalla

Bostar esperó a que hubieran regresado al campamento y dejado a sus hombres para lanzar su diatriba contra Hanno.

—¿Qué demonios has hecho? —gritó—. ¿No recuerdas cuáles eran las órdenes? ¡Se suponía que teníamos que matarlos a todos!

—Ya lo sé —murmuró Hanno. En su mente todavía estaba vívida la triste imagen de Quintus y su padre cabalgando hacia el río Trebia—. ¿Pero cómo puedo matar a alguien que me ha salvado la vida no una sino dos veces?

—¿Tu sentido del honor es más importante que una orden directa del mismísimo Aníbal? —replicó Safo con desdén.

—Sí. No. No lo sé —respondió Hanno—. ¡Dejadme en paz!

—¡Safo! —exclamó Bostar.

Safo alzó las manos y dio un paso atrás.

—Ya veremos lo que dice el general cuando le informemos —dijo con una mueca—. Supongo que se lo vas a explicar todo, ¿no?

Hanno sintió que la ira se apoderaba de él.

—¡Claro que sí! —gritó—. No tengo nada que ocultar. ¿Qué pasa? ¿Acaso se lo ibas a contar tú si yo no lo hacía?

Safo se sonrojó y Hanno lo miró boquiabierto.

—¡Por Tanit! ¡Eso es precisamente lo que ibas a hacer! ¿Desde cuándo te has vuelto tan odioso? ¡No me extraña que Bostar ya no te aguante!

Hanno vio la expresión de horror que cruzó el rostro de Safo al oír sus palabras y se avergonzó de inmediato de lo que acababa de decir.

—Perdona, no debería haber dicho eso.

—Demasiado tarde —espetó Safo—. ¿Por qué iba a sorprenderme que hayáis estado hablando de mí a mis espaldas? ¡Sois como la escoria!

Hanno se sonrojó y bajó la cabeza.

—Nos vemos en la tienda del general —declaró Safo con amargura—. Ya veremos lo que piensa Aníbal de tus acciones.

Safo se envolvió en la capa y se marchó.

—¡Safo! ¡Vuelve! —gritó Hanno.

—Deja que se vaya —le recomendó Bostar.

—¿Por qué se comporta así?

—No lo sé —contestó Bostar rehuyendo su mirada.

Estaba claro que Bostar mentía, pero Hanno no tenía ánimos para interrogarle. Pronto debería explicar sus acciones ante Aníbal.

—Vamos —dijo angustiado—. Será mejor que acabemos con esto lo antes posible.

A Hanno le alivió ver que Safo no había entrado en la tienda todavía y que les esperaba fuera. Zamar, el oficial númida, también estaba allí. Informaron de su presencia a los guardias y fueron conducidos al interior.

Hanno se acercó a Safo.

—Gracias.

—¿Por qué? —preguntó sorprendido.

—Por no intentar explicar tu versión de los hechos antes que yo.

—Aunque no esté de acuerdo con lo que has hecho, no soy un chivato —susurró Safo enfadado.

—Lo sé —dijo Hanno—. Veamos lo que tiene que decirnos Aníbal, ¿de acuerdo? Y después podemos olvidarnos de este asunto.

—No quiero que volváis a hablar de mí a mis espaldas —le advirtió Safo.

—Bostar tampoco habló mucho. Simplemente me comentó que, tras el episodio de los piratas, habías cambiado.

—¿Cambiado?

—Te habías vuelto más duro.

—¿No te dijo nada más? —inquirió Safo.

—Nada más.

Hanno se preguntó qué habría pasado entre sus hermanos, pero no estaba seguro de querer saberlo.

Safo guardó silencio durante un instante.

—Muy bien. Olvidaremos el asunto una vez que hayamos informado a Aníbal, pero quiero que tengas una cosa bien clara: si pregunta mi opinión sobre la liberación de los dos romanos, no pienso mentir.

—Me parece muy bien —dijo Hanno con vehemencia—. Tampoco querría que lo hicieras.

Su conversación finalizó de golpe al entrar en la estancia principal de la tienda de Aníbal.

El general les recibió con una amplia sonrisa.

—Ya me han llegado noticias del éxito de vuestra misión —declaró alzando una copa—. Venid, probad este vino. No está mal si se tiene en cuenta que es de cosecha romana.

Cuando todos tuvieron una copa en la mano, Aníbal los miró.

—¿Y bien? —preguntó—. ¿Quién me lo va a contar todo?

Hanno dio un paso adelante.

—Yo lo haré, señor —dijo tragando saliva.

Aníbal arqueó las cejas sorprendido, pero indicó a Hanno que continuara.

Hanno controló su nerviosismo y explicó su marcha hasta el río y la larga espera en la hondonada. Cuando llegó al punto en que la patrulla romana cruzó el río, se volvió hacia Zamar, que relató cómo sus mensajeros le comunicaron la llegada del enemigo y la manera en que uno de los jefes de sección se había precipitado y había lanzado la emboscada antes de tiempo.

—Ya le he degradado a soldado raso, señor —dijo—. Por su culpa la misión podría haber sido un fracaso.

—Pero afortunadamente no lo ha sido —dijo Aníbal—. ¿Llegó algún jinete al río?

—Sí, señor —respondió Zamar—. Ocho.

—¡No es demasiado trabajo para novecientos lanceros! —exclamó Aníbal guiñando el ojo.

Todos rieron.

—¿El comandante romano llevaba algún documento encima?

Hanno no supo qué contestar.

—No, señor —murmuró, y vio con el rabillo del ojo que Safo se enfurecía.

Aníbal no se percató de la reticencia de Hanno.

—¡Qué lástima! En fin, no pasa nada. No es demasiado probable que lleven documentos importantes cuando salen en una misión de este tipo.

Hanno carraspeó incómodo.

—Lo cierto es que no pude registrarle, señor.

—¿Por qué? —preguntó Aníbal con el ceño fruncido.

—Porque le dejé marchar, señor, junto con otro romano.

El general lo miró incrédulo.

—Será mejor que te expliques, hijo de Malchus. ¡Ahora mismo!

La intensa mirada de Aníbal resultaba perturbadora.

—Sí, señor —dijo Hanno, y comenzó a explicar su historia rápidamente. En cuanto hubo acabado su relato, se produjo un silencio incómodo y Hanno tuvo la sensación de que iba a vomitar.

Aníbal lanzó una mirada a Safo y Bostar.

—Me imagino que consultó su decisión con vosotros —espetó.

—Sí, señor —murmuraron.

—¿Cuál fue tu respuesta, Bostar?

—Aunque iba en contra de sus órdenes, señor, respeté sus motivos.

A continuación, Aníbal miró a Safo.

—Yo estuve totalmente en desacuerdo, pero estaba en minoría.

Aníbal miró después a Zamar.

—¿Y tú?

—No tuve nada que ver con esa decisión —respondió el númida en tono neutro—. Yo me encontraba a unos cien pasos del lugar con mis hombres.

—Interesante —comentó Aníbal a Hanno—. Un hermano te apoyó y el otro no.

—Así es, señor.

—¿Es esto lo que debo esperar en el futuro cuando os emita una orden? —preguntó Aníbal furioso.

—No, señor —protestaron Bostar y Hanno.

—Por supuesto que no —insistió Hanno.

Aníbal no dijo nada.

—Deduzco que hubo un alto grado de desacuerdo.

Hanno se sonrojó.

—Así fue, señor.

—¿Por qué?

—¡Porque teníamos órdenes de no dejar a nadie con vida, señor! —gritó Safo.

—Por fin hemos llegado al meollo de la cuestión —dijo Aníbal. Safo sonrió triunfante—. En circunstancias normales, si hubierais desobedecido mis órdenes como lo habéis hecho, os habría mandado crucificar.

Sus palabras resonaron con fuerza y Safo torció el gesto temeroso.

—Señor, yo...—empezó a decir.

—¿Te he dado permiso para hablar? —inquirió Aníbal.

—No, señor.

—¡Pues cierra el pico!

Humillado, Safo obedeció.

Hanno se secó la frente perlada de sudor. «Pase lo que pase, tomé la decisión correcta —pensó—, Quintus me salvó la vida.» Hanno sabía que recibiría un duro castigo y se resignó a ello. A su lado, Bostar apretaba la mandíbula.

—Sin embargo, lo que sucedió esta vez es algo que solo pasa una vez cada cien vidas —comentó Aníbal.

Pasmado, Hanno esperó a ver qué más decía su general.

—Un hombre no puede matar a quien le ha ayudado, aunque sea romano. No se me ocurre una mejor manera de enfurecer a los dioses —declaró Aníbal. Inclinó la cabeza en dirección a Hanno—. Hiciste lo correcto.

—Gracias, señor —susurró Hanno. Jamás se había sentido tan aliviado en su vida.

—Bostar, dada la naturaleza especial de estas circunstancias, tampoco recibirás castigo alguno.

—¡Gracias, señor! —saludó Bostar con voz firme.

Hanno miró a Safo. El miedo en su rostro había sido reemplazado por una expresión de resentimiento que a duras penas podía disimular. «¿Realmente quería que nos castigaran?», se preguntó Hanno inquieto.

—Además de actuar con honor, tu gesto clemente ha cumplido otro propósito —continuó Aníbal—. Esos dos hombres hablarán de la excelencia de nuestras tropas, lo cual desmoralizará a su ejército y servirá a nuestra causa. A pesar de tu acto de desobediencia, se ha cumplido el objetivo de la misión.

—Sí, señor.

—Eso no eso todo —comentó Aníbal.

—¿Señor? —Hanno volvió a sentir que le invadía el miedo.

—Tu conducta no puede repetirse de nuevo —dijo Aníbal en tono duro—. Ya has saldado tu deuda con el tal Quintus. Si vuelves a encontrarte con él o con su padre, solo puedes actuar de un modo.

Tenía razón, pensó Hanno. Era una cuestión de sentido común. «¿Cómo puedo ser amigo de un romano?», se preguntó, pero su corazón le decía algo muy distinto.

—Sí, señor.

—Créeme, esos hombres no dudarán en clavarte una espada en el vientre la próxima vez que te vean. Son el enemigo —gruñó Aníbal—. Y si tú vuelves a verles, tendrás que matarles.

—Sí, señor —accedió Hanno. «Pero espero que no suceda jamás.»

—También debes entender que, si vuelves a desobedecer mis órdenes, no tendré piedad y acabarás tu vida miserable aullando en la cruz. ¿Lo comprendes?

—Sí, señor —respondió Hanno tembloroso.

—Ya podéis marcharos —dijo Aníbal en tono seco—. Todos vosotros.

Zamar y los tres hermanos le dieron las gracias y se retiraron. Cuando salieron, Safo se acercó a Hanno.

—¿Sigues pensando que hiciste lo correcto? —susurró enfadado.

—¿Eh? —Hanno miró a su hermano incrédulo.

—Podríamos estar todos muertos por tu culpa.

—¡Pero no lo estamos! Además, no es probable que vuelva a suceder algo así, ¿verdad? —preguntó Hanno.

—Supongo que no —reconoció Safo sorprendido por la respuesta airada de Hanno.

—Yo soy tan leal a este ejército como tú o cualquiera de los demás soldados —gruñó Hanno—. ¡Ponme una fila de romanos aquí delante y les cortaré a todos la puta cabeza!

—Muy bien, muy bien —murmuró Safo—. Me ha quedado muy clara tu posición.

—¡La tuya también a mí! —espetó Hanno furioso—. Querías que nos castigaran allí dentro, ¿verdad?

Safo hizo un gesto de disculpa.

—No tenía ni idea de que os pudiera crucificar.

—Y si lo hubieras sabido, ¿le habrías dicho algo a Aníbal? —le preguntó Bostar.

—No —dijo Safo con expresión culpable.

—¡Eres un maldito mentiroso! —le acusó Bostar, y sin decir palabra, se fue.

Hanno miró a Safo furioso.

—¿Qué tienes que decir al respecto?

—¿Realmente crees que deseo vuestra muerte? ¡Vamos! —Safo protestó—. ¡Confía un poco en mí!

—Sí, tienes razón. Lo siento —suspiró Hanno.

—Yo también lo siento —dijo Safo, y le dio una palmada en el hombro—. Olvidemos todo este asunto y centrémonos en luchar contra los romanos.

—Sí. —Hanno miró a Bostar, pero vio que estaba rabioso por el gesto amable de Safo.

«Por todos los dioses —pensó con frustración—, ¿no puedo llevarme bien con los dos?» Al parecer no era posible.

Saturnalia estaba a la vuelta de la esquina. A pesar de la melancolía de Atia y Aurelia, habían iniciado los preparativos para el festival de invierno. Aurelia se dio cuenta de que les ayudaba a enfrentarse al vacío que ambas sentían en su interior ante la muerte probable de su padre y la falta de noticias de Quintus. La vida seguía y dedicarse a las tareas domésticas era un método efectivo de mantener la normalidad. Los días de invierno eran muy cortos y había mucho que hacer. La lista de tareas que había confeccionado Atia era interminable. Cada noche, Aurelia se iba a dormir agotada, agradecida de que el cansancio la liberara de las pesadillas.

No obstante, hubo una noche en que a Aurelia le costó conciliar el sueño. Su madre y ella tenían previsto ir a Capua al cabo de dos días para hacer las últimas compras. Todavía les faltaban docenas de velas para entregar como obsequio a sus amigos, familiares e invitados. No habían encargado todavía toda la comida. Había habido un problema con el panadero y el carnicero exigía demasiado dinero por la carne. Atia también quería comprar unas figuras de arcilla para intercambiar el último día de la celebración.

A pesar de todo el trabajo, Aurelia no pudo evitar pensar en Suniaton. Tras su encuentro con Agesandros, ella y Elira habían acudido a la cabaña del pastor sin problemas. La pierna de Suni parecía haber cicatrizado lo suficiente como para poder marcharse. «Ahora ya debe de estar lejos», pensó Aurelia con tristeza. Suniaton había sido su último vínculo con Hanno y, curiosamente, también con Quintus y su padre. Era muy probable que nunca volviera a verlos de nuevo. Aurelia decidió en ese momento volver a visitar la cabaña abandonada, no sabía por qué, pero necesitaba hacerlo. Quizá los dioses le ofrecerían algún tipo de señal, algo que le permitiera sobrellevar mejor su dolor. Pensó en ello y por fin se quedó dormida.

A la mañana siguiente se levantó temprano y se puso su ropa más cálida. Para su gran alivio, solo un dedo de nieve cubría las estatuas y el suelo de mosaico del patio. Se detuvo un momento a explicarle a Elira adónde iba y que diera la voz de alarma si no había regresado antes de caer la noche. Aurelia fue a los establos y preparó el caballo gris de su padre.

Jamás había montado tan lejos de la finca en invierno y le sorprendió la belleza del silencioso paisaje, muy diferente al de primavera y verano, cuando todo estaba rebosante de vida. Casi todos los árboles habían perdido sus hojas, que formaban gruesas alfombras heladas en la tierra bajo la capa de nieve. El único movimiento que se veía era el de algún animal ocasional: una pareja de cuervos persiguiendo a un halcón o un ciervo a lo lejos. A Aurelia incluso le pareció ver un chacal entre los arbustos. Por suerte no oyó el aullido de ningún lobo ni observó ninguna huella. No era habitual que estos depredadores atacaran a los humanos, pero podía suceder. Aurelia era consciente de que las posibilidades de ver a lobos aumentaban a medida que ascendía, por lo que agradeció haberse llevado consigo el arco y la honda.

Su impaciencia fue en aumento a medida que se acercaba a la cabaña. Su ambiente tranquilo le ayudaría a calmar su preocupación por sus seres queridos. Impaciente, Aurelia ató al caballo y esparció unos granos de avena en el suelo para que estuviera contento. Cuando estaba a punto de entrar, se paró en seco al oír un ruido dentro. El terror la paralizó y recordó a los bandidos contra los que habían luchado Quintus y Hanno. ¿Cómo se le podía haber ocurrido viajar sola hasta allí?

Aurelia dio media vuelta y se alejó de la cabaña de puntillas. Si conseguía llegar hasta el caballo, tendría muchas posibilidades de escapar. Pocos hombres tenían la habilidad de apuntar y dar con el arco a un jinete al galope. Casi había llegado hasta su caballo, que levantó la cabeza del suelo y relinchó al verla. Aurelia lo acarició para silenciarlo. Era muy consciente de los fuertes latidos de su corazón, que se asemejaba a un animal salvaje que deseaba escapar. Se agarró con fuerza a la crin del caballo y se preparó para montar.

—¿Hola?

A Aurelia casi se le paró el corazón del susto.

Pasaron unos minutos y la puerta no se abrió.

Aurelia consiguió tranquilizarse. La voz que había oído era débil y temblorosa, no era la voz de un hombre sano y fuerte. Poco a poco, empezó a sentir tanta curiosidad como miedo.

—¿Quién anda ahí? No estoy sola.

No hubo respuesta.

Aurelia se preguntó si no sería una trampa, pero vaciló. Por un lado, deseaba ponerse a salvo y, por el otro, quería asegurarse de que la persona que estaba en la cabaña no necesitaba su ayuda. Al final, decidió no huir. Si era una emboscada, era la peor que había visto en su vida. Agarró el puñal para sentirse más segura y se aproximó lentamente a la cabaña. No había ninguna manija ni tirador para abrir la puerta, simplemente un agujero en la madera. Con dedos temblorosos, Aurelia abrió la puerta hacia sí y la mantuvo abierta con el pie. Escudriñó el oscuro interior con cautela. No había fuego en la hoguera, solo cenizas. Aurelia sintió náuseas al percibir el olor acre de orina y heces.

Finalmente, vislumbró el cuerpo de una persona tendida en el suelo, que en un principio confundió por unos harapos. Al volverse, Aurelia gritó.

—¿Su-Suni?

—¿Eres tú, Aurelia? —dijo abriendo los ojos.

—Sí, soy yo. —Aurelia corrió a arrodillarse a su lado—. ¡Oh, Suniaton! —gimió tratando de no llorar.

—¿Tienes agua?

—¡Mejor que eso! ¡Tengo vino!

Aurelia salió corriendo y regresó con las provisiones. Con cuidado, ayudó a Suniaton a sentarse y a beber unos sorbos.

—Mucho mejor —declaró Suniaton.

Sus mejillas empezaron a tomar color y miró la bolsa de Aurelia con avidez.

Entusiasmada con su recuperación, le ofreció pan y queso.

—Come poco a poco —le advirtió—. Tu estómago no podrá aceptar más.

Aurelia se sentó y observó a Suniaton mientras devoraba la comida.

—¿Por qué no te marcharse después de mi última visita?

Suniaton habló mientras comía.

—Me fui al día siguiente, pero a un kilómetro de aquí tropecé con la raíz de un árbol y me caí. La caída me rasgó los músculos de la pierna mala y no podía caminar tres pasos sin gritar, y mucho menos llegar hasta Capua o la costa. Lo único que pude hacer fue arrastrarme de nuevo hasta aquí, pero hace más de una semana que se me acabó la comida y, el agua, dos días después —explicó, y señaló el agujero en el tejado—. Si no llega a ser por la nieve que entró por ahí, me habría muerto de sed —sonrió—. Los dioses se han tomado su tiempo, pero al final han contestado a mis plegarias.

Aurelia le apretó la mano.

—Así es, de pronto sentí la necesidad de venir aquí, y ahora sé por qué.

—Pero no puedo quedarme aquí —manifestó Suniaton ansioso—. Si cae una tormenta de nieve, cederá el tejado.

—No te preocupes —dijo Aurelia—. Mi caballo puede llevarnos a los dos.

Suniaton la miró preocupado.

—¿Pero adónde puedo ir? La lesión de la pierna tardará meses en curarse, eso si alguna vez consigo recuperarme del todo.

—Iremos a la finca —contestó Aurelia—. Le diré a mi madre y a Agesandros que te encontré perdido en el bosque y que no podía dejarte morir.

—Agesandros quizá me recuerde —protestó Suniaton.

Aurelia lo tomó de la mano.

—No te reconocerá. Ahora tienes un aspecto terrible, muy distinto al de aquel día en Capua.

Suniaton hizo una mueca.

—Es evidente que soy un esclavo fugado.

—Pero no habrá nadie que pueda demostrar quién eres. ¡Puedes fingir ser mudo! —exclamó Aurelia triunfante.

—¿Funcionará? —inquirió Suniaton con el ceño fruncido.

—Desde luego —declaró Aurelia convencida—. Y cuando estés mejor, podrás marcharte.

Un destello de esperanza iluminó los ojos cansados de Suniaton.

—Si estás segura... —susurró.

—Lo estoy —contestó Aurelia tomándole la mano. Lo cierto es que por dentro estaba aterrorizada, pero ¿qué otra opción tenía?

Dos semanas más tarde, Quintus paseaba por el campamento en compañía de Calatinus y Cincius. La moral había mejorado considerablemente con la llegada siete días antes de Tiberio Sempronio Longo, el segundo cónsul. Su ejército, formado por dos legiones y más de diez mil *socii* y soldados de infantería y caballería había incrementado los efectivos de las tropas romanas hasta casi cuarenta mil hombres.

El trío se encaminó hacia el cuartel general. Por ahora no había noticias sobre los planes que tenía Longo, que había asumido el control de las fuerzas de la República, para Aníbal.

—Seguro que estará contento con lo sucedido ayer —declaró Calatinus—. La caballería y los *velites* dieron a los *guggas* una paliza que no olvidarán en mucho tiempo.

—¡Malditos cabrones! ¡Se lo tienen bien merecido! —añadió Cincius—. Se supone que los galos son sus aliados, pero si asaltan los asentamientos locales, es normal que al final las tribus vengan a nosotros en busca de ayuda.

—Es cierto que hubo muchas bajas enemigas —admitió Quintus—, pero no estoy seguro de que fuera una victoria aplastante como intenta vender Longo.

Sus dos amigos lo miraron escandalizados.

—Pensad en ello —les instó Quintus, tal y como hizo su padre con él cuando celebraba entusiasta la victoria—. Dominamos la situación al principio, pero las cosas cambiaron de inmediato cuando Aníbal entró en escena. Y los cartagineses no se replegaron, ¿verdad?

—¿Y qué más da? —respondió Cincius—. Perdieron el triple de hombres que nosotros.

—¿No te complace que al final hayamos conseguido vencerles? —preguntó Calatinus.

—Claro que sí —respondió Quintus—. Lo único que digo es que no deberíamos subestimar a Aníbal.

Cincius resopló con desdén.

—Longo es un general experimentado. Además, cualquier hombre capaz de recorrer con su ejército más de mil quinientos kilómetros en menos de seis semanas tiene habilidades considerables.

—Tú has visto a Longo varias veces desde su llegada y el hombre destila energía —añadió Calatinus—. Y no se amilana ante un combate.

—Tienes razón —convino Quintus al final—. Nuestras tropas están mejor alimentadas y armadas que las de Aníbal y les superamos en número.

—Simplemente tenemos que encontrar la oportunidad adecuada —declaró Cincius.

—Ya llegará —predijo Calatinus—. Los últimos presagios han sido buenos.

Quintus sonrió. Era imposible no contagiarse del entusiasmo de sus amigos y de su cambio de fortuna reciente. Como siempre, cuando pensaba en el enemigo le venía una imagen de Hanno a la cabeza, pero la eliminó de su mente.

Estaban en guerra.

Ya no había sitio en su corazón para la amistad con un cartaginés.

Transcurrieron varios días y las condiciones meteorológicas empeoraron de forma considerable. El viento gélido del norte traía consigo tormentas de nieve y aguanieve que, combinadas con las pocas horas de luz del día, amargaban su existencia. Hanno veía a su padre o sus hermanos. Los soldados cartagineses se acurrucaban en sus tiendas temblando e intentando mantenerse calientes. Incluso salir afuera para hacer sus necesidades implicaba quedar empapado o calado hasta los huesos. Por ello le sorprendieron tanto las noticias que le comunicó Safo una tarde.

—¡Aníbal ha decidido que nos vamos esta noche!

—¿Con este tiempo? —preguntó Hanno—. ¿Estás loco?

—Quizá —sonrió Safo—. Pero si yo lo estoy, también lo está Aníbal. Ha ordenado al propio Mago que nos lidere.

—¿A ti y a Bostar?

Safo asintió con gesto grave.

—Más quinientos escaramuzadores y mil jinetes númidas.

Hanno sonrió para no mostrar su decepción por no haber sido elegido.

—¿Adónde vais?

—Mientras nosotros nos escondíamos en las tiendas, Aníbal ha estado explorando toda la zona y ha descubierto un estrecho río que cruza la llanura con una espesa vegetación en ambas orillas —reveló Safo—. Debemos esperar allí hasta que surja la oportunidad, si surge, de atacar a los romanos por la retaguardia.

—¿Y qué le hace pensar que cruzarán el río?

El rostro de Safo se tornó serio.

—Quiere incordiarles de modo que lo crucen.

—Eso implica usar a los númidas —supuso Hanno.

—Así es. Atacarán el campamento enemigo al amanecer. Les provocarán y después se retirarán, así una y otra vez. Ya sabes cómo lo hacen.

—¿Pero conseguirán sacar a todo el ejército romano del campamento?

—Ya veremos.

—Ojalá me hubiera elegido a mí también —deseó Hanno fervientemente.

Safo se rio.

—Ahórrate tus lamentos. Quizá sea una pérdida de tiempo. Mientras a Bostar y a mí se nos congelan las pelotas en una hondonada, el resto del ejército permaneceréis muy calientes bajo las mantas. Y si al final entramos en combate, ¡no te lo vas a perder! ¡Todos tendremos que luchar!

Poco a poco, Hanno esbozó una lenta sonrisa.

—Es cierto.

—¡Nos veremos en medio de las filas romanas! —declaró Safo—. Piensa en ese momento.

Hanno asintió. Era una perspectiva atractiva.

—Que los dioses os protejan.

«Debo ir a ver a Bostar y despedirme de él», pensó.

—Y a ti también, hermanito —dijo Safo, y le despeinó el pelo, un gesto que no hacía desde hacía años.

Quintus estaba soñando con Elira cuando alguien le sacudió para que se despertara. Intentó seguir durmiendo, pero las continuas sacudidas se lo impidieron. Irritado, abrió los ojos y, en lugar de ver a Elira, vio a Calatinus. Antes de poder reprenderle, oyó las trompetas de alarma y se incorporó de inmediato.

—¿Qué sucede?

—Están atacando los puestos de guardia fuera del perímetro del campamento. ¡Levántate!

Quintus se despejó de repente.

—¿Eh? ¿Qué hora es?

—Acaba de amanecer. Los guardias empezaron a dar la voz de alarma mientras estaba en las letrinas —protestó Calatinus—. El susto no le ha sentado muy bien a mi diarrea.

Quintus sonrió ante la imagen, se levantó del lecho y empezó a vestirse.

—¿Hemos recibido alguna orden?

Longo quiere que todos estemos preparados hace un cuarto de hora —contestó Calatinus, que ya estaba vestido—. Hace rato que intento despertarte. El resto ya está preparando los caballos.

—Bueno, ahora ya estoy listo —murmuró Quintus agachándose para abrocharse las sandalias.

No tardaron en reunirse con el resto de sus compañeros junto a los caballos.

Hacía mucho frío y el viento del norte estaba cubriendo de

nieve los tejados de las tiendas. El campamento estaba en plena ebullición. No solo la caballería había recibido órdenes de prepararse para la batalla. Grandes grupos de *velites* recibían órdenes de sus oficiales, mientras que los *hastati* y *principes* —los hombres que ocupaban las dos primeras filas de cada legión— tuvieron que abandonar sus desayunos en las hogueras e ir corriendo a buscar los equipos. Los mensajeros corrían de un lado para otro transmitiendo información entre las unidades y las trompetas no dejaban de sonar la alarma en las almenas. Quintus tragó saliva nervioso. ¿Era este el momento que tanto había estado esperando? Así lo parecía. Al poco tiempo distinguió a su padre caminando hacia ellos desde el cuartel general. Los soldados de caballería murmuraban excitados, pero se pusieron firmes al verle.

—Descansen —dijo Fabricius con un gesto de la mano—. Tenemos que salir de inmediato. Longo ha decidido desplegar a toda la caballería y a seis mil *velites.* Quiere repeler este ataque ahora mismo y obligar a los cartagineses a retirarse al otro lado del río. ¡No va a tolerar más tonterías de Aníbal!

—¿Y qué va a hacer el resto del ejército, señor? —preguntó una voz.

Fabricius hizo una mueca.

—Pronto estarán listos para seguirnos.

Sus palabras fueron aclamadas con vítores de alegría. Quintus estaba exultante. Quería la victoria tanto como el resto. El hecho de que su padre no hubiera mencionado a Publio significaba que el cónsul estaba de acuerdo con la decisión de su colega o que no había tenido más remedio que aceptarla. Sea como fuere, lo importante es que iban a entrar en acción.

Fabricius esperó a que acallaran los gritos.

—Recordad todo lo que os he enseñado. Comprobad que tenéis la silla bien ajustada. No olvidéis mear antes de montar. No hay nada peor que estar orinándose en medio de una batalla. —Sus comentarios fueron recibidos con carcajadas nerviosas y Fabricius sonrió—. Comprobad que la punta de la lanza está afilada. Ataos bien los cascos y cubríos las espaldas mutuamente. —Fabricius escudriñó sus rostros con la mirada seria—. Que los dioses os acompañen.

—¡Y a usted, señor! —gritó Calatinus.

Fabricius asintió en señal de reconocimiento, lanzó una mirada tranquilizadora a Quintus y se dirigió a su caballo.

Por tercera vez desde el amanecer, Bostar volvió a ascender por la pendiente que conducía hasta el puesto de guardia. Ante todo deseaba poder calentarse el cuerpo, pero el ascenso no era lo bastante largo para contrarrestar el frío de sus músculos. Miró la pendiente que descendía hasta la orilla y que estaba repleta de los hombres de Mago: mil númidas con sus caballos y mil hombres de infantería que eran una mezcla de lanceros y escaramuzadores libios. Los soldados, que vestían ropa abrigada y estaban tan juntos como las manzanas en un barril, parecían llevar una eternidad allí, pero apenas eran cinco horas. Los hombres no deberían pasar una noche de invierno a la intemperie en esta tierra olvidada de la mano de los dioses, pensó Bostar con amargura. Sus huesos añoraban la calidez del sol de Cartago.

Bostar alcanzó la parte superior de la orilla y se agazapó detrás de un arbusto. Aguzó la vista, pero no vio nada. No había habido ningún movimiento desde que la caballería númida pasó sigilosamente por allí en dirección al lado romano del río. Bostar suspiró. Pasarían horas antes de que sucediera algo importante, pero no podía bajar la guardia. Aníbal les había encomendado la tarea más importante del ejército. Por enésima vez, Bostar escudriñó el horizonte con ojos de halcón.

Se habían escondido junto a un pequeño afluente del río Trebia que recorría de norte a sur la llanura que se extendía ante el campamento cartaginés. Siguiendo las instrucciones de Aníbal, se habían ocultado a un kilómetro al sur de la zona donde deseaba entrar en batalla. El general había elegido ese lugar por un sencillo motivo: detrás de ellos el terreno ascendía hacia unas pequeñas colinas y, si los romanos mordían el anzuelo, no tomarían esa dirección, por lo que era un buen escondrijo. Bostar esperaba que el plan de Aníbal funcionara y que no se encontraran demasiado lejos del campo de batalla cuando llegara el momento de entrar en acción.

Mago estaba tumbado junto a un puesto de guardia en una pequeña hondonada sin que el frío pareciera molestarle. A Bostar le caía bien el joven hermano de Aníbal. Al igual que el general, era valiente y carismático. Además, siempre estaba alegre, por lo que era un buen contrapunto al carácter más serio de Aníbal. Más bajo que su hermano, Mago parecía un perro de caza: delgado y musculoso y siempre dispuesto a salir en pos de la presa.

—¿Ha visto algo, señor? —susurró Bostar.

Mago se volvió hacia él.

—Estás nervioso, ¿eh?

Bostar se encogió de hombros.

—Como todos, señor. Es difícil estar esperando allá abajo sin saber lo que pasa.

Mago sonrió.

—Paciencia —dijo—. Los romanos vendrán.

—¿Cómo puede estar tan seguro, señor?

—Porque Aníbal cree que vendrán, y yo confío en él.

Bostar asintió. Era la buena respuesta.

—Estaremos listos, señor.

—Sé que lo estaréis. Por eso Aníbal os ha elegido a ti y a tu hermano —respondió Mago.

—Estamos muy agradecidos por esta oportunidad, señor —dijo Bostar pensando con amargura en su hermano, con el que no había hablado desde la reprimenda de Aníbal. A Bostar le supo mal no haber hablado más con Hanno antes de marcharse. Le molestaba que su hermano pequeño se hubiera congraciado con Safo, pero no era asunto suyo.

Mago se levantó.

—¿Los hombres han comido?

—No, señor.

—Pues yo estoy muerto de hambre, así que ellos también lo deben de estar —manifestó Mago—. Repartamos las provisiones. No podrán tomar un desayuno caliente como los cabrones afortunados que siguen en el campamento, pero será mejor que nada. Todo parece mejor con el estómago lleno, ¿verdad? —Mago miró al centinela—: No te preocupes, no te quedarás sin comer. Enviaré al relevo enseguida.

El hombre sonrió.

—Gracias, señor.

—¡Tú primero! —dijo Mago a Bostar.

Bostar obedeció y empezó a bajar. La mención del campamento le hizo pensar en su padre y Hanno. Si entraban en combate, estarían en primera línea. Aunque no estarían en el centro —Aníbal había reservado ese honor para sus nuevos reclutas galos—, se encontrarían en una posición peligrosa. De todos modos, la lucha sería feroz en todos los puntos. Bostar suspiró. «Que los dioses nos protejan y, llegada nuestra hora, que muramos bien», suplicó.

Entre sus jinetes y los escasos efectivos de Publio, Sempronio contaba con unos cuatro mil soldados de caballería que abandonaron el campamento por detrás. Fabricius y sus hombres fueron de los primeros en salir.

Una vez fuera, a Quintus le sorprendió ver que el territorio normalmente vacío que se extendía por detrás de los puestos de guardia hacia el río había sido invadido por miles de númidas que galopaban en círculos concéntricos lanzando sus jabalinas. No había tregua para los pobres centinelas, unos cuatro o cinco por puesto de guardia. En el momento en que se alejaba uno de los grupos de jinetes, se acercaba otro dando grandes aullidos.

—¡En formación! —gritó Fabricius, así como el resto de los oficiales que salían del campamento.

Quintus obedeció con el corazón en un puño, al igual que Calatinus, Cincius y sus compañeros. Cada *turma* se desplegó en seis filas de cinco jinetes.

Una vez preparados, Fabricius dio la orden.

—¡A la carga!

Sus hombres pasaron del trote al galope para causar el máximo daño a los númidas. «Eso será si se quedan a luchar», pensó Quintus suspicaz basándose en su experiencia previa con estos feroces jinetes. En cualquier caso, Longo estaba haciendo lo correcto. No podía dejar que sus centinelas fueran masacrados por los númidas tan cerca del campamento. Tenía que alejar de allí a los hombres de Aníbal, para lo cual contaba con la ayuda de los seis mil *velites* que seguían a la caballería.

El ruido de centenares de caballos al galope ahogaba cualquier otro sonido, excepto las órdenes ocasionales de Fabricius.

—¡Adelante! —gritó.

Cuando sus hombres se acercaron al enemigo soltaron las riendas de los caballos y pasaron la lanza de la mano izquierda, que también aguantaba el escudo, a la derecha. A partir de ese momento solo guiaban a los caballos con las rodillas. Había llegado el momento de poner en práctica lo aprendido después de varios meses de instrucción. Pese a la gran habilidad de sus compañeros, Quintus sentía un gran temor de los númidas, que aprendían a montar a caballo casi antes de aprender a andar, pero le consoló saber que contaban con el apoyo de los *velites.*

Ellos marcarían la diferencia.

—¡Mira! ¡Nos han visto! —gritó Calatinus señalando a los aterrorizados centinelas, que sintieron un enorme alivio al verles—. ¡Aguantad!

—¡Pobres diablos! ¡Deben de haberse asustado mucho al ver aparecer a los númidas de la nada! —comentó Quintus.

—Llegamos justo a tiempo —añadió Calatinus—. Muchos de los puestos de guardia se han quedado vacíos.

Los équites se encontraban a cincuenta pasos del enemigo.

—¡Ha llegado el momento de la venganza! —gritó Quintus tras elegir como primer objetivo a un delgado númida con el cabello trenzado.

Cincius frunció los labios.

—Seguro que dan media vuelta en cualquier momento, como siempre.

Sin embargo, para gran sorpresa suya, los jinetes enemigos comenzaron a cabalgar directamente hacia los romanos.

—No van a huir, van a luchar —dijo Quintus un tanto ansioso, pero sin quitar ojo al númida que cabalgaba directamente hacia él como si también le hubiera elegido como objetivo.

—¡Elegid vuestros objetivos! —gritó Fabricius con la esperanza de que el resultado de esta refriega fuera muy distinto al que sufrieron en el Ticinus—. ¡Cada lanza cuenta!

Quintus se asustó al ver que el númida lanzaba una jabalina en su dirección, que por fortuna pasó entre él y Calatinus sin alcanzarle. Quintus soltó una maldición. Al númida todavía le quedaban dos jabalinas. Quintus se agachó y la primera de ellas le sobrevoló la cabeza. Estaba desesperado. ¿Hasta cuándo podría aguantar sin resultar herido? Estaba a menos de veinte pasos del enemigo que, a esa distancia, era imposible que fallara.

El númida esperó a lanzar la última jabalina cuando tuvo a Quintus casi encima, por lo que consiguió frenarla con el escudo y clavarle la lanza en el estómago del númida al pasar. Cabalgando juntos, Quintus y Calatinus atacaron a la formación enemiga. De pronto, el mundo pareció quedar reducido al espacio que les rodeaba. La cacofonía ensordecedora del sonido de las armas y los gritos de los hombres aumentaba la confusión. El hecho de que hubiera jinetes empujando desde todos los lados significaba que solo intercambiaba un par de golpes con cada oponente. Su primer contrincante fue un joven númida que casi le arrancó un ojo con la jabalina. Quintus le atacó con la lanza, pero falló y, al ser arrastrado hacia el otro lado por la avalancha de soldados, no lo volvió a ver.

Quintus luchó contra dos númidas seguidos. Hirió al primero en el brazo y le clavó el arma en el pecho al segundo. Acto seguido, fue a ayudar a un compañero que estaba siendo atacado por tres jinetes enemigos. Lucharon a la desesperada durante lo que les pareció una eternidad, apenas capaces de defenderse de las veloces jabalinas númidas. Sin embargo, de pronto se desvanecieron como fantasmas. Tanto ellos como sus compañeros se batieron en retirada como un banco de peces que, de golpe, cambia de dirección. No obstante, volvieron a frenar a un centenar de pasos de donde se encontraban y empezaron a insultar a gritos a los romanos, que no tardaron en responder.

—¡Bastardos sarnosos! —gritó Cincius.

—¡Volved, folladores de ovejas! —bramó Calatinus.

Quintus sonrió.

—Hemos logrado alejarles bastante del campamento.

—Sí —convino Calatinus con el rostro empapado de sudor—. Nos merecemos un descanso. Estoy agotado.

—Y yo —dijo Cincius.

Fabricius y sus oficiales dieron unos minutos de descanso a sus jinetes, sobre cuyas cabezas flotaban nubes de condensación que se disiparon al instante con el aguanieve.

—¡Moveos o nos congelaremos! —gritó Fabricius.

Quintus miró a Calatinus y Cincius.

—¿Preparados para una nueva ronda?

—Desde luego —respondieron al unísono.

Fabricius lanzó una nueva orden.

—¡En formación! ¡Avanzad!

La orden se repitió por toda la primera fila y los jinetes volvieron a la carga. El suelo volvió a retumbar bajo los cascos de miles de caballos. Esta vez los númidas se retiraron mucho antes, pero acto seguido volvieron al ataque. Los romanos siguieron a sus oponentes sin parar.

Se animaron al ver que, a su espalda, seis mil *velites* acudían en su ayuda. El hecho de que fueran a pie no les restaba valor, puesto que su principal tarea era consolidar su posición en el terreno arrebatado a los númidas. Si el enemigo oponía resistencia, los *velites* podían inclinar la balanza a favor de la caballería romana. Si, por el contrario, los númidas obligaban a los romanos a replegarse, los *velites* actuarían de escudo protector. Pasara lo que pasara, los romanos tenían todas las de ganar, pensó Quintus exultante.

Al romper el alba, los cuernos que normalmente despertaban a las tropas cartaginesas guardaron silencio. Sin embargo, acostumbrados a la disciplina militar, casi todos los hombres estaban despiertos. Hanno sonrió al oír los rumores que circulaban por las tiendas. Los hombres no sabían por qué no se les había ordenado levantarse todavía y, aunque la mayoría no tenía ningún interés por saberlo, algunos curiosos asomaron la cabeza al exterior. Sus oficiales les aseguraron que no había ningún problema, así que la mayoría aprovechó la oportunidad para regresar a la comodidad de su lecho. Durante media hora, una calma inusual se cernió sobre el campamento. Para los cartagineses fue como una pequeña dosis de paraíso, puesto que a pesar del clima inclemente, estaban secos, calientes y a salvo.

Finalmente sonaron los cuernos. No era una señal de alarma, sino las notas normales que marcaban la hora de despertarse. Hanno fue por las tiendas instando a sus hombres a ponerse en marcha.

—¿Qué ocurre, señor? —preguntó un lancero de baja estatura y poblada barba negra.

Hanno sonrió.

—¿Queréis saberlo?

—Sí, señor —respondieron curiosos.

Hanno era muy consciente de que todos los soldados que había a su alrededor estaban pendientes de sus palabras.

—Los númidas están atacando el campamento romano en estos momentos.

Los hombres gritaron entusiasmados y Hanno levantó las manos.

—Si esos cabrones muerden el anzuelo y siguen a nuestra caballería, necesitarán mucho tiempo para cruzar el Trebia, así podéis prepararos tranquilamente.

Los soldados murmuraron complacidos.

—Quiero que os preparéis bien. Estirad los músculos y masajeadlos con aceite. Comprobad vuestro equipo. Cuando estéis listos, dejad las armas y disfrutad de un desayuno caliente. ¿Está claro?

—Sí, señor —gritaron sus hombres.

Hanno regresó a su tienda en busca de comida. En cuanto tuvo la barriga llena, se tumbó en la cama y se durmió al instante.

Por primera vez desde que salió de Cartago, Hanno soñó con su madre, Arishat, que no parecía preocupada por el hecho de que Malchus y sus tres hijos estuvieran en el ejército de Aníbal. El sueño le resultó muy reconfortante. Tuvo la sensación de que el espíritu de su madre les protegía.

Poco después, le despertó el sonido de los cuernos que le alertaba de que el enemigo estaba a la vista.

Hanno se incorporó de golpe. El corazón le latía con fuerza. ¡Los romanos habían seguido a los númidas! Él y todos los hombres del ejército iban a tener su primera oportunidad de castigar a Roma por lo que le había hecho a su gente.

¡No dejarían escapar semejante oportunidad!

Una hora después, ocho mil lanceros y escaramuzadores de Aníbal, entre los que se encontraba Hanno, habían sido desplegados a unos dos kilómetros al este del campamento, mientras que el resto del ejército se posicionaba lentamente para la batalla detrás de su escudo protector. El general cartaginés respondió por fin con todas sus fuerzas al saber que la totalidad de las huestes enemigas estaban cruzando el Trebia. A Hanno le maravillaba el ingenio de Aníbal. A diferencia de los soldados romanos, que ni siquiera habían comido y ahora cruzaban las gélidas aguas del río, los soldados de Aníbal tenían el estómago lleno y el cuerpo todavía caliente gracias al fuego de la hoguera. Incluso a esta distancia oía sus irreverentes canciones de marcha, así como las protestas de los elefantes que debían ocupar los flancos.

Hanno fue apostado al este del semicírculo defensivo más cercano al río Trebia, donde se produciría el primer contacto con los romanos. A fin de facilitar la retirada de los númidas, se había dejado un espacio entre cada unidad que podía cerrarse fácilmente en caso necesario. Delante de los lanceros libios cientos de honderos baleáricos esperaban pacientemente con las correas de cuero de sus armas colgando de los puños. Aunque no parecían peligrosos, Hanno sabía que las piedras del tamaño de huevos que lanzaban con la honda eran capaces de recorrer largas distancias y romperle el cráneo a un hombre. Por otro lado, las descargas de los escaramuzadores podían sembrar el terror entre el enemigo.

El viento amainó, lo que permitió a las nubes grisáceas soltar una lluvia de nieve sobre las tropas que aguardaban. Tendrían que aguantarse, pensó Hanno. Durante un tiempo no pasó nada. Los númidas seguían cruzando el Trebia y, cuando llegara la caballería romana, seguramente no atacarían de inmediato. Hanno no se equivocó.

Durante la media hora siguiente, los escuadrones de númidas fueron escapando de las falanges y al poco rato Hanno reconoció a Zamar, al que saludó con la mano.

—¿Qué noticias hay?

Zamar puso a su caballo al paso.

—Todo bien. Al principio no estaba seguro de que lo romanos fueran a luchar, pero después empezaron a salir del campamento como hormigas.

—¿Solo la caballería?

—No, también miles de escaramuzadores —sonrió Zamar—. Y después salió la infantería.

«Gracias, gran Melcart», pensó Hanno.

—Estuvimos atacando y retirándonos repetidas veces y, poco a poco, les condujimos al río. Allí es donde sufrimos la mayoría de nuestras bajas, puesto que teníamos que fingir que estábamos asustados —comentó Zamar con una mueca, pero pronto volvió a sonreír—: la cuestión es que funcionó y los soldados a pie siguieron a la caballería hasta el río y empezaron a vadearlo justo cuando comenzó a nevar. ¡Tendrías que haberles visto la cara azul del frío!

—¿Dieron media vuelta?

—No —respondió Zamar complacido—. Quizá necesiten todo el día para llegar, pero todo el ejército está en camino.

—Ha llegado el momento de la verdad —murmuró Hanno con un nudo en el estómago.

Zamar asintió con solemnidad.

—Que Baal Safón os proteja a ti y a tus hombres.

—Igualmente.

Hanno contempló con tristeza al númida mientras conducía a sus jinetes a la retaguardia. ¿Volverían a verse alguna vez? Seguramente no. Hanno no se recreó en la idea. Era demasiado tarde para dar marcha atrás. Estaban todos implicados en la misma situación. Su padre y él. Safo y Bostar. Zamar y todos los soldados del ejército. El baño de sangre era inevitable, así como las muertes de miles de hombres.

Incluso al vislumbrar las primeras filas de legionarios romanos, Hanno estaba convencido de que Aníbal no les decepcionaría.

24

De cerca

Los númidas habían desaparecido y Fabricius reagrupó a sus hombres junto a la orilla. Cruzaron juntos el río y pasaron por el lugar en que su patrulla había sido aniquilada por Hanno y sus soldados. Quintus trató de no pensar en lo sucedido. Miró al cielo. Había dejado de nevar e intentó sentirse agradecido.

—¿Qué hora es? Debe ser al menos la *hora quinta*.

—¿Qué más da? —gruñó Calatinus—. Lo único que sé es que tengo la boca seca y un agujero en el estómago.

—Toma. —Quintus le ofreció su odre de agua.

Agradecido, Calatinus tomó varios sorbos.

—¡Qué fría! —se quejó.

—Da las gracias por no ser un legionario —dijo Quintus señalando el río, donde miles de soldados se estaban preparando para vadearlo en pos de la caballería.

Calatinus hizo una mueca.

—Cruzarlo a caballo ya ha sido lo bastante desagradable. Pobres, el agua les debe de llegar al pecho.

—Con la lluvia del invierno, hasta los afluentes van repletos de agua. Los pobres tendrán que sumergirse varias veces. Me entran escalofríos solo de pensarlo —dijo Quintus.

—El combate les hará entrar en calor —comentó Cincius.

Quintus y sus dos compañeros fueron de los primeros en surgir de la arboleda y se detuvieron en el acto. Soltaron una maldición. La persecución había llegado a su fin.

A unos quinientos metros distinguieron a las tropas cartaginesas. Miles de hombres se extendían de derecha a izquierda.

—¡Alto! —ordenó Fabricius—. Es una pantalla de protección. No tiene sentido que nos acerquemos. Sería un suicidio.

Sus hombres increparon a los jinetes enemigos, de los cuales ya no podrían vengarse.

Fabricius encontró a Quintus y sonrió al ver que estaba ileso.

—Menuda mañana, ¿eh?

Quintus sonrió.

—Sí, padre, pero hemos conseguido asustarles, ¿eh?

—Umm. —Fabricius observó las nubes del cielo y frunció el ceño—. Va a volver a nevar y habrá que esperar un buen rato hasta que comience el combate. Las legiones y los *socii* tardarán horas en estar en posición. Para entonces, los hombres estarán medio muertos de frío.

Quintus miró a su alrededor.

—Algunos ni siquiera llevan capas.

—Están demasiado entusiasmados por batir al enemigo —respondió Fabricius gravemente—. ¿Qué te juegas a que ni siquiera dieron de comer o beber a sus caballos?

Quintus se sonrojó. Había olvidado la norma más básica.

—¿Qué deberíamos hacer?

—¿Ves esos árboles?

Quintus vio el denso hayedo a su izquierda.

—Sí.

—Refugiémonos allí. Quizás a Longo no le haga gracia, pero no está aquí. De todos modos podremos responder rápidamente si hay alguna amenaza para los legionarios, aunque no creo que sea probable. Aníbal ha montado esta pantalla de protección a propósito porque quiere entrar en batalla —declaró Fabricius—. Hasta que empiece la lucha o recibamos órdenes de lo contrario, deberíamos intentar mantenernos calientes.

Quintus asintió agradecido. Era consciente de que la guerra no solo consistía en derrotar al enemigo en combate: tener iniciativa también era importante.

Por lo tanto, mientras que el resto de la caballería y los *veli-*

tes esperaban a que los legionarios vadearan el Trebia, Fabricius llevó a sus jinetes a buen recaudo.

Al cabo de dos horas, Hanno no podía dejar de temblar, y sus soldados se encontraban en la misma situación. Era una verdadera tortura estar de pie en una llanura abierta en un clima tan inclemente. La nieve había cesado, pero había sido sustituida por aguanieve y el viento volvía a soplar con fuerza, azotando a los cartagineses y romanos con una furia implacable. La única oportunidad que tuvieron sus hombres de calentarse fue cuando recibieron instrucciones de retirarse al campamento.

—¡Menudos hijos de puta! —gritó Malchus, que había venido a verle—. ¿Cuándo dejarán de venir?

Hanno contempló el terreno rebosante de soldados que se extendía frente a ellos.

—Debe de ser todo el ejército romano.

—Me imagino que sí —respondió su padre con aire sombrío antes de soltar una carcajada—: piensa que por mucho frío que tengan tus hombres, ellos están mucho peor. Lo más probable es que no hayan comido y, además, están empapados.

Hanno tembló. Se imaginó el frío que debía de causar el viento sobre la ropa y la cota de malla mojadas. Debía de ser desmoralizador y consumir muchas energías.

—Mientras tanto, nosotros estamos preparados y a la espera.

Hanno miró a ambos lados. En cuanto los númidas se habían retirado para guarecerse, él y sus hombres habían vuelto a formar la línea de batalla que había ordenado Aníbal, que consistía en una única línea de infantería con los hombres muy juntos entre sí. Los honderos y los escaramuzadores númidas estaban colocados a unos trescientos pasos frente a la principal línea de batalla. El general no dispuso en el centro a las tropas de infantería más fuertes, los libios y los íberos, sino que ese espacio lo ocupaban unos ocho mil galos.

—¿No crees que deberíamos estar nosotros allí en vez de los nuevos reclutas? —preguntó enfadado.

Malchus le dirigió una mirada calculadora.

—Piensa en ello. Escúchales.

Hanno escuchó con atención y oyó los gritos de guerra y los toques ensordecedores de sus cuernos.

—Están encantados con el honor que les ha concedido Aníbal y ello aumentará su lealtad.

—Así es. Para ellos, el orgullo lo es todo —respondió Malchus—. ¿Y qué mejor que estar en el centro? Pero hay otro motivo. El combate más intenso y las peores bajas se producirán allí también y Aníbal desea evitar que ese sea nuestro destino o el de los íberos.

Hanno miró a su padre sorprendido.

—¿Crees que es esa su intención?

—Desde luego —respondió Malchus—. Los galos son fáciles de sustituir, pero los *scutarii* y *caetrati* no. Por eso nos ha colocado en los extremos.

Hanno sintió que aumentaba su respeto por Aníbal al tiempo que contemplaba a los diecisiete elefantes situados delante de ellos. El resto estaba en el otro lado, delante de los íberos. Se dio cuenta de que los animales también actuaban de protección para la infantería pesada. En los flancos se encontraban cinco mil númidas y la caballería íbera y gala. La superioridad de los cartagineses en esta área le permitiría a Aníbal ganar la batalla de caballería. Mientras tanto, los galos deberían resistir el martilleo de las legiones romanas en el centro de la línea cartaginesa.

—¿Los galos resistirán? —preguntó ansioso.

—Es probable que no —respondió Malchus con la mandíbula apretada—. Son valientes, pero no disciplinados.

Hanno les echó un vistazo. Pocos llevaban armadura. A pesar del clima, la mayoría iba a pecho descubierto. Estaba claro que las cotas de malla y los escudos de los legionarios serían una dura prueba para ellos.

—Sin embargo, si resisten y la caballería tiene éxito...

Malchus sonrió ante la perspectiva.

—Nuestras tropas en los extremos tendrán una buena oportunidad de atacar los flancos de la formación romana.

—Y entonces aparecerán las fuerzas de Mago.

—Así espero, porque nuestro destino estará en sus manos —respondió su padre.

Hanno apenas podía resistirlo.

—¡Tienen que cuadrar tantas cosas para que podamos ganar!

—Así es. Y los galos se enfrentan a la más ardua de las tareas.

Hanno cerró los ojos y suplicó que todo se desarrollara según el plan previsto.

«Gran Melcart —suplicó—, has ayudado a Aníbal hasta ahora, por favor, vuelve a hacer lo mismo por él hoy.»

Mientras Quintus y sus compañeros intentaban entrar en calor, Fabricius vio a uno de los mensajeros del cónsul y fue a hablar con él. En cuanto hubieron hablado, volvió al hayedo a toda velocidad.

—Longo quiere a todos los équites en el flanco derecho y a los jinetes aliados en el izquierdo. Tenemos que cabalgar hacia el norte, hacia el otro extremo de la línea de batalla.

—¿Cuándo? —preguntó Quintus irritado, cuya exultación anterior había sucumbido ante la crudeza del frío.

—¡Ahora! —Fabricius llamó a los decuriones—. ¡Formad a los hombres! ¡Partimos de inmediato!

Cuando abandonaron la protección de los árboles, Quintus tuvo la impresión de que el viento soplaba con más ímpetu y les robaba el poco calor que habían acumulado durante ese rato. Fue la gota que colmó el vaso. «Cuanto antes empiece el combate, mejor —pensó—. Cualquier cosa será mejor que la tortura del frío.»

Fabricius les condujo al frente del ejército a través del pasillo que había entre las tres líneas de soldados apostados y Quintus pudo hacerse una idea bastante exacta de los efectivos romanos. Longo había ordenado a las legiones que se desplegaran siguiendo el patrón tradicional en el que se dejaba una distancia de cien pasos entre cada fila. Los veteranos *triarii* ocupaban la retaguardia, en el centro estaban los *principes* —hombres que se encontraban en la veintena y la treintena— y, a continuación, los *hastati,* los miembros más jóvenes de las fuerzas de infantería. En primera línea se hallaban los exhaustos *velites* que, tras haber estado luchando toda la noche, serían los primeros en combatir al enemigo.

Las tres líneas están formadas por manípulos. Los de los *hastati* y los *principes* constaban de dos centurias de entre sesenta y setenta soldados. En el caso de los *triarii*, como eran menos, los manípulos solo contenían dos centurias de treinta hombres cada una. Las unidades de cada línea no formaban todavía un frente continuo. Las centurias estaban colocadas una frente a la otra dejando un pasillo entre cada unidad cuyo ancho era equivalente al frontal del manípulo. Las unidades de la segunda y tercera fila se posicionaban detrás de los espacios frontales formando un *quincunx* a semejanza del número «5» del dado. Esta configuración permitía recomponer de forma rápida la formación de combate, de manera que la última centuria de cada manípulo corría para colocarse junto a la primera. Además, permitía a los soldados que estaban cansados retirarse del combate sin peligro y permitir que los compañeros más frescos accedieran al enemigo.

Dado que el flanco derecho se hallaba lejos, Quintus también tuvo la posibilidad de analizar las fuerzas cartaginesas, que se hallaban a unos quinientos metros, lo bastante cerca como para mostrar su superioridad en caballería y las filas amenazantes de al menos dos docenas de elefantes. El sonido de los cuernos y los *carnyxes* era constante y muy distinto de las trompetas romanas. Estaba claro que Aníbal tenía menos tropas que Longo, pero sus huestes tenían un aspecto temible, además de inusual.

A medida que pasaba el tiempo, Quintus se sentía cada vez más expuesto, pero por suerte no tuvo que esperar mucho. En cuanto hubieron pasado las cuatro legiones regulares, vieron a Longo y sus tribunos en la intersección entre estas y las tropas aliadas del ala derecha. Por fin la unidad de Fabricius llegó hasta la caballería romana que, con su incorporación, no superaba el millar de jinetes. Los soldados que ya estaban en posición les preguntaron socarrones por qué habían tardado tanto.

—¡Follándome a tu madre! —gritó con descaro uno de los hombres de Fabricius—. ¡Y a tus hermanas también!

La broma fue acogida con gritos airados e insultos. Para gran sorpresa de Quintus, Fabricius sonrió ante la escena.

—Muchos morirán pronto y estas cosas les ayudan a no pensar en ello.

A Quintus le angustió pensar en las bajas. ¿Sobreviviría hasta el próximo amanecer? ¿Y su padre, Calatinus o Cincius? Contempló los rostros familiares de los hombres que había conocido en las últimas semanas. No todos le caían bien, pero eran sus compañeros de armas. ¿Quién acabaría el día tumbado ensangrentado en el frío barro? ¿Quién acabaría ciego o tullido? Quintus sintió que las garras del pánico se le aferraban al estómago.

Su padre le tocó el brazo.

—Respira hondo —le aconsejó.

Quintus lo miró preocupado.

—¿Por qué?

—Haz lo que te digo.

Quintus obedeció, aliviado de que Calatinus y Cincius estuvieran entretenidos hablando.

—Contén la respiración —ordenó Fabricius—. Escucha tu corazón.

No sería difícil, pensó Quintus, ya que el corazón le golpeaba las costillas como un pájaro que desea escapar de una jaula.

Su padre aguardó unos minutos.

—Ahora deja escapar el aire por la boca. Lentamente. Cuando hayas acabado, hazlo otra vez.

Nervioso, Quintus miró a su alrededor, pero nadie parecía prestarle ninguna atención. Volvió a repetir el ejercicio como le había dicho su padre. Después de tres o cuatro respiraciones, notó que el pulso le iba más despacio y que ya no sentía tanto miedo.

—Todo el mundo tiene miedo antes de entrar en combate —dijo su padre—. Incluso yo. La idea de tener que atacar a un grupo de hombres cuyo trabajo es matarte aterra a cualquiera. El truco consiste en pensar solo en los compañeros a tu derecha e izquierda, ellos son los únicos que importan a partir de ahora.

—De acuerdo —murmuró Quintus.

—Todo irá bien. Ya verás —aseguró Fabricius dándole una palmada en la espalda.

Quintus, que se sentía más tranquilo, asintió.

—Gracias, padre.

En cuanto tuvo al ejército en posición, sonaron las trompetas y ordenó a la infantería que avanzara. Los soldados obedecieron y comenzaron a caminar sobre el suelo helado. Resonaron con fuerza las plegarias a los dioses y los portaestandartes levantaron los brazos para que todo el mundo viera el animal dorado que sería su talismán. Cada legión poseía cinco estandartes: un águila, el Minotauro, un caballo, un lobo y un jabalí, todos ellos figuras muy veneradas. Quintus deseó que su unidad también los tuviera, incluso la infantería aliada llevaba estandartes similares, pero por razones que desconocía, la caballería no tenía ninguno.

A pesar de ello, se harían con la victoria, pensó Quintus antes de apretar las rodillas contra el lomo del caballo para instarle a avanzar.

Como era imprescindible que los romanos pasaran el escondrijo de Mago, los cartagineses debían permanecer en posición mientras el enemigo avanzaba hacia ellos. Mientras tanto, a los soldados solo les quedaba rezar o realizar unas últimas comprobaciones del equipo. Siguiendo el ejemplo de su padre, Hanno dio una breve arenga a sus hombres. Les dijo que se encontraban allí para demostrar a Roma que no podía meterse con Cartago y para resarcirse de las injusticias que los romanos habían cometido contra el pueblo cartaginés. A pesar de que a los lanceros les gustaron las palabras de Hanno, reservaron sus vítores más fuertes para el momento en que les recordó que su cometido era seguir las órdenes de Aníbal y, ante todo, vengar a los compañeros que habían muerto como héroes en Sagunto hacía más de seis meses.

En cualquier caso, su clamor no podía compararse al de los galos que, con sus armas, cantos de guerra e instrumentos de cuerda produjeron un gran estruendo. Hanno jamás había oído nada igual. Los músicos galos tocaros los cuernos de arcilla y *carnyxes* a todo volumen, mientras que los soldados cantaban al unísono y seguían el ritmo de la música golpeando los escudos con las lanzas y las espadas. Algunos de ellos, tremendamente afectados, rompieron filas, se desnudaron y blandieron las espadas por encima de sus cabezas gritando como posesos.

—¡Dicen que en Telamón la tierra tembló con su ruido! —gritó Malchus a Hanno.

«Pero aun así perdieron», pensó Hanno.

La tensión fue aumentando a medida que la línea de batalla romana se acercaba, una línea inmensamente larga que se extendía por ambos lados hasta perderse de vista. La formación cartaginesa era considerablemente más estrecha, lo que implicaba que podían ser atacados de inmediato por los flancos, pero la preocupación de Hanno al respecto desapareció en el momento en que Aníbal ordenó avanzar a sus escaramuzadores.

Los honderos baleáricos y los tiradores de jabalinas númidas se apresuraron a intervenir, deseosos de que se iniciara el combate de una vez. Se produjo un intercambio duro y prolongado de proyectiles del que los cartagineses salieron claramente victoriosos. A diferencia de los *velites* romanos, que estaban cansados y mojados después de varias horas de lucha y que ya habían lanzado la mayoría de sus jabalinas, los hombres de Aníbal estaban frescos y animados. Cientos de piedras y lanzas cruzaron el cielo silbando y segaron a los *velites* como la guadaña al trigo. Incapaces de responder de forma similar, las tropas ligeras de los romanos se batieron en retirada a través de los huecos en la primera línea. Aníbal replegó de inmediato a los escaramuzadores que, al carecer de armadura, serían un blanco fácil para los *hastati*. Los escaramuzadores fueron vitoreados a su paso por los pasillos que había entre las unidades cartaginesas.

—¡Hemos empezado bien! —gritó Hanno a sus hombres—. ¡Hemos causado las primeras bajas!

Al cabo de un momento, los romanos emprendieron el ataque.

—¡Escudos arriba! —gritó Hanno, que por el rabillo del ojo vio a la caballería íbera y gala, así como a los elefantes, cargando contra los jinetes enemigos. Hanno solo tuvo un instante, literalmente, para rezar por su éxito.

Acto seguido empezaron a llegar las *pila* o jabalinas romanas. Cada *hastatus* llevaba dos jabalinas, lo que dotaba de una temible fuerza a la primera línea enemiga. La lluvia de proyectiles era tan densa que el cielo entre los dos ejércitos se oscureció.

—¡Protegeos! —chilló Hanno, aunque solo podían hacerlo los que se encontraban en primera fila. En la falange los hombres estaban tan juntos que les resultaba imposible levantar los grandes escudos. Cuando las jabalinas empezaron a caer, apretaron los dientes con la esperanza de no resultar heridos.

El extremo triangular de las *pila* era capaz de atravesar escudos, clavarse en el cuerpo de los soldados y matarlos o herirles con facilidad. Hanno no tardó en oír los gritos ahogados de los soldados que ya no podían hablar porque una punta de hierro les había atravesado la garganta y los aullidos de los que habían resultado heridos en otras partes del cuerpo. También oyó los gemidos de miedo de los que habían sobrevivido y habían visto caer a sus compañeros ante sus ojos. Hanno se arriesgó a echar un vistazo al frente y soltó una maldición: después de lanzar su primera descarga, los *hastati* seguían avanzando. Tan solo se encontraban a cuarenta pasos de los cartagineses y se estaban preparando para una segunda lluvia de lanzas. Hanno no pudo evitar admirar la disciplina de los legionarios, que frenaban e incluso se paraban para lanzar las *pila.* Hanno sabía que el esfuerzo valía la pena para conseguir un tiro certero. Un enemigo menos valeroso hubiera roto filas y huido ante la terrorífica lluvia de puntas de hierro. Hanno agradeció el hecho de que sus hombres fueran veteranos que, a pesar de las numerosas bajas, se mantuvieron en posición, al igual que la falange de su padre.

A su izquierda, los galos también habían sufrido enormes bajas y algunos hombres parecían flaquear ya, algo que preocupó a Hanno, pero los jefes galos eran fuertes y exhortaron a los soldados a incorporarse con rapidez. Para gran alivio de Hanno, la táctica funcionó y, cuando llegó la segunda lluvia de jabalinas, los galos levantaron los escudos, lo que redujo el número de heridos y muertos, pero dejó a muchos guerreros sin su protección principal: pocas cosas había tan inútiles como un escudo con una jabalina protuberante. Sin embargo, a los galos pareció gustarles el invento y, con gritos feroces, se dispusieron a atacar a los *hastati*.

Muchos de los soldados de la primera fila de la falange de Hanno también se habían quedado sin escudos. Hanno soltó una maldición. Los huecos brindaban a los legionarios una buena oportunidad, pero no podía hacer nada por evitarlo.

—¡Cerrad filas! —gritó. Su orden fue repetida a lo largo de toda la línea y los escudos formaron una sólida barrera—. Las dos primeras filas, ¡preparad las lanzas! —Los palos de madera chocaron entre sí cuando los soldados de la segunda fila colocaron las armas sobre los hombros de los soldados de primera fila. Hanno apretó los dientes—. ¡Ha llegado el momento de la verdad! —bramó—. ¡Manteneos en posición!

Hanno ya podía distinguir los rostros de sus atacantes: un hombre robusto con la cara picada de viruela y un joven con coraza de apenas dieciocho años, la edad de Hanno. Se parecía un poco a Gaius, el hijo de Martialis. Inquieto, Hanno parpadeó. Evidentemente, se había confundido: Gaius era noble y serviría en la caballería. «¿Qué más da? —pensó con dureza—. Son todos enemigos y hay que matarlos.»

—¡Manteneos en posición! —rugió Hanno a sus hombres—. ¡Esperad la orden!

Los *hastati* se acercaron gritando y blandiendo el *gladius* en la mano derecha y con un pesado escudo ovalado con realces de metal en la izquierda. Al igual que los escudos de los hombres de Hanno, muchos escudos romanos tenían dibujos pintados en la capa exterior de piel. Curiosamente, Hanno se encontró a sí mismo admirando las imágenes de los jabalíes en posición de ataque y los lobos saltando y los diseños de espirales y círculos, que contrastaban con las estampas más ornamentadas de los libios.

Nervioso, el soldado que estaba a su lado movió la lanza demasiado pronto y Hanno salió de golpe de su estupor.

—¡No os mováis! —ordenó—. El primer ataque debe matar a un enemigo.

Un latido. Dos latidos.

—¡Ahora! —gritó Hanno con todas sus fuerzas, y clavó el arma en el rostro del *hastatus* más próximo.

A su lado, cientos de libios hicieron lo mismo. La rapidez de Hanno pilló al legionario por sorpresa. La punta de la lanza le atravesó el escudo y se le clavó en el ojo izquierdo, cuyo líquido acuoso salió a borbotones mientras el *hastatus* agonizaba de dolor. El instinto de Hanno era clavar la lanza con más fuerza para que el golpe fuera mortal, pero se paró. Era probable que el hombre muriera a causa de la herida y lo más importante era que no podría seguir luchando. Hanno recuperó la lanza con un potente giro de muñeca y el *hastatus* se desplomó en el suelo cuando le arrancó el hierro del cuerpo.

Hanno apenas tuvo tiempo de respirar cuando otro legionario le atacó caminando por encima del cuerpo de su primer oponente. Si el escudo de Hanno no hubiera estado enganchado a los de sus compañeros a ambos lados, hubiera caído al suelo, pero solo se tambaleó, tal y como el *hastatus* pretendía. El romano dobló el codo derecho y atacó a Hanno con el *gladius* por encima del escudo. Desesperado, Hanno movió la cabeza a un lado y la espada escarbó una profunda muesca en la pieza del casco de bronce que le protegía el pómulo derecho y le acarició el pelo en la sien. Furioso, el *hastatus* se dispuso a atacar de nuevo. Hanno intentó usar la lanza, pero el legionario estaba demasiado cerca. Sintió que el pánico se apoderaba de él. La batalla no había hecho más que comenzar y ya era hombre muerto.

De repente, una lanza atravesó la garganta del *hastatus* que, con ojos estupefactos, soltó un grito ahogado y cayó al suelo cuando le arrancaron el arma del cuerpo. Los borbotones de sangre salpicaron el escudo y las pantorrillas de Hanno.

—¡Muchas gracias! —gritó al soldado a sus espaldas, pero no pudo girarse para expresar su gratitud porque debía defenderse de un nuevo *hastatus* que pretendía matarle.

Esta vez consiguió mantener a raya a su atacante con la lanza. Ambos gritaron contrariados mientras intercambiaban golpes y no conseguían golpear al otro. La situación se resolvió cuando cayó muerto el soldado que estaba junto a Hanno tras haber soltado el escudo con una lanza clavada. Dos *hastati* aprovecharon el hueco para adentrarse en las filas enemigas y gritaron a sus compañeros que les siguieran. El adversario de Hanno no quiso desaprovechar la ocasión y, en un abrir y cerrar de ojos, desapareció en pos de sus compañeros, lo que proporcionó un pequeño respiro a Hanno.

Jadeando, miró a ambos lados y le invadió una gran preocupación, pues las falanges estaban teniendo problemas para contener el ataque, al igual que los galos a su derecha. Hanno se preocupó al ver que los *principes* ya se habían unido a los *hastati*. Era difícil que los galos pudieran resistir esta nueva oleada de legionarios, pensó Hanno con amargura. Casi todos los *principes* llevaban cota de malla, por lo que eran más difíciles de matar. En cualquier caso, los galos no se habían batido en retirada. A pesar de su falta de armadura, estaban dispuestos a luchar hasta la muerte. El suelo a sus pies estaba cubierto de una maraña de cuerpos, armas descartadas, barro y sangre.

Desesperado, Hanno volvió la vista hacia el flanco izquierdo del enemigo y se alegró sobremanera al ver que los íberos y los galos habían conseguido dispersar a la caballería romana, pero no había señal alguna de los jinetes de Aníbal, lo cual significaba que estaban persiguiendo a los équites romanos. Hanno sintió una gran preocupación. Si no habían ganado esa batalla, ya podían rendirse. De pronto vislumbró a un enjambre de cientos de hombres que lanzaban jabalinas y piedras al flanco izquierdo del enemigo. ¡Eran escaramuzadores cartagineses!

Los gritos de un *hastatus* que se abalanzó sobre él impidieron que Hanno siguiera mirando. Resistió el ataque con todas sus fuerzas y clavó la lanza en la cara de su adversario. La batalla no había acabado. Todavía quedaba esperanza.

Cuando empezaron a cabalgar hacia los cartagineses, Quintus olvidó las palabras tranquilizadoras de su padre. Sentía náuseas. ¿Cómo podían mil hombres batir a una caballería que les quintuplicaba en número? Simplemente no era posible.

Calatinus tampoco parecía contento.

—Longo debería haber dividido a los caballos de forma equitativa —refunfuñó—. Hay casi tres mil jinetes aliados en el otro lado.

—No es justo —protestó Cincius.

—Sea como sea, los números no cuadran —añadió Quintus preocupado.

—Supongo que no. Además, ni siquiera nos tienen miedo porque ya nos han vencido antes —Calatinus maldijo al cónsul con toda su alma.

—¡Venga! ¡Seguro que podemos paralizar el ataque enemigo! —dijo Quintus dando ánimos—. Mantened la línea y evitad que el enemigo cabalgue a sus anchas por el campo de batalla.

Calatinus soltó un bufido que denotaba una total falta de confianza en sus palabras. Cincius tampoco parecía convencido.

—¡Escuchad a la infantería! —gritó Quintus—. El ruido de sus pasos es ensordecedor. Hay más de treinta y cinco mil hombres. ¿Cómo puede Aníbal hacer frente a su poderío con un pequeño ejército compuesto de un batiburrillo de diferentes nacionalidades? ¡Es imposible!

Sus compañeros lo miraron un poco más convencidos.

Quintus, que deseaba sentirse tan seguro como sonaban sus palabras, fijó la vista al frente.

Los primeros jinetes enemigos estaban ya muy cerca. Quintus reconoció a los galos por las cotas de malla, escudos circulares y largas lanzas. Se fijó en los pequeños objetos que colgaban de los arreos de los caballos y, para su gran horror, se dio cuenta de que eran cabezas, que podían pertenecer a algunos de sus supuestos aliados e incluso a antiguos compañeros, como Licinius.

Calatinus también les había visto.

—¡Perros asquerosos! —gritó.

—¡Hijos de puta! —aulló Cincius.

Quintus estaba furioso. No iba a huir de cobardes como estos que mataban a sus víctimas mientras dormían. «Prefiero morir», pensó. Levantó la lanza y eligió a un objetivo, un guerrero que cabalgaba sobre un robusto caballo gris. El magnífico collar visible sobre la cota de malla revelaba que se trataba de un individuo importante, al igual que las tres cabezas que rebotaban sobre el pecho del caballo. «Será un buen comienzo», pensó Quintus.

Sin embargo, en el fragor de la batalla Quintus fue apartado del galo que había elegido y, a posteriori fue mejor así, dado que resultó ser un experto guerrero. Quintus contempló horrorizado cómo ensartaba con la lanza a un jinete romano que se encontraba a menos de veinte pasos. La fuerza del impacto tiró el cuerpo inerte al suelo y el caballo que le seguía tropezó con él y desequilibró a su jinete, lo que le convirtió en presa fácil para el galo, que ahora blandía una larga espada con la que arrancó de cuajo la cabeza del romano. Quintus nunca había imaginado que las salpicaduras de sangre pudieran volar tan alto. Había gotas de sangre por todas partes. Asustado, el caballo del romano huyó al galope con el jinete sin cabeza, que no cayó hasta una docena de pasos después.

Acto seguido, el galo saltó del caballo y la admiración de Quintus se tornó en revulsión. El guerrero iba en busca de otra cabeza. Quintus hubiera dado cualquier cosa por poder alcanzarle, pero no era posible. De hecho, casi perdió su propia cabeza bajo una espada que logró esquivar en el último momento porque el jinete enemigo lanzó un aullido de guerra antes de asestar el golpe. Quintus estuvo a punto de caerse del caballo, pero con una velocidad fruto de la más terrible desesperación, consiguió sentarse a tiempo para parar el siguiente golpe potente.

La diosa Fortuna le sonrió, ya que el guerrero enemigo era más joven que él y, tal y como se dio cuenta Quintus, menos habilidoso. Un hombre mayor con experiencia ya le habría despachado. En cualquier caso, el galo era valiente y lucharon unos instantes antes de que Quintus tuviera la oportunidad de golpearle. El galo blandía la espada con amplios movimientos bruscos que dejaban expuesta su axila derecha. Quintus pensó que podía reaccionar más rápido que su enemigo y decidió no defenderse del siguiente golpe, sino agacharse sobre el cuello del caballo. Quintus oyó que la espada silbaba por encima de su cabeza y, mientras el galo finalizaba el movimiento, se incorporó como una serpiente y hundió la lanza en la axila del enemigo desprotegida por la cota de malla y cubierta únicamente por una fina túnica. La lanza cortó fácilmente la tela y le atravesó las costillas hasta alcanzar un pulmón y clavarse finalmente en el corazón. Fue el golpe más limpio que Quintus jamás había asestado y causó la muerte instantánea de su adversario. Quintus siempre lo recordaría, pero no por eso, sino por el breve instante de sorpresa y dolor que vio en los ojos del galo antes de que se oscurecieran para siempre. Cuando Quintus levantó la vista, se le encogió el corazón. Casi todos los jinetes romanos habían caído o huían. No vio a Calatinus, ni a Cincius ni a su padre. Solo veía a galos a su alrededor y, detrás de ellos, a cientos de íberos. Pero estaría muerto antes de que llegaran, pues tres guerreros galos galopaban en su dirección. Desesperado, Quintus apuntó al guerrero que pensó que le alcanzaría antes, aunque tampoco fuera a marcar una gran diferencia. En cualquier caso, ya no importaba. Su padre estaba muerto y la caballería romana estaba a punto de perder la batalla. ¿Qué más daba si él también caía? Quintus levantó la lanza con un último grito desafiante.

—¡Venid aquí, cabrones!

El trío de galos soltó un rugido por toda respuesta.

De pronto a Quintus le vino a la mente una horripilante imagen de su propia cabeza como trofeo, pero la eliminó al instante. «Que sea rápido», rogó Quintus a los dioses.

25

Táctica inesperada

Bostar apenas pudo contener la emoción cuando el centinela le comunicó que el enemigo estaba cruzando el río. Safo y él se encaramaron al margen elevado del río para tumbarse junto al exaltado Mago. Con los nervios a flor de piel, los tres vieron pasar a la caballería romana seguida de los *velites*, la infantería aliada y las legiones regulares y, de pronto, comprendieron la importancia de lo que acababan de ver.

—El comandante romano no solo ha mordido el anzuelo, ¡sino que se lo ha tragado entero! ¡Ha sacado todo el ejército!

Los tres sonrieron nerviosos.

—El combate empezará pronto —comentó Safo impaciente.

—Pero no debemos movernos todavía —añadió Bostar.

—Así es. Tenemos que esperar el momento oportuno para abalanzarnos sobre la retaguardia romana —advirtió Mago—. Si actuamos demasiado rápido, podemos perder la batalla.

Conscientes de que Mago tenía razón, los hermanos no se movieron. Fue la espera más larga de la vida de Bostar, pero los continuos movimientos nerviosos de Mago y la manera salvaje en que Safo se mordía las uñas le revelaron que también sentían lo mismo. En realidad no fueron más de tres o cuatro horas de espera, pero les pareció una eternidad. Evidentemente, la noticia de que los romanos estaban en marcha no tardó en extenderse por las tropas y pronto resultó difícil mantenerlos en silencio, pero era comprensible, pensó Bostar. Aunque disfrutaban de la sensación de no estar en peligro todavía, eran conscientes de que sus compañeros estaban a punto de enfrentarse a una lucha a vida o muerte.

Mago ni siquiera se movió cuando llegó hasta ellos el fragor de la lucha y Bostar se obligó a permanecer tranquilo. Los escaramuzadores rivales serían los primeros en recibir y retirarse. Y así fue. Los gritos y gemidos remitieron para ser sustituidos por el eco inconfundible de miles de pies que marchaban al unísono.

—La infantería romana está avanzando —murmuró Mago—. Melcart, protege a nuestros hombres.

Bostar sintió un nudo en el estómago. Enfrentarse a un enemigo tan numeroso era aterrador.

Junto a él, Safo se movía inquieto.

—Que los dioses protejan a Hanno y nuestro padre —susurró.

Olvidando su enemistad durante un instante, Bostar repitió la misma plegaria.

Al cabo de un momento llegó hasta sus oídos el ruido ensordecedor de un trueno, pero no había nubes ni relámpagos en el cielo. El ruido era algo mucho más mortífero y aterrador. Bostar tembló al oírlo. Había sido testigo de cosas terribles desde que comenzó la guerra: el inmenso bloque de piedra que casi mató a Aníbal; las escenas de la caída de Saguntum y los aullidos de los hombres al ser arrastrados por avalanchas de nieve en los Alpes. Sin embargo, jamás había oído a miles de soldados luchando entre sí por primera vez. La promesa de muerte era inefable y aterradora, y Hanno y su padre se encontraban atrapados en medio de ello. Pese a todo, Bostar consiguió no moverse del sitio. Intentó impedir que llegaran a su mente los gritos que ahora eran tan discernibles en medio de todo el estrépito, pero la estrategia no funcionó. Miró a Mago, que inclinó la cabeza en señal de ánimo.

—¿Ha llegado el momento, señor? —inquirió Bostar.

Los ojos de Mago brillaron impacientes.

—Pronto. Prepara a tus hombres para salir y comunica la orden al oficial de los númidas. Cuando dé la señal, tráelos aquí.

—¡Sí, señor! —Bostar y Safo se sonrieron como no lo habían hecho en siglos y se apresuraron a obedecer la orden.

A partir de ese momento, el tiempo se volvió borroso y se convirtió en una masa informe de imágenes que Bostar solo recordaría después de forma fragmentada: el escalofrío de exultación que recorrió a sus tropas cuando Mago hizo la señal de avance con el brazo; el ascenso al margen del río y cuando se quedó pasmado ante el colosal combate que tenía lugar a su izquierda: ¿quién estaba ganando? ¿Hanno seguía vivo?; Mago agarrándole del brazo y diciéndole que se centrara; ordenando a sus hombres que soltaran el escudo de la espalda y prepararan las armas; organizando las falanges en configuración abierta; viendo al millar de númidas dividirse en dos grupos, uno a cada lado de la infantería, y el grito de Mago señalando al enemigo con la espada.

—¡Por Aníbal y por Cartago!

Y la carrera. Bostar jamás olvidaría la carrera.

No se lanzaron a correr a toda velocidad porque el campo de batalla se encontraba a casi un kilómetro de distancia y, si llegaban exhaustos, perderían la ventaja que habían ganado. Por lo tanto, avanzaron a un trote rápido dejando estelas de vaho a su paso. El aire frío retumbaba con el galope de los caballos y con las pisadas de las botas y las sandalias sobre el gélido frío. Nadie habló. Nadie quería hablar. Todos tenían la vista fija en la escena que se desplegaba ante sus ojos. Entre toda la confusión, había una cosa muy clara: no había señal de la caballería enemiga, lo que significaba que los jinetes galos e íberos la habían dispersado. En los flancos romanos, la infantería aliada luchaba contra los elefantes, los escaramuzadores y los númidas. Esto ya era un hito de por sí. Bostar deseaba gritar de alegría, pero no dijo nada. La batalla todavía no había acabado. Cuando se aproximaron al centro se dieron cuenta de que la lucha era encarnizada. Los legionarios en esa zona estaban por delante de sus flancos, lo que significaba que habían empujado hacia atrás a los galos que formaban el centro de las líneas de Aníbal.

Habían llegado justo a tiempo, pensó Bostar.

Mago tuvo el mismo pensamiento.

—¡Al ataque! —gritó—. ¡Al ataque!

Bostar, Safo y sus soldados obedecieron con un rugido, sin mediar palabra, y empezaron a correr a velocidad peligrosa: si alguien tropezaba, corría el riesgo de romperse un tobillo o una pierna, pero a nadie le importaba. Lo único que todos querían era verter sangre romana y clavar las armas en la carne del enemigo.

Los últimos momentos de la carrera fueron surrealistas y excitantes. Gracias al estruendo ensordecedor de la batalla, no había necesidad de preocuparse por ser sigilosos. Los *triarii*, su objetivo, estaban en la tercera fila y ni siquiera miraron a sus espaldas, mientras que los veteranos estaban absortos en la lucha que tenía lugar ante ellos y se iban preparando para participar. No tenían ni idea de que dos mil soldados cartagineses estaban a punto de asestar un golpe feroz a su retaguardia. Bostar siempre recordaría las caras de los primeros soldados que, por algún motivo, se giraron en su dirección. La incredulidad y el terror torcieron su rostro al descubrir a un grupo enemigo a menos de treinta pasos de distancia. Tampoco olvidaría los gritos roncos de los *triarii* que se habían percatado de su presencia e intentaron advertir a sus compañeros del terrible peligro que les acechaba. Ni la satisfacción al adentrarse en las filas romanas y clavar las armas en la espalda de unos hombres que no sabían que estaban a punto de morir.

Por primera vez en su vida Bostar sintió que se apoderaba de él el furor de la batalla. En la roja neblina que le rodeaba era fácil perder la cuenta del número de soldados que había matado. Era como pescar peces con la lanza en una laguna de Cartago: aproximarse, atacar, clavar y extraer. Seleccionar próximo objetivo. Cuando finalmente su lanza desafilada se atascó en la clavícula de un *triarius*, Bostar la descartó y desenvainó la espada. Era más o menos consciente de que tenía el brazo ensangrentado hasta el codo, pero no le importó. «Ya voy, hermanito. Padre, no te mueras.»

Al final los legionarios veteranos consiguieron dar media

vuelta y enfrentarse a sus atacantes. La lucha se encarnizó, pero los hombres de Mago seguían teniendo ventaja, sobre todo cuando se rompieron los flancos enemigos. Bostar estaba exultante. El ataque combinado de las tropas y la caballería cartaginesas había sido demasiado para ese lado indefenso de la infantería aliada, que había sido hecha pedazos al no haber podido dar media vuelta para enfrentarse a la nueva amenaza.

Los supervivientes dejaron caer las armas y corrieron al Trebia. Bostar echó la cabeza hacia atrás y soltó un triunfante aullido animal. En la retaguardia vio a miles de jinetes que les esperaban. Las tropas aliadas no llegarían lejos. De repente se abalanzó sobre él un veterano con una espada dentada y Bostar recordó que todavía no habían acabado el trabajo. A pesar de que los *triarii* habían sufrido bajas considerables, el resto de los legionarios seguía golpeando y atravesando las líneas galas como un ariete cuyo embiste no podrían resistir mucho más. El entusiasmo de Bostar se esfumó al darse cuenta de que algunas falanges libias también habían cedido posiciones ante el asalto incesante de los legionarios. Bostar llamó la atención de Safo y señaló en esa dirección. El rostro de su hermano se contrajo enfurecido y, con energía renovada, ambos hermanos se abalanzaron de nuevo sobre los *triarii*.

—¡Hanno! ¡Padre! —gritó Bostar—. ¡Ya vamos!

El corazón le respondió demasiado tarde.

Cuando Aurelia entró en el dormitorio, su madre apenas se movió. Elira, que estaba sentada junto a su cama, se giró.

—¿Cómo está? —susurró Aurelia.

—Mejor —respondió la iliria—. Le ha bajado la fiebre.

Aurelia sintió que se relajaba un poco la tensión que se le había acumulado en los hombros.

—Gracias a los dioses. Y gracias a ti.

—No ha sido nada —murmuró Elira con tono tranquilizador—. No estaba tan enferma. Tan solo ha sido un fuerte resfriado de invierno. Estará recuperada para la fiesta de Saturnalia.

Aurelia asintió agradecida.

—No sé lo que haría sin ti. No solo porque te has ocupado de mi madre, sino por lo mucho que has ayudado a Suni... —Aurelia miró asustada por encima del hombro, pero por fortuna no había nadie en el *atrium*—, quería decir Lysander, a recuperarse.

Elira hizo un gesto con la mano restando importancia al asunto.

—Es joven y fuerte. Lo único que necesitaba era un poco de calor y comida.

—Igualmente, te lo agradezco —dijo Aurelia—. Y él también te lo agradece.

Cohibida, Elira inclinó la cabeza.

Habían pasado muchas cosas desde que, dos semanas antes, había regresado a la finca con Suniaton medio inconsciente, pensó Aurelia mientras contemplaba a su madre dormida. Por suerte Atia no cuestionó su historia sobre el modo en que le había encontrado en el bosque. Además, tuvo la gran fortuna de que cayó después una enorme tormenta de nieve que borró sus huellas hasta la cabaña. Todo el mundo pensó que Suniaton era un esclavo huido, pero según lo acordado con Aurelia, fingió ser mudo e incluso algo simplón. Como cabía esperar, Agesandros lo miró con suspicacia, pero no pareció reconocerle en ningún momento.

Aurelia no brindó al siciliano ninguna oportunidad de estar a solas con Suniaton.

—Si su amo quiere recuperarle, puede venir a buscarle —comunicó Aurelia a su madre—, pero hasta ese momento me lo quedaré. Parece griego, así que le llamaré Lysander.

Atia aceptó con una sonrisa.

—Muy bien, aunque no sobreviva —bromeó.

Pero había sobrevivido, pensó Aurelia triunfante. La pierna de Suni había mejorado lo suficiente como para permitirle cojear por la cocina y seguir las instrucciones de Julius. Por el momento estaba a salvo.

Lo que Aurelia encontraba más desesperante era el hecho de que apenas podía hablar con él. Como máximo podían intercambiar unas palabras por la noche cuando el resto de los esclavos de la cocina ya se habían ido a dormir. Aurelia aprovechaba estos momentos para preguntarle sobre Hanno. Ahora sabía mucho más acerca de su infancia y familia, sus intereses y el lugar donde vivía. El motivo por el que preguntaba tanto por Hanno era muy sencillo: así no tenía que pensar en su compromiso. Aunque era posible que Flaccus hubiera muerto junto con su padre, su madre pronto le encontraría otro marido. Y, si Flaccus había sobrevivido, se casarían en el plazo de un año. Fuera como fuese, tendría un matrimonio de conveniencia.

—Aurelia.

La voz de su madre la sacó de su estupor.

—¡Estás despierta! ¿Cómo te encuentras?

—Más débil que un bebé —susurró Atia—, pero mejor que ayer.

—¡Demos gracias a los dioses! —agradeció Aurelia con lágrimas en los ojos.

Las cosas empezaban a tener mejor aspecto.

La mejoría de su madre animó a Aurelia en gran medida y, por primera vez en días, salió a dar un paseo. Como hacía frío, la nieve que había caído en los últimos días no se había derretido. Aurelia no quería alejarse mucho de su madre o de Suni, pero le gustaba el mero hecho de poder caminar un poco por el camino. Disfrutaba con el crujido de la nieve bajo las sandalias y le gustaba sentir el frío en las mejillas después de haber pasado tanto tiempo encerrada en casa. Sintiéndose mucho más animada que en mucho tiempo, Aurelia se imaginó una situación en la que su padre no había muerto y la alegría que sentiría al verle entrar por la puerta.

Aurelia regresó a casa con este pensamiento optimista en la mente.

En el patio vio a Suniaton. Estaba de espaldas y llevaba una cesta de hortalizas a la cocina. Aurelia todavía se sintió mejor. Si podía hacer eso, debía de tener la pierna mucho mejor. Aurelia fue tras de él y, al llegar a la puerta, vio que dejaba la carga sobre la encimera. El resto de los esclavos estaban entretenidos con otras tareas, así que lo llamó.

—¡Suni! —susurró.

No reaccionó.

—¡Eh! ¡Suni! —Aurelia entró en la cocina.

Seguía sin responder. Entonces Aurelia se dio cuenta de que tenía la espalda rígida y el miedo le encogió el estómago.

—Su nido... su nido... ¡Los pájaros han empezado a hacer su nido!

—Juraría que has dicho S-u-n-i —comentó Agesandros con tono meloso surgiendo de las sombras junto a la puerta de la cocina.

Aurelia palideció.

—No, he dicho que había un nido. ¿No lo ves? Ha cambiado el tiempo. —Hizo un gesto hacia el patio y el cielo azul.

Era como si hablara con una estatua.

—Suni, Suniaton, es un nombre *gugga* —declaró el siciliano con frialdad.

—¿Y qué más da eso? —replicó Aurelia desesperada mirando a Julius y al resto de los esclavos, pero todos fingieron no darse cuenta de lo que sucedía. Estaba desesperada. No era la única que tenía miedo del *vilicus.* Y su madre seguía enferma en cama.

—¿Este miserable es cartaginés?

—No, ya te lo he dicho. Es griego. Se llama Lysander.

De repente Agesandros sacó un puñal y lo colocó en el cuello de Suniaton.

—¿Eres *gugga*? —No hubo respuesta y el *vilicus* desplazó el puñal a su entrepierna—. ¿Quieres que te corte las pelotas?

Petrificado, Suniaton sacudió la cabeza con vehemencia.

—¡Entonces habla! —gritó Agesandros retornando el puñal al cuello de Suni—. ¿Eres de Cartago?

—Sí —respondió, y dejó caer los hombros.

—¡Puedes hablar! —exclamó triunfante el siciliano, y se dirigió a Aurelia en tono acusador—: ¡Me has mentido!

—¿Y qué? —replicó ella furiosa—. ¡Tengo muy claro lo que piensas de los cartagineses!

—Ya me extrañaba a mí cuando apareciste aquí con este pedazo de escoria medio muerto con una herida de espada reciente. Seguro que es el gladiador huido. —Agesandros percibió la reacción instintiva de Suniaton—. ¡Lo sabía! —saltó.

«¡Piensa en una buena respuesta!», se dijo Aurelia antes de encararse de nuevo a Agesandros.

—¿Qué dices? ¿No crees que hubiera huido hace tiempo? —preguntó con altivez.

—Quizás a ti te haya engañado, pero a mí no —declaró Agesandros apoyándose en el puñal—. No eres ningún simplón, ¿verdad?

—No —murmuró Suniaton cansado.

—¿Dónde está tu amigo? —preguntó el siciliano.

«No digas nada —suplicó Aurelia por dentro—. Todavía no está seguro.»

Para su gran horror, Suniaton mostró su coraje una vez más.

—¿Hanno? Hace mucho tiempo que se fue. Con suerte, estará con el ejército de Aníbal.

—Qué lástima —murmuró Agesandros—. Entonces ya no nos sirves.

Suavemente, deslizó el puñal entre las costillas de Suniaton y se lo clavó en el corazón.

A Suniaton se le hincharon los ojos y soltó un grito ahogado de dolor. Las extremidades se le pusieron rígidas antes de relajarse lentamente. Agesandros le dejó caer con una extraña delicadeza y un reguero de sangre empapó la parte de delante de la túnica de Suni y se extendió por el suelo de mosaico. No se volvió a mover.

—¡No! ¡Eres un monstruo! —chilló Aurelia.

Agesandros se incorporó y estudió la hoja de su puñal con cuidado.

Presa del pánico, Aurelia dio un paso atrás hacia la cocina.

—¡No! —gritó—. ¡Julius! ¡Ayúdame!

Finalmente el corpulento esclavo acudió a su lado.

—¿Qué has hecho, Agesandros? —murmuró horrorizado.

El siciliano no se movió.

—Le he hecho un favor al señor y la señora.

—¿Qu-qué? —Aurelia no daba crédito a sus ojos.

—¿Qué crees que pensaría si descubriera que un fugitivo peligroso, un gladiador, ha logrado introducirse en su casa y poner en peligro las vidas de su mujer y su única hija? —preguntó Agesandros con aires de superioridad. Dio una patada a Suniaton—. La muerte es demasiado buena para semejante escoria.

Aurelia pensó que se iba a desmayar. Suniaton estaba muerto por su culpa. Y no podía hacer nada. Se sintió como una asesina y, a los ojos de su madre, las acciones del siciliano estarían totalmente justificadas. Aurelia dejó escapar un sollozo.

—¿Por qué no ayudáis a la señorita? —dijo Agesandros en un tono solícito que ocultaba una tremenda dureza.

Aurelia recobró la compostura.

—Tendrá un funeral decente —ordenó.

El siciliano frunció los labios.

—Muy bien.

Aurelia salió de la cocina. Necesitaba intimidad para llorar. ¡Le daba igual estar muerta como Suniaton y su padre! Ahora lo único que le quedaba era su matrimonio con Flaccus.

De pronto le vino una imagen extravagante a la mente: se vio a sí misma en la cubierta de un barco que partía de la costa italiana hacía Cartago.

«Podría escaparme —pensó—. Encontrar a Hanno. Él... ¿Cómo dejar tu vida atrás para buscar a un enemigo? —gritó su corazón—. Eso es una locura.»

No era más que una idea, pero se sintió mucho mejor al pensarlo.

Le daría fuerzas para seguir viviendo.

Quintus no se percató de la presencia de Fabricius a su lado. Simplemente notó que le arrancaban las riendas de la mano y giraban la cabeza de su caballo a un lado. Fabricius controló su propia montura con las rodillas y se dirigió al este. El caballo de Quintus estuvo encantado de seguirle. A pesar de haber sido entrenado para la caballería militar, el campo de batalla no era su entorno natural. La alegría inicial de Quintus de ver a su padre vivo superó por un momento su deseo de luchar, pero de pronto cambió de opinión.

—¿Qué haces?

—¡Salvarte la vida! —replicó su padre—. ¿No te alegras?

Quintus miró por encima del hombro: no había ni un romano a la vista, solo una masa ingente de caballos sin jinete y soldados enemigos. Por suerte, los galos que iban a atacarle habían cambiado de idea y habían decidido desmontar en busca de trofeos con sus compañeros. Quintus sintió un tremendo alivio. A pesar de su decisión de luchar y plantar cara, estaba muy contento de estar vivo, a diferencia de Calatinus, Cincius y el resto de sus compañeros, que seguramente estaban muertos. De pronto se sintió avergonzado por su pensamiento. Agarró las riendas del caballo y se concentró en el camino. A ambos lados pudo ver a otros compañeros que huían para salvarse.

Su destino común parecía ser el Trebia.

En uno de los flancos, ambas infanterías libraban una batalla feroz, cuyo resultado todavía estaba por ver. Vio a los elefantes del enemigo machacando a los soldados aliados de a pie. Las enormes bestias estaban rodeadas de jinetes, que Quintus supuso que serían númidas. Solo era una cuestión de tiempo hasta que los flancos romanos se replegaran. Si eso ocurría, los soldados de Aníbal podrían dar media vuelta y atacar a la retaguardia, y eso antes de que la caballería cartaginesa regresara al conflicto. Quintus parpadeó con fuerza para cortar las lágrimas de rabia y frustración. ¿Cómo podía haber sucedido esto? Hacía apenas dos horas que habían perseguido a un enemigo desorganizado hasta el otro lado del río.

Unos gritos roncos obligaron a Quintus a regresar a la realidad. Para su gran horror, los galos que tenían detrás habían reanudado la persecución. En cuanto hubieron hecho acopio de los trofeos, regresó su sed de sangre. Se le hizo un nudo en el estómago. Los soldados que cabalgaban junto a él no estaban en situación de luchar, ni tampoco lo estaba él, reconoció avergonzado. Quintus se preguntó si las cosas estarían igual en el otro flanco donde se hallaba la caballería aliada. ¿También habría roto filas y huido?

Fabricius vio a sus nuevos perseguidores.

—Vayamos en esa dirección.

Para gran sorpresa de Quintus, Fabricius señaló al norte. Al ver la mirada inquisitiva de su hijo, Fabricius comentó:

—Habrá demasiados soldados tratando de vadear el río por el mismo punto que lo cruzamos antes. Será una carnicería.

Quintus recordó el paso estrecho que conducía al vado y sintió un escalofrío.

—¿Adónde deberíamos ir?

—Placentia —respondió su padre en tono inquietante—. No tiene sentido regresar al campamento. Aníbal podrá hacerse con él sin problemas. Necesitamos la protección de unas murallas de piedra.

Abatido, Quintus asintió.

Reunieron al máximo número de hombres posible y tomaron rumbo a Placentia, donde quizás encontrarían refugio.

Resultaba irónico que Hanno debiera su vida a la eficiencia romana y no al hecho de que él y sus hombres se hubieran alzado victoriosos. Ni mucho menos. La posición de lo libios junto a los galos significó que muchos compartieron el destino de los aliados locales. Cuando los galos finalmente sucumbieron ante la masa de legionarios muy bien armados, algunas de las falanges fueron arrastradas por la lucha y todos los lanceros acabaron aniquilados. Fue una cuestión de pura suerte que las unidades de Malchus y Hanno no se vieran afectadas. Exhaustos y ensangrentados, continuaron luchando pese a ser empujados a un lado por la gran mole de soldados romanos.

De algún modo, Hanno logró aprovechar las pausas naturales de la lucha para recobrar el control de su falange. Ordenó a los lanceros de la retaguardia que pasaran los escudos y las lanzas hacia delante de modo que la unidad tuviera un aspecto más normal, al menos al frente. Malchus emuló a Hanno. Una vez restaurada la pantalla defensiva de las falanges, estas fueron más difíciles de batir. Sin sus *pila*, los romanos no tenían más remedio que usar los *gladii*, que eran más cortos que las lanzas libias, tal y como pronto descubrieron los legionarios que se enfrentaron a la unidad de Hanno. Por lo tanto, al ver que los *hastati* y *principes* a su derecha avanzaban sin dificultad a través de los remanentes de las filas galas, decidieron marcharse y seguir a sus compañeros.

Exhaustos, los hombres de Hanno les contemplaron entre sorprendidos y aliviados.

Los romanos habían desaparecido y, curiosamente, no se giraron para atacar la retaguardia de los cartagineses. Hanno no se lo podía creer. Todavía quedaban algunos pequeños grupos de legionarios aislados que seguían luchando, pero la mayor parte de la infantería enemiga había cruzado las filas de Aníbal por el centro y solo parecía interesada en dirigirse al norte. Por la cuenta que le traía a Hanno, podían largarse tranquilamente. Sus hombres no estaban en situación de iniciar una persecución. Y la falange de su padre tampoco. Además, los músicos apostados junto a Aníbal no hicieron sonar la orden de persecución, lo que significaba que su general compartía su opinión. Después de haber dispuesto a los soldados de a pie en una única fila, ya no le quedaban reservas para perseguir a los legionarios que se batían en retirada.

Con el corazón palpitante, Hanno analizó la situación. No había señal alguna de la infantería enemiga. La combinación de elefantes, númidas y escaramuzadores había hecho huir a los romanos. A su derecha, donde había estado el frente de la falange hasta que los romanos la desplazaron a un lado, no se veía ni un alma en el campo de batalla. De pronto a Hanno le asaltó una combinación de exultación y temor. Habían ganado, ¿pero a qué precio? Alzó la mirada al cielo y ofreció una sentida plegaria a los dioses: «Gracias, gran Melcart, Tanit omnipresente y Baal Safón todopoderoso por vuestra ayuda en esta victoria. Gracias por vuestra misericordia y por perdonarnos la vida a mi padre y a mí. También os imploro humildemente que salvéis la vida de mis hermanos —Hanno suspiró hondo—, y si no puede ser, que todas sus heridas sean en el frente.»

Al poco rato tuvo un encuentro conmovedor con su padre. Cubierto de sangre y con mirada dura, Malchus no dijo nada, pero atrajo hacia a sí a su hijo y le dio un abrazo que hablaba por sí solo. Cuando se separaron, Hanno se emocionó al ver que también los ojos de su padre estaban bañados en lágrimas. Malchus había dado más muestras de emoción en las últimas semanas que desde que había muerto su madre.

—Ha sido una batalla dura, pero has sabido mantener tu falange en posición —murmuró Malchus—. Aníbal será informado de ello.

Hanno pensó que iba a estallar de orgullo. La aprobación de su padre era diez veces más importante para él que la del general.

Malchus retomó enseguida su habitual tono formal.

—Todavía queda mucho trabajo por hacer. Despliega a tus hombres y diles que maten a todo romano que encuentren con vida.

—Sí, padre.

—Y haz lo mismo con nuestros hombres que estén malheridos —añadió Malchus.

Hanno parpadeó.

La expresión de Malchus se suavizó un momento.

—De lo contrario, morirán en peores circunstancias: de frío, congelación o pasto de los lobos. Un final rápido en manos de un compañero es mucho mejor que eso, ¿no crees?

Hanno asintió con un suspiro.

—¿Y tú?

—Los heridos leves pueden sobrevivir si les sacamos de aquí, pero pronto oscurecerá, así que debo actuar rápido —respondió dando un empujón a Hanno—. Vamos. Y de paso busca a Safo y Bostar.

«¿Vivos o muertos? ¿Qué habría querido decir su padre?», se preguntó Hanno nervioso mientras se ponía en marcha.

Sus hombres respondieron entusiasmados a la idea de matar a más romanos, pero no les hizo ninguna gracia la idea de matar a sus compañeros, aunque pocos se opusieron después de explicarles las alternativas. ¿Quién deseaba esperar hasta la noche para encontrarse con una muerte segura?

Empezaron a avanzar por el campo de batalla en una fila larga. Tras un combate en el que habían participado tantos hombres, el suelo se había transformado en una masa de barro rojo que a Hanno se le pegaba a las sandalias. Solo unas pequeñas zonas de nieve permanecían intactas, parcelas de brillante nieve blanca que resaltaban entre la costra marrón y escarlata que cubría el resto del suelo. A Hanno le impactó la magnitud del horror. Esta era tan solo una pequeña parte del campo de batalla, pero contenía miles de soldados muertos, heridos y agonizantes.

Ahora eran tristes figuras solitarias que yacían apiladas en montones irregulares: galos entremezclados con *hastati* y libios bajo *principes*, su enemistad olvidada en el frío abrazo de la muerte. Algunos seguían aferrados a las armas, pero otros las habían descartado para agarrarse las heridas antes de morir. Muchos romanos tenían lanzas clavadas en el cuerpo, mientras que innumerables *pila* estaban incrustadas en los cuerpos cartagineses. Hanno pronto sintió náuseas al ver tantas extremidades cortadas. Se secó la boca y se obligó a continuar buscando. En varias ocasiones vislumbró los rostros de Safo y Bostar entre los muertos para después descubrir que se había equivocado.

Al final Hanno perdió toda esperanza de encontrar a sus hermanos vivos.

Le resultaba especialmente duro contemplar a los soldados que habían perdido las extremidades. Los más afortunados ya habían muerto, pero el resto llamaba a sus madres mientras que la poca sangre que les quedaba en el cuerpo se esparcía por el suelo semicongelado. Matarlos era un acto de piedad y por muy atroz que fuera un caso, siempre había otro que lo superaba. El sufrimiento de sus compañeros le partía el corazón. Además, era responsabilidad suya examinarles y decidir al momento si debían vivir o morir en función de la gravedad de sus heridas, y por regla general era lo segundo.

Apretando los dientes, Hanno mató a hombres que, temblorosos, estaban a punto de perder el conocimiento agarrándose los intestinos y con el olor de su propia mierda llenándoles la nariz. Los que gemían y escupían un líquido rosado y espumoso significaba que habían sufrido una herida en el pulmón y que también debían morir. Los más afortunados eran los que gritaban y se movían agarrándose el brazo con una herida abierta que mostraba el hueso o con un tendón roto en la pierna. Su reacción al ver a Hanno y sus hombres —los únicos ilesos a su alrededor— era siempre la misma, ya fueran libios, galos o romanos: estiraban sus manos ensangrentados pidiendo ayuda. Hanno tranquilizaba a los cartagineses, pero solo ofrecía silencio y una puñalada rápida al enemigo. La tarea que le había sido encomendada era peor que el combate cuerpo a cuerpo. Hanno ya no podía más. Lo único que deseaba era encontrar los cuerpos de sus hermanos y regresar al campamento.

Cuando primero oyó la voz familiar de Safo y después la de Bostar llamándole, Hanno no reaccionó. Cuando sus gritos se volvieron más insistentes, no podía creérselo. Allí estaban sus hermanos, a tan solo cincuenta pasos de él en medio de los hombres de Mago. «Es un milagro», pensó Hanno aturdido. Tenía que ser un milagro que los cuatro hubiesen sobrevivido a semejante carnicería.

—¿Hanno? ¿Eres tú? —preguntó Safo incapaz de ocultar la incredulidad y alegría de su voz.

Hanno parpadeó para contener las lágrimas.

—Sí, soy yo.

—¿Y padre? —inquirió Bostar con voz ahogada.

—Está bien —gritó Hanno, sin saber si reír o llorar.

Al final, acabó riendo y llorando a la vez, al igual que Bostar. Y, un instante más tarde, hasta Safo tenía lágrimas en los ojos cuando se fundieron en un fuerte abrazo. Los tres apestaban a sudor, sangre, barro y otros olores demasiado terribles de imaginar, pero a ninguno le importaba.

En ese momento olvidaron todas sus rencillas, pues lo único que importaba era que seguían vivos.

Al final, sonriendo como tontos, se separaron. Seguían sin dar crédito a sus ojos y continuaron agarrándose de los brazos y los hombros durante un buen rato. Finalmente, posaron la vista sobre la devastación que les rodeaba. A sus oídos ya no llegaba el estruendo de la batalla, sino las voces de los innumerables heridos y mutilados, hombres que estaban desesperados por ser encontrados antes de que cayera la noche y sucumbieran a una muerte segura.

—Hemos ganado —declaró Hanno asombrado—. Aunque los legionarios hayan escapado, el resto ha roto filas y huido.

—O han muerto en combate —gruñó Safo, cuyo tono había recobrado su dureza habitual—. Después de todo lo que nos han hecho esos hijos de puta, se lo tenían merecido.

Bostar se estremeció cuando Safo señaló las pilas de muertos, pero asintió.

—No creáis que hemos ganado la guerra —advirtió—, esto es solo el principio.

Hanno pensó en Quintus y su obstinada determinación.

—Lo sé —respondió apesadumbrado.

—Roma tiene que pagar todavía más por todos los agravios infligidos a Cartago —declaró Bostar levantando el puño ensangrentado.

—Con su sangre —añadió Safo, y agarró el puño de Bostar. Ambos miraron a Hanno expectantes.

De pronto a Hanno le vino a la mente el rostro sonriente de Aurelia. A pesar de su confusión, solo necesitó un instante para enterrarlo en un profundo rincón de su cerebro. ¿En qué estaría pensando? Aurelia era del bando enemigo, al igual que su hermano y su padre. Aunque no les deseaba ningún mal, no podían ser amigos. ¿Cómo era eso posible después de lo que había sucedido aquí hoy? En ese momento Hanno decidió que jamás volvería a pensar en ellos. Era la única manera de zanjar el problema.

—¡Con sangre! —rugió levantando la mano para agarrar las de sus hermanos.

Los tres intercambiaron una mirada feroz.

«Esto es lo que somos —pensó Hanno orgulloso—, lobos cartagineses que hemos venido a zamparnos las ovejas romanas en sus propios prados. Que los granjeros de Italia tiemblen en la cama porque no dejaremos ni un rincón de su tierra sin remover.»

Lo que más recordaba Quintus de su trayecto a Placentia era el frío extremo. El viento había seguido soplando del norte con ráfagas potentes que amenazaban con hacerles caer del caballo y, a pesar de que no lo consiguió, el aire frío le penetró hasta los huesos. Al principio, el esfuerzo y la emoción de la persecución le habían mantenido caliente, al igual que el posterior miedo que había hecho que el corazón le latiera con fuerza. Sin embargo, ahora, con la ropa empapada de sudor, pensaba que se iba a congelar. Sus compañeros se hallaban en la misma situación que él, así que apretó los dientes que tanto le castañeaban y siguió cabalgando. Después de lo que habían pasado, el silencio era la mejor opción.

Perdidos en su propio abatimiento, los veinte jinetes que había logrado reunir Fabricius solo se centraron en seguir a su líder. Encorvados sobre sus monturas, sin casco y con la capa empapada rodeándoles el cuerpo, eran la viva imagen de la desolación. Era como si adivinasen que el ejército de Aníbal había vencido sin saberlo realmente, pensó Quintus. Cuando huyeron, la batalla seguía en pleno desarrollo, pero era difícil imaginar que las legiones de Longo hubieran podido vencer con los flancos tan expuestos.

Quintus se sentía como un cobarde, pero su miedo había remitido lo suficiente como para plantearse luchar de nuevo, y por ello había cabalgado varias veces hasta la cabeza de su pequeña columna para comentarlo con su padre.

Fabricius no estaba de humor para hablar.

—¡Cállate! —gruñó cuando Quintus le sugirió que dieran media vuelta—. ¿Qué sabes tú de estrategias de batalla? —Y, cuando al poco rato su hijo lo intentó de nuevo, Fabricius estalló—: ¡Cuando la caballería rompe filas no se reúne después para luchar de nuevo! ¡Tú estabas allí! ¡Ya viste cómo corrían y lo que me costó arrancar a este grupo del campo de batalla! ¿Realmente crees que con este tiempo y a punto de oscurecer van a dar media vuelta y enfrentarse a los galos e íberos de nuevo? —preguntó mirando a Quintus, que sacudió la cabeza—. Entonces, ¿qué pretendes que hagamos? ¿Qué nos suicidemos atacando solos al enemigo? ¿Y qué sentido tiene eso? Y no me vayas a hablar ahora de «la muerte con honor». ¡No es nada honorable morir como un tonto!

Afectado por la ira de su padre, Quintus agachó la cabeza. Ahora, además de sentirse como un cobarde, se sentía como un fracasado.

Después estuvieron cabalgando largo rato sin hablar.

Por fin la diosa Fortuna echó una mano a los soldados y los guio hasta un vado del río. Cuando llegaron a la orilla este, ya casi era de noche. Quintus se volvió hacia las aguas oscuras. Jamás se había sentido tan abatido en su vida. La nieve seguía cayendo y millones de pequeñas motas blancas le nublaron la visión. Reinaba una profunda tranquilidad. Era como si el campo de batalla jamás hubiera existido.

—Quintus —dijo Fabricius en un tono más suave que antes—. Vamos, todavía queda mucho para llegar a Placentia.

Quintus dio la espalda al río Trebia y, en cierto modo, a Hanno y su amistad. Sintiéndose vacío por dentro, siguió a su padre.

Llegaron a Placentia al cabo de una hora. Quintus jamás había estado tan contento de ver una ciudad o de que un centinela le pidiera el santo y seña. No obstante, los rostros asustados de los soldados en las murallas alejaron de su mente la idea de sentarse junto a un fuego reconfortante. Seguramente habían recibido noticias de la batalla. A pesar de su temor, los centinelas abrieron las puertas enseguida al ver a Fabricius, que pronto fue informado por el oficial de los guardias de que un puñado de jinetes había llegado antes que ellos y habían dicho que todo el ejército había sido aniquilado. Dado que no había señales de Longo ni de la infantería, el temor de los soldados en la plaza fuerte no había hecho más que aumentar. Fabricius, furioso ante el daño causado por estos informes injustificados, exigió ver al oficial del fuerte.

Poco después padre e hijo estaban envueltos en mantas y bebiendo un caldo caliente en compañía del mismísimo Praxus, el comandante del fuerte. El resto del grupo había sido llevado a sus alojamientos. Praxus era un individuo robusto de cara rubicunda que apenas cabía en su sucia coraza, que había visto días mejores. Praxus caminaba nervioso de un lado a otro de la habitación mientras padre e hijo entraban en calor junto a un brasero de hierro colado. Al final Praxus hizo la pregunta que tanto le inquietaba:

—¿Debemos esperar la llegada de Aníbal mañana?

Fabricius suspiró.

—Lo dudo mucho. Sus soldados necesitarán descansar tanto como los nuestros. Tampoco debemos perder la esperanza de que llegue Longo. La última vez que vi a las legiones, seguían resistiendo.

Praxus se estremeció. La nuez se le movía de arriba abajo.

—¿Dónde está, entonces?

—No lo sé —respondió Fabricius en tono seco—. Pero Longo es un hombre muy preparado y no se rendirá fácilmente.

Praxus reanudó su paseo ante la mirada impasible de Fabricius.

—Preocuparnos no nos servirá de nada. Y este idiota es incapaz de detener los rumores. Hasta es probable que él haya iniciado alguno —murmuró a Quintus antes de cerrar los ojos—. Despiértame si hay alguna noticia.

Quintus intentó mantenerse alerta con todas sus fuerzas, pero pronto le asaltó el sueño. Si Praxus quería recuperar sus sillas junto al fuego, les tendría que despertar, pensó antes de caer dormido.

Al cabo de un rato un centinela les despertó para avisarles de la llegada del cónsul. Parecía un milagro, pero le acompañaban casi diez mil legionarios. Quintus sonrió a su padre y Fabricius le guiñó un ojo.

—Te lo dije —comentó Fabricius.

La actitud abatida de Praxus se tornó en saltitos de alegría y de pronto se sintió muy importante.

—Debo ceder mis aposentos a Longo —comentó altivo—. Será mejor que os marchéis. Uno de mis oficiales os buscará alojamiento —dijo sin mencionar el nombre del oficial en cuestión.

Fabricius hizo una mueca ante el valor renovado de Praxus y su mala educación, pero se levantó de la silla sin protestar y Quintus hizo lo mismo. Praxus apenas se molestó en despedirlos. Por suerte, el oficial que les había conducido ante él seguía en la puerta y, al oír su historia, se ofreció a compartir su alojamiento con ellos.

Apenas se habían movido de su sitio cuando oyeron el sonido de pasos que avanzaban en su dirección por un estrecho pasillo. La luz de las antorchas bailaba sobre las paredes oscuras de los edificios. Quintus sintió correr la adrenalina por sus cansadas venas. Miró a su padre, que también parecía muy interesado en el grupo, y le preguntó moviendo los labios: «¿Longo?» Su padre asintió.

—Alto —ordenó Fabricius.

El oficial que les acompañaba cumplió la orden de inmediato, pues sentía tanta curiosidad como ellos por saber quiénes eran los que se acercaban. No tardaron en ver a un gran grupo de *triarii*. Los soldados situados en el extremo de cada fila portaban una antorcha que iluminaba bastante bien al resto.

—¡Dejad paso al cónsul! —grito un oficial a la cabeza del grupo.

Al oírlo, Quintus suspiró aliviado. Sempronio Longo había sobrevivido y Roma no había perdido su orgullo.

Los *triarii* apenas ralentizaron el paso al pasar por su lado, pues uno de los dos hombres más importantes de la República no iba a esperar mientras un par de mugrientos soldados le contemplaban boquiabiertos, sobre todo en una noche como esta.

Quintus no pudo contenerse.

—¿Qué ha pasado? —inquirió, pero su pregunta se la llevó el viento.

Padre e hijo intercambiaron una mirada grave y reanudaron su camino. Poco después se encontraron con un grupo de *principes.* Impaciente por saber cómo había acabado la batalla, Quintus llamó la atención de un hombre bajo y rechoncho que llevaba un escudo decorado con dos lobos que gruñían.

—¿Habéis ganado? —preguntó.

El *princeps* hizo una mueca.

—Depende de lo que entiendas por ganar —murmuró—, pero Aníbal no olvidará rápido a los legionarios que han luchado en Trebia.

Quintus y Fabricius se miraron sorprendidos y complacidos a la vez.

—¿Disteis media vuelta y atacasteis la retaguardia cartaginesa? —preguntó Fabricius exaltado—. ¿La infantería aliada consiguió batir a los elefantes y escaramuzadores?

El soldado miró al suelo.

—No exactamente, señor.

Ambos le miraron sin comprender nada.

—¿Entonces qué? —preguntó Fabricius.

El *princeps* se aclaró la garganta.

—Después de romper la línea enemiga, Longo nos ordenó que abandonáramos el campo de batalla —respondió, y una sombra cruzó su rostro—. Los flancos se quebraron, señor. Me imagino que el cónsul no estaba seguro de que fueran a cambiar las tornas.

—¿Y las tropas aliadas? —susurró Quintus.

Su silencio posterior valía por mil palabras.

—¡Por Júpiter santo! —maldijo Fabricius—. ¿Están muertos?

—Quizás algunos hayan huido al campamento —admitió el *princeps*—. Solo el tiempo lo dirá.

A Quintus le daba vueltas la cabeza. Habían perdido a decenas de miles de soldados.

Su padre estaba más centrado.

—En ese caso, creo que seremos nosotros quienes recordemos a Aníbal y no al revés —observó con acritud—. ¿No crees?

—Sí, señor —farfulló el *princeps*, y miró anhelante a sus compañeros, que estaban a punto de doblar la próxima esquina y desaparecer.

—Vete —ordenó Fabricius con un movimiento de cabeza.

Aturdido, Quintus contempló cómo el soldado se alejaba corriendo.

—Quizá Praxus tenga razón y Aníbal se presente aquí al amanecer —murmuró.

—¡No quiero oírte hablar así! —interrumpió su padre con una mueca feroz—. Roma no se rinde tras una sola derrota, ¡y menos ante unos invasores extranjeros!

Quintus hizo acopio de valor antes de plantear su siguiente pregunta.

—¿Y qué pasará ahora con Aníbal?

—Por ahora nos dejará en paz —declaró Fabricius—. Se contentará con obtener el apoyo de más tribus galas durante el invierno.

A Quintus le tranquilizó el tono seguro de su padre.

—¿Y nosotros?

—Aprovecharemos el tiempo para reagruparnos y para formar nuevas legiones y unidades de caballería. Si hay algo que no le falta a Roma es hombres. En primavera ya habremos sustituido a los soldados que hemos perdido hoy. —«Y yo me habré ganado un ascenso que me permitirá mantener a los prestamistas a raya», sonrió Fabricius convencido—. ¡Ya verás!

Los ánimos de Quintus por fin mejoraron y asintió con vehemencia. Pronto volverían a enfrentarse a los cartagineses, ya fuera en las mismas condiciones o en condiciones de superioridad, y tendrían la oportunidad de recuperar el honor que, para él, habían dejado en el campo de batalla.

Roma resurgiría y arrancaría la victoria de las manos de Aníbal.

Nota del autor

Es un gran privilegio para mí disponer de la oportunidad de escribir una serie de novelas sobre la Segunda Guerra Púnica (218-201 a.C.). Esa época me ha fascinado desde niño y yo, al igual que muchas otras personas, considero ese período como uno de los episodios más santificados de la historia. Hoy en día la palabra «épica» se usa con demasiada profusión, pero la considero justificada para referirse a esta lucha de diecisiete años de duración, cuyo equilibrio fue incierto en tantas ocasiones. Si se hubiera inclinado apenas un ápice en la dirección contraria durante varias de esas situaciones, la vida en Europa sería hoy totalmente diferente. Los cartagineses eran bastante distintos a los romanos y no en los aspectos negativos que la historia ha querido hacernos creer. Eran exploradores intrépidos y comerciantes empedernidos, negociantes astutos y valientes soldados. Si bien los romanos solían salirse con la suya a través de la guerra, el objetivo de los cartagineses era más bien obtener el poder controlando el comercio y los recursos naturales. Quizá no sea muy importante, pero empleo el término «cartaginés» en vez de «púnico», derivado del latín, para referirme a su idioma de forma deliberada. Los cartagineses no habrían empleado este otro término.

Muchos lectores sabrán pinceladas acerca de la guerra que libró Aníbal contra Roma; otros sabrán menos; unos pocos serán ávidos lectores de autores antiguos como Tito Livio y Polibio, las principales fuentes de este período. Para que conste en acta, diré que me he esforzado al máximo para respetar los detalles históricos que han perdurado. Sin embargo, en muchos casos he cambiado los acontecimientos ligeramente para que encajaran con el desarrollo de la historia, o he inventado cosas. Ese es el cometido del novelista, así como su cruz. Si he cometido algún error, pido disculpas.

La novela empieza con una descripción de Cartago en toda su magnificencia. A finales del siglo III a.C. era una ciudad infinitamente más majestuosa que Roma. Me he tomado la libertad de describir las fortificaciones que existían en la época de la Tercera Guerra Púnica (149-146 a.C.) porque no sabemos qué defensas existían en la época de Aníbal. Dado que las edificaciones increíbles e impresionantes que repelieron a los romanos en el último conflicto fueron erigidas alrededor de cincuenta años después de la derrota de Aníbal, no me pareció que utilizarlas fuera una digresión importante de la realidad.

Describir a los soldados cartagineses, tanto los nativos como los que no, es toda una proeza. Contamos con poca información histórica sobre los uniformes que vestían y el tipo de equipamiento y armas que llevaban los ciudadanos cartagineses y la gran cantidad de nacionalidades que lucharon para ellos. Sin varios libros de texto y artículos, que nombraré más adelante, habría estado perdido. Otro terreno dificultoso son los nombres cartagineses. En pocas palabras, no hay muchos, o por lo menos no muchos que hayan sobrevivido al cabo de 2.200 años. La mayoría de los que han sobrevivido resultan impronunciables o suenan fatal. ¡Y otros las dos cosas! Hillesbaal e Ithobaal no son precisamente fáciles de pronunciar. De ahí que el protagonista cartaginés se llame Hanno. Hubo personajes históricos importantes que se llamaban así, pero necesitaba desesperadamente un nombre para mi protagonista y no abundaban.

La descripción del sitio de Saguntum se ajusta mucho a la realidad. Cualquiera que visite la costa oriental de España y ascienda al enorme afloramiento rocoso cercano a la actual Valencia se dará cuenta de que es un lugar tan impresionante que es fácil imaginar a los soldados de Aníbal asediándolo. La formidable envergadura de su ejército queda atestiguada por las fuentes antiguas, al igual que la forma como quedó mermado debido a las muertes, deserciones y liberaciones de servicio. No sabemos si se quedaron algunas tropas como guarnición en la Galia. Ha habido gran controversia sobre qué ruta tomó el ejército cartaginés después de los Pirineos y por dónde cruzó el Ródano. Los volcos fueron sorprendidos por detrás por un grupo de cartagineses que habían cruzado río arriba; su comandante era un tal Hanno, no Bostar. Los elefantes fueron trasladados por el río tal como describo.

La dramática confrontación entre la embajada romana y el Consejo de Sabios cartaginés parece que tuvo lugar tal como la describo. Igual que el encuentro fortuito entre una unidad de la caballería romana y otra de númidas en una zona rural más arriba de Massilia. Sin embargo, he alterado los acontecimientos para llevar a Publio de vuelta a Roma antes de que se trasladase a la Galia Cisalpina para enfrentarse a los invasores. Minucius Flaccus es un personaje de ficción, pero Minucius Rufus, su hermano, no.

La mayor controversia relacionada con el viaje de Aníbal se refiere al paso que su ejército tomó para cruzar los Alpes. Como no es mi intención entrar en tal polémica, me he limitado a utilizar la descripción que Polibio y Tito Livio nos dejaron para ambientar la escena. Espero sinceramente haber conseguido transmitir parte del terror y la euforia que debió de llenar los corazones de aquellas valerosas almas que siguieron a Aníbal hasta las cumbres de los Alpes. El discurso que pronunció ante sus tropas antes de iniciar el ascenso fue muy parecido al que describo. Aunque no todas las fuentes que mencionan la escena incluyen el vino hirviendo y la roca, me pareció que debía incluirlo.

El término «Italia» se empleaba en el siglo III a.C. como expresión geográfica; comprendía la península situada al sur de Liguria y la Galia Cisalpina. El término no tuvo significado político hasta la época de Polibio (mitad del siglo II a.C.). De todos modos, decidí emplearlo. Simplificaba el asunto y evitaba las referencias constantes a las distintas partes de la República: Roma, Campania, Latium, Lucania, etc.

La descripción del ternero que nace con los órganos internos en el exterior no es fruto de mi imaginación: he realizado dos cesáreas a vacas para sacar el llamado *Schistosomus reflexus*. Sin duda fueron dos de las cosas más repugnantes que he visto en mi vida. En una ocasión, el pobre ternero seguía con vida. Aunque ocurrió hace quince años, la superstición del ganadero resultó obvia y estuvo muy inquieto hasta que le practiqué la eutanasia a la cría. No es difícil imaginar qué tipo de reacción provocaría una criatura como esas en la época antigua.

Los duelos entre prisioneros cartagineses y la recompensa para el que sobreviviera se describen en los textos antiguos. Al igual que la suerte que corrió Taurasia. Cuando había que dejar las cosas claras, Aníbal era tan despiadado como cualquier otro general. Las pérdidas romanas en la escaramuza del Tecino fueron considerables y el encarnizado ataque nocturno por parte de sus supuestos aliados galos no fue más que otro golpe a la confianza de Publio. Me he inventado la emboscada cartaginesa en el río Trebia, pero los detalles de la extraordinaria batalla que tuvo lugar a continuación son el máximo de fieles posible. La victoria de Aníbal en aquel crudo día de invierno demostró sin lugar a dudas que no había cruzado los Alpes de chiripa. Tal como los romanos descubrirían una y otra vez en meses subsiguientes, era una fuerza verdadera con la que batirse.

La bibliografía de los libros de texto que he consultado para la escritura de *Aníbal: enemigo de Roma* precisaría de varias páginas, así que mencionaré solo los más importantes por orden alfabético según el autor: *The Punic Wars* de Nigel Bagnall; *The Punic Wars* de Brian Caven; *Greece and Rome at War* de Peter Connolly; *Hannibal* de Theodore A. Dodge; *La caída de Cartago* de Adrian Goldsworthy; *Armies of the Macedonian and Punic Wars* de Duncan Head; *Hannibal's War* de J. F. Lazenby; *Carthage Must Be Destroyed* de Richard Miles; *The Life and Death of Carthage* de G. C. & C. Picard; *Daily Life in Carthage (at the time of Hannibal)* de G. C. & C. Picard, *Roman Politics*

220-150 B.C de H. H. Scullard; *Carthage and the Carthaginians* de Reginald B. Smith y *Warfare in the Classical World* de John Warry. Deseo expresar mi agradecimiento a Osprey Publishing por numerosos volúmenes excelentes, a Oxford University Press por el impresionante Oxford Classical Dictionary, y a Alberto Pérez y Paul McDonnell-Staff por su excelente artículo en el volumen III, número 4 de la revista *Ancient Warfare*. Como siempre, gracias a los miembros de *www.romanarmy.com* cuyas rápidas respuestas a mis preguntas raras suelen resultar muy útiles. También debo mencionar y agradecer a los tres hermanos Wood australianos: Danny, Ben y Sam. Su excelente miniserie de viajes *On Hannibal's Trail* no podía haber sido emitida por la BBC4 en un mejor momento y me resultó de gran ayuda cuando escribí el capítulo sobre el cruce de los Alpes.

Estoy inmensamente agradecido a mucha gente de mi maravillosa editorial, Random House. Está Rosie de Courcy, mi editora infatigable que siempre me da aliento; Nicola Taplin, el excelente gerente editorial; Kate Elton, que tuvo la generosidad de abrirme las puertas del gran y feliz mundo de Arrow Books; Rob Waddington, que se asegura de que mis novelas lleguen a todos los puntos de venta del planeta; Adam Humphrey, que gestiona el márketing con amabilidad, inteligencia y éxito; Richard Ogle, que, en colaboración con el ilustrador Seven Stones, diseña las bonitas cubiertas de mis libros; Ruth Waldram, que me garantiza todo tipo de publicidad exitosa; Monique Corless, que convence a tantos editores extranjeros para que compren mis libros; David Parrish, que se asegura de que las librerías extranjeras también los compren. Muchas gracias a todos. Aprecio sobremanera lo duro que trabajáis en mi nombre.

Debo mencionar a muchas otras personas: Charlie Viney, mi agente, merece un gran agradecimiento. Sin él, todavía estaría ejerciendo de veterinario y trabajando con tesón en mi primera novela sobre los romanos. ¡Gracias, Charlie! Le estoy muy agradecido a Richenda Todd, mi correctora de estilo, que hace unas aportaciones de lo más incisivas a mis manuscritos; Claire Wheller, mi excelente fisio, que impide que mi cuerpo se caiga a pedazos después de pasar demasiadas horas delante del ordenador; Arthur O'Connor, el hombre más discutidor de Offaly (por no decir de Irlanda), que también me ofrece críticas excelentes y mejoras en mis historias. Y por último, pero decididamente no por ello menos importante, Sair, mi esposa, y Ferdia y Pippa, mis hijas, que me conectan con la realidad y me dan mucho amor y alegría. Gracias. Mi vida es mucho más rica por teneros a las tres.

Glosario

acetum: vino agrio, la bebida universal que se servía a los soldados romanos. También significa «vinagre», el desinfectante más habitual empleado por los médicos romanos. El vinagre resulta ideal para matar bacterias y su uso generalizado en la medicina occidental se prolongó hasta finales del siglo XIX.

ágora: desconocemos cómo llamaban los cartagineses a la zona de reunión central de sus ciudades. He empleado el término griego para diferenciarlo del Foro principal de Roma. El ágora habría sido sin duda el punto de reunión más importante de Cartago.

Asamblea del pueblo: el grupo de debate público al que pertenecían todos los ciudadanos varones cartagineses. Su principal cometido era elegir a los sufetes una vez al año.

Astarté: diosa cartaginesa cuyos orígenes se remontan a Oriente. Es posible que representara el matrimonio y quizá fuera considerada la protectora de las ciudades y de distintos grupos sociales.

atrium: estancia grande situada a continuación del vestíbulo de entrada en una casa romana. Solía estar construida a gran escala y era el centro social y de culto de la casa.

Baal Hammón: el dios principal en la época de la fundación de Cartago. Era el protector de la ciudad, el sol fecundador, el proveedor de salud y el garante del éxito y la felicidad. El Tofet, o la zona sagrada donde se veneraba a Baal Hammón, es el lugar donde se han encontrado huesos de niños y bebés, lo cual dio pie al controvertido asunto del sacrificio infantil. Para quienes estén interesados, existe un interesante apartado sobre el tema en el libro de Richard Miles *Carthage Must Be Destroyed*. El término «Baal» significa «Señor» o «Amo» y se empleaba delante del nombre de varios dioses.

Baal Safón: el dios cartaginés de la guerra.

birreme: barco de guerra antiguo que quizá fuera inventado por los fenicios. Constaba de una vela cuadrada y dos grupos de remos a cada lado. Fue utilizado con profusión por los griegos y los romanos.

***caetrati* (sing. *caetratus*)**: infantería íbera ligera. Llevaban unas túnicas blancas de manga corta con un ribete carmesí en el cuello, dobladillo y mangas. Su única protección era un casco de tendones o bronce, y una rodela de cuero y mimbre, o lana, llamada *caetra*. Iban armados con espadas *falcata* y puñales. Algunos quizá portaran jabalinas.

caligae: sandalias gruesas de cuero que llevaban los soldados romanos. Constaban de tres capas resistentes (suela, plantilla y empeine) y parecían una bota que dejaba los dedos al aire. Las correas podían ceñirse para adaptarse a la medida de cada uno. Las docenas de tachones de metal de la suela les proporcionaban un buen agarre y podían cambiarse cuando fuera necesario.

***carnyx* (pl. *carnyxes*)**: trompeta de bronce que se sostenía en vertical y coronada con una campana en forma de animal, normalmente un jabalí. La utilizaban muchos pueblos celtas y era omnipresente en la Galia. Producía un sonido temible por sí sola o en combinación con otros instrumentos. Solía representarse en las monedas romanas para denotar la victoria sobre distintas tribus.

Cartago: la moderna Túnez. Fundada según parece en el año 814 a.C., aunque los restos arqueológicos más antiguos encontrados datan de unos sesenta años antes.

***cenaculae* (sing. *cenacula*)**: los penosos apartamentos de varias plantas en los que vivían los plebeyos romanos. Atestados, mal iluminados, calentados únicamente con braseros y de construcción endeble por lo general, las *cenaculae* no tenían ni agua corriente ni sistema de recogida de residuos. Se accedía a los apartamentos mediante escaleras construidas en el exterior del edificio.

Choma: el cuadrilátero hecho por el hombre situado al sur/sureste de los principales puertos de Cartago. Probablemente se construyera como zona de descarga de barcos, para almacenar mercancía y para que funcionara como cabecera de muelle que protegiera de la fuerza del viento a las embarcaciones que pasaban.

Cisalpina, Galia: la zona norte de la actual Italia, que comprende la llanura del Po y los límites montañosos de los Alpes a los Apeninos. En el siglo III a.C. no pertenecía a la República.

cónsul: uno de los dos magistrados elegidos anualmente, nombrados por el pueblo y ratificados por el Senado. Como gobernantes reales de Roma durante doce meses, se encargaban de asuntos civiles y militares y enviaban a los ejércitos de la República a la guerra. Cada uno de ellos podía invalidar al otro y se suponía que ambos debían tener en cuenta los deseos del Senado. Ningún hombre podía servir como cónsul en más de una ocasión.

Consejo de Sabios: el sistema político cartaginés resulta muy confuso debido al gran número de órganos de gobierno. Sin embargo, el Consejo de Sabios era uno de los más importantes. Lo componían algunos de los hombres más prominentes de Cartago y sus ámbitos de actuación incluían el tesoro público y los asuntos extranjeros. Otro órgano de gobierno era el Tribunal de Ciento Cuatro. Estaba compuesto por los miembros de la élite aristocrática y supervisaba la conducta de los funcionarios del gobierno y los líderes militares; además de funcionar como una especie de tribunal superior constitucional.

crucifixión: en contra de la creencia popular, los romanos no inventaron esta terrible forma de ejecución; de hecho es muy probable que fueran los cartagineses. Su práctica está documentada por vez primera durante las guerras púnicas.

decurión: oficial de caballería al mando de diez hombres. En los últimos tiempos, el decurión estaba al mando de una *turma*, unidad de unos treinta hombres.

didracma: moneda de plata que valía dos dracmas, que era una de las principales monedas de la Italia del siglo III a.C. Curiosamente, los romanos no hicieron monedas por iniciativa propia hasta más adelante. El *denarius*, que se convertiría en la moneda principal de la República, no fue introducido hasta el año 211 a.C. aproximadamente.

Escila: monstruo mítico de doce pies y seis cabezas que habitaba una cueva situada frente a la orilla opuesta del remolino de Caribdis, en el actual estrecho de Mesina.

Esculapio: hijo de Apolo, dios de la salud y protector de los médicos. Venerado por los cartagineses y también por los romanos.

Eshmún: dios cartaginés de la salud y el bienestar, cuyo templo era el mayor de Cartago.

estadio: de la palabra griega *stadion*. Hacía referencia a la distancia que había que recorrer en la carrera a pie original de los Juegos Olímpicos de la Antigüedad de 776 a.C., y eran unos 192 metros de longitud. La palabra «estadio» deriva de ella.

estrígil: pequeña herramienta de hierro curvado empleada para limpiar la piel después del baño. Primero se aplicaba aceite perfumado y luego se empleaba el estrígil para retirar una mezcla de sudor, suciedad y aceite.

***falaricae* (sing. *falarica*)**: lanza con el asta de pino y larga cabeza de hierro, en cuya base se solía atar una bola de brea y estopa. Aquello formaba un arma letal incendiaria que los saguntinos empleaban con muy buenos resultados.

***falcata*, espada**: arma letal y ligeramente curvada con el extremo afilado que utilizaba la infantería íbera ligera. Tenía un solo filo entre la primera mitad hasta los dos tercios de la hoja pero el resto era de doble filo. La empuñadura se curvaba de forma protectora alrededor de la mano y hacia la hoja; solía tener forma de cabeza de caballo. Al parecer, los *caetrati* que empleaban espadas *falcata* eran bien capaces de luchar contra los legionarios.

fasces: hacecillo de varas unido alrededor de un eje. Era el símbolo de la justicia y lo portaba un lictor. Todos los altos magistrados iban precedidos de un grupo de lictores. Las fasces simbolizaban el derecho de las autoridades a castigar y ejecutar a los malhechores.

fides: básicamente, buena fe. En Roma se consideraba una virtud de lo más importante.

***fugitivarius* (pl. *fugitivarii*)**: apresadores de esclavos, hombres que se ganaban la vida localizando y capturando a fugitivos. El castigo de marcarlos en la frente con la letra «F» (de *fugitivus*) está documentado; al igual que llevar cadenas en el cuello de forma permanente con instrucciones para devolver el esclavo a su dueño.

Genoa: la moderna Génova.

***gladius* (pl. *gladii*)**: se dispone de poca información sobre la espada «española» del ejército republicano, el *gladius hispaniensis*, con la hoja estrecha en el centro. No está claro cuándo la adoptaron los romanos, pero probablemente fuera después de ver el arma durante la Primera Guerra Púnica, cuando la usaron las tropas celtíberas. El mango tallado era de hueso e iba protegido por un pomo y una pieza de madera. El *gladius* se llevaba a la derecha, excepto los centuriones y otros oficiales de alto rango, que lo llevaban a la izquierda. De hecho era muy fácil desenvainar con la mano derecha y probablemente se colocara ahí para evitar que interfiriese con el *scutum* mientras estaba desenvainado.

gugga: en la comedia de Plauto, *Poenulus*, uno de los personajes romanos se refiere a un comerciante cartaginés con el nombre de «*gugga*». Este insulto puede traducirse como «rata insignificante».

***hastati* (sing. *hastatus*)**: soldados jóvenes experimentados que formaban las primeras filas de la línea de batalla romana en el siglo III a.C. Llevaban armaduras de cota de malla o bronce en el pecho y en la espalda, cascos con penacho y *scuta*. Portaban dos *pila*, una ligera y otra pesada, y un *gladius hispaniensis*.

hora secunda: la segunda hora; ***hora quarta***, la cuarta hora; ***hora undecima***, la undécima hora. Los romanos dividían el tiempo en dos períodos, el día (doce horas) y la noche (ocho ciclos). La primera hora del día, ***hora prima***, empezaba al amanecer.

Iberia: la actual península Ibérica, que comprende España y Portugal.

Iberus: el río Ebro.

Illyricum (o Iliria): nombre romano del territorio que se extiende al otro lado del mar Adriático desde Italia: incluye parte de la actual Eslovenia, Serbia, Croacia, Bosnia y Montenegro.

intervallum: zona amplia y llana en el interior de las murallas de un campamento o fuerte romanos. Aparte de servir para proteger los barracones de los proyectiles enemigos, también permitía concentrar a las tropas antes de la batalla.

***kopis* (pl. *kopides*)**: espada griega con una hoja curvada hacia delante, no muy distinta de una espada *falcata*. Solía llevarse en una vaina forrada de piel y colgada de un tahalí. Muchos pueblos de la Antigüedad utilizaban el *kopis*, desde los etruscos a los oscos y persas.

***lictor* (pl. *lictores*)**: protector de los jueces. Solo podían acceder a este cargo los ciudadanos fornidos; básicamente eran los guardaespaldas de los cónsules, pretores y otros magistrados romanos de alto rango. En público, tales funcionarios iban acompañados en todo momento por un número fijo de *lictores* (la cantidad dependía del rango). Cada *lictor* llevaba unas *fasces*. Entre sus obligaciones se contaba detener y castigar a los malhechores.

ligures: nativos de la zona costera que limitaba al oeste con el río Ródano y al este con el río Arno.

lusitanos: hombres de las tribus de la actual Portugal.

Massilia: la ciudad de Marsella en la Francia actual.

Melcart: dios cartaginés relacionado con el mar y con Hércules. También era el dios predilecto de la familia Barca. Cabe destacar que Aníbal hizo un peregrinaje al santuario de Melcart en el sur de Iberia antes de iniciar la guerra contra Roma.

mulsum: bebida elaborada mezclando cuatro partes de vino y una de miel. Solía beberse antes de las comidas y con los platos más ligeros durante el ágape.

***munus* (pl. *munera*)**: combate de gladiadores que tenía lugar originariamente durante las celebraciones para honrar la muerte de alguien.

Padus: el río Po.

papaverum: la droga morfina. Procedente de las flores de la planta del opio, su uso está documentado desde al menos el año 1000 a.C.

peristilo: jardín con columnatas situado en la parte posterior de una casa romana. Solía tener un gran tamaño y estar bordeado por zonas abiertas donde sentarse, salas de recepción y de banquetes.

***pilum* (pl. *pila*)**: la jabalina romana. Estaba formada por un asta de madera de aproximadamente 1,2 metros de largo, unida a un vástago fino de hierro de unos 0,6 m y coronada por un pequeño extremo piramidal. La jabalina era pesada y, al lanzarla, todo el peso se concentraba detrás de la cabeza, lo cual le otorgaba una tremenda fuerza penetradora. Podía atravesar un escudo y herir al hombre que lo portara, o clavarse en el escudo e impedir su uso posterior. El alcance del *pilum* era de unos treinta metros, aunque es más probable que el alcance efectivo fuera de la mitad de esa distancia.

Pisae: la actual Pisa.

Placentia: la actual Piacenza.

pretor: uno de los cuatro magistrados de alto rango (en los años 228-198 a.C. aproximadamente) que administraban la justicia en Roma, o en las posesiones de ultramar como Cerdeña y Sicilia. También podían ostentar poderes militares y proponer leyes. Los pretores eran los principales sustitutos de los cónsules y convocaban al Senado en su ausencia.

principes (sing. *princeps*): estos soldados, descritos como hombres de familia en la flor de la vida, formaban la segunda fila de la línea de batalla del siglo III a.C. Eran parecidos a los *hastati* y por ello iban armados y vestidos de forma parecida.

provocatio: llamamiento en nombre del pueblo romano, realizado en contra de la orden de un magistrado.

pteryges: también escrito *pteruges*. Se trataba de una doble capa de tiras de lino rígido que protegían la cintura y entrepierna. Iba sujeto a una coraza del mismo material o era una pieza extraíble del equipo que se empleaba bajo el peto de bronce. Aunque los griegos fueron quienes diseñaron el *pteryges*, muchas naciones lo empleaban, incluyendo a los romanos y cartagineses.

quinquerreme: principal barco de lucha de los cartagineses en el siglo III a.C. Eran de un tamaño similar al de los trirremes, pero llevaban muchos más remeros. La controversia acerca del número exacto de remeros y la posición que ocupaban se prolonga desde hace varias décadas. Sin embargo, en la actualidad se considera que los quinquerremes tenían tres grupos de remos a cada lado. En la embarcación se remaba desde tres niveles con dos hombres a cada remo en las bancadas superiores y un hombre por remo en la bancada inferior.

Rhodanus: el río Ródano.

Saguntum: la actual Sagunto.

Saturnalia: festival que empezaba el 17 de diciembre. Durante la semana de celebraciones, las normas habituales se relajaban y los esclavos podían comer ante sus amos; en aquella época también podían tratarles con menos deferencia. El festival era una excusa para comer, beber y jugar. También se intercambiaban regalos en forma de velas y figuras de cerámica.

saunion: también llamado *soliferreum*. Típica arma ibérica. Era una jabalina fina de hierro con un extremo pequeño y en forma de hoja.

scutarii (sing. *scutarius*): infantería íbera pesada, celtíberos que llevaban escudos circulares, o unos muy parecidos a los de los legionarios romanos. Los individuos más ricos quizá llevaran cotas de malla; otros pequeños petos de armadura. Muchos *scutarii* llevaban grebas. Los cascos de bronce eran muy parecidos a los del estilo de Montefortino. Iban armados con espadas de hoja recta, pero eran ligeramente más cortas que su equivalente galo y famosas por su excelente calidad.

scutum **(pl. *scuta*)**: escudo oval y alargado del ejército romano, de unos 1,2 metros de alto y 0,75 metros de ancho. Constaba de dos capas de madera situadas en ángulo recto entre sí y estaba revestido de lino o loneta y cuero. El *scutum* era pesado, entre seis y diez kilos. El centro estaba decorado con un gran tachón de metal con el asa en horizontal situada detrás. La parte delantera solía llevar motivos decorativos pintados y se utilizaba una funda de cuero para proteger el escudo cuando no se usaba, por ejemplo durante las marchas. Algunos guerreros íberos y galos empleaban escudos similares.

socii: aliados de Roma. En la época de las guerras púnicas, todos los pueblos no romanos de Italia habían sido obligados a entablar alianzas militares con Roma. En teoría, aquellos pueblos seguían siendo independientes, pero en la práctica eran súbditos, obligados a enviar cupos de tropas para luchar por la República siempre que se les exigiera.

sufete: uno de los dos hombres que dirigían el estado cartaginés. Eran elegidos cada año y gestionaban una serie de asuntos de estado, desde temas políticos y militares a cuestiones judiciales y religiosas. No está nada claro si tenían tanto poder como los cónsules romanos, pero parece probable que para el siglo III a.C. no lo tuvieran.

tablinum: oficina o zona de recepción situada después del *atrium*. El *tablinum* solía dar a un jardín cerrado con columnatas, el peristilo.

Tanit: junto con Baal Hammón, la deidad más importante de Cartago. Se consideraba una diosa de la maternidad, así como patrona y protectora de la ciudad.

Taurasia: la actual Turín.

tesserae: fragmentos de piedra o mármol que se cortaban de forma cúbica y se colocaban pegados el uno al otro sobre un lecho de argamasa para formar un mosaico. Esta práctica se inició en el siglo III a.C.

Ticinus: el río Ticino.

Trebia: el río Trebbia.

tribuno: oficial de estado mayor en una legión; también uno de los diez cargos políticos de Roma, donde servían como «tribunas del pueblo», defendiendo los derechos de los plebeyos. Los tribunos también podían vetar medidas tomadas por el Senado o los cónsules, excepto en tiempos de guerra. Atacar a un tribuno era uno de los delitos más graves.

trirreme: barco de guerra clásico de la Antigüedad, accionado por una única vela y tres bancos de remos. Cada remo estaba en manos de un solo hombre nacido libre, no esclavo, en los barcos romanos. El trirreme, sumamente maniobrable y capaz de alcanzar hasta ocho nudos con la vela o durante arranques cortos tirado por los remos, también contaba con un espolón de bronce en la proa. Se utilizaba para dañar o incluso hundir barcos enemigos. También había pequeñas catapultas montadas en cubierta. Cada trirreme contaba con una tripulación de unos treinta hombres y unos doscientos remeros; además transportaba hasta sesenta soldados de infantería, lo cual sumaba una gran cantidad de personas en relación con el tamaño. Esto limitaba la distancia que recorrían, por lo que principalmente se empleaban para transportar a la tropa y para proteger la costa.

***triarii* (sing. *triarius*)**: los soldados de mayor edad y más experiencia de una legión en el siglo III a.C. A menudo estos hombres se reservaban para las situaciones más desesperadas de una batalla. La expresión romana «el asunto se reduce a los *triarii*» lo deja claro. Llevaban cascos de bronce con penacho, cotas de malla y una greba en la pierna izquierda. Todos portaban un *scutum* e iban armados con un *gladius hispaniensis* y una lanza larga para arrojar.

***turmae* (sing. *turma*)**: unidad de caballería formada por treinta hombres.

***velites* (sing. *veles*)**: escaramuzadores ligeros del siglo III a.C. que se reclutaban de entre las clases sociales más pobres. Eran jóvenes cuya única protección era un escudo pequeño y redondo y, en algunos casos, un sencillo casco de bronce. Llevaban espada pero su arma principal era una jabalina de 1,2 m. También iban tocados con pieles de oso o lobo.

vespera: el primer ciclo de la noche.

vilicus: capataz de los esclavos o encargado de una finca. El *vilicus* solía ser un esclavo, aunque a veces fuera un trabajador remunerado, cuya labor consistía en asegurarse de que los beneficios de una finca fueran lo más elevados posibles; lo cual solía conseguirse tratando a los esclavos con brutalidad.

Vinalia Rustica: festival romano dedicado al vino que se celebraba el 19 de agosto.

Índice

1. Hanno ... 11
2. Quintus ... 35
3. Captura ... 57
4. Hombría ... 89
5. Malchus ... 113
6. Esclavitud ... 131
7. Cambio gradual ... 155
8. El asedio ... 191
9. Minucius Flaccus ... 213
10. Traición ... 231
11. A la búsqueda de un pasaje seguro ... 255
12. Planes ... 283
13. La partida ... 303
14. El enfrentamiento ... 327
15. Los Alpes ... 347
16. Los viajes ... 373
17. El debate ... 397
18. La Galia Cisalpina ... 411
19. El reencuentro ... 429
20. Contratiempos ... 447
21. El plan de Aníbal ... 471
22. Cara a cara ... 487
23. Comienza la batalla ... 501
24. De cerca ... 527
25. Táctica inesperada ... 543

Nota del autor ... 567
Glosario ... 573